外国文学学术史研究

主编
陈众议

奥斯丁学术史研究

A Study of the History of Jane Austen Studies

龚龑 黄梅 著

译林出版社

图书在版编目（CIP）数据

奥斯丁学术史研究／龚龑，黄梅著．—南京：译林出版社，2019.12
（外国文学学术史研究／陈众议主编）
ISBN 978-7-5447-7925-8

Ⅰ.①奥… Ⅱ.①龚… ②黄… Ⅲ.①奥斯丁(Austen, Jane 1775-1817) – 小说研究 Ⅳ.①I561.074

中国版本图书馆 CIP 数据核字（2019）第 146506 号

奥斯丁学术史研究　龚　龑　黄　梅／著

责任编辑　杨玉丹
装帧设计　韦　枫
校　　对　王　敏　蒋　燕
责任印制　颜　亮

出版发行　译林出版社
地　　址　南京市湖南路 1 号 A 楼
邮　　箱　yilin@yilin.com
网　　址　www.yilin.com
市场热线　025-86633278
排　　版　南京展望文化发展有限公司
印　　刷　江苏凤凰扬州鑫华印刷有限公司
开　　本　718 毫米 × 1000 毫米　1/16
印　　张　23.75
插　　页　2
版　　次　2019 年 12 月第 1 版　2019 年 12 月第 1 次印刷
书　　号　ISBN 978-7-5447-7925-8
定　　价　68.00 元

奥斯丁主要著作的译名及在本书中简称

按初版年排序

Sense and Sensibility (1811),中译《理智与情感》,简称《理智》
Pride and Prejudice (1813),中译《傲慢与偏见》,简称《傲慢》
Mansfield Park (1814),中译《曼斯菲尔德庄园》,简称《曼园》
Emma (1815),中译《爱玛》
Northanger Abbey (1817),中译《诺桑觉寺》,简称《诺寺》
Persuasion (1817),中译《劝导》

Juvenilia,中译《少年习作》
Later Manuscripts,中译《后期手稿》
Jane Austen's Letters,中译《奥斯丁书信集》

书中奥斯丁作品引文的译文参考了多种中译本,包括译林出版社出版的孙致礼先生的译本(六部主要小说)。

总序

一

在众多现代学科中，有一门过程学。在各种过程研究中，有一种新兴技术叫生物过程技术，它的任务是用自然科学的最新成就，对生物有机体进行不同层次的定向研究，以求人工控制和操作生命过程，兼而塑造新的物种、新的生命。文学研究很大程度上也是一种过程研究，从作家的创作过程到读者的接受过程，而作品则是其最为重要的介质或对象。问题是，生物有机体虽活犹死，盖因细胞的每一次裂变即意味着一次死亡；而文学作品却往往虽死犹活，因为莎士比亚是"说不尽"的，"一百个读者就有一百个哈姆雷特"。

换言之，文学经典的产生往往建立在对以往经典的传承、翻新乃至反动（或几者兼有之）的基础之上。传承和翻新不必说，即使反动，也每每无损以往作品的生命力，反而能使它们获得某种新生。这就使得文学不仅迥异于科学，而且迥异于它的近亲——历史。套用阿瑞提的话说，如果没有哥伦布，迟早会有人发现美洲；如果伽利略没有发现太阳黑子，也总会有人发现。同样，历史可以重写，也不断地在重写，用克罗齐的话说，"一切历史都是当代史"。但是，如果没有莎士比亚，又会有谁来创作《哈姆雷特》呢？有了《哈姆雷特》，又会有谁来重写它呢？即使有人重写，他们缘何不仅无损于莎士比亚的光辉，反而能使他获得新生，甚至更加辉煌灿烂呢？

这自然是由文学的特殊性所决定的，盖因文学是加法，是并存，是无数"这一个"之和。鲁迅谓文学最不势利，马克思关于古希腊神话的"童年说"和"武库说"更是众所周知。同时，文学是各民族的认知、价值、情感、审美和语言等诸多因素的综合体现。因此，文学既是民族文化及民族向心力、认同感的重要基础，也是使之立于世界之林而不轻易被同化的鲜活基因。也就是说，大到世界观，小到生活习俗，文学在各民族文化中起到了染色体的功用。独特的染色体保证了各民族在共通或相似的物质文明进程中保持着不断变化却又不可湮没的个性。唯其如此，世界文学和文化生态才丰富多彩，也才需要东西南北的相互交流和借鉴。同时，古今中外，文学终究是一时一地人心的艺术呈现，建立在无数个人基础之上，并潜移默化、润物无声地表达与传递、塑造与擢升着各民族活的灵魂。这正是文学不可或缺、无可取代的永久价值与恒久魅力之所在。

于是，文学犹如生活本身，是一篇亘古而来、今犹未竟的大文章。

此外，较之于创作，文学研究则更具有意识形态和上层建筑属性，因而更取决于生产力和社会形态、社会发展水平。这也是马克思主义的基本观点之一。如是，我国现代意义上的文学研究起步较晚，外国文学研究更是如此。虽然以鲁迅为旗手的新文学运动十分重视外国文学，但从实际成果看，1949 年前的外国文学研究却基本上属于旁批眉注、前言后记式的简单介绍，既不系统，也不深入。因此，我国的外国文学研究几乎可以说是在新中国成立以后全面展开的，而系统的外国文学学术史研究，这还是第一次。

一

学术史研究也是一种过程学，而且是一种相对纯粹的过程学。不具备一定的学术史视野，哪怕是潜在的学术史视野，任何经典作家作品研究几乎都是不能想象的。

然而，后现代主义解构的结果是绝对的相对性取代了相对的绝对性。于是，许多人不屑于相对客观的学术史研究而热衷于空洞的理论了。在一些人眼里，甚至连相对客观的真理观也消失殆尽了。于是，过去的“一里不同俗,十里言语殊”,成了如今的言人人殊。于是,众声喧哗,且言必称狂欢,言必称多元,言必称虚拟和不确定。这对谁最有利呢?也许是跨国资本吧。无论解构主义者初衷如何,解构风潮的实际效果是:不仅相当程度上消解了真善美与假恶丑的界限,甚至对国家意识形态,至少是某些国家的意识形态和民族凝聚力都构成了威胁。然而,所谓的“文明冲突”归根结底是利益冲突,而“人权高于主权”这样的时鲜谬论也只有在跨国公司时代才可能产生。

且说经典在后现代语境中首当其冲,成为解构对象,它们不是被迫“淡出”,便是横遭肢解。所谓的文学终结论也正是在这样的背景下提出来的。它与其说指向创作实际,毋宁说是指向传统认知、价值和审美取向的全方位的颠覆。因此,经典的重构多少具有拨乱反正的意义。

正是基于上述缘由,中国社会科学院外国文学研究所于2004年着手设计“外国文学学术史研究工程”计划,并于翌年将该计划列入中国社会科学院“十一五规划”。这是一项向着重构的整合工程,它的应运而生,标志着外文所在原有的“三套丛书”(即20世纪60至90年代——“文革”时期中断——的“外国文学名著丛书”“外国古典文艺理论丛书”和“马克思主义文艺理论丛书”)等工作的基础上又迈出了新的一步,也意味着我国的外国文学研究已开始对解构风潮之后的学术相对化、碎片化和虚无化进行较为系统的清算。

于是,关乎经典的一系列问题将在这一系统工程中被重新提出。比如,何为经典?经典是必然的还是偶然的?经典重在表现人类的永恒矛盾(用钱锺书的话说是“两足动物的基本根性”)呢,还是主要指向时代社会的现实矛盾?它们在认知方式、价值判断、审美取向方面有何特征?经典及经典批评与时代社会的生产力和生产关系、经济基础和上层建筑等关系何如?批评及批评家的作用(包括其立场、观点、方法及其与时代社会的一般和特殊关系)又如何?此外,经典作家的遭际与性情、阅历与禀赋,经典的内容与形式、继承与创新,以及文学的一般规律和文学经典的特殊性等诸如此类的问题,都将是本工程需要展示并探讨的。

且说世界文学一路走来,其规律并非羚羊挂角,无迹可寻。童年的神话、少年的史诗、青年的戏剧、中年的小说、老年的传记是一种概括。由高向低、由外而内、由强至弱、由大到小等等,也不失为一种轨辙。如是,文学从模仿到独白、从反映到窥隐、从典型到畸形、从审美到审丑、从载道到自慰、从崇高到渺小、从庄严到调笑……终于一头扎进了个人主义和主观主义的死胡同。小我取代了大我,观念取代了情节;"阿基琉斯的愤怒"变成了麦田里的脏话;"路漫漫其修远兮,吾将上下而求索"变成了"我做的馅饼是世界上最好吃的";诸如此类,不一而足。是谓下现实主义。当然,这不能涵盖文学的复杂性和丰富性。事实上,认知与价值、审美与方法等的悖反或迎合、持守或规避所在皆是。况且,无论"六经注我"还是"我注六经",经典是说不尽的,这也是由时代社会及经典本身的复杂性和丰富性所生发的。

二

众所周知,文学是人类文明的重要组成部分。马克思主义的经典作家向来重视文学,尤其是经典作家在反映和揭示社会本质方面的作用。马克思在分析英国社会时就曾指出,英国现实主义作家"向世界揭示的政治和社会真理,比一切职业政客和道德家加在一起所揭示的还要多"。恩格斯也说,他从巴尔扎克那里学到的东西,要比从"当时所有职业的历史学家、经济学家和统计学家那里学到的全部东西还要多"。列宁则干脆地称托尔斯泰是俄国革命的一面镜子。这并不是说只有文学才能揭示真理,而是说伟大作家所描绘的生活、所表现的情感、所刻画的人物往往不同于一般抽象的概括、数据的统计。文学更加具体、更加逼真,因而也更加感人、更加传神。其潜移默化、润物无声的载道与传道功能更不待言。站在世纪的高度和民族立场上重新审视外国文学,梳理其经典,展开研究之研究,将不仅有助于我们把握世界文明的律动和了解不同民族的个性,而且有利于深化中外文化交流，从而为我们借鉴和吸收优秀文明成果、为中国文学及文化的发展提供有益的“他山之石”。习近平总书记说过，我们要“不忘本来，吸收外来，面向未来”。这传承和丰富了“洋为中用”“古为今用”的“二为方针”。

“观乎天文以察时变，观乎人文以化成天下”；文学作为人文精神的重要基础和介质，既是人类文明的重要见证，同时也是一时一地人心、民心的最深刻、最具体的体现，而外国文学则是建立在外国各民族无数作家基础上的不同时代、不同民族的认识观、价值观和审美观的形象反映。研究人心自然不能停留在简单抽象的理念上，因此，走进经典永远是了解此时此地、彼时彼地人心、民心的最佳途径。换言之，文学创作及其研究指向各民族变化着的活的灵魂，而其中的经典（包括其经典化或非经典化过程）恰恰是这些变化着的活的灵魂的集中体现。

如是，“外国文学学术史研究”立足国情，立足当代，从我出发，以我为主，瞄准外国文学经典作家作品和思潮流派，进行历时和共时的梳理。第一辑、第二辑和第三辑由二十二部学术史研究专著、二十二部配套译著组成：第一辑涉及塞万提斯、歌德、雨果、左拉、庞德、高尔基、肖洛霍夫和海明威；第二辑包括普希金、茨维塔耶娃、康拉德、狄更斯、哈代、菲茨杰拉德、索尔·贝娄和芥川龙之介；第三辑涵盖陀思妥耶夫斯基、乔叟、简·奥斯丁、普鲁斯特、泰戈尔和希伯来经典。

三

格物致知，信而有征；厘清源流，以利甄别。“外国文学学术史研究”中的经典作家作品学术史研究系列，顾名思义都是学术史研究（或谓研究之研究）。学术史研究既是对一般博士论文的基本要求，也是一种行之有效的文学研究方法，更是一种切实可行的文化积累工程，同时还可以杜绝有关领域的低水平重复。每一部学术史研究著作通过尽可能抽丝剥茧式的梳理，即使不能见人所未见、言人所未言，至少也能老老实实地将有关作家作品的研究成果(包括有关研究家的立场、观点和方法)公之于众,以裨来者考。如能温故知新,有所创建,则读者幸甚,学界幸甚。相配套的经典论文翻译,则遴选有关作家作品研究的阶段性和标志性成果,其形式类似于外文所先前出版的"外国文学研究资料丛书"。

此次面世的"外国文学学术史研究"中的每一部学术史研究著作将由三部分组成。第一部分为经典作家(作品)的学术史梳理。这是相对客观的,但其中的艰难也不可小觑。首先,学术史梳理不像平素泛舟书海,拾贝书海,尽意兴而为之的俯拾由己和随心所欲;其次,牵涉语种繁多,而且经过20世纪的形形色色的方法论和批评思潮的浸染,用汗牛充栋来形容经典作家作品研究成果已不为过。因此,要在浩如烟海的研究史料中攫取最有代表性的观点和方法,实在是件考验耐心和毅力的事情。战战兢兢,生怕挂一漏万,自不待言,且挂一漏万在所难免。因此,我们只能择要概述,甚至把侧重点放在经典作家的代表作上。不然纵使篇幅再大,也难以涵括浩瀚的文献资料。换言之,去芜杂的枝蔓和重复的敷衍,留精粹要义和真知灼见是必然的,但也是不容易做到的。它考验我们涉猎的深度和广度,而且也是检验我们学术水准和价值判断的重要环节。

第二部分研究之研究何啻是一大考验。都说20世纪是批评的世纪,在经历了现代主义的标新立异和后现代主义的解构风潮之后,在各种思潮、各种方法杂然纷呈的情况下,如何言之有物、言之成理、不炒冷饭,殊是不易;如何在前人的基础上有所发现、有所前进,就更是难上加难。反过来看,正因为文化相对主义的盛行和批评的多元,也才有了我们展示立场、发表见解的特殊理由和广阔余地。举个简单的例子,解构主义针对二元论的颠覆虽然是形而上学的,却不可谓不彻底。其结果是相当一部分学者怀疑甚至放弃了二元思维,但事实上,二元思维不仅难以消解,而且在可以想见的未来仍将是人类思维的主要方法。真假、善恶、美丑、你我、男女、东方和西方等实际存在,并将继续存在。与此同时,作为中国学者,面对西方话语,我们并非无话可说。总之,从文学出发，关心小我与大我、外力与内因、形式与内容、反映与想象、情节与观念，以至于物质与精神、肉体与灵魂、西方与东方等诸如此类的二元问题，以及经典在民族和人类文明进程中的地位和作用，依然可以是我们的着力点。当然，二元论绝不是排中律，而是在辩证法的基础上融会二元关系及二元之间所蕴藏的丰富内涵和无限可能性。毋庸讳言，改革开放以来，学术界解放思想，广开言路，但日新月异中不乏矫枉过正、时髦是趋。比如大到存在与意识、物质与精神的辩证关系，小到客观与主观、客体与主体等等，都大有乾坤倒转、黑洞化吸之势。至于意识形态“淡化”之后，跨国资本主义的一元化意识形态更是有增无已；真假不辨、善恶不论、美丑混淆的现象所在皆是；个人主义大行其道，从而使抽象的人性淹没了社会性；普世主义势不可挡，以致文化相对主义甚嚣尘上。文学从大我到小我，从外向到内倾，从模仿到虚拟，从代言到众声喧哗；真实给虚幻让步，艺术向资本低头；对妖魔鬼怪和封建迷信津津乐道，任帝王将相和无厘头充斥视阈，能不发人深省？然而，经典作家是说不尽的，以上的任何一位作家都是无法穷尽的。用巴尔加斯·略萨的话说，伟大的经典具有“自我翻新”的本领。至于何为经典，虽然也是个说不尽的话题，但用简单的方式综观前人的观点，也许可以用两句话来概括：一是它们必须体现时代社会（及民族）的最高认知和一般价值（包括人类永恒的主题、永恒的矛盾）；二是其方法的魅力及审美的高度不会随着岁月的更迭而褪色或销蚀。当然这是将复杂问题简单化的一种说法。而本课题便是关乎经典之所以成为经典的一种较为复杂的论证方式。需要说明的是，经典不等于市场。用桑塔亚那的话说，经典不在于一时一地喜欢者的多寡，而在于喜欢者的喜欢程度。如果在此基础上再加上一个历史的维度，那么这话也就更加全面了。

学术史研究的最后部分为文献目录。它在尽可能详尽的基础上，还要有所选择。不然，展示一个经典作家的学术史，光文献目录就可以编辑厚厚的几大本。因此，去粗存精，是为重要或主要文献目录。

最后需要说明的是，“外国文学学术史研究”的中长期目标是在作家作品和流派思潮研究的同时,进行更具问题意识的学术史乃至学科史研究,以期点面结合,庶乎“既见树木,又见森林”;若能密切联系实际,促进中华学术的繁荣、发展和创新,则读者幸甚,我等幸甚。无疑,此工程面向全国高校及科研机构,希望有志于外国文学学术史研究的同仁踊跃加盟、不吝赐教。

陈众议

目录

绪言

有关简·奥斯丁(Jane Austen,1775—1817)的文献资料,似乎不及塞万提斯或者列夫·托尔斯泰那般了无际涯。但是,自1811年出版以来,奥斯丁小说的影响一直在持续扩大,到了20世纪下半叶,更是成为风头极健的文化热点,相关论著层出不穷、不可胜数,说她方驾莎士比亚、比肩狄更斯,也不为过。

对于中国学者和读者,哪些有关奥斯丁的著作和论者堪称重要?

任何研究都离不开资料的搜集和整理。搜集、鉴别和运用第一手资料,参考书是必不可少的。"学术史研究"工作,离不开广义的校雠学,特别是版本、校勘和目录。1923—1951年间,英国学者查普曼(R. W. Chapman)陆续推出了六卷本的牛津版《奥斯丁文集》(包括《次要作品》),用研究欧洲古典作家的方法来整理一位近代小说家的文本。这在英美文学史中尚属首次。该文集不仅为奥斯丁研究奠定了坚实的基础,还引领了后来牛津版的"英语经典文库"。查普曼的贡献,举其要者,首先是语言上的勘校。早期版本算不上"麻抄本",但错讹难免,需要细心和耐心来逐行披览、补苴罅漏。校勘之外,注疏的作用也不可小觑。除了"注释""附录""人物索引""总索引"和各种年表等一一备齐,查普曼还撰写短文、添加各种插图,介绍小说的历史语境。可以说,查普曼的笺注为奥斯丁小说的"入典",创造了必要的外在知识条件。牛津版之外,最重要的奥斯丁小说版本,当属美国的诺顿版和英国的剑桥版。诺顿版的面世,始于20世纪60年代,某些单卷本的编者在前言中声明,他们主要参照了查普曼的牛津版。除精校了六部小说的文本外,诺顿版还提供了“背景材料汇编”和“现当代批评选读”。此中的大多选文或者评述颇有代表性。自90年代开始，剑桥大学的托德教授(Janet Todd)担任总主编，组织了一个八人跨国学术团队，历时十余载，终于在2005年推出九卷本的剑桥版《奥斯丁文集》(文本之外，还包括一卷《语境中的奥斯丁》)。在某种程度上，此“国际版”依旧贯彻了查普曼的编辑原则。目前，属于文字勘校的工作，似乎已经大体完成了，学者们开始进一步注意更细致的问题，比如标点符号的取舍等。这些细节有时也的确关乎理解。句读之不知，绝非小事，信然。

再来看奥斯丁批评史中的“目录学”。顾名思义，“目录”的“目”是指书名和篇目，而“录”(或者“叙录”)，则是指对所校图书或所辑篇目的某些介绍，比如作者的生平和思想、材料内容的撮要，甚或耙梳学术源流、判定图书价值等。20世纪70年代之前，奥斯丁的研究书目不外乎两种，即1929年的凯因斯(Sir Geoffrey Keynes)本和1953年的查普曼本。凯因斯所列篇目远不够周全，许多博士论文均不见于其中。在书名和篇目之后，查普曼本一般不给出摘要(所谓“既条既撮”)，而是从中遴选某些原文或者只言片语。其中，小说家亨利·詹姆斯的选文，颇为详尽，而对早期学者拉塞尔斯(Mary Lascelles)的专著，竟一句话带过。第二次世界大战期间，英国首相丘吉尔在病床上感叹道，《傲慢与偏见》中“没有关于法国革命的忧虑，也全无拿破仑战争带来的苦苦挣扎”。今天的编者未必会收录此等杂感，查普曼却情有独钟。1982年，美国人吉尔森(David Gilson)出版了《奥斯丁研究书目》，胪列了近至1978年才进入公众视野的最新资讯。作者介绍了最早的美国版奥斯丁小说，如极为罕见的1816年费城版本《爱玛》，详尽列出奥斯丁小说的各种外语译本，兼多种续写本，甚至还有基于小说改编的音乐喜剧、情景剧等。这本书的“传记和批评”部分占了二百多页(第463—738页)，可惜也没有摘要，更不见吸引读者的有趣选文。

前面说过，“录”的基本内容是对所辑篇目加以介绍。迄今为止，最为完备、详尽的要算罗思(Barry Roth)与人合著的《奥斯丁研究目录》

（1973）。他们几乎穷尽了1952年到1972年间的全部研究资料，共计794种文献。罗思将这些篇什分成三部分（专著和论文；博士论文；简短论述），大致按时间顺序加以排列。索引部分又被进一步分为“作者索引”“小说（六部主要作品和次要作品）索引”和“主题索引”等。本书不愧为“加注的书目”（annotated bibliography），大部头的专著自不必说，连论文集中的单篇文章，都一一辑录撮要。在编写读者面前的这本《奥斯丁学术史研究》时，我们尽可能阅读一手资料，但某些难以得到的篇目，也只能从罗思那里获得二手信息。值得一提的是，罗思还独自完成了另外两部奥斯丁研究书目，时间跨度分别为1973—1983年和1984—1994年。

当然，若能将这些出版物统领起来，做出些许高屋建瓴、有的放矢之评价，写就一篇辨章学术、考镜源流的“叙录”，至少对于本书的写作而言，就更有意义了。前面提到的剑桥版《奥斯丁文集》大抵做到了。在这套集子中，每一册（六部小说外，还有《少年习作》和《后期手稿》）均由国际知名的奥斯丁专家来编辑校订，都冠以一篇高质量的“文献综述”。《曼斯菲尔德庄园》的综述，出自澳大利亚学者威尔特希尔（John Wiltshire）之手，《理智与情感》的，则由科普兰（Edward Copeland）执笔。他们不仅遴选重要论著，简要阐明各篇目的旨意，还能“爰定部类，以见源流”。与之颇为相类的，要算兰丁夫妇（Laura C. Lambdin and Robert T. Lambdin）著的《奥斯丁研究指南》（2000）。两位作者也是以单部小说为线索，遴选200年以来的重要批评文献，专著之外，更有单篇文章，其收纳之数量，远超过剑桥版。

另外，格雷（J. David Grey）主持的《奥斯丁指南》和托德主编的《语境中的奥斯丁》，也是我们案头必备之书。其中都有英美奥斯丁专家撰写的综述文章（共计6篇），均将200年的奥斯丁批评史分作三个时段来单篇加以梳理。我们从中受到很多启发，在本书中也尝试将英美等国的奥斯丁学术史分为三个时段来讨论。当然，本书的“三段论”是以我们的理解判断为基础，并适当侧重梳理当代学术现状，而非对外国著述亦步亦趋。

本书是国内第一部面向英语文学专业研究人员和普通文学爱好者的中文奥斯丁学术史（或称“批评史”）研究读物。我们希望在资料梳理和论述阐发等方面，既能做到比较周全中肯，又能照顾中国学者的视角和独立见解。因此，除了重视上述参考书提供的基础知识，我们也尽可能从国内外学者那里收获“言传之教”。前面提到的剑桥版《奥斯丁文集》总编辑托德，剑桥大学出版社的编审布里女士（Linda Bree），牛津大学圣安妮学院的萨瑟兰（Kathryn Sutherland）教授，以及伦敦大学学院的英语系主任穆兰（John Mullan）等，都曾接受我们的专访，并一直用电邮与我们保持密切的联系，积极为我们的学术史写作建言献策。老一辈专家朱虹先生选编的《奥斯丁研究》（1985）一书为我们提供了重要参照和大量可以信赖的译作。来自中国社科院外文所、北京大学、北京外国语大学、四川外国语大学、中华女子学院等的一些同行们，曾定期召开正式会议和非正式座谈，就有关问题深入讨论，提出种种建议和批评。

谨此向所有支持、帮助过我们的同行们致以谢忱。

第一编

奥斯丁学术史：1811—2011

第一章 早期研究：1811—1930

1811—1930年间，有关奥斯丁的言说并不多，基本属于生平、情节介绍和人物赏析。美国学者索瑟姆（B. C. Southam）在20世纪60和70年代搜罗整理各种相关材料，最终编辑完成了《奥斯丁：批评传统》（共二卷），涵盖1812—1921年间的批评选文。[1] 该著作是我们检视早期奥斯丁学术史最重要的资料来源之一。本章所讨论的早期奥斯丁评论，除了另注的以外，均出自此书。

第一节 小说出版和第一波反响

奥斯丁学术史，不仅关乎作家的个案研究，而且涉及小说作为一种文类的接受情况。奥斯丁的早期接受，有助于我们重新审视"小说的兴起"。18世纪40年代，理查逊（Samuel Richardson）和菲尔丁（Henry Fielding）的小说作品问世，极大地推动了这一文学形式的迅速传播，在18世纪末的英国，情感小说、哥特小说等，更是盛极一时。不过，相对于诗歌等传统文类，在多数上流雅士看来，小说仍是不值得讨论的。尤其，坊间充斥的大量所谓"垃圾言情小说"（romantic trash）和撩人心魄的惊悚故事，更是招来不少鄙薄和贬斥。有人认为，这些作品沿袭固定

1 B. C. Southam, *Jane Austen: The Critical Heritage*, Vol. 1, London: Routledge and Kegan Paul, 1968; B. C. Southam, *Jane Austen: The Critical Heritage*, Vol. 2, London: Routledge and Kegan Paul, 1987.

模式，“只消阅读前面的三页，就不难推测出其后的内容”。[1] 著名作家司各特（Walter Scott）评论《爱玛》时，开篇时也先退一步说：“在那些除了小说以外什么别的东西都不读的人中，很难找到一个胆大的，敢于公开承认他对这类轻浮读物的爱好。”[2]

英国小说的兴起是否和女性阅读有关，一直为学者们所关注。小说的出现，恰逢英国女性的教育水平普遍提高，可以说它是女性自一开始就积极参与构建的一种文学形式——她们不仅热衷阅读，还积极从事写作。18、19世纪之交，英国小说读者中，女性占绝对主导地位，而就小说作者而论，也是如此。[3] 阅读小说属娱乐活动，读者多为有闲阶层女性。她们经常出入收费的流通图书馆，是书商和雇佣作家赚钱的主要对象。此外，在18世纪90年代的英国社会中，政治和宗教争论甚嚣尘上，普通民众对此也很好奇，甚至一般劳动者中也有人征订科贝特（William Cobbett）的《政治纪闻》或者相类的激进文字。教会主办的主日学校，也向下层子弟传授句读技巧。究竟该不该让一般民众阅读，成为社会中普遍担心的问题。流通图书馆由此招来不少谴责，仿佛它们专擅传播低级趣味之作。进入19世纪，福音主义运动和功利主义思想波及日甚，两者都贬斥虚构作品，而小说首当其冲。斥责小说导致民众的情趣低下，甚至引发遗弃子女和通奸等行为的言论，不时见于报端。浪漫主义诗人柯尔律治（Samuel Taylor Coleridge）曾说，通俗小说戕害了读者的心灵；而哲学家边沁（Jeremy Bentham）则认为小说没有任何实用价值。连流通图书馆也纷纷开始排斥小说。[4] 除菲尔丁、理查逊等人的作品外，当时的期刊颇不屑于品评流行小说。

奥斯丁的创作又恰逢小说的转型时刻。名作家司各特和高级教会人士惠特利（Richard Whately）都出面为小说阅读辩护，他们认为即便作为消遣读物，小说也具有不可或缺的艺术和社会功用，奥斯丁的小说

1 Southam, Vol. 1, p. 35.

2 朱虹（编）：《奥斯丁研究》，北京：中国文联出版公司，1985年，第10页。

3 Annika Bautz, *The Reception of Jane Austen and Walter Scott*, London: Continuum, 2013, p. 11.

4 John Halperin, ed. *Jane Austen: Bicentenary Essays*, New York and Cambridge: Cambridge University Press, 1975, pp. 4–5.

尤其体现了古典文学寓教于乐的理想。

早期奥斯丁评论基本都是通过报纸和期刊面世的。在18、19世纪之交的英国，约有60多种报纸和杂志刊载文学评论。《评论月刊》(*The Monthly Review*)和《英国评论家》(*The British Critic*)等专门的文学评论刊物，自是当仁不让；而《绅士杂志》(*The Gentleman's Magazine*)、《英国淑女杂志》(*The British Lady's Magazine*)等，除转载议会辩论、外交、股票以及上流社会婚育外，也为文学批评留出一席之地。司各特认为，文学评论之重要，“英国文学史上前所未有”；散文作家黑兹利特(William Hazlitt)曾放言，“无评论，也就没有我们的时代”。最初的评论主要是新作品摘要，偶尔也做详尽的评介。随着出版物数量剧增，连简单的摘要也难以完全实现。据统计，1806年的《批判性评论》(*The Critical Review*)，仅能涵盖当时四分之一的新版小说。[1]

1802年创刊的《爱丁堡评论》(*The Edinburgh Review*)开始深入地讨论某些小说，除简述情节和征引段落，更侧重于评论和分析，这就改变了文学评论的规制，形成了一种更具批判性的风格，成为19世纪文学评论期刊的范本。拜伦(Lord Byron)称这些评论家为“北方的狼”，说他们毫不留情地挑剔刚出道的作家，浪漫主义诗人济慈(John Keats)就是一个受害者。最初，辉格党和托利党分子都会为《爱丁堡评论》撰稿，后来托利派还是因政见不同另创《评论季刊》(*The Quarterly Review*)。在19世纪初年，《爱丁堡评论》和《评论季刊》的印刷数分别为12 000册和14 000册。自那时起，一部小说是否得到广泛的评论，已经是它成功与否的重要标志。

奥斯丁的主要小说，自1811年起陆续面世。除了《曼斯菲尔德庄园》未被提到，其他五部均引起上述刊物的注意。这也印证了她当时的文学地位。

19世纪初，英国小说的平均印刷册数为500—750册。据估计，第一版《理智与情感》(1811)大约印了750—1 000册，出版商为埃格顿

1 Bautz, pp. 8–9.

(T. Egerton)。1813年7月这些小说已经售罄，同年10月开印第二版。这版小说时价为15先令，奥斯丁大约赚得140英镑。当时小说再版并不常见，就销售册数看，《理智与情感》比同时代的其他小说要成功。1812年2月的《批判性评论》和5月的《英国评论家》都曾留出版面来介绍该书，前者将其置于主要版面，后者只在报纸末尾的短评里偶一提及。《批判性评论》认为，在道德寓意、娱乐、情节、现实主义等方面，这部小说达到了通常认可的标准。女主人公埃莉诺是女性行为的典范，"富有理智，又不乏情感"，玛丽安渐趋理智，最终远离了"感情的狂热"。该刊赞美作者的女性气质，尤其推崇这本小说的道德关注，认为玛丽安和威洛比的故事足以告诫年轻的女士们，不受约束的情感会招致"悲剧、麻烦和嘲笑"；绅士们也要自知，玩弄女士的感情是一种"愚蠢和罪行"。文章指出：小说并没有直接说教，实现了古典作家贺拉斯提倡的"寓教于乐"；但故事结局对玛丽安的婚姻安排，也有不少普通读者表示反对。

《傲慢与偏见》1813年出版时，封面上标称写家乃是"《理智与情感》的作者"，此后的奥斯丁小说都按此方式来注明作者身份。埃格顿以110英镑买下该书版权，似乎是指望以这部小说赚钱。小说封面还标明"由T. 埃格顿出版"，这也说明了出版商的信心。1月份初版1 250—1 500册，很快售罄，同年10月第二版付梓，时价为18先令。《英国评论家》《批判性评论》和《新书评》(*The New Review*)分别介绍了该书。后两者将其置于主要版面，但《新书评》只简单概括了作品，没有评论。一如对《理智与情感》的评论，《批判性评论》的书评点到了作品寓意、写实的生活、人物刻画以及作品的优点等。该文甚至将女主人公伊丽莎白比作"真正的贝特丽丝"(莎剧《无事生非》中的女主角)：恰似后者，伊丽莎白也活泼自信、伶牙俐齿、惹人爱怜，最终打败了达西先生的"家族傲慢"。论者还指出，达西的爱情态度变化未免太突然，本来对女主漠不关心，倏尔变得情深意切。

除了正式的评论性文字，还有一些时人的书信、日记等，也涉及关于奥斯丁的私下评论。这些后来也被索瑟姆收入《奥斯丁：批评传统》。比如，剧作家谢利丹(Richard B. Sheridan)颇能理解《傲慢》一书的机智，建议邻居赶紧购买。据亲友私下传说，当时鼎鼎大名的驻印度总督黑斯廷斯（Warren Hastings）也喜欢这本小说，尤其钟情于伊丽莎白，奥斯丁得知后喜出望外。另外，拜伦夫人也为小说人物所打动，最初竟以为这是当时有点文名的夏洛特·斯密斯（Charlotte Smith）的作品。某些论者对奥斯丁的艺术主旨深有体悟，比如1815年《评论季刊》的编辑吉福德（William Gifford）指出，《傲慢》不像浪漫故事或者哥特小说那样充满离奇怪事或者善感情调。这已经预示了后来司各特的观点。

当然，也有读者对小说如实反映生活持批评态度，认为班奈特一家行为猥琐，小说充满琐碎的家庭争执，"过于现实，庸俗单调，不能激励读者"等。可以说，这样的态度在整个19世纪不绝如缕。读者一方面喜欢奥斯丁的小说，同时又或多或少克制自己的赞誉，认为文学应该表现出一定的理想追求，否则算不上伟大的艺术品。同时代小说家密特福德（Mary Russell Mitford）的书信就是一例。她希望奥斯丁的艺术修养能够有所提高，追求优雅的风格，少一些讥讽和挖苦。[1] 密特福德曾经是奥斯丁的邻居，在她的记忆中，奥斯丁年轻时"非常漂亮，但傻里傻气，装模作样，是个善于引起男人注意的花蝴蝶"。[2]

《曼斯菲尔德庄园》是奥斯丁定居乔顿村后专心写作的产物，1814年5月出版，同样委托埃格顿刊印。第一版印制了1 250册，售价18先令，于当年11月售罄。现有的材料表明，当时没有任何刊物提及这本小说，司各特似乎也不知道《曼园》的存在。幸好，奥斯丁本人将一些私人品评收集起来。总共有38条记录，最短的只有几个字，有的甚至是道听途说。奥斯丁没有给出具体时间，短评大致集中在1814年到1815年。[3] 这些普通读者谈起小说人物和情节相当投入，也不乏争论——如小说中的私奔是否"自然合理"；朴次茅斯的场景描写是否"真实可信"；小说的道德倾向是否暧昧等。

奥斯丁曾将小说寄给小说家埃奇沃思（Maria Edgeworth），可以说，这是除司各特外，唯一得她敬重的当代作家。埃奇沃思是否回过信，我们却不得而知。后来有评者专门比较这两个作家："【奥斯丁】会编

1 Southam, Vol. 1, p. 54.

2 Deirdre Le Faye, *Jane Austen: A Family Record*, 2nd edition, Cambridge: Cambridge University Press, 2004, pp. 46–47.

3 Southam, Vol. 1, p. 10.

故事，更有真情，且绝不在小说中掺杂化学、机械或者政治经济学等知识。”[1] 这样的对比显然有利于奥斯丁。奥斯丁曾经跟姐姐卡桑德拉开玩笑，说自己在《傲慢与偏见》中也可以掺入各类知识——如有人指出，“我们并不否认从《恩庇》中学到了不少物理和法律方面的知识，特别是后者，因为埃奇沃思小姐笔下的法律，是很有创新性的法律。但是，我们拿起这本书并不是为了学习法律和物理”。[2]

《爱玛》1815年12月由伦敦著名出版商默里（John Murray）刊印。这本小说特别写明，献给当时的摄政王，也就是后来的乔治四世，这样的举措，在奥斯丁小说中是独一无二的。三卷本《爱玛》售价为1几尼，明显高于当时密涅瓦（Minerva）出版的通俗小说价格。该小说第一版印制了2 000册，第二年10月已经售出1 250册。奥斯丁的收益大致为221英镑，但补偿《曼园》第二版的亏损后，她实际只得了38英镑。

近年来的传记表明，奥斯丁颇具“职业作家”的头脑。《奥斯丁书信集》收录了她的两通简洁直白的商务短笺。到1809年，《苏珊夫人》（《诺桑觉寺》的前身）的版权出售已逾六年，但出版依然杳无音讯。奥斯丁写信给原书商埃格顿，郑重表明：除非收到出版声明，否则她将该小说另寄他处。后来，由于埃格顿拒绝再版《曼斯菲尔德庄园》，奥斯丁换了出版商。1815年底，一直帮她料理“外”务的哥哥亨利患重病，奥斯丁便亲自出面和伦敦出版巨头默里打交道，协商《爱玛》出版事宜。默里曾试图以450英镑买下奥斯丁前三部小说的版权，但被奥斯丁拒绝了。1803年，默里接管了父亲的事业，逐渐成为伦敦地区颇有名望的出版商，其创办的《评论季刊》也极具影响力。1814年，出版司各特的第一部小说《威弗利》取得成功之后，他急需觅得一个新秀小说家。默里和其得力编辑吉福德对刚刚完稿的《爱玛》赞美有加，决定刊印《爱玛》，并再版《傲慢与偏见》。为了推销作品，默里请司各特为《爱玛》撰写书评。20世纪后期以来，奥斯丁研究者已经达成共识，认为这是奥斯丁经典化的重要一环。

1817年7月奥斯丁去世，《诺桑觉寺》和《劝导》在同年12月被委托给默里出版，前言由亨利·奥斯丁执笔。这篇传记式的声明，终于

1 转引自Southam, Vol. 1, p. 11。

2 Southam, Vol. 1, p. 94.《恩庇》（*Patronage*, 1814）为埃奇沃思的一部小说。

透露了这位淑女作家的真实姓名。两本小说的合订本共印刷1 750册，每册24先令，1818年底已经售出1 400册，获利450英镑。四家英国期刊评论了这两本小说。《英国评论家》评论了除《曼园》外的所有小说。从评论的内容和长度看，奥斯丁小说的地位和名望似有提升。前几部小说的介绍，平均只占去一页，而对《诺桑觉寺》和《劝导》的评论，占了八个版面。论者指出，这些小说与众不同，因为奥斯丁描述的事情，很可能在"英国一半的家庭里"发生；同时也暗示作者的想象力贫乏，故事缺少创新。《劝导》的书评看重小说对道德教育的持续关注。这位评论家高度赞扬了《诺寺》，但认为《劝导》似乎在怂恿年轻人根据自己的喜好和判断来选择配偶。

埃奇沃思读过《诺桑觉寺》，认为对蒂尔尼将军的刻画不够真实。她对《劝导》的批评是：小说的前50页太啰唆、复杂，其他的部分较有意思，写得自然，尤其安妮和恋人的故事，"不过，仅此而已，默斯格罗夫小姐崴脚以后，就索然无味了"。[1]

与《诺桑觉寺》和《劝导》首版一起刊印的，还有亨利·奥斯丁撰写的《作者传略》(以下简称《传略》)("Biographical Notice of the Author")。1832年奥斯丁小说集再版，《传略》的内容也稍加扩充。出现在哥哥笔下的，是一个温柔贤惠、知书达理、虔诚恭敬、克己复礼的奥斯丁，这进一步为"正统"奥斯丁形象奠定了基础。《传略》的开头和结尾，都强调奥斯丁的虔信："和这条特点相比，她的其他特点就都显得不重要了。她笃信宗教，十分虔诚，她唯恐触犯上帝，同时也绝不会触犯任何人。她勤于读书和思考，对严肃的问题有深刻的理解，而且她的见解也是完全符合我们国教的主张的。"18世纪的英国社会，相对世俗化了，奥斯丁在小说中常调侃宗教人士；从书信看，她讨厌过于宗教化的举止。但到了世纪之交，由于循道宗和福音主义的影响日益增强，社会风气为之一变。1809—1814年间，奥斯丁对福音主义的鄙夷言辞，早已有所收敛。她去世后，福音主义波及愈甚。写作《传略》时，亨利本人已放弃了从军和经商，变为规规矩矩同情福音派的牧师，其标榜妹妹"虔诚的宗教生活"，绝非偶然。

1 转引自Southam, Vol. 1, p. 17。

《传略》还呈现了奥斯丁的性情："在批评别人的恶行时，她也从不容许自己带上半点冷酷刻薄。矫揉造作，伪装真诚的人并不少见，她却丝毫不带矫饰和虚伪…… 她从来没有说过一句轻率、愚蠢或者苛刻的话。总而言之，她的性情像她的才智一样优雅。她不但性情温厚，待人接物也和蔼有礼。"[1] 这是"温柔姑妈"的最初版本，影响了后来的家人回忆录。亨利还宣称，妹妹"最初写作既非为名也非为利"，"她虽然听到这样的称赞，仍然非常害怕落下不好的名声，因此，假如她现在还活着的话，尽管她的声誉愈来愈高，她还是不会同意在自己的任何一部作品上公开署名的"。17世纪中后期，以手抄本形式出现的"风雅之作"逐渐被以市场为导向的印刷品所取代，文学商品化初露端倪。但很多读者鄙薄"格拉布街"的写者，认为他们要么图攫取名声，要么为谋得实利。民众不容忍女性抛头露面挣"稿费"，除非是因为家庭陷入经济困境。无怪乎，奥斯丁的作品都是匿名出版。《传略》还谈到影响奥斯丁的英国作家，如约翰逊（Samuel Johnson）的散文，柯珀（William Cowper）的诗歌，小说家则首推理查逊。"她对于菲尔丁的任何一部作品，评价就不那样高了。她毫不做作地避开一切粗鄙的东西。"这些看法均影响了后来的批评。

第二节　司各特、惠特利、刘易斯及其他

19世纪早、中期批评中最重要的几篇文章，值得单独讨论。经典作家的批评史，其实更能反映批评家或者历史学者的文学观念，折射出某一时代的艺术风气。

司各特关于《爱玛》的评论就是这样的"地标"文献之一。他认为该小说并非浪漫传奇，而是反其道行之。司各特简单追溯了小说的历史，指出小说是"传奇的合法婴儿"，并进一步论述，在真实性和情感方面，早期小说和当下流行的小说有所不同。论述小说真实性时，司各特提到了一对重要的概念：盖然性（probability）和可能性（possibility）。这是亚里士多德的术语，在当时的小说和艺术批评中，已经大量使用。

1 参见朱虹（编），第4—8页，略有改动。

司各特认为，小说的叙事应该尽量控制在盖然性和可能性之内。他认识到，当时小说的创作到了一个转折关口，“在最近十五到二十年内，产生了一种小说”，其特征是“按照普通阶层生活的真实面貌来描摹自然的艺术，它向读者提供的，不是灿烂辉煌的想象世界的画面，而是对于他周围日常发生的事情所做的正确而引人注目的描绘”。[1] 也就是说，对日常生活的把握，已经成为小说写作的新方向。司各特并没有使用“现实主义”的说法，这样的术语要等到19世纪40年代才从法国引入。

司各特以《爱玛》为例来说明新小说的特点。他准确地抓住了奥斯丁小说的针对性——“《爱玛》的作者只限于描写社会的中等阶层，她笔下最高贵的人物，地位也并不比有良好教养的乡村绅士和太太小姐们高出多少，而她刻画得最富于独创性和最准确的，还常常是比这更低的阶级。”相对而言，埃奇沃思描写的是上层的生活，她的小说显得丰富多彩，只不过是由于“更多的浪漫事件以及她体现和描绘民族性格的出色才能”。司各特准确地概括出了奥斯丁叙事的特点：用简洁幽默的对话，戏剧性地展示人物形象。“在对话里，对话者的性格极其戏剧性地显示了出来。”这跟后来刘易斯（George Henry Lewes）的“戏剧式呈现”主张如出一辙；大约90年之后，美国小说家詹姆斯（Henry James）也大力提倡让小说人物自主展现，而不是被讲述。换言之，司各特之说，中经刘易斯的阐释，后来在詹姆斯和卢伯克（Percy Lubbock）那里得到进一步发展，最终成为现代小说叙事理论的核心内容。

有趣的是，司各特偶尔也反对奥斯丁“过细的描写”，认为“愚蠢的或者单纯的人物，例如老伍德豪斯和贝茨小姐，头一次出现时是可笑的，但是，出现次数过多或者描写得过分冗长，则他们在小说里啰唆的闲聊，很可能会变得像在真实社交界里一样令人生厌”。这或许反映了司各特的“现实主义”实际上是有所偏重的，司各特推崇小说家的诗人气质，力倡文学之启发心灵。他还说，像奥斯丁这样擅长“写道德小说的作家们，把丘比特和工于心计的谨慎态度牢牢地联结到一起”，等于“用一种更加卑鄙下贱和自私的行为动机，来代替了他们的前辈那也许曾经煽起过分炽烈火焰的浪漫感情”。司各特对沃尔波尔（Horace

1 参见朱虹（编），第10—25页，略有改动。

Warpole）开创的哥特小说传统依旧情有独钟，因为这是对诗意描写的肯定，也是对强烈情感的重视。[1] 仅仅描写日常生活中的平凡人生和情感，似乎意味着缺乏诗意和激情，司各特们难免存有此类看法，其评论文章也或多或少地指责奥斯丁忽视“最温柔、最高尚和最美好的”激情。

1821年《评论季刊》的文章是由大主教惠特利执笔的，这非同寻常，证明了奥斯丁日益提升的声誉。惠特利的文章开篇即指出小说的地位发生了变化，显然是在回应司各特的书评：“我们倾向于把这种变化更多地归因于作品性质的改变，而不是公众口味的改变。”[2]

在惠特利看来，艾迪生和斯蒂尔笔下的道德教诲，“也可以从新近涌现的小说家们不但犀利明智而且妙趣横生的作品中得到”。惠特利看重奥斯丁寓教于乐的艺术态度，并为这样的做法寻找理论依据，尤其详细讨论写实主义中的盖然性问题。惠特利使用了不同术语：“不自然”（unnatural）和“不可能”（improbable）。他认为，埃奇沃思比菲尔丁自然多了，但其小说中的诸多情节，仍然不具盖然性。而奥斯丁的小说，“并没有非常事件的帮助，后面发生的事情，都是前面的事件的必要或自然的结果”。奥斯丁及其同时代人创造的新小说，实际上是“虚构的传记”，它们和现实的关系，与亚里士多德所说的叙事诗和悲剧诗与历史的关系相同。历史所记录的只是个别、已然的事，事件前后承续不一定显出必然性；诗之所写，却不仅是个别的，而是带有普遍性、合乎可然律或必然律的事，因此诗比历史显出更高度的真实性。“我们不知道奥斯丁小姐是否读过亚里士多德的训诲，但我们知道的是，把亚里士多德的训诲阐释得比她更成功的小说家即使有，也是凤毛麟角。”[3]

惠特利还讨论了几种叙述方法的优劣，指出奥斯丁在有些地方运用了书信体，并取得了很好的效果；但总体来说，她更多使用第三人称写法，“毫无顾忌地描写私密的谈话和没有说出的情感”。当然，奥斯丁牢记的一条重要准则就是，“作者本人在作品中要尽量少说话，要经常引入对话，来营造戏剧性的气氛；她在这一点上即使和莎士比亚相比也

1 参见申丹、韩加明、王丽亚：《英美小说叙事理论研究》，北京：北京大学出版社，2005年，第46—48页。

2 Southam, Vol. 1, p. 87. 译文参见本书姊妹篇《奥斯丁研究文集》中的相应篇目。

3 译文参见本书姊妹篇《奥斯丁研究文集》中的相应篇目。

毫不逊色”。惠特利批评埃奇沃思说教过多，相对而言，奥斯丁则避免突兀的宗教言辞：“她是一个基督教作家，是一个严肃的作家……（但）她的道德和价值观念隐藏在行文中。”《曼斯菲尔德庄园》包含了奥斯丁的一些最好的道德训诲和最幽默的描写。《劝导》是“我们记忆中读到过的关于普通人生活的最优美的小说之一”。与司各特不同，惠特利认为安妮的爱情带有激情色彩，不以金钱考量为重，体现了“一种道德准则”，“一种使人振奋的强大促力，可以激发起连本人都不知道的潜能”。奥斯丁作品不但在同类作品中最无懈可击，而且在极大程度上做到了寓教于乐。

惠特利等人的评论已经在某个方面将奥斯丁和莎翁并提，后来，维多利亚时代（1837—1901）著名历史家麦考利（T. B. Macaulay）、评论家刘易斯和诗人丁尼生（Alfred Tennyson）等也都曾有类似评价。1843年，麦考利曾议论说“莎士比亚是空前绝后的……作家当中，手法最接近于这位大师的，无疑就要数简·奥斯丁，这位女性堪称英国之骄傲”，还说奥斯丁笔下的“四位牧师，无论我们在王国的哪一教区看见他们当中的任何一个，都不会感到惊奇，他们都是中上等阶级的典型，都受过文科教育，都受着相同神职的约束”。[1] 麦考利甚至表示要为奥斯丁立传。

总体来说，那时的读者更加关注司各特、勃朗特姐妹、狄更斯（Charles Dickens）、萨克雷（William Thackeray）和乔治·艾略特（George Eliot）等。有评家认为，奥斯丁所写不过是家庭喜剧，只涉及地区性的题材，往往关乎摄政时代的风俗；她笔下的爱情，更像“冷静常识的附属物，而非发自灵魂的激情”；还有人把奥斯丁称为“二流作家”，说她没有企及小说应有的“领域”，也就是触碰读者的灵魂。[2] 今天读者所赞赏的特点，比如细腻、节制、反讽等，除了个别例外，很少被提到。作家夏洛特·勃朗特在私人通信中贬低奥斯丁，其说法很有代表性。她认为奥斯丁的小说不过是“平凡面孔的一幅惟妙惟肖的银版照相”，“犹如中国画一般惟妙惟肖、刻意求工”，她“全然不知激情为何

1 朱虹（编），第28页。

2 参见Southam, Vol. 1, No. 34, No. 35。

物”等。[1] 勃朗特何以不能体会奥斯丁对内心感受的揭示呢？索瑟姆猜测，也许勃朗特根本就没有认真阅读《爱玛》。

当时的欧洲和英国读者大多崇拜司各特，刘易斯却持不同看法。他认为：相较于奥斯丁，“司各特缺少非凡本领来深入最为神秘的内心深处，也不能通过人物的内心活动和外在表现，或者通过人物不自觉的自我暴露和对自己微妙的矫饰来展现一个人物”。奥斯丁的伟大，在于“绝妙的戏剧性力量，比司各特的一切都更近似莎士比亚的最伟大的特点”。[2] 刘易斯直言称赞奥斯丁是“迄今所有写手中最伟大的艺术家”。他前后写过几篇短文谈论奥斯丁，1859年，《布莱克伍德杂志》上刊登了刘易斯最重要，也是最后一篇评论奥斯丁的文章，几乎囊括了此前的各种说法。[3]

刘易斯意识到，奥斯丁可能被误读，尤其被维多利亚的公众所低估。刘易斯赞美她“简约的艺术”，即艺术手法与目的完美契合，“无须借助于外加的或多余的成分”。奥斯丁尤其长于用戏剧手法塑造人物，“她不对我们叙说人物是何身份、有何心情，而是把人展示出来，由他们各自亮相”。当然，刘易斯也指出这一手法的不足，“每个读者固然都不免要为自己想象出这些人物的生动形象，然而作者既然不予帮助，各人只好自行其是，在外表与内心之间，有许多微妙的有机联系，难以体会得到”。奥斯丁小说的精妙技巧，也许限制了它的普及。刘易斯和切尼（R. H. Cheney）认为，奥斯丁并非普通的小说家，只有高明的读者才能体会其细腻的描摹、冷峻的讽刺和精湛的笔锋。这就是当时所谓的“切尼测试”。[4] 无独有偶，后来英国学者法乐（Reginald Farrer）也指出，《爱玛》算得上是奥斯丁知音的“全民测试”：如果你不喜欢这本小说，就算不上她的忠实读者。[5] 值得注意的是，刘易斯和乔治·艾略特相濡以沫20年，在文学趣味和方向上，他给了后者诸多指导，曾建议她读奥斯丁并和她共同阅读甚至朗读奥斯丁的作品。难怪，后来的学者，经

1 朱虹（编），第51—53页。

2 朱虹（编），第33页。

3 Southam, Vol. 1, No. 36.

4 Southam, Vol. 2, pp. 6–7.

5 Southam, Vol. 2, No. 7.

常将奥斯丁和艾略特加以比较研究。

刘易斯试图摆脱维多利亚时代的风气，但也难免受其沾染，有时还是免不了要指出：奥斯丁对“诗情画意和激昂慷慨的场面……几乎或完全无动于衷”，“缺乏广度、诗情画意和激情”；她塑造的人物没有简·爱或者罗切斯特那样的气魄，也缺少乔治·桑（George Sand）式的深刻心理观察；等等。

1862年，小说家和文学传记作家卡瓦纳（Julia Kavanagh）撰写评论，开启了20世纪形成的“颠覆派”批评传统。文章认为奥斯丁不仅具有惊人的观察力，还别具艺术视野，倚重反讽的手法，让自己和写作材料之间拉开一定的距离。卡瓦纳继而评论道：“奥斯丁太冷静、太无动于衷、太自持有度，从不轻易发牢骚，或滔滔不绝议论。淡淡的讽刺，是她得力的武器。”[1] 卡瓦纳率先进一步探究奥斯丁在真实生活中的态度，“透过奥斯丁的矜持和小说中的讽刺，将发现她生活中存在着深深的失望”。卡瓦纳还猜测了奥斯丁的心理特点——冷酷，缺少柔情，或许只是碍于面子才不愿伤害读者。

卡瓦纳指出，《理智与情感》中的约翰爵士及其岳母等，都是奥斯丁的精彩创造，他们都是次要人物，略显愚蠢、好事，但不同于作为笑料或者陪衬的怪癖人物。这类评说也开启了奥斯丁批评中的另一条重要线索，即后来福斯特（E. M. Forster）有关“扁平人物”以及哈丁（D. W. Harding）有关“滑稽人物”的讨论。该文还强调说：《劝导》是一部掺杂阴影的小说，旨在表现忧伤和柔情。先前的小说，比如《理智》和《曼园》，偶然也流露这样的低沉色调。安妮经受了爱情折磨，经多年反思，“发出深情的呼唤”，所传达的深深痛苦和绵绵悔恨绝不亚于夏洛特·勃朗特的小说。

当然，卡瓦纳的评论并没有引起时人太多的注意。

第三节 《回忆录》及其引发的评论潮

1852年，有读者抱怨，奥斯丁没得到应有的认可。1870年以前，只

1 Southam, Vol. 1, p. 181.

有六篇期刊文章专论奥斯丁，此后相关批评骤然增加，而且越来越详尽。这和奥斯丁-利的《简·奥斯丁：回忆录》[1]（以下简称《回忆录》）出版有关。不过，小说自身地位的进一步变化，也是一个不可忽视的因素。

先来看小说地位问题。1847年，刘易斯在比较英法文学时曾将小说置于各种文学文类之首；1865年，《半月谈》的编委也宣称，小说是最严肃的、最认真的文学读物。可见，虽然只有几十年的时间，小说的地位发生了巨大的变化。19世纪上半叶，司各特的小说在欧洲读者中大受追捧，英国作家也争相模仿。穆迪连锁等流通图书馆，积极推进便利的租书业务，大批量低价购入图书，吸引了众多读者。与之相应，还有重要铁路沿线建立起来的书报销售网络。快速的图书流通对出版商和作家具有极大的吸引力，三卷本小说、杂志和报纸连载等，都变成通行的出版形式，这些在相当程度上推进了小说创作。

当然，《回忆录》的出版是至关重要的。1820—1860年间的英国期刊评论，不时提及奥斯丁，有评家将她和同时代女作家并提，甚至与维多利亚时代大牌作家比较。为了满足新老读者的好奇，奥斯丁的大哥詹姆斯的子女筹备写有关姑妈的传记。此前，人们只能根据亨利的《作者传略》对奥斯丁的生活猜测一二。《回忆录》是根据家族集体回忆纂成——奥斯丁-利使用的大部分素材，来自两个妹妹（安娜和卡洛琳）的回忆，一部分来自几个表妹。21世纪初牛津“世界经典文库”再版《回忆录》时，附上了奥斯丁几名侄女的回忆短文，其中有卡洛琳的《我的姑妈奥斯丁》。[2] 1869年面世的《回忆录》颇受欢迎。翌年，应读者要求，第二版的篇幅有所增益，汇入了部分未出版或者未完成的奥斯丁作品。诚如弗吉尼亚·伍尔夫（Virginia Woolf）所说，《回忆录》塑造了栩栩如生的奥斯丁，其传记成就是难以超越的。不过，奥斯丁家人考虑当时的道德要求，突出了传主的某些特点，构建了一个合乎社会理想与女性规范的维多利亚版本的奥斯丁。当时的读者急于了解奥斯丁的生平

1 James Edward Austen-Leigh, *A Memoir of Jane Austen*, London: Richard Bentley and Son, 1869; 2nd revised and enlarged edition, 1871 (reprinted, edited by R. W. Chapman, Oxford: Clarendon Press, 1926, 1951).

2 Caroline Mary Craven Austen, *My Aunt Jane Austen: A Memoir*, Alton, Hampshire: Jane Austen Society, 1952.

事迹，一厢情愿地把家庭成员的回忆当成"第一手资料"。他们甚至将奥斯丁等同于小说人物，认为作者也必然像女主人公一样具备完美的气质与性情：一个远离尘嚣的乡村淑女，安逸地领略着大自然的田园风光，生活在家庭的融洽氛围之中。

2002年牛津版《回忆录》编者萨瑟兰在序言中指出，奥斯丁死后，家人重新整合了她的私人空间，拼贴出一个"温柔的姑妈"。有时，家人故意掩饰了事情真相。不妨看几个例子。侄女范妮曾经是姑妈生命中的"欢欣"，奥斯丁对姐姐说："她【范妮】几乎就像咱们的妹妹。我从没想过，会有一个如此重要的侄女。"可是范妮嫁给某勋爵后，便试图撇清她和奥斯丁家族间的关系。她曾在私人书信中提及，两位姑妈"不够水准"，邻里大多是俗庸之辈，对上流社会风尚和交往礼节"一无所知"，如果不是沾三哥爱德华（范妮的父亲）的光得以出入肯特庄园，绝不可能变得"精明灵巧和落落大方"。[1] 另外，奥斯丁的二哥乔治天生智障、失聪且受疾病困扰，自童年起便被寄养在几英里外另一村庄的农家（与他的残疾舅舅一起）。奥斯丁的富有舅妈，曾因被疑偷盗花边饰料而受审入狱。这些生活阴暗面均不见于《回忆录》。此外，《回忆录》很少涉及奥斯丁的写作活动，还刻意强调：对于她来说，家庭责任的重要性远在写作之上；她也没有明确的艺术观念，其创作是偶然的、即兴的，并无深思，无非摹写三家两户的琐事。

尽管如此，《回忆录》的出版仍是奥斯丁经典化的重要一环。1869年以后奥斯丁生平的主要事件和家庭背景逐渐被透露出来。不仅仅奥斯丁的爱好者欢迎这样的《回忆录》，一般公众的兴趣和热情也被激发起来。围绕着奥斯丁和她的六本小说，当时文学刊物的编辑者和评论者纷纷撰文。这些文字多有雷同，如赞美她的优雅文笔、逼真的小说世界、生动而多变的人物、无处不在的幽默，以及温雅的道德教诲等。辛普森（Richard Simpson）、安·萨克雷（Anne Thackeray）、奥利芬特（Margaret Oliphant）等知名文人看到时机成熟，便着手详尽地并较为专业地评论奥斯丁作品。辛普森的评论既考虑小说的内部结构，也谈及作品的整体意义，绝不是泛泛而论。同样，沃德太太（Mrs. Ward）倡

1 Marghanita Laski, *Jane Austen and Her World*, London: Thames and Hudson, 1969, pp. 127–128.

导更有针对性的文学批评，指出批评家要有职业感，设立较高的艺术标准。1884年，詹姆斯在《小说的艺术》中也提出类似的呼吁。这些言论在司各特、刘易斯的基础上进一步推动了奥斯丁研究，为其走向学术批评铺平了道路。

安·萨克雷是小说家萨克雷的长女，颇具诗人和小说家的气质。伍尔夫曾言，若要体味维多利亚时代的真谛，须阅读她的作品。其书评风格有些像前面提到的卡瓦纳，信笔写来，侃侃而谈，时有会心之论。比如，她说："《沃森一家》既不像《爱玛》，也不像《傲慢与偏见》，而是介于二者之间……未来主人公影子依稀可辨……若真有小说人物的前身(anteghost)，那么埃尔顿太太、伊丽莎白·班奈特，还有达西的前身，已经在这部作品中与我们不期而遇了。他们绝非影子，而是鲜活的个人。"[1]

安·萨克雷颇能抓住公众的心理，她认为"【《劝导》中的】安妮一定就是奥斯丁她自己，她最后一次讲话…… 如此真实，极具女性气质，人们不可能不爱她"。她的言辞颇具当时的批评风格，流溢出维多利亚时代的怀旧感伤，下面一段文字就很有代表性："奥斯丁是我们不可割舍的真实朋友之一：她单纯、睿智、怡然自得…… 奥斯丁的生活，正如她侄子所讲述的那样感人、美好与平和。她生活在乡村风景中：牛群正吃草，榆树枝在风中晃动；当我们在读书的时候，树枝倏尔自风中摩挲而摇落，鸟儿在设计简朴的旧房子旁来回飞旋；椽子穿过雪白的天花板，阳光从房外投射进来。房间的全貌尽收眼底：客厅里摆放着马毛制的沙发，家具不多但很典雅，屋外是旧式花园，种着花卉和蔬菜，花园的南面斜坡，层层梯田映入眼帘……"[2] 正如1900年一位美国的评论者所言，"我们的比喻被用光了"。

奥利芬特是小说家，擅长历史题材的写作。《回忆录》的溢美之词引起她的不满。她认为：奥斯丁绝不是侄子所说的那样，若读者细心，可以倾听到低声细气的抱怨，这就是为何奥斯丁总不太合读者的口味、迟迟没有成为重要作家的原因。在奥利芬特看来，奥斯丁的作品弥漫着"女性的愤世嫉俗"(feminine cynicism)，"思维方式实质上是女性化

1 Southam, Vol. 2, pp. 165–166.

2 Southam, Vol. 2, p. 168.

的”。对于人类顽固地拒绝改变某些习惯、心情、思维怪癖，她只能旁观，无力改变。奥斯丁的家庭是一所监狱，小说家只能生活在兄弟姐妹的阴影中。然而，不同于男性讽刺作家，她是“温柔沉默的看客，对眼前的一切不以为然，却又不表现出惊慌失措，社会的各种罪恶尽收眼底，但不加以道德上的区分，而笼统视为荒唐可笑”。[1] 奥利芬特认为，奥斯丁的小说如此冷峻、冷静和犀利，竟然能在当下流行，不可思议。

奥利芬特还指出，《爱玛》仅次于《傲慢与偏见》，是成熟阶段的作品，此时的奥斯丁已饱尝了人生的艰涩。不过，《爱玛》中的甜美也是其他小说不曾有的，读者几乎不能痛恨其中任何一个人物。“善良不声不响地溜进奥斯丁的内心，年轻时的机智变得温软，加深了对社会的同情和理解。”甚至对伍德豪斯先生，读者也能略掬一把同情的泪水。贝茨小姐带有早期人物的某些特点，让人哭笑不得。不过，凭借作者娴熟的手法，如喋喋不休的谈话，或自言自语的唠叨，这个恼人、莽撞和无聊的老女人竟然变得让人不能释手。作者最后指出，要理解奥斯丁，必须具有文学批评眼光，必须坚持不懈、重复阅读。

辛普森在1870年末署名发表了有关《回忆录》的书评。他倒可以欣然接受“温柔”奥斯丁的形象。辛普森从奥斯丁的艺术成长谈起，认为她少年练笔从戏谑文字入手。她“起步时是同时代写手的挑剔的反讽者……从戏拟恶搞入手开始她的艺术自我教育”。她不满足于模仿，在批评中逐渐发展了艺术才能。她“总是高于自己的读者，同时充满幽默和怀疑”。不过，像刘易斯一样，辛普森也指出她缺乏诗人的表现力，“海伍德[2] 被称为散文的莎士比亚，其实奥斯丁更适合这样的称呼”。他认为，奥斯丁的小说充分地阐释了柏拉图的爱情观念：爱情就是给予和获得知识，一方在另一方的约束和指引下逐渐成长，形成良好的品性，这是小说中爱情的基础。《爱玛》是很好的例证。[3]

他指出，奥斯丁从不描绘完美高尚的美德，也不刻画十恶不赦的坏人。她是一个现实主义者，不抽象地表现人物，也不关注“灵魂的内在活动”，其小说中的个人，永远是社会性的动物。她笔下的傻瓜，绝非简

1 Southam, Vol. 1, p. 216.

2 海伍德（Eliza Haywood），英国18世纪小说家。

3 Southam, Vol. 1, p. 244.

笔处理之物，而由匠心独运所成。“她的智者，必有所失，她的蠢者，也必有所爱。”《理智与情感》中帕尔默太太一副热心肠，但缺少辨别力，在《爱玛》中，这样的人物（如贝茨小姐）有所发展，更加精致细腻。奥斯丁还善于将某些观念嫁接到此类人物上，塑造了班奈特太太和柯林斯之辈。还有《爱玛》中的伍德豪斯先生，弱不禁风、傻里傻气，但不失人情味。另一方面，奥斯丁刻画了一些头脑精明但道德感有缺陷的角色，如《理智与情感》中的达什伍德夫妇，和《诺桑觉寺》中的索普兄妹。“在先前的小说中，邪恶仅仅是邪恶，在后期小说中，邪恶还包含不顾及他人感受。”辛普森将早期和成熟期的作品相互对比，以探究奥斯丁的艺术成长。这也是此前评论的拓展。

在辛普森看来，奥斯丁本人的性情被投射进了某些小说人物，或许达西和爱玛都带着作家的影子。若奥斯丁果真如密特福德所说是“花蝴蝶”，那一定是爱玛式的，时时“表现自己不偏不倚和高人一等”。[1]另外，辛普森是莎士比亚专家，他不时对比两位作家。例如：《劝导》中的安妮，恰似《第十二夜》中的薇奥拉，爱慕之情难以表达，任忧愁煎熬自己的生命。安妮和哈维尔舰长谈论爱情，在旁听两人谈话的过程中，温特沃斯为安妮的忠贞不渝而感动，终于在漫长疏离后向她敞开心扉。这是有情人高度契合的例证，与莎翁剧中公爵和薇奥拉间的爱情表白遥相呼应。

知名作家沃德夫人是维多利亚时代著名文人阿诺德的侄女。她看到《回忆录》和随后推出的《奥斯丁书信集》畅销起来，评论说：“这反倒不利于奥斯丁，因为并非每个人都有资格来评判《傲慢与偏见》的作者。”这是对当时风气的批评——读者品位越来越低俗，公众越来越容易取悦，图书出版越来越为了吸引眼球和赚钱。在她看来，这些书信最好“保存起来供家人私下欣赏”，其中最值得出版的，是1796年到1799年的信件，在那期间，奥斯丁完成《傲慢》《理智》和《诺寺》的初稿。当时的奥斯丁是个“活泼美丽的小女孩，热衷于跳舞，对衣裙颇感兴趣，一如开始巴斯之旅时的凯瑟琳·莫兰，对异性怀着懵懂无知的兴趣”。“《诺桑觉寺》从头到尾都洋溢着欢快、热烈和激情，是奥斯丁年轻时期

1 Southam, Vol. 1, p. 264.

生机勃勃的最为欢快和清新的体现。"《傲慢与偏见》也是情趣横溢、欢快热烈，但其创作和出版相隔了15年，从整体的风格可以看出，中年奥斯丁在艺术创作上更为成熟。[1]

值得一提的是，沃德夫人从欧洲文学的视角来谈奥斯丁作品的经典品质。18世纪的陈词冗调已经不合时代节拍了，现代作家面临的任务是不断剪裁和压缩。成就奥斯丁的主要是凝练（condensation）的风格。就文学题材而言，凝练意味着"高超的选择和分辨能力，从组成人类生活的大量细节中，仅仅选取那些能够产生作者所欲之效果的细节，然后把它们混合，形成清晰和谐统一的整体"。[2] 在《劝导》中，安妮走到了人生中最重要的一刻。奥斯丁"适时地抓住最关键部分，把这些摆到读者面前，起初呈现出冷静的事实，继之以诗意的升华，这完全是风格上的胜出"。沃德夫人说，该书虽有其不足之处，但奥斯丁融入了法国文学所特有的不事渲染和清新遒劲，这可能正是英国文学所相对欠缺的东西。

不过，奥利芬特、辛普森和沃德夫人等人的见解，均埋没于当时流行的善感的和怀旧的评论中。如当下美国学者克·约翰逊（Claudia Johnson）所指出，奥斯丁的特殊魅力与"退化的现代性"（degraded modernity）感受息息相关。"现代性"被理解为"从痴迷中醒来"，也就是"祛魅"。维多利亚社会是启蒙时代的产物，蒸汽机、铁路和电力等，将现代世界连为一体，令人迷乱的新闻报道和争论攻讦，比比皆是。而奥斯丁的英国，虽属于现代分期，但毕竟早于大规模的工业革命和迅猛的铁路建设。那似乎是个安静闲逸、彬彬有礼的社会，或许有些单调乏味，但人们的情感，尚未变得粗糙，普通人生，饶有兴味，平凡生活，也充满乐趣；对真实质朴的存在，他们不乏特殊的生命感悟。维多利亚时代的怀旧心绪化作了对托利党人的颂词，奥斯丁笔下单调的生活画面，"记录了一个消失的人群，他们代表了英国静谧的居家生活的伟大荣光"。[3] 维多利亚时代的读者宁可相信：奥斯丁生活在一个怡适自如的前资本时代，有偿劳动总是隐而不见的。

1 Southam, Vol. 2, pp. 183–184.

2 Southam, Vol. 2, p. 185.

3 Claudia L. Johnson, *Jane Austen's Cults and Cultures*, Chicago and London: University of Chicago Press, 2013, pp. 90–91.

另外，当时的书评更加看重《回忆录》与拉斯金（John Ruskin）的审美趣味的契合。19世纪70年代，社会上正在争论妇女的教育、婚姻和社会角色，而奥斯丁的女主人公近似于拉斯金所宣扬的理想女性。1880年，小说家吉辛（George Gissing）告诫妹妹，不要读太多的小说，但不妨阅读奥斯丁。[1] 当时的文学良莠不齐，评论家拉斯金主张，健康的文学给人生带来启迪，带来希望，“在我们的年代，当多数重要的作家不惜笔力来让读者的情感品尝痛苦，奥斯丁却给我们带来了安宁和欢乐，她的小说充满幽默谐趣、奇特现实以及冷静平和的语调”。

第四节　法乐和小说家们的慧眼

自19世纪中期以来，小说的价格越来越可以被一般民众接受，市面上涌现出大量的简装本。1883年大众版的奥斯丁小说推出，最便宜的单本价格仅为2便士。畅销极大刺激了图书市场，随之而来的则是书商大战：1890年麦克米伦公司的插图版，1892年丹特公司的十卷本套装等，纷纷问世。不同的版本相应地配以前言、导论等，一些具有研究性质的评论也随之而来。比如上面提到的十卷本套装，就由约翰逊（R. B. Johnson）撰写了高质量的简介。另外，19和20世纪之交，在英国图书市场上，文学史教材也开始刊印流布，比如雷利（Walter Raleigh）撰写的《英国小说》(1894)、克莱克（Henry Kraik）编辑的《英国散文选读》(1896)和高斯（Edmund Gosse）著述的《现代英国文学》等。上述文学史都提及奥斯丁，且统统假定，读者已经阅读了相关小说。雷利将奥斯丁和莎士比亚比较，甚至谈到奥斯丁的叙事和反讽等写作技巧，高斯则将奥斯丁小说纳入欧洲文学的视野来讨论。克莱克是一个散文史学者，留意奥斯丁的章句炼字，梳理她和塞·约翰逊间的文风承继。

报刊上的批评作家，学术化倾向最突出的，要算植物学家兼人文学者雷金纳德·法乐（Reginald Farrer）。

法乐1916年从西藏给《泰晤士报文学副刊》写了一封诙谐滑稽的信，呼吁简迷为奥斯丁建立一个基金会，用以帮助退休的家庭女教师，

1 Southam, Vol. 2, p. 10.

并用“纪念版小说”来支持这个基金会的日常运营。作者还建议，这个版本应该是“华丽的、庄严的、最好的”。法乐甚至要求詹姆斯、福斯特等为新的文集撰写评论文章。1917年7月的《评论季刊》上，法乐又发表了一篇标志性的文章，司各特和惠特利的文章当年都发表在此刊上。法乐详尽地论述写作技巧，并使用了“技术困难”“技术控制”等术语，可以算作小说修辞学的先声。

文章一开始透出浓浓的火药味：“奥斯丁悄然离世之时，一场冲突还未进入尾声，如今，在另一场灾难性的战争中，我们迎来奥斯丁逝世一百周年。”但法乐随后笔锋一转，指出奥斯丁的地位已经巩固，而伯尼（Francis Burney）或者埃奇沃思的作品却“在文学世界落满灰尘的角落无人注意”。法乐从有限的传记材料来推断奥斯丁的内心世界，猜想她性情拘谨，鲜能敞开心扉，“她身处大家庭，却从未真正融于其中”；除了最初的两部小说，奥斯丁后来没再描写过姐妹亲情，言外之意是奥斯丁姐妹的关系并不和睦。《劝导》中，女主人公安妮厌恶巴斯，较之以往作品更带有个人色彩；《曼园》里朴次茅斯的混乱街景或许也是作者的亲历。《劝导》的背景，是英法战争接近尾声的时候，《爱玛》的故事发生时，社会上也存在着许多不幸，“但当她提笔写作，所有的痛苦荡然无存。她为我们创造了一个新的避难所，生活的劳苦与烦恼被拒之门外。她的王国紧紧密封着，这也正是奥斯丁作品不朽的力量所在”。[1] 奥斯丁是个具有高度自觉意识的艺术家，这是法乐最核心的观点。对于艺术手法，奥斯丁总是精益求精、尽善尽美。

作者驳斥了题材局限、全无激情和缺乏风景描写等常见的指责。艺术家选择自己合适的题材，无可厚非，“我们没有权利去挑剔奥斯丁为何不写一部《马尔菲的公爵夫人》(*The Duchess of Malfi*)[2]”。奥斯丁小说也不乏激情时刻。在玛丽安的刻画上，读者可以看到，奥斯丁如何淋漓尽致地表现悲伤之情。尽管没有任何关于身体接触的场景，但没有人会怀疑爱玛对奈特利的柔情，或者安妮对温特沃斯的深爱。法乐甚至探讨了小说中的景物描写。写作之初，奥斯丁尚未认真地运用景物描写，但后来越来越多“让景物成为小说中的画面，同时也在人物

1 Southam, Vol. 2, p. 249.

2 英国剧作家韦伯斯特（John Webster）所作的悲剧，写于1612—1613年间。

的发展变化过程中起到一定的作用"。朴次茅斯的凄凉，秋日莱姆的惨淡，在人物发展过程中都起到重要作用。尤其，七月份的雷雨在爱玛心情沉重之时来临，加重了悲怆忧伤的色彩，算是最为经典的"情感误置"(pathetic fallacy)。[1]

法乐分前、后期论述了奥斯丁小说。他以为《苏珊夫人》稍嫌粗糙，带着年轻人常有的那种冷酷无情，但对研究写作发展和作家性情来说，极为重要。稍后，伍尔夫也有类似的说法。法乐探讨了《苏珊夫人》和《曼园》的关联。耽于纵乐的苏珊夫人，具有正反两面的特征，即道德上可憎和思想上迷人，这已经预示了《曼园》中的克劳福德兄妹。在《诺桑觉寺》里，奥斯丁解决了将滑稽的模仿和严肃的戏剧糅合起来的难题，这标志着作者由第一阶段过渡到第二阶段。此前，人物和情节往往是"竞争对手"，自此，人物越来越成为作品的关键。后期作品几乎全由主要人物来控制主题，《劝导》甚至摒弃了普通意义上的故事情节。

《曼园》的技巧更高更精湛，且直面现实，但"极端的不诚实"损害了这部作品。在这部小说中隐约可见克拉克(James Stanier Clarke)先生[2]的建议的影响，但由此而彰显的道德说教，"总是与她寻求乐趣的艺术目的相左"。更糟糕的是，奥斯丁反复地平衡、调整对亨利和玛丽的处置，这两个小说人物"赢得了小说家奥斯丁的喜爱，但又引起道德家奥斯丁的反感"。"亨利·克劳福德与玛丽亚的私奔，是对读者的公然欺骗，算得上十足败笔。"奥斯丁艺术创作的动机出现了分裂："视角是她自己的，而建议则来自另一个人。她的艺术洞察，不足以增益她的道德理想，反之，她的道德理想却折损她的艺术洞察。"

法乐认为，《爱玛》是"经典中的经典"，不该当作初级读物，必须配有批评家的"导读"。爱玛是个滑稽人物，她的缺陷赢得了读者的同情，而非她的完美，"这是喜剧精神里最崇高的目标"，犹如莎士比亚笔下的福斯塔夫。让读者同情爱玛，这是奥斯丁的成功之处，"当看到爱玛的自尊渐遭打击而险些崩溃，读者又会觉得，这样的惩罚太严重了"。《爱玛》重复了一种创作模式：爱玛和简均为主人公，一主一次，与之相

1 Southam, Vol. 2, p. 252.

2 当时的摄政王，即后来的乔治四世的图书秘书，曾就小说写作向奥斯丁提出若干建议。

对的，则是令人讨厌的埃尔顿太太。当后者出局时，次要角色简就得服从于爱玛，因而顿失光泽。类似的人物关系，亦见于《诺桑觉寺》，如埃莉诺和凯瑟琳之于伊莎贝拉。《劝导》不是喜剧，惯用的反讽付之阙如。强烈的情感贯穿了整篇小说，情感宣泄就是主旨所在，“如果你不能认同那种情感，就错过了一切”。奥斯丁达到了艺术的顶峰，不事渲染却传递着强烈的情感，《劝导》“是最情绪化的小说之一”。[1]

此一时期，恰逢英国现代主义文学长足发展，几位重要的现代主义小说家都曾论及奥斯丁。在《为〈查特莱夫人〉辩护》一文中，劳伦斯（D. H. Lawrence）称奥斯丁是“刻薄的老处女”“势利的英国人”。劳伦斯认为，英国的阶级关系更张，大约发生在奥斯丁写作的时刻。在此之前，“古朴的一体感（togetherness）和血性感”尚未丧失，英国的各阶级尚能保持团结。尽管地主乡绅不乏傲慢和粗暴，这些在笛福或菲尔丁的作品中均可见——但随着个人主义的增长，人们开始追求“个性”（personality），从而滋生了劳伦斯所谓“孤独的生存感”。奥斯丁作品刻画的就是这样的“个性”，而非“习性”（character）。前者是个人与阶级疏离后的自我认识，而后者则与群体生命体悟相关联。“她【奥斯丁】令我十分反感，可以说是一个讨厌、下作、势利的英国人，正如同菲尔丁是个善良而慷慨大方的英国人。”[2] 劳伦斯进而表示，他自己笔下的克里福德爵士“是纯粹的个性之人，与他的同胞男女，全然断了联系，只剩下了习惯。他身上热情全无，壁炉凉了，心已非人心。他纯粹是我们文明的产物，但也是人类死亡的象征”。劳伦斯不喜欢奥斯丁，但这不妨碍他看到后者的长处。其实，近代以来的小说越来越关注“个性”，意识流和心理现实主义等文学流派都是极好的例子。从奥斯丁的爱玛到福楼拜的包法利夫人，再到伍尔夫的达洛维夫人或者拉姆齐夫人，都足以说明这样的倾向。

---

1 Southam, Vol. 2, pp. 270–271.

2 D. H. 劳伦斯：《劳伦斯文艺随笔》，黑马译，桂林：漓江出版社，2004年，第337页。这里的personality和character两词都非常难译。将前者译作“个性”，一般应较少争议，此处我们把后者译作“习性”，主要考虑了特里林的相关论述，参见：朱虹（编），第243—245页；另外参见：雷蒙 · 威廉斯：《关键词》，刘建基译，北京：三联书店，2005年，第348—352页。

劳伦斯的“小说艺术”，不乏形而上的道德追问，不过当时一般的讨论，大多关乎人物刻画。1923年小说家阿诺德·本涅特（Arnold Bennett）曾言，“优秀小说的根本在于人物刻画，而非其他”，矛头指向伍尔夫的《雅各的房间》，结果引起了一场争论。

在这个问题上，伍尔夫和福斯特也曾经交锋。福斯特在《小说面面观》（1927）中提出“圆形人物”和“扁形人物”的著名论点，在卷帙浩繁的英国小说作品中，他恰恰选中奥斯丁的人物作为“圆形人物”的范例。他强调奥斯丁艺术的自觉性，小说中的人物被高度地组织起来，不仅同其他人物，而且同生活背景紧密相关。比如《爱玛》中的贝茨小姐，“像真的一样”，读者无法言及她而不提她的母亲、简·费尔法克斯和弗兰克·邱吉尔及整个社区。奥斯丁的小说比笛福复杂，原因即在“人物的相关性”，这些人物“与主要情节相关相连，形成一种不容分割的紧密交织物”。

福斯特还详细讨论了《曼园》中的伯特伦夫人。她看似扁平人物，其口头禅是“我脾气虽好，可是经不得劳累”。当她的大女儿玛丽亚私奔了，这位贵妇人获得了“并非发自本愿却宛如自己固有的道德感”。这是不是奥斯丁的道德感作怪呢？福斯特逐字解释小说的一段原文：“伯特伦夫人本没有深刻的思想”，这正是她的一贯作为。“但是在托马斯爵士的引导下，她对一切重要的方面，都形成了正确的看法。”“她明白了这件事的严重程度”，这可以看作是这位夫人最强的道德努力。然而奥斯丁又补充道，她“既不要求范妮劝解，也不想自欺欺人，去掩饰私奔的罪愆和耻辱”。这表明，伯特伦夫人一直以来尽可能对各类麻烦视而不见。总之，福斯特将重点放在对人物内心世界的揭示，看重小说具有较高真实性。难怪在《小说面面观》中，这一章的标题是“人们”（people），而非“小说人物”。

伍尔夫评论奥斯丁的文章最早见于1913年5月8日的《泰晤士报文学副刊》，其中谈到奥斯丁的缺点，如笔端的“反抗”和“不满”太少，过度安于现状，不擅长描写男性等；但同时也热情夸奖了作者塑造的滑稽人物，赞颂了她为我们呈现的无比鲜活的小小世界。[1] 伍尔夫认真阅读了奥斯丁的少年习作和片段残篇并加以评论，1922年曾评论《爱

1 Southam, Vol. 2, pp. 241–243.

情与友谊》,1923年又谈及《沃森一家》。《年过六十的奥斯丁》是她的经典文章,1925年收入《普通读者》中时改名《简·奥斯丁》,算是对查普曼版本的回应,同时也归纳了自己的散论。伍尔夫既是作家,又是批评家,深得其中滋味。她抓住奥斯丁生平中的模糊之点和小说情节的晦涩之处,往往有感而发。

伍尔夫指出:《爱情与友谊》丝毫没有孩子气,读者感受到的是"洋溢在作品中的欢声笑语,这个15岁的女孩坐在她的角落里,看着这个世界,欢笑着"。另一方面,或许对《沃森一家》不满意,奥斯丁写了一半就搁笔了。正因为如此,这部未经认真修订的作品或许更能揭示作家的才华,可以从中看到她在创作过程中遭遇了哪些困难,又采取哪些手法来克服。奥斯丁在写初稿时,每每"习惯直截了当地把事件交代给读者,然后再进行补充、修订,使之丰满生动"。"与艾米莉·勃朗特不同,奥斯丁可不是一举获得成功。为了建造自己的小巢,她一根一根地收集小树枝和稻草,准备将来用它们构筑一个精致有序的栖息地,尽管这些树枝稻草有些干枯,还带有灰土。"

伍尔夫推测《劝导》有传记成分,某些说法也适合奥斯丁本人:"她青年时不得不谨言慎行,随着年龄的增长,她懂得什么叫浪漫——这是不自然开始的自然结果。"在这本小说中,奥斯丁经常谈论自然之美以及这种美引发的沉郁,"乡间秋天容易使人感到惬意,又使人觉得忧郁"。她还说:"人不会因为在某个地方经历过痛苦,就觉得这个地方不可爱。"伍尔夫进一步猜想,"对于埋藏于心底的重大人生经历,只有在时间的流逝中得到净化之后,作家才会允许在小说中加以利用"。伍尔夫在艺术和传记事实间来回穿梭。"《劝导》有一种独特的美感,也有一种独特的枯燥。这种枯燥往往是两个创作期之间的过渡特征。"奥斯丁或许正感到乏味——"讽刺变得有些生硬,喜剧场面有些粗糙。"她准备做些新的尝试。如更多地通过描述,而不是对话,来加深我们对人物的了解,描写会"更加深入,更富有暗示,传达人物没有说出的心意"。她希望,60岁的奥斯丁,不但能写出人的本质,而且能写出生活的本质。她的讽刺手法,可能不再频繁出现,但会更加尖锐、更有穿透力。

伍尔夫认为,如果奥斯丁能够活到60岁,将成为亨利·詹姆斯或者法国作家普鲁斯特(Marcel Proust)的前辈。同一时期,美国的文学编辑克莱默（William B. S. Clymer）也曾言，奥斯丁是法国作家莫泊桑的先行者。而且他指出，《劝导》充满了同情，小说中所流溢出的悲怆是前所未有的，这标志着奥斯丁第三阶段创作的开始，同情心将成为新的主题。

早在1832—1833年间，美国市面上便已出现了全套的奥斯丁小说集，但直到19世纪70年代相关的文学评论大多转载自英国报刊。19世纪80年代以后豪威尔斯（William Dean Howells）等小说家和批评家纷纷宣布美国本土的文学逐渐形成。一时间，美国公众也开始讨论两国文学的差异。奥斯丁的小说，局限于对英国社会的描摹，对她的挑剔不难想见。[1] 对爱默生（R. W. Emerson）而言，题材局限还在其次，道德和审美方面的不足至关重要："我不知道，为什么人们对奥斯丁的评价这么高？在我看来，其小说的语调低俗，艺术想象也贫瘠乏味，完全局限于英国社会中那些令人讨厌的风俗成规，没有灵性，缺少机智，不谙世事。所描写的生活太局促、太狭隘。"[2] 对于当时热衷标榜美国民族精神的评论者而言，奥斯丁的小说世界难免苍白无力，过于精雕细琢，纠缠于阶级社会的繁文缛节，毫无新大陆的简单质朴、英雄气概和理想追求。

莱普利尔（Agnes Repplier）和豪威尔斯算是重要的奥斯丁辩护者，这两位都是文学新闻作者、散文家、书评家和小说家，在当时拥有庞大的读者群。在索瑟姆的《奥斯丁：批评传统》中，莱普利尔的选文颇多。比如称夏·勃朗特塑造的牧师显得生硬粗糙，奥斯丁的刻画更为卓越高超；奥斯丁的小说，对成年男女很有吸引力，但对于一个孩子来说，未免太残忍了；等等。莱普利尔还指出，拉德克利夫太太（Mrs. Radcliffe）感到小说成功带来的压力，而这些盛名之累，绝不至于困扰奥斯丁。[3]

豪威尔斯从事小说写作20余年，故能深深体会到奥斯丁的艺术成就。他借助《哈珀月刊》来宣传自己的观点：奥斯丁是"第一个也是最后一个如实地处理现实题材的英国小说家"，此后小说开始走下坡路了，英国文学已经偏离了奥斯丁代表的文学成就，"浪漫主义的狂热"已经浸染了欧洲，司各特、狄更斯且不说，甚至乔治·艾略特也难以摆脱

1 Southam, Vol. 2, No. 29, No. 30.

2 转引自Southam, Vol. 2, p. 51。

3 Southam, Vol. 2, p. 211.

时代的影响。[1] 当时有论者指出，"豪威尔斯的作品算得上稍显严肃的奥斯丁，奥斯丁的则像是笔力孱弱的豪威尔斯"。[2]

小说家亨利·詹姆斯（Henry James）在1902年指出：奥斯丁作品只是充满了"自然魅力"，若要寻找艺术的范本，读者必须转向福楼拜。此前（1883），作家兼新闻记者珀柳（George Pellew）曾论证不存在"天才的艺术"，说《理智》的前身是一部书信体小说，奥斯丁的修改恰恰说明，艺术作品的形成极为复杂，需要精湛的艺术加工。珀柳反对印象式的批评，他将自己的博士论文寄给詹姆斯，后者也回信表示赞同对奥斯丁进行"科学的批评"，但同时却武断地把她的成就归于"不自觉的狭隘的形式完美"。[3] 在《巴尔扎克的教训》一文中，詹姆斯更详细地讨论了奥斯丁的创作，但说法基本是负面的：也许奥斯丁不乏写作天赋，但都是自发的，缺少自觉意识；奥斯丁常以游戏态度写作，如在女红或家务中挤出零碎时间偶一为之；她难以领会人世间的真谛，也没有持久的艺术眼光，更缺少大手笔所展现的想象力。"小说是个人对生活的直接印象"，提出这个口号的詹姆斯，不无傲慢地断定：奥斯丁们只是被动地参与生活，对于人生浅尝辄止，不能沉浸于全面真实的生活；相较而言，巴尔扎克更伟大，浸淫于自己的题材和人物；奥斯丁不了解自己的人物，没有如乔治·艾略特写《丹尼尔·德隆达》那样全身心投入艰难和永无止境的艺术创作中。

詹姆斯是日后逐渐兴起的形式主义小说理论的奠基人，他一贯主张以内部形式为主的自足体系。其实，在很多方面，奥斯丁和詹姆斯不乏内在关联，甚至可以说，詹姆斯是奥斯丁的忠实读者和艺术上的模仿者。詹姆斯所谓的"中心意识"，无非是指小说人物的意识是小说结构的焦点：小说内容以及形式上的其他成分，都应该围绕着主要人物的意识展开。而奥斯丁的《爱玛》恰是这样的范例。

对于朋友豪威尔斯喜爱奥斯丁，马克·吐温（Mark Twain）颇不以为然。如果说詹姆斯的批评里内含"傲慢"，吐温的贬词中可说不乏"偏见"。

1 Southam, Vol. 2, No. 16.

2 Southam, Vol. 2, p. 192.

3 Southam, Vol. 2, p. 179.

奥斯丁小说让吐温愤懑不已，甚至在读者面前他也不掩饰自己的苛责。有人试图来解释吐温的心理动机：奥斯丁的微型乡村画卷，颇不同于吐温的广阔粗粝的美国南方；一个是英国乡村的单身女人，另一个则是密苏里州生机勃勃的戏谑者；另外，奥斯丁对旧制度的留恋，一定会见恶于吐温的民主精神。[1] 特里林的解释，也值得思考。他认为吐温所展现的是一种“动物性”的反应，是“男子对一个妇女居于兴趣和权力中心的社会所产生的本能反感”，这是“男子汉精神被置于女性的控制下的虚构世界所产生的惊慌和恐惧感”。[2]

诚如索瑟姆所推测，1896—1909年间，吐温乐于刺激自己的“简迷”朋友，如豪威尔斯。与其说痛恶奥斯丁，不若说他痛恨某些美国学者标榜英国文学传统对美国有决定性影响。因而，不仅奥斯丁，乔治·艾略特同样是吐温戏谑的目标。索瑟姆指出，1909年吐温曾写过一篇有关奥斯丁的文章，但没有发表。在文中，吐温提及他和奥斯丁的差异，并表示自己准备认真阅读奥斯丁，仔细品味她的魅力。有学者推测，吐温受到了一般社会批评的误导，从来没有认真阅读奥斯丁。或许，奥斯丁和吐温的反讽果真存在可以比较的空间。[3]

第五节　绅士学者和查普曼

伍尔夫曾告诫读者，不要小觑奥斯丁：伦敦的老年绅士，若看到奥斯丁被贬低，就仿佛是自己的姑妈受了侮辱。[4] 这些绅士被后来学者称为“第一代简迷”，多为爱德华时期的鉴赏家、学者和作家，且是皇家文学协会和英语协会的成员。他们中包括鼎鼎有名的布拉德利（A. C. Bradley）、雷利、塞西尔（David Cecil）、查普曼等。可以说，20世纪初的奥斯丁批评，依然掌握在这些绅士学者手中。如克·约翰逊所说，这些绅士学者强调学术中的人情味，对奥斯丁忠贞不渝；他们不仅热爱其小

1 Southam, Vol. 2, pp. 74–75.

2 朱虹（编），第225页。

3 参见Edward Neill, *The Politics of Jane Austen*, Basingstoke: Macmillan, 1999, p. 6。

4 Southam, Vol. 2, p. 104.

说,似乎也热爱奥斯丁本人。

圣茨伯利(George Saintsbury)在1894年的讲座中率先使用了"简迷"(Janeite)的称呼。在讲座的最后,他还开了一个颇有简迷味道的玩笑:一百年来的文学作品中,有五位年轻小姐,值得绅士们追求,但是"要作为朝夕相处的结婚伴侣,我不知道,其他四位谁能跟伊丽莎白相比"。无独有偶,布拉德利也说了同样的话:"我在跟奥斯丁恋爱,尤其跟伊丽莎白恋爱了。"雷利在致查普曼的一封信(1917年10月23日)中写道:"奥斯丁小姐居然知道这么多。我真不敢相信,她竟这么理解夫妻生活,尤其男人……"[1] 雷利不是作为教授来谈论作家奥斯丁,而是把她当成生活中的女性。在这些爱德华时期的绅士中,"简"变成了有家常气息的名字,不过,他们也难免摆出一副居高临下的姿态。

1911年,布拉德利曾为剑桥大学和伦敦英语协会做讲座,后来他给这些文字加了注释,成为奥斯丁批评的力作。[2] 对于研究文学史分期的专家来说,奥斯丁有点棘手。她不属于通常被称为浪漫主义或"反浪漫主义"的派别,也不属于"回返自然"一脉,"她的小说在本质上是属于塞·约翰逊和库伯的时代的"。奥斯丁可以说是道德家和幽默家。这两个倾向经常掺混在一起,甚至完全融合,需要明辨。奥斯丁以诚实的态度观察人性;秉持正统观念,对宗教笃诚;看不起纯粹的感性/情感(mere sentiment);还有,一如塞·约翰逊,她也对"言不由衷的陈词滥调"或者"行话俚语"极为轻蔑。布拉德利更欣赏作为幽默家的奥斯丁,并认为这是深受戏剧影响的结果。他推崇其嘲讽笔法,"如果你没能感觉到这一点并去享受它,就没有真正读懂简·奥斯丁的作品"。"有些人感觉到了这一点,却并不欣赏,于是他们就认为她冷眼看世、玩世不恭。"他也没有忽略奥斯丁的手稿,比如被删节的《劝导》章节,以及书信等史料。布拉德利引领奥斯丁研究走上规范化之路,他要读者注意创作的年代、手稿和书信的价值。他的讲座风格和方式,尽管带有几分"简迷"气息,总体上看还是系统的。

塞西尔在一次演讲中驳斥奥斯丁的诋毁者,也曾说出"简迷"味很重的话,"有识别力的批评家都赞赏她的作品,多数受过教育的读者,读

1 转引自 Southam, Vol. 2, p. 94。

2 Southam, Vol. 2, No. 24.

她的小说都感到欣悦”，当然贬损者也存在，就如“有人不喜欢阳光和无私的精神”。塞西尔意识到，对于一般读者的狂热应该有所纠正。具体分析奥斯丁的艺术成就时，他的方法完全符合詹姆斯和卢伯克的小说理论。他有条有理地讨论她的思想、作品和时代背景等，力图使奥斯丁研究摆脱印象主义和主观阐释并进而确立奥斯丁在世界文学中的地位。塞西尔高寿，20世纪70年代，他还出版了传记《奥斯丁的肖像》。该书新内容不多，但对奥斯丁的热情丝毫不减当年。塞西尔尝试捕捉传主的某些品行，并把它和小说结合起来，探讨生活和艺术作品之间的关系。他区分了作为普通女人的奥斯丁和作为艺术家的奥斯丁。言及奥斯丁搬家住到乔顿，作者写道：“不会再有什么降临到奥斯丁这个女人的身上，从现在开始，她的历史将属于艺术家奥斯丁的。”[1] 奥斯丁曾将《傲慢》称为“我的书，我的宝贝”。塞西尔解释道：“这一玩笑言辞给读者一个关键的密钥，来了解奥斯丁的品行和人生，也来体会她的创作冲动。同样的冲动使得其他女性履行作为妻子和母亲的职责，却让奥斯丁成为一名作家。”

此处不妨提一下吉普林的短篇小说《简迷》(1924)。故事发生在20世纪第一次世界大战之后。某天，一群男性工人聚集于共济会会堂，主人公亨伯斯道讲起了自己的战争经历。亨伯斯道和一些英国官兵在一战后期被派往法国北部战场，他所在的炮兵连军官在战壕里成立了奥斯丁读友社，主人公稀里糊涂也加入其中。一次作战中，几乎所有的战友阵亡，亨伯斯道被炮弹炸晕。苏醒后他焦急地等待护士救援，却没有轮到机会，于是嘟嘟囔囔地抱怨，“让那个贝茨小姐闭上嘴”。这个名字居然像接头暗语一样，引来了护士长的热情关注，不仅将亨伯斯道扶上救护列车，还额外弄来了一条毯子保暖。那段日子仿佛是他一生中最幸福的时光。亨伯斯道的经典台词颇能概括“简迷”对奥斯丁小说的态度：“说不清为了什么，但我知道，我不得不读它们。”这样的“简迷”，小说家阿·本涅特绝不敢小觑，对他们的狂热打趣道：“简·奥斯丁？我感觉，我正在接近危险之地。大批的守护者正在保卫着奥斯丁的荣誉，为了这神圣的事业，他们不惜杀戮。”[2]

1 David Cecil, *A Portrait of Jane Austen*, London: Constable, 1978, p. 130.

2 Southam, Vol. 2, p. 287.

吉普林的短篇故事引来多种阐释。故事以一首优雅的贺拉斯体颂歌开篇，“只有长笛在傍晚/低鸣经久不息，/……而帝国却在崩溃”，这增加了“简迷”群体的爱国色调。无独有偶，一战之初，“简迷”查普曼也受英国军方派遣，驻扎于巴尔干半岛。在漫长的征途中，马其顿几乎成为他心中保卫英国文化传统的战场，校订文本就是“阵地战”，就是重绘文学疆域，规范英语句法和字词拼写，也就具有了军事和政治意味。[1]吉普林的故事结尾是一首乔治时期风格的歌谣，咏唱奥斯丁升天，并在那里与她的爱人——《劝导》中的温特沃斯——步入婚姻殿堂。有学者调侃，他们的后人就是小说家詹姆斯；也有论者指出，这故事也许是给奥斯丁的献礼，吉普林发现自己与奥斯丁高度契合，未尝不是其“后继之人”。伍尔夫曾言，在所有作家中，奥斯丁的不凡之处是最难捕捉的，而在这篇小说中，“吉普林笔下那个人物，恰恰觉得很难把握奥斯丁的题材狭小……故事似乎以矜持含蓄的方式，对伍尔夫的精彩评议给出了自己的回答”。[2] 更匪夷所思的是，在某些后世读者看来，炮兵连里的奥斯丁读友，关系暧昧、行为怪僻，他们在炮弹筒上涂鸦，不乏同性爱的含义。

当然，并非所有的皇家文学协会和英语协会成员都是奥斯丁迷。加罗德(H. W. Garrod)就是一个例外。加罗德任牛津大学教授时曾举办了论诗人的系列讲座，突出地代表了他的成绩。他对奥斯丁的反应可见于1928年的诋毁文章。加罗德在开场白中故意自贬，说已经多年不读小说，只能随心地凭着错误百出的记忆来评论奥斯丁。加罗德认为，奥斯丁描写的是社会的风俗而非人类的心灵；其小说中存在的褊狭的观念甚至比一般世俗还要恶劣。看上去，奥斯丁的态度不偏不倚，扬扬自得，其实很无知：“她的村庄里找不到上帝和穷人，这还不够，就连大自然的位置也硬是被摒弃了…… 对于室外景色中的天、地、山、谷，奥斯丁小姐或者视而不见，或者以厌恶的眼光去看待。”“她的经历、兴趣、道德和教育，与她所处时代和地区的任何年轻女性都是一样的。她是一位18世纪的小姐，无法摆脱她的环境和性别的浅薄性。”文章中反复出现的一句话是：“为什么我不喜欢奥斯丁？”特里林曾指出，加罗德的

1 参见Johnson, 1997, pp. 217–219。

2 参见本书姊妹篇《奥斯丁研究文集》中的《简·奥斯丁：艰难的浪漫传奇》。

行文夹杂着“性的抗议”(sexual protest)。比如下面一句:“在男人中,她的读者只是那些我上面谈到的中年人,即被毫无浪漫色彩的落日余晖笼罩的人。”[1] 女性主义者克·约翰逊指出:这是对某些皇家文学协会成员的抨击,言外之意是,欣赏奥斯丁似乎不是“爷们”该做的事儿。[2]

持类似立场的,还有桑普森(George Sampson)。在他看来,奥斯丁“是一个被过分赞誉的作家,她已经成了文学里的陈词滥调”。司各特等人将奥斯丁同莎士比亚相提并论,桑普森则质疑这样的说法。“奥斯丁没有一流的想象力,没有深刻的体验,她的感受力在何处?”奥斯丁从来没有长大过,在她的小说世界里,主人公似乎不知道性为何物,没有真正的婚姻,有的尽是“过家家”的游戏。[3]

以上两位都是著名的文学教授,自认为有责任来保护正统古典文学,不让通俗小说挤入大学殿堂。在整个19世纪,英国文学,尤其通俗小说,在很大程度上是中产妇女乃至劳工阶层的读物。或许,桑普森们也有几分妒忌,至少有些纳闷,不解奥斯丁为何这样受追捧。詹姆斯就曾抱怨,一大批出版商、编辑、插图画家,借助“他们亲爱的、我们亲爱的、人人亲爱的简”,正在贪得无厌地追逐利润。[4] 在詹姆斯看来,奥斯丁引起的广泛兴趣,超过了其作品应有的价值。

此处,不妨指出两点。第一,争论有助于提高奥斯丁的文学地位,查普曼的著名文章《奥斯丁:答加罗德先生》(1929)就是对加罗德的驳斥,经常被各类文选收入。第二,奥斯丁若要成为经典作家,似乎还缺少一些“硬件”,即对于“经典”的某种社会共识。“经典”的品质究竟是什么?查普曼看重的是奥斯丁的“标准英语”,或者小说所折射的“文雅社会”;而后来的新批评派则宣称,经典作品要有“艰难的文学语言”,独具形式上的难度和特质,应区别于“浅陋的大众文化”。可见,某些“经典”价值,绝非恒定不变地内在于作品,而是由持特定立场的后来者在特定语境中思考、总结、归纳出的。

1 朱虹(编),第79页,译文略有改动。

2 Claudia L. Johnson, *Jane Austen's Cults and Cultures*, Chicago and London: University of Chicago Press, 2013.

3 Southam, Vol. 2, p. 101.

4 Southam, Vol. 2, p. 230.

这里，我们有必要进一步认识当时的头号“简迷”兼力挺“经典”的出版家查普曼。

查普曼是奥斯丁研究领域中承前启后的关键人物，是绅士学人之集大成者，也是下一代学院派专家的开路先锋。他毕业于牛津大学，1906年被任命为克拉伦登出版社（也就是后来的牛津大学出版社）的社长助理，1920年成为社长，1942年离任。在任职期间，他策划、主持了该社的所有主要项目，不但出版了“英语经典文库”丛书，而且还组织编纂了《牛津英语词典》(1928)及其《补遗》(1933)。1923—1951年间，查普曼陆续推出了六卷本牛津版《奥斯丁文集》，包括《次要作品》。[1] 当时有人在《爱丁堡评论》上评论说，该奥斯丁版本有很高的学术成就和丰富的研究成果，绝不亚于埃及图坦卡蒙（Tutankhamen）陵墓考古中发现纸草文本的贡献。后来的学者萨瑟兰说，查普曼版和纸草文本“除了为考古学增加了无限魅力以外，也向早期的遗址保护科学提出了挑战。这是重新考虑西方文明的根基并对有关过去及与过去之关系的各种看法进行重新评价的时刻”。[2]

萨瑟兰仔细比对了查普曼的手稿和信件，发现他完全遵循当时公认的古籍校订程序。用研究古典作家的方法，来整理一个流行小说家的文本，这在英美文学史中尚属首次。这套《奥斯丁文集》引领了后来牛津版的“英语经典文库”。对于古籍文献来说，无所谓“祖本”和“底本”，更不可能有得到作者认可的版本，编辑者须依靠直觉和灵感对大量文本进行修正，规范其语法结构，恢复其正确性。查普曼并未采用尚存的早期本，而是依据维多利亚时代后期的版本。前面提过，1892年丹特公司推出十卷本套装，R. B.约翰逊为之撰写“导读”。此人可以算查普曼之前最重要的奥斯丁研究者之一，那套书也成为查普曼的重要参考。

早在1918年服兵役时，查普曼即撰写了《谈英语典籍的文本》阐述自己的信条：“还原并完整地保存我们的伟大作家的文本，是一种虔诚

1《苏珊夫人》(1925)、《小说提纲一种》和《劝导》的最后两章修改手稿（1926）以及《沃森一家》(1927)等相继面世。

2 Sutherland, 2005, p. 28. 本节的写作主要参考了萨瑟兰的专著，译文参见本书姊妹篇《奥斯丁研究文集》中的《英格兰的简：成就之道》。

的职责。”他在文中提出，奥斯丁可以和经典男性作家并列。多恩（John Donne）、塞·约翰逊、琼森（Ben Jonson），当然还有莎士比亚，均被列入他的出版计划。1922年，《泰晤士报文学副刊》上又发表了查普曼的《奥斯丁的方法》，胪列一些严重的误读。查普曼赞美小说中刻画社会时的选材取舍，高度评价奥斯丁的英语和文学知识。他还指出，到那时为止，奥斯丁批评尚属业余的尝试，有必要系统地开展研究，先从作品出版的年代情况入手。他早就着手做相关的准备工作，筹备的时间甚至可以追溯到战前。

这么大的工程，自然不是一人所能胜任。查普曼有个工作小组。维拉尔（A. W. Verrall）是埃斯库罗斯和欧里庇得斯作品的编辑者，1911年被选任为剑桥大学的首位爱德华七世英语文学教授，查普曼的基本编辑范式得之于此人。另一个研究者普拉特（J. A. Platt）提醒查普曼，要理解《曼园》，须参考德国的浪漫戏剧《爱之子》。查普曼后来决定将该剧本作为《曼园》的附录同册出版，全文附上英文改编本《山盟海誓》。麦金农（F. D. MacKinnon）力主为小说中所描述的各种事件制作年表。他认为，奥斯丁在小说情节叙述中，一定使用了历书来确定事件发生日期。他和查普曼一道为1811—1812年间重印的《傲慢》和《曼园》简洁明确地划出了各个事件发生的时段。他通读了查普曼的最终文本，为每一部小说附上印好的“年表”，还为小说做了许多注释。他还建议查普曼编制一个“文学参考文献与典故”索引。亨利·布拉德利（Henry Bradley）的作用也不该忽视。他是一位自学成才的语言学家和词典编纂家，后来成为詹姆士·默里（James Murray）编纂《牛津英语词典》的合作者。他警告研究者们，不要轻易认为原文有错，要抵制使原文本更明晰直白的冲动。布拉德利和查普曼同是“英语协会”的会员，但他似乎对语言作为活生生的存在有更敏锐的感受，更善于体察富于想象的表述。萨瑟兰推测，很可能是亨利·布拉德利把查普曼从“过度纠正错误的热情”中拯救了出来。[1]

特别值得一提的，还有1912年版《傲慢》的编者梅特卡夫（Katharine Metcalfe），即后来的查普曼太太。她在编辑上做了很大的

1 参见 Sutherland, 2005, pp. 29, 32–33, 295。

努力，为了让读者目睹历史原貌，梅特卡夫版尽可能贴近第一版，改用最初的章节和页码标注，并附上1813年版的图片。梅特卡夫撰写了一篇老式但详尽的前言，她认为，奥斯丁小说中的喜剧成分可与乔叟比较。她也重视书信，以此来推断奥斯丁的生平和创作。[1] 该书的附录《简·奥斯丁和她的时代》，其实就是关于当时人们的生活、社交习俗和语言的注释。1923年7月，梅特卡夫编注的《诺桑觉寺》面世，算是《傲慢与偏见》的姊妹版。这一版同样包括文本以外的各类附加材料，对"旅行与邮政""举止、才艺与风度""社交习俗""游戏""舞蹈"以及"语言"等加以注释。结婚之前，梅特卡夫是牛津大学萨默维尔学院的英语助教。婚后，她放弃了教职，但并没有放弃学术追求。梅特卡夫似乎对注释充满热情，可能为查普曼版本提供了"主要动力"。

查普曼的贡献首先是语言上的校订。早期版本错讹难免，需要细心校正。福斯特在评论查普曼的牛津版时写道："作为简迷，面对自己崇拜的偶像，我觉得几乎无话可说。就像那些定期去教堂做礼拜的人，很少细究那里究竟说了什么。"他指出，查普曼版优胜之处多多，其中之一就是"让奥斯丁的忠实读者清醒起来"，此前他们想当然地自认为理解原文。福斯特从《曼斯菲尔德庄园》选取了一个例句，在1814年的版本中，该句在结构上有些混乱，一旦将"how always known"修改为"now all was known"，不仅显现了句法意义，更揭示语境意义。[2] 类似的例子，举不胜举。当然，查普曼更偏重文化知识的典雅和书面语言的规范，有些修改和补充，读者难免见仁见智看法不同。2013年7月20日在英国奥斯丁协会的年会上，加拿大学者萨勃（Peter Sabor）做了题为《查普曼的"巫术"：如何勘校奥斯丁》的讲演，对查普曼颇有微词，指责其时而更易原文。还有论者指出，奥斯丁为了彰显小说人物的特点，有时故意使用"语法错误"的表达，而学究的校勘笺注，往往曲解了小说家的机智诙谐。

不妨举一两个例子。《曼斯菲尔德庄园》第一卷第八章，拉什沃思夫人邀请托马斯爵士一家来做客。1814年的版本里，出现了格兰特小

1 译文参见本书姊妹篇《奥斯丁研究文集》中的《英格兰的简：成就之道》。

2 苏珊娜·卡森（编）：《为什么要读简·奥斯丁》，王丽亚译，南京：译林出版社，2011年，第27页。

姐的说法，后来的校订者认为，这是作者或者排版人的疏忽大意所致，遂改为格兰特太太。拉什沃思夫人，一如她的儿子，是个势利小人，贪慕虚荣、稀里糊涂、呆头呆脑。"格兰特小姐"虽然子虚乌有，也完全讲得通，这或许是奥斯丁嘲弄拉什沃思夫人，弄不清来了几个客人，错将格兰特太太当成"格兰特小姐"。再如，奥斯丁对"物"的刻画，一向惜墨如金，而《爱玛》中对奈特利先生的庄园工笔细描，显然寄寓着作者对理想绅士的田园遐思：阳光斑驳洒落果园，羊群嬉戏于富饶的农场，小溪蜿蜒流过花园。查普曼在注解中指出，仲夏之际果园中哪来"盛开的鲜花"，"袅袅上升的炊烟"也不合时宜，"这是奥斯丁少有的笔误"。[1]在这些方面，查普曼的确有过度校勘之嫌。福斯特指出：他的这套书偶尔有"迂腐的学究气"，而且忽略了一些作品，他希望查普曼将来能够补加《少年习作》等。

除了校勘，查普曼版还提供了详尽的"注释""附录""人物索引""总索引"和各种年表等。此外，他撰写了种种短文，如"时代的礼仪""奥斯丁小姐的英语""标点符号""马车与旅行"等，并选用了各种插图，如"舞蹈的五个姿势""巴黎头饰"等。这些为读者提供了有关奥斯丁成长与创作的18世纪英国社会文化背景知识。在20世纪英美学术性出版机构中，查普曼和他的牛津大学出版社占据着举足轻重的位置，其注释模式被后来的编者所接受和发扬。查普曼本人校订了《奥斯丁书信集》前两版，勒费伊（Deirdre Le Faye）是第三版的修订者，为之编写了长达100页的"传记索引"（Biographical Index）和"地名索引"（Topographical Index）；2013年，她又为第四版书信集增加了"主题索引"（Subject Index）。

查普曼之后，最值得注意的奥斯丁小说版本或许要数美国的诺顿版和英国的剑桥版。前者的出版始于20世纪70年代，某些单卷本编者直言不讳地声明，主要参照了查普曼的版本。20世纪初以降，凡是对《曼园》进行评论的文章，一般都要介绍《爱之子》的一般背景，如诺顿版，不仅提供相关语境，还将18世纪女作家英奇伯尔德（Elizabeth Inchbald）的英文改编本《山盟海誓》全文刊出，显然也是受查普曼版本

1 引自本书姊妹篇《奥斯丁研究文集》中威尔特希尔论《爱玛》一文。

的影响。剑桥大学的托德教授（Janet Todd）担任总主编，组织了一个八人跨国学术团队，历时十余载，终于在2005年推出九卷本的剑桥版《奥斯丁文集》。此国际版本依旧坚持甚至强化了查普曼的编辑原则。

查普曼的笺注为奥斯丁小说的“入典”，创造了必要的外在知识条件。实际上，注释有效地影响读者的理解，有时甚至创造出不同的语义空间。[1] 查普曼的解释重在文学典故，将奥斯丁笔下的措辞和句法溯源至莎士比亚、塞·约翰逊等作家，实际上是将奥斯丁纳入经典男作家的队伍中。奥斯丁和同时期及之前女小说家们的深切关联，查普曼却不曾留意。论及小说背景时，查普曼仅仅把奥斯丁与某种社会历史状况联系起来，比如摄政时代的服饰、建筑等，却忽略了可能的政治和战争指涉。查普曼珍视和留恋的，是传统社会的温文尔雅，他的插图和注释，将奥斯丁置入一个看不见任何拿破仑战争痕迹的摄政年代，从而表明奥斯丁的“轻巧、明亮和活跃”。[2]《曼园》中涉及的殖民地问题，《诺寺》里的社会动乱，查普曼从未提及。值得指出的是，奥斯丁的小说和查普曼的版本，都是战争时期的产物。就阵亡人数与人口比例而言，英国在拿破仑战争中付出的代价，可能比第一次世界大战更为沉重。

文化经典的形成是经过几代乃至十几代人的品鉴最后流传下来的有分量的作品，经受了历史和时间大浪淘沙的考验。当然，从另一方面说，经典或“正典”的构成本身也是在历史中不断演化的。在特定时期，要让某人某作品进入经典，常常要在语言形式或者情节设置等方面营造出更多可阐释的空间。当大量历史或者专业知识被带入，欣赏奥斯丁的作品就变成了复杂的理解活动，挑战一般读者的智力和记忆。这些反过来又保证了文学教授和批评家的存在意义。当然，这样做也产生一个意想不到的后果，即可能将作为消遣的日常阅读和专业文学阅读完全隔离开来。为了确保英语文学的“专业性”，后来的新批评学派开始启用大量学科专用术语，如“反讽”“张力”“意图”“感受谬见”等，不一而足，结果，不入阿诺德法眼的“外省二流文学”，变成了令普通读者感到匪夷所思之物。[3]

1 Sutherland, 2005, p. 47.

2 Johnson, 2013, pp. 122–123.

3 程巍：《中产阶级的孩子们》，北京：三联书店，2006年，第223页。

奥斯丁经典化的最初阶段，恰恰也是作为学科或者院系的英国文学开始进入牛津和剑桥大学的时刻。程巍在研究英国文学制度史时指出，正是第一次世界大战彻底改变了英国文学的命运：自此，英国文学研究突然变成了一种爱国主义的行为，关系到帝国的荣耀和民族的认同。“第一代简迷”的集体努力，似乎印证了这些判断。在绅士学者的眼中，尤其在查普曼心里，奥斯丁预示并代表了维多利亚社会的温文尔雅和文明昌盛。这些“占据早期文学教席的上层社会的业余爱好者”[1]，沉溺于品评奥斯丁小说，悉心修炼自己独特的鉴赏眼光和文化格调。在奥斯丁的语言中，或者小说的对话里，他们可以重温往昔的高尚娱乐和优雅仪态。奥斯丁变成了一个时代、阶级及其相应生活方式的缩影。一战带来的危机感是深重的、全方位的。20世纪20年代后高涨的现代主义运动，部分地就是对维多利亚时代的清算。对此，查普曼心知肚明，有所警惕。保存奥斯丁的文本，就是挽救那个日渐逝去的文明。一战期间，查普曼曾奔赴欧陆前线，在艰苦而危险的战争岁月里坚持不辍地诵读贺拉斯的诗歌并校订鲍斯维尔、塞·约翰逊和奥斯丁。查普曼屡屡强调“还原经典”“伟大的作家”和“虔诚的职责”等，在某种程度上，的确是特定意识形态的微妙体现。

1 伊格尔顿：《二十世纪西方文学理论》，伍晓明译，北京：北京大学出版社，2007年，第30页。

第二章 20世纪中期的发展：1930—1975

本章覆盖的时段大致为1930—1975年。

20世纪20—30年代，可以算作奥斯丁研究中的一个分水岭。查普曼系统梳理奥斯丁的小说文本和书信逸作，为此后研究奠定了坚实的基础，特别是导致了手稿研究的快速兴起。作为承前启后的人物，他的工作跨越了20世纪30年代。

据统计，仅1954—1978年间出现的有关奥斯丁的批评文字数量，就已远远超过1813—1954年的总和。这个统计涵盖的年代虽然与我们的分期不完全重合，但是在某种程度上也反映了奥斯丁批评在20世纪中期的某种"风云突起"态势。受"新批评"的影响，此时段的英美学者特别属意语言、结构和意象等形式因素，高度强调"作品本体论"，大力标榜"有机整体论"，从而构成了奥斯丁批评史上的一条重要线索。当一些研究者细读文本，希望从中找到美学规律时，另一批研究者侧重阐释小说中的道德意义，尤其反讽背后的社会态度和历史语境，这可以算作本时段中值得注意的第二路径。

第一节 学院派"登场"与手稿研究

1939年《奥斯丁和她的艺术》面世，是查普曼版奥斯丁小说推出之后最早出现的研究专著之一。作者拉塞尔斯（Mary Lascelles）大量运用叙事人称、语调和反讽等术语，尝试以詹姆斯、卢伯克等人的小说理论来分析奥斯丁作品，为我们呈现了一位高度敏感和自觉的艺术大师。

从某种意义上说，这部著作在奥斯丁小说研究上开创了新风尚。顺便提一下，拉塞尔斯还是日后奥斯丁手稿研究专家索瑟姆在牛津大学萨默维尔学院的授业老师。

拉塞尔斯在前言中强调小说研究的历史和文学批评维度。自19世纪70年代以来，不少批评者非常关心奥斯丁的创作过程和艺术经验，拉塞尔斯自始至终突出奥斯丁作为自觉作家的身份，探究其小说艺术的发展。她将奥斯丁的文学创作分为两期：第一时段里奥斯丁主要在家乡斯蒂文顿居住，写出了《第一印象》和《苏珊夫人》等作品。此时段后期奥斯丁随家人四处迁徙、心情沉郁，很少动笔。对辍笔一事，作者提出了奥斯丁失恋、商洽出版未果以及父亲去世等影响因素。第二时段是定居乔顿村之后。此时奥斯丁重振精神，写出了成熟作品。拉塞尔斯关注家庭氛围的重要性，推断说：与邻居勒福利夫人的交往有助于奥斯丁的艺术成长。作者紧紧抓住和艺术创作相关的事件，尤其奥斯丁的阅读和写作经历。她认为，奥斯丁虽自称是“粗疏的作者”，但实际上博览群书，常在行文中使用各种文学典故，不时提及塞·约翰逊、柯珀、司各特和克雷布（George Crabble）等作家，一般不指名道姓，只是期待读者心领神会；也有明确的用典，多与小说情节恰切地融为一体。

继而在第二章中，拉氏强调指出，奥斯丁在阅读中深刻体会到生活真实和文本世界间的冲突。她在小说中，尤其早期戏拟之作中，总是就此进行追问，《理智与情感》中玛丽安的困惑显然来自阅读和幻想。拉塞尔斯侧重分析奥斯丁对阅读经验的回应。18世纪后期，尤其《伊芙琳娜》1775年问世后，内容雷同的小说充斥坊间。有人如埃奇沃思等尝试另辟新径，奥斯丁则刻意固守婚恋题材。不过，在她笔下，没有不可预料的外在力量来左右人物的命运，也很少涉及死亡或偶发事件。王政复辟以后的剧作家一味刻画笑料人物，相较而言奥斯丁更执着地表现人类的弱点。奥斯丁的喜剧不同于大诗人蒲柏的《劫发记》，后者仅仅是个“泡沫世界”，只有破裂才能绽放出社会和人生的真实面相；也不同于复辟时期的喜剧，那是一个“虚无缥缈之邦”，男欢女爱，随心所欲，缺乏真正的道德感。[1] 而奥斯丁和菲尔丁同属于一个喜剧传统，

1 Mary Lascelles, *Jane Austen and Her Art*, Oxford: Oxford University Press, 1939, p. 138.

可以追溯至乔叟和莎翁。拉塞尔斯也常将奥斯丁与同时代作家比较。她认为伯尼记忆力惊人且选材得当，但作为小说家稍逊一筹。当小说由叙事而非对话构成时，伯尼的缺点就愈加暴露出来；奥斯丁则是“中间风格”(middle style)的大师：其表达鲜有夸张，却不失多样，适合讲述日常生活。在素材、语气和叙事上，奥斯丁的节制显然是有意为之且控制得当，绝不限制作品的艺术视野。

辛普森在70年前曾指出，奥斯丁“逐渐由批评家发展成为一个艺术家”。《艺术》一书是对此论断的具体阐发，尤其强调艺术成长的渐进性，指出从《理智》到《劝导》短短几年里，奥斯丁小说的语调变得更加细腻多样，人物的刻画也更加成熟复杂。后期小说风格变化多端，能够适用于各色人物的需要。比如，奥斯丁善于用句法和惯用语而不是词汇来表现人物特点。在初稿中常常是先让人物说出主要事件，然后逐渐以标志性的句法和习语来加以替换和完善。

拉塞尔斯尝试运用詹姆斯的小说理论来研究奥斯丁。詹姆斯曾言，人物和事件相互依赖，奥斯丁小说是一个极好的证明。事件和人物的划分并不是绝对的，两者往往相互定义。奥斯丁小说中的滑稽人物，尤其那些中年妇女(如詹宁斯太太和班奈特太太等)，常常肩负重要的叙事功能，同整个故事的进展水乳交融。还有《曼园》中的诺里斯太太(拉塞尔斯提醒读者，她的收入可并不低)、伯特伦夫人以及《爱玛》中的贝茨小姐等，她们都发挥了重要的作用，而且绝不缺乏情感深度。

拉塞尔斯看重艺术的一致性，这体现于小说内部诸要素之间的和谐，其中包括叙事者和读者之间的关系。她就此展开与其他研究者的对话。卢伯克在《小说的技巧》中曾言，视角问题就是叙事者和故事的关系；福斯特进而说，视角问题的关键是让读者接受作者的陈述。拉氏指出，奥斯丁最重要的艺术特色莫过于“隐去自我”。她很少直接和读者对话，总是借助小说人物的意识，将其作为与读者交流的手段。艺术家既要控制读者的注意力，又不能让读者有所察觉。

该书第四章还详尽讨论了奥斯丁小说中的空间和时间。“空间感”指一个地域的道德氛围，即当地居民的集体道德意识。在前期小说中，道德氛围的变化微乎其微，但《曼园》中的地区对比和《劝导》中三个地点转换，均显示出奥斯丁的艺术手法臻于成熟。福斯特曾说，在《桑迪顿》中地点几乎变成了活灵活现的存在，仿佛一个作用者，甚至可算作小说人物。拉塞尔斯则更进一步指出，奥斯丁正在尝试新手法，如极细腻地描摹安妮的印象和感触，这是先前小说所缺失的。《劝导》并不只是两个年轻人的和解，也是冲破牢笼、追求自由的故事。沃尔特·埃利奥特爵士和他的大女儿伊丽莎白将家园变成了束缚之地，安妮最终冲破束缚，这就意味着，她的生活世界和奥斯丁的艺术世界大为改观。“时间感”的传达更难实现。卢伯克认为作家本质就是传达时间感。拉氏详尽分析了奥斯丁小说中的机械（客观）时间和心理时间。另外，作者还指出，在《曼园》中奥斯丁试图使用象征手法，但效果不好；《桑迪顿》中，海边小镇极有可能成为另一个象征，但小说没写完，很难说成功。

总之，《奥斯丁和她的艺术》一方面重视作者的实际经验，另一方面堪称艺术形式研究的范例。当然，也不免有人挖苦和抱怨：如此，艺术赏析变成了生物解剖。文学批评已经远离了普通读者熟悉的经验漫谈，旧的赏析批评很快就变成了传统的绝唱。

1941—1944年间，Q. D. 利维斯（Q. D. Leavis）在《细察》杂志上发表了一系列文章，题为《有关奥斯丁创作的思考》，意在证明奥斯丁有着明确的艺术目标，并不懈地为之努力。部分地由于《细察》的地位，《有关奥斯丁创作的思考》系列在奥斯丁批评中占据了重要的一席之地。如索瑟姆所言，文章抨击了“奥斯丁神话”，自此，一个“平淡无奇的奥斯丁”出炉了。凯特尔（Arnold Kettle）在《英国小说导论》中则说，自那以后人们不再想当然认为奥斯丁是自修的艺术“天才”。

不妨以《奥斯丁早年的读书与写作》一篇为例，来看看利维斯的运思。文章首先对查普曼的牛津版本表示感激，“六部长篇小说外，尚有三卷《少年习作》的原稿，其中两卷现已发表，另有不同时期的草稿和杂著。这些给文学索引家和文学批评家提供了一大堆线索和证据”。她这样揣测奥斯丁的写作流程：“接连搭起几副龙骨，然后依次逐个充实内外，船台上，始终有不下三艘的船只在施工。但是任意一艘总要建造好几年才下水，并且至少要留出整整十二个月来把每艘最后翻修一遍。”奥斯丁常常酝酿很久才会动笔，小说的肌理犹如“地质结构，最早的岩层归于她最早的习作，随后的层层冲积物则来自她的阅读、她的亲身经历以及同她生平关系最密切的那些人的生活，但都在一定时期她本人情感所深受的冲力下重新熔铸过”。[1]

Q. D. 利维斯推断，《傲慢》《理智》和《诺寺》的原貌，必然“像《沃森一家》那么单薄乏味，像《桑迪顿》那么草率粗陋，像《苏珊夫人》那么缺少动人的力量，并且像《诺寺》那样，大部分还靠她家里引为笑谈的事物来撑持”。作者从批评家极为感兴趣的《少年习作》第二卷引用一个具体例子，来展示《爱情与友谊》和《傲慢》故事情节之间的高度契合。作者还提出两个大胆的猜测：1808—1809年间，《苏珊夫人》扩展成了《曼园》；1814—1815年间，奥斯丁以《沃森一家》为基础写成了《爱玛》。“《沃森一家》也只是为更晚的一部长篇打的草稿，内容贫薄。一直到她年近四十写下《爱玛》时，才经营出一部成熟的、艺术上完满的长篇，里面的各种成分才浑然融为一体，因此我们有理由断定，她是个写得缓慢而吃力的作家，也是个晚熟的艺术家。”[2] 后来，她进一步全面展开了这些猜想，极为详细地步步分析考证《曼园》中玛丽·克劳福德、苏珊夫人以及她们在生活中的原型人物即奥斯丁的表姐伊莱莎之间的一脉精神“血缘”，同时强调了《曼园》的处理体现了作者艺术上和道德上的成熟。

查普曼也曾借助奥斯丁及其亲友的书信和日记来推测某些作品的创作时间。《苏珊夫人》的誊正本没有标注时间，但有两页手稿显现的水印为1805年，查普曼认为该作品完成于这一年。从故事安排手法上看，此时的奥斯丁已经“毫无稚嫩之感”；他引用奥斯丁侄女卡洛琳的日记来证明，“《理智与情感》最初是书信体，她朗读给家人听的时候依然是书信体”。1813年，奥斯丁致姐姐的一封信中提到《傲慢》的修改，“我成功地进行了大幅度删减，现在，它的长度已经不及《理智》”。查普曼推断，读者所见的《傲慢》版本“不仅仅经过了修改，基本上属于重写”。[3]

利德尔（Robert Liddell）则有意调和拉塞尔斯、查普曼以及Q. D. 利

1 朱虹（编），第112页。

2 朱虹（编），第113页，译文略有改动。

3 R. W. Chapman, *Jane Austen: Facts and Problems*, Oxford: Clarendon Press, 1948, pp. 52–54.

维斯等人的观点。[1] 他指出，《诺寺》中凯瑟琳的形象既栩栩如生，又是奥斯丁喜剧中不可或缺的笑柄，而蒂尔尼将军却只是个较为机械、尚未成熟的角色。在结构和主题上，《傲慢》与《理智》类似，都是对伯尼式传统写法的模仿和改进，伊丽莎白·班奈特的塑造显然是为了超越塞西莉亚[2] 之类。利德尔认同利维斯的一些推断。他认为：《曼园》是对《苏珊夫人》主题的再次探究，而不是对其简单的修改；《桑迪顿》极有价值，从中可以看出奥斯丁对手稿的改动情况；《爱玛》与《沃森一家》在人物塑造与情节上相似，注重夫妻之爱远多于兄弟之爱。

查普曼之后，最重要的手稿研究当属索瑟姆的《奥斯丁的文学手稿研究》。虽然1870年《回忆录》再版时已经将奥斯丁的部分手稿和少年习作公之于众，可直到20世纪60年代，规范的次要作品文本才被渐次整理出来，其中包括索瑟姆1963年校订的《少年习作》(第二卷)。目前谈奥斯丁手稿，主要涉及《少年习作》(共三卷)、《苏珊夫人》和未完成的《沃森一家》，另有《小说提纲一种》和《劝导》的删节章及未完成的《桑迪顿》。其他主要小说均无手稿留存。

索瑟姆希望通过研究手稿来确定次要作品的写作顺序，并由此考量它们和六部主要小说间的关系。[3] 他深信，手稿可以反映奥斯丁的艺术成长。奥斯丁的作品献词和相关传记表明，《少年习作》，特别是那些对流行小说的戏拟，均是她对阅读经历的回应，可以从中窥见这个家庭的集体阅读经验。1787—1790年间的作品充满活力、滑稽搞笑，“对各类风格轮番加以戏弄”。1790—1791年间的作品，主要指《爱情与友谊》和《英格兰史》，嘲讽了当时流行的感伤小说和历史写作，将这些文类中的荒谬夸张和日常行为的现实直白加以对比。1792—1793年间的写作显然是失败的，尤其和第一阶段比较，或许奥斯丁尝试了太多的技巧。不过，她也借此完善了自己的书信体、对话、多视角叙事等技法，尤其对日常行为和情感的观察与处理。

《苏珊夫人》采用书信体且相对简单直白。索瑟姆推断，它写

1 Robert Liddell, *The Novels of Jane Austen*, London: Longmans, 1963.

2 弗·伯尼同名小说的女主人公。

3 B. C. Southam, *Jane Austen's Literary Manuscripts*, Oxford: Oxford University Press, 1964.

于1795年，1808—1809年间得以扩展，一直保持书信体的形式，直到1811—1813年才被重写。书信体小说《埃莉诺和玛丽安》写于1796年，第二年进行了修改，十多年后在乔顿又再次修改。《第一印象》的初稿可能也是书信体，始于1796年10月，后于1809—1810年、1811年和1812年多次修改并定名为《傲慢与偏见》。《诺桑觉寺》动笔于1798年；《沃森一家》大约写于1799—1811年。按照奥斯丁侄女范妮的说法，《沃森一家》写于1804年，次年奥斯丁父亲去世，写作中断。从手稿情况判断，只有少量但极为重要的文体上的改动。索瑟姆认为，主人公爱玛的刻画还有较大修进空间。

他认为《小说提纲一种》显然是在开玩笑，在家庭成员中拿牧师克拉克的建议取乐而已。该文虽然充满对流行小说的鄙视和嘲弄，但并非早期作品，而出自富有写作经验的成年奥斯丁。《小说提纲一种》再次印证了奥斯丁"忠于日常经验"的写作原则。他还指出：《劝导》极为重要，提供了直接的证据让研究者来探讨奥斯丁的写作方法。被改的章节原来在语调和故事结构上显然有艺术缺陷。大约在1816年7—8月间，奥斯丁改写了相关部分，剔除了其中某些不和谐成分，让男女主人公在故事高潮时走到一起。

《桑迪顿》动笔于1817年1月27日，在诸多方面独具一格。其中地点和环境描写生动、精确，被用来代表一种"躁动不安的时代精神"。小说主题不再聚焦于人物，而是关注社会整体。这个社会处于痉挛和失控中，其成员似乎已经抛弃了应该继承的责任。她笔下那个海边小镇里，居住的尽是投机商、移民、病秧子和怪癖者，人来人往，忙乱却又浑噩。新主题激发了新风格，情感主义、讽刺和滑稽戏弄等交织一处。小说中微不足道的怪癖人物，常常被加以拓展并占据了舞台的中央。索瑟姆推断，奥斯丁已经大量地修改了初稿，现存文本几近于成品。小说颇具少年之作的风采，这不是奥斯丁的失败，而是正在试验新的写作风格，有意制造悬念和神秘。

地点的重要性可以构成一条批评线索：福斯特最先涉及，拉塞尔斯更多阐释并提出不少精彩论点，如：凯林奇府和巴斯不是代表乡村和城市的对立，而是体现两种生存空间的并置，一个是传统的、人们彼此负有责任的居所，另一个则是流动居民构成的互无牵挂的场地。索瑟姆更进一步论证，由于安妮的突出地位，尤其她的期待和爱情，读者往往忽略了她深恶巴斯这个事实，在《桑迪顿》中，则没有任何情节或者情感聚焦来转移读者的注意力。

在附录部分，索瑟姆还简要地讨论了《曼园》和《爱玛》。与Q. D.利维斯的观点不同，索瑟姆依据“内部和外部证据”来推断，《苏珊夫人》的写作早于奥斯丁哥嫂（亨利和表姐伊莱莎）的婚事，而《沃森一家》则与《傲慢》（而非《爱玛》）的关系更为紧密。后来还有其他研究者表示赞同索瑟姆的年代推定。当然这种局部反驳并不能全盘否定利维斯的那些富有启发意义的独到心得。

第二节　“颠覆”论及对它们的反驳

前面提及，奥斯丁的侄儿等人较多考虑维多利亚时代的道德要求，在《回忆录》中突出了传主的某些方面，构建了一个颇合当时社会理想与女性规范的奥斯丁。而一般读者又急于了解奥斯丁的生平事迹，一厢情愿地把家庭成员的回忆当成“第一手资料”。他们甚至将奥斯丁等同于小说人物，认为作者也必然像女主人公一样具备完美的气质与性情：一个远离尘嚣的乡村淑女，安逸地领略着大自然的田园风光，生活在小家庭的融洽无间之中。

实际上，自1811年以降，作家和学者对奥斯丁小说和作者性情提出了不同的见解。早在1859年，卡瓦纳就主张进一步探究奥斯丁的真实生活，“穿透奥斯丁的矜持和小说中的讽刺，将发现她生活中存在着深深的失望”。1870年，奥利芬特和辛普森也评论道，讽刺是奥斯丁小说的基本要素。圣茨伯利曾言，奥斯丁是个斯威夫特式残忍冷酷的作家，福斯特等“简迷”也体味出作者的伶牙俐齿和铁石心肠。法乐从有限的传记材料来推断奥斯丁的内心世界，说她性情拘谨，鲜能敞开心扉，“身处大家庭，却从未真正融于其中”。1939年，哈丁进一步论证了奥斯丁复杂的创作意图，毫不客气地说，“阅读和欣赏她的，正是那些她不喜欢的人”。稍后，马德里克（Marvin Mudrick）也来进一步阐发哈丁所谓“有节制的憎恶”。他认为奥斯丁的反讽属于女人独有的病态心理反应，为了躲避婚恋中的性爱；写作和讽刺是作者自我防护的武器，读者却一厢情愿地从小说中寻找温馨的爱情与幸福的婚姻。类似的论调后来不绝如缕，20世纪晚期曾一度成为潮流，出现了"激进的奥斯丁""后现代奥斯丁"和"酷儿奥斯丁"等比较耸听的提法，这些大概可以被视为奥斯丁研究中的"颠覆派"。

哈丁是一位心理学教授，因《有节制的憎恶》[1] 一文而留名于奥斯丁批评史。该文起初是他供职于曼彻斯特大学心理学系时所写的讲演稿，1940年在《细察》上未加改动全文发表。文章开篇就指出，对奥斯丁的印象，经过批评家、文学史、大学讲坛和文学报道等层层过滤，"到了读者那儿，已经面目全非"。哈丁精心挑选了若干小说中别具意味的评论段落进行分析，指出"要是读者当真，就会发现，【这些】正是对大家遵从的社交原则的毁灭性抨击"，奥斯丁对"井然有序、优雅体面的文明社会从心底里怀有尊敬的感情"，同时又对其中存在的"粗俗和平庸也十分敏感"。[2] 因而奥斯丁必须寻找一种隐蔽的手法，既能坚持己见，又不致和亲戚朋友发生公开冲突。

文章第二部分指出，运用灰姑娘主题且对这一主题有所发展，正是奥斯丁无意识地调解家庭和社会矛盾的结果。前期小说中灰姑娘题材尤为明显，但在后来创作中奥斯丁一直调整修订这个叙述模式。简而言之，早期作品中的"女主人公本身就是正确的判断和善良的感情的标尺"，她们独立于周围世界；后来的作品转而探究女主人公性格形成与社会环境的关系。所以，爱玛·伍德豪斯算不上完美淑女，注定要从周围不断吸取教训。奥斯丁不再为灰姑娘辩护，而是让她们逐渐获得一种清醒、谦恭的"自我认识"。另一方面，后期小说也降低了理想化母亲的重要性。在《劝导》中，奥斯丁处理了灰姑娘模式中最敏感的部分，让"理想母亲复活，但又指出，她远不是那样完美，比一般尖锐、敏感的孩子的母亲好不了多少"。哈丁实际上暗示，借此奥斯丁得以缓解和自己母亲的紧张关系。在有关分析中，哈丁强调反讽手法的运用，不过他也同样重视历史、社会等维度，大量动用书信和传记材料，更不必说

1 D. W. Harding, *Regulated Hatred and Other Essays on Jane Austen*, ed. Monica Lawlor, London: The Athlone Press, 1998. 本节提到的所有哈丁文章均见该书。

2 朱虹（编），第91页。

心理学理论。

哈丁还撰写了其他几篇有关奥斯丁的文章。《18世纪和19世纪早期的家庭生活》一文指出，奥斯丁小说从不同角度揭示了当时英国家庭生活的方方面面。首先，借助配偶选择来加强家庭的“联合”是常见现象，《曼园》第一章就是极好的例子——虽然家庭成员在社会地位和经济程度上可能存在较大差距，比如沃德家三姐妹命运迥异。其次，作为社会制度的婚姻和家庭，也造成其成员的畸形“心理定式”，如托马斯·伯特伦爵士对女儿的教育就是如此。此外，该小说中年轻人的思想比家长更敏锐，更具现代精神。《奥斯丁小说中的社交场所》一文则强调了奥斯丁小说中所呈现的“遥远的和较近的”社会背景。作者以《爱玛》为例探讨当时的社会生活，尤其是经女主人公爱玛意识折射出的等级秩序及其变化转型。文章还论及人际交往、社会地位和经济条件等在《理智》中的交织体现，探究了在约翰·达什伍德眼中伦敦商贩遗孀詹宁斯太太如何因为其家宅、生活方式和亲戚关系而被判定为足够体面、值得交往。《奥斯丁和道德判断》的结论如下：奥斯丁以一种看似娱乐的叙事呈现了当时的社会状况，深入剖析了影响道德的诸多因素与社会变化间的联系，并在克雷布的诗歌《教区登记簿》(*The Parish Register*)中找到了《曼园》女主人公范妮的原型。两部作品中的范妮均为温柔纯真的姑娘，博得多情、身世显赫男子的殷勤追求；尽管男方提出诱人条件，她们都不为所动。这些品质使《曼园》中的范妮区别于奥斯丁笔下其他女主角。哈丁推断，《曼园》是奥斯丁的第一部写给普通读者的小说，不同于早期供家人娱乐的作品，且很可能受到了当时正在兴起的福音主义宗教复兴运动的影响。

马德里克的专著《奥斯丁：作为防护和探索的反讽》出版于1952年。他认为，奥斯丁刻意与自己的小说题材和读者保持距离，不轻易表明立场。她有两种心理防护手段：反讽和遵从社会习见——早期以反讽为主，后来不得不更多依循世俗之见，而《曼园》算是对早期的“最大的背叛”。奥斯丁的气质和才能均倾向于反讽，恣意于展现表面与真相之错位，指出现实和理想人生的乖离。奥斯丁并非没有同情心，她笔下的反讽是中性工具，为喜剧效果服务，以摆脱道德上的顾虑并引来读者的笑声，这是奥斯丁的一个艺术目的。

早期作品多是戏拟之作，但个别的，如《凯瑟琳》，也创造了栩栩如生的现实世界：朝气蓬勃的中等阶层少女，正在寻求理想的丈夫，凯瑟琳的第一传人就是《傲慢》中的伊丽莎白。《莱斯利城堡》同样营造了工于婚姻算计的现实情境。[1]《诺桑觉寺》借拉德克利夫的小说搞笑，同时也创造了奥斯丁特色的家庭喜剧小说——哥特类型和资产阶级的反哥特类型并存其中，现实世界也包含了一定程度的"哥特式"罪恶。该小说最大的失误在于，奥斯丁不得不进入小说来评判是非，这就使得某些人物缺少情感深度和复杂性。

到了《理智与情感》，奥斯丁已经逐渐撇开戏拟手法，走向全面营造真实氛围和人物性情的写实小说。玛丽安·达什伍德的最大敌人就是中产阶级的谨慎婚姻。[2] 当然，她不是感情空洞的少女，不同于普通情感小说的人物。可以说，玛丽安真正代表了作者的精神，也是小说生命力之所在。为了揭示自己的立场，奥斯丁常常在反讽的同时考量社会惯习。不过，在这部小说中，她最后的道德解释和回归喜剧的艺术努力未免太过牵强，让玛丽安变成了另一个埃莉诺，原谅了所有的亲戚朋友，乖乖落入了上校的怀抱。而这也恰恰就是谨慎婚姻的圈套，"是作者而非威洛比最终出卖了玛丽安"。[3]

在《傲慢与偏见》中，作者坚持不懈地使用内部反讽。女主人分享了作者的讥讽姿态，尽情嘲弄世间的愚昧和无聊。奥斯丁不必否认伊丽莎白的道德判断，小说恰需要一个精明的评判者。小说不仅讨论了真假道德观念，还区分了两面人格。伊丽莎白参透了世俗婚姻的核心要素——情欲和经济条件，这些决定性因素威胁了每个人的自由选择，即使精明而清高的班奈特先生也不得不受制于此。在夏洛特的困境中，伊丽莎白进一步认清了贪婪和社会地位对个人自由的吞噬力量。达西也是一个俗人，并没有根本改进，小说中变化的只是达西对伊丽莎白的影响。奥斯丁既不能对达西投注真情，也不便以反讽来处理。当达西料理完莉迪亚的私奔后，这个人物的结构功能就都不存在了，更谈

1 Marvin Mudrick, *Jane Austen: Irony as Defense and Discovery*, Princeton: Princeton University Press, 1952, pp. 27–29.

2 Mudrick, p. 68.

3 Mudrick, p. 92.

不上道德深度。

《苏珊夫人》可谓奥斯丁的“第一本杰作”，也是最典型的奥斯丁风格。奥斯丁对经济考量的谨慎婚姻这一题材颇有心得，只不过碍于礼节往往曲笔点破，其书信和《苏珊夫人》算是例外。弗农夫人只是看似温文尔雅，苏珊夫人则是真正的行动者。社会的实质是物欲追求，“只看重滥情和虚情，并不认可真实感受；崇尚礼仪和礼节，而非人品”。《沃森一家》是在为市民社会的温文尔雅辩护，但自相矛盾的是，这样的社会又是小说攻击的对象。[1]

前期小说中，奥斯丁重在表现个人，而非某个地方或者社群。后期的《曼斯菲尔德庄园》则不然。那部小说可以说是表现了几个不同世界的冲突。范妮引领读者来认识三个社区：平民的朴次茅斯，伦敦的花花世界和乡绅的庄园，而格兰特牧师的住宅，可算是伦敦的延伸。庄园象征了天堂，伦敦相类于地狱，朴次茅斯则是道德觉悟尚未苏醒者的炼狱。奥斯丁从来没有如此尝试全面使用象征写法。[2] 范妮的道德意识构成了小说的结构重心，但她有些像理查逊笔下的帕梅拉，谨慎扭捏、自以为是。玛丽·克劳福德的爱欲不乏个人原因，而范妮的热情只是出于原则。《曼园》是对作者前期立场的完全背叛，过度顾虑现实世界的道德基础，个人意志不得不屈从于道德规范，道德同情完全替代了艺术准则。奥斯丁本人其实和玛丽·克劳福德极为相似：机智善谈又不愿意轻易表明立场。“面对所创作的人物，奥斯丁也是在自我批评。”此时奥斯丁已经35岁，既然要面对更加广泛的读者而写作，就不得不服从外在的社会压力。

在《爱玛》的创作上，奥斯丁完全把握了反讽，丝毫不受道德说教的影响。爱玛是大家闺秀，自以为是、心高气傲，阶级优越感是她种种缺点的根本原因。奥斯丁不为其辩护。小说的反讽体现于主人公的表面迷人，这说明语言表达和内心情感两相分离。《劝导》则体现了一种新冲动，个人情感渗入小说，小说的道德氛围变得更加复杂。在意想不到的地方——比如涉及伊丽莎白·埃利奥特、克莱太太、默斯格罗夫太太和她的儿子迪克之际，一种情不自禁的愤怒涌现出来，这损害了小说

1 参见Mudrick, p. 127。

2 Mudrick, p. 174.

人物的统一性。《劝导》还需要大量修改。一般来说，奥斯丁都能和素材拉开距离，但在《劝导》中反讽变得粗劣，最终沦为普通的讥讽。法乐曾言，奥斯丁的反讽，没有仇恨，也没有真情，但这话只适合于前期小说。

马德里克强调，在《劝导》中奥斯丁第一次揭露了淑女生活的局促和弊端。女主人公安妮对季节变化极为敏感，对她内心真实情感的袒露是以前作品中没有的。[1] 奥斯丁正在创造新的女主角，但尚不能理解这个角色的全部作用。在此，马德里克与拉塞尔斯、肖勒（Mark Schorer）等展开了文学批评对话。拉塞尔斯认为，这部小说依旧是喜剧题材。肖勒指出弥漫于整部小说的经济焦虑，强调小说的矛盾体现在情感和社会事实之间的冲突。马德里克争辩道：喜剧性人物一般来说对这样的矛盾毫无感知，可是安妮和温特沃斯都认识到情感和经济、地位考量之间的复杂关系。小说的微妙性在于，尽管皇家海军军官们近乎商人但也富有情感，就如同拉塞尔夫人对安妮的深情关切也不全然出自士绅或贵族的等级偏见。小说人物可以分成两个阵营，安妮属于中间力量，她意识到两边都出了问题，但她地位较低，常常没人理会——小说开场时尤其如此。马德里克指出，虽然家人总是要求奥斯丁写轻松愉快的作品，但她此前很少写柔情。《劝导》开启了新的艺术方向，尽管还拿不准写作的前途。《桑迪顿》中使用了新场景、浪漫主义诗人和性的话题，这也是前所未有的。对所用题材内含的暧昧性，奥斯丁也不乏深刻的认识。如果说在《劝导》中，情感是被解放的，在《桑迪顿》中奥斯丁尝试另一种解放，即“反讽的解放”。

虽然哈丁和马德里克都被冠以“颠覆派”，他们各自的背景却有所不同。二战前后，英美的学院派逐步形成。就出身而言，他们大多是中产阶级子弟，不同于查普曼等“年长一代的绅士学者”。哈丁和利维斯等，用伊格尔顿的说法是孤陋寡闻的小资产阶级的后裔，而非占据早期文学教席的上层社会的业余爱好者。他们都受过一定的专业训练：利维斯先生从历史学转入英国文学；利维斯太太熟稔心理学和文化人类学。同样，哈丁也算得上心理学科班出身。这些“中产阶级教授”反对

1 Mudrick, p. 223.

"绅士学者",将批评矛头指向自我欣赏、不求进取的上层人士。在两次世界大战之间,英国首相鲍德温(Stanley Baldwin)也宣称自己是"简迷",他推行绥靖政策,难免见恶于哈丁等人。哈丁赞美奥斯丁对日常道德之暗中抵抗,就是反对保守派或者一般民众的平庸操行。"温柔姑妈"变成了颠覆作家,仿佛"奥登式的特务"专门在资本主义社会内部挖墙脚。哈丁的文章传开,民众为之哗然,甚至有读者质问,他是否在传播"共产党的观点"。燕卜荪(William Empson)私下对该文的回应,证明了此类怀疑并非子虚乌有,"这是左派知识分子对这位女士【奥斯丁】的回应,无非要强调:托利分子认为她赞同现存体制,而我们红色青年坚信,她的心在反叛者一边"。[1] 脱离现实的美学,向来为利维斯派所不齿,文学研究必须面向社会和政治,伊格尔顿则进一步认为利维斯"有一段时间甚至谨慎地赞同了某种经济共产主义"。[2]

《反讽》一书显然是对哈丁的响应,是对"温柔的"奥斯丁之说进一步抨击。马德里克认为,奥斯丁小说之矛头指向中等阶层的价值观和行为方式:谨慎的日常算计、自诩的人道主义、虚套的贞洁观念,尤其出于经济算计的婚姻安排等。奥斯丁尽可能不露声色地穿透市民社会彬彬有礼的华丽外表,揭示其物质基础,"打消资产阶级未婚妇女的白日梦"。这让读者想起奥登(W. H. Auden)的诗行,"英国中产阶级的老姑娘/描写金钱招情惹爱的力量/直白而又清醒地揭示/支撑人间社会的根基"。[3]

另一方面,马德里克对"反讽"的专注与"新批评派"也有呼应。二战后,英美大学扩招,中产阶级教授的队伍也逐渐壮大起来。当时小说研究在高校刚刚起步,新批评派正考虑如何将诗歌分析的技巧移植于其他文学形式。他们假定诗歌是客观、自足的有机统一体,读者若能正确地加以阐释,就能够具体地、直觉地来理解和把握孕育其中的人类经验。不过,如洛奇在《小说的语言》中所阐释的,某些小说(如狄更斯作品)结构宏大、情节繁复,而一般读者的记忆往往是有限的,总有一些

1 转引自Claudia L. Johnson, *Jane Austen's Cults and Cultures*, Chicago and London: University of Chicago Press, 2013, p. 150。

2 伊格尔顿,2007年,第30、35页。

3 参见黄梅:《码字的女人》,南京:南京大学出版社,2012年,第28页。

细节会被忘记，而小说的整体性就是靠着这样的细节才建构起来。相较之下，奥斯丁小说精致简练，且数量不多，成了新批评派技巧移植的最佳"突破口"。马德里克的主要观点似乎很符合20世纪50年代奥斯丁研究的一些共识：小说是自足的艺术世界，须借助反讽、悖论、复义和叙事结构等来分解剖析；《爱玛》是经典之作，女主人公可以看作包法利夫人的前身，詹姆斯等的小说理论完美地体现于其中；《曼园》则不具代表性，是奥斯丁的自我背叛，因为作者放弃了惯用的反讽而采用直接说教等。马德里克系统阐发"反讽"之奥义，的确不同于普通"简迷"轻松欣赏，别具专业研究的技术性和严肃性，影响较大。不过，他将奥斯丁对特定社群的批评任意扩大成对所有社群的怀疑；对其小说中的正面伦理思辨却心存抵触，多以"说教"一言蔽之；还将奥斯丁的思想与艺术过多地与他所谓的女性自我防护心理挂钩。如此这般的见解中包含不少"傲慢与偏见"，难免使他的奥斯丁小说研究的精彩度被打了折扣。

不难理解，当时指责、反对马德里克的大有人在，比如詹金斯（Elizabeth Jenkins）的书评就曾攻击《反讽》耍弄马克思主义的惯技，还有人就其一些具体论断发表异议，甚至将马氏专著作为论争的主要对象。下面提到的三位学者就是如此。

在《奥斯丁小说：结构研究》（1953）中，作者赖特（Andrew H. Wright）先简单回顾了奥斯丁的批评史，其中提到华兹华斯不喜欢奥斯丁小说对日常生活的描写，批评她缺乏想象力。而赖特认为，题材狭小并不影响表达宏大主题，奥斯丁小说的主题可以从现实意义、道德说教和象征引申等方面进行深度阐发。马德里克批评奥斯丁缺乏道德关注，其实奥斯丁并不是头脑简单的说教者，也不是义愤填膺的讽刺者，其道德态度极为复杂。赖特强调，反讽也是道德视野，而非逃避社会的艺术技巧。奥斯丁以反讽将两种看似矛盾的世界观统一起来，但客观冷静不意味着对所写之物态度漠然，或者和现实没有冲突。小说包含两种思想观念的对立，奥斯丁则总是有所判断和选择。作者指出，双重视野也是乔叟、塞万提斯、斯威夫特的艺术特点。[1] 赖特始终将马德里克作为靶子，但其观点似乎与后者并无根本区别。赖特还强调了奥斯

1 Andrew H. Wright, *Jane Austen's Novels: A Study in Structure*, London: Chatto and Windus, 1953, pp. 35–36.

丁小说中对多视角、中性“客观报道”、间接评论、（借助适当人物的）直接评论、戏剧性对话、直接透露人物内心想法或者情感等手法的运用。

赖特认为，《诺寺》不仅戏拟了哥特小说的情感主义叙事套路，还探究了常识的局限。在奥斯丁小说的恶棍中，约翰·索普最无足轻重，而亨利·克劳福德则是唯一能够对女主人公构成某种威胁的人物。在《傲慢》中，恰是因为男女主人公富有洞察力，才导致了他们在认识上出现偏差。而且，亲密关系也有可能扰乱认知，因为，若不能在心灵和外物之间保持适当距离，理智也未必能发挥正常的作用。《曼园》足以表明奥斯丁并不总是在反讽。范妮是个简单的说教人物，但也有迷人一面。与奈特利先生的热心慷慨、开诚布公相比，爱玛·伍德豪斯聪明伶俐、魅力十足、善于回应他人，这也是奥斯丁认可的。一如《爱玛》，《劝导》也探究了谨慎态度和热烈爱情的微妙冲突。温特沃斯的敌人并非埃利奥特先生，而是他自己过于迁就或者迎合社会规范。赖特在结论中写道：奥斯丁使用的词汇表明当时人们已经形成了某种道德态度上的共识。他还指出，奥斯丁一般不使用比喻，如采用这种修辞手段，则往往用于读者不喜欢的人物。

巴布（Howard S. Babb）也在《奥斯丁小说：对话的结构》中指出了已有奥斯丁研究的不足之处——法乐虽然点到了作品表面意思和内涵的冲突，却忽视了小说的实质；马德里克夸大了反讽对于某些社会观念的颠覆作用。巴布说，若沿着这样的思路，“应该放弃讨论行为举止（manners）问题，而从作者的心理动机中发现小说的伟大意义”。[1] 巴布的目标是揭示“对话的结构”如何彰显了人物内心活动并赋予了小说重要的价值。实际上，举止恰恰承载着价值观念，应被看作文化和个人观念的表征，可用来界定最全面、最实质的社会生活。为了理解“举止”，必须要研究奥斯丁的风格。风格是一个基本的表达媒介，作家的态度并非存在于风格之外，只能镶嵌在其里。在巴布看来，风格已进入行为的领域。风格的旨归在于传达经验，将其转化为可供读者分享的内容。风格是作者对读者的呼吁，是小说家对读者的意向性理解。奥斯丁风格的特征，是高度依赖于观念性词汇。小说中的动作并不多，

1 Howard S. Babb, *Jane Austen's Novels: The Fabric of Dialogue*, Columbus: Ohio State University Press, 1962, p. 5.

"一个句子就是一个行为事件"。奥斯丁的对话意在反映人物的性情，因而观念往往变成了动作本身。受到18世纪写作风气的影响，奥斯丁偏爱抽象词；小说中还倾向于使用一般判断，这说明，作者和读者依旧拥有共同的经验基础。[1] 奥斯丁还回避比喻性修辞，而这在18世纪也是写作的常规。

巴布较为系统地评论了《少年习作》。《凯瑟琳》中的对话已经近似于成熟小说，因为它开始区分表面和真实；在《沃森一家》的写作上，奥斯丁有些举棋不定，尤其在对伊丽莎白、爱玛和奥斯本勋爵等角色的处理上。巴布经常由对话分析进入小说人物品评或者主题阐发。达西并非完全自傲、不可信的人物，而是三维立体的，自始至终保持一致。在本质上，他并没有发生变化，不断发展的是他的举止态度。但奥斯丁故意让读者认同伊丽莎白·班奈特的视角，总是误解达西。范妮·普莱斯和埃德蒙·伯特伦曾经讨论牧师身份及相关话题，这表明奥斯丁以象征手法来处理道德原则。爱玛·伍德豪斯毫不犹豫地将私人情感当成一般原则，而奈特利先生富有责任感，将理智和情感结合起来，绝非自命不凡之辈。在奈特利求婚一幕，奥斯丁使用了"间接的隐喻手法"。这是指：说话人看上去在讨论字面情境，事实上却在隐喻地对待这种情境，流露出最剧烈的内心感情。《劝导》主张个人生活中要保持适当的情感成分，不同于埃利奥特先生的冷酷无情，也不同于默斯格罗夫一家的夸张善感情调。克罗夫特将军夫妇具有恰如其分的同情心。

《奥斯丁：艺术成长研究》(1965)是一部重要的批评专著，作者利兹(A. Walton Litz)也是著名的詹姆斯·乔伊斯专家。他在前言中论及20世纪50—60年代的批评趋势，尤其注意有关在道德和社会秩序上具有"颠覆"意味的奥斯丁的论点，矛头显然指向了哈丁和马德里克。利兹提倡将反讽、叙事技巧与奥斯丁的其他艺术特点联系起来，而不是割裂地看待。奥斯丁兼承菲尔丁和理查逊的优点，将内心印象和外部事态融为一体，不仅厘清了英国18世纪小说的脉络，也预示了19世纪小说的发展路径，这足以体现其艺术的现代性。利兹从18世纪英国小说史入手来展开论述，认为在1740—1790年间英国小说的数量有所增加，

1 Babb, p. 13.

但质量明显下降，小说变成了消磨时间和刺激情感的读物。难怪奥斯丁戏拟挖苦的靶子是流行一时的“情感小说”。利兹将“情感主义”进一步溯源至沙夫茨伯里的“道德感”。这一联系确实很重要，因为奥斯丁同样看重“发自真心的感情”。[1] 奥斯丁的小说并非拒绝情感，而是对虚假情感的批评和纠正。

马德里克判定奥斯丁徘徊于拒斥社会和认同惯习之间。而利兹认为，其实奥斯丁小说主要表现了18世纪独有的矛盾，即理性和情感、社会限制和个人自由等之间的矛盾和关联。奥斯丁的早期作品几乎完全是对18世纪后期小说的评论和注释。《三姐妹》是书信体，几个姐妹的视角不同，让读者瞥见了婚姻的现实一面。其中，乔治亚娜的视角比较客观，当然也充满讽刺，既存于小说中，也处在小说外。在《莱斯利城堡》中奥斯丁笔下的“理智者”亮相了，相对而言对“多情者”的刻画则较为乏味。《凯瑟琳》是第一部真正的现实主义小说，是后来灰姑娘系列的先行者。[2]

《苏珊夫人》的确重要，但马德里克的赞誉未免言过其实。换言之，这本小说并非典范之作，而是走上了创作的死胡同。书信体无法让奥斯丁干预读者的期待，此时她的艺术控制尚不成熟，未能以反讽来确立隐含的道德立场，小说只好匆匆收尾。处于创作的过渡阶段，难免表现出文学继承和现实经验的冲突，《理智》就是一个好例子。利兹将《理智》与同时期的三本小说做了比较。他以为并不是社会考量压抑了奥斯丁，而更多是她被艺术规则所拘囿。在《傲慢》中奥斯丁尝试对理查逊和伯尼的小说传统进行较大的革新。虽然借用18世纪小说的常见场景，如风度翩翩的引诱者、没头没脑的年轻人、态度恶劣的亲戚朋友、专横的贵族和私奔等，但这些因素在她笔下变得更加自然，更和谐地融进了情节发展。

《沃森一家》是奥斯丁艺术发展的转折点。其中作者的介入被大大限制了，判断往往通过对话和动作来表达。而且小说的聚焦思想意识即敏感、多思的女主角却疏离地处于边缘情境中。这已经预示了

1 A. Walton Litz, *Jane Austen: A Study of Her Artistic Development*, New York: Oxford University Press, 1965, p. 8.

2 Litz, p. 37.

1811—1817年间的创作特点。《沃森一家》更像《爱玛》和《劝导》，着重表现主人公的挫折和出路，是典型的19世纪小说范式。前期小说人物多是切近观察和文学影响的结果，而《沃森一家》摆脱了18世纪的文学传统，让当代生活来决定文学创作的走向。奥斯丁已经找到了一些合适的题材，但仍缺乏适当手法来处理。利兹猜测，也许因为艺术探索过于艰难，奥斯丁不得不放弃了这部小说。

利兹指出：应该从总体来看《曼园》的艺术进步，它恰恰要表现《傲慢》中所缺少的“阴影”。[1]《傲慢》将少年习作的欢快基调延续下来，而《曼园》的语气以及作者态度则是中年特有的。奥斯丁作品中总是体现出新古典主义和浪漫主义之间的张力。前者侧重社会和理性，后者关注个人和情感。但是这部小说里的说教太过直露，偏重理性而贬低想象。奥斯丁在前期作品中经常实验新的手法，来探究想象与理性或者个人意愿与社会体制之间的矛盾关系。达西和伊丽莎白创造了某种“自由”的幻觉，他们俩是高明的表演者，让读者暂时忘记社会的种种局限和弊病。相反，《曼园》展示了一个悖论，即不断的自我限制最终也能让主体获得自由。借用T. S. 艾略特的经典表述，“艺术是逃避个性，而非表达个性”。《曼园》质疑艺术的动机和宽慰作用，范妮这个“反灰姑娘”角色深刻地批评了想象的危险。[2]

在《爱玛》中，无论想象和理性都得到了应有的重视。爱玛·伍德豪斯接受奈特利先生的求婚，也就意味着理想和现实结合了。《爱玛》既恢复了《傲慢》的活力，又未失掉《曼园》的道德目标。《爱玛》是奥斯丁艺术信心的恢复，不妨说，它终于实现了对新古典主义和浪漫主义这组对立价值观念的综合。《傲慢》中的女主人公太迷人，小说的道德判断则黯然失色；而《曼园》恰恰犯了相反的错误。在《爱玛》中，作者可以不断地批评女主角的道德意识，又不削弱她的魅力。读者完全进入了爱玛的内心世界，同时又不受其限制。奥斯丁解决了早期小说的一个问题——同情的想象和理智的评判两者间的冲突。爱玛·伍德豪斯的塑造已经暗示了19世纪小说的某些经典人物，比如包法利夫人。

在《劝导》和《桑迪顿》中，大自然或者风景不再只是道具，而变

1 “阴影”的说法出自奥斯丁本人。参见Litz, p. 113。

2 Litz, p. 129.

成了某种情感结构，可以有效地传达和表现人物的内心世界。风景描写是奥斯丁后期风格的一个特点，这说明她深受吉尔平[1]“如画”(Picturesque)理论的影响，否则难以解释伊丽莎白·班奈特对风景的赞叹和评论。《爱玛》中，风景的作用已经远不同于早期之作。爱玛的命运和四季更替有着密切的联系，甚至两个男主人公的求爱也都和天气相关。风景的象征性作用在《劝导》中更加深化，安妮的情感总是和秋的气息完全契合相投。安妮的思想意识不取决于说明性的文字，而是通过具体的风景描写呈现出来的。《劝导》中人际的交流格外困难，甚至连拉塞尔夫人都不能完全理解安妮。但女主人公并没有迷失自我，她清楚地认识到自己的困境和孤独，其失望是现代人特有的，只能独自活在内心深处。[2] 现代人格已经影影绰绰地出现了，19世纪小说的主题也近在咫尺。安妮·埃利奥特的疏离意味着当下英国社会风俗发生了巨变，传统社群已不复存在。也应该看到奥斯丁艺术追求的统一性，她始终探讨个人自由在社会中所面临的种种制约，《劝导》算是最为悲观的艺术表现。最后修订增添的章节加重了安妮的孤独感，叙事速度也放慢，既透露了埃利奥特先生的阴谋，也为后来两个主人公坦诚相见营造了空间。温特沃斯的直接告白被书信替代了，这使得小说中交流的困难显得更加醒目。奥斯丁的改写依旧保留了安妮的视角，而被删去的文字显然有损全书氛围，完全是叙事者的概述。

对批评家来说，《桑迪顿》是部费解的小说，其结尾尤不容易猜测。或许，为了缓解或者抵抗病痛和内心压抑，奥斯丁暗暗进行实验性的创作。作者一直嘲笑病秧子类型人物，或许这是奥斯丁把反讽作为自我批评的一种表现。为什么奥斯丁此时又回到了早年的风格？更合理的解释似乎是，中年困苦之际，嘲弄手法一度消歇，大约1813年左右，戏谑的兴致又回来了，这在奥斯丁同时期的书信中也有体现。奥斯丁决定出版早已经放弃的《诺寺》，也许是由于家庭成员（特别是侄女安娜）的鼓动。这也可以解释《小说提纲一种》酝酿于1815—1816年间。[3]《桑

1 吉尔平(William Gilpin, 1724—1804)，英国学者、作家。他关于风景和“如画之美”的系列论著当时影响很大。

2 Litz, p. 154.

3 Litz, p. 163.

迪顿》不同于《沃森一家》，也迥异于被删节的《劝导》章节。在这部残篇中，作者较多使用了塞·约翰逊式的抽象词汇，这在后期小说中并不常见。

第三节 形式主义研究的浪潮

随着兰色姆（J. C. Ransom）的《新批评》于1941年面世，“新批评派”的称呼也就流行开来，主要是指美国文学批评中的相关理论与实践。不过，“新批评派”在很大程度上更缘起于英国的理查兹（I. A. Richards）和T. S.艾略特等人的文学批评著述。艾略特最先将作者和作品分而论之，而理查兹倡导的实用批评更是新批评所倡导的“细读（close reading）法”的来源。当然，就理论的系统性和深刻性而言，美国新批评家，尤其布鲁克斯（Cleanth Brooks）、维姆萨特（W. K. Wimsatt）、泰特（Allen Tate）、兰色姆等，向前迈进了一大步。如果说艾略特的非个人化理论仅仅回答了为什么应该把作者和作品区分开来的问题，美国新批评家则告诉我们，在排除了作者的意图等因素之后，文本的形式如何构成、它的结构如何影响作品意义等，都是最值得深究的。[1]

借“内部和外部研究”的区分，这些英美学者可以专治小说的艺术特色与审美结构。“内部研究”或者“形式研究”，主要包括文体、意向、叙述、类型等修辞学范畴，还包括关涉艺术品之符号结构的诸多要素，如本节提到的小说惯例、典故、互文现象等。此外，几乎每个新批评家都用自己独创的概念来进行“内部研究”，比如布鲁克斯的“悖论”（paradox）、维姆萨特的“反讽”（irony）、泰特的“张力”（tension）和兰色姆的“肌质”（texture）等。其中，“反讽”几乎成为奥斯丁研究中的常规武器。其含义和应用也越来越复杂，从话语层面的“反语”到语境维度上的“反讽”，甚至和实现此一艺术目的的某些修辞手段（如悖论和复义等）交织纠结、难以分辨。英美新批评在20世纪奥斯丁研究中占有重要地位，促进了人们对小说语言的重视，不仅丰富了文本的存在空间，也激发了读者的审美感受。但新批评属于侧重形式的批评活动，有

1 参见周小仪：《从形式回到历史》，北京：北京大学出版社，2010年，第110页。

关实践时常会忽视文学的社会性、文化性和政治性，或低估作品与历史及社会现实的联系。

哈姆瑟尔（H. T. Harmsel）的《奥斯丁：小说惯例的研究》（1964）围绕奥斯丁如何采用并改造18世纪的小说惯例而展开。[1] 他认为：《诺寺》中的凯瑟琳·莫兰和当时通行的小说女主角很不相同，相貌平平、笨拙淳厚。另一方面，明明是讽刺作品，作者却穿插了多愁善感的情节和人物刻画。在写实的笔调、发展的人物形象和反讽手法的交相作用下，传统文学惯例释放出新的生命力。《理智》尝试戏拟理查逊式善感女主人公并使之转化，纳入情感和理智二元对立的说教故事，但这或多或少超出了奥斯丁的艺术掌控。《傲慢》中滑稽成分大大减少，奥斯丁吸取了多种文学元素（说教故事、灰姑娘式女主人公），甚至添加了吉尔平的"如画"理论来丰富人物的对话。不过小说结尾的效果被闹剧式处理所削弱，显得有些老套。《曼园》再次借用了理查逊式流行小说元素，但并不很成功，因为范妮·普莱斯这个人物的说教味道太浓。爱玛·伍德豪斯则是完美女主人公和堂·吉诃德式主角的结合体。幻灭主题的运用，如爱玛和同伴的屡屡误读事态等，显然是为了让读者从内在视角来"亲身体验"传统小说角色和情境。这样，浪漫爱情的幻想和日常生活的失落，都令读者有身临其境之感。就对文学惯例的转化而言，《爱玛》的成就超越了奥斯丁所有其他小说。《劝导》不乏厚重感，其新语调（"秋的气息"）是前所未有的。完美无瑕的女主角安妮·埃利奥特变得善感而崇高，甚至带有悲剧色彩。

克莱克（W. A. Craik）在《奥斯丁的六部小说》（1965）[2] 中指出，《诺寺》在情节设置和人物塑造上都有缺陷。亨利·蒂尔尼实际上代表了作者的观点，作为女主人公的恋人就有点不够合宜。而当奥斯丁放弃了戏拟，富有判断力的亨利和充满同情心的凯瑟琳·莫兰倒也就显得相当般配了。另外，小说的两个意图（"文学的戏仿和社会道德评价"）之间存在抵触之处。《理智》的风格与主题较为严肃，已经预示了《傲慢》的成功。在后者中，奥斯丁以叙事者身份出现，以陈述女主角不

1 Henrietta Ten Harmsel, *Jane Austen: A Study in Fictional Conventions*, The Hague: Mouton, 1964.

2 W. A. Craik, *Jane Austen: The Six Novels*, New York: Barnes and Noble, 1965.

可能知晓的事实和难以做出的评论。克莱克评论道，该小说男女主角在智力与叙事的重要性上旗鼓相当、难分轩轾，这是奥斯丁作品中绝无仅有的一例。在《爱玛》中，一旦女主人公在认知上的缺陷被明白无误地指出，叙事者要么迅速消失，要么完全融入爱玛·伍德豪斯的意识。次要角色的作用也不可小觑，他们可以精确地传达事实、做出判断。在《劝导》中奥斯丁与安妮·埃利奥特视角高度一致，有时甚至很难区分。克莱克还认为，用空间位置来标示不同的人际关系，是这部小说最重要的新特征。在凯林奇府，安妮感受到的是寂寥落寞，来到莱姆和海军家庭交往，则是其乐融融、温馨和气，预示了她的婚后生活。[1]

除了作品间的互文本关系，布拉德布鲁克（Frank Bradbrook）的《奥斯丁和她的前辈作家》（1966）着重讨论了作家之间的传承。他追溯了英国18世纪道德论者的散文写作传统：除了流行一时的行为指南书、布道和规劝等之外，更有《旁观者》和《漫步者》等期刊散文。艾迪生和塞·约翰逊描述英国社会的真实风尚，以机智的文风传达其所怀抱的真理和理性，教给读者如何将文体的优雅同生活中的善美统一起来。[2] 这些都深深影响了奥斯丁。奥斯丁批评了《旁观者》对女性居高临下的态度，但也分享了艾迪生和斯蒂尔的写作目的和题材；从塞·约翰逊的文章言论获得了哲学和伦理的深度，但避免了其文体的庄严凝滞，还借助机巧的表达和无处不在的幽默，大大地弱化了道德说教色彩。

奥斯丁的作品具有天然的戏剧色彩，然而相对于莎翁的剧本或者18世纪的喜剧，以蒲柏为代表的新古典主义诗歌似乎更适合于奥斯丁小说写作的实际需要。蒲柏在《劫发记》中以仿“英雄双韵体”诗歌生动讲述女性的日常生活琐事，奥斯丁一定有所领悟。另外，吉尔平的“如画”理论也从另外的角度提示了她如何处理小说写作。布氏还认为，奥斯丁的风格近似于早期的讽刺作家如斯威夫特，在心理刻画上则承继了理查逊的风格，而得之于菲尔丁的艺术特色，却并不像人们认为的那样多。他还探讨了奥斯丁与一些女作家之间的关系——她认同前

1 Craik, pp. 172–173.

2 Frank Bradbrook, *Jane Austen and Her Predecessors*, New York: Cambridge University Press, 1966, pp. 4–10.

辈的成就，也看到其局限性，将她们的作品加以改造，使之变成可用之物。

总体来说，20世纪60年代的评论家不太关心奥斯丁及其小说所处的社会、政治和历史语境，而往往强调她如何受18世纪小说前辈或者剧作家莎士比亚的影响。比如，有论者探究《傲慢》和《李尔王》的相似性，认为前者也是一部"认知的戏剧"，探讨了如何"逐渐认识人性之两面"。[1]

引经据典必然涉及其他文学/历史人物、地点和事件或者另一作品（其章节、文句），目的自然是引起读者的某种联想、感受和认同。莫勒（Kenneth L. Moler）在《奥斯丁的用典艺术》（1968）中指出，小说中的典故一般并未明确地标示出来，但奥斯丁似乎十分了解读者的阅读范围和领悟能力。[2]《诺寺》继承了菲尔丁和伯尼的传统，专门展现淑女最初进入社交界的情形。同时代女小说家埃奇沃思和韦斯特（Jane West）都对多情善感的风气加以批评，《理智》显然呼应了这些。达西类似伯尼或者理查逊笔下的贵族青年，代表了"艺术"或者贵族的做作和傲慢。伊丽莎白则与伯尼笔下的伊芙琳娜相反，代表了"自然"（Nature）的或者进取的个人。《曼园》则探究了当时淑女的"才艺"问题。书中老爵士实施的是肤浅的世俗教育理念，其女儿自然是这种教育的受害者。同样肤浅的还有玛丽・克劳福德。她道德上无所顾忌，言谈举止上佻脱善谑，尽管不乏"才艺"。范妮偶尔显得单纯幼稚、寡言木讷，像个小学生，却是真正的淑女，代表了"坚实而牢固的价值观念"。《爱玛》不仅谴责了浪漫主义的想象，同时也为之辩护。奥斯丁消解了罗曼司与现实的矛盾以及想象和判断的冲突，试图在拉德克利夫或者夏洛特・斯密斯的"传奇"和克雷布的诗歌之间寻找一条折中的路径。《劝导》中的安妮・埃利奥特代表了真正的道德，将谨慎和深情这两种看似冲突的品质结合起来。弗雷德里克・温特沃斯上校则近似现代哲人，近似葛德文（William Godwin）和卢梭式人物的拼合体，他最终认识到，控制情感并不一定是意志薄弱的表现。经由安妮的调停，象征爱情的

1 Annika Bautz, *Jane Austen: Sense and Sensibility, Pride and Prejudice, Emma*, London: Macmillan, 2010, p. 80.

2 Kenneth L. Moler, *Jane Austen's Art of Allusion*, Lincoln: University of Nebraska Press, 1968.

温特沃斯最终与代表谨慎的拉塞尔夫人和解。

克罗伯（Karl Kroeber）的《小说结构的风格》（1971）以大量篇幅深入阐述奥斯丁如何通过一部又一部作品不断地表现时代的连续发展，认为她对社会的关注并不亚于乔治·艾略特和夏洛特·勃朗特。奥斯丁更擅长使用内在化叙事而非描写和阐述。该书第五章详尽对比研究了《爱玛》《维莱特》和《米德尔马奇》，指出奥斯丁并不着意去探索隐秘的心灵动机，其小说人物一般都拥有较为清晰的思想意识。仅仅以数据统计来研究《爱玛》的词汇是不妥的，奥斯丁的语言看似简单明晰，却可以有效地传达复杂含义。奥斯丁以看似普通的艺术手法掩饰了形式上的革新。奥斯丁小说的视角一般建立于静态的共同体中，相对于菲尔丁，这个共同体较为狭小，仅限于奥斯丁时代“有教养的小说阅读公众”。

奥斯丁一直关注失恋体验，克罗伯尝试历时地研究小说中有关失恋描写的手法变化，从而锁定其小说语言的某些特色。第五章专门讨论“奥斯丁的风格及其变化”，作者指出，早期小说人物的失恋是回顾性的，是“回忆”此前的感受，而后期小说中的失恋描写，则是直接的，甚至痛苦无比的；奥斯丁逐渐尝试比喻等修辞手法，从理性地分析人物感受渐次变为直接呈现动态的情感。叙事者对凯瑟琳·莫兰失恋所采用的是理性分析。玛丽安·达什伍德遭遇背弃时，胡乱地写信，不仅泪水长流，还撕扯床被，大哭大叫不能自已。这样的描写足以证明“奥斯丁有能力来刻画激动的情绪，但她并不经常为之”。《傲慢》中伊丽莎白·班奈特的失望更为直接有力。奥斯丁不仅仅塑造复杂的角色，更洞悉了人性和社会关系的复杂。范妮·普莱斯的失望场景表现出一个新的写作趋势：“在动作中呈现情感的全部过程。”由于长句多由短句切分而成，不仅节奏感分明，也透露出人物感情的剧烈起伏；而且，文中包含明显的暗喻，比如重复使用的短语“宛如针刺”（It was a stab）等。[1]在《爱玛》一书的高潮中，讽刺似乎不那么重要，奥斯丁更加关注心理躁动的直接表现。爱玛·伍德豪斯与哈丽特的关系类似于弗兰肯斯坦与其所创造的怪物，但“爱玛瞬间明白了自己的责任，意识到这个怪物威

1 Karl Kroeber, *Styles in Fictional Structure: The Art of Jane Austen, Charlotte Bronte, George Eliot*, Princeton: Princeton University Press, 1971, p. 74.

胁着现存的体系，这样的技法远远超越了玛丽·雪莱。重要的是，爱玛并非要推翻社会的等级，而是在不同意义上对此关系再加确认”。[1]

作者认为，一般来说奥斯丁的小说结构讲究逻辑性，其语言基本是非隐喻性的；小说中个人本质多由其社会角色而非感官体验来界定，而《劝导》则接近逾越这些艺术特色的边界。在早期小说中，爱情往往是一个学习过程，但安妮·埃利奥特早已经尝试了爱情。这部小说更为细腻地呈现了“情为何物”，侧重刻骨铭心的回味，而不是理智的分析。当温特沃斯上校将淘气的孩子从安妮·埃利奥特的背上抱下，一个简单的动作就产生了强大的情感效应。安妮的独处和深情感悟颇能体现奥斯丁的晚期风格。理性、反讽和逻辑等所不能表达的，须求助于隐喻式散文才能精确地传递。奥斯丁第一次在自然环境刻画上使用了象征手法，因而秋的气息和色彩吸引了诸多的评论家。而且，时间维度也被纳入其中，情感的时间性是前所未有的。奥斯丁转向了如何表述“重复经验”，就像华兹华斯的诗歌，奥斯丁也对“此时情感”和“彼时情感”之联系深感兴趣。

查普曼曾经专门讨论奥斯丁的语言，他编校的《理智》有两个附录，一个关于词汇，另一个关于语法。不过，在早期研究中小说语言一般不受重视，甚至查普曼也曾说：除了活灵活现的对话之外，奥斯丁使用的不过是“普通规范的英语”，一般读者都能为之。后来，有些单篇文章开始专门讨论奥斯丁小说的语言特色。可以说，自瓦特的《小说的兴起》面世后，批评家才真正开始研究奥斯丁的散文风格。肖勒也曾指出，要理解一部小说的价值观念，“最可靠的办法就是去考察它的文体，特别是其中的隐喻”。[2] 他从几类词汇的使用来考察《爱玛》的经济维度。比如有些词汇是涉及金钱的隐喻（包括信用、价值、利息、利率、成色、收益、匮乏、聚敛、赢利、亏损、增殖、税率、欠款、支付、开支、委托、保险等）；有些则涉及业务和财产（如继承、证明、取得、请求、授权、事务、投机、策划、安排、保险、断绝、信用、委托、股本等）。由此他归纳说：小说成功地构建了一个由不同阶层组成的微型社会，体现了丰富的道德含义和社会深度。

戴维·洛奇（David Lodge）在《小说的语言》（1966）中分析了《曼

1 Kroeber, p. 78.

2 朱虹（编），第264页。

园》。他指出，涉及言谈举止或者仪态风度时，奥斯丁倾向于使用两类词汇。第一类，如得体、礼仪、规矩、怡人、审慎等，关乎世俗或者社会价值观，主要用来比较曼斯菲尔德庄园和朴次茅斯两地的风气习俗。第二类如良知、职责、义务、罪恶、善良、原则等，更具精神或道德内涵，多用来彰显主人公独特的意志和品性，以区别于群体压力下的顺时从俗。当然，这两类词汇并不是截然对立的。相较于朴次茅斯，描述曼园的词汇更被作者所认可，在相关语境中，即便是第一类词汇也超越了最初的世俗含义。在小说世界中，两类价值观念交相缠绕，为了不违反某些行为准则，或者，“为了保持自我的完整性”，适当的价值判断能力就变得极为重要。在洛奇看来，是否参加戏剧排演活动一事，有效地考验了小说人物。奥斯丁的遣词措意细腻而微妙，每一事件都被赋予了不同的价值，阅读时，读者不得不暂时放弃了“颇为惬意的中立态度”，而深深介入小说人物的评判之中。[1]

F. R.利维斯将奥斯丁视为19世纪小说“伟大传统”的第一人，他妻子Q．D.利维斯的弟子伊安·瓦特（Ian Watt）进一步论证说，奥斯丁把理查逊的“呈现写实主义”（realism of presentation）和菲尔丁的“评价写实主义”（realism of assessment）结合起来，从而接续了18世纪文学的“伟大传统”。[2] 洛奇为《爱玛》撰写的前言发展了瓦特的观点。这本小说叙事大多采用爱玛的视角。在阅读过程中，读者体验她的错误，在一定程度上甚至参与其中。这种叙述方式容易唤起读者同情，为了对此加以控制，必须有代表作者声音的叙述者发表评论。小说多处段落在风格和语调上表现了作者与人物的高度一致，以致读者常常很难区分两者之界限。《爱玛》中的写实主义体现在对人物行为、动机以及语言习惯的细微观察上。小说通过爱玛的视角描述这些事件，使呈现的写实主义大大增强；同时，作者的权威叙述确保了“评价写实主义”得到必要彰显。我们第一遍阅读时主要关注呈现的写实，后来重读则是从评价角度进行了解。不过，每一次重读都不会取消先前阅读体会到的意义。第一遍看，这是“迷惑的喜剧”，第二遍读，又品出这是“反讽

1 David Lodge, *Language of Fiction*, London and New York: Routledge, 2001, p. 103.

2 Ian Watt, *The Rise of Novel*, California: University of California Press, 2001, pp. 296–298.

的喜剧”；第一遍是为了看奥斯丁如何塑造和刻画，第二遍是为了评估。[1]

佩奇（Norman Page）的《奥斯丁的语言》（1972）是牛津大学出版社“语言和文体丛书”（Language and Style Series）之一种。他也是先从批评史入手。他指出：除哈丁和马德里克等人强调的反讽策略之外，另有人或是注重原型分析，或者以弗洛伊德和马克思理论来解释奥斯丁，作品中日常行为的意义，常被夸大或者增强。佩奇希望通过文体研究来探讨奥斯丁小说的深层意义和艺术手法，以补充传统研究的不足。他认为奥斯丁的语言风格不乏宽广性、多样性、独创性和革新性，其小说的成功在于文体之独特。佩奇借鉴了拉塞尔斯和巴布，把《对话的结构》看作“唯一认真分析奥斯丁语言的专著”。尽管佩奇和巴布的分析途径不同，但结论较为近似。[2]

佩奇从两个方面来分析奥斯丁的文体。第一，他着重考察了小说中的某些常用词汇，因为选词是奥斯丁借以评价人物和动机的主要手段。她受传统影响而钟爱某些抽象词汇，这也表明当时读者和作家对人类行为和本性已经达成共识。但作为一个小说家，奥斯丁又精于使用具体词汇。佩奇特别指出了奥斯丁前期作品的一些语言特色：比如双关语、轭式搭配、头韵、滑稽比喻、法文词、塞·约翰逊式长句和口语词汇的使用。在后期小说中，奥斯丁倾向于让某些滑稽人物来展现怪癖语言。第二，佩奇分析小说中的句法和对话，指出为了更好地表现人物的性格特点，奥斯丁还采用和发展了“自由间接对话”，将人物的内心独白、作者的评论、简明的戏剧性场面和有特色的言语模式结合起来，更加有效地呈现人物的道德境界。由此，佩奇成为最早关注奥斯丁“自由间接体”叙述的学者之一。他还专辟一章来讨论奥斯丁的书信体艺术。

该书分别详论了主要小说：《诺寺》探究了语言的模棱两可性，但过度使用夸大修辞，超过了题材的需要；《理智》中人物的话语风格，足以体现社会行为的特点，谨慎和愚蠢等特征都与人物的语言使用或滥用深度交融；《曼园》缺少诙谐的对话和讽刺的评论，具有独特严肃的口吻；等等。在《曼园》中，快言快语者并未能正确地认识外界，拙于言谈的姑娘却可以恰当把握事物，沉默变成了成熟的标志。或许，如Q.

1 David Lodge, ed. *Jane Austen: Emma: A Casebook*, London: Macmillan, 1968.

2 Norman Page, *The Language of Jane Austen*, Oxford: Blackwell, 1972, p. 3.

D.利维斯所说，《曼园》显示出奥斯丁宗教态度的某种变化。《爱玛》和《诺寺》一样，不妨被称为“错误的喜剧”，不过前者更严肃，虽然谈不上具有悲剧性，但爱玛·伍德豪斯的决断毕竟影响了别人和自己的幸福。凯瑟琳·莫兰的错判主要缘于书本影响，而爱玛的失误则来自性格和教养。

佩奇特别指出，奥斯丁虽然离我们的时代不算久远，但读者依旧很难正确理解她的词汇意义。他以爱玛·伍德豪斯、简·费尔法克斯和埃尔顿太太为例来探讨何谓“优雅”(grace)。爱玛给人的第一印象是待人接物自如轻松，但绝非优雅。联系上下文看，使用“优雅”一词的语境更加严肃正式，强调深层的价值观念和真实的情感，而非外表或者仪态的出众超群。18、19世纪之交人们开始关注同义词现象；奥斯丁书信和当时报刊中有多个例子表明，诗人柯珀等与她的行文习惯极为近似。20世纪英国社会经历了较大变迁，有些词汇原有的道德意味已荡然无存。佩奇比较了《劝导》和《儿子与情人》，指出18世纪作家相信语言表达了人类的共性，而现代读者惧怕抽象词汇，想当然地认为它们缺少实在的内涵。《劝导》抛弃了塞·约翰逊的繁复缠绕的句式，将叙述和对话结合为一体，并穿插使用复句和强调结构，句式变得愈加松散，更近于日常会话的风格，预示了20世纪小说的语言特点。奥斯丁的叙事风格和女主人公内心情感的变化保持一致，甚至她的标点都能表现情感。《劝导》使用具体的词汇来描写海滨小镇莱姆，和浪漫主义诗人的修辞风格颇为接近。

该书结论部分指出：奥斯丁开创了基于观察敏锐的家庭喜剧传统，盖斯凯尔、乔治·艾略特、福斯特和康普顿-伯奈特(Ivy Compton-Burnett)等都是奥斯丁的后继者。《妻子和女儿》(1866)中的吉本森太太(Mrs. Gibson)和《劝导》中的玛丽·默斯格罗夫参差似之；而《米德尔马奇》(1872)中的两姐妹(Dorothea and Celia Brooke)则是埃莉诺和玛丽安的再现。奥斯丁不仅继承了18世纪文学的传统，更积极探索了新的表达形式。[1]

《奥斯丁的英语》(1970)分别从词汇、句法等方面来介绍奥斯丁小

1 Page, pp. 192–197.

说的语言特点。作者菲利普斯（K. C. Phillipps）说：18世纪英语语法刚刚开始规范化。该书的正文也仿佛是语法书，其前言解释了为何要专门讨论语言。作者认为，奥斯丁小说的魅力更多地是来自语言，尤其句法和词汇上的微妙变化。比如，从表面上看，《诺寺》中的伊莎贝拉·索普和《理智》中的露西·斯蒂尔都是庸俗的机会主义者，但她们的用词显示出不同庸俗表现之间的差异，伊莎贝拉是传奇文学的忠实读者，说起话来不免浮夸炫耀，而露西绝不高谈阔论，相反却谨小慎微、钩心斗角。奥斯丁对一些容易混淆的抽象名词（如complaisance和complacency）的使用做了严格区分，而当时不少小说家如菲尔丁和伯尼均疏于辨别。奥斯丁给自己设置了很高的语法标准，一旦出现了细小的语法错误，总是在再版本中加以修正。在小说对话中，不规范的语言往往被用来暴露说话人的粗俗。正确的语法等同于良好的教养，爱玛·伍德豪斯最初认为马丁·罗伯特根本配不上哈丽特·史密斯，但她后来很不安地发现自己恐怕是误判了那个年轻人，因为在后者写给哈丽特的求婚信中“几乎没有任何语法错误”。[1]

受惠于拉塞尔斯、洛奇和巴布等学者的研究，且假定读者已经阅读了相关批评，塔夫（Stuart M. Tave）的《奥斯丁的一些用语》（1973）只讨论部分词汇，不求面面俱到。他认为，奥斯丁小说的时空较狭窄，但其中人物的行为具有丰富的意义。不可避免的时空限制，主人公应该学会接受，而一味拒绝也就意味着排斥生活，比如《理智》中的玛丽安·达什伍德。时空并不受人类欲望操控，而是支配和决定着人的现实世界。读者可以用语言这个公共尺度来测量小说的时空和人物。作品中的时间、空间及语言等，都是小说人物实现自我追求的既定情境，它们为小说人物提供了多样的选择，也检验了这些人物适应具体情境的能力。所表达之物不是私情和臆想，而具有深刻的社会性。

塔夫阐释了奥斯丁小说中的某些关键术语，例如“情感”“原则”“礼节”和“想象”等。伊安·瓦特曾提醒读者，奥斯丁小说中的道德和社会思考具有颠覆性成分，塔夫却不以为然。在他看来，想象带来的麻烦和乐趣是奥斯丁多数作品的主题，也是英国18世纪的普遍关注。

1 K. C. Phillipps, *Jane Austen's English*, London: Deutsch, 1970, pp. 12–15.

凯瑟琳·莫兰和玛丽安·达什伍德，以及《桑迪顿》中的帕克先生等，都是"想象力丰富、判断力薄弱"的例子。当时的英国作家常常对比"想象"与"判断"等术语，这些词都出现在《爱玛》里，并发挥了重要作用。塞·约翰逊认为，想象于诗歌无妨，但在日常生活中，不慎的想象会招致严重后果。为了抑制"自己罪恶、堕落、残暴和邪恶的幻想"，塞·约翰逊常常求助于私下祈祷，且终生与之做斗争。在《拉塞拉斯》中，如饥似渴的想象不断地折磨小说主人公。如果缺少了约翰逊式的奈特利先生，爱玛·伍德豪斯的缺陷恐怕无法补救。小说开篇之际，泰勒小姐出嫁了，爱玛茕茕孑立、百无聊赖，就如《拉塞拉斯》中的天文学家，只能在想象中寻找乐趣。爱玛的想象虽然没能像后者那样狂放（"控制大自然"），却能左右海伯里村某些人物的命运。

从爱玛的想象出发，塔夫分别讨论了"优雅"（elegance）、"安逸自如"（ease）和"体贴入微"（delicacy）等词汇在小说中的具体含义。塔夫的体会颇为精审，"体贴入微"是指"道德和社交上的审慎，对日常的言谈举止做出十分细致的区分，常常超过普通礼节的要求"。奈特利先生英国式的"体贴入微"绝不等于一般女性的温柔，而是奈氏兄弟二人交往中所流露出的真情与体谅。而弗兰克·邱吉尔表现出的只是法国式的亲切，"缺乏任何英式的细心，不顾及别人的感受"。埃尔顿太太的"优雅"，徒有外表、虚假做作。简·费尔法克斯的"优雅"虽无虚饰之嫌，却远非真挚完美。真正的"优雅"必须要单纯自然、发乎真情，毫无矫揉造作。"安逸自如"出于良好的教养，能给别人带来由衷的快乐，"表达了对生活的自信心，既不虚情假意，也不缄默冷淡"。《傲慢》中的达西不懂得安逸自如，伊丽莎白恰是他的良师益友。

奈特利"对摆在面前的事实有着更细致的理解，并顾及他人的感受"，这是塞·约翰逊所赞许的"合理想象"。爱玛·伍德豪斯企图用幻想重塑世界，却总局限于一己之见，而奈特利先生的想象源于他清晰的道德感。在奈特利的指导下，爱玛最终发现：美好和自由只存在于"简单的事实"中。塞·约翰逊称：在事实面前女性最脆弱，为满足虚荣心，她们很容易忽略"简单的事实"。弗兰克·邱吉尔的奉承满足爱玛的虚荣心，却损坏了她的道德感。奈特利的求婚态度真诚而坚定，同时没有忽略爱玛的缺点，也没有因为爱玛的缺点而怀疑过自己对她的真爱。

塔夫精于从词汇来阐释小说的女主人公。伊丽莎白·班奈特懂得了，“和悦”(agreeable)有别于“可亲”(amiable)。前者看似完美，实际平淡无味、举手可为，后者须付出道德努力并随着时间流逝才能修得。《曼园》关注了举止得体的问题。玛丽亚·伯特伦以为，外在的举止就能代替内在的修养，而在范妮·普莱斯看来，举止得体则意味着坚持不懈的精神追求。《劝导》开篇时安妮·埃利奥特的话无足轻重，而到最后，正如修订后的结局所强调的，“她的话，刺穿男人的灵魂”。女主人公的力量与自控是以适当的服从和优美的心灵为前提的。[1]

奥斯丁的写作岁月，正值英国历史上的摄政时代。当时虽然并无明文规定，但是作为18世纪价值观载体的“得体”准则仍支配着大多数的社会行为。这些看似僵硬而细碎的行为准则，为奥斯丁提供了最有用的工具。奥斯丁相信，逼真记录人们的行为细节，意味着对读者尽职尽责，她对侄女安娜小说的详尽批评和建议，就是一个最好的例证。任何背离“得体”准则的细微偏差，读者都会有所察觉，他们也期待作者对这些加以解释和纠正。偏离行为常常被用来揭露小说人物的某些特征，尤其在道德和心理层面上。纳尔丁(Jane Nardin)的《奥斯丁小说中的得体观念》(1973)考量了奥斯丁笔下的两类词汇：一是关乎社会习俗的“优雅”“礼貌”“得体”“端庄”“举止”等；与之密切相关的，还有“感觉”“原则”“常识”“责任”等，后一类词汇赋予社会习俗一定的道德分量。[2] 从具体的社会交往到抽象的道德话语，这两类词汇频繁出现于文本中，它们的关系构成本书的主旨，纳尔丁选择“得体”作为突破口。“得体”可以指一系列被普通社会认可的行为(“习俗的得体”)，也可以指具有更高道德内涵的行为(“真正的得体”)。被社会普遍认可的行为规则，是否就能为该社会的道德标准提供一个可靠的指引呢？作者认为，缺失了道德维度的行为、忽略了对自己和他人的道德承诺，很难称得上“真正的得体”。不过，尽管“习俗的得体”不足以代表本

1 Stuart M. Tave, *Some Words of Jane Austen*, Chicago: University of Chicago Press, 1973, pp. 225–247.

2 Jane Nardin, *Those Elegant Decorums: The Concept of Propriety in Jane Austen's Novels*, Albany: State University of New York Press, 1973, pp. 12–19.

质，在实践中它却是一种相对可行的行为准则。

而且，奥斯丁对于“得体”的看法，在不同小说中是变化的。在《理智》中两种得体观念的区别不大。埃莉诺·达什伍德一丝不苟地遵守“习俗的得体”，自有其缺点，而玛丽安只依据自己的感受来做选择，同样是不可行的。玛丽安能够自由任性，是因为埃莉诺为她做出了“牺牲”。《理智》似乎很少谈及真实情感的积极意义——虽然礼仪规则有时会使人们感到压抑，但它的确为人们提供了比较恰当的为人处世之道，从而帮助人类避免过度自私和误判。在《傲慢》中，“真正的得体”是“习俗的得体”略加改善的版本，它强调了“对礼仪规则应适当尊重，但一味严格遵从也并不是良好的教养”。如果过于简单地将举止与道德等同起来，就意味着道德评价变成了如何评估他人社会举止的问题。在《诺寺》中，相似的“得体”观念也一再呈现，但不那么正式和抽象。为了理解周围的人，凯瑟琳·莫兰必须学会不断地质疑他们所自诩的“得体”的真实含义。

《曼园》表明，表面上遵从被社会认可的行为标准可能是一种堕落，完全脱离了道德正途。小说描述了一些地位卑微、不得不努力谋生的人，他们努力坚守道德和礼仪原则。而与之相对的另一群人，家财万贯、门庭显赫，只是把礼仪看作表现地位的工具。小说批判了上流社会人们对于礼仪的双重标准，赞扬了底层人辛勤劳作的职业精神和严于律己的高尚情操。《爱玛》探究了另一种可能性：“真正的得体”也许是无意识的、自然而然的内心选择。一开始，爱玛·伍德豪斯高估了那些外表光鲜的礼仪行为，并为自己的优雅举止感到自得。她后来才理解，对他人的同情和简明直白的言语，是真正的礼仪的必需部分；优雅只是礼仪的表象而已，与人格和美德没有多大关系。在《劝导》中，奥斯丁艰难地辨析两种对立的“得体”观念，对礼仪在人类生活中究竟扮演什么角色，提出了质疑，同时探究了两种可能性：第一，即使那些容易犯错误的人，有时候也会做出比礼仪要求更加明智的事情；第二，在具体的社会行为中，完全听凭良心或者善意驱遣，未必就能有效地解决举止失体的问题。概言之，《理智》中关于“得体”的看法与后来小说（尤其《爱玛》和《劝导》）是有冲突的。《理智》强调对自我和他人的道德考量，要求严格服从“习俗的得体”，在后两部小说中，判定个人行为正确与否的不是社会准则,而是道德情感。

上面几部论著都重视“细读”,通过认真阅读原文,反复推敲,多方面、多层次、多角度地研究语音、语法和语义等语言要素,同时也将比喻、张力和反讽等诗歌要素移入奥斯丁小说的分析,以全面把握和阐释其作品的意蕴。需要注意的是,洛奇、佩奇、塔夫和纳尔丁等不仅关注奥斯丁文体和叙事特点,同时也将小说的形式分析与历史语境分析和道德评论等结合起来,从而表明,至少在奥斯丁小说解读中,有成就的形式批评从来都不可能仅仅关心“形式”。

布朗(Lloyd W. Brown)在《方寸象牙》(1973)中指出:奥斯丁的语言风格继承了18世纪的道德、哲学和文学传统。一如洛克、伯克、休谟和塞·约翰逊等,为了达到挖苦嘲讽之艺术目的,奥斯丁也善于使用某些多义词汇,如“感性”“傲慢”和“劝导”等。[1] 这类词语不仅可用于描述小说人物,更可以用来探究日常交往中的社会矛盾和心理纠结。与布莱尔(Huge Blaire)等同时代修辞学家相似,奥斯丁慎用比拟,并非是质疑意象本身,而是讨厌一些陈腐的意象。

在写作生涯开始之初,奥斯丁表现出对模仿和嘲弄的喜爱;后来,为了达到人物塑造和社会分析的主要目标,她将戏仿放在了次要位置。戏拟手法决定了故事往往以喜剧结局,但奥斯丁的喜剧具有较强的自我批判精神。在后期三部小说中,奥斯丁还运用了极为成熟的象征手法。《曼园》中的演出排练和牧师职业,《爱玛》中的谜语和天气,《劝导》中的季节和时间,这些显然都富含深意,并融于小说的主题和情节中。另外,象征也指示着人物的道德经历,变成了人物内心活动的一部分。比如安妮·埃利奥特在雨中的思绪:“11月间,一个昏沉沉的日子,一场霏霏细雨几乎遮断了窗外本来清晰可辨的景物。安妮就这样百无聊赖地沉思了一个钟头,因而当听到拉塞尔夫人马车到来的声音,她很高兴。然而,她虽说很想走掉,但是离开大宅,告别乡舍,眼望着它那黑沉沉、湿淋淋、令人难受的游廊,甚至透过模糊的窗玻璃看到庄上最后的几座寒舍时,她的心中不由得感到十分悲哀……这里记载着许多痛楚,这种痛楚一度是剧烈的,现在减弱了。这里还记载着一些不记仇隙的

1 Lloyd W. Brown, *Bits of Ivory: Narrative Techniques in Jane Austen's Fiction*, Baton Rouge: Louisiana State University Press, 1973.

往事，一些友谊与和解的气息，这种气息永远不能再期望了，但却是永远值得珍惜的。”

布朗还以较大篇幅来讨论奥斯丁的书信艺术。借鉴了理查逊，又得益于少年习作的大量实践，在小说的紧要关头，奥斯丁总能让书信发挥重要的戏剧性作用。

马德里克曾经说《劝导》充满悲剧色彩，而魏腾（Benjamin Whitten）的论证则突出“情感的喜剧”。[1] 他指出，奥斯丁在《劝导》中成功地将个人感觉与具有反讽意味的客观看法结合，从而形成别具一格的喜剧感。《劝导》的前五章建立了叙事者的可靠性并指明了小说的喜剧性质。小说开篇强调，凯林奇是一个荒废之地，移住到厄泼克劳斯为安妮·埃利奥特的未来提供了安慰和希望。而对莱姆的浪漫描述，预示了即将来临的变化。在第二卷中，安妮能够以客观，甚至讥讽的方式来洞察家人和自己，信心满满和独立地面对巴斯新的环境。尽管阴沉寒冷、人情淡薄，巴斯至少给安妮提供了奋力一搏的机会。远房表亲威廉·埃利奥特先生对安妮表示了某种青睐，这意味着女主人公的生气有所复原——虽然读者也许和安妮一样对这位表兄并不满意。斯密斯太太的出现及其揭发埃利奥特先生的举动，是小说结局的需要，但她作为对照人物，也更显示了女主角优越的品格。

新批评在美国兴盛于20世纪50年代，70年代渐渐走向衰微。在那段时间里奥斯丁小说研究在很大程度上也被带入形式化轨道中，形成所谓“前言外加六个章节”的专著模式，各章中的具体分析则往往围绕反讽等术语展开。新批评学派偏重对形式技巧的研究，醉心于使用“含混”“张力”“意图和感受谬见”等专用术语；相对而言忽视文学的社会性、文化性和政治性，淡漠于作品与历史现实的联系。而这一致命弱点便是它很快被突破、被超越的原因。新批评的推广还产生了一个意想不到的后果，即作为消遣的日常阅读和专业文学阅读，在相当程度上被隔离开来。文学作品在学校外的集体阅读，变得越来越困难。这是文学研究丧失社会支持的开始，更为后来奥斯丁被普通读者和知识精英

1 Benjamin Whitten, *Jane Austen's Comedy of Feeling: A Critical Analysis of "Persuasion"*, Ankara: Hacettepe University Press, 1974.

奉为不同的经典而埋下了伏笔。

当然，不论文学创作还是批评，从来没有脱离内容的纯形式；反之亦然，即也不存在全无形式的纯“内容”。在这个阶段的奥斯丁批评中，我们所说的形式主义研究，只是强调以形式特征为切入点或相对更多重视艺术手法问题。

第四节　社会历史维度的开掘

早在19世纪，法国批评家丹纳（Hippolyte Adolphe Taine）就指出，文学创作不是孤立的，必然受制于种族、环境和时代三大要素。要理解一个作家或者某部作品，就必须深入研究其所属时代的精神面貌和风俗习惯等。在奥斯丁研究中，作者生平、创作心理和作品背景等方面一度被视为“外部研究”，似乎这些不足以触及作品的本质。但这样的认识渐渐遭到越来越多的质疑。举例来说，在《理智》中，埃莉诺·达什伍德听到威洛比用教名称呼她的妹妹玛丽安，就断定他们俩已经私下订婚。这样的细节不仅说明了当时社会通行的某些习俗和礼仪，还暗示了达什伍德太太作为母亲的失职，有助于读者来洞察奥斯丁的匠心。当然，如果仅仅勾勒出某时段的大局面和大事件，就匆忙下结论说，这些与作家或者作品存在着必然的因果关系，又未免过于简单化。

还有一个更根本的问题，即对于奥斯丁这样专写“小”题材的作家，到底值不值得追问其作品的社会历史意义呢？查普曼注释了小说中的某些历史背景，如摄政时代的服饰、建筑等，却忽略了可能的政治指涉。在奥斯丁批评史上，题材狭小、所涉不过乡村中“三四户人家”等说法曾屡见不鲜。对此，曾在利兹大学执教的英国马克思主义评论家凯特尔在其代表作《英国小说导论》中专章深入讨论《爱玛》，强调指出了其中富于社会关系内涵的细节，还明确地说：“对奥斯丁所做的最蠢的批评莫过于指责她没有写滑铁卢大战或法兰西革命。她只写她所理解的，没有任何作家能超出这一点”；“重要性是不能用题材大小来衡量的。一件艺术品中最有价值的东西是所表达的经验的深度和真实程度”。[1] 北美的唐·格林教授曾专门撰文驳斥“局限性神话”，毫不客气地批评某些学者在谈到奥斯丁作品时总是拿“局限性”说三道四，“颇有些强迫症的倾向”。[2] 戴西斯（David Daiches）也曾言，当今读者为了逃避现实而阅读奥斯丁，然而其小说世界充满冷酷的经济关系，奥斯丁绝非逃避主义者，而是“马克思之前的马克思主义者”。范·甘特（Dorothy Van Ghent）同样为奥斯丁辩护：“常常是那些初次接触奥斯丁作品的读者，才会觉得她的故事题材狭小——认为作品仅仅描写英国乡绅阶层一小部分人的生活，认为这个阶层的人可能从来不担心死亡、性、饥饿、战争、负罪感、上帝——这些读者因此认为奥斯丁的小说难以与现代兴趣相吻合。”而格林的文章恰恰从奥斯丁小说中找出了有关“死亡、性、饥饿、战争、负罪感和上帝”的文本证据。[3]

特里林（Lionel Trilling）在著名文章《论〈曼斯菲尔德庄园〉》中提出，《曼园》一书所折射的是现代人格和“精神世俗化”的内涵。如果“风格既可以表达任何创造和行动的内在真相，同时又可以掩饰这个真相”，《曼园》就是新风格的尝试，其手法“比奥斯丁其他作品的反讽更深刻，它是对反讽本身的反讽”。如何理解范妮，构成了《曼园》阐释的关键。特里林认为，范妮属于英国18世纪文学传统中的“病弱者和弥留者”，意味着圣洁和基督教美德。理查逊笔下克拉丽莎的疾病和死亡，菲尔丁的阿米莉亚失去健康和美貌，是她们作为基督徒德行的标志。范妮作为一个正派的基督教主人公，同样不容置疑。她与玛丽间的争论（埃德蒙究竟会不会成为一个牧师），切不可等闲视之，它联结小说的所有重大主题。职业（Profession）意味着公开声明的原则和信仰，也包含将某种工作看成终身的志业。且选择职业也是扮演某种角色，“只不过，这是一种永久性的扮演；只能有一种选择，而不能有第二种选择，一经选定，自我的本质就固定了”。[4] “自我”或者“人格”（personality）这个词，源于拉丁语Persona，意思是“面具”或通过面具发出的声音效果。在戏剧领域，这个词意指戏剧人物，即舞台上的角色。

1 朱虹（编），第256页。

2 卡森（编），第275页。

3 参见卡森（编），第275—289页。

4 参见朱虹（编），第234—235页。

范妮拒绝接受克劳福德，恰因为他游移不定的自我。克劳福德似乎只有站在舞台上或者戴上面具才能说话，方能表现自己的“人格”。后来有研究者指出，特里林的历史化阐释过于牵强，18世纪末的福音主义者严厉批评上层社会——如1797年吉斯本（Thomas Gisborne）的《女性的责任》一书中——他们将私人演出活动视为败坏社会道德的典型事例。[1]

特里林极为自信地推测：1814年写作《曼园》的时候，奥斯丁本人也深深陷入“原则与个性的对比，或品格与风度的对比”所引发的纠结。奥斯丁正在思考：“小说作为一种体裁，不能仅仅考虑文体风格这种形式上的完美，它还必须保持质地上某种程度的粗糙，也就是某种坚硬的实在性：为了使小说具有道德上的生命，它还必须和某些不可化约的平淡的现实性合作，以破坏它自身的美。”特里林认为，此时奥斯丁的精神生活，也一定出现了某种危机，疲劳之感似乎困扰着小说家。所以这本小说赞美“静”（rest）而非“动”（motion），强调社会的静稳，而不是个人的自由。奥斯丁渴望从“那急迫、紧张的自我中解脱出来，幻想像伯特伦夫人那样过富裕、闲适、自在生活的权利”。奥斯丁对伯特伦夫人的哂笑，在某种程度上也是自嘲。

特里林借助历史的后见之明和欧陆的哲学思想来阐释《曼园》。他认为，范妮式的基督教精神到19世纪变成了更强烈的责任感，经历了“精神的世俗化”后演变为当时社会的强制力量，它“不仅要求我们对道德行为本身做出判断，还要求我们对其行为者的品质做出判断”。正是这种强制力，引起了某些读者对奥斯丁的强烈反应，其中既包括吐温的男性本能的反感，也包括爱默生的社会性的厌恶。巴特勒曾评议说，特里林不过是以20世纪50年代的纽约，替换了19世纪的英格兰。特里林的有些评论透露出50年代社会氛围，至少表达了作者的某些心迹。“奥斯丁最先意识到控制人们道德生活的那种恐怖力量，这是一个普遍存在的无名的审判者，在它的面前，我们每一个人都感到有必要展示自己世俗精神的纯洁性，因为和宗教精神相比，世俗精神中黑暗和模棱两可的领域更多：我们还感到有必要对自己的生活和风度提出质询，

1 参见Marilyn Butler, *Jane Austen and the War of Ideas*, Oxford: Clarendon Press, 1975, p. 231。

以确保它们不仅在行动上而且在外表上都是世俗及精神方面的优秀者。"[1] 难怪，瓦特在其《奥斯丁批评文选》(1963)的前言中批评了特里林的保守倾向。

人们可隐约感到特里林对现代生活风尚或者"文化运动"的某种厌恶之感。尤其考虑到，在特里林的定义中，政治是广义的社会文化活动，因而可以借助文学来介入其中。[2] 如此解读《曼园》，究竟算不算特里林所谓的"用社会政治术语来解释我们的文学热情"呢？[3] 1968年，特里林的学生们"以公开或默认的方式参与学生运动，认为浪漫诗人布莱克以独特的方式表述了他们的心灵需求"——具体而言，即布莱克"倡导冲动，提倡极端，号召颠覆权威"。1975年特里林写了最后一篇文学论文《为什么我们要阅读奥斯丁》，可惜文章未能最终完成。特里林深信，布莱克之外，奥斯丁为学生们提供了另一个立场，使他们得以对现代生活提出批评。奥斯丁"崇尚节制，尊崇礼仪，擅长反讽"。小说和评论中的矛盾与晦涩，或许是历史和个人情境的产物。特里林在该文章结尾尝试说明自己所采取的"移情"(empathy)阅读策略的合理性。[4] 此时的背景是美国深陷越战泥潭，特里林的学生依旧热衷社会活动，多秉持文化相对主义的立场。特里林在文集《自由的想象》(1950)中所表达的人文主义理想似乎也有所动摇。特里林在试图将奥斯丁历史化的同时，也把自身的处境深深置入其中。

马德里克以降，许多研究者均从《曼园》入手阐释奥斯丁。作家马丁·艾米斯(Martin Amis)有篇短文发表在1957年的《旁观者》上，称范妮和埃德蒙都是道德上令人作呕的人物，尤其范妮，煞有介事、装腔作势，和奥斯丁的幽默风格相差太远，云云。[5] 这一类比较极端的观点代表了20世纪中期一些人的心声，也引发不少呼应，但与特里林的立场

1 朱虹(编)，第243页，略有改动。

2 Lionel Trilling, *The Liberal Imagination*, New York: New York Review of Books, 1950, "Preface".

3 参见卡森(编)，第76页。

4 参见卡森(编)，第83—84页。

5 Kingsley Amis, *What Became of Jane Austen? And Other Questions*, London: Cape, 1970. Reprint of "What Became of Jane Austen?" *Spectator*, 199 (1957), pp. 439–440.

有相当的差异。

英国文化研究领军人物之一威廉斯(Raymond Williams)在《乡村与城市》的第十一章集中讨论了居住在法思汉附近的三位作家:吉·怀特(Gilbert White)、科贝特和奥斯丁,比较了他们对"乡村"的描写和看法,将不同的话语(自然科学、政治评论和小说)纳入英国资本主义的发展脉络中来理解。[1] 奥斯丁笔下的"土地改良""圈地、公地和社群",尤其乡绅命运的起伏等,足以表明18、19世纪之交英国资本主义的社会关系已经建立,新价值观念也随之出现,时人正积极思考,蓬勃发展的农业资本经营对原来的土地和社会结构会有怎样的影响。即便同处一地,三位作家的看法也各不相同。吉·怀特看到的是花虫鸟鱼的自然世界;科贝特则从阶级对抗的角度看社会问题。奥斯丁关注地主阶级的命运,她笔下以达西和奈特利为代表的乡绅们,广泛涉足各类商业活动或者依靠租金和投资谋利,逐渐演变成资本家式的地主。科贝特式来自外部的道德批评声音越来越粗砺、越来越尖刻,明显已经失去对乡绅的信心。而小说家奥斯丁则以有条不紊、相当自信的语调展示其观察和判断,这让威廉斯颇为惊讶。

首先,奥斯丁小说高度关注财富的改变,尤其是地产、收入和社会地位的微妙变动。《劝导》中的埃利奥特家族在王室复辟时期获得准爵头衔,但其继承人为了维持排场,不得不和富商女儿联姻。《爱玛》中的埃尔顿太太及其经常挂在口边的"枫林园"(她姐夫家的宅邸),更暗示了经商致富而导致的阶级变化。尤为重要的是,奥斯丁关注不同的财产形式,某些收入(如买卖地产或者殖民地贸易)若不能兑换成社会地位的标志物,是绝不被认可的。威廉斯特别指出,在奥斯丁的小说中,真正的生产劳作和生产关系(如家畜饲养和果蔬种植等活动),常常被阻挡于视线之外,只能推想而知。奥斯丁小说承担了一定的意识形态功能,"是对封建秩序下所谓自然经济的一种神秘化和理想化的描述,是对地主阶级和封建时代价值观念的辩护"。其次,奥斯丁关注的不是抽象的个体间关系,而是人与人交往的言谈举止等,这些是衡量并彰显一定情境下人际关系的外在标准。这些不仅包括传统规范,还包括正

1 Raymond Williams, *The Country and the City*, Oxford: Oxford University Press, 1973, pp. 112–117.

在形成的新型道德标准。在奥斯丁小说中，行为的提高和产业（estate，包括土地、房屋、庄园和风景）的改良，两者关系较为暧昧，仿佛有一个“隐含的、不为人知的公式”。菲尔丁笔下的好心人诈唬自夸，理查逊小说中充满陷于孤立的个人的狂想，这些都不是奥斯丁小说关心的内容。奥斯丁注意到新价值观念的产生，尤其是道德感与地主阶级的疏离。从柯尔律治、乔治·艾略特到阿诺德，心灵的修养和土地的耕耘之间已经失去了任何关联。总之，奥斯丁的作品不仅仅进行道德批评，本身也是社会批评，后来在乔治·艾略特的小说中，读者可以进一步看到此类批评的变迁和困境。

在《等级的隐喻》中，鲁宾斯坦（E. Rubinstein）也强调，小说中的隐喻主要指涉英国的社会史，“身份和阶级”则成为不可或缺的戏剧手段，来展现“新旧事物的交替，统治阶级和新兴阶级的张力”。[1] 自从《沃森一家》开始，奥斯丁就特别关注“旧阶级价值观和民主社会价值观”的冲突。《理智》的一个重要主题就是中产阶级和贵族阶级的对抗。《傲慢》表现了中产阶级和贵族阶级的对抗和融合，伊丽莎白·班奈特最终明白，传统社会等级和特权确实是值得尊重的。在《曼园》中托马斯·伯特伦爵士作为英国乡村传统的最后堡垒，被贪婪的资产阶级和抛弃传统的贵族人物所包围。海伯里村则是乡村和中产阶级传统的代表，不同阶层可以在这里自由地进行交往。在《劝导》中被奥斯丁所认可的则是以海军为代表的个人成就而非阶级出身。

伊安·瓦特在一篇论文中认真考察了奥斯丁小说的18世纪哲学背景，梳理出两条脉络——沙夫茨伯里和弗朗西斯·哈奇森一派珍视情感；霍布斯和洛克则看重理智。前者相信，人类本质上是仁慈的，人天生具有道德感。其政治含义，一望而知：如果人天生善良，那么问题就出在社会。这一观点对于卢梭和法国大革命的重要性不言而喻，对英法文学的影响更显而易见。一些作品对情感的关注、对想象力的重视，一度造成文学创作热衷探讨情感与理性、意志和事实的对立。在瓦特看来，《理智与情感》关注的恰是情感小说的负面后果，如同情心的滥用。按照这样的阐释路数，奥斯丁是18世纪英国思想的产物，这本小说

1 E. Rubinstein, “Jane Austen’s Novels: The Metaphor of Rank,” *Literary Monographs*, eds. Eric Rothstein and Richard N. Ringler, Madison: University of Wisconsin Press, 1969.

展现了情感和理智的辩证关系。同一时期，另有学者也曾指出，理智与情感间的冲突是18、19世纪之交所特有的。[1]

这篇论文发表在瓦特本人选编的《奥斯丁论文集》，该书在奥斯丁研究史中占据重要的一席之地。[2] 作者在前言中指出：总体来看，过去的20年奥斯丁批评成果丰硕、富有启发。但过多注意力集中到所谓题材狭小，仿佛这是承认奥斯丁文学成就的条件，故作者指出，"近来的批评没有严格地探究一下奥斯丁社会和道德前提的基本性质"。阿诺德·凯特尔论《爱玛》、布劳尔（Reuben R. Brower）论《傲慢》等精彩文章均被收入该选本，后来它们又被朱虹选编入《奥斯丁研究》（1985）一书。诚如朱虹所言，"这些社会学角度的评论，都很重视语言、形象等，即从作品的整体来挖掘其社会意义"。[3]

在《解读〈曼园〉》一书的导论中，弗莱施曼（Avrom Fleishman）指出，"没有哪种单一研究范式足以和《曼园》呈现的复杂现实相称"，只有结合历史、心理等不同的批评方法才能揭示小说的艺术特色。[4] 奥斯丁对《曼园》的态度是很矛盾的。参照当时的政治语境，不难发现小说是乡绅阶层对自身的批评，并试图自我纠正和革新。书中的道德基调明显受福音派教会的影响，这足以表明当时的国教影响力衰颓、备受指责。同样，有关家庭演戏排练的情节也揭露了这一阶层在政治上的松懈软弱。范妮·普莱斯对浪漫主义理想的认同实际上蕴含着对乡绅价值观的批判，而托马斯爵士的安提瓜岛之行也暗示了上流社会面临的经济隐患。自心理学的角度而观之，范妮是个复杂的人物，而不仅仅是道德典范，这显示出奥斯丁在"自我"主题上的种种变化。在弗氏看来，范妮在道德态度上严谨苛刻是基于其心理需求的。最有意思的是神话学阐释。灰姑娘式的范妮以其所代表的自我价值战胜了庄园权威，最终变为庄园的主人。世代传承的庄园也即财产本身，在小说中成

1 Norman Sherry, *Jane Austen*, London: Evans, 1966, "Preface".

2 Ian Watt, ed. *Jane Austen: A Collection of Critical Essays*, Englewood Cliffs, New Jersey: Prentice-Hall, 1963.

3 朱虹（编），第9页。

4 Avrom Fleishman, *A Reading of Mansfield Park: An Essay in Critical Synthesis*, Minneapolis: University of Minnesota Press, 1967.

了“被救赎的伊甸园”。这种尘世的救赎是指获得了某种宁静或者安逸，但却是以丧失生命力为代价的，范妮这样的继承者注定会感到痛苦和内疚。

达克沃斯（Alistair M. Duckworth）的《改良庄园》（1971）同样反对法乐、马德里克等“颠覆派”的阐释，认为奥斯丁的宗教精神，尤其基督教的忍让情怀，不该被忽视。面对危险时，诸多女主人公都表现出相当的韧性，她们绝不相信，世俗社会是这个世界的最终审判所。他在出版序言中提出：奥斯丁的价值观念建立在宗教原则之上，其小说属于18世纪的“神意小说”传统：着重刻画个人成长的精神历程，虽经历了中间阶段的异化，最终回归于社会。伊丽莎白、爱玛等女主角的个人追求从不悖异于宗教精神。另一方面，奥斯丁小说也指向19世纪的“偶然小说”，也就是，运气和外在环境而非完全的神意在决定人生命运。[1]《劝导》已经出现维多利亚小说中常见的“烦忧”（angst），如斯密斯太太的抱怨，安妮·埃利奥特和弗雷德里克·温特沃斯之间的关系，一如阿诺德的诗作《多佛海滩》，充满无奈和困惑。不过，19世纪小说一般都质疑社会的合理性而赞美小群体中的人际关系，似乎凭借纯洁的爱情和友谊就可以逃避社会的重负。作者对比了奥斯丁和狄更斯的小说，认为奥斯丁的道德世界更接近菲尔丁，而非狄更斯。她身处18世纪的永恒天意和现代社会的躁动不安之间。

达克沃斯关注小说中的产业即地主庄园。奈特利的当维尔也好，达西的彭伯利也罢，都象征着传统的社会结构、宗教和风俗等，一旦脱离了产业或者文化传统，个人也就失去了存在和行动的根基。针对有关《曼园》的争议，作者开篇即指出，《曼园》绝非“特殊例外”，而是奥斯丁思想的最基本体现。首章详尽阐释《曼园》，为后来几部小说的解读奠定了基调。伯克曾多次将英国及其政治体制比作受到威胁的产业，并指责某些追求时尚、挥霍无度的继承者肆意对之加以“改造”。为对抗革命的冲击，伯克四处奔走疾呼：传统包含着人类世世代代智慧的结晶，是社会进步的唯一保证，应满怀敬意地加以维护。达氏认为，伯

---

1 Alistair M. Duckworth, *The Improvement of the Estate: A Study of Jane Austen's Novels*, Baltimore: Johns Hopkins University Press, 1971.

克未必直接影响了奥斯丁，但是为其小说提供了基本的语境。[1] 六部小说中，最切题的自然是《曼园》。拉什沃思先生富有而昏聩，视自家古老庄园形同“监狱”，急需大动干戈地改建，他的未婚妻玛丽亚也极力怂恿。小说的反面人物，也就是后来与玛丽亚私奔的亨利·克劳福德，更热衷于此道，除了积极向拉什沃思提建议外，还怂恿埃德蒙·伯特伦清除牧师房宅附属的农场，甚至跃跃欲试地考虑“改造”布道风格。另一个反面人物玛丽·克劳福德，亨利的妹妹，听到拉什沃思家的礼拜堂被拆除时，不禁脱口而出地说：“每一代人都要有所改造。”达克沃斯认为这些都是自私而短视的态度，近似于当时的革命分子的狂热，威胁庄园的命运。小说中只有埃德蒙和范妮·普莱斯抵制大拆大改，挽狂澜于既倒。小说最后让他们俩联姻结盟，显然是为了更好地维护庄园。

产业的改良或者改造主题贯穿奥斯丁创作的始终。约翰·达什伍德贪婪无度，根本不顾及社会和道德责任——用篱笆圈围诺兰公地，夺占附近农民的田地，还砍掉了自家屋后的老胡桃树。《傲慢》中的凯瑟琳夫人的自大粗俗亦体现于她家罗辛思庄园华而不实，不似达西的彭伯利庄园优雅天然。蒂尔尼将军的宅邸诺桑觉寺也是权力和炫耀之所，他改造和经营房宅、土地的热情很高，和为儿子谋有利可图的婚姻时一样劲头十足。在展示奈特利先生的庄园时，奥斯丁工笔细描、一往情深，显然寄寓着作者对英格兰乡绅的理想。在《劝导》中，女主人公安妮支持克罗夫特将军让凯林奇府回归素朴的改造，但反对另一处地主大宅厄泼克劳斯（Uppercross）的现代式装修。桑迪顿也是受改造风气侵害的地方。帕克先生不是个值得托付房地产的人，对他来说，庄园不过是投机对象。他费尽心思想把古老村庄改造成海边养生休闲区。帕克先生家有两处地产：一处是祖先留下的老屋，四周簇拥着花园、果园和草地；另一处是桑迪顿镇的特拉法宅，地处象征投机风险的海边悬崖。不过，达克沃斯也敏锐地指出，在《桑迪顿》中，奥斯丁的叙述口吻并不阴郁。

1 巴特勒在《奥斯丁和思想之战》中曾提及《改良庄园》，批评它“过于简化了当时复杂的思想潮流”，参见 Butler, 1975, p. 95。另有论者指出，在当时，伯克的文章风格被认为太过情绪化，不可全盘信任，其观点其实很少被后来的保守人士引用。

达克沃斯善于文本分析，绝不仅仅局限于对庄园的阐释。他指出：《理智》中貌似讨人喜欢的活泼个人主义表现实则不可靠，不能作为社会举止的标准；《傲慢》结尾时伊丽莎白·班奈特不再像以前那样推崇个人主义，也不再持相对主义的道德观念，而达西则似乎放弃了最初严格的阶级观念。他们都认识到妥协的必要性，认识到在个人的"自然诉求"和"文化的规定性"之间存在辩证关系。《爱玛》同样探究"过度的个人主义"之危险。作为庄园的继承人，爱玛·伍德豪斯沾染了势利的眼光，而这有害于海伯里村人的团结。"我所看到的，都是我所想象的"，此语出自当时的诗人柯珀，小说中奈特利先生只是随口提及，达克沃斯则以此来阐释《爱玛》的主题，"揭示人物的主观世界"。[1] 这一文学传统始自《项狄传》，中经《爱玛》，顶峰则是《达洛维夫人》和《到灯塔去》。个人如何面对困境，同样是《劝导》的主题。埃利奥特一家不得不出租祖宅凯林奇府，迁居巴斯。在《爱玛》中，个人往往不顾外在的社会约束；在《劝导》中，安妮·埃利奥特早就明白传统的重要性，但却失去了赖以生存的社会结构，只能以基督教的隐忍精神（Stoicism）来应对遭遇的困难。男女主人公终结连理，并不意味着社会重建，他们的爱情只具有个人性质。在《爱玛》中，社会秩序得以重建，而在《劝导》中，无论个人如何有意挽救社会，权威都无可避免地倾颓。[2] 安妮·埃利奥特和《桑迪顿》中的夏洛特倒有些神似，都与自己的原有社会背景疏离，不可能为"社会的重建"发挥作用。

道格拉斯·布什（Douglas Bush）的专著以"奥斯丁笔下的英国"开篇，阶级分野、修养和礼仪、金钱婚姻、女性的自由、绅士的职业、仆人、女性才艺、教会状况和奥斯丁家族的宗教信仰等，可以说无所不及。[3] 作者甚至谈到奥斯丁的性道德观，详尽列出六部小说中的"出轨"婚恋。其中，对宗教背景的介绍有助于读者理解奥斯丁小说。言及《曼园》，布什为埃德蒙·伯特伦辩护。奥斯丁一家基本为英国国教徒（四哥亨利最后成了福音派），内心保持谨严的态度，一般回避卫理公会或者福音主义者的"狂热"。18世纪末，福音主义运动在国教会内部推

1 Duckworth, p. 161.

2 Duckworth, p. 180.

3 Douglas Bush, *Jane Austen*, London and New York: Macmillan, 1975, pp. 2–14.

动重振精神追求，呼吁高标准的个人道德，提倡读《圣经》，要求信众早晚要做家庭祷告，饭前不忘感恩，星期日必做礼拜；主张只有通过热心的布道和勤勉的工作，才能过上神圣崇高的生活。国教中的低教会派也积极推动各种“改良”，且在宗教、道德、习俗等方面取得了相当大的成就。如小说中的牧师埃德蒙·伯特伦所说，教会在过去一代人的时间里，经历了诸多改变，教徒们对宗教教义了解得更多，对宗教信仰更加虔诚了，牧师对上帝一词的意思表达得更清楚了。奥斯丁在书信中曾提到：“我甚至认为，我们全都成为福音派，又有什么不好。至少我认为，那些出于理性与感情而皈依该教派的人，是最幸福的，也是最安全的。”

布什认为，《曼园》是奥斯丁最有深度和最具现实迫切性的小说，它探讨了作为自我认知的教育问题，用一种“并非粗暴简单的方式”，表现了坚决维护个人和社会道德价值观的愿望，“反对四处弥漫的道德松弛之危害”。《劝导》更加关注时代、变化和连续性的主题。尽管安妮·埃利奥特孤立无助，却果断地打破陈腐社会的局限，在一个新的环境中找到自己的幸福。

在《奥斯丁和教育》（1975）中，德夫林（D. D. Devlin）指出，奥斯丁延续并发扬了洛克有关教育和自由的观念。[1] 两人都认为，道德发展应该是学习过程的主要目标。洛克指出，自由要以自控为其前提条件，而奥斯丁的小说表明，爱不仅释放了自我，也能够推进个人的道德成长。亨利·蒂尔尼的成功源于他和“学生”凯瑟琳·莫兰深爱彼此；后者由此获得了清晰的道德眼光，能够辨识她自己和别人的真实想法。《爱玛》更是一个经典的关于爱和教育的故事：对自己和他人正确的认识，只有在导师和学生互相爱慕时才可能成功。作者还探究了沙夫茨伯里（3rd Earl of Shaftsbury）和切斯特菲尔德（Lord Chesterfield）的某些观念，前者主张天生的道德感，这几乎否定了教育的重要性；后者强调礼仪的重要，以为教育目标无非是“才艺”。而奥斯丁更多地受益于塞·约翰逊，拒绝善感性和性本善之观念，看重必要的教育和自由选择，尤其生动表现了各种道德行为的复杂性。

不少评家认为，奥斯丁小说和时代的关系不太密切。《奥斯丁和思

1 D. D. Devlin, *Jane Austen and Education*, New York: Barnes and Noble, 1975.

想之战》(1975)则将奥斯丁的艺术创作深深嵌入社会历史背景中。作者巴特勒(Marilyn Butler)指出，法国大革命时期的英国小说，不仅具有说教性质，而且不乏党派特征。奥斯丁的女主人公开始总不免犯错，最终却认清了自己和人性的不足，这并非只是艺术家的独到表达，更是时代特殊性所决定的。巴特勒回溯了英国18世纪末的社会思潮，尤其是情感主义文学的变迁。法国革命爆发后，英国保守的小说家和批评家感到，正统观念的大敌之一是"善感"思潮引发的道德相对主义，他们给情感主义、个人追求等扣上"雅各宾派"的帽子，严词抨击。巴特勒从情节设置、人物刻画、故事结构和思想倾向等方面入手，勾勒出18世纪晚期的几类作家。"雅各宾派"主张维护个人尊严，推崇激情和直觉，反对社会专制；"反雅各宾派"所大肆宣传的则是极端个人主义或者偏离习俗所造成的种种恶果。就小说形式而言，前一类小说家倾向于采用第一人称或者书信体，以抒发当事人的主观感受；后者则偏爱第三人称，要求读者保持必要的理智判断，抵制激进意识的蛊惑。[1]

巴特勒特别指出，在英国作为真正革命者的"雅各宾派"多半是想象之物，"反雅各宾派"则确确实实存在，以坎宁(George Canning)、吉福德和弗里尔(John Hookham Frere)等人为首。[2] 在当时的政治斗争的格局中，"反雅各宾"思想迎合了时代的需要，比如世纪末大众效忠国家和君主的热情，产生了广泛的社会凝聚力。进步人士(如自由主义者埃奇沃思)也反对具有情感主义倾向的作品；诸多女性作家，如英奇伯尔德和玛丽 · 海斯(Mary Hays)等，虽然并非保守却也对年轻读者的善感趣味有所担忧，开始鼓励自律和克制。"反雅各宾派"最后大获全胜，主要由于政治的和军事的因素。1797年，拿破仑占领了瑞士，在那里成立了傀儡政权，这使得同情法国革命的英国知识分子突然动摇了。自此，保守派有了新的说辞：欧洲自由主义者一直试图将国家推向动荡的深渊。

奥斯丁文学手法不事声张，作品与18世纪90年代强调宽容性、注重个人表现的"进步"小说大相径庭，基本属于"保守的基督教道德家的风格"。她的前三部小说酝酿于1795—1798年，正值反革命浪潮高

1 Marilyn Butler, *Jane Austen and the War of Ideas*, Oxford: Clarendon Press, 1975.

2 Butler, 1975, p. 89.

涨，在一定程度上，是为旧制度辩护。这些小说聚焦女主人公的情感生活，通过选择婚姻伴侣来对比美德和邪恶：主要的美德是明慎和务实关切；而邪恶则是指浪漫情感、放纵、虚伪等。在保守主义最盛的1799—1802年间，奥斯丁几乎没有动笔写作，艺术洞察力却逐步成熟，也越来越具有批判倾向，“对乡绅在履行职能时的表现，发出了远为更有的放矢的批评”。[1] 小说中隐约可见威胁社区安定的外来因素和关乎社会凝聚的伴侣选择等，这些都应和了英法战争带来的批评转向。巴特勒详尽介绍了葛德文的《凯莱布·威廉斯逸事》和埃奇沃思作品，指出启蒙主义对奥斯丁写作的影响。奥斯丁和当时的女作家之间的关系，更是作者探究的重点：简·韦斯特宣扬基督教精神、现存秩序和理性，多少预示了奥斯丁。[2] 比之于埃奇沃思，奥斯丁的观点则更为传统，其贡献主要在技巧和文体方面。

巴特勒还认为，达西和伊丽莎白若能融入简·班奈特和宾利的谦逊直率，就接近奥斯丁心目中的理想性情了。伊丽莎白这个人物的道德意义“不是认可，而是训斥当代个人主义信仰”。然而，《傲慢》把机智而生动的伊丽莎白塑造得如此有魅力，故事的寓意反倒有些模糊不清；小说中没有一个人物能对伊丽莎白进行有效的评判。《傲慢》在一定程度上混淆了“善”与“恶”。《曼园》的写作技巧远远超越了《理智》，这是“反雅各宾派”最有想象力、最有成就的小说。[3] 书中对人物内心意识的呈现在玛丽·克劳福德和范妮·普莱斯之间来回切换，但完全靠内心思想来发展故事却又未免太过静态。小说的道德内涵更加细腻深刻——寻觅丈夫的情节设置超越了对狭窄个人幸福的关注，穿插着对本阶级价值观念的批评。范妮体现了基督徒的优良作风：谦卑、沉思、讲求实效。仅有个人信仰还不够，还要为社会做些有益的事，讲求实效具有宗教方面的含义。难怪，范妮能够成为一个社群改革的精神领袖。福音主义是比较保守的运动，虽然中产阶级色彩比较浓厚，但毕竟和“反雅各宾派”的政治同情没有多大的区别。

1 玛丽琳·巴特勒：《浪漫派、叛逆者及反动派》，黄梅、陆建德译，沈阳：辽宁教育出版社，1998年，第167页。

2 Butler, 1975, p. 98.

3 Butler, 1975, p. 219.

《爱玛》令读者质疑自己的理解和判断。叙事中作者的直接介入很少，但是小说语言在道德评判上毫不含糊。作者的偏好很明显。奈特利和爱玛·伍德豪斯之间的对话，一个是男性的、直接的，另一个则是言辞夸张、别有用心的。马丁先生的平实风格不同于牧师埃尔顿的做作矫饰。爱玛往往抑制自己的理性判断，让意愿无端占了上风。只要读者认真听取另一种语言风格，就会意识到爱玛的错误。爱玛和“真实”之间的关系，也值得关注。爱玛是外向的，而哈丽特·史密斯太天真、无话不说；简则缄默不语、坚守内心生活。正是通过与这些陪衬女性的交往，爱玛才抵达了真实。葛德文笔下的凯莱布和埃奇沃思小说中的比琳达均因为自身利益而思考变得成熟，而爱玛的成长却是通过让想象力屈服于常识。小说情节的展开几乎全部经由爱玛的意识呈现。《爱玛》以人物主观想法来推动叙事，这促进了19世纪小说的长足发展。《劝导》近似于情感主义小说的写法。在其他小说中，道德选择往往受制于外在的现实，而这里则强调一种崭新的主观性，“情感比理由和事实更有决定性”。不过，《劝导》并没有彻底脱离奥斯丁小说的模式。《桑迪顿》也表现出对现代社会某些做法的敌对态度，凸显出“奥斯丁在其整个小说创作过程中的一以贯之的思想”。

巴特勒后来被追认为新历史主义者，“是该流派在浪漫主义领域的奠基人之一”，有些论者干脆将其归入“马克思主义评论家”。[1] 作者的高明在于历史证据和形式分析的紧密结合。巴特勒的著作集之前诸多社会、历史角度研讨之大成，以翔实的证据令人信服地证明了奥斯丁对当年社会中重大思想政治论争的深度参与，从而推动了奥斯丁研究的一次范式转换，可谓里程碑式的突出成就。此后，“琐屑”“狭隘”之类贬低或小视奥斯丁的评价几乎绝迹，而以更深入更广阔的政治经济文化视野来探讨她的思想意义的论著则如雨后春笋。到了20世纪80年代，致力于探究奥斯丁小说中的道德观和社会历史态度的这条线索已经成为显学，女性主义、新马克思主义、新历史主义以及文化研究等社会历史批评成为学界的重要潮流。社会发展以及特定历史环境中的各种张力，的确对于各门类艺术具有决定性的塑造力，这一点无可置

1 丁宏为：《理念与悲曲》，北京：北京大学出版社，2002年，第41页。

疑。某些关于作家和作者的"神话"剥夺了现代读者阅读文本之外的大社会历史"文本"的机会；而读不到这个大"文本"，我们就不可能很好地理解自己与现今文化语境的动态关联，或看不清我们社会中的种种文化运作。

当然，《奥斯丁和思想之战》一书也有不足和局限性。作者细致的文本分析体现了对奥斯丁的熟稔和喜爱，然而在归纳作品思想倾向时难免有时失之于简单粗率，一些具体结论值得商榷。该书1988年再版时巴特勒在导论中表示仍然坚持初版的主要观点，但是她1991年为人人丛书（Everyman Library）版《爱玛》写的前言却淡化了政治性的上纲上线，并借助多种批评理论工具来深化对文本的理解，特别着力探讨了奥斯丁对次要人物及海伯里村地域环境乃至街谈巷议的重视，既提出了饶有意味的洞见，也表达了避免将阶段性见解固化的学术姿态。

第三章 当代奥斯丁研究(上)

1975年后的奥斯丁研究,真可谓"百花齐放,百家争鸣"。这位淑女作家曾感叹世事的变化,"七年的时间,我认为,足以改变皮肤上的所有毛孔"。没错,当代奥斯丁研究恐怕也大大超出了维多利亚时代绅士学者或者20世纪第一批中产阶级文学教授的想象。后来者竟然可以借助计算机支持下的语料库技术来分析奥斯丁笔下的人称代词、助动词和冠词等,以验证其遣词造句的精确和文本质地的密度。伯罗斯(J. F. Burrows)以第一人称复数代词(we, our, us)的使用频率来辅助说明小说人物的个性,如,《劝导》中克罗夫特将军动不动将这些词挂在嘴边,因为他爱交际,但又怕老婆。[1]《一群怪人》的作者是语言病理学专家,在他眼中,《傲慢与偏见》中几个角色均为程度不同的阿斯伯格综合征(俗称"孤独症")患者——牧师柯林斯做事刻板,班奈特先生以自我为中心,玛丽不解别人的面部表情,莉迪亚狂野不羁又拙于倾听,这些人都有社交障碍。[2] 作者指出,凯瑟琳夫人的女儿安妮小姐是最孤独的一位;达西的问题并非是傲慢,而是常常缄默不语,在交往中屡屡做出尴尬事。还有学者运用各种心理学理论,对奥斯丁、乔治·艾略特和托马斯·哈代进行"神经美学"(Neuro-aesthetics)上的分析,目的是从叙事手法上寻找出细微的心理认知差异。[3]

1 J. F. Burrows, *Computation into Criticism: A Study of Jane Austen's Novels and an Experiment in Method*, New York: Oxford University Press, 1987.

2 Phyllis Ferguson Bottomer, *So Odd a Mixture: Along the Autistic Spectrum in "Pride and Prejudice"*, London: Jessica Kingsley Publishers, 2007.

3 Kay Young, *Imaging Mind: The Neuro-aesthetics of Austen, Eliot and Hardy*, Columbus: Ohio State University Press, 2010.

除了跨学科特征之外，我们还可以从当代奥斯丁批评中找出其他一些共同点。

首先，这些研究的专业化程度越来越高。此前的研究者，如特里林、威尔逊（Edmund Wilson）或者威廉斯等，只是偶尔谈及奥斯丁的小说，他们并非这方面专家，或者专以奥斯丁生活的那个时段为自己的治学主业。后来者，如美国学者克·约翰逊，或者英国专家托德，则是术有专攻的纯粹学院派。另外，进入20世纪80年代后许多专著也不再采用所谓“一个前言外加六本小说”的模式，而常常是按不同的主题来布局谋篇。比如威尔特希尔（John Wiltshire）讨论奥斯丁小说和健康、医学之关系，或者，如克·约翰逊专门探究18和19世纪之交英国小说中的性别主题。当然，最为重要的是，当下女性主义者、后殖民主义者和新左派等，毫不掩饰自己尝试矫正社会的政治抱负，设法运用各种文学理论从特定的立场来解读奥斯丁的小说。传统学者也当仁不让，反对大秀文学理论或者刻意的政治历史阐释，尽可能以奥斯丁生平和时代来限定文本的意义。各派学者也有交流，相互启发，不仅在阐释方法上相互渗透，还在某种程度上找到了一些共同立场。[1] 这样的批评态势，不仅意味着奥斯丁研究的当代性增强，而且传统的历史研究方法也被进一步推动，似乎朝着某种多元的“新新批评”发展，大力提倡从文本层面重新回归社会历史。[2]

第一节　“理论”的崛起

在“理论”的帮助下，政治批评明显取代了以形式为中心的文论模式，历史、文化、阶级、种族、性别和意识形态等术语一度成为英美文学或文化批评中的关键词汇。“理论”的崛起和二战后世界政治情势的变化紧密相关。《奥斯丁和思想之战》写于20世纪60年代末，巴特勒大力

1 Rajeswari Sundre Rajan, “Critical Responses, Recent,” *Jane Austen in Context*, ed. Janet Todd, Cambridge: Cambridge University Press, 2005.

2 Claudia L. Johnson, “Introduction,” *A Companion to Jane Austen*, eds. Claudia L. Johnson and Clara Tuite, Oxford: Wiley-Blackwell, 2009, p. 3.

呼吁将社会希望、政治斗争和文学理论结合起来。可是，自70年代中期以后，欧洲各国的群众性运动逐渐解体，第三世界的非殖民化运动势头也有所减弱，右倾政治体制乘虚而入，在欧美等主要国家占据主导地位，其目标“并不是仅仅要打击种种激进的价值标准，而是要将它们从当下的记忆之中完全抹去”。尤其自20世纪70年代初期的石油危机以来，这些右翼政权“在外，以进攻性的姿态对抗第三世界的革命民族主义；在内，向工人运动和各个左翼力量，连带着整个自由主义的或启蒙主义的思想，发起了狠毒的攻击”。[1] 欧洲“文化革命”的遗腹子们，经历了60年代的学潮和社会震荡，现在被迫离开了风风火火的街垒和广场，转入落寞寂寥的高校和研究所。这些人多半是“理论热”以及80年代当红的“文化研究”的中坚力量。似乎可以说，“理论”恰恰崛起于革命消退的时刻。

就英国而言，20世纪50年代匈牙利事件和英美攻击埃及之后，某些左翼群体联合起来出版了《新左翼评论》。1962年，新左派代表人物安德森（Perry Anderson）成为这本杂志的主编。他的编辑方针很明确：英国马克思学派的研究在许多领域都非常经验主义，缺乏系统的批判理论，因而在哲学、社会学、美学理论等方面，要努力翻译和介绍欧洲大陆的各种新锐学说。在较短时间内，萨特、葛兰西、卢卡奇、马尔库塞、阿尔都塞、本雅明、阿多诺、霍克海默等欧洲马克思主义者的作品，稍后还有德里达、拉康、福柯和巴特等“后现代”思想家，纷纷涌入英国学界的视野。较为年轻一些的新左派代表人物，如巴特勒的同事伊格尔顿（Terry Eagleton），就是在这样的环境中锻炼成长的，后来成为“进口”和运用理论的佼佼者。

既然自由主义市场经济和技术创新似乎“大获全胜”，左派很难在政治、经济、社会等公共领域发挥导向作用，就不得不转向文学或者文化领域，采取较为激进的理论斗争策略。此一时期的英美文学理论家，大多熟稔德里达、福柯等开创的“后学”，写出了一大批有关权力、话语、实践、叙事的论著，大谈特谈能指、所指、“符号的封闭性”和“写作的零度”等。可以理解，“后现代主义”“后结构主义”等很大程度上都

1 伊格尔顿，2007年，第223页。

是处于守势的左派知识分子医治创伤和回应现实的一剂精神解药。这些抽象的词汇实际上也标志着一个事实：某些新左派不仅远离了国际共产主义运动，也放弃了抗议、游行等积极行动，转而投身于务“虚”的话语领域。马克思的箴言似乎被颠倒过来使用了——“如果哲学不能改变世界，至少还能阐释世界”。在保守主义横行的时期，各类左派大都借助于文学批评和文化研究领域来展示自己的才华，甚至可以说创造了一个理论批评的黄金年代。[1]

不可忽视的是，所谓文学理论的重心其实一再发生位移。诚如伊格尔顿所说，“在20世纪70年代初期，被大谈的是能指、社会主义与性（sexuality）之间的种种关系；在80年代初期，被大谈的则是能指与性之间的种种关系；从80年代进入90年代之时，被大谈的就只是性了”。[2]似乎还可以补上一句，进入21世纪，被大谈的甚至不是传统意义上的男女情欲，而是同性恋、双性恋、自欲（autoerotic）等五花八门的各类爱欲了。如果说理论活动曾是一种与政治相关的宏大讨论，这种讨论在当下也悄然走向多元化和微观化。20世纪50年代的反冷战斗争，60年代的民权运动、学生运动、民族解放阵线、反核运动等，已经纷纷淡出、退潮，与之相伴的，在思想阵线上也从“阶级”等概念中撤离。不妨说，各类“后学”都是这一撤退最合乎逻辑的结果。这倒不是说，“理论”故意逃避现实，它实际上也要面对当下独特的现实：20世纪70年代以降，各种不同的新政治潮流涌现出来，女权主义、同性恋权利、生态运动、种族运动等；另外，消费社会蓬勃发展，传媒、流行文化、亚文化、青年崇拜都作为新的社会力量纷纷占据政治舞台的一席之地。[3]新历史语境下的政治意涵有所不同，显然更强调“局域性的、身体的、主体的、依赖个人经验的、审美化的、自传性的”生活经历和社会感受。[4]伊格尔顿富有讽刺意味地写道，“新一代的文学研究者和理论家诞生了，他们为性问题着迷，但对社会阶级却感到厌倦，热衷于流行文化，但却无知于劳工历史，被异域他性（exotic otherness）所俘虏，但对帝国主义的活动过程

1 陈晓明：《德里达的底线》，北京：北京大学出版社，2009年，第495页。

2 伊格尔顿，2007年，第225页。

3 伊格尔顿：《理论之后》，商正译，北京：商务印书馆，2010年，第25页。

4 伊格尔顿，2007年，第227页。

却不甚熟悉”。[1]

具体到1975年后的奥斯丁批评,“理论”的影响也大致如此。总体上讲,当代学者进一步在巴特勒对奥斯丁历史背景开掘的基础上,借助各种理论话语来突出那位淑女作家及其作品的“政治”色彩,即强化或多或少带有左翼色彩的社会、政治批评。不妨再强调一次,这里所谓的“政治”,顶多是以笔杆代替枪杆的文化政治,它的思想主旨是抨击当代资本主义的某些具体方面,塑造激进的社会批判意识。普韦(Mary Poovey)借重福柯和巴赫金来切入文本,探求小说里中产阶级、意识形态和艺术形式间的复杂关系,考量奥斯丁及其小说在资本主义文化霸权建立过程中的历史作用,也许还算得上是借理论进行宏观思辨、深度探讨。在《奥斯丁和自慰女孩》(“Jane Austen and the Masturbating Girl”)中,美国学者赛奇维克(Eve Kosofsky Sedgwick)的关注则纯粹是后生殖(postgenital)时代特有的:仅仅专注于性别的身体和各种社会规范力量之间的复杂斗争。论者似乎只能牢牢抓住“性别身份”说事,进行所谓的“身体革命”。

本节不进一步对“理论”加以细分,诸如心理分析、结构主义、解构主义、新马克思主义等。当然,有些文学批评活动与社会政治实践关联更为紧密,社会影响也更广远——如20世纪70—90年代女性主义和后殖民批评等。这两派声势较大,旗号鲜明,且相对自成体系,需要在后面单独加以介绍。

在此前一章我们已经提及,20世纪70年代美国学者达克沃斯和英国学者巴特勒等以前所未有的深度和广度讨论小说的政治背景。后者颇有振聋发聩之效,一举改变了和政治无涉的奥斯丁形象。20世纪末,《奥斯丁和思想之战》和《改良庄园》分别再版,这二位作者都撰写了详尽的新“导论”,从中可以清晰地看到文学风气的转向和丕变。

达克沃斯一开场略表歉意:《改良庄园》的前身是博士论文,1966年,巴特、拉康和德里达已来到他就读的霍普金斯大学,可由于这本书出版太早,尚未显示出解构主义的痕迹,对性别问题也不够关注。彼时的达克沃斯坚信,小说具有艺术的完整性,情节、主题、人物、描写和对

1 伊格尔顿,2007年,第227—228页。

话等要素，以复杂的方式相互作用，生成并且决定了确切、不容随意更改的审美效果。20年来的理论爆炸，是否影响了达克沃斯呢？作者继续写道，“现在，我相信文本的意思是无穷的，所谓的批评阐释不过是对文本的有限的解读……文本阐释不过是批评家汇入文本的主观期待，不可避免地受到年龄、性别、种族甚至学术机构间的关系等因素的影响”。但达克沃斯依旧欣赏“奥斯丁在形式上取得的美学成就”，也“没有丧失康德式的美学理想”。[1] 达克沃斯对文学研究中的某一路“政治化”解读颇为反感。他指责学术界很多人企图“挽救”奥斯丁的社会观，力图让这位“淑女作家”尽可能“符合进步的思想潮流”。达克沃斯反对当时的政治阐释，其实有些自相矛盾。他精于文本分析，也不乏历史洞见，他坚信批评家的实证和感悟能力比所依仗的研究方法更重要;《改良庄园》一书强调奥斯丁重传统、重道德和人际关系，赞赏奥斯丁对现代社会的批评；他还进而驳斥甚至否定某些“进步的”，尤其是激进女性主义的解读，而这些未尝不透露出达克沃斯本人的政治倾向。可以隐约感到，某些北美学者对于“进步”和“自由派”等说法异常敏感。

巴特勒的再版导论也直言不讳地指出某些奥斯丁研究背后的社会动因，如怀旧和政治无为等。她谴责一些知识分子在审美上做文章，回避社会问题。奥斯丁的琐碎题材曾经让威尔逊不安，特里林却泰然受之。在后者看来，《曼园》虽充满了危险和痛苦，也诞生出新的道德主体。奥斯丁小说的“无为”恰是特里林“理想自我”的前提——既能保全个人，又能获得社会认可。“【特里林】的句子节奏和怀旧之情，一似伯克对法国皇后的赞美。”[2] 她认为，特里林及其他一些美国东海岸知识分子，尤其是浪漫派批评家们，常常偷换语境，借奥斯丁抒发自己对20世纪50年代纽约的怀旧之情，把她的小说置入一个非社会性、无时间维度的艺术真空中。

视20世纪50年代为保守岁月，这绝非巴特勒个人的感受。中间偏

1 Alistair Duckworth, *The Improvement of the Estate*, Baltimore and London: Johns Hopkins University Press, 1994, “Introduction”, pp. 13–14.

2 Marilyn Butler, *Jane Austen and the War of Ideas*, 2nd edition, Oxford: Clarendon Press, 1988, pp. 14, xi.

左的英国论者瓦特也曾质疑，为何在此氛围下奥斯丁被经典化。[1]“激进的”美国学者克·约翰逊同样指出，某些研究者对“更安逸、更易于把握”的奥斯丁世界，往往心有戚戚。巴特勒对奥斯丁的保守有所评判，而达克沃斯十分赞赏，这才是值得深味的。20世纪60年代末70年代初，也即巴特勒和达克沃斯写作之际，某些新社会力量正在凝聚，某些全球性的斗争也在加强，“一大批成分异质的新学生和教师潮水般地涌入学术机构，但他们的背景有时使他们与学术权威的舆论相左，校园本身一时成了政治斗争的温床”。[2] 大学本身被卷入种种社会权力斗争，研究者不再能把学界自由主义的中立态度作为理所当然的东西而接受。这里特别标明瓦特和克·约翰逊两位学者的国籍，也是有原因的。二战以后，英美两国的政治经济发展路径不尽相同，英国在工党领导下采取福利性政策，其社会政治语境自然与倡导经济自由主义的美国不尽相同。

值得注意的是，巴特勒虽是奥斯丁研究史中又一位“划时代”的标志性人物，却仍具有明显“前理论”专家的特点，兼擅小说文本分析和历史考证，往往将两者交融一处。在这点上她与达克沃斯不无相似之处。那时很多批评著作常用套路是：在提供了若干社会和思想史背景知识之后，便转而集中讨论小说人物、主题和结构等传统文学话题。文学“理论”崛起后，有很多学者，尤其新历史主义和文化研究等学派，尝试更深入地把握文学文本和社会历史语境之间的关联，着重考察文学和权力政治的复杂关系。他们指出：文学文本不仅是意识形态的结果，同时也参与了意识形态的塑造。总之，此时段的研究者更加全面和深入地来理解形式与内容的关系及文本与历史的勾连，“文本与历史之间关系的复杂化，为人文学术研究展示了一个广阔的视野，走出了传统形式主义的象牙之塔”。[3]

相较而言，在所谓“保守和进步之争”上，更可见“理论”对于奥斯丁研究的影响。奥斯丁是留恋旧秩序的“保守派”吗？这是一个老话

1 Margaret Kirkham, *Jane Austen, Feminism and Fiction*, Brighton: Harvester Press, 1983, p. 171.

2 伊格尔顿，2007年，第219—220页。

3 周小仪：《从形式回到历史》，北京：北京大学出版社，2010年，第54页。

题了。持反对看法的早有人在。戴西斯曾指出，就奥斯丁作品对主宰世界的“冷酷的经济关系”的揭示而言，她简直与马克思主义有异曲同工之处。凯特尔讨论《爱玛》时曾感慨，地主庄园哈特菲尔德的价值观建立在“少数人依靠多数人来养活”的前提下，奥斯丁的阶级意识或许不同于后世之人，但其“唯物主义和不装腔作势的文风”值得赞赏。[1]现在，英美学者们讨论文本的方法已经大不相同，仅就新马克思主义而言，也有多种理论流派。

前面已经提及，早在20世纪60年代，《新左翼评论》就致力于引介欧洲的思想家，其中阿尔都塞和葛兰西的影响尤其重要。前者纠正了或者替代了过于强调经验、道德和民粹主义的英国研究传统，而后者则使得对文化现象的关注完全合法化了，研究者们可以采取更多样化的阐释策略，而不一定坚持经典的经济决定论。[2]阿尔都塞认为，马克思把社会看作是由可明确区分且各具有“相对自主性”的政治、经济和意识形态层面相互作用的总体或者有机的联合。每个层面都有自身的内在发展规律，尽管经济层面被认为具有决定性，但这并不是以直接的方式实现的。阿尔都塞强调的是一种结构因果律，他对意识形态的阐释也别具新意，普韦的《得体淑女和妇女作家》显然从中受到了启发。葛兰西的霸权和统合概念，也早就经安德森和奈恩（T. Nairn）等新左派发挥，用来解释为何贵族权力在英国资本主义发展过程中得到了不同寻常的延续。葛兰西的“有机知识分子”观念对伯明翰当代文化研究中心的不同文化转型理论更是起到了塑形作用。[3]下面介绍的《欲望和家庭小说》也部分地借鉴了葛兰西的霸权理论，并将其与福柯、巴赫金等人的思想熔于一炉。

威廉斯的“文化唯物主义”与葛兰西的思想不谋而合。威廉斯独自发展出非常具有原创性的理论观念，同时其著作也侧重讨论文化，集中于文学、戏剧等，甚至注意到作为新文化形式的电视节目。新马克思主义的另一支以黑格尔味道极浓厚的美国学者杰姆逊（Fredric Jameson）为代表。不妨说，20世纪的批评史见证了一个从“形式评价

1 朱虹（编），第257页。

2 张亮（编）：《英国新左派思想家》，南京：江苏人民出版社，2010年，第23页。

3 张亮（编），第28页。

优先"到"历史评价优先"的转向,这说明黑格尔在19世纪所标榜的"审美范畴"历史化绝非一时之空谈。杰姆逊不仅将各类"审美范畴"历史化,更是将其政治化。文学是社会的象征性行为,批评就是对文学所隐含的象征性行为的阐释。杰姆逊深信,马克思主义具有极大的优越性,完全能够包容其他的批评方法,而在马克思主义理论框架下的政治阐释,将是一切阅读和阐释的绝对视阈。后文述及的《自我与世界之间:奥斯丁的小说》是将卢卡奇、杰姆逊和英国本土的威廉斯结合起来的尝试,试图深度探讨个人和社会的"总体化"关系,也即历史地把握"自我与世界"的辩证关系。

普韦的《得体淑女和妇女作家》(1984)兼纳女性心理学、社会学、人类学和历史学的视角,涉及信件、日记、传记、政论书册等大量材料。其副标题为"作为风格的意识形态",前言着重解释了两个理论预设。第一,本书中的意识形态并非"虚假的意识",而是主体对某思想体系的认同活动;它可以为主体的存在"赋予"意义,在心理上使其获得自身的完整感。第二,一旦被尊为全民族的精神财富,特定文学作品往往获得了普遍的审美效果,也就掩盖了其所固有的意识形态矛盾。这些矛盾在内容和形式的每一个层面都会有所体现,比如在作者的艺术策略和文本所蕴含的情感倾向之间;有时在小说中的一个人物中,或者隐于某情节之内。[1]

18、19世纪之交的英国社会中,"淑女"观念就蕴含着内在矛盾。普韦追溯"得体淑女"的谱系,并以沃斯通克拉夫特、玛丽·雪莱和奥斯丁为例,论述作为社会规范的意识形态要求和现实个人行为间的复杂关系。沃氏有"激进"之名。其实她在法国革命鼓舞下发出倡导"女权"的檄文中不乏理性的纲领和细致的辨析。同时,她会设法避免与社会常规直面冲突,有时甚至逃避到情感主义文学中。玛丽·雪莱有意标榜自己的谦卑,表面看有点是向社会规范投降,但其作品又揭示了更色调纷繁的精神图景。奥斯丁的矜持和得体,反映了更为复杂的态度,暗含了其和主流社会价值之间的协商和妥协。奥斯丁巧妙运用了反讽

1 Mary Poovey, *The Proper Lady and the Woman Writer: Ideology as Style in the Works of Mary Wollstonecraft, Mary Shelley, and Jane Austen*, Chicago: University of Chicago Press, 1984, pp. xiii–xiv.

等艺术手法，充分考虑既定社会秩序和个人情感的关联，试图在小说中摆脱固有的社会束缚。当然，其风格也最大限度地掩盖了现实的矛盾。普韦以《爱玛》为例来说明：在小说中，女主人公享有淑女的自主地位，一任其对权力和自治的自由想象。实际上，在当时结婚后的女性往往被看作丈夫的附属，失去法律地位，不能拥有财产，甚至不必对自己的罪行负责。

普韦在论述中只是偶尔征引福柯，阿姆斯特朗（Nancy Armstrong）的《欲望和家庭小说：小说的政治史》（1987）则整体上套用福柯的理论架构。大而言之，她认为并非“先验”存在着一个中产阶级，然后从这个确定事实中，产生出一套关于中产阶级的话语和机制。恰相反，现在当作“事实”的中产阶级，是被18世纪有关中产阶级的话语机制生产出的产品，它是不断变化的话语的产物。作者详细论述小说（还有期刊和行为指南）如何参与资产阶级文化霸权的建立过程：英国18世纪文化中的狂欢性因素（如游戏、节日、醉酒），逐渐被资产阶级的、带有“规训”性质的文化实践（小说阅读、主日学校等）所替代。总之，奥斯丁的小说变成了中产阶级这一历史生成物的施事者，与其他话语和机制合谋共同构建了资产阶级文化霸权。

18世纪末，众多的行为指南和小说共同编织了新欲望、创造了新的女性理想，这些价值观念逐渐超越了地区、政治派别和宗教团体之界限，将不同的利益群体以中产阶级为中心凝聚起来。本书和《得体淑女和妇女作家》的路数颇为神似，都是以小说为史料来回溯中产阶级文化霸权的建立。在作者看来，这样的领导权很大程度上建立在小说所赋予妇女的道德权威上，最终战胜了基于社会地位和血统的贵族观念。

瓦特曾将“小说的兴起”归因到个人主义。可这并不能解释为何当时的小说主要针对妇女读者，而且多是女性作家的产品。在解释奥斯丁小说的成就时，瓦特更是抛弃了历史维度，转而强调女性观察仔细、情感细腻等心理因素。借助福柯和巴赫金等的理论，阿姆斯特朗指出：“现代个人”首先而且根本上是一个女人；正是介由自我表征等手段，它才变成了经济和心理意义上的现实。作者并非仅从经济角度来解释中产阶级的崛起，而是将其与妇女史、文学史、性经验和家庭表征的历史变迁交织一处。阿氏突出各种表征手段的作用——它们把现实中的集体冲突还原为小说中的个体斗争，赋予不同利益集团的政治较量以相同或者近似的性心理动机。在《帕梅拉》中，有钱有势的少爷对俊俏女仆的性侵犯意味着对社会的伤害，所以当B先生将半赤裸的帕梅拉压在身体下时，色情意味远不如两者之间的语言和社会较量更能吸引读者。身体变成了语言和情感的形而上之物，贞洁战胜了男性的欲望并使之升华成了中产阶级的爱情。同样，《傲慢》中班奈特家的女儿们不得不进入婚姻市场上的激烈竞逐，最初伊丽莎白具有某些男性的特征（如理性思维、自持有度和语言把控等），但她只有放弃这些才能赢得理想的婚姻。于是，阶层分殊变成了性别差异，政治冲突变成了心理对抗。

19世纪初期，英国中产阶级作家已经大体认可了体现在女性身上的诸种美德，并且以此来对抗工人阶级文化。吊诡的是，某些家庭小说设法将混杂其中的性话语和政治话语分离，从而造成了一个错觉，仿佛欲望和美德完全是主观的而非政治编码的产物，这不仅改写了主体被理解的方式，而且抹杀了主观经历和性实践的历史根源。1801年，埃奇沃思和她父亲大力推销他们合著的《实践教育》（1798）一书，标榜他们倡导的教育内容和大纲非常新颖，“我们不敢奢想改变读者的信仰，绝不针对某一派系的读者而宣教，因而对宗教和政治话题不置一词”。[1] 他们看重的是心灵的教育，想方设法来培养“良好的习惯、同情心和仁慈感”等。如此用情感因素来代替社会或者政治性主体，是一种新的政治姿态。与此类似，当时主日学校对劳动者的价值灌输，也极有说服力地证明了彼时教育家们大力鼓吹家内监督模式，竭力抹去阶级暴力的痕迹。到了19世纪中叶，英国政府开始考虑如何大规模地推行全民教育方案。这种教育体系逐渐取代了以政治符号来界定主体的传统做法，在此基础上又生成了新型的现代政府管理模式。

阿姆斯特朗指出，在奥斯丁笔下，识字本身进一步变成社会控制的手段，远比理查逊式叙事更能有效地实现既定的政治目标。《爱玛》虚构了一个理想的社群，其中地区、宗教和社会差异都被消弭，至少在语

1 Nancy Armstrong, *Desire and Domestic Fiction: A Political History of the Novel*, New York: Oxford University Press, 1987, p. 15.

言层面上如此。一如小说和行为指南手册使得贵族庄园成为所有小康之家的模仿对象，奥斯丁的小说也包含一个自相矛盾的构造物，即“中产阶级贵族”。如果说，理查逊的小说建构了新的个人，那么奥斯丁的作品则塑造了新的阶层，这一阶层正是借助语言重新界定了个人。[1]看上去，奥斯丁的小说似乎演绎了同样的主题，但政治差别的标志物已经荡然无存，爱玛·伍德豪斯和奈特利不是主仆关系，甚至不是工商的差别或者两个阶层的差异，而仅仅是男女择偶的差异。

这类著作均从某个角度突出奥斯丁小说和主流意识形态的合谋关系，这似乎印证巴特勒、达克沃斯等所言不虚。借助了文学理论的“后见之明”，当代研究者善于抓住奥斯丁作品的内在矛盾，詹姆斯·汤普森（James Thompson）的《自我与世界之间：奥斯丁的小说》（1988）也是一个典型的例子。他指出，奥斯丁小说一方面充满对乡绅阶层的怀旧情绪、对父权社会和家庭的渴望以及有关社会责任的言辞，另一方面也不乏个人体验和内心世界的表征以及对自我的认可和赞许。该书序言自称属于黑格尔一脉的新马克思主义者，尤其标榜卢卡奇以及杰姆逊，希望把文学形式和历史变量紧密联系起来，将个人和社会或者“自我与世界”的辩证关系进一步“历史化”。[2]他指出，在商品逻辑下奥斯丁的世界被重新“对象化”，同时相伴的，还有个人的主观化，也就是高度内心化倾向。尽管奥斯丁认同乡绅，于贵族责任念念不忘，可是，小说人物的自我表征手法和内心的界定方式，尤其他们自身和社会存在间的离合关系，完全是资本异化作用的结果。

卢卡奇早就指出，文学中真正的社会因素是它的形式。从英国小说史的角度看，奥斯丁的创作代表了叙事艺术发展的重要一环。自由间接叙事可以直接进入人物的意识深处，由于难以辨别话语出自谁之口，作者、叙事者和小说人物边界随之消失，读者在阅读过程中体会到的是，主体和客体界限的弥合，作品本身获得了意想不到的深度和复杂性。故有必要将奥斯丁的写作技巧和彼时的私密化进程联系起来，进一步探究现代社会中的主体、私密关系、“真感情的语言”及其与小说

1 Armstrong, pp. 136–160.

2 James Thompson, *Between Self and World: The Novels of Jane Austen*, University Park, Pa.: Pennsylvania State University Press, 1988, p. 17.

艺术之间的勾连。汤普森试图从语言技巧和情节结构中窥见小说所蕴含着的历史力量和生产关系。英国18世纪初期的小说，也展现自我和他者的关系，读者可以感到笛福或者理查逊笔下朦朦胧胧的个人意识。接续了这一传统，并且洗涤掉17世纪的神学正义论的说辞，也摆脱了圣徒传记或者个人精神传记的影子，奥斯丁将“自我与社会”关系，尤其“激进的主体”，变得更加清晰可辨。奥斯丁笔下的小说人物，精神上无所归依，完全是现代社会的世俗人物。难怪20世纪50年代，特里林阐释《曼斯菲尔德庄园》的微言大义，把范妮说成是“精神世俗化”的代表。

《自我与世界之间》支持了阿姆斯特朗的观点，即奥斯丁小说有助于中产阶级意识形态的形成，不过，汤普森并不着意界定作者的政治立场。他认为小说所涉的语言和个人问题“既不是自然的，也不是永恒的”，而是经济、政治、社会转变的结果，小说见证的是从温情脉脉的传统社会向以法律为主导、缺少人情味的现代社会之转型。汤普森抓住了几个具有代表性的话题。比如就服饰展开深入讨论。服饰的价值是相对的，而不是它们本身所固有，对此奥斯丁有相当明晰的认识。在《理智》等小说中，有关的道德考量似乎有所收敛，叙述乐于将服饰等展示为女性特有的文化资本。奥斯丁并无意在某一场景中客观呈现静物，而是迅即将聚焦点从“物”转移到“感受”，从实际的存在转向理念的关系。该书还细致探究了奥斯丁小说中的求婚——作者认为其求婚场景并非意在展现柔情蜜意，而是暗示细腻情感，这表明“私密”关系越来越成为一种社会认可的价值。奥斯丁表现了婚恋的个人而非制度的一维。然而，尽管伴侣婚姻被理想化，小说描绘的求爱也伴随复杂的交易活动，同时受制于浪漫幻想和物质现实，可谓矛盾重重。小说中对个体间亲密关系的注重，部分地反映了18世纪家庭的变化，但作为艺术表现实际上也是在逃避或消弭冲突，从而在小说中想象性地解决社会关系的异化。作者还指出，奥斯丁分享了某些浪漫主义的观念，如语言的局限性。所有的小说既强调了“个人表达所受到的社会障碍”，也影射言语交际本身的欠缺不足。奥斯丁笔下的求婚场景总是充满坎坷，这就揭示“情感与表达之间的差距”。刻画爱情的时候，理性分析是无效的，沉默才是关键，爱玛·伍德豪斯和奈特利先生的婚姻就是一种很难言说的真正结合。

汤普森没有批评奥斯丁保守，反倒称赞她先知先觉，发挥了积极的历史作用。上述几部著作，均将现代术语（如意识形态、中产阶级和文化霸权等）注入奥斯丁的文本中，这也容易导致一些问题。不妨以“中产阶级”为例稍加说明。自西欧近代早期的“中等阶层”（the middling orders）到现代的“中产阶级”，其成员构成和社会属性经历了一个复杂的演变过程。“中产阶级”也好，“资产阶级”也罢，这些称谓的意涵各有偏重，很难直接用于描述或指称奥斯丁的世界。斯普林（David Spring）主张用贵族、乡绅和“准乡绅”等本土词汇来划分奥斯丁小说中的乡村精英。前两者间的差异小，都拥有地产，赚钱的方式也类似，只不过财产数量多寡有别。“准乡绅”地产寥寥，多为职业人士（如牧师、律师和军人）和部分食利者。他们希望被划入乡绅行列，也努力为自己和子女获取乡绅身份。当时的英国社会在逐步降低“乡绅”门槛，让更多有产者加入，以调整社会分层，缓和阶级矛盾。总之，那是一个“杂合的社会”（hybrid society）。威廉斯早就指出，奥斯丁小说见证了土地资本和商业资本的交互渗透。“在印度发财的阔佬、贩奴者、海陆将军”[1] 等新群体涌入传统的土地阶层中，对此科贝特曾经唏嘘感叹，奥斯丁却早已心下了然。

理论阐释是把双刃剑，一旦程式化、标准化，负面影响也会不期而至。汉德勒和西格尔（Richard Handler and Daniel Segal）的《奥斯丁和文化的虚构》（1990）将奥斯丁小说作为重新思考民族志的范例，就此进行了大量的跨文化分析。[2] 按当下的学术风气，文化本身就被理解为加工制造的产物，同样遵循任意性的规则，其中不乏相互矛盾的成分。纪实写作如民族志，被认为不可避免地掺杂人为拟制，因而人类学家也不妨根据虚构的小说得出经验性的推论和结论。他们倚重法国思想家列维-斯特劳斯的洞见，其中婚姻交换类型学对他们的启发特别明显。与此同时，两位学者还运用巴赫金的文学理论，将奥斯丁小说视为“多

1 语出科贝特，转引自 Raymond Williams, *The Country and the City*, Oxford: Oxford University Press, 1973, p. 115；另参见雷蒙·威廉斯：《乡村与城市》，韩子满等译，北京：商务印书馆，2013年，第161页。

2 Richard Handler and Daniel Segal, *Jane Austen and the Fiction of Culture: An Essay on the Narration of Social Realities*, Tucson: University of Arizona Press, 1990, “Preface”.

声”或者“复调”的艺术创作范例。奥斯丁在叙事时不遮掩矛盾，不强用一种观点来主宰或贯穿整个文本，允许对立的声音进行商讨和调停。在这样的阐释范式下，《少年习作》得到了较高的评价：不再是“写实主义作家初试身手”的样品，而是经过深思熟虑写就的对“别样文化可能性的尝试”，是对“虚构的社会生活规则”的尽情嬉戏，其最终目的是“将社会规则的不确定性以及行为的多义性”生动地展现在读者面前。

有些结论可想而知。如奥斯丁借助对话、叙述视角、情节和语言等手法，使所谓“自然”摆脱纯粹经验的根基，并将其放置于变化的“文化”背景里加以阐释，由此质疑了各种各样自我标榜“自然性”的宣称。不错，奥斯丁小说中涉及各种求爱规则，如“自发的吸引”和“愈发专一的交流”（指已经订婚的男女不再和其他异性交往）等。但是小说中也常常有些人物对这些规则做出不同的回应，从而平衡了浪漫爱情与物质追求之间的利弊得失。尤其男女主人公，他/她们往往对某些静态礼仪规则不是简单地遵从，而是提出疑问和责难并积极地挪用、改造它们。以《诺寺》为例，跳舞是一种“准婚姻”的状态，既有限制性（如不能任意更改舞伴），也有包容性（允许拥有不止一个舞伴）。论者对小说人物加以区分：一类人物的自我意识不强，回应求爱时往往一味从俗、毫无想象力；另一类则是理想的求偶者，对通常规则进行“灵活的语用学理解”。用当下流行的学科交叉法来研究18世纪的文学作品，不啻将我们时代的观念强加到奥斯丁身上，难免顾此失彼。比如这两位研究者就完全忽视了奥斯丁的国教背景等。

其他五花八门的跨学科研讨还有不少。比如有学者动用精神分析法探究小说中的手足之情和乱伦关系，说《曼园》中范妮·普莱斯对埃德蒙·伯特伦的倾慕乃是她对自家兄长【威廉】挚爱之情的转移，而爱玛·伍德豪斯对奈特利先生的关注则是“象征性的恋父情结”等。[1] 该论者还指出，在《傲慢》中，班奈特家两位姐姐还能相互支持鼓舞，而《沃森一家》及此后作品则有意淡化了姊妹情，转向她们相互间的明争暗斗，如《曼园》中的伯特伦姐妹、《劝导》中沃尔特·埃利奥特爵士的三个女儿。当然，此前法乐已曾提及，除了最初的两部小说，奥斯丁再

1 Glenda A. Hudson, *Sibling Love and Incest in Jane Austen's Fiction*, London: Macmillan, 1992, pp. 90–91.

也没有描写过姐妹情深的故事。

《笑声、战争和女性主义：奥斯丁小说中的狂欢因素》(1994)观点大致如下：奥斯丁在小说中没有描绘怪诞的形体或者使用污秽的语言，更不曾提供大量的闹剧场面和惊险情节，但其文本依然展示了某些巴赫金式的特征，也就是"文学的狂欢化"。[1]《诺寺》毫无顾忌地破坏了父权制和伤感小说中的厌女观，女主人公凯瑟琳·莫兰既不是缺心眼的傻瓜，也不是无辜的受害者，而是"积极的、正面的"个体。《傲慢》是一出乱点鸳鸯谱的闹剧，情敌也好，密友也罢，双方都在进行"快乐的战争"，因而贬低了淑女观念，削弱了浪漫爱情，颠覆了理智与道德的优势地位。小说最后给两位核心人物达西和伊丽莎白"加冕"的同时，也"罢黜"了他们的主导地位(或曰"脱冕")，最终以"局部乌托邦式的不无矛盾的群体共存"来收尾。《爱玛》是巴赫金所赞许的"小说的对话性"的一个明证，展现了包纳众声的广阔音域，却并没赋予任何叙述声音以绝对的特权。埃尔顿夫妇、贝茨太太和贝茨小姐以及戈达德太太等各色小说人物，只能通过贫瘠的文学和语言常规来展现和应对各自的经历和处境，隶属于人物的自由间接话语和只言片语往往夹杂在"插科打诨的叙述"中。小说嘲笑了理想化的忠孝观念以及女性屈从，寻求建立一种新型的社会共同体。总的来说，书中虽然不乏有启发意义的精彩之言，但有时也现出简单套用理论的生硬笔触。

尼尔(Edward Neill)的专著算是最为"激进"的理论阐释之一。《奥斯丁的政治观念》(1999)一书左右开弓，为保护奥斯丁誓死而战。他认为虽然巴特勒贡献巨大，促成了奥斯丁研究的范式转换，但其历史观是典型的经验主义思维，没有充分意识到理论的有效性和表征的复杂性。不过，前面提到的罗·加德之流才是他抨击的真正的标靶。他强调，奥斯丁作品既不是权力机构统治的喉舌，也不是断然黑白两分地一味维护理智、理性、美德和审慎等。事实上，她的作品更多是包含对立性。尼尔基本不对引用的理论加以解释，仿佛读者都是内行，这有点近似伊格尔顿的风格。譬如下句："本雅明曾叮嘱过，要抵制作者之于读者的百般干扰，巴特和福柯宣称，作者已然死去；在德里达式的理解

1 Gabriela Castellanos, *Laughter, War, and Feminism: Elements of Carnival in Three of Jane Austen's Novels*, New York: Peter Lang, 1994.

中,作者意图并非【意义】源头,而是其结果,这更超乎新批评的启蒙教导。此三者结合起来,有助于释放文本性的嬉戏,不再纠缠于阐释的诸种限制。”[1] 普韦、汤普森的意思,普通读者还比较容易领会,尼尔的观点,则更难理解把握。其政治立场,就算是真情表现,也极容易被对手简化为纯粹修辞姿态的怀疑论。

作者在分章讨论中提出,《诺寺》是自我解构的文学佳作。一般批评认为,亨利的平实风格压制了凯瑟琳的奇异想象,但读者的阅读体验常常会颠覆这样的说法。也就是说,读者更有理由认为:亨利代表着让人不可忍受的英格兰,其辩护者就是鼎鼎有名的18世纪哲人约翰逊博士。亨利—约翰逊式维护现行体制的意识形态,在很大程度上并不成功,小说中并存的还有雪莱式的反抗专制的话语。在论及《理智》时作者避开一般强调思想对立的阐述,特别指出,如果说玛丽安的“情感崇拜”导致痛苦,埃莉诺的理智也同样陷入重重矛盾。所以情感不仅不是嘲讽的对象,而且是专门用来对付小说中真正的“恶”或者“盲目占有欲”的不可缺少的武器。小说文本充分显示了理智与情感的复杂关系。第四章的题目是“《傲慢与偏见》:财产还是得体?”这里作者添加的两个主题词即“财产”(property)和“得体”(propriet),与“傲慢”(pride)和“偏见”(prejudice)呼应,都押头韵(即以字母p开头),用颇具奥斯丁风格的修辞手法点出了奥斯丁原书名背后的潜台词。反讽作为贯穿全小说的主导编码,有效地颠覆了小说题目的表面意义。[2] 班奈特姐妹的婚姻看上去推崇保守观念,但其实未必。小说没有指出“绅士品质”的确切含义,尤其是如果考虑到伦敦商人加德纳先生出现的潜在意义。尼尔有关《曼园》的论述则不仅反对特里林的解读,也反对巴特勒和达克沃斯的“保守”说。他说,在读者的经验中,女主人公所想念的“家”(朴次茅斯)并非理想的处所。那里似乎父权缺失,却塞满了浑浑噩噩的继承人和争风吃醋的姐妹。《爱玛》关乎英国民族性问题。爱玛・伍德豪斯对乡绅奈特利的赞美透露出这本小说的政治含义。但问题在于,民族性实际上变成了乡绅的私有财产,而乡绅阶层本身问题重重:爱玛自以为是而且势利,埃尔顿庸俗,简・费尔法克斯命运未卜,以

1 Edward Neill, *The Politics of Jane Austen*, Basingstoke: Macmillan, 1999, pp. 34–35.

2 Neill, p. 59.

及贝茨小姐家日趋没落，等等。《劝导》实际上预言了托利派的瓦解离析。小说中存在伯克的声音，其最明显的代言人乃是安妮·埃利奥特的朋友拉塞尔夫人，但也不乏表达对专制和压迫深切痛恨的声音。克罗夫特上将对战争的赞美和他的妻子对自由的赞美，也是有所对立的。安妮批评绅士放弃了庄园主的责任，是受浪漫主义诗人布莱克的影响。

该书最后一章讨论小说的电影改编，只是蜻蜓点水。而讨论古装电影和文学理论的分道扬镳，倒是作者的用意所在。尼尔认为，小说文本往往具有抵制意识形态控制的作用，文学理论恰恰告诉我们，文本应该如何被用来抵制意识形态的“封杀”。而当下流行的古装电影是迎合主流意识形态的产物，难以摆脱保守主义的控制。本书没有讨论奥斯丁的次要作品。总体来说，奥斯丁的叙述语调与尼尔式后现代主义的推理方式，看上去不那么协调；但如果我们意识到他所谓的“意识形态”所指正是主导当下（以及两百年来）英美社会的个人主义思想和资本/金钱逻辑，或许就可以理解他何以认为奥斯丁对意识形态有质疑和抵制，而当代影视作品却更多是在迎合。

《奥斯丁与谈话的道德》(2003)同样采用了不同的理论范式，而且远远超出了狭义文学理论，牵及哲学（维特根斯坦）、语言学（如奥斯汀和格赖斯）[1]、政治学（如斯金纳和波科克）[2] 等。作者在前言中力挺关注“contexture”的研究策略，也就是将社会语境（context）和文章肌理（texture）紧紧结合起来。不仅回到历史背景中，还要借助文章肌理或者修辞设色来重建当时的话语环境。[3] 同一年，在专著《简·奥斯丁》中，马尔斯（Robert Miles）也兼用多种理论范式。究竟是何因素使得奥斯丁的作品激发起强烈的认同感，让她成为最受钟爱的英国作家之一，如Q. D. 利维斯所说，代表了独特的“英式风格”？马尔斯认为，这源于奥斯丁创造人格（personality）幻觉的能力：她笔下那些栩栩如生、

1 奥斯汀（J. L. Austin），英国哲学家、牛津日常语言学派的代表人物之一；格赖斯（Herbert Paul Grice），美国语言哲学家。

2 斯金纳（Quentin Skinner）和波科克（J. G. A. Pocock）是当下英美政治哲学研究领域中的“剑桥学派”代表人物。

3 Bharat Tandon, *Jane Austen and the Morality of Conversation*, London: Anthem Press, 2003, p. xiv.

各具性情的小说人物，可以离开舞台和书页而独立存在。布鲁姆曾言，莎士比亚在戏剧中创造了独特的虚构性语言，出色地传递和表达了人类的丰富情感。正是通过莎士比亚的作品和修辞，西方读者才开始理解了人类的七情六欲，不难理解，布鲁姆的这本书叫作《莎士比亚：人性的发明》。在马尔斯看来，奥斯丁是另一位极其出色的虚构人物的创造者。听上去，马尔斯似乎要讨论"新批评"的旧话题（"人物分析"）。其实，作者始终否认一成不变的人性，他认为，奥斯丁写作时所持的人格概念，或者说，其所创造的人物性情，是特定的、仅仅相对于某个时代某个地方而言的；这些都根植于奥斯丁时代的文化、社会和物质生产等细节之中，如当时的阶级、财富与性别状况等特点。作者还指出文学表现手法的历史性：奥斯丁笔下人物及其性情，"不是直接建立在人类境况的原料之上，而是由大量的虚构技巧构造而成"。[1] 奥斯丁历史性地继承和发扬这些文学技巧，并有所创新，要研究奥斯丁，无论如何离不开辩证地把握18和19世纪之交的英国小说创作惯例。

第二节 女性主义视野中的奥斯丁

由于奥斯丁的女作家身份，也由于其小说情节无一例外聚焦于女性婚恋选择，从她的作品问世之始，其"女性"特质便引起了评家的注意。理查德·惠特利在1821年指出：奥斯丁的一大功劳是帮助人们洞察女性的特点。[2] 维多利亚时代知名文人G. H.刘易斯则在1852年盛赞奥斯丁如实描绘她在宁静的乡村中所历经的一切，其笔下女性世界生活细碎却完整，她作品的语调与视角具有特别的女性气质（womanliness），带有女性写作的印记。因为忠实于女性视角，作品也就此具有了永恒性。刘易斯还注意到，奥斯丁作品有别于同时代的说教小说，不空谈理论，不宣扬教条，行文中没有所谓"女性使命"的痕迹，却最是真实有趣，幽默机智。她是女性文学引以为傲的榜样。[3] 后来

1 Robert Miles, *Jane Austen*, Tavistock: Northcote House Publishers, 2003, p. 9.

2 Southam, Vol. 1, pp. 87–105.

3 Southam, Vol. 1, pp. 140–141.

的许多著名女作家，从夏洛特·勃朗特、玛格丽特·奥利芬特到弗吉尼亚·伍尔夫等，也都对奥斯丁的写作活动及其笔下的女性形象、女性话题给予了极大关注。

不过，总的来说，早期评论很少将奥斯丁对女性问题的关怀提到“主义”的高度。

明确地将奥斯丁与“女性/女权主义”联系起来的第一人当属丽贝卡·韦斯特(Rebecca West)。韦斯特在1932年发表了明快犀利的短文《奥斯丁的女性主义》。她说，《诺寺》的女性主义倾向是相当明显的。奥斯丁的小说试图表明，社会所规定的女性位置(贤妻良母之类)具有欺骗性，妇女不能无条件地接受，而被浪漫化了的爱情观与女性观又往往误导人。韦斯特认为，奥斯丁从未直接提及法国大革命，并不能证明她是依赖直觉的个人化的写手、她的创作源泉与当时社会思潮了无关系。[1] 相反，她是具有相当自觉的女性主义意识的作家，是社会的批评者。不过，总的来说，尽管不乏韦斯特这样独具慧眼的发声者，直到20世纪前半叶奥斯丁被大张旗鼓地经典化之际，英美文学界尚未有严格意义上的女性主义批评。

女性主义文学批评源于20世纪60年代欧美的妇女运动，在其蓬勃发展的60—80年代是一种与社会实践密切交织的学术活动，致力于挖掘文学作品特别是小说中的各种女性角色的意义以及现实中女性在历史、文化、社会中处于从属地位的根源，与其他社会科学领域里的女性主义、妇女研究及性别研究密切相关，彼此渗透。

对妇女权益的关心，可追溯至欧洲启蒙运动时期，当时自由、平等和改良主义的理想从中产阶级、农民和城市劳动者传播至各阶层妇女。奥斯丁的同时代人玛丽·沃斯通克拉夫特的名篇《为女权辩护》(1792)是女性主义思想的最早表达之一。该书激烈批评了女性生活的目的只是为了取悦于男性的观念，主张妇女在教育、工作和政治上应获得与男子同样的机会。在19世纪后半叶，男女平等意识集中体现于争取妇女选举权的努力。以美国为例，19世纪末以伊丽莎白·凯迪·斯坦顿(Elizabeth Cady Stanton)为代表的全国妇女选举权协会(National

1 Southam, Vol. 2, pp. 293–297.

Woman Suffrage Association）屡次要求联邦国会允许妇女参与政治投票，最终在1920年获得成功，使美国妇女早于英国8年获得了投票权。

当然，那时美英等国妇女所能从事的工作仍然受到明显限制，流行的观念也仍然是把妇女限制在妻子、母亲和家庭主妇的传统角色。与此同时，造成妇女地位低下（或至少是经济上依赖男性）的社会条件正在发生变化。比如：妇女在生育上渐渐有了一定的选择权，养育的孩子减少了；家用电器的发明，减轻了她们的家务负担；在工业化快速发展进程中妇女开始更多地参与生产性活动，两次世界大战中各国对劳动力的需求也对此起了推波助澜的作用。二战后，西方世界服务业的兴盛为妇女创造了大量就业机会，工厂中女工比例也在逐渐增加。所有这些事态使越来越多的妇女对自身有了新的感受和认识。此外，20世纪60—70年代美国激进政治运动风起云涌，比如反（越）战运动、黑人民权运动和校园学生“造反”风潮如火如荼，这些都鼓舞着妇女通过相似的群众抗议和社会批判来改善她们的状况。而此时兴起的第二波女性主义浪潮致力于结束社会生活各领域的性别歧视现象，为女性争取更大程度的平等权益。

法国女学者西蒙娜·德·波伏娃的《第二性》（1949）一书，是新女权主义兴起的里程碑，有西方新女性“圣经”之称，影响遍及全球。该书从生物学、精神分析学、历史和女性神话在文学中的体现等方面来分析女性的处境；并从存在主义的哲学理论出发，研究女人从出生、青春期、恋爱、结婚、生育到衰老各个人生阶段，以及在农妇、女工、妓女、明星或知识分子等各个阶层中的真实处境。波伏娃指出了女性获得经济独立的必要性，强调只有女性经济地位改变才能带来精神的、社会的、文化的等新风貌，只有当女性对自身的意识发生根本改变，才有可能真正实现男女平等。在英语国家，另一部重要的女性主义著作是美国人贝蒂·弗里丹（Betty Friedan）的《女性的奥秘》（1963）。该书在某种意义上是《第二性》的第一个“私生子”。虽然弗里丹在1963年此书初版的致谢中并未提及波伏娃，在1975年的一次访谈中她却承认波伏娃是她的领路人。该书是对当时美国社会设定的女性角色（尤其是中上层白人女性）的有力批判，借助社会科学领域的研究，指出美国一系列社会机构对“幸福家庭主妇”形象的塑造与推广控制着女性对自身的认知，造成可怕的后果。该书还主张女性和男性一样在生活中必须有严肃的职业担当，号召广大妇女勇敢挑战传统性别角色，为自身争取超越家庭主妇角色的更成熟的角色。《女性的奥秘》与其他一些重要著作一同，在美国点燃了新一波的女权运动，被视为20世纪最有影响的书籍之一。

1966年弗里丹和其他美国女权主义者成立了全国妇女组织，紧接着此类组织在欧美其他国家也纷纷成立，它们要求推翻种种针对妇女的歧视性法律和惯例——诸如在契约和财产所有权、就业和工资以及有关性和孩子生育（包括避孕和堕胎）等问题上对女性的歧视或迫害。女权主义者们为改变社会的成见（如认为妇女比较脆弱、生来被动、依赖性强，相比男子理性思维差而易动情感，等等）、让妇女获得更广泛的工作权利乃至参与政治决策进行了广泛深入的社会动员并发动了一浪又一浪群众抗争。

女性主义文学批评是蓬勃开展的女权运动中的一条重要的"战线"。它有着既定目标，对旧文学文本提出了新问题，旨在揭示或促进女性写作传统的发展，重新阐释男性视角下被忽视的女性写作中的象征意义，重新挖掘旧文本，从女性视角去分析女作家及其作品，拒绝文学中的性别歧视现象，提升对文本语言与风格中的性别政治的敏感性。因而，它关注女性作家身份、文学如何再现女性状况、女作家被排除在文学正典之外等问题，以及从弗洛伊德与拉康精神分析角度来看待社会性别问题，解构现存的权力关系。

在当代奥斯丁研究中，女性主义批评是讨论最活跃、成果最丰富、与社会生活关系最密切的一个主要支脉。其中的很多议题和分析论证具有论战性质和"唤醒民众"的目的，而不是纯粹的经院式讨论。伊莱恩·肖瓦尔特（Elaine Showalter）多年后回忆自己在20世纪70年代的写作时表示，为曾以学术工作方式参与女权运动"这一伟大的集体行动""感到自豪和喜悦，没有任何理论的争论会模糊这一点"[1]，可以说代表了她那一茬人的心声。考虑到这一点，在本节我们放弃了大体按时序一一列举重要学者及其著述的叙说方式，尝试归纳出几个受到广泛关注的重要话题，以期从某些角度勾勒出这种对话、争论的政治化学

1 伊莱恩·肖瓦尔特：《她们自己的文学》，韩敏中译，杭州：浙江大学出版社，2012年，"序言"，第21页。

术氛围。

关注之一：奥斯丁与女性写作传统

伍尔夫是20世纪前期讨论女性写作最多、最深入也最出彩的评论家。她在30余年中曾反复言及奥斯丁，我们在第一章里已经有所介绍。

伍尔夫把奥斯丁放到女作家群体里进行评说，谈到她的局限，更曾热忱赞美她的成就，其关注重心甚至具体评价前后也可能有微妙改变。伍尔夫反对所谓“女性世界”之说，不认为女性的生活受限，她们的创作和艺术水准也必将相应受限。她在《小说的各个层面》（“Phases of Fiction”）一文中指出奥斯丁之所以伟大，在于其“小说形式”“建构的才能”“对话的运用”等。奥斯丁避免了作者在小说中的个人化存在，使作者处于超然的地位，保持“缺席”状态，没有让自身的个性左右作品。[1] 伍尔夫在1929年探讨“女性与小说”话题时指出，奥斯丁的生活环境丝毫无损她的创作，她在写作中“没有怨恨，没有苦涩，没有恐惧，没有说教”。[2] 伍尔夫暗示奥斯丁避开了女性身份对小说家可能产生的影响，能够无视父权社会的权威声音，保全自己身为作家的守正品格（integrity）。伍尔夫赞赏奥斯丁的超越，但这样难免又在某种程度上切断了其小说与创作本源的联系。而且，伍尔夫既将奥斯丁排除在“抗议”文学之外，显然也就没有将她视为批判父权制的斗士。

20世纪60—80年代，英美等国有一系列女性主义文学批评力作接踵问世。它们常将19世纪中期作为英国女性文学史的重点，奥斯丁理所当然被列进19世纪女作家群体。艾伦·莫尔斯（Ellen Moers）的《文学女性》（1963）尝试梳理了文学“主流”之外的女性写作，作者特别关注奥斯丁在金钱话题上的写实刻画，认为这是一种女性现实主义表达；还将《傲慢》视为女性专业写作的一大非凡成果——它1813年出版的

1 Virginia Woolf, *On Fiction*, London: Hesperus Press, 2011.

2 Virginia Woolf, *A Room of One's Own*, Cambridge: Cambridge University Press, 1998 (first published in 1929), p. 74.

时候，女性文学中无一部作品在艺术成就上能与之媲美。[1] 1975年，巴特勒的《奥斯丁和思想之战》虽未全盘采用女性主义批评视角，但在论证她的写作参与了法国大革命时代的重大事件和思想论争时，以令人瞩目的力度关注了女性写作。巴特勒在梳理了当时政治取向对立的两类英国女作家后，将奥斯丁小说列入18世纪90年代的"反雅格宾派"保守作品。后来她又在《浪漫派、叛逆者、反动派》(1980)中进一步详尽讨论了浪漫主义文学和革命政治之间的关系，并将奥斯丁归入了"托利派女权主义"。总的来说，巴特勒认为奥斯丁的道德和社会态度"保守"，在相当程度上是传统父权秩序的合作者。以她为代表的这一派观点得到了不少认同和响应。

当然巴特勒们并未能一锤定音。在20世纪70年代里也有不少学者表达了不同见解，比如更强调奥斯丁和沃斯通克拉夫特之间的契合——1973年，布朗指出，奥斯丁小说的某些主题与沃氏不谋而合，都质疑了18世纪末英国的父权社会；1976年，萨洛韦(Alison Sulloway)阐释《爱玛》时也指出，性别差异对财富和地位的影响以及培养女性的理性思考能力等，是这两位作家的共同关注；等等。罗伯茨(Warren Roberts)的《奥斯丁和法国革命》(1979)也强调指出，奥斯丁的前三部小说均站在女权立场上，尤其采用沃氏视角来批评上流社会女性所处的虚伪社会环境。

继莫尔斯之后，肖瓦尔特在1977年出版了《她们自己的文学》，该书条分缕析地详述了从夏洛特·勃朗特到多丽丝·莱辛之间的女性写作，特别关注了那些次要的被遗忘了的写手。她谈到奥斯丁时称：从奥斯丁到乔治·艾略特，由女人创作的小说朝着女性写实主义方向发展，全方位地探讨家庭、社区内女性的日常生活与她们所体现的价值观，女性写作已经成为一种现象，维多利亚社会不得不给予认可，奥斯丁与埃奇沃思可说是参与小说发展的女性先驱。[2] 在《女性的想象》(*The Female Imagination*, 1975)、《想象自我：18世纪英国的自传和小说》(*Imaging a Self: Autobiography and Novel in 18th Century England*, 1976)

1 Ellen Moers, *Literary Women*, New York: Oxford University Press, 1985, p. 120.

2 Elaine Showalter, *A Literature of Their Own: British Women Novelist from Brontë to Lessing*, Princeton: Princeton University Press, 1977.

和《欲望与真实》等专著中，作者斯帕克斯（Patricia Meyer Spacks）指出了女性作品长期以来被忽视的历史事实以及女性作品与男性作品的差异，致力于开掘奥斯丁和18世纪女性小说家共同拥有的精神富矿。其论述突出作品的意识形态主旨，和巴特勒有异曲同工之处。有所不同的是，斯帕克斯明确指出当时女性写作中所谓“进步/激进派”和“保守派”之间的相通之处。在1979年女性主义文学批评的经典之作《阁楼上的疯女人：女作家与19世纪的文学想象》中，桑德拉·吉尔伯特（Sandra M. Gilbert）与苏珊·古芭（Susan Gubar）从女性的精神困境入手探究19世纪女性写作，试图以一种理论叙述贯穿全书，揭示女作家在应对男权主导的文学传统时借助“双重角色”“表层故事”“双重话语”（double talk）等叙述策略，既能追随亦可颠覆既存文学惯例，但在此过程中也催生了女性自身的写作传统。[1] 总的来说，到20世纪70年代末，一种关于女性文学传统的叙事已经形成，它描绘了女性写作在过去两百余年里从模仿、抗争到自我定义的发展过程，考察、描述并尝试界定在男性主导的文化里女性创作常采用的意象、主题和情节等。

从表面看，奥斯丁没有强烈地抗议女性生活现状，似乎满足于两性婚姻的结局，对女性友谊不曾浓墨重彩大写特写，这些都使她受到某些女性主义批评家怀疑乃至诟病。但是也有不少人不赞成这样的判断。比如摩根（Susan Morgan）强调，虽然在20世纪60年代女性运动的背景下，《弗洛斯河上的磨坊》《觉醒》《黄色墙纸》等被视作更有力的文本，但是奥斯丁笔下的女性仍是其书中最有潜力、最有成就的人物，她的贡献应得到认可。[2]

进入20世纪80年代后，不少评论者更加关注奥斯丁与时代的互动，她/他们回到18世纪末的英国社会语境中探究女作家的发展轨迹，找寻其与英国政治历史进程的关联，将她放置在18世纪女作家群体中研究。例如，柯卡姆（Margaret Kirkham）的《奥斯丁：女性主义与小说》

1 Sandra M. Gilbert and Susan Gubar, *The Madwoman in the Attic: The Woman Writer and the Nineteenth-Century Literary Imagination*, 2nd edition, Yale: Yale University Press, 2000.

2 Susan Morgan, “Why There’s No Sex in Jane Austen’s Fiction,” *Studies in the Novel*, Vol. 19, No. 3 (fall, 1987), pp. 346–356, http://www.jstor.org/stable/29532513.

(1983)追溯始自阿斯特尔(Mary Astell)的英国女性主义的发展，并将奥斯丁纳入沃斯通克拉夫特所代表的启蒙传统中，称她为启蒙女性主义者。理由是她并非真的保守，也并不完全支持传统道德观念，其笔下的女主人公无不是道德的主体，决定着自身的生活(虽然只在有限范围内)。奥斯丁与沃斯通克拉夫特一样，试图改善女性的经济社会地位。在《爱玛》中，奈特利与爱玛两人都必须做出改变，这修订了身为监护人的男主人公单方面教导女主人公的固有情节模式，揭示了男女主人公是平等的道德主体。由此，柯卡姆明确地反对“保守的奥斯丁”的说法。她认为，整个18世纪见证了英国女性作家的兴起，她们借助小说来探究女性本质以及两性关系，推动了女权运动的持续发展和女性意识的不断解放，奥斯丁是其中颇具女性主义自觉意识的一员。[1]

《曼园》一般被认为是保守之作，因而成了柯卡姆解读的重点。小说女主人公范妮·普莱斯看似是卢梭式的或者情感文学的女主人公，实际却坚强而有韧性、眼光锐利、头脑清醒。可见奥斯丁故意使用了“障眼法”，反讽意味十足。在卢梭等人看来，男性适合过自由理性、热情奔放的生活，女人则是孱弱多情的，需要异性的特殊保护。然而在这本小说中，恰恰是范妮挽救了庄园。虽然小说是以郎财女貌、婚姻交易的典型模式开篇，对奥斯丁——恰如对沃斯通克拉夫特——而言，有关财产、权势和地位等的过度考量，都是对理想婚姻或真挚感情的玷污。在人物和情节设置方面，这部小说反(书中剧)《山盟海誓》之意而用；此外还与莎士比亚的《李尔王》和《亨利八世》形成互文，暗示了理性、自然本性和自我管理之间的关系。1814年，奥斯丁再次萌发了戏拟的兴趣。《爱玛》的创作源自《沃森一家》，在情节设计上则接近德国剧作家柯策布的作品《生日》(*The Birthday*)，意在纠正言情小说中常宣扬的错误观念，如孝女风范和骑士精神等。《劝导》故事结构不够平衡，缺少“恰当的反讽对象”，但却呈现了新型女性角色，和早期小说相比，更明确地强调了女性的道德智慧和独立自主，完全颠覆了以男性为主导的“师生恋”故事模式。

该书有时对政论性散文和小说不加区分，论述稍显单薄粗率，但

1 Margaret Kirkham, *Jane Austen: Feminism and Fiction*, Brighton: Harvester Press, 1983.

其功不可没。受到柯卡姆的启发，巴特勒后来在《奥斯丁和思想之战》的1988年版前言中将自己对奥斯丁的定位做了某种修正，虽然她仍明确表示不赞成《阁楼上的疯女人》中把奥斯丁视为父权社会中的隐蔽的激进叛逆者的推论。此外，柯卡姆还在一篇论文中指出，在18世纪70—80年代的英国，小说作为一种文类至少与风行一时的女德指南书同等重要，引导并界定着女性对自身权利义务的认识。18世纪女性主义始自对女性道德与精神状态的质疑，关注女子教育改革。奥斯丁一贯坚持启蒙女性主义者所奉行的理性原则，坚信女性与男性具有相同的道德本性与能力，也应受到教育，学会思考，因而她主张女性的教育权利，关注女性的政治诉求，其行为也具有政治意义。[1] 所谓的“启蒙女权”主要关注两性的道德平等，尤其中等阶层女性的思想意识。柯卡姆指出，当下传记写作未能充分反映奥斯丁的个人兴趣和专业知识的广度，忽视了巴斯生活对于她创作的重要意义。18世纪末，保守思潮使得不同观点的公开讨论变得几乎不可能。奥斯丁可能从《诺寺》的出版厄运中汲取了教训，调整了小说的叙述声音，大量使用反讽或者自由间接话语等，在艺术形式上别出心裁、另辟蹊径。

斯彭德（Dale Spender）在《小说之母》（1983）中梳理英国女作家传承脉络时，指出奥斯丁的出现是有根由的，她从前辈或同时代小说中汲取营养，是当时业已形成的女性写作传统的一部分。当时女作家作品中故事推进大多依赖作者刻意安排的意外事件之类，奥斯丁的小说情节虽然更为可信，但是她依旧属于那个传统。她们探讨女性的道德义务，将她们再现为有才智有选择权的道德主体。伦诺克斯（Charlotte Lennox）的《女性吉诃德》就是《诺寺》的先祖。与伦诺克斯用意相仿，奥斯丁在《诺寺》中也提醒女性莫被罗曼司传奇故事牵着鼻子走，试图说明虽然在那时的英国哥特式暴虐伤害已并不多见，但却广泛存在着更为微妙的残酷父权行为。[2] 稍后问世的，还有另一部系统梳理18世纪女性小说传统并把奥斯丁置入其中讨论的重要专著，即斯潘塞（Jane Spencer）的

1 Margaret Kirkham, “Jane Austen and Contemporary Feminism,” *Jane Austen: Critical Assessments*, Vol. II, ed. Ian Littlewood, Mountfield: Helm Information, 1998, pp. 169–173.

2 Dale Spender, *Mothers of the Novel: 100 Good Women Writers before Jane Austen*, London and New York: Pandora Press, 1986.

《女性小说家的崛起：从阿芙拉·贝恩到简·奥斯丁》(1986)。[1]

不同于普韦和阿姆斯特朗注重辨析并运用理论的学术姿态，克·约翰逊像柯卡姆一样乐于探究历史和文本间的因果关系或作家间的影响传承。她1988年的论著《奥斯丁：女人、政治和小说》在第一章中详细介绍了奥斯丁小说的历史语境。简·韦斯特和汉娜·莫尔自不必说，连埃奇沃思也被列入保守派，此一划分多少有别于巴特勒；进步小说家群体除了沃斯通克拉夫特、葛德文、霍尔克罗夫特(Thomas Holcroft)之外，还添加了海斯和夏洛特·斯密斯等人。克·约翰逊指出，当时有些所谓的"保守"女作家并非全心全意支持政府，只是担心社会秩序动摇，或对某些激进诉求——如个人欲望的张扬等——心怀戒惧。与此同时，她谨慎地界定保守和进步人士都认同的中间立场，把这类"中间派"作家，当然也包括奥斯丁，视为"温和的改革者"。出于叙述策略考量而非政治立场，奥斯丁大量使用反讽、矛盾修辞、双重情节等艺术手法，以表现女主人公的困境。[2] "间接体"(即常说的"自由间接体"或者"自由间接引语")的确是奥斯丁小说的特点，伍尔夫以后的女性主义批评家均将其视为十分有效的叙事方法，奥斯丁正是用这些策略来冲淡和弥合叙事权威与女性气质、坚持己见与循规得体之间的种种矛盾。另外，由于大部分故事情节发生于女主人公的意识中，有些处于叙事边缘的女性获得了敞开心扉的机会。

克·约翰逊认为，在此前批评史中的奥斯丁形象多变，或是谦卑的好姑妈，或是心怀恶意的老姑娘，或是细致的文体家，等等，但论说中却都强调其女性性别。批评家们对男女作家往往采取了区别对待的态度，其中包含许多误导人的错误假设。即便是编辑了权威版本的R. W.查普曼也未能免俗，认为奥斯丁进入经典名录，不是因为她的社会视角或艺术才能，而是因为她趣味不俗，能够记录一个时代的文雅仪态。而这样的观点无疑抹杀了奥斯丁作为思想勇士的身份。奥斯丁曾被一些学者(如马德里克)视作颠覆性作家，但因研究者缺乏想象、以僵化思

1 Jane Spencer, *The Rise of the Women Novelists: From Aphra Behn to Jane Austen*, Oxford: Blackwell, 1986.

2 Claudia L. Johnson, *Jane Austen: Women, Politics, and the Novel*, Chicago: University of Chicago Press, 1988, pp. 23–24.

维看待当时的女性准则，于是得出这样的观点：奥斯丁与时代的主导价值相悖，她是恶毒的老姑娘，她最出色的艺术成就——反讽——却是源自病理性的自我防护心态，因为女人动笔书写批评社会，不过是因为她们求爱无望，只需有个好丈夫即能化解这一问题。这样的解读无疑消解了作家的思想意义。

克·约翰逊以相当令人信服的分析证明奥斯丁积极介入当时的政治议题论辩，具有很强的政治敏感性。她指出：18世纪90年代政治思潮的遗产之一是，既要求女人温顺谦让以保证男性的权威，又鼓励女人参与时代的政治论争。奥斯丁承袭当时女性政治小说传统，但同时另辟蹊径，使用间接的手法表达社会批评。研究者须将奥斯丁的观点置于法国大革命前夕英国人纷纷探讨人权、教育、权力、幸福、自由意志等问题的语境下，才可揭示奥斯丁的特别之处。以《傲慢》为例。那部小说轻松欢快，以男女主人公的美满姻缘收束，迎合了人们对皆大欢喜结局的希求。小说的结尾不但是审美层面的解决之道，更具深刻的政治意义，因为它认可追求幸福是人人应有的权利，是人生之要业。

奥斯丁对男性权威代表人物达西的“傲慢”耿耿于怀，正是因为“傲慢”抢夺了他人对自我的认可，她对“傲慢”的处理也因此具有政治意义。只有当他的道德想象得到拓展、当他能够尊重家人以外的其他人之时，达西才被认可，才成为可被接纳的“丈夫”。奥斯丁在此处与简·韦斯特之类持保守立场的同时代作家分道扬镳，将爱情作为婚姻的前提，赋予了伊丽莎白追求幸福的政治权利，也设想了可改造的善意男性权威来包容鼓励女性的活力与需求，而并未一意拥戴或代表现有社会体制。在克·约翰逊看来，奥斯丁在18世纪90年代的两极化论辩中确实找到或拓展出了被现代讨论所忽视的中间立场。

这一时期还有更多评家在做与克·约翰逊相似的努力，试图拓展奥斯丁的语境，丰富对她的理解，避免将她简单归为老一代绅士评家笔下的乡下淑女或巴特勒认定的托利派。她们把伯尼和韦斯特等诸多女性作家纳入视野。萨洛韦的专著（1989）强调奥斯丁反讽文体所包含的悲怆与愤怒的底蕴，认为她的写作包纳或沟通这对立两极，使压制女性的传统势力及与之对抗的激进思想在相争相持的同时也互为鉴照、互相制约。而英国学者埃文思（Mary Evans）的《奥斯丁和国家》比多数美国学者们更侧重社会批判。她注意区分奥斯丁所支持的价值观与当代（指20世纪80年代）保守主义政策及实践的根本性区别，认为奥斯丁致力于阐明一种有别于资本/市场主导的社会中物质至上取向的价值观，主张男女平等和女性道德独立自主的权利。[1] 不过，这类论著虽然包含了更丰富的历史文化内容，但对奥斯丁作品的具体分析的路数有时难脱《阁楼上的疯女人》的窠臼，常常仍在着力挖掘表面上看似传统的态度背后的抗议或愤懑。

托德是研究18、19世纪之交英国文化和女性写作的知名专家之一，曾撰写了专门梳理英语女性写作传统的《安杰莉卡的招幌：妇女、写作和小说，1600—1800》（1989）[2]，还著有关于阿·贝恩、沃斯通克拉夫特、伊·海伍德、玛丽·海斯和弗·伯尼等人的多种传记和研究著作。托德编辑过关于奥斯丁的论文集，也是最新剑桥版奥斯丁作品集的主编。

托德在论文《奥斯丁：政治与情感》中指出，18世纪中后期英国社会对情感的狂热推崇把女性特质和多情善感（sentimental）联系到了一起，从而将女性推到了文化的中心。她从不同角度将18世纪80—90年代初成名的一些受大众喜爱的女作家——如英奇伯尔德、海斯、伊·汉密尔顿、奥佩（Mrs. Amelia Opie）等——与奥斯丁对照比较，指出她们之间的明显差异。前者有情感崇拜情结，有着自己偏好的情节和主角设定。托德认为，在当时作家对待"情感"或"善感"（sensibility）的态度最直接地体现了她们的政治立场。而奥斯丁一直站在理性（sense）立场上，执着地反对各种形态的情感崇拜，虽然她也采用了不少传统女性化的浪漫而感伤的情节，却没有表达此类情节原本常常传达的政治态度或心理诉求，没有表现强烈的欲望或反抗精神。她似乎对政治及社会改良不抱幻想，小说体现了某种政治上的冷眼相看（disenchantment）姿态以及对人性的怀疑。她不让善感姿态模糊了对阶级差异的冷峻表达；常常以精确的数字和算计突出金钱在各类人际关系中的无比重要性；对友情的描述也大都并不温情脉脉。在她笔下，多

1 参见Mary Evans, *Jane Austen and the State*, London and New York: Tavistock, 1987, p. xi。

2 Janet Todd, *The Sign of Angellica: Women, Writing and Fiction*, London: Virgo Press, 1989.

情善感的词句常常被人（比如约翰 · 达什伍德夫妇）用来支持贪婪；但另一方面代表传统家庭的女人如费拉斯太太和米德尔顿夫人们也遭到无情的针砭和挖苦。奥斯丁坚决摒弃形形色色的多情善感主义。奥斯丁的女主人公很少有可能幸运地甩掉不称职的父母，她们能够获得幸福和钱财的机会也是有限的，不具有情感小说的女主人公享受的自由。例如，玛丽安 · 达什伍德看似典型的感伤女主角，其遭际也接近善感女性的命运轨迹，一度甚至差点死去，但奥斯丁没有安排临终倾诉之类场面的煽情，最终让她渡过难关，吸取了教训并收获了一份似乎不那么神采飞扬的婚姻。托德还以竖琴这个道具为例做了颇有说服力的细致分析。她指出，竖琴乃是正牌多情罗曼司故事的标志物：在法国斯塔尔夫人（Madame de Staël）的《高丽娜》（1807）和伯尼的《漂泊者》（1814）中都曾现身发挥重要的叙事作用。奥斯丁安排她笔下最复杂的女性人物即《曼园》中的玛丽 · 克劳福德作为竖琴弹奏高手出场演绎曼妙的音乐，这可被部分地理解为是对情感小说传统的呼应，但最终，奥斯丁再次掐灭了把个人浪漫情愫视为至高追求的观点和期待。奥斯丁反对情感滥调，反对感伤化文学手法，不过并没有采取过于僵硬凝固的表达。[1] 总的来说，托德强调奥斯丁与激进情感主义作品及其政治诉求的距离和差异，但不赞成给奥斯丁贴政治标签，认为她是更特殊的政治人物，对各种极端思潮都持清醒的质疑态度，"一直是怀疑主义之焰的拨火棍"。

此外，还有些学者结合作品出版历史来讨论奥斯丁的女作家身份。费格斯（Jan Fergus）视奥斯丁为专业作家，着意分析了她身为女作家必需应对的种种困难。她指出，奥斯丁的四哥亨利虽然曾撰文将她塑造成不考虑收益的、非专业的贤淑居家女性写者，但是奥斯丁本人其实将写作看作生命里最重要的事情。她的文学生涯在某种程度上取决于同时代其他女作家为家庭小说（domestic fiction）所创造的市场，她们一同维护着这个市场，对待写作的态度也日益专业化。[2]

1 Janet Todd, "Jane Austen, Politics and Sensibility," *Jane Austen: Critical Assessments*, Vol. II, ed. Ian Littlewood, Mountfield: Helm Information, 1998, pp. 422–437.

2 Jan Fergus, "The Professional Women Writer," *The Cambridge Companion to Jane Austen*, eds. Edward Copeland and Juliet McMaster, Cambridge: Cambridge University Press, 1997, pp. 12–31.

关注之二：奥斯丁的女性观

有不少早期评论指出了奥斯丁作品的某种反浪漫主义的倾向。按照欧洲文学史的通行看法，法国的斯塔尔夫人是当时最重要的欧洲浪漫主义女作家，是乔治·桑的先辈。她的小说，如《高丽娜》，影响了伊丽莎白·巴·布朗宁、勃朗特姐妹等英国女作家。奥斯丁的同时代人沃斯通克拉夫特是名重一时的旗帜鲜明的女权主义作家，但是到了20世纪40年代她的书已经很难在市面上见到，博学如乔治·艾略特似乎都不知道沃氏曾写过小说。

夏洛特·勃朗特的看法是这类早期评论的一个代表。她认为奥斯丁的小说不过呈现了生活的优雅表象——细心围筑的篱笆，精心栽植的花园，干净的边界，精致的花朵，等等。但是，其中没有生动的脸庞，开阔的乡村，清新的空气……勃朗特表示自己绝不会希望和奥斯丁的绅士淑女们一同住在那种优雅却拘束的房子里。她在1850年写给编辑兼朋友威廉斯（W. S. Williams）的信中，更是直接批评奥斯丁是十足的淑女，非常通情理，却不是完整的女人，对激荡人心的激情却全然无知。[1]

值得注意的是，夏洛特·勃朗特的议论无意间点出了两种女性风范或曰女性观的对立：一种是社会所提倡的也是奥斯丁所代表或塑造的精于算计的温良淑女，一种则是她本人所宣扬和赞赏的、渴望更广阔空间的、满怀激情的浪漫女性。在后来的女性主义批评中，有关这两种女性形象的分析、论证乃至争论一直绵延不绝。20世纪的多数女性主义者似乎更同情支持浪漫的反叛者。

奥斯丁的精神世界真如勃朗特所言吗？丽贝卡·韦斯特的看法是否定的。她以为，透过那些齐整的句子，机警才智的文饰，精湛的写作技艺，读者会看到女性“为情憔悴或因爱得意”，对男人的回应又极为微妙复杂，令其后的小说女主人公都黯然失色。不过，奥斯丁具有分析

1 Southam, Vol. 1, pp. 126–128.

式的思维方式，决心不受情感的迷惑，分享着休谟、吉本的智性世界。[1]

20世纪中期，有一些男性评家曾就小说人物或奥斯丁本人做出了各式各样的解读。比如，1944年，美国著名文人埃德蒙·威尔逊在文章中提出一个疑问：爱玛·伍德豪斯为何过了那么长时间，才与奈特利建立了明确的亲昵恋爱关系？他的答案是，除却父亲之外，爱玛对男人并不感兴趣。即便与奈特利结合，她也不过是把奈特利当作父亲的替代品。爱玛对男人是冷淡的，相较之下倒是对女人十分着迷。如果爱玛没再培养一个年轻的被保护者，把她带入她与奈特利组建的家庭中，奈特利应该深感庆幸。[2] 马德里克认为爱玛爱哈丽特，这是一种非肉体之爱（unphysical），是不被社会允许且难以定义的。[3] 他接受并进一步发挥了哈丁《有节制的憎恶》一文的观点，从爱玛身上读出了奥斯丁的“病态”，时而将其定义为女人的冷感，时而认为是同性恋倾向的表现。他强调的不是作为社会批评家的奥斯丁，而是他眼中为个人心理问题所困扰的老姑娘。另一位著名评论家特里林在1957年言及奥斯丁时也指出，《爱玛》最能全面代表作者的成就。小说的难点也在如何理解爱玛这个角色。读者不可避免地受她的吸引，折服于她的活力、风格与机智，爱玛魅力的根源在于她的自爱（self-love）。人们从来都认为自爱是男人的道德生活的一部分，女人则另当别论。而爱玛的特别就在于她像男人那样过着自觉的道德生活。她如此生活，仿佛这是她本性中既定的，而奥斯丁也并不把她当作一个特例或某种新女性。身为女人，爱玛的自爱超过了社会通常许可的限度。因而，爱玛非同寻常的存在若要被接受，需要人们的善意与理解。[4] 这些男性文人涉及奥斯丁女性观的种种看法既包含鞭辟入里之见，也有偏颇悖谬之论，后来引发了不少反驳和研讨。

1 Southam,Vol. 2, pp. 290–291.

2 Edmund Wilson, “A Long Talk about Jane Austen,” *Edmund Wilson: Literary Essays and Reviews of the 1930s & 1940s*, ed. Lewis M. Dabney, New York: Library of America, 2007.

3 Mudrick, p. 203.

4 Lionel Trilling, “*Emma*,” *Jane Austen: Critical Assessments*, Vol. IV, ed. Ian Littlewood, Mountfield: Helm Information, 1998, pp. 213–227.

在20世纪60—70年代里陆续面世的玛丽·艾尔曼的《思考妇女》(1968)和凯特·米利特的《性政治》(1970)可说是女性形象批评的经典之作。受这些著作启发,《女人的社群》(*Communities of Women: An Idea in Fiction*, 1978)一书将奥斯丁小说和美国小说《小妇人》(1868—1869)等作品中的女性角色做了对比研究,作者奥尔巴赫(Nina Auerbach)指出,奥斯丁的女主人公不过是对"坏母亲"的改造而已,换言之,伊丽莎白是班奈特太太的修正版,而玛丽安则是达什伍德太太的升级版。莫尔斯的《文学女性》注意到奥斯丁对金钱话题上的高度重视,并指出在当时社会环境中婚姻几乎是女人在生活中唯一可能的选择。[1] 还有一些学者从作家研究的角度来讨论女性角色问题。

在女权运动高涨期里有关女性观的文学讨论中,吉尔伯特和古芭的《阁楼上的疯女人》是"重头戏"之一。该书探讨了女性作家的"身份焦虑",认为奥斯丁端庄得体的表象下透露了"愤怒",常常用遮遮掩掩的手法来减缓内心痛苦。这样的评论突出了奥斯丁作为社会受害者的意味,似乎认为奥斯丁只是表面迎合父权体制的文学标准,或者假装认同父权文化所强加的身份。

该书具体分析了奥斯丁的一些作品,指出少年习作《爱情与友谊》中大胆采用双重手法,抨击英国社会压制妇女的个性,将她们排除在经济、政治领域之外,使她们被迫沉溺于情感生活。奥斯丁少年习作里清晰体现的双重视角,在成熟作品中则以含蓄方式表达了出来,表现为表面上合乎礼节,实含尖锐批判,不满父权社会为女性安排的位置,努力在张扬与压抑自我之间寻求平衡。奥斯丁不仅认同"典范"的女主人公,也受不那么良善的、更具活力的女配角的吸引,她借着这些人物表达对当时主流文化的反叛。与此同时,奥斯丁的复杂性使得伊丽莎白、爱玛、安妮等主要人物也具备了两面能力,善于机智地表达思想。

两位学者还认为,"疯女人"象征着维多利亚时代妇女渴望权力而不得的生存状态,把《简·爱》中的次要角色伯莎认定为女性反叛的经典范式。但是她们未能在奥斯丁的小说里找到货真价实的"疯女人"。奥斯丁成熟作品中的女性都太正常、太理性,不曾像伯莎那样受内心矛

1 Ellen Moers, 1985, pp. 67–71.

盾驱迫走向疯癫，也未以戏剧化的剧烈方式表达反抗。《阁楼上的疯女人》再次有力地呼应了勃朗特百余年前就奥斯丁发表的议论，表达了强烈的个体孤立意识与浪漫主义的疯狂观念。不过，由于突出妇女的性别属性并使用“(白雪公主式)温顺” vs.“(邪恶后妈式)反叛”两极对立模式作为臧否女性角色的依凭，该书的分析论证对阶级、宗教、政治等其他社会因素有所忽视，对当时英国女性所身处的社会历史经济整体状况关照不足。此外，该书并未深入思考“疯女人”式反叛将女性命运引向何方，也未能更中肯地解释奥斯丁艺术的真正伟大之处和持久影响力。

曾深入地探究奥斯丁女性观的，还有美国学者普韦。普韦采用新历史主义的方法，尽力再现当时的女德书全貌，勾画出“得体淑女”(the proper lady)的理想女性形象——纯洁、谦逊、静默、克己、自制的女性。她指出，清教主义与福音主义运动合力推广了“得体淑女”形象，前者确立了家庭在精神领域所发挥的重要作用，禁止女人自由表达欲望，赋予女人看似建设性的角色，后者将清教徒认定的家庭美德推广至全社会，赋予女性将影响力延伸至家庭之外的现实机会，在将女人本性理想化的同时，也更严格地对其加以界定和限制。然而，社会对女性本性的界定存在悖论和矛盾，比如认为女性气质既是天性使然，又须不时培育；女性欲望一旦放纵无度，会愈演愈烈，最终变成危险的祸根。因此，社会主导意识形态要求女性抑制或升华自己的情欲，以委婉否定的方式来展示自己的贞洁美德，主张女人摒弃对自我的关注，不扬露才气，诚心地践行谦卑之德。

与此同时，普韦又指出，尽管18世纪英国社会对女性的自我和自我表达有诸多限制，这一时期的女性依然寻到了出路，通过间接的方式表达或满足自己的欲望。她们未必充分意识到了这些限制，但却在日常生活行事中对意识形态的各种限制多方加以阐释，及时调节自身的欲望与满足感，找到符合传统礼仪而又不失真诚的自我表达。这些策略既拓展了女性生活的可能性，又意味着对现实的逃避。

这里，不妨举一例具体分析。普韦认为，《理智》显示了奥斯丁如何处理张扬自我与节制欲望之间的关系。热情四溢的玛丽安比节制有度的埃莉诺更吸引读者，小说中几乎无一处不在暗示，原则往往难以压制个人意愿，欲望比道德法则更能量十足、引人注目。这种矛盾不但存在于不同人物之间，甚至在埃莉诺身上也得到了体现，情感潜在的巨大力量与道德准则所要求的节制互相抢夺阵地，也相互掣肘。奥斯丁想要控制沉迷于情感所导致的道德无政府状态，但又并未完全限制它，反倒尝试着利用它在读者心中所引发的想象，达成道德教育的目的，通过"间接叙述"（indirect narration）的方式，控制读者设身处地地感受浪漫化情节的程度。然而，尽管奥斯丁倾向于现实主义，《理智》却反复拒绝了务实的利弊权衡和社会分析，转而拥抱浪漫化的理想主义。她让道德准则与浪漫想象共存。不过最终，小说安排玛丽安摒弃了少女的浪漫追求，叙事整体而言支持了埃莉诺英勇的克己品质，在结尾处给了她"奖赏"——让她坚守的爱情开花结果，与心上人缔结婚姻关系。此处的奥斯丁尽管意识到社会机制压抑女性情感，却不似沃斯通克拉夫特那般把批判的矛头完全指向现存社会。奥斯丁无意解放情感放纵所引发的无政府状态的活力，相反却更关心如何对之进行引导或矫正。小说的叙述者在现实主义与浪漫主义之间摇摆不定，未能树立叙述权威和道德权威，这是最令人困扰的。奥斯丁在面对意识形态的矛盾时，从小说的文学形式（比如皆大欢喜的喜剧结局等）寻求安慰。这类矛盾的思想在《理智》中表露得最直白，当然奥斯丁后来的小说依然关注极端个人主义的危险，都强调调整个人情感以适应社会体制的要求。[1]

激进的女性主义批评致力于在奥斯丁作品中寻找隐蔽的更具颠覆性的性别政治表达，挖掘女性精神、心理的隐秘角落。奥斯丁的女性人物中，爱玛·伍德豪斯的所谓"男子气""性异常"颇受关注。但此类研究读来有新意，但也容易令人疑窦重重——与奥斯丁本人实情，与她所身处的具体历史社会语境相脱节。

史密斯（LeRoy W. Smith）的专著《奥斯丁：女人的戏剧》（1983）一书则将奥斯丁称为"前期女权主义者"（pre-feminist）[2]，认为她积极主张女性与男性一样，都有可能获得自由和幸福，女性应培育真正的自我，以替代社会所规定的虚假的性别角色（artificial sex role）。[3] 换言

1 Poovey, pp. 183–194.

2 LeRoy W. Smith, *Jane Austen and the Drama of Woman*, New York: St. Martin's Press, 1983, pp. 24, 26.

3 Smith, pp.28, 33–35.

之，奥斯丁未必持“两极互补”的传统观念，而是在某个意义上接受“两性平等”的现代理念。在与女权有关的事项中，奥斯丁直接讨论了教育和婚姻，对女性工作的问题也有所涉及；但对于投票权、性道德、正式从业资格、生育控制和平等的法律权利等则没有表现什么兴趣。史密斯认为，在奥斯丁笔下，女性抗议是潜在的而非直白的，她所进行的，是一种“有限的”反叛。

家庭角色的改变和女性地位的提升，这些18世纪里发生的重要事件均在奥斯丁小说中有所体现。苏珊夫人故意扮演男性角色，以此避开父权干涉，展现了当时女性渴望当家做主的梦想。《诺寺》则表现了女性成功融入社会的幻想。《傲慢》抵制了男尊女卑的传统观念，将爱情、性别和婚姻等问题通盘加以考虑。要成为独立自主的个体，伊丽莎白需摆脱传统的评判模式，获得对自我和他人的充分认识。在《曼园》中奥斯丁关注权力对于男性的戕害：庄园中的男人不断自我膨胀，虚荣心蒙蔽了判断力，如托马斯爵士施加压力强劝范妮嫁给花花公子亨利·克劳福德。爱玛是最“自我本位”的女主角，自以为是、一意孤行。她渴望获得男性的特权，不惜抛弃自己的女性气质，使自己与他人的关系受到损害。在这本小说中，奥斯丁披露了刻板性别角色所造成的人格偏差，揭示权力欲望如何扭曲了正常的女性自我认识。最终奈特利先生克服了大男子主义作风，而爱玛也经历了自我反省，两位主角在“平等率真的基础上开启了一段新伴侣关系”。[1]《劝导》关注了传统性别观念阻抑亲密关系的健康成长，温特沃斯和安妮两位主角兼有两性的气质，仿佛是伍尔夫所倡导的“雌雄同体”的最佳人选。

该书指出，奥斯丁从女性视角批判当时的婚姻制度，思考女性婚后的自由生活，呼吁将“自然”[2]作为社会准则，抗议基于性别之上的社会和法律歧视等。作者在论述过程中大量引用了历史学者劳伦斯·斯通的《英国的家庭、性和婚姻》。1500—1800年间英国的家庭生活史发生很多变迁：从最初的“开放的世系家庭”（1450—1630），经历了后来的“家长制核心家庭”（1550—1700），最后发展成为“封闭的小家庭”（1640—1800），也就是现代家庭的前身。在这一过程中，情感因素，比如

1 Smith, p. 3.

2 参看本书66页注1。

所谓的“情感个人主义”，逐渐占据了主导的地位。奥斯丁时代的乡绅和上层资产阶级人士可以比较自由地挑选伴侣，而不完全听命于家长的意愿；双方当事人对感情的考量不亚于对金钱、地位和权力的重视。在史密斯看来，奥斯丁对“个人主义的家庭”充满同情，而非迷恋于清教徒式的家长制或者维多利亚时代的父权家庭。在这类解读中，史密斯有时为了将奥斯丁塞入自己的阐释框架，多少忽略了小说修辞的张力和语义的复杂性。其价值判断（如把“自然”“个人主义”理所当然地视为正面价值），也如多数女性主义评论，呈现了当代自由主义思想的某些特征。

前面讨论过的《阁楼上的疯女人》等书（包括普韦的《得体淑女和妇女作家》、阿姆斯特朗的《欲望和家庭小说》以及柯卡姆的《奥斯丁：女性主义与小说》等）均为影响巨大的早期女性主义力作。不过，一旦将“服从和对抗”作为理论预设，所有19世纪英美女作家甚至所有女性形象也往往就被粗率地归为两类：已经反复提到的“外表上的得体”顺从派（奥斯丁为代表）和“一触即发的愤怒”的反叛者（如夏·勃朗特等）。克·约翰逊的《奥斯丁：女人、政治和小说》一书力图修正20世纪80年代早期的这种解读。克·约翰逊与那些前文本（pretext）的关系显而易见，比如她对玛丽安和埃莉诺·达什伍德姐妹的阐释显然得益于普韦的见解，而有关奴隶和权威的探讨则受惠于柯卡姆的分析。克·约翰逊考虑到奥斯丁时代的政治分野极其纷杂繁复，在保守与激进或“雅各宾派”与“反雅各宾派”的对立中又加入一种中间立场。她以善于辨析语境、词汇著称，而非以发挥理论见长。她笔下的“意识形态”，不是阿尔都塞式的，也不是福柯意义上的，尽管她曾在注释中对英美马克思主义文论家伊格尔顿和詹姆逊表示了赞同和认可。克·约翰逊认为，女性小说家都是有着明确思想意识的“行为主体”，而非仅仅是话语分析中的“主体的位置”，所谓“女性欲望”也是极为经验性的，不是拉康的心理分析概念。

该书分章讨论了奥斯丁六部主要小说。克·约翰逊指出，《诺寺》中亨利·蒂尔尼或者凯瑟琳·莫兰并非作者的代言人。虽然奥斯丁借用了哥特小说的题材，潜隐在戏谑之下的仍然是政治文本，针砭了男性的特权等。蒂尔尼将军看似是国和家的保护者，甚至不乏宗教的权威性，实际上却是导致动荡不安的因素，他不仅剥夺了女性的话语权，也丧失了属下对他的信任。在《理智》中，米德尔顿一家、约翰·达什伍德及妻子，还有费拉斯母子等，这些富裕家庭的成员大都或唯利是图或懒散无能。那些表面看来神圣且规整有序的社会制度，如产权规定、婚姻安排等，实际上催生着贪婪和平庸。小说不仅抨击了统治阶层的无情和专制，而且把逃离男权意识形态的控制作为女性自由和幸福的前提。《傲慢》的故事似乎在肯定传统的意识形态神话，仿佛个人价值和贵族美德足以回应来自社会各方的批评并有能力进行自我变革和提升，但细考则可看出，这部小说并非消极地逃避现实，或者保守地抵制法国大革命，而是尝试“由内而外”地修正和重建面临重重问题的社会权威。小说赞赏了伊丽莎白·班奈特别具一格的反叛，借助塞·约翰逊博士的说辞（如“自我负责”等）来证明幸福是一个“自由的道德范畴”等。[1] 克·约翰逊还强调指出，伊丽莎白虽然嫁给了达西，但丝毫不减对姐姐和舅妈一家的热爱。

《曼园》是奥斯丁“最具讽刺性的小说”，是对保守派小说的戏拟，尤其质疑了伯克式的两性刻板形象和专横家长的政治意图。奥斯丁不仅揭穿了地位和财富所拥有的道德幌子，也批评了一味强调谦逊和屈从的女性行为准则，认为正是这些使得妇女处于“两难的窘境”。《曼园》让范妮·普莱斯最终成为影响庄园命运的人，看似赞同伯克，实际很有反讽意味，因为她所处的道德氛围和所吸纳的道德观念其实出卖了她——比如姨夫托马斯爵士力劝她嫁给亨利的“慈父”做派就明显具有反动色彩，压制年轻人的个人意愿，与她/他们的道德成长背道而驰。

特里林曾言，奥斯丁情悯于小说中的庄园和乡绅生活。克·约翰逊则指出，这样的怀旧阐释并不恰当，那些庄园每每充斥着愚蠢、压迫和痛苦。奥斯丁其实意欲医治社会的种种弊病，并希望对现存社会秩序进行必要改革。其主要的批评目标，正是父权笼罩下的乡绅家庭。在《诺寺》中“家长专制”已经被百般戏弄，在《理智》之后的小说中，朗伯恩、曼斯菲尔德庄园和凯林奇府等，同样遭到了作者的严厉抨

1 Johnson, 1988, p. 80.

击。值得注意的是，在这些小说中，女主人公均从父母住所中迁出（爱玛·伍德豪斯是唯一的例外），可见奥斯丁“迫使她们为自己去思考和行动”。[1]

总的来看，克·约翰逊在挖掘奥斯丁作品及其女主人公形象的政治含义时，力图避免绝对化的“保守”或“激进”标签，这是值得赞许的努力。但是，在她尝试指出貌似循规蹈矩型女性人物实际具有的评判和革新作用时，也不时有简单化的评语，比如她关于（在奥斯丁笔下）伯克式的保守律令完全丧失社会合理性等的说辞。

另一位学者卡普兰（Deborah Kaplan）在《女人圈中的奥斯丁》（1992）中强调奥斯丁的写作体现着双重文化遗产，不应忽视女性主义冲动之外的其他因素。影响奥斯丁的不止一种文化传统，她既受两性平等思想的吸引，又受保守等级制士绅文化的吸引，思想立场是复杂的。[2]联系这一双重性来看待奥斯丁的女性写作，研究视野才能更开阔、全面。《女人圈中的奥斯丁》一书的主旨则也在适度修订此前女性主义批评所呈现的奥斯丁形象——或为父权社会的支持者，或为其隐秘的破坏者。她认为，实际上这两种角色不易分开，在后三部成熟小说里，两种看似对立的态度往往交织在一处。《女人圈中的奥斯丁》重在传记批评，而非传记写作，作者更关注究竟是何种文化力量促使奥斯丁成为一位职业作家。她指出：过去的传记作者很大程度上忽视了奥斯丁的文学成就与她作为一个女人之间的关系。在写作生涯中，奥斯丁除了获得家庭成员的鼓励，同时也依赖于日益变化的女性群体，包括邻里、朋友等，正是这些“女人的社交圈”培养了她的自信与职业自豪感。作者提醒我们，在奥斯丁实际生活的“三家两户”中，女性对自己身份的定义可谓千差万别。在男性主导的社会里，有些女性自发组成的“另类”团体，她们宣扬平等的精神，不事事赞同男性观点，对女性同伴彼此忠诚。这种群体文化强调了对女性能力和价值的自我认同，给她们自己提供了更多可选择的活动空间。1802年，奥斯丁断然拒绝了最后一次婚姻的机会，这是为了避免作为家庭妇女的沉重负担，并且获得了

1 Johnson, 1988, p. 84.

2 Deborah Kaplan, *Jane Austen among Women*, Baltimore: Johns Hopkins University Press, 1992.

日后写作的时间和自由。卡普兰指出奥斯丁全身心投入写作事业，摆脱了传统女性观念的种种束缚，也分享到女性间亲密的情感联结，可说言之有据；但若断言她拒婚之际已有意识地做出如此选择，似还证据不足。

卡普兰还指出，在《少年习作》中小说传统惯例和实际家庭生活之间的意识形态冲突十分触目，但那些短篇并没有表明奥斯丁对父权制的观点。有些作品（如《凯瑟琳》）态度暧昧。《苏珊夫人》和《沃森一家》则反映了奥斯丁写作过程中的"危机"，这两部作品坚持小说写作的一般准则，支持传统的等级制度，同时又塑造了独立自主、坚定自信的女性，她们足以威胁到以浪漫异性恋为基础的婚姻制度。不过，奥斯丁最终还是从那些颠覆性的观点中撤回来，在《苏珊夫人》中她似乎是很突然地改变了叙述视角，《沃森一家》的写作也是戛然而止。卡普兰认为，其原因并非奥斯丁个人生活中的突然变化，而是这两部小说所造成的压抑氛围或者困境难以突破所致。奥斯丁十分认可《傲慢》中达西和伊丽莎白的婚姻，这也反映了当时的社会真相：性别特权与精英阶层是不可分割的，就好像女性文化必然和乡绅文化绑在一起。小说中存在一个带有颠覆意味的语调，但与此同时，还有另一个语调来平衡或纠正前者，以更多地符合父权的期待。

华莱士（Tara Ghoshal Wallace）的专著《奥斯丁和叙事权威》(1995）则从叙事方法入手探讨奥斯丁对女性角色的思考。叙事权威的建立，几乎是奥斯丁小说最受关注的问题之一。但读者必须意识到，她的叙事控制方式是灵活多变的，必须采用适切的阐释策略才能真正读懂她的小说。奥斯丁常常质疑或者颠覆文本中精心营建的叙事权威；叙述者的控制焦虑有时和性别相关，有时则完全超越了性别考量。《诺寺》的叙述者摆出无所不知的姿态，似乎在认定写实主义高于罗曼司，但实际上又质疑了这两类叙事的两元对立。《傲慢》和《爱玛》提示了几种可能的阐释策略之间的斗争，其胜负最终取决于价值观念的等级。《苏珊夫人》可算是最有奥斯丁特色的文本之一，其中有关性别、语言和权威的思考更是交汇一处。这本小说呈现了一个较为明显的颠覆性的女权人物。另外，该小说对爵士（Sir Reginald de Courcy）的描写手法也相当细腻、老练，将父权权威和注重情感的言辞结合起来，预示了《曼园》

中的托马斯·伯特伦。[1]

《理智》所展示的绝非"意识形态上的风平浪静"。奥斯丁考量着如何赋权于女性,同时又质疑这样的赋权及其后果。小说叙述者声调咄咄逼人,另一方面,这个声音又不得不受到作者的反讽和自我意识的制约。奥斯丁对于女性叙事权威的向往和恐惧,均鲜明地体现于这本小说。华莱士还讨论了埃莉诺·达什伍德的叙事焦虑,同时对其在书中权威地位的建立进行了批判——指出她为了在传统社会中获得成功,不得不借用父权体制的价值观,最终陷入不可避免的自我矛盾中。埃莉诺借助"礼节的面纱"来掩饰内心的痛苦怨恨,难免对他人的某些表现生出不可遏抑的嘲讽和蔑视。埃莉诺对于权威的诉求与奥斯丁的写作情境很相似:她们都独具慧眼,对现实生活有强烈的感受和感慨。[2]

讨论奥斯丁的女性观,难以完全绕开1740年之后在英国社会逐渐兴起的福音派思想。1974年玛丽安·福勒(Marian E. Fowler)在一篇论文中讨论了奥斯丁与福音派理想女性观的吻合之处,指出《曼园》创作于1811—1813年间,恰值福音派运动鼎盛时期,女主人公范妮·普莱斯的塑造深受影响。范妮是当时社会盛行的女德书所称道的典范女子,不承认自己的情欲,具有明智判断力,坚守原则,具备福音派倡导的谦逊、缄默、谨慎、羞怯、规矩等理想女性品质。[3] 不过,福勒似乎未能全面理解奥斯丁与福音派的复杂关系,有意无意忽视了两者间的重要分歧。

曼德尔(Anthony Mandal)则更全面地考察了两者的关系。他强调,奥斯丁对当时的福音派运动是持保留态度的。福音派重视虔诚正直品质,福音派小说强调女主人公的内心生活,《曼园》在某种意义上可算是一部"福音派"小说。范妮·普莱斯的品质应和了福音主义的观念,也体现了"才艺"与"严肃道德教育"之间的矛盾。但是,范妮到底在多大程度上是福音派女主人公的代表?对范妮的描写揭示出奥斯丁对福音派理念的不满。与福音派赞扬的女主人公不同,范妮并不完美,

1 Tara Ghoshal Wallace, *Jane Austen and Narrative Authority*, London: Macmillan, 1995, p. 4.

2 Wallace, pp. 40–44.

3 Marian E. Fowler, "The Courtesy-Book Heroine of *Mansfield Park*," 1974, pp. 152–165.

而是个有血有肉、有爱有怨、会犯错误的普通人。范妮的最大过失不在于怯弱，也不在于偶尔表现出的器量狭小，而在于她无力担当联系他人的重任。曼德尔指出，如若单一地将范妮的沉默视作基督徒面对困难时的坚忍态度或彻头彻尾的虚伪表现，都是片面的，是对小说根本性辩证表述的无视。特里林和托尼·坦纳将范妮的“沉默”视作力量源泉。但曼德尔认为，范妮无法发出声音，因为她依赖伯特伦家族，她虽有正确的道德感，但无法恰当地传达这种道德意识。奥斯丁意识到了范妮的“沉默”有着双重性，既包含着软弱，也体现了力量。范妮虽由于沉默抵制而没有犯下和其他年轻人同样的错误，却也因之被裹挟间接参与了那场戏剧表演。她在姨夫托马斯面前拒绝亨利的求婚，导致自己被逐出了曼斯菲尔德庄园。范妮是道德自主的存在，但与福音派的女主人公不同，她并不是道德的仲裁者。[1]

奥斯丁的写作也是对18世纪占主导地位的男作家笔下的女性角色的回应。卡罗尔·格斯特（Carole Gerster）分析了奥斯丁在《诺寺》中就女人本性、女性角色塑造等问题与塞·理查逊展开对话，指出这揭示了奥斯丁女性观的局部面貌。奥斯丁从之前的男作家那里学来了艺术技巧，她的反讽与模仿是一种对话式的回应，批评了理查逊在小说和报刊文章中对女性角色的规范，鼓励读者改变对女性、两性关系的看法。奥斯丁的女主人公不再像理查逊的帕梅拉们那样一味表现谦逊姿态。她们正视自己的欲望和情感，且对男主人公的社会经济地位有着清醒的意识。奥斯丁塑造了在乡村长大、缺少社会阅历的率性少女凯瑟琳·莫兰，揭示出理查逊的女性观如何与现实状况相左；而且运用多重反讽，颠覆了凯瑟琳与亨利的学生/导师关系。而小说中最温顺的女孩埃莉诺·蒂尔尼却遭受到父亲的种种粗暴的或不公的对待。一些男作家美化女人的被动，但奥斯丁对此提出了质疑。[2]

总的来说，女性主义批评已经活跃了数十年，将奥斯丁植入“（温

1 Anthony Mandal, *Jane Austen and the Popular Novel: The Determined Author*, Basingstoke: Palgrave Macmillan, 2007.

2 Carole Gerster, “Rereading Jane Austen: Dialogic Feminism in *Northanger Abbey*,” *A Companion to Jane Austen Studies*, eds. Laura Cooner Lambdin and Robert Thomas Lambdin, Westport: Greenwood Press, 2000, pp. 115–130.

顺）天使”与“（叛逆）妖/疯女”两元对立女性观阐释框架的弊端和局限已经十分明显。克·约翰逊们尝试在两种极端解读之间另辟中间立场，然而，她们的论述却似乎终究仍被那些“前文”所拘囿。与此有所不同，伍尔夫在《自己的一间屋》（1929）中曾提出“雌雄同体”的理想，认为女性追求平等和权利的终极目标，应是对狭隘女性立场和女性意识的超越。她赞扬奥斯丁超越了女性身份的限制，超越了作者的个体局限。伍尔夫的观点提示我们注意20世纪西方女性主义自身的先天局限性以及奥斯丁所呈现的女性形象（包括她本人所呈现的女作家形象）所具有的突破性的思想意义，至今仍值得人们深入推敲。

关注之三：婚恋主题

关于奥斯丁的女性主义批评中另一个热烈争议的话题，便是其作品的婚恋主题（或称婚恋题材、情节）。一方面，奥斯丁所有的小说都以女性婚恋为叙事主线并收局于皆大欢喜的婚姻；另一方面，像同时代人沃斯通克拉夫特及伦诺克斯一样，她对所谓“浪漫爱情”一直心存警惕，通过玛丽安·达什伍德等女性人物对罗曼司（romance）[1]幻想的危害做了深入的辨析。婚恋话题理所当然地成为奥斯丁研究的聚集点之一，也使她招致女权主义者们的多方批评，一些人指摘她的人物塑造倡导男权理性、压制女性欲望；另一些人则主攻她对婚恋情节的倚重。

丽贝卡·韦斯特强调：奥斯丁的《诺寺》批判了有关女性的风俗惯例，指出英国社会设定的女性位置建立在虚假前设上。单纯可爱的凯瑟琳·莫兰一度受到社会上关于浪漫爱情以及女性气质等流行思想的迷惑，经一番历练后才摒弃了那些错误观念。小说还揭示了女性生存的现实困境。伊莎贝拉·索普一心想嫁一份好家业，用尽伎俩，令人厌弃，然而却不是无缘无故——一个根本的原因就是女人无法自己独立。猎夫是可耻的，但很多女人又不得不为，这也是小说揭示的悲剧所

1 参见雷蒙·威廉斯：《关键词》，刘建基译，北京：三联书店，2016年，第418—421页。

在。[1] 艾伦·莫尔斯也表达了相似的见解。她说，奥斯丁写的就是婚姻（marriageship），因为婚姻几乎为当时女性唯一的出路。其女性人物谨慎调查丈夫人选的财务底细，得体地相遇之后，以优雅的方式战胜对手，巧妙限制父母权力，细心经营，接受求婚，在故事结尾将谈情说爱转化为坚固的婚姻，守住尊严，维护人品。[2]

韦恩·布斯在讨论《爱玛》时也关注小说中的姻缘遇合。布斯视爱玛与奈特利为天作之合，嫁给一个智慧良善和蔼的男人，是能发生在女主人公身上最好的事情。[3] 玛丽·伯根（Mary A. Burgan）则在其专著中论证说，奥斯丁小说中的婚姻是一种叙述策略，用以将女主人公解救出道德颓坏的环境。父亲们的无能造成了生活脱序，而"丈夫"则提供了创造新秩序的可能，保证了新的秩序能避免刻板的传统以及社会弊病。奥斯丁的小说结尾不曾预示孩子的出生，或许因为她并不认为家庭生活是解决道德与社会问题的途径。小说对"父亲"的排斥，表明作者认为明理、仁慈的父亲是父权制家庭的支撑，当父亲失职时，以父权制为基础而构建的社会现实即刻变得脆弱无比。父亲的缺陷迫使他们的女儿逐渐依赖自身的意志，从家庭等级制中挣脱。她们结婚的对象也是凭自身才能立身的人，这更表明奥斯丁在探寻一种更有责任心、更加仁慈的秩序之源，以替代长者们所背叛的社会秩序。[4]

以上几位都表达了对奥斯丁婚恋叙事的赞赏，虽然理由和立场并不相同。而桑德拉·吉尔伯特与苏珊·古芭们却表达了深刻的怀疑甚至尖锐的批评。她们认为奥斯丁小说的皆大欢喜结尾或过于匆促或不大可信；也暗示着女人若是没有仁爱叙述者的帮助，便永远找不到逃出

1 Rebecca West, "The Feminism of Jane Austen," 参见 Southam, Vol. 2, pp. 293–297。

2 Moers, p. 71.

3 Wayne C. Booth, "Point of View and the Control of Distance in Emma," *Nineteenth-Century Fiction*, Vol. 16, No. 2 (Sep., 1961), pp. 95–116, http://www.jstor.org/stable/2932473.

4 Mary A. Burgan, "Mr Bennet and the Failures of Fatherhood in Jane Austen's Novels," *Jane Austen: Critical Assessments*, Vol. III, ed. Ian Littlewood, Mountfield: Helm Information, 1998, pp. 341–356.

父母家的门路。[1] 她们的质问很有代表性。不少20世纪的激进女性主义评家如拉德维(Janice A. Radway)[2] 和普韦等甚至进一步认定浪漫爱情传奇(romance)的政治倾向不正确,承载了具有压迫性的意识形态,是一种保守的叙事框架,其意识形态目的是把女性圈进爱情世界和婚姻,牢牢地限定在附属地位中。而这又表明奥斯丁与现有体制的思想结盟以及对男性叙事规范的屈从。她/他们认为:虽然小说不乏反讽,却无不收束于有情人终成眷属的一夫一妻制婚姻,然而这只是审美层面的解决方法,不能成为女主人公所经历的道德或精神探索的圆满出路。阿姆斯特朗认为,《傲慢》将异性恋和一夫一妻制设定为社会通则,发挥了颇为重要的文化作用。[3] 普韦采用了某些马克思主义的术语和分析手法,揭示小说中婚姻的缔结意味着对资产阶级文化体制的认可,是"节制个人欲望,服务于核心家庭经济单位的需要"。[4] 她说,《傲慢》是一部具有现实主义色彩的小说,最终却背弃了写实原则,强行赋予其浪漫结局,从社会领域转向艺术领域寻求出路,是一种"替代性满足"。[5] 克·约翰逊虽然对普韦们的论点有所修正,但却相去不远,在很大程度上也承认奥斯丁笔下的婚姻"巩固、再造了既存的社会秩序"。[6]

前文已经提到的汤普森虽然更关注更普遍的政治、经济问题,但是和某些激进女权主义学者的观点有相合之处。他也认为奥斯丁是在浪漫爱情叙事/罗曼司传统中写作的,对奥斯丁着意表现的友伴婚姻(companionate marriage)持批评意见,指出奥斯丁将友伴婚姻理想化,依赖婚恋情节,这影响了她所取得的成就。在刻画幸福异性婚恋的同时,贬低了女性友谊于女性生活的积极意义。不过,汤普森亦指出:奥

1 Sandra M. Gilbert and Susan Gubar, *The Madwoman in the Attic: The Woman Writer and the Nineteenth-Century Literary Imagination*, 2nd edition, Yale: Yale University Press, 2000 (1st edition, 1979), p. 169.

2 参见Janice A. Radway, *Reading the Romance: Women, Patriachy, and Popular Literature*, Chapel Hill: University of North Carolina Press, 1984。

3 Armstrong, pp. 50–51.

4 Poovey, pp. 99–100.

5 Poovey, pp. 194–207, 242–243.

6 Johnson, 1988, p. 89.

斯丁并未陷入对浪漫爱情的幻想中，她提醒人们注意婚姻的现实维度，揭示婚姻关系同时也是个经济体，在其中情感、道德、经济等各个维度相互关联。人们的婚姻追求，其动机与需求，都是复杂、矛盾的。人们对浪漫爱情的渴望，因无可躲避的经济因素，也变得相当复杂化。婚姻对于当时的女性具有怎样的意义？与莫尔斯或布朗等人的回答相似，汤普森也说，在那个历史阶段，这是女性能做的唯一"工作"（work）。[1]求爱阶段必须付诸努力，培养爱意与敬意。虽然奥斯丁本人最终选择了终身不嫁，却从未将这种可能赋予笔下的人物。

当然，也有不少研究者并没有用简单化的激进话语裁断奥斯丁作品中的婚恋主题或罗曼司因素，其中有些人强调罗曼司情节自身的复杂性，也有些人指出：奥斯丁所从属的18世纪末的女性主义与20世纪的女性主义议程并不相同，前者主要以挑战或反对当时社会男性主导的女性观为己任。而这一类言论又引起了进一步的反响和争论。奥尔巴赫20世纪70年代初的论文《哦，美丽新世界:〈劝导〉中的进化与革命》（1972）指出，奥斯丁借助婚恋情节预示了新旧秩序的交替。《劝导》宁静的表面之下蕴藏着革命的动荡和新旧价值观的交替；这一切是由男主人公温特沃斯引发的，他带动女主人公安妮获得自由。而巴斯城从一开始就弥漫着冷酷的炫耀风气，被安妮定义为"监狱"。温特沃斯以及他的海军同伴的到来，带来了真诚，这是安妮的父亲沃尔特爵士和姐姐埃利奥特小姐两人无法阻挡的，也消解了后者所代表的土地所有者的权力。大海意味着自由，而陆地象征死亡。海的世界为在陆地上难以生存的价值观提供了家园。温特沃斯是自食其力者，他是奥斯丁小说中代表着未来世界的第一人。作为安妮的爱人，他可以引她走进新世界。作为男主人公的他闯入了旧世界的英国，使得女主人公与充满希望与变化的未来力量发生联系。奥斯丁并未将思想封闭在18世纪，她像浪漫派诗人和先知一样感觉到并且记录了时代的颤动，但也表现了淑女特色，更温和地道出了这一切。[2]

1 Thompson, pp. 151–157.

2 Nina Auerbach, "O Brave New World: Evolution and Revolution in *Persuasion*," *Jane Austen: Critical Assessments*, Vol. IV, ed. Ian Littlewood, Mountfield: Helm Information, 1998, pp. 482–496.

奥尔巴赫20世纪80年代中期的一篇颇有影响的论文着重讨论所谓“浪漫的囚禁”(romantic imprisonment),指出奥斯丁笔下的婚姻可能是对女性的“囚禁”。她指出,维多利亚时代批评家乔治·刘易斯把奥斯丁奉为典范,以为她循规蹈矩,绝不描述自己从未见过的生活。但事实并非如此。奥斯丁与同代人一样,对“囚禁”颇为着迷。奥斯丁对浪漫主义母题的处理涉及双重囚禁,看似从牢笼中解放出来的历程却导致更难脱身的监禁,“浪漫”定义下的“自由”也因此变成了极具讽刺意味的陷阱。奥斯丁的小说表面上似乎远离了哥特式浪漫传奇中漫无止境的黑暗通道,具有明晰的结尾。但是女主人公进入婚姻,误入自身或环境造就的困境,便从一种束缚走向了另一种束缚。在《理智》中玛丽安·达什伍德的生活开始于由弥漫周遭的庸常与社交谎言编织的监牢,她以威洛比为向导,尝试着从传统的约束中解放出来,但他抛弃了她,把她更进一步推入习俗的掌控中,并最后推向了布兰登上校。上校是个好人,却令人感到压抑。玛丽安再次陷入谎言的牢狱。在《曼园》中,奥斯丁让寄人篱下的穷亲戚范妮·普莱斯逐渐获得权力,于沉默和坚守中渐渐成了曼斯菲尔德庄园里举足轻重的人。她把对手玛丽·克劳福德赶走,把她的妹妹兼同盟苏珊带进庄园。范妮从曼斯菲尔德的囚犯,变成了它重要的狱卒。

相比于此前的《哦,美丽新世界》,这篇论文显然侧重婚恋情节的阴暗面,但解读并不是过度教条式的。奥斯丁强调笔下的监牢不是恐怖之地,也不是阴森的城堡,而是人们熟悉的日常环境,但它同样是不可逃脱的,是建立在制度化的平庸基础上,是“正常化”的暴政,被选定的女主人公可以主宰统治,却无法超越。奥斯丁的双重视角把遥远的浪漫恐怖移植到了人们日常熟悉的世界。[1]

布朗斯坦(Rachel Brownstein)的《成为女主人公》(1982)也是当时引起热烈反响的一部女性批评专著,致力于探究女人所读之书与她们的自我塑造之间的微妙而深刻的关系,就奥斯丁到伍尔夫一系列小说中的人物形象梳理女性现实生活中“主人公精神”或“英雄主义”(heroism)的发展。该书以相当大的篇幅讨论奥斯丁笔下的女性和婚

1 Nina Auerbach, “Jane Austen and Romantic Imprisonment,” *Jane Austen in a Social Context*, ed. David Monaghan, Basingstoke: Macmillan Press, 1986, pp. 9–27.

姻。她从容走笔，触及小说中的许多精微描写，既意识到笼罩所有女性人物命运的婚姻情节所体现的社会弊端以及该叙事模式自身的矛盾性，更侧重阐发了奥斯丁赋予其女主人公们的力量和“与众不同之处”——她们更诚实，更敏锐，更厚重（substantive），比周遭的人更能觉察并解读生活的复杂性，更懂得“女主人公”精神的精髓，并最终把人生掌握在自己手里。[1] 布朗斯坦结合自己在20世纪美国的成长经历，以平易近人的语言分析将小说的理解和反应娓娓道出，体现了当时女性主义文化的特色。肖瓦尔特曾称赞该书出类拔萃，认为它是精彩批评和个人热忱的罕见结合体。

前文已经提到过的柯卡姆在1983年的专著中则指出，奥斯丁的女性主义思想长久未得到重视，其反浪漫倾向常被视为脱离甚至背离了她所属时代中最重要最富挑战性的思想与文学潮流，但这类论断并不令人信服。她认为奥斯丁的反浪漫主义恰恰表明她对当时的女性处境有着清晰认识，与情感主义文学时潮保持了距离。[2] 托德在1991年撰写的文章中论证说，奥斯丁虽然也采纳了某些女性化的传统浪漫与感伤情节，但在运用中多含反讽或修正。她反对年轻女子沉溺浪漫想象，在女主人公形象、故事情节设置上都拒绝典型情感主义文学的老套路。例如，《理智》中的玛丽安在某种意义上十分类似于情感文学中的典型女主人公，但作者未让她死去，反而安排她渡过难关，吸取了生活的教训。[3]

还有学者在2005年总结近期的奥斯丁研究时归纳说，奥斯丁看似接受标准的传统婚姻模式，然而在再现浪漫爱情时，她的态度却常是反浪漫主义的、务实的，甚至将人际关系经济化，因为她认识到中产阶

1 Rachel Brownstein, *Becoming a Heroine: Reading about Women in Novels*, Harmondsworth: Penguin Books, 1984 (first published in USA by Viking Press, 1982), pp. 79–136.

2 Margaret Kirkham, “Postscript: Jane Austen and the Critical Tradition,” *Jane Austen: Critical Assessments*, Vol. I, ed. Ian Littlewood, Mountfield: Helm Information, 1998, pp. 246–259.

3 Janet Todd, “Jane Austen, Politics and Sensibility,” *Jane Austen: Critical Assessments*, Vol. II, ed. Ian Littlewood, Mountfield: Helm Information, 1998, pp. 422–437.

级女性除却婚姻，选择稀少。她将“好”婚姻作为叙事的结尾或道德义务，明显带有对父权社会的批判。很多当代女性主义批评都强调了这一点，并不认为她在再现传统婚姻、家庭社会秩序时持保守的态度。[1]还有人特别强调，金钱和赚钱是英国小说中典型的女性（而非男性）话题，奥斯丁所有的小说都涉及金钱，这是她的作品中最明显的女性特征。[2]

布朗（Julia P. Brown）是明确表态、高调赞扬奥斯丁婚恋叙事的学者之一。她的前期专著《奥斯丁小说：社会变迁与文学形式》（1979）的导言辟出篇幅不短的专节，用通俗易懂的常识性语言讨论奥斯丁小说的“婚姻主题”。布朗指出，奥斯丁所表达的社会哲学的基础是坚信人类竞争或斗争的合作性终极目标。在小说中，配偶选择之所以对男女两性都极为重要，即是因为此乃个人之间相互合作并调整、改善她/他们生存方式的关键机遇。《傲慢》中班奈特先生没有严肃认真地对待这个机遇，便一生失去了得到“合乎理性的幸福”（rational happiness）的可能。提升群体和社会的道德水准，是小说叙事所追求的目标。令布朗惊讶的是，此前的诸多评家很看轻奥斯丁的这些根本关注，而在她看来，这些其实构成了英语文化中的另一种女性传统，奥斯丁小说正是其最早的革命性的表达。

布朗强调，历史中婚姻曾对妇女命运起多重作用：提供经济保障和社会地位，归属感和安全感，等等；通过养育子嗣为无职业女性群体留下了对个人和社会都极有意义的“作业”（occupation）空间。如此，奥斯丁才将择偶视为复杂而关键的行动和那个时代女人最能自己做主的时刻。奥斯丁充分揭示婚姻与家庭的文化重要性，以及它们在社会、道德风尚变化中所发挥的作用。她认为，很多20世纪以来的西方文学批评其实都更多地反映了“当今时代无视个人与群体生活之间相互依存关系的思想偏好（predilection）”，未来历史家一定会注意到当下这个特

1 Rajeswari Sunder Rajan, “Critical Responses, Recent,” *Jane Austen in Context*, ed. Janet Todd, Cambridge: Cambridge University Press, 2005, pp. 101–110.

2 Wendy Moffat, “Identifying with Emma: Some Problems for the Feminist Reader,” *College English*, Vol. 53, No.1 (Jan., 1991), pp. 45–58, http://www.jstor.org/stable/377968.

定时代有如此这般将自我与社会两相对立的见解。[1]

布朗后来又在1990年发表的一篇研究论文中提出，当代女性主义批评常常贬低了奥斯丁。普韦有关浪漫爱情故事不能改变婚姻、财产制度和女性附庸地位等的论断并不周严，她忽略了一个历史事实，即女性主义的兴起与婚姻的发展史（涉及立法与情感两方面）密不可分。18世纪女性在选择丈夫时渐渐享有更多自由，这是她们最先体验到的自由之一，进而唤起了自身情感、情欲的觉醒。[2] 克·约翰逊和普韦等人似乎都视婚姻为静止的体制，而奥斯丁实际上反映并促进了婚姻制度渐进变化的过程。此外，在奥斯丁第一部小说中婚姻与社会、土地的整体功能相关联，到了最后一部小说，这层联系已经断裂。《劝导》中出现了现代婚姻的起点，关注世俗社会所强加的"关系"（relationship）的"质量"，对现代平等的婚姻伴侣关系加以展望（以海军上将克罗夫特夫妇的婚姻为例），因此，简单论定奥斯丁推崇旧式婚姻理想，是一种非历史的评判，脱离了历史，无视奥斯丁如此深刻地再现人类关于婚姻制度的意识变化。布朗认为奥斯丁笔下的婚姻不是懦弱地适应资产阶级文化，而是将女人的命运与民族/国家联系在了一起。[3]

托切特（Ashley Tauchert）的专著（2005）则聚焦于奥斯丁小说中的罗曼司因素。与布朗不同，托切特熟稔当代西方文艺理论，行文不时涉及理论术语或概念，读来比较艰涩。除了分章讨论作品之外，该书在"导言"中集中分析了罗曼司体裁所涉及的文学及意识形态问题。作者用统计数字说明，在尖锐的女性主义批评面世多年后，罗曼司文类包括奥斯丁的婚恋故事仍一直深受女性读者喜爱。而这很值得深思。作者认为：罗曼司作为女性幻想得偿所愿的核心叙事形式，在很大程度上成了一种与理性化写实主义进行辩证对话的女性化的"抽象类型"（abstract category），包含了被资产阶级文化所排斥或删除的许多知识和表现模式。"奥斯丁笔下罗曼司的长盛不衰提出了一个挥之不去的问

1 Julia Prewitt Brown, *Jane Austen's Novels: Social Change and Literary Form*, Massachusetts: Harvard University Press, 1979, pp. 11–24.

2 Julia Prewitt Brown, "The Feminist Depreciation of Jane Austen: A Polemical Reading," *Novel: A Forum on Fiction*, Vol. 23, No. 3 (Spring, 1990), pp. 303–313.

3 Brown, 1990, pp. 304–307, 311.

题：它关乎在……堕落世界里还有没有救赎的可能。”[1]

科比特（Mary Corbett）分析了《曼园》中范妮·普莱斯的婚姻。范妮与埃德蒙结缡，使她得以让个体欲望与家族利益合二为一。他们的婚姻基于男女双方自身品性的协同，而不是所涉及的种种社会关系的结盟。在小说展示的父权体制里，女性是被交换的物，征服女人是男人间的游戏。范妮的非寻常位置（外甥女）使得她成了曼园中的“他者”，她没有地位、没有钱财可以被觊觎，反倒有了一定程度的力量，她不是任何人的财产，她属于她自己。[2]

当然，奥斯丁的小说并不仅仅聚焦于婚恋。克莱瑞（E. J. Clery）认为其中常有两条并行的情节线索，前景是求爱情节，聚焦女主人公的意识行为；背景是围绕男主人公展开的情节，涉及战争时期男性的职业，以及他如何独立行动，如何具备恰当的男子汉气概。对这后一个情节，女主人公只能窥视或猜测，但她的未来却取决于男主人公的命运走向。将男女主人公分隔开的原本是社会传统，但在小说中以文学形式出现。奥斯丁借种种叙述手法（包括视角和自由间接引语等）制造了男女主人公沟通的障碍，使小说在向婚姻结局推进之际不时有悬念产生，有令人激动的时刻出现，并催生出某种接近狂喜的强烈幸福感，这是奥斯丁的艺术成功。[3]

婚恋情节还牵涉两性间的权力之争。牛顿（Judith Newton）1981年的研究指出，《傲慢》写到女性在经济上受限制，男性享有经济特权，但是奥斯丁并不仅只把女性视为经济上处于附庸地位的受害者。经济优势并不必然给男性带来权力，男人在很大程度上背弃了他们继承的权力，不再能左右他人；而女性虽无法享受特权，也不意味着她们是软弱

1 Ashley Tauchert, *Romancing Jane Austen: Narrative, Realism, and the Possibility of a Happy Ending*, Houndmills: Palgrave Macmillan, 2005, “Introduction”；参见本书姊妹篇《奥斯丁研究文集》中的相应篇目。

2 Mary Jean Corbett, “‘Cousins in Love, &c.’ in Jane Austen,” *Tulsa Studies in Women’s Literature*, Vol. 23, No. 2 (Fall, 2004), pp. 237–259, http://www.jstor.org/stable/20455189.

3 E. J. Clery, “Gender,” *The Cambridge Companion to Jane Austen*, eds. Edward Copeland and Juliet McMaster, Cambridge: Cambridge University Press, 2011, pp. 159–175.

无力的。夏洛特·卢卡斯便是一例。经济实力对理智聪明的年轻女人有影响，但是在伊丽莎白身上似乎又看不到这股力量的压倒性的控制力，并不让人觉得女性仅仅是社会与经济的受害者。这部小说意识到经济或物质的塑造力，但却没有赋予它绝对的主导权，小说把真正的权力与经济力量区分开来。[1]

纽曼（Karen Newman）在1983年也讨论了何谓真正的权力。她认为幸福地步入婚姻是奥斯丁女主人公的一种屈就。奥斯丁不断使用经济/财务语言来谈论人际关系，也刻画了许多不令人满意的婚姻，她的小说很难被归类为浪漫爱情故事，很难说她无条件地赞同社会给予女性的奖赏，即看似可心的婚姻。奥斯丁小说之所以令人愉悦，是因为女主人公虽受到意识形态的限制却仍然生气勃勃地生活，重新界定着所谓的"权力"。奥斯丁避开男性对权力的传统定义，她塑造的女性不以男性见识为一切的标准。奥斯丁不顾伊丽莎白的处境，给予她美好的姻缘，扭转了小说开篇所揭示的婚姻市场的严峻现实。奥斯丁就此表明时空、人际关系是可被理解、可被掌控的，力量来自对自我的掌控，源自内心而非外在世界。纽曼认为奥斯丁既保守又具有革命性。奥斯丁主张女性不应因社会所强加的限制而放弃争取，而要把握自身命运，行使真正的权力。因而可以说奥斯丁与浪漫主义实际上有某种姻亲关系。[2]

莫里森（Sarah R. Morrison）认为，奥斯丁不承认男性的权力。她笔下的男性经历是辅助的边缘的，其存在的意义很大程度上取决于他们对女性经验的作用。奥斯丁对婚恋情节的处理与多数同时代女作家不同。她未将两性之间的战争浪漫化。她在小说中确立女性经历的中心地位，成功地使得女性成为小说叙事的中心。在奥斯丁看来，家庭生活以及与家人亲友的情感纽带才是个人生活幸福与成就的构成要素。她把对男性的描写限制在有限的社会生活场景中，仅仅通过他们对身边

1 Judith Lowder Newton, "Pride and Prejudice," *Jane Austen: Critical Assessments*, Vol. III, ed. Ian Littlewood, Mountfield: Helm Information, 1998, pp. 372–381.

2 Karen Newman, "Can This Marriage Be Saved: Jane Austen Makes Sense of an Ending," *Jane Austen: Critical Assessments*, Vol. III, ed. Ian Littlewood, Mountfield: Helm Information, 1998, pp. 382–397.

女性生活的影响权衡其存在的重要性。她的小说成功再现了真正意义上的“女性真实”(feminine truth)。[1]

关注奥斯丁所认可的真正女性力量的还有帕·梅·斯帕克斯。她指出《曼园》在某种意义上是在展现玛丽·克劳福德与范妮·普莱斯之间的竞争,前者关心权力、财富、名望,后者只关心“爱”,但不仅是浪漫爱情。范妮关心的是“亲密关系的领域”(the sphere of intimacy)。她有一颗深情的心,但又是胆怯的,所以一开始未能昭示明媚的前景。她爱埃德蒙·伯特伦,却未做出任何努力去赢得他的心。是奥斯丁最终给了范妮她所倾心的人,她借由叙述者的暗示缝合了故事情节中的不可信之处,达成了这一结局。范妮最终成为许多亲友生活中重要的人物。她永远不会获得托马斯爵士或者埃德蒙所拥有的社会地位和权力,但获得了恰当的女性力量。[2]

摩根则注意到,奥斯丁小说的婚恋情节中缺少性爱描述。她认为,奥斯丁的老姑娘身份对其写作的不是局限,而是她最大成就的催化剂。在18世纪语境中小说的一大主题是女性贞节,奥斯丁未深度涉足这一话题,在文学表达上是一种进步,为哈代、乔治·艾略特等作家探究限制、迫害女性的社会恶规陋习铺垫了道路。奥斯丁小说中的女主人公可以成长,接受教育,变得成熟,不一定需要借助男性生殖器的促力。奥斯丁让女主人公们对自身负责。[3]

另有学者指出,在婚恋情节的设置中,奥斯丁更看重女性的自我。范妮·普莱斯虽爱上埃德蒙·伯特伦而不得回报,却顶住了压力,坚定拒绝自己不喜欢、不敬重的亨利·克劳福德的求婚。范妮相信自持、理智与自我管理的重要性,克制自身欲望,抑制对埃德蒙的爱,成长为自己理想的模样:良善、虔诚、理智。范妮与自我的关系比她与埃德蒙的

1 Sarah R. Morrison, “Of Woman Born: Male Experience and Feminine Truth in Jane Austen’s Novels,” *Studies in the Novel*, Vol. 26, No. 4, pp. 337–349, http://www.jstor.org/stable/29533008.

2 Patricia Meyer Spacks, *Desire and Truth: Functions of Plot in Eighteenth-Century English Novels*, Chicago: University of Chicago Press, 1990, pp. 218–224.

3 Susan Morgan, “Why There’s No Sex in Jane Austen’s Fiction,” *Studies in the Novel*, Vol. 19, No. 3 (1987), pp. 346–356, http://www.jstor.org/stable/29532513.

关系更为重要，奥斯丁坚信女性的自我认知与坚定意志比婚姻更为重要，是构建女性身份的重要因素。[1]

关于婚恋情节的探讨引申出的相关议题之一是女性友谊，有关的言说与下一节中“性别研究”的关注可能有交叉或重叠。

佩里（Ruth Perry）指出，奥斯丁意识到在关于婚姻的小说中，女性友谊的故事难以找到自身的位置。这并不是因为她们竞争同一男人的青睐而无法培养彼此间的情谊，而是因为单身女人常常面临惨淡的命运，女性被迫应对现实，谋求婚姻提供的保障。这种社会压力进而使妇女屈从丈夫的统治，从中寻求舒适感。在奥斯丁的小说中，女性人物除却婚姻少有其他机会和出路，她们一心想赢得男性的赞许，对她们来说建立与男性的关系成为强制性的任务，这便限制了女性之间关系的发展，限制了她们的想象与社会自主权。奥斯丁着意表现了女性间友情的种种益处，包括给她们带来的快乐和支持。但她又反复描写这种关系的受挫或消解，使读者感受到在婚姻情节推动的故事中，女性友谊注定难以长久维系。借此，奥斯丁提醒人们正视父权社会中异性婚恋的优先权和男权的威慑力。爱玛·伍德豪斯一心想为社会地位低于她的女孩牵线搭桥、安排婚事，全心卷入别人的婚恋，却不曾设法加强与简·费尔法克斯的交流，发展较为平等的友谊关系。在这个意义上，在父权意识形态主导的故事中，女性友谊不可能成为与婚恋情节抗衡的对立情节（counterplot）。[2] 不过，与此同时，奥斯丁削弱了书中恋爱故事的浪漫性，用婚姻情节针砭了当时的女性处境。

卢瑟尔（Devoney Looser）认为，爱玛·伍德豪斯与简·费尔法克斯的关系之所以难以实现，并非由于某些评论家所认定爱玛的同性恋倾向，而是因为奥斯丁在创作过程中一直保持着充分警觉，时时意识到当时女性的上述处境。此外，同样值得注意的是，奥斯丁并不虚构一个能够跨越阶级界限的女性群体，《爱玛》中暗含了对“女性父权”

1 Heidi Giles, “Resolving the Institution of Marriage in Eighteenth-Century Courtship Novels,” *Rocky Mountain Review*, Vol. 66, No. 1 (2012), pp. 76–82, http://www.jstor.org/stable/23120602.

2 Ruth Perry, “Interrupted Friendships in Jane Austen's *Emma*,” *Tulsa Studies in Women's Literature*, 5.2 (1986), pp. 185–202.

(female paternalism)的批判,揭示了女性之间友爱关系(companionate relationship)中可能存在的压迫或利用——体现于相对有财有权的女士对(收入有限的)女伴所施加的影响甚至强势干预。爱玛与小女生哈丽特·史密斯的交往以及埃尔顿太太通过和简·费尔法克斯建立关系抬升自身地位的企图,都揭示出父权社会中女性结盟的局限性。由此,奥斯丁对同时代女性主义者主张的女性情谊(sisterhood)提出了质疑,揭示了不同阶级的女性之间可能因等级差异而存在剥削与利用关系,同时又设想了一种在既有社会、政治与经济秩序中可能建立的更平等的关系,即爱玛与简之间的友谊。简与爱玛两人在经济特权和社会地位上有明显差别,但这差异因简的才艺与品质得到了弥补。奥斯丁暗示,两人若肯增进了解、释放善意,友谊会比爱玛与哈丽特的关系更加牢固,也更有益双方。彼此皆有长处可供对方学习,互敬互重。[1] 持类似看法的学者不在少数。比如,达克沃斯在一篇写于20世纪90年代初的文章中也指出,虽然奥斯丁没有强调女性友谊,但这并不一定意味着她与父权联手,因为在《傲慢》中伊丽莎白·班奈特虽与达西缔结婚姻,但她对姐姐的爱,对舅母舅父的敬意,并不因此减少半分。[2]

上述种种女性主义(或至少关注女性婚恋话题)的讨论,本身又引起了较多反响。1993年,霍尔普林(John Halperin)曾在书评中嘲讽卡普兰的《女人圈中的奥斯丁》。在他看来,这是意识形态的产物,或者纯粹是为了赢得当下的政治认可。但卢瑟尔针锋相对地反驳说,女性主义毕竟提供一个重要的批评视野,而且性别也是一个极为有效的批评范畴。小说中的性别政治究竟如何起作用,这样的追问显然和论者的立场相关。研究者不仅要考虑当时有关主体和实践的话语,也要追问当下的主体和实践之紧密关联,不回避任何意识形态和政治倾向问

1 参见Devoney Looser, "'The Duty of Woman by Woman': Reforming Feminism in *Emma*," *Emma: Complete, Authoritative Text with Biological, Historical and Cultural Contexts, Critical History, and Essays from Contemporary Critical Perspective*, ed. Alistair M. Duckworth, Boston: Bedford/St. Martin's, 2002, pp. 577–593。

2 Alistair M. Duckworth, "Jane Austen and the Construction of a Progressive Author," *College English*, Vol. 53, No. 1 (Jan., 1991), p. 87.

题。[1] 这恰恰也是女性主义叙事研究的重点。

叙事研究一直是奥斯丁学术史的重要线索，相关讨论甚至拓展到此时段的其他女作家。有论者指出，就英国小说而言，到了1790年，作者型叙述声音完全取代了书信体或回忆录等叙述声音。这种从私人叙述声音向作者型叙述声音的转变，可以看作小说家正在形成的道德和思想权威的标志。[2] 这一转向体现在那些活跃于1780—1815年间众多的女性小说家的创作中，奥斯丁是一个典型的例子。不过，当时的女性作者也承受着传统权力和社会舆论的压力，不得不在选择作者型叙述声音、摒弃私人型的叙述声音的同时，也最大限度地减弱作者型叙述声音所能激发的权威性。

总体来看，或多或少带有女性主义色彩或取向的探讨争论，堪称近年来奥斯丁研究的“主流”，问世的成果可谓车载斗量、不可胜数。许多相关著述不是纯粹学院式的，而是深深根植于现实的社会运动和个人生活经验。女性主义批评涉及诸多重要议题。比如，重新“发现”并梳理、研究在传统父权秩序中被淡化、贬低甚至埋没的女性写作传统，是对历史的校正。即使现有成果尚不完美或有“矫枉过正”之论，也是当代妇女提升自我意识、争取平等权利的必要步骤。又如，对“女性观”和“婚恋主题”等的探讨，不仅涉及更全面深入地理解奥斯丁的作品和语境，也直接关系当今世界中女性（以及男性）的人生观、世界观。不论在特定时间段里女权运动高涨或落潮，这些都是不可回避的重大思想议题，关乎人类社会未来的发展和走向，意义深远。

第三节　身体政治、性别研究和“酷儿奥斯丁”

奥斯丁小说中的异性恋情节，看似十分契合于当时保守的婚姻制度，但如前所述，她其实痛感，除结婚嫁人之外，有一定文化教养的中等阶层

---

1 Devoney Looser, ed. *Jane Austen and Discourses of Feminism*, New York: St. Martin's Press, 1995, pp. 8–10.

2 苏珊・S. 兰瑟：《虚构的权威》，黄必康译，北京：北京大学出版社，2002年，第74—76页。

的妇女在生活中的选择余地何等局促。她描写的那些皆大欢喜的"体面婚姻"也许只是叙事策略而已，其中未尝没有隐含对父权社会的批评。奥斯丁在作品中的情感投注，实际超过了某些批评家赋予婚恋情节的伦理意图，其小说不能被简化为具有稳定意指的文本。在最近二三十年里，与女性主义关注多有交集或重合的性别，已经成为一个相对独立的批评范畴。奥斯丁如何处理或者回避性别问题，自然成了当下讨论的热点之一。

海特–斯蒂文森（Jill Heydt-Stevenson）对性因素的探究可谓不遗余力。其专著一开篇就"语不惊人死不休"地指出，《傲慢》中的莉迪亚暗示了自己在私奔之前已丧失贞节。作者引用了莉迪亚婚后写信给家人，"到朗伯恩的时候，我会派人来取衣服，但希望你能告诉萨利，让她先缝补一下我薄纱裙上的大口子"，认定裙子的破口与性有关。作者进一步从奥斯丁其他小说中遴选出一些"辛辣的暗示"，并称这样的例子"在奥斯丁的小说中，多了去了"。奥斯丁小说中和性相关的俚语或者双关语，在这本专著中被大量提及，作者语义阐释的依据是《莎士比亚的下流话》（*Shakespeare's Bawdy*，2001）与《俚语词典》（*A Dictionary of Slang and Unconventional English*，2002）。

不妨以《傲慢》为例来稍加说明。"小说中对情欲的处理可谓自然而然，作者的态度也很开放，没掺入甚至压根就没有产生过丝毫尴尬之感。"小说表现了"身体化的意识形态"，各色人物都不加掩饰地谈论性和身体的魅力——身体并非被动的、由意识填充的道具，快乐的身体本身乃是认知的指示器，小说强调的就是"意识的身体维度"。伊丽莎白·班奈特一路疾行去探望患病的姐姐，到达宾利家时，"双脚乏力，袜子上沾满了泥污，脸上也累得通红"。作者认为，进行这样的过量运动是因为班奈特太太曾鼓动两个女儿介入富裕年轻人的生活圈子，而伊丽莎白本人也急切希望参加社交，"度过没有年长女性监督的一周"。是身体快感而非理智激励着伊丽莎白和达西热切交谈。宾利妹妹邀请伊丽莎白在客厅踱步，被作者理解为"小说人物个个都喜爱曼妙的身形，带有一丝冷淡的情色魅力"。[1]

1 Jill Heydt-Stevenson, *Austen's Unbecoming Conjunctions: Subversive Laughter, Embodied History*, Basingstoke: Palgrave Macmillan, 2005, p. 71.

海特–斯蒂文森认为，在这本经典小说中，情色吸引、身体受虐及意识形态往往交织在一处。小说有如下交代，“自上星期三以来，民兵团里又出了好多事，添了不少传闻：有几个军官最近跟她们的姨夫吃过饭，某士兵挨了鞭打，还隐约听说福斯特上校就要结婚了”。作者称：提及婚姻足以让晚餐和体罚充满性的意味；而鞭打则将婚姻和惩罚联系起来。在当时，鞭刑不仅惩罚那些反抗的奴隶和叛逃的士兵，也针对某些选择同性伴侣的男人，足见“父权制的力量渗透到私人生活的各个方面”。公开场合里的鞭刑，虽然因有淑女观看而滤掉了色情意味，同时也让她们“间接地参与性幻想”。

莉迪亚·班奈特的个案则体现了奥斯丁对“堕落的女人”的态度。小说恰恰再现了沃氏的观点：不适当的教育是导致莉迪亚和玛丽亚·伯特伦“私奔”的根本原因。作者接着说，莉迪亚一直活跃到小说结尾，当她缺钱的时候，伊丽莎白“还是尽量把自己平日用度节省一些，积攒下来经常接济他们”。这显然违背达西也就是那个父权体制化身的意愿。当然，这只是偷偷反抗，而且喜剧结尾的情感色彩稍稍有悖于当时的婚姻现实及女性境况。而《曼园》中玛丽·克劳福德曾为私奔男女设想出路：“一旦说服亨利和玛丽亚·伯特伦结婚”，并且“得到她家庭适当的支持……她在社会上就可以多少站得住脚了。我们知道，有些圈子永远不会跟她结交，但是只要备上好酒好菜，客请得多一些，总有人愿意和她结交。毫无疑问，在这种问题上，人们会比以前更宽容，更坦率”。海特–斯蒂文森认为，这意味着奥斯丁颠覆了传统的性观念。此前，琼斯（Darryl Jones）曾就性话题对奥斯丁小说进行过一些诠释，稍显激进但不失合理。[1] 相比之下，海特–斯蒂文森的解读似乎夸张了，分析和结论不免显得牵强。

同一个奥斯丁，却有大相径庭的阐释。

当然，这也不难理解。20世纪前期的文学批评家，如利维斯、伊安·瓦特等，都崇尚写实主义的原则，将奥斯丁作品奉为典型的女性写实小说，绘制了一幅独特的小说发展“地图”。他们强调奥斯丁的卓越地位，认为其他同时代女作家相形见绌。有论者甚至认为，沃斯通克拉

1 Darryl Jones, *Jane Austen*, London: Macmillan, 2004, pp. 98–110.

夫特、拉德克利夫和伯尼的作品受到冷落，奥斯丁应该对此负一定的责任。玛·巴特勒就曾指出，肖瓦尔特的名作《她们自己的文学》(1977)过于迁就男性批评者的偏见，抬高了奥斯丁的地位，却贬低了其他女作家，比如埃奇沃思，甚至将奥斯丁和英国小说传统割裂开来。同样，《阁楼上的疯女人》洋洋洒洒700多页，可真正的讨论只集中于几个作家：夏洛特·勃朗特占130页，乔治·艾略特占90页，奥斯丁占80页。因而，巴特勒鼓励研究“那些被遗忘的或者压抑的女作家”。[1]

而对于当下学界，缺憾之作似乎比完美无瑕的艺术品更具有吸引力，学者们偏爱某些文本特点，比如怪诞的情节、不连贯的行文，乃至“过度的情感”等。他们借此来揭示小说的成分、结构关系和运作规律等，尤其关注叙事形式如何受意识形态的制约。这些恰是克·约翰逊《模棱两可的人》(1995)的着力点。一般文学研究不太重视18世纪90年代的英国小说，克·约翰逊指出，此时期的小说是对危机四伏的世界充满想象的回应，不仅洋溢着“过度的情感”，更蕴含着引人注目的政治性。伯克曾将法国大革命看成一场由“冷血之辈”所引发的情感危机，在一定意义上也是性别危机。[2] 无独有偶，沃斯通克拉夫特也曾对大革命、“多情善感”和性别三者之间关系加以讨论，她断言那些“女气十足、多情善感的男人”才是动乱的罪魁祸首。18世纪90年代，情感文化流行于英国社会各阶层，一般女性唯有两个角色可供选择：要么成为“模棱两可的存在者”(也就是，不男不女的人)，要么比女人更女人。歌德的少年维特成为“多情善感”的完美代表，女性就只能变得更加纤弱，更加敏感。作者称，从沃斯通克拉夫特、拉德克利夫和伯尼的作品中，不仅可以看到“模棱两可”女性的困境，还能瞥见充满新意的主题，比如对异性恋情节说“不”、强调两性混合的社交，甚至涉及同性关系的叙述。[3]

对于性别维度的强调，不是空穴来风。20世纪50年代以降，英美社会一度试图强固“男子汉气概”、推行传统婚恋观。在这样的语境

1 Butler, 1988, p. xxxi.

2 Claudia L. Johnson, *Equivocal Beings: Politics, Gender, and Sentimentality in the 1790s*, Chicago: University of Chicago Press, 1995, “Introduction” .

3 Johnson, 1995, pp. 18–19.

下，由布斯等学者发起的以叙事和婚恋情节为主导的解读套路，成为经典的奥斯丁小说分析模式，影响了后来的几代研究者。在赛奇维克、巴特勒等学者看来，某些奥斯丁小说的正统阐释和英美社会的主流意识形态之间存在着共谋关系。作为对此的响应，一代新锐大力推动“酷儿奥斯丁”（Queering Austen）。下面是引起广泛注意的两个个例。

1995年8月，斯坦福大学的卡瑟尔教授（Terry Castle）为《伦敦书评》撰文评议新版《奥斯丁书信集》。其中提到奥斯丁姐妹间的亲密关系，包括肢体接触等。为了夺人眼球，当期封面赫然写道：“奥斯丁是同性恋吗？”这种恶作剧式的篇名，顿时引发了英美各大杂志、报纸及其他媒体的热议。一连几个月，《伦敦书评》的专栏充斥着学界和普通读者的来稿。暮年的巴特勒也被BBC的某电视频道邀请来主持正义，验明奥斯丁的清白身。迫于压力，卡瑟尔给《伦敦书评》去信，否认自己暗示奥斯丁是同性恋。有读者还不算完，甚至出示了“历史证据”，即某家具店的购物清单，以此证明奥斯丁父亲曾在这里为女儿定制了两张单人床。1993年，学者科普兰曾在北美奥斯丁协会的年会上提到这则细节。不同于一般粉丝的情绪激昂，英国学者穆兰2012年写了《姐妹同床共枕吗？》的短文，讥讽某些学院精英，“一似爱玛，耽于幻想”。他建议专家去研究奥斯丁的前辈伯尼，她也和妹妹苏珊“同床共枕”。穆兰还提供了“物证”。1782年，妹妹结婚前三周，伯尼写信道：“一想到即将和你分别，再也不能分享同一屋子、同一房间、同一张床，再也不能私底下交谈，我心下戚然，怎能高兴起来。”穆兰的意思不言而喻——18世纪英国的性经验远远没有那么泛滥、复杂。

《奥斯丁和自慰女孩》一文则摆足了福柯的架势，要探究奥斯丁时代的性经验，执意要让“自慰和其他几种弥足珍贵而又四面受挫的性身份获得一席之地”。文章标题同样很耸人听闻，恐怕这也是作者赛奇维克有意为之：“今天，当我们将奥斯丁和自慰一并提及，引来如此多抱怨，那么理直气壮，这说明，奥斯丁依然具有那种保障真理的力量。”赛奇维克等三人当时正从事“自慰的缪斯”（Muse of masturbation）的研究项目，《奥斯丁和自慰女孩》是寄给“美国现代语言协会”的学术论文。文章后半部分涉及对《理智》的阐释，有些说法夸大其词，甚至故意曲解原文。而作者之用心，或许更多是想纠正奥斯丁批评中的某些偏颇。

对此，那些只匆匆看看文章标题的读者恐怕没时间和兴趣深入考虑。赛奇维克论文探究的重点，并非奥斯丁本人的性倾向，甚至不是为了"坐实"玛丽安和埃莉诺之间的亲密关系，或者"曝光"玛丽安和爱德华的自慰倾向，而是抵制权威的异性恋解读路径，即：为什么一说到奥斯丁小说的主题，读者只能想到道德教化或者婚姻和财产。

赛奇维克自认为，其关注乃是后生殖（postgenital）时代特有的：性身体（或个人）与各种社会规范力量之间的复杂斗争，这与她的成名作《男人之间》（*Between Men: English Literature and Male Homosocial Desire*，1985）的探讨是一脉相承的。她认为，自慰既不像异性恋那样跟传宗接代有关，也不像同性恋那样涉及人际关系，性经验的多元化和身份范畴的批判及建构之间，存在着密切的关系。从事酷儿研究，作者获得了一种故意挑战主流势力的快感，"如果有必要的话，即使跟世俗对抗，也要把真相说清楚"。[1] 作者属于介入型的研究者，积极干预时政，或者让学术越出学院而进入日常生活。不过，从各类媒体大肆炒作、赛奇维克被称为"自慰女士"等，也可见今日大众媒体和学院精英之间，少有共同的话语，"左翼"知识分子和一般民众之间，也存在着不小的距离。

在《浪漫的奥斯丁》（2002）中，图特（Clara Tuite）挑战了以往评论对奥斯丁小说的定位——她认为这些作品不仅和18世纪"小说的兴起"有联系，更是浪漫主义文学风尚的产物。但这本书并未大量提及拜伦、济慈、雪莱等经典作家，大约有七处提到华兹华斯，偶尔提及柯尔律治的《论教会和国家体制》（*On the Constitution of Church and State*）。作者主要借重西斯金（Clifford Siskin）的著作，如《写作之为苦工》，专门讨论浪漫主义时期市场、文类、职业化和写作之间的关系。另外，詹·汤普森研究小说和政治经济学的关系，对图特也很有启发。[2] 汤普森指出，经济话语和小说话语都是意识形态的表达，发挥了独特的文化功能，也就是，重新思考了当时的财产关系。该专著突出地显示了女性主义批评理念与其他理论的重叠和交汇。

1 Eve Kosofsky Sedgwick, "Jane Austen and the Masturbating Girl," *Critical Inquiry*, 17.4 (1991), pp. 818–837.

2 Clara Tuite, *Romantic Austen*, Cambridge: Cambridge University Press, 2002, p. 10.

图特认为，奥斯丁的小说在文化构建上起到了至关重要的作用，不过，图特是从文类、性别和阶级的维度来阐明奥斯丁如何重新思考了当时的财产关系。奥斯丁的创作不仅提高了小说在文类等级中的地位，同时也为乡绅和中等阶层女性地位上升而辩护。小说地位上升和女性社会地位的提高，这两种历史现象是相互关联的。阶级和性别这两个结构性因素也有冲突：奥斯丁虽然在相当程度上认同传统的父权地主文化，认可当时的社会分层和等级关系，但她同时也赞赏社会流动性。她笔下的混乱失序的贵族之家，急需借助出身寒素之家的女性道德表率的力量来进行改造和重建。由此，奥斯丁构建了一种新型的资产阶级女性主体意识：感受丰富、情操高尚、鉴别力敏锐和美感精微，等等。

图特还指出当下女性主义奥斯丁研究的不足：借助某些所谓“伟大传统”来抚平历史的断裂或者意识形态的差异，将性质不同的女性写作归为同一类性质，比如奥斯丁和沃斯通克拉夫特。与此相关，若先行假定存在“女性写作”，也就意味着以性别为排他性准则，将性质或风格迥异的其他作品一概剔除。此外，当下女性主义对奥斯丁的关注再一次复制19、20世纪的奥斯丁经典化过程。而后者恰恰是借着“小说的兴起”、异性婚恋情节和庄园文化等传统来进行的，完全是男性文化霸权的产物。有感于此，图特认为有必要另辟蹊径，她表示自己对性别/性政治关系中生殖（reproduction）问题所占据的地位尤其感兴趣。这也是她的著作被置于本节讨论的缘故。

图特还讨论了奥斯丁的《少年习作》，特别是《凯瑟琳》和《英格兰史》等，指出这些作品的反传统倾向，不同于以“规范”为其目的的成熟作品。所谓以“规范”为目的，是指如《曼园》积极参与创造民族话语的建构，或者如《劝导》用“一种新智慧女性观替代感伤的、空想的女性观”等。图特还说，如果将奥斯丁作品看成“几乎是滥俗的异性恋爱情”故事，最后一部作品《桑迪顿》却不应包括在内。这部未完成的小说缺乏完整的婚恋情节，女性在社会中的向上流动（性）更是付之阙如。《桑迪顿》描绘了战后沿海地带的商业投资，帕克夫妇离开了祖上的宅邸，将新家建在海边悬崖边上。这对夫妇的“自我医治”，可以看作一种不以生殖为目的的性行为。同样，戴安娜·帕克希望自己兄弟要“坚持不断地摩擦【脚踝】"，这暗示帕克先生偏好手淫。[1] 德纳姆夫人将克拉拉·布里尔顿确立为财产继承人，等于是取代了父系继嗣制。而德纳姆夫人和自己的弟弟爱德华爵士争夺对克拉拉的感情支配权，意味着德纳姆夫人将自己视为在经济上更具主动性的另类已婚者，而非仅仅生理意义上生儿育女的工具。[2]

《历史的奥斯丁》(2003)的作者加尔珀林(William H. Galperin)开门见山地指出，当下的研究过于强调奥斯丁作品的保守性，或者其作品维护社会既定秩序的一面。他认真考察了19世纪早期的奥斯丁作品接受史，并对最初的那些评论有所驳斥。比如，那时《诺桑觉寺》常被视为笨拙之作，说作者几乎失去了对它的艺术把控。加氏却认为，恰恰由于其中某些小说人物的声音未被完全遮掩，读者借此得以窥见奥斯丁的叙事技巧。19世纪初以降，众多论者都倾向于认同奥斯丁的贡献在于呈现了一个"盖然"的即如实的世界，以替代此前流行的"哥特"天地。论述小说的真实性时，司各特、惠特利都提到"盖然性"和"可能性"的区别。他们认为，奥斯丁小说的叙事对象，被严格地控制在盖然性和可能性之间，换言之，对日常生活的现实关照已经成为小说写作的新方向。

加尔珀林进一步指出，《诺桑觉寺》看似"言不及义"(narrative incompetence)，实际是言不尽意，暗示了存在的"多种可能性"(possibilities)，恰恰需要读者的"对抗性阅读"。本书第五章是对"盖然性"和"可能性"的思辨。当普通读者(以及小说的叙述者)津津乐道其中的异性恋爱情时，加尔珀林却读出了女性角色间的同性友谊。叙述者的权威本来理当维护自身地位的合法性，在奥斯丁的小说中却被用来自曝矛盾和漏洞。借此，小说中"盖然世界"(当然，也是奥斯丁读者所处的现实世界)统治势力的种种目的或管控社会、推行某种意识形态的举措，被层层揭示出来。

不妨在这里列举出作者的两个比较有代表性的观点。其一，加氏认为，小说中的那个言不尽意的"可能世界"恰恰解构了凯瑟琳在"盖然世界"中的成长历程，让"叙事者看来再自然不过的性别发展"变得

1 Tuite, pp. 161–162.

2 Tuite, pp. 172–178.

不那么自然了。对于凯瑟琳来说，成为女人本来意味着两方面的变化，即（社会性）内在性情的发展和（生理性）外在身体之改变；但在小说叙述中却似乎表达成一码事，因而性别律令背后的社会强制力量就被遮蔽了。[1] 其二，叙述者对小说中女性间的关系反应迟钝甚或视而不见，比如最初凯瑟琳与伊莎贝拉的亲近，而后与亨利妹妹埃莉诺的友情。加氏甚至指出，在其他小说中，这种关系带有色情意味，如《曼园》里的玛丽和范妮。在《诺寺》中，同性情谊实际上控制和主导着凯瑟琳的情感生活和气质发展。凯瑟琳能够接受亨利·蒂尔尼的爱，恰因后者不乏"女人味"，比如对布料服饰颇精通、对哥特小说很熟悉等。作者指出，即便在奥斯丁时代，小说中的婚恋情节已经被当作一种社会管控手段，《诺寺》中出现的冲突对抗，不仅是文体意义上的，也是意识形态层面的。奥斯丁笔下的写实细节，看似降低了小说的虚构性，但不必然意味着增强了写实主义叙事的规训力量。《爱玛》的琐碎细致描写曾令最初的读者惊讶不已，足见对细节的不同阅读和特殊感受，有时与皆大欢喜结局的慰藉作用是两相冲突的。

总的来说，当代西方的学院派文学批评，有时也许显得距离文学创作和作品本身越来越远，但并不是远离社会现实，而常常是向其他文化社会生活领域转移和渗透。这或许为理论获得新生提供了必要的"场所"和空间。经历了20世纪六七十年代的社会动荡之后，主要资本主义国家重新站稳了脚跟，社会形势出现了"右转"，新左派或者激进主义者，难以从政治、经济等领域入手动员社会改造，只能牢牢抓住"性别身份"说事，进行所谓的"身体革命"。伊格尔顿曾指出，这些不仅是某种形式的理论激进，也是特定的政治介入。这些理论"为学院与社会之间，以及种种有关身份的问题与种种有关政治组织的问题之间，提供了一个可贵的联系环节，一个越来越难以在一个日趋保守的时代中找到的联系环节"。[2]

但是，我们是不是也有理由怀疑，对个体的高度关注和关怀，难道不一直是诸发达国家主流意识形态的核心？将政治或社会介入高度聚

1 William H. Galperin, *The Historical Austen*, Philadelphia: University of Pennsylvania Press, 2003, pp. 142–144.

2 伊格尔顿，2007年，第224—225页。

焦于“性”和“身体”，暗示最重要的政治议题乃是张扬个体欲望以抗拒社会规范的压制。这说到底恐怕是当代很多自称“左翼”的学者们的老套自由主义迷思或迷途吧。当然，我们的确也应该看到，欧美某些文化“激进派”对现存体制的批评，是对主流社会的某种扰动，起到了某种质疑和催化的作用。他们对奥斯丁作品细节的诸多解读，既有出人意料的精彩内容，也有牵强附会的成分。

第四章

当代奥斯丁研究（下）

第一节　后殖民批评

后殖民批评是20世纪70年代末兴起于西方学术界的一个极富意识形态色彩的文学、文化批评流派。第二次世界大战后，随着西方帝国主义体系的崩溃，前欧洲殖民地掀起了声势浩大的反殖民运动并纷纷取得了独立。但无论在政治、经济、文化体制和话语实践上，它们依然无法完全摆脱前宗主国的控制和影响。20世纪80年代后，随着冷战的结束和全球化进程的加速，一批任职于欧美高等学府、具有第三世界文化背景的学者成了学术前沿的带头人。得益于身处“中心”和“边缘”之间，这些学者以跨文化的视野来审视西方话语，从不同角度对欧洲中心论进行了严厉的批评，后殖民理论随之也成为当代国际学术界最有影响和活力的批评流派之一。1978年爱德华·萨义德（Edward Said，1935—2003）出版的《东方学》（1978），算得上是这一批评学派的代表作。

萨义德是出生在巴勒斯坦耶路撒冷的阿拉伯人，接受了系统的美国教育，成为当代世界最有影响的著名学者之一；与此同时，他一生没有脱离社会实践，深度介入巴勒斯坦人民的民族解放事业。在他看来，西方世界里有关“东方”的庞大知识体系，并不仅仅是一个逐渐增加和累积的过程，而是在某个研究成规之内对有关“东方”的各种论述进行选择性集聚、移植加过滤、重新排列的结果。任何新材料的出现或者进入研究视野，都离不开前人既定的视角、观念和阐释。因而，“东方主义”是一种受到某些特殊视角和意识形态所支配的写作、想象和研究方式。任何欧洲人一旦发表对东方的看法，最终都将陷入种族主义者或者帝国主义者的思考路径。读者会发问，这样的解释对奥斯丁是否有效呢？萨义德在《文化与帝国主义》(1993)中进一步探究“东方主义”的影响，认为它已经深刻渗透进大英帝国的哲学家、小说家、政治理论家和殖民地官员的头脑中，成为他们观察、思考和创作的政治无意识。而该书第一章恰是以奥斯丁为例来展开论述的。

值得注意的是萨义德选择的切入口。读者常常想当然认为，小说的情节和结构主要以时间为序安排，而忽视其中空间和地理的作用。在后殖民批评对奥斯丁小说的解读中，《曼园》中的“安提瓜岛”变成了充满张力的意识形态符号，托马斯爵士的西印度之旅，更是疑云重重。萨义德不是第一个提到“安提瓜岛”的学者，威廉斯在《乡村与城市》中运用中心和边缘地带的对立来解读文学作品中的空间分布，其论证已经预示了萨义德的某些观点，尤其欧洲文化和殖民侵略之间的多层面复杂关系。“向殖民地移民”的想法，早已见之于奥斯丁笔端，更是盖斯凯尔、狄更斯和勃朗特等笔下人物的常见做法，又经由吉普林和毛姆全面进入对宗主国政治、经济和文化等制度安排的再现中。

萨义德指出，伯特伦家族的殖民地产业对支撑《曼园》中的家庭生活场景起到了至关重要的作用。文本和世界的对位关系并非时间性的，而是空间性的，庄园的存在依赖于不在场的加勒比殖民地。《曼园》牵涉到一系列的空间移动，举其大者而言，可谓“横跨半个地球、两大洋、四大洲”，而托马斯爵士的家族就被放在这个“利益和商业弧的中心”加以考察。范妮·普莱斯要成为曼斯菲尔德庄园里举足轻重的引导者，必须先离开自己的家，寄人篱下充当类似仆从的角色，还一度被遣返回朴次茅斯老家。而她在海军当差的哥哥威廉很可能要多次远涉重洋执行任务，才能最终得到应许之物。“奥斯丁是吉普林和康拉德的前身”，她绝不是仅仅讲述家庭琐事，她和范妮心下明白，帝国对于国内局势是非常重要的；反之，私人生活和家庭关系的妥当管理，也会对公共事物产生不小的影响。

萨义德试图找出历史证据来说明奥斯丁在废奴问题上持温和立场。为了论说《曼园》的政治无意识，萨义德运用了极为复杂的“边缘阅读”，一些看似无关的细节被收拢起来，文本中未说的或者故意隐藏的东西也被点明，意在揭示什么样的动机乃至权力机制左右了奥斯丁的写作。18世纪以来对东方的政治和文化侵略中，欧洲中心论扮演了非常重要的角色。一些英国小说只触及了海外殖民地人们的驯从，而对当时正在兴起的反殖民斗争却只字不提，这表明文化权力压制了某些声音。这里可以看出后殖民批评的基本出发点，即不能简单地把文学看作对现实的反映，因为文学也参与了对现实的建构。帝国主义的霸权一方面是通过军事冲突、民族迁移和对财富的探求等强力得以形成的，另一方面也是一个“文化表征”的过程。后殖民批评的任务，就是要通过对有关文学文本的解构，恢复被殖民主义者抹杀或歪曲了的历史。

萨义德的解读引来诸多回应，最强烈反对的要算布鲁姆(Harold Bloom)。他认为爵士的海外之旅和奴隶制问题算不上文本的关键，在小说中也没有任何来自叙述者的有关直接言论，不足以论证奥斯丁的立场。不过，布鲁姆的看法似乎不是主流。毕竟，文化和帝国的关系引起了广泛兴趣，这部小说变成了后殖民主义理论的演练场，而且讨论的话题也越来越细，比如：托马斯爵士去殖民地究竟做了什么——镇压起义、变卖地产或者监督种植园？曼园的主要经济来源到底是什么？奥斯丁本人对此持怎样的看法？范妮由衷热爱曼园或者她的姨夫托马斯爵士吗？难道她对庄园经济的支柱真一无所知吗？还是她理所当然地认可姨夫的一切所作所为？

当然，另有些专家指出萨义德依据的某些历史事实不够严谨，比如牛津大学的萨瑟兰教授等。还有些学者——比如索瑟姆——就殖民话题进一步深入研究奥斯丁传记、梳理其家庭关系，从而深化、拓展这方面的讨论。

让我们先来看《曼园》中埃德蒙·伯特伦和范妮的一组对话：

> “昨天晚上你没有听到我向他打听贩卖奴隶的事情吗？”
>
> “听见了——我还希望你问了这个问题再接着问些别的问题。要是能进一步问下去，你姨夫才会高兴呢。”
>
> “我是想问下去的——可大家都默不作声啊！”

“默不作声”乃是充满张力的语义场，任何研究都无法回避。索瑟姆根据小说中的某些细节（比如书中提到过1807年出版《出使中国》以及1812年出版《克雷布故事集》）整理出一个有关情节的时间表：1810年10月爵士父子动身去安提瓜岛，1811年9月汤姆返回，1812年10月爵士回家，等等。如此细致耙梳用意何在呢？索氏认为，这些绝非无关紧要的琐屑细节，相反，它们涉及爵士家族的殖民背景和主要经济来源。何况其时间节点暗含关键的历史事件。1807年英国议会通过“贩奴废除法案”，禁止被贩卖奴隶到岸，但贩奴行为仅仅被认定为一般的走私活动，罚没举措并不能震慑利欲熏心的冒险者，他们即便舍弃两三艘船和货（人）仍能获利。到了1811年议会又颁布了“重罪法案”，这一次贩奴被列为严重犯罪，违者将被判14年以上的流放，而且该法适用于帝国内外的所有此类“交易”。按照上面的大事表，范妮有关贩奴的发问便应发生在1812年底，是家庭大事与当时社会热点议题两相遇合自然激发出的关怀，而绝不是某位少女没来由的奇想。

索瑟姆还从传记资料入手说明奥斯丁对海外种植园和贩奴等的细节颇有所知。1760年，奥斯丁父亲曾被指定为安提瓜岛某种植园主的受托人；大哥詹姆斯也曾因一笔巨款牵进法律纠纷，其岳父马修将军声称，这些钱是他任格林纳达地方长官时的合理收入。有关种植园主和奴隶贩子残酷霸道行径等“一手消息”，常由奥斯丁的当海军的兄弟从英帝国各殖民地直接带回来。上面提到的种植园主尼布思（Langford Nibbs），曾是奥斯丁父亲的学生。就像托马斯爵士，尼布思有个挥霍无度的长子，也曾派儿子前往安提瓜岛。尼布思一家返回英国后极力掩饰自家财富来源，想方设法让儿子在伊顿和牛津接受教育，摇身变成正宗乡绅，或者为女儿的婚姻寻求各种“长远关系”等。

小说中的拉什沃思先生的年收入12 000英镑——“这个家族在其古老的庄园里已经生活了好几个世纪”，与这样的家族联姻，自然很让托马斯爵士动心，似乎女婿的人品自然也有了保障。故事一开篇就提及爵士的“海外利益”和“西印度财产”。托马斯爵士不是18世纪早期刚从加勒比归来的那类商人——如霍加斯或者菲尔丁笔下的笑料人物，粗俗炫耀、挥霍奢靡，常被国王、贵族和托利乡绅嘲弄。他是已经在英国乡间大宅安家落户多时的遥领殖民地种植园主，已具有英国议员身份。不过，依照当时通行的庇护制度潜规则，爵士仍怀疑自己是否有能力为范妮的哥哥谋一份军队差事，这说明他很有自知之明。1812年后由于政府严打贩奴的措施和殖民地经济的衰颓，他不得不另做打算，也颇显经济头脑。奥斯丁对爵士的刻画不乏历史意义，必须理解他的殖民角色，方能看清这部小说的阴暗面。总之，“历史、传记和文本所呈现的逻辑”都表明，奥斯丁站在范妮・普莱斯一边，而“即便身处（奴隶主的）老巢，范妮也是废奴运动的支持者，读者应该为范妮及其作者而鼓掌”。[1]

也有学者关注奥斯丁书信或者她的阅读范围，《曼园》中提及的其他几本书，也变成了阐释的关键，比如卢（Joseph Lew）的《令人憎恶的交易：曼斯菲尔德庄园和奴隶制》。[2] 卢如何理解范妮的举止呢？小说中有一处细节，范妮房间存放了一册马戛尔尼（George Macartney）的《出使中国》。当时的欧洲民众普遍认为，中国有仁慈开明的君主，而儒家教育和考试制度又产生了高效的官僚政府，或者如戈尔德斯密和伏尔泰大力鼓吹的，中国是个“哲人的国度”。马戛尔尼曾出使中国，他不认可上述看法。他说：中国家庭有严格的等级制度和忠孝观念，绝不允许以下犯上；父亲常常滥用权力，甚至将女儿当奴隶卖掉。他还强调，社会下层的地位改善，不宜操之过急，必须循序渐进，反面的例子则是法国革命的残暴和西印度殖民地频发的混乱。由此联系到范妮在曼园的处境，她首鼠两端的态度可想而知：心存潜在的反叛念头，却又手足无措。作者的结论是，奥斯丁和19世纪早期女性作家向读者展示了缔造帝国的伦理维度，奴隶制度和庄园专制是建立在服从和镇压之上的，帝国将不可避免地陷入困境。

卢认为，小说一开场，玛丽亚・沃德（后来的伯特伦夫人）因美貌嫁了个有钱丈夫，接着又交代了伯特伦家领养姨侄女范妮的过程。这些话题涉及婚姻中的财务交道、儿童买卖和妇女政治权利，等等。卢尝试将不同文本嫁接，结果奥斯丁和孟德斯鸠被并置一处。《波斯人信札》讲述了中国某王公周游欧洲，其间始终和太监、嫔妃保持通信。这位专

1 S. B. Southam, “The Silence of the Bertrams,” *Times Literary Supplement*, Feb. 17, 1995.

2 Joseph Lew, *History, Gender & Eighteenth-Century Literature*, ed. Beth Fowkes Tobin, Athens: The University of Georgia Press, 1994, pp. 271–300.

制者的外出引来一场混乱，太监舞弊弄权，妻妾放荡淫乱等，而他一再推迟归来，更加重了事态的发展。与此类似，在《曼园》中身在西印度种植园的爵士也希望以书信来遥控英国的庄园，一味依赖诺里斯太太的监管和次子埃德蒙的判断。在《法意》中，孟德斯鸠还讨论了气候和社会风气对人体和国家宪政之影响。专制、暴政都会飞速传播和蔓延，一如黄热病的迅疾肆虐。表面上健康的政府，如罗马共和国和17世纪的法国，最终堕落为专制政府，足见过度发达的商业和生活的奢靡毒害身体、心灵和国家政治。1802年在英国面世的《论欧洲列强的殖民地政策》(*An Inquiry into the Colonial Policy of the European Power*)一书专门讨论了西印度地理和气候如何戕害了英国国民的健康、道德和政治制度，认为英国绅士的居家美德"堕落"的原因是身边缺少英国淑女相伴，还有炎热的天气驱使以及情欲旺盛的当地女性的诱惑等。卢的言外之意是，爵士父子首先在种植园经历了道德的堕落，后将专制做法移至国内的庄园，推而论之，殖民地体制最终将危及英国的宪政。

女性主义和后殖民主义批评常常合流，这在《曼园》的阐释上尤为明显，在有关《爱玛》的研究中也有所体现。相关讨论常常最终会聚焦于奴隶制度。弗雷曼(S. Fraiman)指出，《曼园》仅仅是以奴隶制为比喻来讨论女性的困境，并不"真对安提瓜及其劳工们本身感兴趣"。[1] 当然，女性对废奴运动的积极参与也是不可否认的。米(Jon Mee)的《奥斯丁的阴险象牙：女性爱国主义、家庭意识形态与帝国》认为，这恰恰证明女人是大英民族的良心，奥斯丁小说中的家庭美德，何尝不是一种"女性爱国主义"。这些女性作家其实在为国家利益而建言献策。[2]

米借鉴了最新的英国史研究，尤其是柯利(Linda Colley)的《英国人》(1994)，引述最集中的要算该书的第六章"女人的力量"。拿破仑战争时期，英国社会涌现出一种保守的民族主义，诉诸"人民"的忠诚，强调女性的参与意识。女性的家庭美德不光属于私人，还有种公共意义。当时的英国女作家都积极参与到了这种爱国话语的构建中，这给

1 S. Fraiman, "Jane Austen and Edward Said: Gender, Culture, and Imperialism," *Critical Inquiry*, 21 (1995), pp. 812–813.

2 You-Me Park and Rajeswari Sunder Rajan, eds. *Post-Colonial Jane Austen*, London: Routledge, 2000, pp. 74–92.

了妇女一种新型的中心地位。作者指出，克·约翰逊低估了保守主义意识形态的变迁，这种"女性爱国主义"远非18世纪90年代伯克式的反雅各宾思潮，《曼园》实际上是奥斯丁对伯克思想的积极改造。柯利心目中首要的女性爱国者是汉娜·莫尔，而米的眼中则是奥斯丁。奥斯丁同样强调乡绅或者中等阶层的家庭美德，凸显女人在国家和社区建设中所能扮演的重要角色。如果把奥斯丁读作这样的女性主义爱国者，则范妮·普莱斯在《曼园》中的表现可说是在积极构建大英帝国的民族性。

家庭观念的扩展和帝国扩张之间的关系更为复杂。米认为，萨义德对于适应"帝国体验"的过程所包含的意识形态的扭曲和焦虑过于轻描淡写了。他对奥斯丁小说的解释严重依赖于曼斯菲尔德庄园的井井有条以及托马斯爵士的良好管理，却忽视了国家问题和性别问题，而且他对帝国主义意识形态发展史的描述也不够确切或者太过宽泛了。

斯图尔特（Maaja A. Stewart）的《家庭现实和帝国小说：18世纪语境中的奥斯丁小说》（1993）一书重点关注1757—1813年间大英帝国的崛起。奥斯丁的小说不仅记录了，也减缓了帝国政策的张力以及阶级、性别关系变化所带来的困惑和焦虑。[1] 其中的婚恋情节和当时发生的社会文化迁移有具体的关联性。所谓迁移，是指从传统的庄园经济向重商主义经济和意识形态的渐次过渡。作为"永恒价值之源"的土地经营与资本主义生产之间不断地进行斗争和转化。作者的主要入手点乃是小说中兄弟间的斗争和围绕着此斗争的女性主体的构建，而斗争的场所就是那些看似温情脉脉的庄园。庄园本来意味着永久稳定和自给自足，其经营原本和土地紧密相系，总是关乎公共利益，乃是乡绅荣誉感不可或缺之根基。但是当时重商经济迅猛发展带来的种种变化，比如海军、陆军的壮大和殖民贸易的蓬勃发展等，为贵族和乡绅的没有继承权的小儿子们提供了种种机会。而他们的追求逐渐不同于那些传统地主。中产阶层商人等正在考虑如何将财富转化成支撑自己价值观念的文化资本。"绅士"观念原本基于与土地占有相关的社会"尊荣"，

1 Maaja A. Stewart, *Domestic Realities and Imperial Fictions: Jane Austen's Novel in Eighteenth-Century Contexts*, Athens: The University of Georgia Press, 1993, p. 3.

后来则逐步泛化，渐次成为中产阶层晋升的文化武器。

《傲慢》特别看重父权，同时也将传统的庄园理想化。该小说的特点在于，某些角色的即刻体验相悖于小说主导的价值判断，这尤其表现在伊丽莎白·班奈特的机智和达西的判断之间的冲突上。伊丽莎白的优雅大方和乐观态度总能神奇地作用于每一场景，让读者产生完美自由之感，然而隐藏在这些场景之后的是一种抑制女主人公的权力体系。当她深切地爱上达西的时候，就和男权体制建立起了共谋关系。伊丽莎白所理解的男女互补，只不过是她的一厢情愿而已，小说的叙述结构本身并不支持这样的理想。伊丽莎白所谓的社会共识，实际上贬抑了“机智”，使之变成了“随和、可爱”，同时又褒奖和增值了“判断”，使之变成了“知识或者对世界的了解”。“机智”只能来处理一些琐碎事情，而“判断”却被改写为“权力”，无所不及、无所不能。总之，在小说中达西所代表的是权力规则，如父系财产继承和社会行为准则等，这使得伊丽莎白的活力和睿智统统轻如鸿毛。18世纪后期，女性的“机智”似乎被判定为溢出了得体举止的范围。伊丽莎白的“机智”被达西的“判断”所收编，我们不妨把这看作农业资本主义圈地运动的必然结果。

《曼园》在颇大程度上解构了那个理想化的彭伯利庄园。庄园始终与殖民地生产相关，是女性成为文化焦虑的重要场所。一如那些得不到家产继承权的男性子嗣，女性也是附属的存在物或者个人。她们纠结、辗转于基于出身的传统等级制度中，同时也期盼通过个人努力和美德来提升自身社会地位。托马斯爵士的庄园建立在海外“奴隶制”种植园经济基础之上。他严厉苛刻、自以为是，见不得任何下属自行其是，更难以容忍女性的主体性追求。在他的管治下，范妮·普莱斯式多愁善感的温婉必然要取代玛丽·克劳福德的聪慧和叛逆。《爱玛》则涉及了帝国经济的核心问题，也就是“丰裕中的贫困”。18世纪的经济高速发展，可是当时的社会下层往往赤贫如洗。财富分配不均还体现在，中产阶层男人的“向上”流动和乡绅家庭中妇女的“向下”流动。阶级形成的焦虑和文化观念的争执，都是以中产阶层妇女的经历来表征的。《爱玛》里出现的吉卜赛人与乡下穷人，其实反映了女性无权的状况。爱玛·伍德豪斯也承认，自己和那些处境岌岌可危的女人多有相似，尤其在心理成熟和道德观念上，也依赖像奈特利这样的男人来指引。在社会中占主导地位的"家庭道德"和"保持现状的本能"规训并固化了小说的女主人公。贝茨小姐的脆弱地位本来是社会问题，现在却变成了家庭和精神层面的焦虑，从而也就消解了尚无着落的简 · 费尔法克斯所代表的潜在威胁。在《劝导》中，奥斯丁美化了居家生活和海军的博爱情怀，温特沃斯需要女主角拯救他，使他安定下来，而女主角安妮 · 埃利奥特却"代表着商业现实的灵活性"。

卢或斯图尔特们选择从殖民/帝国视角切入，尝试对奥斯丁的创作进行深度政治化解读。他们的一些具体论述不乏新意或洞见，但有时也会给人牵强附会之感。或许可以说，这揭示了近时中外文学研究或批评中的某种"教条主义"姿态，即由理论框架和政治立场导出的某些结论先于阅读体验存在，然后以削足适履的方式来处理小说文本。

到2007年，英国废除奴隶贸易整整两百年了，《废奴运动语境下的奥斯丁》(2006)可谓来得正当其时。萨义德曾指责奥斯丁忽视了加勒比海奴隶的悲苦遭遇。作者引用柯珀的诗句："既然我们在国内禁止买卖奴隶/为什么要在海外进行这类贸易呢?"柯珀是奥斯丁最喜欢的作家之一，言外之意是奥斯丁绝对不会对奴隶制度漠然视之。[1] 作者认为，有关奴隶贸易的争论直接或者间接地影响了奥斯丁的创作，而她又通过文学创作来唤醒民众反奴隶制度的意识。《曼园》《爱玛》和《劝导》中谈及一些职业如女家庭教师和皇家海军等时，都表达了反对奴隶制度的立场。而且，奥斯丁的"废奴"情绪日渐强烈，在这方面她未完成的作品《桑迪顿》很能说明问题。在生命的最后阶段，奥斯丁通过选择半混血的兰姆小姐，表达了自己在废除奴隶制度上的立场和心迹。

第二节 "深耕"社会、历史、文化语境

英美学者愿意借助作家生平及其作品的"琐碎细节"来了解当时的社会风貌，或者相反，凭借详尽的历史知识来阐释奥斯丁的作品。在

1 Gabrielle D. V. White, *Jane Austen in the Context of Abolition*, London: Palgrave Macmillan, 2006, pp. 136–144.

20世纪侧重社会历史语境的文学研究一直不曾断流，虽然其间曾有过某种转向，比如20世纪40—50年代曾更多倡导形式主义的细读，进入20世纪80年代后强调历史、社会研究的声浪再度高涨。

20世纪90年代以降，由于“理论”的兴起，特别是新历史主义和文化研究思潮传播、盛行，学者们的历史兴趣似乎更多聚焦于“形而下”的通俗文化，尤其器物和身体元素。新派研究者希望凭借对俗物的“厚描”潜入历史的细节中，以获得有关文化表现形式的深层理解，从而避开误导性的分类标签或者表面上的相似性。多元文化主义成为他/她们基本的实践工具，这恐怕是查普曼们当年始料未及的。与传统的史料钩沉和考据不同，当下的“历史化”转向不抛弃形式，不排斥文本，也不忽略作品的审美特性；而是尝试将形式因素和历史语境关联起来，综合考量作品审美价值和意识形态价值的统一性，以评价奥斯丁和其作品在当下社会中的存在价值。当然，上述目标在多大程度上达到了，不能一概而论，需要根据每位学者的具体成果细加甄别。

勒费伊写作《奥斯丁：家庭记录》(1989)一书时，查阅了教区记录、遗嘱、银行账户等正式资料，也参考了奥斯丁家族的私人信件、日记、回忆录和传记等。迄今有关奥斯丁的传记资料，几乎被挖掘穷尽，勒费伊主张进一步围绕奥斯丁的亲戚、朋友和邻居来搜抉新材料。不出所料，她的另一专著《奥斯丁的世界》(1996)对奥斯丁小说的阐释不多，主要着力还原小说中的人物和地点。比如她在讨论《傲慢》时指出，小说的场景可能是赫特福德郡(Hertfordshire)，今天已成为大伦敦的一部分。在18世纪末那里树木繁茂，在井水浇灌的黏土山坡上可以瞥见迷人的田园风光；当地运行着繁荣的混合式农业经济，粮食生产、牛羊畜牧以及园艺种植等一应俱全，专门为伦敦提供粮食和蔬菜等。赫特福德县出产的啤酒很著名，一般用当地大麦酿造而成。[1] 奥斯丁并未到过那里，但她父亲有个表兄住在不远处，她很可能由此获得了关于县城的一些消息。勒费伊还指出两个小城镇(Overton和Basingstoke)作为小说可能的场景地，它们距离奥斯丁的家乡斯蒂文顿最近，也最为她所熟知。两处小镇上都有市政厅，既可进行市政会议和协商，也可举办舞

1 Deirdre Le Faye, *Jane Austen: The World of Her Novels*, New York: Harry N. Abrams, Inc., 2002, pp. 178–185.

会，还有绅士和淑女均可造访的流动图书馆。聚居于此的律师、屠夫、面包师、布商、女帽制造商等各色人士，完全可以满足威克姆之类的民兵军官在驻扎地的各类生活需要。

更多研究者关注奥斯丁小说世界中的婚姻、家庭和礼仪等。布朗（Julia Prewitt Brown）指出，奥斯丁在小说中前所未有地重视家庭和婚姻制度。[1] 由于新教的影响，包办婚姻遭到攻击，“情感婚姻”渐受重视，社会上开始鼓励年轻人自由选择伴侣。在奥斯丁的小说中，女主角与其未来伴侣的初次邂逅，往往标志着道德成长的开始，而缔结婚姻则标志最终走向成熟。布朗指出，女主角的自由选择、道德观念和社会适应等意识无处不在，小说从女性角度记录了由“传统导向”转变为“内心导向”的社会进程。奥斯丁小说可分为两类：讽刺喜剧小说（如《诺寺》《傲慢》和《爱玛》）和讽刺写实小说（如《理智》《曼园》和《劝导》）。前者展示稳定的传统社会和女主人公的启蒙教育；后者则呈现了无根流离之痛和劳顿幻灭之苦。在讽刺喜剧小说中，女主角会在某一瞬间濒临险境，最终转危为安；对她们来说，真正的考验是学会接纳所处的世界。而在讽刺写实作品中，痛苦感一开始就显现出来，女主角必须接受各种无情的考验。喜剧小说的时空较为促狭，人物的数量也相对有限；亨利·蒂尔尼、达西和奈特利等男主人公在财富和社会地位上具有优势。写实小说展示了更大更纷杂的社会空间，道德观受地域限制，旅行等行动也频频改变场景，男主人公失去安稳的居所，社会分裂的危险一眼可见。讽刺喜剧多源于18世纪英国社会的题材偏好，同时也透出斯特恩和菲尔丁等作家的独特影响。写实作品则预示了19世纪的社会状况，奥斯丁率先使用了萨克雷、狄更斯和艾略特喜欢采用的艺术手法和结构。奥斯丁的反讽辩证地处理了自我与社会之间的关系，是实然和应然的结合剂，其小说容纳了多种叙事声音，道德刻度也因此而变动不居。

莫纳汉（David Monaghan）在《奥斯丁：结构和社会想象》（1980）中也指出，奥斯丁小说中的社群可以看成是具体而微的国家或者社会，人们从有限的交往中获得了有关个人、家庭和社群的观念和信仰；这

1 Julia Prewitt Brown, *Jane Austen's Novels: Social Change and Literary Form*, Cambridge: Harvard University Press, 1979.

些反过来赋予了行为举止以重要价值和意义。作者特别指出，"健康的社会取决于无数仪式般的举止"。[1] 任何微不足道的言谈都有助于良好人际关系的形成或阶层和社区之间的和谐相处。舞会、拜访之类的社会活动，实际上体现了奥斯丁的社会观念，也是作者意欲阐释的主要目标。《诺寺》致力于探究礼仪与社会风习之间的关系，并且通过对日常社交活动的描写将形式与主题连接起来。小说揭示了索普和蒂尔尼家族在舞会和走访等社交活动上的排他行径，描写重点则放在凯瑟琳·莫兰小姐对此类行为和做法的反应上。在《傲慢》中，"跳舞是为求爱，走访则为扩大社交，婚姻则用来解决冲突"。当贵族、乡绅和中等阶层都能彼此体谅和理解时，美满的姻缘便缔结了。《曼园》将道德说教与礼节教化等而视之。《爱玛》呈现了一系列社会仪式，包括皇冠酒馆的舞会、博克斯山之旅和当维尔庄园之行。女主人公对海伯里村居民较多展示了仁慈之心，却不太顾及外来人的感受。这种矛盾的做法使她活在自己有限的世界里。奈特利先生才是维护社群的典范，恰可抵御和校正埃尔顿太太之类暴发户式的狂妄举止。《劝导》进一步表达了作者的某种态度转向：她似乎失去对乡绅的信心，对以海军为代表的中等阶层的态度也有暧昧含糊、自相矛盾之处；对刻板拘礼的做法也不再认同。相反，她开始更加重视、强调坦诚和率真。莫纳汉随后即于1981年编辑出版了《社会语境中的奥斯丁》，书中收录了他本人的文章《奥斯丁与妇女的地位》。[2]

18世纪中期以降，中产阶级日益扩大，教导操行和礼仪的指南书籍如雨后春笋。这一文化现象与奥斯丁小说的内在联系成为学者们深度挖掘的热点之一。弗里泽（Penelope Joan Fritzer）的《奥斯丁和18世纪的礼仪书》认为，奥斯丁的作品可以被看作有关礼仪的典型小说，此前没有哪个小说家如此认真地描写社交行为。弗里泽一一回顾了有关的研究和讨论：查普曼曾提到奥斯丁小说中的礼仪；《奥斯丁和她的前辈作家》一书也附有行为指南的选文；前面已经提及，纳尔丁在《奥斯丁

1 David Monaghan, *Jane Austen: Structure and Social Vision*, Totowa, N. J.: Barnes and Noble, 1980.

2 David Monaghan, ed. *Jane Austen in a Social Context*, London: Macmillan, 1981；另见朱虹（编），第333—356页。

小说中的得体观念》中，从“表层”和“深层”两个方面来讨论奥斯丁小说里的社交行为，并将其和当时社会推崇的礼仪指南联系起来，主要是从艺术作品推断社会生活的实况，但没有提供足够的历史证据；而卡普兰侧重从史料入手研究18世纪的社会语境如何影响了奥斯丁的作品。弗里泽认为，不能将礼仪文学与行为指南完全等同视之。简单地说，礼仪文学关注的是道德和内在性情，而非社会风尚和实际经验。奥斯丁关注行为举止和社交礼仪，因为这些不仅和他人相关，更重要的是和主人公的自身品质相关。奥斯丁把礼仪看作个人价值的外在表现，行为举止和神色语调不仅表现，也构成了得体、正直等社会品格。受纳尔丁影响，弗里泽也认为“表面”礼仪和“深层”礼仪的观念充斥着奥斯丁的所有小说，当然，“深层”礼仪才是她关注的重点。柯林斯先生完全按照礼仪书的要求进行社交，举手投足循规蹈矩，但仍让人感到可笑可厌。换言之，对深层品质的考量应该先于对礼仪书中某规则的简单遵从。奥斯丁嘲笑的不是礼仪书上的规则，而是那些没有分辨能力的人。[1]

我们有时会忘记，奥斯丁和司各特、华兹华斯、柯尔律治、骚塞以及黑兹利特是同时代的人，他们都是在18世纪90年代思想渐渐成熟并正式开始写作。奥斯丁的小说和书信也偶尔提及当时的重大事件，包括法国大革命、奴隶贸易、圈地运动、鞭打士兵、血腥的政治暴乱、大大小小的海陆战役，甚至1812年的美英战争。舒尔曼（Mona Scheuermann）提醒我们，当时的英格兰实际上并非远离危机，而是外患和内乱并存。由于法国大革命及英法战争，各地纷纷组织民兵团，政府则在征兵扩军，间谍无处不在，海军士兵不时发动叛乱，失地人口大量拥入城市，农村劳动力流失，农产品歉收、物资供应告急等情况频频发生。与此同时，潘恩等人大肆宣扬“人人平等”，对政府产生的威胁，几乎不亚于拿破仑发动的战争。[2]

要厘定奥斯丁的政治立场，她和法国大革命的联系几乎成为绕不过去的话题。罗伯茨在《奥斯丁和法国革命》中指出，奥斯丁在《少年

1 Penelope Joan Fritzer, *Jane Austen and Eighteenth-Century Courtesy Books*, London: Greenwood Press, 1997, p. 7.

2 Mona Scheuermann, *Reading Jane Austen*, London: Macmillan, 2009, pp. 171–178.

习作》中根本不提战争和革命，她在书信里似乎也不曾注意这些，然而《曼园》《爱玛》和《劝导》等小说却低调宣扬了爱国主义。罗伯茨认为哈丁所谓“有节制的憎恶”太侧重个人心理因素，忽视了当时的历史背景。对于奥斯丁的政治观念究竟是如何形成的（除了阅读小说和行为指南书）这一关键问题，巴特勒也没能进一步探讨。罗伯茨力图说明：法国大革命同奥斯丁的生活经历息息相关。最初，英国民众认可法国革命，但是随着法国革命暴力泛滥，他们的态度开始分化。主张国内变革者，多为不满政府的商人。他们比较认同大革命所提倡的理性精神和世俗化，将抨击矛头指向旧体制的庇护者，尤其是教会。当小皮特政府转而采取各种措施来抑制国内的激进运动，无论对于议员还是民众来说，支持内阁就等于拥护既定政治秩序。英国的保守思潮并不完全是自上而下的产物，各阶层都纷纷做出了效忠国王的自发性行动。奥斯丁在某种程度上有“恐法”情结，这在小说中多有体现，如《诺寺》中提到了间谍和政治压迫等。《曼园》中公子哥儿亨利·克劳福德标榜说，他只有在戏剧排演时才是自己，而拒绝了他的求婚的范妮·普莱斯，则表现得理智审慎、忠于职守、内敛克己。他们分别代表了法英两国不同的“真诚”观念。更不必说《爱玛》中英国味十足的奈特利先生和有法国情调的弗兰克·邱吉尔之间形成了种种对照和对抗。

拿破仑战争结束后，在1815—1820年间英国的爱国热情很快消失，阶级冲突阴云笼罩，由于地主日渐废弃传统的社会责任，农村地区的阶级矛盾也较为突出。奥斯丁目睹了传统社会的瓦解和新阶层的逐渐形成。罗伯茨特别指出，湖区诗人和奥斯丁多有契合，此时的华兹华斯正激烈地反对国内自由主义的经济措施，大力宣扬传统社会的种种优点。在某些方面，奥斯丁也以乡绅圈内人身份批判上流社会，而不同于沃斯通克拉夫特那样的“局外者”。[1] 由于奥斯丁的嘲讽之作多写于1798—1800年间，作者推测，后期的奥斯丁变得越来越严肃、温良和谦逊，开始了较为自觉的社会反思和批评。奥斯丁不乏强烈的宗教情感，但也在某种程度上对某些教会制度心存怀疑和抵制，也许福音主义治

1 Warren Roberts, *Jane Austen and the French Revolution*, London: Macmillan, 1979, pp.162–163.

愈了奥斯丁的人格分裂。[1] 兴起于18世纪后半叶的福音主义运动影响了奥斯丁小说的词汇、主题和人物，在《曼园》的写作中体现得尤为明显。早期小说人物伊丽莎白·班奈特拥有福音派作家汉娜·莫尔所提倡的判断力，却不具备基督徒的贤良恭敬或克己复礼风范，然而《曼园》中的范妮·普莱斯已经几乎成了标准的福音派小说女主人公。

《傲慢》的大团圆不仅是个人的，也是家庭和社会的。伊丽莎白·班奈特来自乡绅阶层，更能体会传统习俗的重要性。小说中的上层社会并不是一个封闭集团，依然向别的阶层敞开大门。在德比郡，加德纳先生和达西偶遇，他们坦诚相见、观念投契，短时间内都给对方留下良好的印象。达西认定班奈特先生办事不妥，坚持要跟加德纳先生合作收拾莉迪亚私奔造成的烂摊子。从宽泛的文化意义上说，小说中的商人、专业人士（比如代理律师菲利普以及由民兵团军官转为"正规军"的威克姆）、贵族和乡绅都可以称为"绅士"。难怪，在小说结尾，这些阶层聚集一处。

《曼园》一书表明，奥斯丁改变了早期立场。由于外在因素威胁了社群的安定，奥斯丁对乡绅的治理甚至生存能力表示出担忧，尤其对法国的影响感到忧心忡忡。总之，最后三部小说中的社会分析近似于伯克，强调传统的连续性并重视有机整体的关联。《曼园》里的家庭被看作社会构成的基本单元，其作用是在一代一代人之间有效传承价值观念。范妮·普莱斯不仅仅是家庭和睦的重要纽带，同时也巩固了社群的整体性，实现了社会延续发展的目标。

《爱玛》同样强调社会持续性和群体的重要，并且把这些主题与婚姻联系起来，通过爱玛态度的转变逐渐展现。没有这些转变，女主角就不能在海伯里发挥积极作用。作为破坏性因素的爱玛以及围绕马丁先生称呼所引发出的问题，都值得进一步研究，这些表明奥斯丁对传统社会的看法正在改变。在《劝导》中，一类新女主人公出场了，她似乎更加保守、谦虚和温柔；同时小说也创造出了一位新型的男主人公，更加具有男子气概、坚强果断，也不失温存体贴。当然，女主角安妮·埃利奥特也代表着奥斯丁对女性智慧和性情的更深入探索。正如安妮所

1 Roberts, p. 119.

说，“强烈的责任感是女人最好的嫁妆”，她的独立思考深深根植于自控力、纪律性和道德原则。罗伯茨也认为，总的来说安妮和温特沃斯的婚姻并无助于社区的改造。[1] 在《桑迪顿》中，社区衰落变得不可救药，两个地主都拒绝了传统的生活方式。那部小说中不仅展示了现代社会的消费主义，地点的转换也更具有象征意义。

除了对法国大革命的看法，很多读者也关心奥斯丁对当时英国国家的态度，这也是埃文思的《奥斯丁和国家》(1987)着力分析的要点。奥斯丁所处的英国社会中各阶层都在追求利润的最大化，《桑迪顿》中的经济投机和房地产开发等是突出的例证。另一方面，国家权力越来越集中，可以有效地支配日常生活的某些方面；奥斯丁所熟悉的乡绅阶层处在农业社会解体和工业城市兴起等巨变的夹击中。对于以市场为导向的经济关系和正在萌芽的新型社会及其管理模式，奥斯丁常常无情地予以质疑。然而，她的作品并不是“保守”的，其天才正是体现在她能够承认并表现物质世界的现实及其需求。她没有保守地无视物质生活的重要性，也没有退避进不问世事的浪漫姿态，在物欲横流的社会里，更不曾把物质问题的重要性置于其他一切考量之上。奥斯丁试图在小说中构想一套不是源自积累财产动机，并且由两性共同践行的价值观和道德准则。[2] 她坚信，应通过协调合作而不是威逼胁迫维持社会秩序。奈特利先生和达西先生都是地主，他们并不是简单地从庄园经营中搜刮剩余价值，而是认真严肃地考虑如何维护社群的存在与稳定。乡绅生活的核心是庄园和家庭，他们乐享其中，“家庭的”一词也是对男性的赞许。在《曼园》中，拉什沃思先生被接受成为朱莉娅·伯特伦的丈夫，这是因为后者的父亲托马斯爵士认为他“还算是有点家庭观念”。

该书写于撒切尔夫人入主唐宁街时期，作者热衷于使用马克思主义话语，并在作品研讨中带入了对20世纪80年代英国政治环境的认识。作者埃文思认为，奥斯丁认可的价值观和现代保守主义的理念与做法是大相径庭的。她说：“当下的金融经济政策，其背后是咄咄逼人

1 Roberts, p. 59.

2 Mary Evans, *Jane Austen and the State*, London and New York: Tavistock, 1987, pp. 78–79.

的保守主义，那恐怕也是奥斯丁所痛恨的寡廉鲜耻、自私自利做法。”[1]达克沃斯认为埃文思痛批撒切尔的态度可圈可点，但毕竟曲解了奥斯丁时代保守思想的内涵。撒切尔夫人的“托利主义”近似于古典自由主义的经济放任政策；而埃文思出于社会主义理念把奥斯丁划为“左派”，不免是过度“以今观古”。当然，埃文思指出，资本主义社会的痼疾依然存在，对今天的妇女而言，嫁人仍旧是经济保障的手段，等等，这些都有一定道理，反映了左翼知识分子的理想主义出发点以及对社会现实的批评。不过，她由此得来的一些推论未必全都中肯得当。

达克沃斯指出，谈及英国18和19世纪之交针对乡绅或者托利主义的批评，应该对几类不同的作者加以区分。政治经济学者和功利主义哲学家，如边沁，是从理性和进步的维度对乡绅发起抨击；华兹华斯等诗人和一些女性作家（如莫尔等），则是从维护传统和道德出发，希望英国避免剧烈的社会动荡。[2] 此外，18世纪后期的托利派人士，一方面将美德和财产联系起来，另一方面又把矛头指向贪得无厌聚敛钱财的行径，尤其是政治腐败和商业、金融投机。当时，由于英国政府的信用扩张，导致“金钱利益”集团和“投机社会”的崛起，其中的代表人物，不是乡绅，也不是传统意义上的工商业者，而是政治冒险家、股票持有人和公共财政的投资者。对此，托利派和地产代言人颇感惶恐——不仅因为这些人无底线的贪婪和疯狂，而且因为他们给政治秩序埋下祸根。奈特利先生是奥斯丁笔下乡绅的典范，他关心农业生产，体恤下层劳动者和女性，即使把他看成新生资本家，也绝不属于食利者或者金融投机商。而《理智》中热衷敛财、利用手头资本无情圈占土地的约翰·达什伍德，《爱玛》中的埃尔顿太太及其亲戚，还有《桑迪顿》中的德纳姆爵士等，则是“金钱利益”和“投机社会”的代表，这些人才是奥斯丁批评的对象。

前文提到，斯普林将奥斯丁小说中的乡村精英即士绅群体分为三类：贵族、乡绅和“准乡绅”。科普兰大体延续了类似的阶层分类，并详尽列举不同的年收入层次（100—4 000英镑不等）以及相应的生活方式，具体形象地展示了18世纪末英镑的“购买力”和“消费观”。彼时，

1 Mary Evans, p. 81.

2 Duckworth, 1994, “Introduction”.

年收入4 000英镑以上的家庭属于睥睨众生的“上层”，往往是有爵位的贵族或与贵族有千丝万缕的联系；而年收入低于400英镑的人家，则艰难求存于士绅的底层边缘，随时可能跌出这体面的统治群体。[1] 奥斯丁作品中，涉及收入、债务、消费和地位标志的描写频频出现。在其少年习作和早期小说（如《苏珊夫人》和《诺寺》）里财产焦虑只是被松散地嫁接到爱情故事上；而在后期小说中，金钱与爱情、婚姻之间的关系十分复杂。女性被放置到紧张的经济关系中加以刻画，经济管理可以检验女性的美德。《劝导》中的女性都是家庭理财高手：埃利奥特夫人“有办法，讲节制，会理财”，拉塞尔夫人和安妮·埃利奥特则力主采取积极措施，以尽快解除沃尔特·埃利奥特爵士的债务。

麦克唐纳（Oliver MacDonagh）的《奥斯丁：真实的和想象的世界》第一章首先聚焦于宗教话题。19世纪初年，英国国内舆论高调鼓呼国家对抗拿破仑治下的法国，政治改革的热情已经转向宗教方面。“民族国家”的号角和投向宗教的热忱，成为谋求社会共识的有效工具，不仅佐证大英帝国意识形态的合理性，也推进文化改革和社会管理。值得注意的是，有好几部重要的专著都是从《曼园》入手来破解奥斯丁，比如前面提到的《改良庄园》，以及下面将要介绍的《奥斯丁和摄政时代英格兰的再现》。麦氏也是如此。他认为，《曼园》面世的1813年，国教会面临一系列紧要问题，如牧师俸禄和兼职、牧师道德和行为改进、庇护制度下的裙带关系、城市中牧师的失职、福音主义的挑战等，这些均在小说中有所体现。牧师为奥斯丁笔下常见人物类型，但埃德蒙·伯特伦以虔诚真挚的态度接受圣职、献身宗教志业，这在其他小说中难得一见。范妮对宗教教义的践行，也比其他人坚决，在原则性和道德感上，似乎最有定力恒心，虽然她也不能完全免于外在威胁和腐败带来的侵害。麦氏将《曼园》读作奥斯丁对19世纪早期关键性的宗教问题的温和回应，她要求个人行为端正、认真严谨，但不主张激进的社会改革。小说将牧师视为乡村秩序的中心，同时在有所包容汲取的基础上委婉地拒斥了福音主义。这部小说实际上预示了维多利亚时代关于责任、

1 Edward Copeland, “Money,” *The Cambridge Companion to Jane Austen*, eds. Edward Copeland and Juliet McMaster, Cambridge: Cambridge University Press, 1997.

原则和宗教等方面的重大主题。[1]

麦克唐纳坦陈，该书出自历史学者手笔，他希望借助奥斯丁小说的细节来探究18和19世纪之交英国社会各方面的变迁。《理智》准确地把握住了当时英格兰的经济动态（比如圈地运动、消费文化等），奥斯丁笔下的角色以及他们所处的环境，均具有厚重的现实感。在《少年习作》（如“Catharine, or the Bower”）和《诺寺》等作品中，奥斯丁将优劣教养加以对比，谴责了旧有淑女教育模式及其带来的矫揉造作和自私自利，大力提倡深思熟虑、正言毅行和明辨是非的教育理想；而《劝导》则描绘了家庭关系中隐藏着的紧张不安和温馨亲切，但即使其中关系较好的家庭，如默斯格罗夫一家和克罗夫特将军夫妇等，“似乎都不如奥斯丁自己的家庭”。就亲密团结程度而言，奥斯丁本人的家庭更接近“理想型”。

奥斯丁笔下的绅士和淑女，体现了市民社会里中等阶层自我塑形的理想，其小说中屡屡出现的“学识”“修养”或者“美德”，则是当时社会中权力分配时的一种自觉的文化武器。在有关的讨论中，凯利（Gary Kelly）的《奥斯丁、浪漫女性主义及市民社会》一文值得注意。[2]《诺寺》中的亨利 · 蒂尔尼说过以下一段话：

> 请记住我们生活的国度和时代。请记住我们是英国人，是基督教徒。请你用脑子分析一下，想想可不可能，看看周围的实际情况。我们受的教养允许我们犯下这种暴行吗？我们的法律能容忍这样的暴行吗？在我们这个社会文化交流如此发达的国家里，每个人周围都有自动监视他的人，加上有公路和报纸传递消息，什么事情都能公布于众。犯下这种暴行怎么能不宣扬出去呢？（第二卷第九章）

凯利认为，这段文字强调了英国市民社会的几个特点，即建立在基督教

1 Oliver MacDonagh, *Jane Austen: Real and Imagined Worlds*, New Haven: Yale University Press, 1991, pp. 18–19.

2 Gary Kelly, “Jane Austen, Romantic Feminism, and Civil Society,” *Jane Austen and Discourses of Feminism*, ed. Devoney Looser, New York: St. Martin’s Press, 1995.

教义的基础上，受法律保护，并依靠现代化的方式（公路、报纸等）和监管机制来保证其运行。当然民族性也是小说叙述者着意标榜的。

凯利进而指出，英国国教有效地推进了教会、政府和社会的"资产阶级化"。国教会中的进步分子一直拥护启蒙运动所宣扬的社会、经济和国家制度的现代化。法国大革命之后，国教中的这一脉力量试图消弭激进运动所带来的破坏、保持社会发展的延续性、避开与激进观念纠缠，同时也和当时正在兴起的福音主义保持距离。作者详尽地描述了法国革命后英国市民社会的若干变化。第一，绅士和其他中上阶层在新式市民团体的基础上结成了联盟，比如当时涌现出大量的会社，最著名的要算威尔伯福斯（William Wilberforce）的"世风改进会"（Society for the Reformation of Manners）。第二，政府排斥和抑制了平民与小资产阶级等结成的政治化社团并密切监管中上阶层的市民团体，与此同时，一些较为正式的市民机构建立了起来，它们竭力和政府等权威机构保持一个音调和步调，联手杜绝有关政治和宗教话题的激进争论。第三，社会的等级界限被强化，性别差异也进一步加剧，女性受到了更多的限制，她们被"捧"为家庭的保护神，和公共领域完全区隔开来。

当时英国的浪漫女性主义吸收了沃斯通克拉夫特的某些主张，虽然摒弃了女性直接参与公共和社会领域活动的倡议，但继承了她对于贵族文化的批判。法国大革命之后，面对英国国内社会关系、民族团结、经济、文化和君权等各方面的危机，浪漫女性主义也调整了主张，认为女性应在家庭和地方事务上发挥直接作用，而在公众的政治领域只间接发力、适可而止。其中坚人士如福音主义者莫尔等，呼吁女性要坚守自我管理的准则，提倡"理性和美德"，而这也是"女性爱国主义"的重要内容。

彼时的文坛充斥着对情感主义的诋毁，而奥斯丁拒绝甚至批评此类做法，但她也不自诩具备浪漫派常常标榜的"独创性"和"天才"。奥斯丁的小说不过分以自我为中心，同时避开异域特色，坚持描写家庭生活、日常环境和人际交往，成就了后人所说的"写实主义"风格。奥斯丁往往被称作"反浪漫主义作家"，其实不然。她的小说同样抗议社会、法律和经济方面的不公——包括男性长嗣继承权以及对女性财产和经济独立的诸种限制。奥斯丁含蓄地谴责贵族文化将女性浅薄化和色情化，使后者只能通过小伎俩和卖弄姿色来展示自我；还生动展示了中上阶层女性在法国大革命后的英国市民社会中如何扮演了重要的角色。

该文锁定的时段常常被称为“摄政时代”。麦克唐纳也将《桑迪顿》看作摄政时代的缩影，认为奥斯丁采用一系列漫画式夸张手法讽刺了彼时英国社会的狂热躁动和沉迷放纵。这部未完成的作品涉及了摄政时代的建筑、服饰和流行一时的度假休闲等，更特别的是关注了“身体保健、自我诊断和疑病症（hypochondria）等”以及有关投机的“政治经济学的辩论”。现今读者一提及摄政时代，头脑中就会闪现粗野与天真、高贵典雅和丑闻迭出等截然不同的印象。这些粗浅的认识似乎推动着当下的“奥斯丁产业”，却也将奥斯丁拉出了她的真实语境。这令《奥斯丁和摄政时代英格兰的再现》（1994）的作者塞勒斯（Roger Sales）有所不满。[1]

塞勒斯指出，学界应更全面地分析1811—1820年间的奥斯丁，此时段的重要性不亚于18世纪90年代也即奥斯丁离开斯蒂文顿前的时期。无论在文体上，还是主题上，奥斯丁小说都和摄政时代文化存在共同特点——比如有关“泰然自若”（keeping countenance）或者“惊愕失色”（losing countenance）等的文字表述和行为表现，对体弱多病的兴趣以及夸张的表演性言行等。此外，1810—1811年英国发生了王位继承危机以及影响摄政王名声的种种事件，这些在乡村都曾引发了诸多关注，奥斯丁不可能没有耳闻。她的小说表面看涉及的是爱情或者纨绔作风，实际却在探讨女性权力的维系与金钱婚姻的运作之间的勾连。

这部专著就奥斯丁后期的几部小说进行“历史化”解读，将每一部都和摄政时代的一些文化特色（如重视疾病、花花公子、度假、职业化、战争等）挂上钩。《曼园》将地产、庄园和国家做对比，在托马斯爵士离开庄园期间，其长子汤姆·伯特伦被描绘成一个放荡不羁的监护人，亨利·克劳福特则是像布鲁梅尔（Beau Brummell）那样的纨绔子弟。这部小说赞许了摄政时代的某些价值观念，同时也批判了商业、狂欢和情感宣泄等。《劝导》讽刺沃尔特爵士这个上了年纪的花花公子，他占据

1 Roger Sales, *Jane Austen and Representations of Regency England*, London: Routledge, 1994.

着方方面面的特权，却不像克罗夫特夫妇那样强调合作和友谊。可以想象，他家祖宅凯林奇府必定命途多舛。《桑迪顿》则分析了“病秧子”文化和商业化休闲娱乐。此外，在英法战争结束后的摄政时代，呈现出不少混乱不安和强力压制的现象，奥斯丁试图表达并纾解这些社会张力。作者在该书跋中还提及因1995年BBC版电视剧《傲慢》热播而引发的“达西热”。该剧中频频闪现摄政时代的晚礼服，尤其低胸的款式和绷紧的袖口，这是在利用性感元素吊观众的胃口。

塞勒斯素有“威廉斯的传人”之称。《爱玛》的阐释体现了他对文化唯物主义文论的灵活运用。《奥斯丁和摄政时代英格兰的再现》第五章以伍德豪斯先生与大女儿伊莎贝拉争论疗养地来切入正题，建立起“疾病”与“度假”这两个主题之间的联系。这不仅是乡村和旅游地的对立，更是英国的乡绅观念和法国做派的对立。作者对矿泉疗养地兴起等文化现象进行全面的审视。小说中奈特利先生认为，威茅斯（Weymouth）是“这个王国最闲散的地方”。不像布莱顿等较为时尚的旅游地，相反，威茅斯以保守和刻板而著称。法国大革命和拿破仑战争时期，矿泉疗养地成为法国流亡者最喜欢的避难所之一。在奈特利看来，弗兰克·邱吉尔的生活方式是法国式的，对乡村和矿泉疗养地都造成了威胁，就像《曼园》中的亨利·克劳福德一样，是英国乡绅的潜在敌人。

文章还围绕奥斯丁对药剂师佩里的刻画进一步展开讨论，具体地阐发了疗养地所代表的价值观与乡村价值观之间的冲突。在医科职业等级制度中，药剂师的地位比外科医生略低，但事实上这两者的界限只在伦敦一地才能严格加以区分。1812年药剂师们发起了一场为自己正名的抗议运动，一时成为社会热议的话题。在小说中，约翰·奈特利是职业律师，他认为医生是服务人员，而卖药的商人根本无权指导别人怎样生活。但书中的佩里实际上属于地位正在改善、自由行动空间也相当大的一类人物。表面看他购置马车的计划并没有什么进展，但韦斯顿先生相信这只是时间早晚的问题——而这意味着，佩里的地位最终会得到提升。实际上，佩里同伍德豪斯一家的交往确实耐人寻味。爱玛患了麻疹，那位药剂师一天要来四次，却没有资格被邀请在爱玛家里进餐，尽管他有饭后登门拜访的权利。佩里属于海伯里社区的二流公民，恰似科尔夫妇或者马丁先生。佩里本来有发声的权利，但奥斯丁没有让他直接说话，而是采用间接方式转述他的话语。奥斯丁宁可腾出更多时间和空间来详细描写弗兰克·邱吉尔这个与简·费尔法克斯秘密订婚的年轻花花公子，而不是那些边缘的专业人士。所以，《爱玛》中隐含着两个文本。一个似乎是支持佩里与其他正在崛起的乡村专业人士，这是奥斯丁的思想进步性。另一个文本则表现出对花花公子（摄政王等人物在小说中的折射）的着迷，这显然是对前一个文本的质疑和否定。

除了前面提到的多种多样的社会政治批评，有些论著专门讨论18世纪思想史中的奥斯丁，特别是她和启蒙运动、经验主义以及古希腊罗马哲学思想等的关联。与玛·巴特勒等人的观点不同，在《奥斯丁和启蒙运动》（2004）一书的作者诺克斯-肖（Peter Knox-Shaw）看来，奥斯丁是一个持中间立场（centrist）的怀疑论者，她所关心的是从内部着手对社会进行改革。[1] 作者将奥斯丁的创作置入18世纪后半叶在英格兰和苏格兰兴起的启蒙话语和科学话语中。比如奥斯丁曾言，“七年的时间，我认为，足以改变皮肤上的所有毛孔”。诺克斯-肖就此指出，奥斯丁的同时代人亨特（John Hunter）曾发表有关枪伤的论文，详尽地谈论了皮肤和其他组织的自我更新，奥斯丁本人很可能曾经读过那篇文章。[2] 1789年初，奥斯丁在牛津大学就读的两位兄长创办校/院刊物《闲荡者》（*The Loiterer*），每周都从牛津寄来新文章。植物学、动物学、医学等科学发展近况是该刊关注的重要主题之一。她大哥詹姆斯还坚信，商业或者制造业发展对于社会的繁荣和自由有很大影响，商品交易一定会刺激个人主义的萌发和成长，虽然他不赞成潘恩在《常识》中提倡的民主共和政治。该书还频繁提及启蒙思想家休谟和斯密，那两位哲学家反对沙夫茨伯里鼓吹的“直觉的道德感”，主张用功效性来取代意向性，承认人性的局限，等等。也就是说，奥斯丁的《少年习作》对情感主义的讽刺，绝不是空穴来风。她不愿过多运用隐喻，避免直接援引《圣经》及希腊、罗马典故，也不喜欢夸张修辞，这些也都得益于启

1 Peter Knox-Shaw, *Austen and the Enlightenment*, Cambridge: Cambridge University Press, 2004, p. 5.

2 Knox-Shaw, p. 12.

蒙文化的传统。诺克斯-肖尝试通过不同的思想脉络来解读奥斯丁小说——比如，借“如画美学”分析《傲慢》；凭借自由主义史学观念（主要是斯密和休谟的）梳理《诺寺》；依据经验主义哲学阐释《理智》；将对《曼园》的解读和当时的宗教复兴及福音派联系起来等。此外，洛克的主权理论为理解《爱玛》提供了一个有效路径，而沃斯通克拉夫特关于妇女权利的主张则有助于我们探求《劝导》的主旨。

《劝导》是奥斯丁作品中与战争联系最直接、最密切的一部，歌颂了英国海军，说“（他们）亲切友好，情同手足，坦率豪爽”；说“水兵比任何人都更可贵，更热情”。诺克斯-肖从奥斯丁传记入手寻找原因：1815年9月，奥斯丁的弟弟查尔斯的妻子分娩死去，他本人当时正在战舰（即小说中提到的Namur号）上履职，内心的痛苦和煎熬充斥在他日记的每一页上。查尔斯还记录了一位战友新婚妻子千里迢迢赶来团圆，却迎来丈夫刚刚阵亡的噩耗。《劝导》是对传统价值观的矫正，而新价值恰恰产生于战争时期，扎根于日常生活，尤其离不开女性经验。奥斯丁反复讨论两性角色，让多名女性人物接受各种考验。卢克护士机智精明，职业习惯使她善于观察人性，作为朋友，她远超过那些受过“世界上最好教育”的绅士和淑女。屡遭挫折的史密斯太太磨炼出坚忍的品性，失去丈夫后尝试独立谋生，她的乐观态度最终感染了安妮。而克罗夫特太太无疑属于18世纪末的自由女性。她身材高大、腰板结实，四次横渡大西洋，去过里斯本、直布罗陀海峡，还到过东印度群岛。她生平最幸福的岁月是在军舰上度过的。她努力地说服弟弟也就是温特沃斯上校，称女性有权利在战舰上生活，她对“闲散的绅士”不屑一顾。

而真正的坚定，正是在与男性的对比中体现出来的。安妮多年前接受家长和拉塞尔夫人的“劝导”，断绝了与初恋男友温特沃斯的关系，违背了男方的意志。两人重逢后，一次遇到了朋友发生意外事故。当时安妮从容不迫、镇静应对，反而是温特沃斯因事情发生多少与自己相关而心惊意乱、一时无措。安妮曾与哈维尔上校争论“男女相比”，哪一方情感更强烈更忠贞。她承认海军将士们具有热忱忠诚之心，但是认为女人更胜一筹：“我们女人，即便恋人死去，或希望渺茫，也能一如既往地爱下去。”奥斯丁还赞扬了男性居家时的良好行为举止——尤其是哈维尔上校的表现。小说最后一段，安妮如是憧憬自己未来的家庭生活：她“作为海军的妻子感到自豪；不过，隶属于这样的职业，她又必须付出一定的代价，战事一起，便要担惊受怕。其实，海军在家庭方面的美德要比为国家效忠来得更卓越”。原文中“Domestic”一词有两层含义，即“家内的”和“国内的”。在一个宣扬战争英雄的年代，《劝导》关注安妮这样安静、温顺、为人忽略的女性。可以说，小说试图矫正战争时期不自觉形成的男性英雄主义观念，赞扬和推崇了女性的力量。

《奥斯丁笔下的“应当”》(2010)同样关注奥斯丁和启蒙思想家的契合，其副标题是“继洛克和沙夫茨伯里之后的道德评判”。[1] 奥斯丁的小说常在第一和第三人称或者不同视角间来回切换、调停，这是为了审慎地处理“实然”和“应然”的辩证关系，她的小说中大量出现“ought”一词。想要充分理解奥斯丁的小说，必须从18世纪的一场论战入手——在个人品位、道德修养和行为举止上是否存在一套绝对的标准，正是那场思想争论中的核心问题之一。根据洛克的经验主义学说，人类不乏足够的认知能力来形成恰当的判断标准，沙夫茨伯里则指出，困难在于，前者所倡导的“观念的联系”有时是随机的和任意的。后者更加强调美感与和谐感之重要，希望通过“文明的讨论”来与他人达成观点和意见的一致。

除了洛克和沙夫茨伯里，作者还以艾迪生、休谟、斯密和理查逊为例来说明文雅商谈和礼貌讨论的重要性。在有关斯密的章节里，作者指出，“公正的旁观者”(impartial spectator)为个人情感和利益（第一人称视角）与某位旁观者（第三人称视角）的判断提供了必要的中介与协调。借此，奥斯丁终于实现了一种艰难的艺术平衡：成功地协调甚至解决了个人利益（或视角）与公众利益（或视角）之间的冲突。作者认为，雷诺兹(Sir Joshua Reynolds)的艺术主张也有利于我们理解奥斯丁的作品。前者的画作以及他在任皇家艺术学院院长时的演讲，实际上标志着“如画美学”艺术传统的最终创立，也是协调自然美与崇高美的一种艺术尝试。奥斯丁总是不断将一种视角加之于既有视角，从不以同一视角贯穿全文，而是积极地转换或者接纳其他视角。《傲慢》中，彭伯利庄园的女管家雷诺兹太太曾向伊丽莎白介绍达西家族的肖像画并夸

1 Karen Valihora, *Austen's Oughts: Judgment after Locke and Shaftesbury*, Newark: University of Delaware Press, 2010.

赞自己主人的性情，对她的命名很难说是巧合。

《奥斯丁的美德哲学》(2005)的作者埃姆斯利(Sarah Emsley)精通古典文学和现代文学。继麦金泰尔之后，她也将奥斯丁视作传统美德最具代表性的人物。埃姆斯利并不追问具体的社会历史和政治因素，而是一意探寻奥斯丁的价值观。她认为奥斯丁并非简单地拥护现状或者热衷于世俗的相对主义道德，其小说试图将古典美德(审慎、公正、刚毅、节制等)和基督教美德(爱、宽容、信仰和希望等)融入日常行为举止。埃氏既指出世俗道德的复杂性，也强调了宗教信仰的重要性，认为奥斯丁小说中美德的统一性和完整性是后来作家，如乔治·艾略特或者亨利·詹姆斯，所不具备的。[1] 苏珊夫人深通人情世故，玩弄各种手段来达到自己不可告人的目的；而凯瑟琳·莫兰具有天生的真诚和荣誉感，努力把握礼仪的外在标准，同时保持内心谨严。埃莉诺和玛丽安·达什伍德的爱情故事，并非表现简单的理智与情感的冲突，而是探索如何同时践行不同的美德并保持平衡。《傲慢》深入讨论了温文尔雅与正直真诚的对立、宽容与正义的冲突。《曼园》中范妮·普莱斯的美德不是静态的，即并非被动地生活在冥思苦想之中，她也是读者和园丁，能够积极领会社会和大自然的意义，渴望朝气蓬勃的自我成长。《劝导》注重"各种美德的平衡"：安妮·埃利奥特凭借着惊人的力量经受住失恋的打击，不断以基督教美德(如希望和宽容)来强固自己所具有的古典美德(如审慎和刚毅)。

还需要指出，同是认真耙梳奥斯丁的文本和书信，既可以从中探知小说情节或人物的原型、推断艺术创作背后的意识形态，也可以收集有关当时中产阶级生活细节的某些详尽记载，甚至只为弄清编织钱袋的某道工序或者乡间舞蹈的某个步法。如果说查普曼当年更偏重高雅文化以及对书面语言的规范，当今某些学者则特别属意奥斯丁与服饰、饮食、针线活、舞蹈、儿童、兄弟姐妹关系等的关联，从而进一步刺激了以奥斯丁为招牌的英美"文化产业"。

《18世纪英格兰人的日常服饰》一书选取并讨论了1813年9月间奥斯丁从伦敦寄给卡桑德拉的几封书信，其中姐妹俩不下十几次提到

1 Sarah Emsley, *Jane Austen's Philosophy of the Virtues*, London: Palgrave Macmillan, 2005.

服饰、购买衣服、长筒袜、帽子和蕾丝等话题。[1] 作者似乎认为奥斯丁有关购物习惯及绸、布价格的记录比其他人提供的资料具有更高的史料价值。该书还提供了诸多有趣的实际生活史素材，比如第一章介绍了形形色色的服装购买途径——旧衣叫卖于街边，小作坊也可定制新款，大型布料零售商店不必说要重点列举，典当二手衣服的商业街（Rosemary Lane，Monmouth Street等）也须顺便提及。一些棘手的问题，如怎样洗涤、修补衣服，或者如何旧衣翻新以适应时尚变化等，作者亦有所交代。奥斯丁姐妹曾为诸多兄弟缝制衣服，她们的邻居（如Caroline Wiggett）也被引入讨论，用来说明廉价服装商店的日常运营。不过，即便我们了解到奥斯丁一生多穿棉质、亚麻和羊毛质料的服饰，恐怕对于理解其作品之微妙并无大的帮助。《曼斯菲尔德庄园》中有处细节，记述某女佣因为穿白色长裙而被诺里斯太太解雇，连最详尽的剑桥版对此也未加注解。若要追究，其原因当然是穿长裙不方便做家务，而白色衣裙尤其不符合女佣的身份。这些应是当时的"共识"。

服饰具有阶级性，日常食物也不乏或明或暗的社会符号功能。一个人吃什么、喝什么，可以反映出其经济地位、政治思想意识、宗教乃至性别差异。在现今的美国，共和党人喝黑咖，而民主党人品拿铁；在中国，路边地摊上的鸡蛋灌饼，"味多美"的提拉米苏，各有各的消费群体。雷恩（Maggie Lane）在《奥斯丁和食品》（1994）的前言中开门见山地指出：奥斯丁一向珍惜笔墨，凡小说中提及食品处，必有特殊含义。[2] 那些喋喋不休讨论食物的角色，多是俗物。在《曼斯菲尔德庄园》中，玛丽 · 克劳福德的姐夫格兰特博士就是突出的例证：这个教会人士是个自私自利的饕餮之徒，"每周三次，照例不误纵饮大嚼"，最后中风而亡。唯一的例外是爱玛——她必须要遵循父亲的叮嘱来妥善安排膳食。食品话题往往被传统批评忽略了，其实它能帮助我们理解人物角色的内心变化，甚至可以揭示小说的女性主义立场和作者的政治态度。例如，《理智》中的威洛比后来诚心悔改了，这可以从他匆匆忙忙吃了一顿地

1 John Styles, *The Dress of the People: Everyday Fashion in Eighteenth-Century England*, New Jersey: Yale University Press, 2007.

2 Maggie Lane, *Jane Austen and Food*, London and Rio Grande: Hambledon Press, 1994, p. xi.

道的英国午餐看出来；同样，范妮·普莱斯在饮食上是否过于“讲究”，这关乎《曼园》是不是在为当时的意识形态辩护。

《绅士的胃口：英国19世纪小说研究》(2009)关心的也是这类问题。[1]《爱玛》中伍德豪斯先生饮食素淡，以稀粥、煮鸡蛋等为主，甚至希望村民的饮食都像他一样。19世纪初，英国时兴罐装食品，但这类食物不够新鲜，且曾引发中毒事件；另外，新潮的法国厨师，在法国大革命之后给英国带来了沙司等调味料，遮掩了食物的原味。作者指出，摄政时代对政治的担忧普遍存在，这是影响爱玛父亲食谱的决定性因素之一，也是他信赖本地产食品的主要缘由。伍老先生讨厌蛋糕，说明他根本不信任法国厨师。当然，他在食物监督上的作用毕竟有限，海伯里的很多居民背着他吃蛋糕，连药剂师也不例外。而小说中的“外来者”，如弗兰克·邱吉尔和埃尔顿太太，其饮食习惯似乎与法国烹饪多有关联。“绅士的胃口”自有政治含义，当时雅各宾分子正在侵蚀英国的本土文化，对这一点雷恩也有提及。[2] 对器物的关注本身无可非议甚至可能很有价值，关键是要与小说叙述以及书信传记等材料巧妙地联系并恰当地诠释。

当今的受众对晚年奥斯丁所处的摄政时代满怀浓厚的兴趣。新版拜伦传记绘声绘色地讲述当时的花边新闻，而《奥斯丁的针线盒》则以小说为线索，不厌其烦、井井有条地列举和介绍具有摄政时代风格的手工项目，简直是一本工艺指南手册。[3] 该书选取小说和书信中的零碎细节，既让某些奥斯丁读者瞬间产生似曾相识的共鸣，又满足了那些醉心于此等工艺知识和技能的初学者。小说中范妮·普莱斯总是怀着无尽的愉悦和耐心来做手工活计，而伯特伦姐妹一贯马马虎虎、草草了事。奥斯丁本人精于各种针线活儿，有书信为证：“玛莎的小地毯刚完成，尽管没有我想象得那么好，但至少看起来还不错。”[4]

可惜，《奥斯丁的针线盒》的作者没有将这些和小说主旨结合起来

1 Gwen Hyman, *Making a Man: Gentlemanly Appetites in the Nineteenth-Century British Novel*, Columbus: Ohio University Press, 2009.

2 Lane, pp. 150–151.

3 Jennifer Forest, *Jane Austen's Sewing Box*, Australia: Murdoch Books, 2009.

4 Le Faye, 2005, p. 239.

讨论。针线活儿属于当时所谓的“才艺”。让我们来看看小说人物对“才艺”的解释。《傲慢》中的宾利先生认为能装饰台桌、点缀屏风、编织钱袋就已经了不得了，这样低的标准自然遭到姐妹的讥笑。宾利小姐殷勤地帮达西定义“才艺”，说它不光包括音乐、唱歌、舞蹈、绘画和现代语言，还要讲究仪表、步态、音调和谈吐。她以为自己的帮腔会得到首肯，没想到达西还给“才艺”补上“真才实学”一项——女性应多读书以增进心智。显然，“才艺”具有象征功能，用以标榜“淑女”身份，扩大她们的交际范围，从而促进家族的利益关系。没有“才艺”、只会料理家务的女人往往失去了更多社会交际的机会。《傲慢》中的班奈特太太不擅“才艺”，年轻时谈婚论嫁只能靠她天生貌美。玛丽是班奈特家唯一相貌平平的女孩，于是不得不努力掌握“学识和才艺”并不失时机地卖弄一番。当然，针线活儿对小说和现实生活中上年纪的女性也有实际意义。《曼斯菲尔德庄园》中的伯特伦夫人和《理智与情感》中的詹宁斯太太等早已不必为婚姻操心，却都不时地从事针线活；爱玛·伍德豪斯想象有朝一日自己变成了老女人，“我要是不弹琴唱歌了，就会编织地毯”（《爱玛》，第二卷第十章）。

“才艺”中较为重要的一项是舞蹈，就像宾利小姐所说。《文学和舞蹈》（2009）是比尔（Gillian Beer）主编的剑桥“19世纪文学和文化”丛书之一，全套包含64个不同的主题。[1] 该书作者威尔逊（Cheryl A. Wilson）关注的是，文学和舞蹈之间的交织关系如何在社会、政治甚至国家层面上产生影响，尤其是对于当时借舞蹈来表征民族、性别以及社会流动性的作家来说，这一交织关系的意义究竟何在？从第一章“舞蹈的文化”，读者获悉，当时的舞蹈艺术家和牧师职业一样，具有较大的社会流动性，常常挤入贵族和乡绅的圈子里。第二章讨论那些有资格举办舞会的女主人（Lady Patronesses）以及她们如何制定舞厅内的行为准则等。爱玛·伍德豪斯算得上小镇上的女主人，却差点被暴发户埃尔顿太太抢了风头，足见行为举止的标准与社会权力的运作息息相关。《傲慢》中，宾利小姐邀请伊丽莎白在厅中踱步，一抬脚、一挪步绝不亚于舞蹈，只为展示曼妙的身姿，吸引达西等绅士的瞩目。与此类似，参

1 Cheryl A. Wilson, *Literature and Dance in Nineteenth-Century Britain: Jane Austen to the New Woman*, Cambridge: Cambridge University Press, 2009.

与舞会是女主角们获取更多社会权力和性别特权的重要渠道。

《文学和舞蹈》第三章详尽讨论了《诺寺》中发生在巴斯的五个舞会场景。其中，亨利·蒂尔尼半开玩笑地将乡村舞与婚姻进行类比，颇像是要对女主角凯瑟琳进行“启蒙”：

> “我们已经订了约，今天晚上要互相使对方愉快，在此期间，我们的愉快只能由我们两个人来分享。谁要是缠住了其中一个人，不可能不损害另一个人的权利。我把乡村舞视为婚姻的象征。忠诚和顺从是双方的主要职责。那些自己不想跳舞，不想结婚的男人，休要纠缠他们邻人的舞伴或妻子。”

凯瑟琳不愿意全盘承认乡村舞与婚姻的相似性，提出了异议。蒂尔尼接着解释道：

> “一旦达成协定，他们只归相互所有，直到解除协定为止。他们各自都有义务，不能提出理由后悔自己为什么没有选择别人，最有利的做法是不要对自己邻人的才艺做非分之想，或者幻想自己找到别人会更加幸福。”(《诺寺》第一卷第十章)

也就是说，跳舞是一种“准婚姻”的状态，凯瑟琳必须接受它的限制性(如不能任意更改舞伴)，放弃最初的天真想法(拥有不止一个舞伴)。亨利谈论的是舞蹈，更是婚姻。

器物、才艺之外，各色虚构或者真实人物，比如小说中的儿童、绅士，或者奥斯丁的兄弟姐妹等，也是某些奥斯丁研究的重点对象。奥斯丁-利在《回忆录》中顺带提到了“姑妈”和“精灵”，意在证明小说家如何关爱孩子，因为当时有传言说奥斯丁不待见这些“小不点”。《奥斯丁和儿童》(2010)的作者赛尔文(David Selwyn)曾是奥斯丁协会主席。他从小说、信件、日记中大量撷取材料来说服读者，至少在小说中奥斯丁对儿童青眼有加。历史学家罗伊·波特(Roy Porter)早就指出，在洛克和卢梭的影响下，18世纪的欧洲儿童开始被认为是“纯洁无辜、有待造就”之物，他们的感受和愿望也逐渐得到社会的广泛关注。此外，富裕的环境、宽松的气氛也很重要，当时英国的消费文化极为火爆，各类玩具、书籍和教育用具都直接以儿童为市场对象。尽管少年肖像画价格不菲，骄傲的父母们也愿意支付费用。[1]

赛尔文指出，奥斯丁小说中那些不太令人满意的孩子，其作用往往不可小觑：比如露西·斯蒂尔千方百计要讨好取悦的米德尔顿家孩子显然被宠坏了；默斯格罗夫家的小查尔斯和沃尔特则一贯调皮捣蛋；更不必提范妮·普莱斯在朴次茅斯家中那帮吵吵闹闹的弟弟妹妹。[2] 有关儿童的最生动场景发生在《劝导》中。当时安妮正在屈身照料生病的查尔斯，沃尔特爬上她后背捣乱，硬是不肯下来。然后，"转瞬间，安妮觉得那小家伙正在慢慢地松开胳臂，原来有人从她背上把他拉开了"。男主角温特沃斯来得正是时候，果断地把沃尔特胖乎乎的小手从姑妈的脖子上挪开。奥斯丁的笔法极简，"安妮激动得一句话也说不出来，甚至都不能谢他一声，只能附在查尔斯面前，心如乱麻"（第一卷第九章）。分手8年的初恋爱人再次近距离接触，安妮的复杂感受，读者可以设身处地地想象。不妨说，沃尔特成了这对主人公修复关系的一条重要纽带。

有时候，儿童在叙事安排中也起着重要作用。[3] 爱玛·伍德豪斯为新婚归来的埃尔顿夫妇安排晚宴那天，不料姐夫约翰·奈特利带自家两个孩子省亲来了，用餐的人数骤然增至九人。爱玛老爸伍先生对大型聚会深感厌恶，说"餐桌上顶多只能坐八人，否则他就要神经崩溃了"。而约翰·奈特利先生一贯乐享平静的家庭生活，现在倒好，"待不上两天，就要遇上一次宴会，任谁都不会心里高兴"。孩子在这里可不只是"凑数"。要知道，正是因为这两个孩子，约翰·奈特利先生在雨中遇到赶往邮局取信的简·费尔法克斯。他的体贴（看似是在责备简淋雨取信的贸然之举）让读者瞥见了简的另一面——她的脸红了，甚至险些落泪。更有意思的是，接下来，爱玛赞美弗兰克·邱吉尔和韦斯顿一家，而奈特利兄弟二人都认为爱玛近来的社交活动太频繁了。约翰提出要将自己的两个孩子送回伦敦，他的兄长乔治·奈特利回话说：

1 吕大年：《替人读书》，上海：上海书店出版社，2007年，第41—48页。

2 David Selwyn, *Jane Austen and Children*, London: Continuum, 2010, p. 2.

3 Selwyn, p. 4.

"用不着，把孩子送当维尔吧，我可不是大忙人！"当维尔是奈特利先生自家宅邸。他自称"不是大忙人"一语暗含讥刺甚至怨怼，实际上这位大哥正因为弗兰克而吃醋呢。

奥斯丁的姐姐卡桑德拉究竟是怎样的人，当下传记语焉不详。而她的表姐更多进入读者的视野，则英国奥斯丁学者勒费伊功不可没。奥斯丁的姑妈(Philadelphia Austen)曾因家境贫寒，不得不远嫁东印度公司的医生汉考克(Tysoe Saul Hancock)，1861年在加尔各答生有一女，就是奥斯丁的表姐伊莱莎。姑妈与首任印度总督及政坛名人黑斯廷斯(1732—1818)颇有交情，经她联络，黑斯廷斯的儿子曾交由奥斯丁父母照顾。黑斯廷斯还赠予了伊莱莎10 000英镑，这在当年可是一个大数目。有传言说，黑斯廷斯可能是伊莱莎的生父，而勒费伊则旁征博引为奥斯丁家族辟谣。[1]

勒费伊凭借往来信件还原了一个栩栩如生的"海外表姐"。伊莱莎曾在法国接受淑女教育，骑马、跳舞、弹竖琴，样样精通。她不时寄信给英国乡下的表亲谈巴黎趣闻(如热气球放飞)、精美时尚等，让奥斯丁一家领略异域风情。在母亲和朋友的劝说下，伊莱莎嫁了一个自己不爱的法国贵族。丈夫在法国大革命中被处决，她唯一的孩子也因病夭折。后来她穿梭于巴黎和伦敦之间，时常参加两地中上流社会的晚宴，频频约会，过着"喧闹的生活"。伊莱莎好虚荣，但自信、积极，乐享生活。幽默风趣在书信中处处可见，外出逛公园时她写道，"威尔士王子和我呼吸着同样的空气，我们都不善交际，于是未能同乘一辆马车"。这类言谈举止不可避免地让人想到奥斯丁小说中最复杂的角色之一——玛丽·克劳福德。伊莱莎本想再嫁个有钱丈夫，但最终选择了颇具绅士味的亨利(奥斯丁四哥)，放弃了一本正经的牧师詹姆斯(奥斯丁大哥)。在《曼园》中，玛丽·克劳福德对埃德蒙接受圣职耿耿于怀、埋怨不已。奥斯丁的两个哥哥对这位"海外表姐"一度神不守舍，在期刊文字、短篇小说中流露出争风吃醋的心态。奥斯丁那时不过十几岁，对兄长的婚事可谓牵挂，少不了对伊莱莎存几分猜疑嫉恨。[2]

1 Deirdre Le Faye, *Jane Austen's "Outlandish Cousin": The Life and Letters of Eliza de Feuillide*, London: The British Library, 2002.

2 Jon Spence, *Becoming Jane Austen*, London: Bloomsbury, 2003, pp.62–73.

与奥斯丁年龄更接近的两个兄弟，法兰西斯和查尔斯，都在少年时代就早早加入了皇家海军。1792年法兰西斯擢升为上尉，曾巡航东印度群岛，并在中国待过一段时间；查尔斯一度服役于“独角兽”舰，俘虏过两艘法军船只，这些事在《劝导》中曾间接提及，早期的家族传记材料《奥斯丁的海员兄弟》(1906)中也有详尽记载。三哥爱德华·奥斯丁被膝下无子的富翁亲戚奈特(Thomas Knight)收养，后来正式改姓“奈特”。奈特的父亲当年也曾资助过奥斯丁的父亲。奥斯丁的母亲认为爱德华是个“天生的商人”，乐见这个儿子有个更好的归宿和前程，觉得改姓根本算不上什么。后来奥斯丁姐妹经常远道探望爱德华，住进肯特郡那幢气派的古典豪宅里，过一段近似上流社会的日子。1809年，爱德华将继承到的产业之一即汉普郡的乔顿乡舍分派给奥斯丁家女眷居住，就是今天奥斯丁故居、纪念馆和年会召开的所在地。《爱德华在海外》(2005)是最新面世的有关奥斯丁家人的传记，主要包含了爱德华长达一个月的瑞士之旅(1786年日记)和两个月的意大利、德国和荷兰之旅(1790年6—7月日记)。自17世纪起英国年轻绅士中开始时兴“欧洲游学”，通常必去巴黎、佛罗伦萨、威尼斯和罗马等地。18世纪延续了这个风俗，少年公子们常要赴欧陆访问某些特定的城市、参观重要的艺术馆等。不过，爱德华的“游学”好像更类似于当时正在兴起的“浪漫之旅”，他避开了巴黎直奔瑞士，大约是更欣赏那里的高原雪山。建筑和绘画之外，爱德华对漂亮女人也多有评论，1790年他还曾在阿姆斯特丹的某家妓院逗留。此外，他对地方的经济事务也颇感兴趣，如土壤是否肥沃，农场如何易于管理等，这和同时期英国作家阿瑟·杨(Arther Young)的游记精神参差似之，似乎也佐证了奥斯丁小说中须臾不离的主旨之一“地产之改良”。

还有不少论著将奥斯丁和其他艺术家的创作进行对比研究。话题之一是她和亨利·詹姆斯的关系。有人认为两人风格颇为契合，从一定意义上说，詹姆斯关注的小说技术问题，奥斯丁在《爱玛》中已经部分地解决了。此外，奥斯丁本人曾言，她和诗人克雷布写作风格相仿，甚至跟侄女开玩笑说，仅凭这一点，“我可以成为克雷布太太”。[1]《曼

1 Le Faye, 2004, p. 178.

园》中，范妮·普莱斯在东屋里存放着克雷布的《故事集》，而且范妮的名字也和这个故事相关。或许有感于此，《奥斯丁和克雷布的文学经济学》(2004)将这对"文学搭档"归为"反浪漫主义作家"。由于拿破仑对英国进行经济制裁和贸易限制，1806—1812年间英国国内的经济压力较大，这改变了一些作家对帝国空间和合理利用资源的认识，形成了所谓的"文学的经济观"，或者"空间的经济学"。克雷布的诗歌不仅仅针对济贫法，还面对着更为急迫的民族经济语境；同样，《劝导》中的家庭预算问题和国家财政缩减、马尔萨斯的《人口论》等也应联系起来综合加以考量。[1]

如果说前面这些还算是"文学联姻"，《奥斯丁和莫扎特》(1983)则跨越边界来谈论文学和音乐的契合。他们两位都认为艺术形式应强调平衡和谐，通过有所节制而非强烈过激的表达将内心感受和仪表融合起来。他们都善用灵活的艺术语言，都倾向于维持传统社会的基本结构。该书作者还进一步将《傲慢》和莫扎特第9钢琴协奏曲加以比较，认为两者都是"轻松明快、光彩毕露"的，都遵从总—分—总、喜—哀—喜、快—慢—快的段式。《劝导》和莫扎特第27钢琴协奏曲的对比，也不乏说服力：两部作品都包含个人传记因素和秋天的韵味，都较少关注外在行动，而是以含蓄、节制的手法表现强烈的情感。它们都"从内在的忧郁，转变为孤独的希望，再成为意义深远的快乐"，指向了未来的社会变革，同时又探究一个"自省的世界"。这类对照研究中，最出人意料的或许是《奥斯丁和达尔文》，作者拉他们两位进行"思想上的对话"。[2]鉴于达尔文与奥斯丁在很大程度上都是鲁滨逊·克鲁索的精神后代，且成长环境不无相似，两人的思想和作品之间确有可比之处；说他们在天赋和感受力方面极为相似，不仅善于观察细节，且能够理解其蕴含的深刻意义，不无道理。不过，该书作者的有些具体论证，比如过分强调达尔文就结婚利弊所做的思考掂量与《傲慢》中牧师柯林斯(呈给伊丽莎白·班奈特)的求婚词的相似之处，认为两者都很功利主义，都是一

1 Colin Winborn, *The Literary Economy of Jane Austen and George Crabble*, Hampshire: Ashgate, 2004, p. 13.

2 Peter W. Graham, *Jane Austen & Charles Darwin: Naturalists and Novelists*, Hampshire: Ashgate, 2008.

副“以自我为中心”派头，便有失客观公允，难以自圆其说。

总的来说，读者评者各抒己见，使评论万花筒中的奥斯丁更加五色斑斓。当然，其中有些研究会有哗众取宠之嫌。有英美学者抱怨，眼下有一类很畅销的写作，不妨称之为“奥斯丁和……”系列。在这些出版物里那位18世纪的淑女作家不仅与奶油茶点、化妆品、假日旅行广告为伍，甚至跟美国总统奥巴马、恐怖分子本·拉登、僵尸、性虐等也都有了瓜葛。且不说纯粹为了赢得读者眼球的商业写手和博客评家，那些相互竞争的大学和各类研究机构，有时为了自身利益也会鼓励迎合时髦风气的各种学术成果。

第三节　传统研究的延伸和变异

这里所谓的传统研究，既包括面向普通读者的介绍性评说，也包括以美学形式为焦点的分析批评。本书第二章已经述及新批评形式研究，虽然其兴起、流行不过短短二三十年，却构成了奥斯丁学术史中一个最重要的传统或者经典范式。在此基础上，尤其借鉴了俄国的形式主义和法国的结构主义，英美学者发展出了相当完备的叙事学，或者称“经典叙事学”。如申丹所指出的，20世纪70年代和80年代中期此一流派在美国的发展势头相当旺盛。[1] “经典叙事学”的代表作之一是布斯（Wayne Booth）的《小说修辞学》。其中布斯以《爱玛》为例赞扬奥斯丁的小说艺术，认为她刻意模仿和嘲讽“来自作者的干预”，更偏爱“由小说自身需要所决定的写作技巧”。当然，布斯并不相信叙事的客观性或者可以完全去除作者的叙事声音。小说修辞学的研究目的就是将叙事技巧呈现出来，这些恰是作者控制读者的手段。

发表于20世纪80年代初的《理解奥斯丁小说：人物、价值观和反讽视角》（1981）综合了布斯等人的观念和方法，突出地体现了小说形式探讨的风格和路径。该书导论提出：所有的文本都有一个真实视角，经常和叙述者甚至作者合为一体，它有别于为了控制读者反应而采用

1 申丹：“叙事学”，载赵一凡等编《西方文论关键词》，北京：外语教学与研究出版社，2006年。

的纯技术性视角。哈丁和马德里克是以真实视角(或曰小说宣扬的价值观)为出发点来讨论奥斯丁的反讽,而布斯更侧重技术性视角,认为奥斯丁反讽的根基乃是视角控制。《理解奥斯丁小说》的作者奥德马(John Odmark)指出,建立在世界观之上的反讽乃是奥斯丁的基本艺术原则,统驭了六部小说的结构。奥斯丁聚焦于研究知识问题和探索事实真相,同时将人物及其行为置于道德框架内以展现人的内在丰富性。奥斯丁关注人际交流的困难,往往在戏剧性情景中设置各类冲突并让这些冲突在人物内心引起激荡并最终获得解决。奥德马还借助了多种语义学理论来阐明某些词汇所体现出的奥斯丁本人的思想倾向。小说中常见三类特定的词汇,即经济术语、社会规范和道德准则。第一类是"消极行为的基础",第二类显示了礼仪和语言作为衡量人品指标的重要性,第三类建立在基督教教义之上,指明个人对他者的责任。[1]

在奥德马看来,《诺寺》的叙事尚不成熟,需要或明或暗的作者评论来加以补充。戏拟的色彩在逐渐淡化,但是嘲讽的对象却始终如一,即情感小说和哥特小说的写作规范。第二卷中凯瑟琳·莫兰的内心变化是全书关键,由此小说逐渐从戏剧性转向叙事化。从《理智》开始奥斯丁转向对道德和社会主题的更深入探究,然而这部小说却是最不成功的——其视角太拘泥于埃莉诺·达什伍德,有时和叙述者几乎无从区分,因此也就降低了反讽的作用。《傲慢》体现了作者在叙事上更强的驾驭能力,但缺少后期作品的心理深度和道德严肃性。大量的对话使得小说更富于戏剧性,读者只能从伊丽莎白·班奈特与姐姐的对话等场景中推测其内心世界。第一部后期"成熟"作品《曼园》将作者的道德观清晰地呈现出来。叙述者不断展示范妮·普莱斯的内心世界,因为除了埃德蒙·伯特伦,她不可能向别人吐诉知心话,甚至和埃德蒙也不可能讨论爱情话题。由于叙述者的介入,读者更能理解作者的反讽用意:范妮出身相对低微,却最终成了庄园的道德表率。《爱玛》更为复杂,而且读者一般不会喜欢爱玛·伍德豪斯,这就使得小说成功的难度增大。奥斯丁让爱玛来讲述故事,但是其视角并不可信,内心臆想和外在真实的反差,构成这部小说的主要矛盾。在《劝导》的开篇,女主

1 John Odmark, *An Understanding of Jane Austen's Novels: Character, Value, and Ironic Perspective*, Totowa, N.J.: Barnes and Noble, 1981, p. 129.

角安妮·埃利奥特的自我教育已经完成，因而不再需要反讽的叙述者。将小说的主要冲突外化，这是奥斯丁小说艺术发展中的新因素。

费格斯的《奥斯丁：说教小说》(1983)则对新批评派的反讽进行了“清算”，认为他们对“作为心理防御的反讽”的理解或者赏析太过教条。作者指出，20世纪70年代以降的批评主流转而强调奥斯丁的积极道德观。奥斯丁有明确的写作意图，力求指导读者如何运用判断力和同情心。[1] 18世纪小说的“大端”是借典型人物来进行道德说教，当然也有些小说家试图去塑造混合型的人物形象。小说家理查逊苦心经营出反面人物拉夫雷斯，许多读者却喜爱他的健谈幽默和风流倜傥，这让作者感到很不安。约翰逊博士在《漫步者》第4期指出，劝诫文字不应该以反面例子来教育读者，他强烈反对小说中纯粹自然主义的选材。虽然18世纪大多读者乐于接受完美人物，奥斯丁却拒绝迎合他们的口味。《爱玛》中的奈特利就回应了理查逊笔下那个尽善尽美但意趣索然的格兰迪森先生。奥斯丁在小说和致侄女的信中都表示，要借读者的反响来批评当时的流行小说。她常常试图控制读者的感受并有效利用他们的同情心和判断力，从而营造出她所期盼的那种超越简单臧否褒贬的复杂而敏感的读者回应。《诺寺》是喜剧而不是说教，它侧重表现文学传统套路的荒谬和张力，将言情小说的伤春悲秋和哥特小说的悬疑结合起来，但在处理人物的反差时，更多参考了社会法则而非文学传统。在《理智》中奥斯丁尝试引导读者对小说的情节和人物做出道德裁断。而在《傲慢》中类比、对比、反语等技巧的运用显示了作者非凡的掌控力，特别是小说中的对白或嬉闹将喜剧式的幽默表达得淋漓尽致。这些技巧不仅表现了达西和伊丽莎白·班奈特各自的“傲慢与偏见”，同时也有助于读者提高认知能力和培养道德情操。

费格斯还更细致地探讨了《傲慢》与《塞西莉亚》和《格兰迪森先生》之间的继承关系，这类考据也是传统研究的重头戏。哈里斯(Jocelyn Harris)的《奥斯丁：记忆的艺术》(1989)也重视互文现象，举

1 Jan Fergus, *Jane Austen and the Didactic Novel*, Totowa, N. J.: Barnes and Noble, 1983, pp. 3–5.

出了许多相关文本。[1] 例如，《诺寺》第五章为小说辩护的说辞或许得益于菲尔丁，后者在《汤姆·琼斯》的一些章节中曾就艺术理论进行探讨。哈里斯还推测，1804年理查逊书信集再版或许曾促使奥斯丁重新考量这位前辈，尤其是他对女性作家的种种鼓励。《理智》重构了理查逊的小说，同时借鉴了弥尔顿的《失乐园》，玛丽安·达什伍德如夏娃，威洛比兼有亚当和撒旦的影子，布兰登上校则是"堕落"之后的亚当。《傲慢》貌似理查逊的《格兰迪森先生》，但更为复杂，其中单个人物常具有多重性情，或者多个人物分享同一种性格缺点。哈里斯认为《爱玛》是对《仲夏夜之梦》的改写，两部作品中人物间存在对应关系，虽然并非一望可知；此外，它们都探讨了丰富却盲目的个人想象、自我欺骗的爱情、女性间亲密关系、背叛、宽容及和解等主题。

曼德尔的《奥斯丁和通俗小说》(2007)也涉及互文对比。作者将《爱玛》与同期欧陆小说中有关民族主义的描写加以对照，提到的典型作品有《狂野的爱尔兰女孩》(1806)和《柯丽娜》(1807)等。[2] 在奥斯丁的小说中，乡村社会往往由乡绅和职业人士等中等阶层构成，而上述欧陆小说中主人公一般出身于贵族或是来自外部世界，而且充满浪漫色彩。曼德尔认为，奥斯丁以反讽打破了民族小说的通行写法。和《柯丽娜》不同，爱玛·伍德豪斯并不能代表英国社会，她必须矫正自己过度个人主义的偏失才能真正融入地方社群。巧合的是，英国学者托德也着重指出了《曼园》中的一个场景：范妮·普莱斯发现埃德蒙·伯特伦深情地看着正在弹拨竖琴的玛丽·克劳福德，显然他是被范妮的"情敌"迷住了。托德说，这样的场景完全可能出现在《柯丽娜》或者《狂野的爱尔兰女孩》中，在当时的欧陆小说创作中，竖琴是多情罗曼司的标志。[3]

盖伊(Penny Gay)的《奥斯丁和剧院》(2002)更是互文研究的力

1 Jocelyn Harris, *Jane Austen's Art of Memory*, Cambridge: Cambridge University Press, 1989.

2 两书的作者分别为欧文森(Sydney Owenson, 1776—1859)和斯达尔夫人(Germaine de Stael, 1766—1817)。

3 参见本书姊妹篇《奥斯丁研究文集》中的相应篇目。

作。[1] 戏剧启发了奥斯丁的艺术想象并深刻影响了她的小说写作。有学者甚至认为，正是借助某些戏剧形象和典故，奥斯丁才能够活灵活现地表现人物的性别和阶级本质。[2] 盖伊在前言中说明他意在探求奥斯丁有关戏剧的知识和体验以及六部小说中与戏剧契合的元素。第一章讲述奥斯丁少年时代居住在斯蒂文顿期间(1782—1789)，兄弟姐妹们一度热衷于在家里演戏，她本人曾尝试写了三部闹剧性质的短剧本（“The Visit”，“The Mystery”和“The First Act of a Comedy”）。1789年后由于世风变化，奥斯丁父母决定不再举办家庭演出活动。不过，成年后的奥斯丁在伦敦、巴斯和南安普敦等地都有机会观赏戏剧演出，更不必说阅读剧本了。奥斯丁对戏剧的态度究竟如何，学术界一直争论不休。盖伊坚持认为奥斯丁从未背弃对戏剧的热爱，虽然有学者（如Jonas Barish）断言，在斯蒂文顿时奥斯丁已拒绝参与家庭戏剧演出，并把它们看作“禁忌的游戏”。

盖伊大量引用戏剧原文，指出上面提及的奥斯丁小说与戏剧作品的种种呼应契合之处。《理智》中两位女主人公的对立结构，可以在戈尔德斯密的《委曲求全》和谢利丹的《情敌》中找到先例；同样，埃莉诺·达什伍德、露西·斯蒂尔和爱德华·费拉斯之间的三角关系，也与弗兰西斯·谢里丹的《真相大白》(*The Discovery*)同出一辙。在《诺寺》写作的18世纪90年代，哥特传奇剧颇为流行，频频在巴斯上演。那时奥斯丁刚好在此旅居，有可能读过剧本，甚至观看了改编自哥特小说的舞台演出。[3] 与《傲慢》相关的有考利(Hannah Cowley)的《美人心计》(*The Belle's Stratagem*)和爱尔兰剧作家比克斯塔夫(Isaac Bickerstaff)的《苏丹王》(*The Sultan*)，后者也曾于1788—1789年间在

1 Penny Gay, *Jane Austen and the Theatre*, Cambridge: Cambridge University Press, 2002.

2 2002年有两本同名书(*Jane Austen and the Theatre*)详尽讨论奥斯丁和戏剧的关联。除了盖伊外，另有伯恩(Paula Byrne)专著(London and New York: Hambledon)研究18世纪的英国剧院的发展。盖伊的专业是戏剧表演，曾就莎翁喜剧的女主角写过多篇论文。两位学者都认为，奥斯丁小说具有相当多的戏剧因素，非常适合被改编成电影或电视剧。

3 如*The Romance of the Forest*, *The Sicilian Romance*, *The Italian*和*The Monk*。

斯蒂文顿奥斯丁家里分角上演。另外，坎伯兰（Richard Cumberland）创作于1771年的剧本《西印度商人》（*The West Indian*），其中也有个专横的老太太，恰如傲慢的凯瑟琳夫人；而伊丽莎白·班奈特的前身必定是莎剧《无事生非》中的比阿特丽斯。

该书第四章讨论《曼园》。1801—1806年间由德国喜剧编译而成的《山盟海誓》曾在巴斯上演15场次，当时奥斯丁家族中有人居住于此。此外，《出逃者》（*The Runaway*）和《究竟是谁？》（*Which is the Man?*）两剧中某女主人公的做派和语气颇似玛丽·克劳福德。盖伊认为，也许《爱玛》和当时戏剧之间的"契合"最少。若一定要指出，似乎《生日》中有位女儿，因为父亲久病卧床而未能结婚，与爱玛处境不无相似；另外，当时的音乐喜剧《蜂巢》（*The Bee Hive*）中也有一位絮絮叨叨的贝茨小姐，奥斯丁1813年在伦敦曾观看过后者上演。《劝导》写作期间英国正流行情景剧，其反面角色一般都是无良贵族，专门欺骗有钱寡妇，不像此前一味诱奸清纯少女的老套浪子。此外，世纪之交的情感剧中多有正直的水手或者勇敢的海军战士，温特沃斯给安妮·埃利奥特写求婚信之举属此类剧不可或缺的要素。

盖伊对奥斯丁小说中一些戏剧性情节的进一步讨论，则更多折射出当下文学批评理论的影响。《曼园》中埃德蒙·伯特伦和玛丽·克劳福德排练的是恋爱对手戏，而范妮·普莱斯却恰好要为他们提示台词，目睹充满挑逗意味的表演。盖伊认为这些爱情场景"最能体现性欲的不可抗力"，不仅煽动了女主人公被压抑的欲望，为其他角色提供了释放本能的渠道，也为三角恋关系提供了最恰当的场合。他还着力阐发了《劝导》中隐蔽的情欲：温特沃斯手中之笔坠落，颇具隐喻性地被安妮·埃利奥特捡起。安妮还长篇大段地就女性情感发表见解，试图打破历史和社会文化中男权主义对女性的角色设定。一般来说，奥斯丁对身体接触的描写非常谨慎保守，但是在这部小说中，她采用了大量戏剧手法来体现男女主角对彼此身体的感知。盖伊认为，奥斯丁是一个典型的女性主义者，而这首先和她的戏剧体验有关。成熟时期的奥斯丁对所谓男女气质多有讽刺，否认"自然"天生的性别角色。借助戏剧的"公共性"和"表演性"，奥斯丁实际上削弱了稳定的性身份，积极解构了父权社会的牢固权威。

传统研究的另一个对象是小说语言。

当然，语言也总是和主题或旨趣等相关的。《奥斯丁小说中的罗曼司、语言和教育》指出，追溯女主人公教育过程的最有效方法是研究她们说话方式的选择和变化。那些大肆宣扬情感的角色，被认为是愚蠢或伪善；“奥斯丁小说中最成熟和有智慧的人物，往往是那些表面沉静却不乏强烈内心情感的人”。《曼园》中的范妮・普莱斯，哀伤苦恼时总会独自待着，这是“一个具有道德意义的精神选择”。[1] 另外，人物之间的语言较量也推进了叙事或者凸显了主题。玛丽・克劳福德云淡风轻地谈论哥哥与玛丽亚・伯特伦的私奔，以“愚蠢”一言以蔽之。范妮则用严格的宗教术语，如“罪行”“罪孽”“惩罚”等，对这样的行径进行批评：

> 范妮对这桩罪孽深信不疑，她心里的恐怖难以描述。起初，有一种麻木的感觉，但每一刻她都更快地感受到，这可怕的罪恶，克劳福德小姐，希望这事不被声张，迫切地为哥哥辩护，她明显很激动，这些都说明问题很严重；世上的良家女子中，若有人能轻描淡写地对待这一头等罪孽，竭力把事情掩盖过去，并希望当事人不受到惩罚，那就是克劳福德小姐！

到了这个关口，埃德蒙也认识到了“语言和思想纯洁之间的重要联系”。

作者穆尼翰（Laura G. Mooneyham）强调，语言本身始终是奥斯丁小说的主题。困惑于虚构小说和现实之间的关系，凯瑟琳・莫兰学着以亲身经验来评价言语和行为，从而校验其真伪，在巴斯她考较口语，在蒂尔尼将军的庄园则辨识书面语。虽然深受亨利・蒂尔尼的影响，凯瑟琳的道德水准其实高于那位表哥，只可惜她常常放弃自己的判断。《傲慢》里男女主人公的相识也始于言语分歧。伊丽莎白・班奈特的偏见和达西的傲慢，变成了“相关且兼容的语言”。作者特别提及，在致伊丽莎白的那封长信中，达西竟然使用了99个四音节词。在《爱玛》中同名女主人

1 Laura G. Mooneyham, *Romance, Language, and Education in Jane Austen's Novels*, New York: St. Martin's Press, 1988, pp. x, 57, 70.

公通过与哈丽特、简·费尔法克斯、埃尔顿先生和弗兰克·邱吉尔的交往最终意识到，口头诚实是真实情感的标志。而《劝导》的女主人公安妮·埃利奥特则困于一个言论被压制的世界，所以间接交流变成了推动叙事的手段，如谈话被窃听、信件被阅读和故事被重新讲述等。

《与之同时》(1980)关注的则是语言与认知的关系，作者摩根(本书女性主义部分已经提到此人)强调，奥斯丁小说的主题多关乎认知，即主观意志与客观存在的关系问题。奥斯丁写了三部"危机小说"(《诺寺》《傲慢》和《爱玛》)，其中女主人公们道德态度或盲目，或暖昧，经历许多错误后才有所悔悟。另外，她还创作了三部"历程小说"(《理智》《曼园》和《劝导》)，其女主角的内心感知是持续进行的。当然这两类的区分并不绝对，奥斯丁小说都高度关注判断过程和心理变化，并将这些置入特定人生阶段中加以研究。主人公置身困境，有时要悬置裁断，有时做出临时抉择，最后才达到对真理的体悟。奥斯丁秉持乐观的怀疑论，一似雪莱或者济慈的"消极感受力"，也略同于华兹华斯的哲学思考。

该书细致讨论了奥斯丁的主要小说。《诺寺》致力于探究想象力在认知中的作用。教育并不纯粹是模仿，也是"自我表达"的过程。经过一番历练，凯瑟琳·莫兰终于懂得，真相复杂难测且形式多样，任何判断都不可能做到完全客观，人总是容易犯错，难免受到先入为主观念的束缚。《曼园》同样记述了范妮·普莱斯的成长过程，探讨"洞察力如何随着时间进程而提高"。当爱玛·伍德豪斯开始意识到自身的局限以及与他人的隔阂时，她的生活变得更宽阔、更有意义；简·费尔法克斯也部分地代表了这种认知态度。《劝导》探究了亲身参与、时间和变化等观念，告诉读者"理解过程本身是如何塑造人物性格"的。这是一部强调精神世界的小说，重视以内心感觉去接受他人，安妮·埃利奥特主要从回忆中获取力量。

以关于《傲慢》的讨论为例。作者指出："就信息获得而言，对外界的认识何尝不是一种设身处地的介入。"小说描述了女主人公伊丽莎白·班奈特的转变，她不再像自己的父亲和女友夏洛特·卢卡斯那样依赖消极的道德解脱和自我精神防护，而是通过复杂、灵活和热忱的亲身投入来理解生活。夏洛特号称婚姻幸福"全靠碰运气"，自诩练达洞明，其实是一种逃避生活和自私自利的态度，是以先入为主的经验和看法来代替直接感知，这等于否定了自由和责任，浪费了生命。她比《理智》中的玛丽安·达什伍德更老练，也更可怕：后者浪漫但不理智，夏洛特则冷静、寡情。与夏洛特相似，班奈特先生（还有《理智》中的帕尔默先生）也做出了自我摧残的决定，娶了漂亮却愚蠢的女人。他拒绝对生活负责，醉心于嘲笑妻子。像日后亨利·詹姆斯笔下的阿彻尔，伊丽莎白终于认识到，逃避重要担当就等于落入生命的监狱。"置身于物外，就等于永远丧失了达致真理、获得幸福的途径。"摩根还特别不满意伊丽莎白在获悉威克姆为了腰缠万贯的金小姐放弃对自己的追求后，在书信中以调侃来排遣内心苦闷。她认为，以如此冰冷、随意的说法解释自身经历，这是"沾沾自喜的务实主义，是世俗的老练油滑"。[1] 摩根的讨论不乏给人以启发的见解，但此处的评论以及其他一些解读（如对夏洛特这个人物）是否中肯，则很可商榷。

传统研究的重心主要在作家、作品或人物本身，即便讨论小说的社会意义，也往往强调"普世"价值的一面，比如摩根强调的，通过真诚热切的投入来理解生活、勇敢地追求个人自由和无畏地承担家庭或者社会责任等，而较少表现出明确政治批判取向或"斗争"意识。有些论者，如加德（Roger Gard），甚至对此大力标榜，称奥斯丁具有典型的"英国范儿"，"是一个与政治绝缘的显著特例"。广而言之，"主流的盎格鲁-撒克逊文化，也具有同样的非政治性"。加德认为，即使在拿破仑战争或者世界大战时，对于政治斗争和权力运作，一般英美民众也表现出"完全的漠视"，"因为英美民众在日常生活中从不会受到战争威胁"。奥斯丁所属和所刻画的中等阶级上层，从18世纪英国贵族制寡头那里夺取了下院的行政权，并从随后形成的民主政体里分得一杯羹，"小说的主角们对所处的社会组织一贯信心满满"，"正因为与政治无涉，奥斯丁才成了英国民主政治演进中的现实主义小说家"。[2]

上述引语出自《奥斯丁的小说：清晰的艺术》（1992）。作者在前言中明确指出，"职业批评家的首要任务，就是尽可能面向普通读者"。本

1 Susan Morgan, *In the Meantime: Character and Perception in Jane Austen's Fiction*, Chicago: University of Chicago Press, 1980, pp. 94–97.

2 Roger Gard, *Jane Austen's Novels: The Art of Clarity*, New Haven: Yale University Press, 1992, pp. 15–17.

书标题就是说：奥斯丁小说一贯平易明白、亲切自然，用不着专业理论批评的介入；历史文化的视角，尤其政治阐释，纯粹多此一举。加德攻击的对象乃是侧重考察历史背景的学者和文学理论家。他坚持文学内部和外部的区分，其形式主义立场不乏怀旧的感染力，而且在某些细节阐释上也确有真知灼见。他指出，《苏珊夫人》极大地改变了书信体的写作惯例，关注焦点更为明确，完全不同于理查逊创建的书信体范式，在艺术上和法国名作《危险的关系》(1782)参差似之。《理智》的精神两轴是利他和利己，无论在主题上、结构上和语言上，盖斯凯尔(Mrs. Gaskell)都继承了奥斯丁喜剧小说的传统。而且这部小说毫无维多利亚时代的慰藉之词，时而抛出一些冷峻客观的洞见，结尾处刻意弱化了两位女主人公的未来幸福。《劝导》将轻盈简洁的行文风格和新颖的表现手法结合起来，故事的音调时高时低、跌宕起伏。通过女主人公安妮·埃利奥特，奥斯丁创造了最富魅力的意识中心；她对海军的刻画相当真切，但主要目的却是让海军成为"爱情故事中的一个重要因素"。《桑迪顿》并非"新的开端"，而是为作者的整个写作生涯提供了"很多愉快的回忆"，但它缺少一个"深刻的中心话题"。

《清晰的艺术》可以算作传统研究的延续和变形，明显含有对过度理论化的某种激烈反应。20世纪90年代后，文学理论已经有所退潮，一时间，"回到美学""回到文本"和"回到道德"的种种说法不绝于耳。2004年，牛津大学出版了《方寸象牙上的妙笔》，为小开本且不足两百页，全书几乎尽是常识性和鉴赏式的评说，作者詹金斯(Richard Jenkyns)拉拉杂杂谈及奥斯丁的写作风格、小说结构，尤其着墨于故事情节和人物性格的错综复杂，反理论而行之的意味充斥于字里行间。他把《傲慢》的艺术结构比作"一部极好的机器，就像劳斯莱斯车一样"，读者的愉悦源于"发动机的精巧和行驶的平稳"。[1] 将小说中的班奈特夫妇和当代喜剧作品(如*Fawlty Towers*)中的人物进行比较，说"福尔蒂一家，或许比现代小说中任何其他人物都更接近班奈特夫妇"。[2] 论者还认为，奥斯丁小说描绘了现代生活对有闲阶级女性的腐

1 Richard Jenkyns, *A Fine Brush on Ivory: An Appreciation of Jane Austen*, Oxford: Oxford University Press, 2004, p. 14.

2 Jenkyns, p. 68.

蚀作用，这在《曼园》中体现得最为突出。[1] 伯特伦姐妹自私懒惰，诺里斯太太倒是精力充沛，但做事急功近利、精于算计，更不必提那个精明世故、贪图享乐的玛丽 · 克劳福德。

呼吁“清晰”的艺术，或者对“理论”有所批评抵制，本来可以理解。但若假定奥斯丁小说和一代代读者之间不存在任何障碍，恐怕很难避免自相矛盾。加德本人指出，《曼园》和《爱玛》揭示了现代小说如何从之前的文学材料中脱胎而出，这样的识见需要厚实的文学史知识。他还反复强调了奥斯丁和福楼拜的共同之处，比如他们都运用自由间接引语，将真实世界和象征环境并置，采用有限的全知视角等。“自由间接引语”“有限的全知视角”“叙述声音”等，这些都不是透明的或者凭着直觉就能理解的概念。普罗普的《民间故事形态学》和热奈特的《叙述话语》等，都算得上叙事学研究中的扛鼎之作，其中包含了各种各样的公式和符号。普通读者只能求助于《讲故事》(1988)和《阅读人物，阅读情节》(1989)等这样的介绍性著作，才初步理解了一些叙事学术语和基本分类，如事件类型(核心事件和卫星事件、横向和纵向事件等)、视角类型(全知视角、内视角、第一和第三人称外视角等)和时间安排手法(倒叙、正叙、插叙等)，从而加深对奥斯丁小说的构成成分、结构关系以及运作规律的体会和领悟。所以，加德一再提及的“普通读者”，其实是个预设概念，其所指甚至不同于18世纪塞 · 约翰逊的设想，而是他本人心目中的理想读者：他们不仅精通英国和法国的现代小说，还要能读懂某些文论并且鄙视另一些当代文学理论。

其实，对各类奥斯丁研究者的区分也只能是相对而论。

比如下面谈及的坦纳(Tony Tanner)，看上去是一个传统研究者，关注于文本的叙事特点或者人物角色的刻画，但实际上他也非常有意识地运用文学理论。而米勒(D. A. Miller)则算是不打旗号的理论派，行文中清晰可见法国文学理论对他的影响，然而其传统的治学功力，更是给人留下深刻的印象。不妨说，这两人也是最早成功地将理论运用于文本细读的学者之一。类似的，还有美国学者莱文(George Levine)，他把《诺寺》视为19世纪英国写实小说的起点，试图在新

1 Jenkyns, p. 112.

语境中重新思考并定义写实传统，其论述中包含与诸般“后学”思想的对话和商讨。[1] 更有学者，比如伦敦大学学院的穆兰，对各类文学理论并不陌生，但撰写的新作倾向于面向普通读者。再者，当下澳大利亚学者威尔特希尔，生活在“理论之后”的文化背景中，娴熟地游走于理论和文本之间，而其近来的作品似乎更突出了对形式的关注。

坦纳的专著《简·奥斯丁》1986年出版，但其中多数篇章写于20世纪70年代。作者指出，奥斯丁笔下的社区、教育、财富或女性均具有复杂含义，需要借助理论和细读加以探寻。《诺寺》未必仅只是戏拟之作，在学习区分幻想与现实的过程中，凯瑟琳也感受到蒂尔尼将军“莫名其妙、残忍无情的愤怒”。爱玛·伍德豪斯的想象力体现在日常事务上，她的责任意识不断发展，但同时也暗示了社会的压迫性。《爱玛》中传统社会已经现出瓦解的迹象，到了《劝导》则更为明显。《桑迪顿》更是关于社会巨变的“寓言故事”，奥斯丁抛弃了此前的小说结构、人物塑造和行文风格等，采用了全新的题材，涉及流离失所、招摇撞骗、广告、投资牟利、病秧子现象及商业繁忙等，不一而足。

以《劝导》为例。坦纳指出：小说描绘了社会以及情感的变迁，像安妮·埃利奥特一样，英格兰也“徘徊”于(in between)衰落的旧制度和萌芽的现代社会之间。“劝导”一词在小说中被提及14次，常与对社会权威的态度相关。沃尔特爵士把阅读《准爵录》作为唯一的闲暇乐趣，深深地沉迷于镜中的自我形象，为了还债还不得不将自家祖宅租赁出去。《劝导》勾画出的英国社会中，沃爵士之类老地主已经失去影响力，海军军官这个新兴阶层俨然成了领导者，取代了旧统治阶级的功能和责任。克罗夫特将军一家最适合租住凯林奇府，这是安妮由衷认可的。在小说中，不仅传统秩序行将崩塌，甚至家庭也变成了一个空壳。与海军军官的交往中，安妮感受到了全新的家庭经验，军官们的热情好客、真挚诚恳尤其得到她的赞赏。这也喻示了当时的社会变化——新兴社会角色恢复了有意义的家庭生活，重新定义了新时代的家庭观念。不过，作者也指出，《曼园》中范妮·普莱斯和埃德蒙·伯特伦的婚姻象

1 George Levine, *Realist Imagination: From Frankenstein to Lady Chattaley*, Chicago: University of Chicago Press, 1981.

征着整个社会秩序和结构的重建，而安妮和温特沃斯却只是再度找到了个人幸福，并未带来社会关系的复原与和谐。[1]

坦纳有时抓住一些细节展开分析，得出些剑走偏锋的结论。比如《劝导》中克莱太太为脸上的雀斑而苦恼，当时流传一剂药对雀斑颇有疗效，其中含有对人体有害的氯化汞，而氯化汞据说也可以治疗梅毒。坦纳于是断定，克莱太太脸上的雀斑其实是在影射摄政时代的性病。克莱太太起初巴结沃尔特爵士一家，最后却成为埃利奥特先生的情人，随后者转赴伦敦，由此进而可推知一度对安妮动心的埃利奥特先生最后也完全堕落了。坦纳不时借助各种社会和文学理论与知识。安妮从凯林奇府迁至厄泼克劳斯，两地相隔不远，但毕竟是两个不同的村庄或社群，人们所谈话题也迥然有别。作者认为，这正合罗兰·巴特所定义的"社会话语"，也就是在某一社会阶层或群体内流通的语言，"其成员依据同一种模式来诠释所有话语"。18世纪的英国已经粗具当今社会的某些特点，社会的整体性开始丧失，而往往由许多并不相关但彼此接近的团体或者"圈子"组成。[2] 另外，讨论《理智》之时，坦纳还曾引用弗洛伊德和福柯来解释玛丽安·达什伍德的"疯狂"。[3]

美国学者米勒在20世纪80年代初，便以《叙述及其自相抵牾因素：传统小说结局的问题》一书成名。[4] 他开篇便以百余页长篇幅解读奥斯丁小说，提出有必要区分作品表面上所宣扬的价值和意识形态层面上与之相反的暧昧含义。故事之发端，多有无知蒙昧的女主人公，或痴迷，或神秘，行为上稍微偏离日常的道德标准；而在小说的结尾，作者力挽狂澜，恢复了她们的洞察力，男女主人公相互理解、坦诚交流等。奥斯丁小说还每每少不了一个"过渡部分"，其中主人公或如爱玛·伍德豪斯，突然获得了道义上的某种感召；或如玛丽安·达什伍德幡然醒悟。米勒指出，这个"过渡部分"跨越两种不同的话语秩序，也横亘于两种不同的文本风格，《诺寺》《傲慢》都是极好的例证。一种话语秩序

1 Tony Tanner, *Jane Austen*, Cambridge: Harvard University Press, 1986, pp. 218–229.

2 Tanner, p. 220.

3 Tanner, pp. 82–84.

4 D. A. Miller, *Narrative and Its Discontents: Problem of Closure in the Traditional Novel*, Princeton: Princeton University Press, 1981.

或者文体风格总是蕴含多义和充满诗味，其意义和欲望常常处于悬而不决的状态；另一种话语秩序或者文体风格则意思单一、直白明了、易于阐释。

米勒对于福柯、巴特等人的理论可谓驾轻就熟，这更体现在刊于美国新泽西州罗格斯大学的自由谈杂志《拉里坦》(*Raritan*)上的《简·奥斯丁新丧》("The Late Jane Austen")。作者一开始就指出，受母亲影响，自己少年时就开始阅读奥斯丁，后来每当疾病之际，总借助奥斯丁小说来痊愈复原。[1] 米勒每每呈现扩展的思辨和跳跃的行文，当然，他说话绕来绕去，让人不明就里。其见解不仅关乎奥斯丁的作品，也是表明自己的心迹，更是指向当下社会。谈健康，说疾病，读者最先想起爱玛的父亲。老病号伍德豪斯先生饮食素淡，以稀粥、煮鸡蛋等为主。他讨厌蛋糕，这表明他根本不信任法国厨师。诚如雷恩所说，"绅士的胃口"自有政治含义：雅各宾分子正侵蚀着英国的本土文化。在《桑迪顿》，疑病症扩大到了一家子，乃至整个社区。米勒一再提醒读者，这是跨越时空式的解读："凸显了小说文本自身的现代性，它抓住了我们应称之为病秧子文化(a culture of morbidity)的那种现象露头的时刻，并勾勒出其基本的习性。"在这种文化中，医疗保健的举措超出了实用需要，而成了一种乖张变态的行径，小说中的戴安娜·帕克就是一例。总之，病秧子文化改造了桑迪顿的社会空间，乃至于故事的"精神品质不可能再通过婚姻情节设计加以体现"。另外，兰姆小姐是奥斯丁笔下唯一的有色人种人物，这说明看似普世、一统的文化实际有其多元性；阿瑟和爱德华爵士所体现的男性欲望也似乎不再是指向异性恋。有论者认为，这是米勒"出柜"前的闪烁之词。

米勒的《奥斯丁：风格的秘密》(2003)围绕着叙事和身份之间的联系而展开。首先，他提出奥斯丁的"绝对风格"是一种非人格化的风格，从不透露作者的社会地位、心智、身体、年龄、婚姻状况或者性别等。奥斯丁可能是英国唯一真正全知叙述者的典范。[2] 在19世纪的英国小说中，作者或叙述者及其意识倾向总是若隐若现。萨克雷和乔治·艾

1 D. A. Miller, "The Late Jane Austen," *Raritan*, 10 (Summer 1990): pp. 55–79.

2 D. A. Miller, *Jane Austen, or the Secret of Style*, Princeton, N.J. and Oxford: Princeton University Press, 2003.

略特的“真身”，实际上一直出现在文本中，他们的叙述者也往往具有某种人格，读者永远也不会忽略叙述者背后的作家本人。但是未婚却快乐的女人形象并不见于奥斯丁的作品。这种“绝对风格”有时分裂成两种相互排斥又相互制约的存在。按照米勒的说法，女主人公的独特风格成为其在婚姻市场上的主要资产，借此，小说人物（爱玛·伍德豪斯或者伊丽莎白·班奈特）可以吸引到如意郎君，逃避沦为老处女的命运。然而一旦结婚却又意味着摒弃那种独特风格，成为卑微的小说人物。放弃风格之际，女主人公突然认识到真正的自我。这也是她们蒙受羞辱的一刻，如伊丽莎白·班奈特获知了达西的真诚或者爱玛·伍德豪斯被奈特利批评之后。米勒指出，比蒙受羞辱更令女主人公不堪的是，“绝对风格”从此将变得平淡乏味。风格与婚姻情节的关系，自始至终贯穿其小说创作，而且作为形式的风格往往和社会因素若即若离。如果小说一开始让读者感到了风格和社会因素的完美匹配（如伊丽莎白·班奈特所言，“愚蠢和无聊，心血来潮和反复无常，这些让我觉得好笑，只要有机会，我总是加以讥笑”），这两者随后就展开殊死搏斗：要么彼此冲突而分裂，要么让风格依附于社会因素。伊丽莎白得到了渴望已久的婚姻，但却必须仰视自己的丈夫。米勒认为，奥斯丁的女主人公愿意丢掉原有风格且并不后悔。

威尔特希尔是当下走红的澳大利亚学者。受文化研究、跨学科研究等影响，近年有不少学者热衷于讨论文学与医学的关系，威氏的《奥斯丁和身体》(1992)算是其中的佼佼者，主要探究了“医学、病态与疾病”之间的关系，而“医学、病态与疾病”后来成为作者为《语境中的奥斯丁》所撰写文章的标题。威尔特希尔不仅就社会学和政治意义上分析疾病，也追问形而上学和认识论意义上的健康和身体。[1] 他提出：《理智》旨在探讨“先天秉性、后天教养和神经衰弱”，在小说中形成鲜明对比的并非抽象的价值观，而是强烈的身体表达以及试图控制此一表达的各种心理意图。一方面，人是自我决定的，可以进行自由的道德抉择，另一方面，奥斯丁也认同由“生理和精神需求而产生的强烈欲望”。《曼园》

1 John Wiltshire, *Jane Austen and the Body*, Cambridge: Cambridge University Press, 1992.

中范妮·普莱斯的孱弱和消极,已经是老生常谈,而威氏指出,其柔弱和脸红,除了表征责任和良心之外,未尝没有性欲的意味。《爱玛》一书对生命本身提出了至关重要的看法,关涉身体健康、心理健康甚至道德健康等方方面面,主人公爱玛·伍德豪斯的内心世界,不妨看作"一切成长中的有机体的本质"。《劝导》是一本关于身体和情感创伤的小说,聚焦于脆弱、创痛、损失以及如何应对。巴斯充满腐朽和衰亡造成的压抑之感,而时间和自然对身体有复原作用,读者对这些不难有所体悟。《桑迪顿》揭示了医药和商贸之间的互动,小说中充满了二元对立:荒谬与常识,爱情幻想与理性主义,等等。不似先前,在这本小说中奥斯丁对多愁善感略表赞同,而对疑病症则深恶痛绝。

威尔特希尔的另一专著《再造奥斯丁》(2001)认为:当下学界似乎并不关心如何忠实地"保存奥斯丁",而是在创造性地"利用奥斯丁"。他还专门谈及经典与三流作品(包括电影改编)之间的互动杂交,指出电影制作商、脚本作家和原著之间,并不是被动的关系,任何电影改编都是对原著的积极理解。该书主旨是探究"模仿和重塑奥斯丁"的心理机制。书中专辟一章(《想象奥斯丁》)来讨论传记写作。当然,威尔特希尔也反对任意单向地"塑造"或者"挪用"奥斯丁。历史和虚构之间的区分越来越模糊,但是小说的真实和史学家的真实毕竟不一样。[1]

威氏还在收入《简·奥斯丁剑桥指南》的单篇文章里深入讨论了《爱玛》中的社会背景与艺术构思,他着重谈了两点。第一,小说中的社会看似局限在与世隔绝的海伯里村,却俨然是个完整有序、充满生机、各阶层密切往来的小王国。当然,在社会阶层与道德方面,诸多限制不可避免,性别差异所引起的社会活动范围也有所不同。除了主要角色,书中有大量的次要人物频繁出现并发挥着重要的功能,比如读者最终也未能得知是否添置了马车的那位医师。类似的还有庄园管家、新型佃户和女塾校长等。还有些人不曾在书中正式露脸,只是被贝茨小姐或其他人在谈话中偶尔提及,但也都各有作用。第二,小说的艺术构思相当巧妙,两种观念交织在一起,主线是爱玛与奈特利所代表的理智、有序、谨慎等主流道德观,另一线则是简·费尔法克斯与弗兰克·邱吉

1 John Wiltshire, *Recreating Jane Austen*, Cambridge: Cambridge University Press, 2001, pp. 3, 7, 20, etc.

尔所代表的热烈激情和率然行事等，是对主流道德和礼节的蔑视。两条线交织缠绕，相互对立又相互补充，组成了小说完整的艺术构思。简和弗兰克的浪漫爱情是对于社会惯例的修正。在作者看来，《爱玛》是对《傲慢》的重新演绎。在伊丽莎白对达西的态度变化中，拜访彭伯利庄园是一个重要的转折点。庄园是主人的隐喻，不仅象征着达西的社会和经济地位，更表现了他的品位和判断力。奥斯丁对“物”的刻画通常惜墨如金，但在《爱玛》中同样对奈特利家庄园工笔细描。[1]

威尔特希尔始终表现出对形式和细节的高度关注。在讨论《傲慢》时作者指出，卷和章节的划分在《傲慢》以及其后的作品中是十分重要的，小说叙事的结构组建和节奏把控都是借由这些章节划分完成的。《傲慢》的前两卷均以对班奈特一家的深刻剖析而结束，在字面和比喻意义上强调了一个事实：伊丽莎白作为淑女的前景，在多大程度上有赖于此。第三卷开始于伊丽莎白离开家以及造访彭伯利庄园，后者是标志着达西和伊丽莎白彼此心意转变的场景。[2]

重读奥斯丁小说时，读者常常会突然意识到以前未注意的某些关键细节。穆兰指出，“细节的关联性”是奥斯丁的非凡成就。只有像法乐那样重复阅读、抓住细节，才能领会作者真正想要表达的意思。也正是那些最初看似不起眼的细节，才巧妙委婉地体现了小说人物的意图和欲望。《奥斯丁小说中哪些事堪称重要？》所选文章的题目很有趣：哪些主要人物在小说中总是缄默不语？什么事让小说人物脸红？人物的年龄重要吗？小说中出现了哪些游戏，它们的社交功能如何？哪些人物不必为生病而受到责备？诸多人物的种种眼神如何解读？为什么去海边是冒险的行为？小说中的天气意味着什么？等等。穆兰写道，“我如此密切地关注每个话题，是为了捕捉到她的叙事技巧……她力图满足和取悦我们的那个讲述模式”。[3] 如伍尔夫所说，在所有作家中，奥

1 John Wiltshire, “Emma,” *The Cambridge Companion to Jane, Austen*, eds. Edward Copeland and Juliet McMaster, Cambridge: Cambridge University Press, 1997.

2 John Wiltshire, *Jane Austen: Introductions and Interventions*, Basingstoke: Palgrave Macmillan, 2003, pp. 5–9.

3 John Mullan, *What Matters in Jane Austen?* London: Bloomsbury, 2012, pp. 6–7.

斯丁的“不凡之处，是最难捕捉的”。[1]

威尔特希尔的近作《隐蔽的奥斯丁》，显然也是意在捕捉某些“细节的关联性”。[2] 隐藏相关信息或者延迟交代人物的某些动机，这是奥斯丁小说的重要手法之一。情节中的某些秘密，就是小说艺术的“分泌物”。分泌物显然有利于植物或者机体的健康成长，同样，小说中的这些秘密（或者分泌物，这两个词的词根是一样的）恰是奥斯丁艺术中最重要的因子。《诺寺》算是个例外，整本小说只反映出一种风格，恰似女主角凯瑟琳·莫兰，是外显的、坦白的和开放的。《理智》呈现了一个问题重重的世界，所有的绅士们都心里有鬼（秘密），这种表里不一和摄政时代的尔虞我诈颇为契合，但与小说的主题要求不太相符。此后的奥斯丁作品，无论人物的外在表现，还是内心生活的微妙细节，均符合“有所隐藏”的叙事结构，而后期作品则聚焦于小说人物的注意力和记忆等。《曼园》以各种手法来探究人物的内心活动。读者不仅要注意范妮·普莱斯如何对外人隐藏自己的心迹，比如，不让埃德蒙·伯特伦知道自己的倾慕之情，还要留心她如何自我隐瞒，甚至自我欺骗。记忆就像控制器一样推动《傲慢》的情节向前发展。文本中有许多瞬间，某个小说人物突然想起此前发生的事情，这样的记忆往往决定了故事的进展方向，它们不仅构成了理解小说的心理基础，也奠定了整部小说的伦理结构。在《爱玛》中，偷听别人的谈话，成为在封闭社区里进行有效沟通的主要手段，《劝导》也使用了同样的手法。在这两部后期小说中，一些最初看似无关紧要的意外事故，到最后均成为小说叙事结构的支撑点。

早有学者指出，奥斯丁继承了18世纪的措辞及标点用法以求实现优雅的表达。威氏告诉我们，奥斯丁也经常（尤其在手稿中）使用某些当时并不常见的句法标志，包括破折号、感叹号、斜体字等，用以模仿情境本身或者表示语义强调和说话节奏。《苏珊夫人》多用破折号来表示句子或段落的结束。《沃森一家》手稿中出现的破折号不少于850处。有时，破折号也开始被用来表示出人意料的语义转折，这常常引起后来学者的阐释之争。这类关注或许表明，经过查普曼、索瑟姆等几代人的

1 转引自Mullan, p. 4。

2 John Wiltshire, *The Hidden Jane Austen*, Cambridge: Cambridge University Press, 2014, p. 2.

努力，奥斯丁研究中的纯文字勘校工作已经几乎被挖掘完毕，学者们便转而进一步讨论标点符号的使用和取舍。

小结：作为思辨对象的奥斯丁学术史

奥斯丁一生仅仅完成六部篇幅不长的小说，却以其独特的艺术创造和思想贡献而在英语文学史中占据重要的一席之地。她是西方的大众文化偶像，更是第一个被学院化的英美小说家。

本书致力于描绘出奥斯丁批评史的大致轨迹。1811—1930年间，有关奥斯丁的论著并不多，基本属于生平、情节介绍和人物赏析，且多从维多利亚时代文化怀旧和道德关注的角度展开。20世纪20—30年代，可以算作奥斯丁研究的分水岭，查普曼系统梳理奥斯丁的小说文本和书信逸作，为此后研究奠定了坚实的基础。1930—1970年间，可以算作奥斯丁学术史的第二阶段。此时段受“新批评”影响，英美学界特别属意形式因素，构成了奥斯丁批评史上的重要线索。与此同时，还存在第二条线索，致力于探究奥斯丁小说中的道德观和社会历史态度。到了20世纪80年代，女性主义、新马克思主义、新历史主义以及文化研究等社会历史批评成了学界的主流，第二条线索已经成了当下奥斯丁研究中的显学。学者们借助新兴的文学理论，更加全面和深入地理解形式与内容的关系及文本与历史的勾连。重建语境的大门一旦打开，研究者就会叩问更为具体的历史背景：奥斯丁和浪漫主义、废奴运动、福音主义、皇家海军的联系等，自不必说。还有某些“文化研究”学者特别属意这位小说家与饮食、针线活、儿童、绅士，甚至同性恋的瓜葛。

眼下，“理论热”已经有所退潮，政治化批评的成就却是不可忽视的。正是借此我们才得以看清楚，在两个世纪的奥斯丁经典化历程背后，隐匿着一个社会道德、文学艺术、历史文化等因素交互影响的内在运行机制。而且，在全球化政治、种族、性别冲突愈演愈烈的时代，外国文学研究也需要坚持特定的中国立场，从我们的独特视角出发，历时和共时地考察奥斯丁学术史的个案。这不仅可以帮助读者理解奥斯丁经典化的内在机制，也有助于横向推进其他作家经典化的深入研究。

应该指出，眼下英美学界，相对来说，倾向于拒绝宏观批评，某些“理论精英”经常使用的概念，如身体、性别、文类等，就它们所要分析的对象而言，未免有时显得狭窄。如果被抽绎掉的东西，在实际经验中是重要的，这样的术语恐怕不能完全胜任对活生生的复杂现实社会及其文学产品的全面分析。文学理论曾许诺要尽力解决一些基本问题，但总的来说，却没能兑现诺言。伊格尔顿批评说：“在道德和形而上学问题上，它面带羞愧，在爱、生物学、宗教和革命的问题上，它感到尴尬窘迫，在邪恶的问题上，它更多的是沉默无言，在死亡和苦难上，它则是讳莫如深，对本质、普遍性与基本原则，它固执己见，在真理、客观性以及公正方面，它则是肤浅的。”[1]

如果将奥斯丁学术史比作一种“知识考古学”，就应该对各种文学批评话语的形成过程进行不懈的批判性探索。尤其，应该将那些看似零散的论述和英美社会的整体结构及其运作原则联系起来。某些有关奥斯丁及其小说的论述，未必仅仅是一种语言行为，何尝不是具有深远意义的“历史事件”，或者，是一种具有多重指向性的社会实践。当某些批评家告诉普通读者，哪些理解是正确的，哪些是错误的，这也就规定了我们应该或者不应该如此来阅读奥斯丁的小说。换言之，这些论断实际上直接或者间接地参与了某些社会事实和价值的区分、过滤和等级排序，大而言之，也就为社会规范体系提供了一般的或者基本的准则。在很大程度上，20世纪以来的奥斯丁研究，的确可以看作一种话语实践，尤其和各类知识分子的著述和讨论相关。并非“先验”存在着一个“经典的奥斯丁”，今天被当作“既成事实”的、有关“奥斯丁”的知识体系，其实是20世纪英美学院派的话语机制生产出来的。

一个知识体系在其建构和运用过程中，往往受到整个社会，尤其是社会统治阶级的支持，而且，在这个社会进行正当化和制度化的过程中，这样的知识体系又被有意识地、全面地加以贯彻执行，甚至成为这个社会本身自我确证、自我合法化的主要思想基础和精神动力。[2] 所以，描述奥斯丁批评史的轨迹，就是检视这一知识体系的建构过程，实

1 伊格尔顿：《理论之后》，商正译，北京：商务印书馆，2009年，第98页。

2 高宣扬：《福柯的生存美学》，第二版，北京：中国人民大学出版社，2015年，第141页。

际上就是分析英美现代社会运作的精神动力基础，同时也是揭示英美社会运用这些学科论述进行制度化和正当化的过程与程序。职是之故，我们不能停留在直接生产此一知识体系的批评家圈子以及单纯的文学批评层面，而应该把这些批评家同整个社会力量网络联系起来，考虑他们进行文学批评的知识生产条件和现实动机。这是我们努力的方向，虽然本书在这方面只做出了零星的初步尝试。

奥斯丁批评史的历史形成过程，实际上也是英美社会运作机制的一个组成部分。我们应该特别关注不同历史阶段学术群体的作用，认真考量知识分子这一特殊团体的意识形态倾向，并进一步探讨他们和民族、性别以及当代社会的知识生产条件的勾连，力争客观认识作为话语实践的经典化建构和政治、社会制度或者学术机构等非话语实践之间相互关联的整体性。为此，应该进一步探究牛津版《奥斯丁文集》所发挥的意识形态功效，尤其是，以查普曼为首的那代“绅士学者”和民族国家构建之间的契合。另外，1930—1960年的新批评派大力倡导以叙事和婚恋情节为主导的解读，同时也兼顾小说中的道德维度，但此一阐释所内含的“性别歧视”，显然和中产阶级教授特有的性别和种族等观念相关。二战后英美社会的文化领域里，一度试图强固男子汉气概、推行传统婚恋观，这些风气和看法势必渗透到文学批评中。还有，当下某些标榜“文化研究”的学者，特别属意奥斯丁与饮食、针线活、儿童、绅士，甚至同性恋的瓜葛，进一步推动了以奥斯丁为招牌的“文化产业”。“奥斯丁热”和作为“超级明星”的理论大师间，必然存在着相当的关联。为了各自的利益，一些相互竞争的大学行政部门和各类研究所，竞相采纳了学术明星制的“营销策略”。我们完全有理由进一步追问那些与“学院派”的谋生方式密切相关的学术成果评价机制、职称评选制度、科研立项程序等的制度安排等。借助“文化资本”和“学术资本主义”等范畴，对当下社会知识的生产条件稍加叩问，就可以理解，官僚式的科层制和学术明星制的操作术，对人文、社会科学学术研究的发展产生了重大影响（包括动摇根基的负面影响），而其背后更为根本的，则是当下社会的高度商业化和技术化。[1]

1 参见李幼蒸：《历史和伦理》，北京：中国人民大学出版社，2008年，“序言”。

第二编

奥斯丁学术史研究

第一章

重绘经典化的地图

近来，作家经典化成了常见话题。

莎士比亚和塞·约翰逊之为圣，自有历史渊源和前因后果，值得深思和评说。前者的经典化，早在18世纪就开始了，而当下的热炒，和新历史主义批评息息相关。作为文化哲人的塞·约翰逊，则是一个更大的文化象征“古怪者”的组成部分。自17世纪英国“光荣革命”后，贵族身份、土地财富、恩主制度和业余嗜好等，逐渐失去了传统政治、经济、文化等方面的作用，“古怪者”的形象也就应运而生，凸显现代英国社会的非商业化和非职业化之面向。艾迪生（Joseph Addison）笔下的罗杰·德·考佛莱爵士，侦探小说中的福尔摩斯，真人版的塞·约翰逊等，均成为大英民族性格的特殊写照，更弥补了文化和政治传统断裂所造成的心理空白，借此民众获得某种程度上的人格完整和自我认同。[1]

约翰逊博士的“封圣”，查普曼助了一臂之力，而奥斯丁的“入典”，则全赖于此公倾心而为。1923—1951年间，查普曼陆续推出了六卷本牛津版《奥斯丁文集》，包括《次要作品》。用研究古典作家的方法来整理一个流行小说家的文本，在英美文学史中尚属首次。著名的当代美国奥斯丁学者克·约翰逊也曾校订和注释《曼斯菲尔德庄园》。她深知编辑的责任重大，曾因一处标点拿捏未准，辗转反侧，不知不觉间打盹梦见奥斯丁的精灵前来指引，启发她做出了最佳的句读抉择。[2]

1 Martin Wechselblatt, *Bad Behavior: Samuel Johnson and Modern Cultural Authority*, Lewisburg: Bucknell University Press, 1998, p. 24.

2 Claudia L. Johnson, *Jane Austen's Cults and Cultures*, Chicago and London: University of Chicago Press, 2013, pp. 3–5.

克·约翰逊的上述经验，颇有“简迷”（Janeite）色彩。据说，早在1894年的讲座中，圣茨伯利率先使用了“简迷”的称呼。在讲座的最后，他还开了一个简迷式的玩笑：一百年来的文学作品中，有五位年轻小姐，值得绅士们追求，但是“要作为朝夕相处的结婚伴侣，我不知道，其他四位谁能跟伊丽莎白相比”。眼下，“简迷”有了几种不同的说法，比如Janeism、Austenmania或Janemania。布朗斯坦是布鲁克林大学和纽约市立大学研究生中心的英语教授，她的《为什么是奥斯丁？》（2011）戏谑地称之为“简控”或者“简狂”（Jane-o-mania）。比较而言，后面加上“控”或“狂”的几种说法似有夸张的意味，倒也透露出时下的火爆氛围。布朗斯坦在“导论”中讲述了自己的亲身体验，无论在意大利的高端场所与某些学术同行讨论，或前往北美简·奥斯丁协会（JASNA）时与计程车司机的闲聊，总能遇到铁杆简迷的种种夸张行为。[1] 时下，和奥斯丁相关的改编电影、学术专著与文学评论井喷而出，更不必说奥斯丁小说的续集、前传、模仿作品，这位淑女作家甚至跟奥巴马、本·拉登、吸血鬼、僵尸、海怪、狼人并置一处，上面的说法倒也恰如其分。

第一节　不可小觑的“简迷”

《简的声名：奥斯丁如何征服世界》（2009）追溯了奥斯丁的经典化历程，学院之外，还详尽讨论了这位小说家如何在流行文化领域征服世界。[2] 同样，本文也偏重后者，主要涉及不同时代的简迷和英美等国的奥斯丁协会（以下简称“奥协”）。学院派十足的克·约翰逊在《奥斯丁：狂热和文化》（2013）中同样剑走偏锋，避开重要的批评家，反倒引用了大量维多利亚时代的“胡扯”（twaddle），来证明奥斯丁艺术“神奇的魔力”。

纵览19世纪，对奥斯丁的理解，其实存在着两条不同的路径：或称

1 Rachel Brownstein, *Why Jane Austen?* New York: Columbia University Press, 2011, pp. 2–5, 195–196.

2 Claire Harman, *Jane's Fame: How Jane Austen Conquered the World*, London and New York: Canongate, 2009.

其小说是对平凡世界和日常生活的如实临摹；或者认为，它们呈现令人惊叹的虚构世界，是神奇艺术想象的产物。[1] 但现实主义的一脉往往占了主导地位，尤其被批评家所阐发，广为流传。司各特借用亚里士多德的重要概念——盖然性和可能性——来探究《爱玛》的真实度，认为将对日常生活的描摹完全控制于盖然性和可能性之间，这代表了小说的新方向。司各特并没有使用“现实主义”的说法，此术语19世纪40年代才从法国引入。惠特利也称赞，奥斯丁是“把亚里士多德的训诲阐释得最为成功的作家”。[2] 不过，需要指出的是，司各特将奥斯丁过于细致的描摹比作写实绘画，也暗含了某种批评。而夏洛特 · 勃朗特，如前面已经数度谈及，对奥斯丁颇有微词，说她不懂“激情”。现实主义的解读，构成了奥斯丁批评的主线。F. R. 利维斯视奥斯丁为19世纪小说“伟大传统”的第一人，就是看重她的道德现实主义；而Q. D. 利维斯的弟子瓦特更进一步论证，奥斯丁把理查逊的“写实的现实主义”和菲尔丁的“评价的现实主义”结合起来，从而接续了18世纪英国文学的“伟大传统”。[3]

若认真检视批评史上的各类证据，就会发现，对这位小说家的理解，早就有了分歧，即便在奥斯丁家族成员中也是如此。奥斯丁-利的《回忆录》突出了奥斯丁的居家特征，大肆渲染传主考究的书法、高超的缝织技艺、对子侄的关爱等，却较少涉及姑妈的艺术创作。显然，家庭责任远在写作之上，后者纯粹是偶然、即兴的，无非记录三家两户的琐事。奥斯丁自谦，说自己的小说只不过是“两英寸象牙上的描绘”，以“充满活力和多样性”来评价侄子的浮夸之作。其中的反讽，奥斯丁-利居然充耳不闻。奥斯丁“魔力”的欣赏者和继承者，乃是侄孙布拉伯恩（Lord Brabourne），当时小有名气的童话故事作家。他的短篇《单身汉结婚了》颇具家庭喜剧的色彩：谄媚的亲戚簇拥在富有单身老汉的身边，巴不得其早逝，好来瓜分财产；几位准新娘，恰如奥斯丁小说中耍手段的苏珊夫人或者露西 · 斯蒂尔，轻而易举地掌控那些自负愚蠢的

1 Johnson, 2013, p. 87.

2 参见本书姊妹篇《奥斯丁研究文集》中的相应篇目。

3 Ian Watt, *The Rise of Novel*, Berkeley and Los Angeles: University of California Press, 1957, pp. 296–297.

男人。

家族之外的简迷更多，心有灵犀的知音也不少。奥斯丁同时代的小说家与散文家密特福德早就说过，与其跟乔顿当地名流待在一起，还不如同奥斯丁笔下人物靠近些。受“莫名其妙的魔法”之感召，希尔(Constance Hill)不知不觉走访了奥斯丁生活过的每寸土地，信心满满地去“揭开奥斯丁生活及其环境之全部秘密”。在她的笔下，奥斯丁成为故居乔顿的守护神灵(genius)。美国人亚当斯(Oscar Fay Adams)也是这样的朝圣者，不仅故地重游，记录奥斯丁家族的真人真事，还在想象中邂逅了小说人物，这正是朝圣之妙。同一时期致力于保护文化遗产的书册往往以真实照片来展示历史原貌，希尔却使用自己妹妹亲手绘制的插图。奥斯丁姐妹的嬉戏、邻里亲戚的宴饮、洗礼盘、管风琴、里巷天井等昔日风物人情，均栩栩然于纸上。相较之下，1910年黑白照片中的乔顿，逊色多多，不得不令人感叹“简迷”的想象力。

在“简迷”看来，奥斯丁的艺术特质是于平凡中创造了神奇。小说之天地，近乎历史，但又摆脱了刻板模仿，不尽于言，又不外于言。其独特的现实性，直如水月镜像，透彻玲珑。虚构和真实的界限，殊难区分，真正的“简迷”，在小说内外来去自如，从穿梭中得到自我肯定。维多利亚时代知名女作家奥利芬特不由得赞叹，这个“令人敬畏的奥斯丁”，“如此成功地掩饰了所呈现的平凡世界与高超艺术间的界限”。许多粗心大意者，“入了仙境，还浑然不知”，她毫不含糊地指出，侄子奥斯丁-利就是这样的读者，愚钝如《傲慢与偏见》中的牧师柯林斯。克·约翰逊大篇幅讨论小说或者文学的本质，为“简迷”的皮相之见平反。维多利亚读者，沉浸于不由自主的“信任与反抗”中，如柯尔律治所说，好的艺术能够让人“宁信其真”。在德里达看来，这种欺骗与相信的对峙，不仅是文学的核心悖论，也是一切法庭见证的运作机制。

读者的独特体验，颇为重要，但任何审美的目光，必然受时代之制约。克·约翰逊指出，奥斯丁的魅力和“退化的现代性”感受息息相关。“现代性”被理解为“从痴迷中醒来”，也就是“祛魅”。[1] 维多利亚社会是启蒙时代的产物，蒸汽机、铁路和电力等将现代世界连为一体，

1 Johnson, 2013, p. 89.

心迷神乱的新闻报道和争论攻讦比比皆是。而奥斯丁的英国，虽属于现代分期，但毕竟早于大规模的工业革命和迅猛的铁路建设。那是个安静闲逸、彬彬有礼的社会，或许有些单调乏味，但“民众的神经，永远处于一种修整状态”。人们的情感尚未变得粗糙，平凡生活也充满乐趣；对真实质朴的存在，他们不乏特殊的生命感悟。时人的怀旧心绪化作了托利党人的颂词：奥斯丁简洁直白的画面，“记录了一个消失的人群，他们代表了英国静谧的居家生活的伟大荣光”。[1] 奥斯丁可以调节“退化的现代性”，这恰恰说明了，意义是如何历史地生成。读者所钟爱的“单调”“静谧”和“居家”，其实并不完全内在于小说。宁可说，作品中某些文化或心理因素，在新的阅读条件下，被重新唤醒和激活，变成了对当下社会存在的积极回应。[2]

克·约翰逊笔下的“简迷”，变成了真正的批评家，透过奥斯丁的文本，朦朦胧胧地意识到了历史进程和彼时意识形态之间的矛盾。现代社会中的劳工暴力和阶级隔阂，他们有所厌倦，资本使人际关系变得越来越疏远，他们也深有体味。克·约翰逊巧妙地引入奥斯丁侄孙的短篇小说《陌生的城市》。日渐没落的小镇里，仆人和工人们，一个个彬彬有礼、热情体贴，拒绝任何形式的小费；田间劳工向乡绅和牧师脱帽致礼，后者也关爱自己的佃户和教民。阶级关系处于一种亲密而隐遁的状态，总是远离资本的沾染。尽管如当代研究者反复指出，奥斯丁小说见证了土地资本与商业资本的交互渗透和各类新群体纷纷涌入传统的地主阶层，但维多利亚读者宁可相信：奥斯丁生活在一个怡然自如的前资本时代，有偿劳动总是隐而不见的。难怪，在《回忆录》中，奥斯丁每每小心翼翼，不让仆人、客人或者任何外人看到自己在写作。当然，这是维多利亚读者的一厢情愿，克·约翰逊的目光更为犀利，指出奥斯丁小说之神奇，“体现了（同时也消解了）商品拜物的幻觉，复原了生活的充实和真实之灵韵”。[3]

奥斯丁小说妥善处理了欲望和满足间的辩证关系，这给维多利亚社会带来诸多启迪。此时期的评论，倾向于详细罗列奥斯丁小说中缺

1 Johnson, 2013, p. 91.

2 赵毅衡：《礼教下延之后》，成都：四川文艺出版社，2013年，第125页。

3 Johnson, 2013, p. 93.

失的刺激事件，借以批评哈代等作家。惊悚小说会使读者对平凡生活感到厌烦，拉斯金激烈地加以批判。奥斯丁小说中的“平凡女主人公，散发着无穷魅力，慵懒的时光，飞将而去，最无聊的事情，也变得有趣了”。[1] 这句话不入当今学者的法眼，在那时却被广泛引用，恰恰说明，奥斯丁小说“对轰动事件，具有奇妙的免疫力”，可以医治维多利亚读者的百无聊赖。维多利亚时代的“胡扯”，包含了“对节适守中的向往之至”，仿佛在“某个时刻，某个地方，我们的情感体验，那么淳朴和鲜活；生活固然局促，却没有限制我们的感受，反而给我们带来丰富的快乐”。[2] 在某个意义上可以说，上述那些狂热“简迷”在将奥斯丁打造成一流传奇人物的进程中起了极大的推动作用。

奥斯丁成为经典作家，“简迷”查普曼首当其冲立下了汗马功劳。

英国学者萨瑟兰进一步指出，查普曼的文学编辑不仅巩固了奥斯丁的经典地位，更迎合了一战后英国“民族性构建”的浪潮。随着大英帝国衰落，民族性的“主旋律”变调易腔，“昔日的乡村英格兰”、家居生活的温馨等得到大肆宣扬，绝不是空穴来风。早期的奥斯丁传记，就维持了这样的神话：一个远离尘嚣的乡村淑女，安逸地领略着大自然的田园风光，生活在小家庭的融洽无间之中。雷蒙·威廉斯出身于威尔士乡村的劳工家庭，移居英格兰，二战时也上过战场，这些经历和边缘身份告诉他，“昔日的乡村英格兰”不过是统治阶级刻意编织出来的意识形态神话。需要指出的是，查普曼的精神，薪火相传，注入给理查兹和利维斯，一变而成剑桥大学的“英语研究”和“专业文学批评”。利维斯夫妇竭力使读者远离畅销爱情小说的精神污染。他们力挺奥斯丁，说小说中的某种情感结构将奥斯丁和“有教养的读者”联系起来。要理解英国文学的“伟大的传统”，就要像奥斯丁（还有劳伦斯）那样，生活于一地，根系于乡土。萨瑟兰不禁感叹，查普曼的权威版本，外加利维斯倡导的“文学敏感性”，挽救了“有教养的读者”构成的“有机社群”，恢复了一战后英国人的精神元气。

不止文学，二战前后，作为流行文化的电影也发挥了重要的作用。

1 Southam, Vol. 2, p. 22.

2 Johnson, 2013, p. 97.

1939年，英国驻美大使罗西恩（Lord Lothian）呼吁，在好莱坞的英国演员要继续“向全世界观众展现英格兰的精华”；连首相丘吉尔也建议，历史影片“要强调不列颠惩戒所有妄自尊大的好战分子的历史角色”。1940年7月26日，改编自《傲慢与偏见》的电影在美国首次公映，29日的《泰晤士报》对此进行影评，当然，更在显著位置报道了二战的惨烈近况。它的封面故事向读者许诺：一旦英国失利或投降，美国将要采取救援行动。[1] 克·约翰逊也曾以各种剧照和报刊截图来说明，英美双方为了联合作战进行大量匠心别具的宣传。[2] 在一定程度上，美国人的同情可以说是英国外交部宣传攻势的结果，最典型的莫过于借助某些经典作家和人物来消除美国公众对大英帝国、颓废贵族的偏见。同一时期的好莱坞电影，比如英国演员奥利弗和费雯丽联袂主演的《汉密尔顿夫人》、MGM电影公司制作的《傲慢与偏见》，还有1942年面世的温情脉脉的家庭小说《米妮福夫人》，都是为了说服那些孤立主义者加入保卫英格兰的战争。

美国期刊作家坎比（Henry Seidel Canby）在《星期六评论》上的撰文最有代表性。他赞美了18世纪英国人的举止、性情、乡村，尤其普通的家庭女人，“战时最伟大的英语小说无疑是奥斯丁创作的”。但所有这些英格兰风情，在1940年都受到了战争的威胁。仿佛美国参战完全是为了保卫这位18世纪淑女作家，作者写道，英国人“首先应该感谢奥斯丁”。[3] 1940年8月9日，《纽约时报》报道了史无前例的德军空袭；英国的报刊更突出了巴斯遭袭的惨状，行文中偶尔提及奥斯丁曾旅居于此。其实，只是在二战期间，奥斯丁和巴斯的紧密联系才建立起来。或许读者忘记了，奥斯丁对那座城市，尤其是对那些“黄不溜秋的建筑”的感观非常复杂，远远谈不上由衷喜欢。1940年之后，巴斯开始代表18世纪英国的辉煌成就，也变成了永恒的女性象征。[4] 奥斯丁的巴斯或者巴斯的奥斯丁，在特殊的历史时期被赋予了特别的政治意义，竟然承载着民族自豪感和历史责任感。维多利亚后期和爱德华时代的英国，那

1 邱瑾：《重写“奥斯汀”》，北京：外语教学与研究出版社，2012年，第60—61页。

2 Johnson, 2013, p. 133.

3 Johnson, 2013, p. 134.

4 Johnson, 2013, p. 137.

个一度是男性、勇敢和豪迈的民族，现在变得女性化、温存和伤感。奥斯丁也越来越和“失去的可爱”以及18世纪的“舒适和优雅”联系起来。

第二节　机构种种：奥斯丁协会、纪念馆和图书馆

这样的怀旧之情最终导致了奥斯丁协会（Austen Society）即“奥协”的筹建。较之同类机构，这是相当晚近的：布朗宁协会（1881）、勃朗特姐妹协会（1893）、狄更斯协会（1902）、济慈和雪莱基金会（1906）、乔治·艾略特协会（1930）均在此前成立。1940年，伦敦、巴斯历经德军飞机的狂轰滥炸后，奥斯丁协会正式成立。显然，这不是为了推进奥斯丁小说的赏析，当时首要的任务是恢复乔顿乡舍（奥斯丁生命中最后八年的居所）和保护与之相关的财产。二战刚结束，为了收购乡舍并将其作为“朝圣之地”，英国艺术界的名流伊丽莎白·詹金斯（奥斯丁的传记作家）、大卫·塞西尔勋爵（仅次于查普曼的老派简迷）和玛丽·拉塞尔斯（著名的奥斯丁学者）等，与奥斯丁-利家族的后裔联手在《泰晤士报》上高调宣传以征求社会各界的资助。

诸多团体均表示大力支持，这感染了退休未久的伦敦律师卡本特（F. E. Carpenter）。1944年，卡本特的儿子刚毕业于剑桥就作为步兵指挥官被派往意大利战场，三周后被敌方狙击手射杀。为了纪念儿子，1947年卡本特曾以3 000英镑购得乔顿乡舍；1949年他又主动响应广大公众和社会舆论的号召，慷慨将其捐赠出来，奥斯丁纪念馆便在这里诞生了。二战造成的精神创伤，在新筹建的纪念馆中处处可见。最初，奥斯丁卧室的墙上，悬挂着丘吉尔首相于1943年记载自己病痛的《回忆录》。纳粹德国入侵欧洲和空袭伦敦，丘吉尔做了“热血、辛劳、眼泪和汗水”以及“保卫我们的家园”等著名演讲。那些年他全心投入战争，偶然在病床上阅读了《傲慢与偏见》。在《回忆录》中，丘吉尔感叹道：“那些人们拥有多么平静的生活！没有关于法国革命的忧虑，也全无拿破仑战争带来的苦苦挣扎。”

不难理解，奥斯丁纪念馆具有多重含义：家庭成员的深切缅忆，文学爱好者的虔诚敬仰，对传统文化的温情怀旧等。《奥斯丁的声名》的

作者提醒我们，最初的奥斯丁协会还散发着保守的气息。20世纪50—60年代，奥协成员多为社会上层人士。塞西尔勋爵曾任协会主席，公开宣传奥斯丁长达40年之久。他晚年撰写的《奥斯丁的写照》文笔优美、情感真挚，且穿插了无数幅精美、温情的历史图片，直到今天一直畅销不衰。查普曼推荐的另一位主席，乃是第七代威灵顿公爵。诚如伊丽莎白·詹金斯所说，无论在社会还是文学意义上，此等人物都不乏鼓动性和代表性。1967年是奥斯丁忌辰150周年，威灵顿公爵亲自给这位18世纪的淑女作家敬献花圈；首相希斯也是奥斯丁小说的忠实读者，在大会上做了简短但深情的致辞。[1]

纪念馆的日常管理工作实际交给了独立于协会的奥斯丁基金会。最初，纪念馆里空空荡荡，为了让它“真实”起来，奥斯丁家族成员捐赠了一些私人所有物：奥斯丁的肖像画，她亲手抄写的乐谱以及几件首饰，如弟弟查尔斯从东方为她购买的黄玉十字架等。至于写作用的小桌，吱吱作响的房门，厨房中的壁炉和锅架，橱柜里的瓷器，客厅中的钢琴等，大多是购得的18世纪家具。[2] 值得一提的是，那些不远万里奔赴乔顿、虔心于“文学朝圣”的美国简迷，在捐赠方面同样起到了重要的作用。其实，无论是1949年的奥斯丁纪念馆，还是20世纪90年代才成立的乔顿图书馆，都反映了英国和美国之间积极的文化交流。

这里，不妨再来认识一个美国简迷艾伯塔（Alberta H. Burke）。纪念馆中奥斯丁本人的一束头发，据说就是此人捐赠的。1947年，艾伯塔成为英国奥协的终身会员，她丈夫亨利·柏克和著名奥斯丁专家格雷则是后来北美奥协的共同创始人。早在20世纪40年代，艾伯塔就开始收藏各种奥斯丁小说译本，尽管她不懂那些语言；每年她都和父亲一起大声朗读奥斯丁小说；还常常远渡重洋造访乔顿，瞻仰奥斯丁故居和记录那里的风物人情。媒体称艾伯塔拥有奥斯丁家族成员之外的“最佳私人珍藏”：图书不必说，她还收集相关的音像资料、剪报、奥斯丁的个人物件、书信手稿等。这完全出于个人喜好，在精神上接近自己心爱的作家，而不是为了投资获利。[3] 艾伯塔曾经给查普曼写信探究某些手稿的价

1 Harman, pp. 231–232.

2 Johnson, 2013, pp. 156–157.

3 Juliette Wells, *Everybody's Jane Austen*, London: Continuum, 2011, pp. 47–51.

值，也和北美著名的奥斯丁学者吉尔森深度交流，讨论收集到的有关奥斯丁的最新出版物。她甚至在1962年为英国《泰晤士报文学副刊》撰稿，推测《诺桑觉寺》的写作日期，毕竟她手头拥有若干一手材料。查普曼在1954年建议这位美国简迷“售卖或者处置”她的收藏，将其转给英国奥协的卡本特先生；后者也曾给艾伯塔发函，委婉地暗示，“奥斯丁纪念馆是一个圣殿，奥斯丁的遗物应该在那里安放”。艾伯塔礼貌地拒绝了这些私人请求。1954年12月，经过多方协商，艾伯塔向摩根图书馆（Pierpont Morgan Library）捐赠了几份奥斯丁姐妹的信件手稿。选择这样一个国际性的、便于公众借阅或者学者研究的档案馆，而不是将私人收藏交给某个家族的“圣殿”，这无疑大大拓展了奥斯丁“文学朝圣”的范围，实际上也为后来乔顿图书馆的运营树立了极好的榜样。

另一个美国简迷勒纳女士（Sandy Lerner），是乔顿图书馆的创始人。20世纪80年代，她在斯坦福大学攻读“令人厌烦的计算机和数学课程”，奥斯丁小说为其提供了一个精神上的“世外桃源”。毕业后，勒纳女士创立自己的网络公司，并取得了丰硕的经营业绩。英国作家尼克松（Nigel Nicolson）曾在奥斯丁协会致辞中言及乔顿庄园的困境：由于遗产税的征收和高昂的修缮费用，庄园继承人奈特（Richard Knight）在管理上常常捉襟见肘，甚至不能支付一般的维护工作。有感于此，勒纳女士决定与后者签订长达125年的租赁合同。她颇有营销远见，在这里建立了乔顿图书馆，正如网站上宣称的，“这是早期英国女性的写作之家”。如果说纪念馆提供一种与奥斯丁保持亲密关系的家庭网络，图书馆则努力扩大这样的私人联络，进一步拓展了“小说创作传统意义上的奥斯丁姐妹”。[1]图书馆的网站提供了大量英国早期女性作家的传记和罕见的PDF版小说文本，鼓励各类读者去探索这一时期的文学市场和小说写作的历史语境。图书馆还加强了与南安普敦大学的联系，经常举行各种学术性活动，包括2009年奥斯丁研究新思维的国际会议，2012年奥斯丁作品翻译大赛等。值得特别指出的是，勒纳女士反对奥斯丁-利在《回忆录》中所描绘的家庭妇女型奥斯丁。图书馆的创建也是为了抵制某些人营造的奥斯丁形象，让奥斯丁代表的“18世纪传统”和“乡村英格兰传统”开始

1 Felicity James, “At Home with Jane: Placing Austen in Contemporary Culture,” *Use of Austen*, eds. Gillian Dow and Clare Hanson, London: Palgrave Macmillan, 2012.

与“女性文学传统”进行卓有成效的对话。可以说，大众和奥斯丁之间的交流关系发生了显著变化：兼有私人色彩和公众色彩，并包含流行元素和学术元素，既是一国之内的，也是跨国的，不仅是历史的，还是当代的。[1]

以前提及早期的“奥斯丁热”，人们常常归功于奥斯丁-利1870年的《回忆录》，却忽略了同一年英国议会通过的教育法案。要知道，正是这一法案才使得义务教育逐渐成为基本国策。该法案还将英国文学作为精神遗产纳入日常教学内容中，大力弘扬民族自豪感。可想而知，这也是奥斯丁读者群得以扩大的重要因素。同样，二战后，大学教育的普及和公民识字率的进一步攀升，也推进了奥斯丁学术研究的全面扩张。自1949年以来，英国奥协定期发行《年度报告》，通报当年举办的各类活动并刊出一篇论文，也部分地起到研究论坛的作用。20世纪80年代，布里斯托和巴斯等城市开始组建地区性的奥斯丁研究分会等。此后，各类旅行社、假期学习组织和继续教育机构等定期举办“简・奥斯丁周”“年度小说讨论”等活动。1979年北美奥斯丁协会建立，随后美国和加拿大的很多州/省都建立了自己的分会。北美协会每年12月份出版期刊《奥斯丁研究年刊》[2]，后来还配了网络版，发表奥斯丁年会发言中比较有价值的论文以及提交给编委的与当年议题相关的论文，其中不乏一些通俗有趣的文章。澳大利亚的奥斯丁协会稍后也成立，同样配有相应的纸质和网络期刊。北美协会的规模，已经远超奥斯丁的故乡。北美协会每年组织一个参观团赴奥斯丁故地参观；10月召开为期4天的年会，每年以奥斯丁的一部小说为讨论主题，六部小说轮转。议题的选择兼顾读者受众和学院精英的口味。一个极为流行的做法就是“奥斯丁问答”，学院派的得分往往低于普通简迷。[3] 由于某些正统文学阐释和主流意识形态之间存在着共谋关系，“业余读者”的赏析方式或许会拓宽对奥斯丁小说的多元理解。

1 James, p. 134.

2 英文刊名为*Persuasions*，特意用复数，以示与小说《劝导》不同名，主要意指奥斯丁研究者发出的不同声音，当然也暗含奥斯丁小说所给予的启发。

3 参见Claudia L. Johnson, “Jane Austen Cults and Cultures,” *The Cambridge Companion to Jane Austen*, eds. Edward Copeland and Juliet McMaster, Cambridge: Cambridge University Press, 1997, pp. 211–226。

第三节 想象和创造奥斯丁

看图片或电影、听唱片和磁带、浏览网页博客、造访乔顿庄园等，已经日益成为体验奥斯丁的主流途径。当然，这难免会造成笑话或者导致意想不到的学术发现。

1810年，卡桑德拉随手为妹妹奥斯丁画了一幅素描。小说家本人看上去似乎有些“令人敬畏”，或如劳伦斯所说，“刻薄、讨厌”。1869年，某画家应奥斯丁-利之邀，在此素描基础上完成一幅新的水彩像。“整容”效果不错，添了温柔贤惠、虔诚恭敬的神情。1870年《回忆录》再版时，这幅水彩像附在它的扉页。随着奥斯丁名声日增，不同版本的肖像画纷纷问世，多数是来“美化”奥斯丁。最荒唐的是，某女演员戴着帽子恬雅闲坐的照片，一度风靡英美，被某些简迷当作奥斯丁的正身。不过，正如克·约翰逊指出的，无论真假，这些画像都值得研究，体现了读者对奥斯丁“身体”的想象。[1]

当下研究者依旧为画像讨论得热火朝天，只是转向了《英格兰史》中的插图。奥斯丁的这本戏拟之作显然是针对18世纪著名作家戈尔德斯密（Oliver Goldsmith）的多卷本《英国史》。剑桥版《少年习作》的编者猜测，在这些历史人物的插画中，奥斯丁是苏格兰女王玛丽一世的原型，因为两人都有着圆圆的面庞和绯红的脸颊。后来的研究者更进一步推断，书中多数插图是奥斯丁家人的漫画。奥斯丁的大哥詹姆斯、三哥爱德华和四哥亨利分别是《英格兰史》中詹姆斯一世、亨利五世和爱德华六世的插图原型，奥斯丁妈妈则是伊丽莎白女王的漫画版真身。更有意思的是，面部结构研究专家克雷格（Pamela Craig）和摄影测量学者欧葛比（Clifford Ogleby）也被请来提供技术支持。他们把奥斯丁和玛丽一世的画像叠加来比较两者的面部特征，或者用电脑技术（如Adobe Photoshop）来对比奥斯丁三位兄长和几位国王的画像，居然部分地证明了上述猜测绝非无中生有。

随着影视和网络视频逐渐成为更基本、更重要的文化传播媒介，奥

1 Johnson, 2013, p. 66.

斯丁的经典地位也得到进一步强化，当然，侧重点有所不同。小说世界中的房屋格调、服装款式和乡村风情，时来运转地成为当下影视文化的热点，电影制作技术，如“远景”“移动摄影”“镜头组接”等，恰逢其时地纷纷有了用武之地。当下的许多简迷，并非“阅读”，而是“观赏”奥斯丁，常常沉醉于屏幕上英格兰乡村的芳草绿荫和湖光山色，尽管奥斯丁书中此类渲染笔墨并不算太多。奥斯丁小说由第三人称讲述，紧扣女性角色的思想意识，而影片美化了某些男主人公来吸引眼球，如上身半裸的达西。某些次要角色也常常被恶搞，某一《傲慢》的剧照中展示了凯瑟琳夫人和夏洛特兴致勃勃地鞭打牧师柯林斯的场景，仿佛奥斯丁对“性虐”早已关注。这些“性化”（sexing up）奥斯丁的做法，引起学者的不满和严厉批评。[1]

20世纪70年代，奥斯丁纪念馆和乔顿庄园均已完全对公众开放，几乎同步于二战后“传统文化产业”的蓬勃发展。英国的某些政府和非政府组织，以弘扬民族文化为名义，大力宣传保护以物质形式存在的文化遗产，如建筑、景观等。奥斯丁足迹所到之处，如温彻斯特和巴斯等，恰好集中在南部，被认为最能代表“英国风格和传统价值观”。根据奥斯丁小说改编而成的“古装剧”也不乏广告效应，完美展现了英格兰的乡村和18世纪的舒适与优雅。当然，电影所展现的温馨记忆或者亲密之情，只是看似消弭了当前和过去的紧张关系，恰如具体事物和历史地点的匠心呈现只是表面上获得了对历史的“宾至如归”之感。旅游地的个别景致、政治或者历史话题的刻意设定以及家内器具用品的精心摆置，无不伴随着一种弥补已经失去的爱恋对象的企图，当然也最大限度地满足了空前高涨的消费热情和需求。

难怪这些影片上映后，引起了巴斯、莱姆等地的旅游热潮，而最终受益的是“传统文化产业”的某些筹划方，比如上面提到的奥斯丁基金会。[2] 实际上，由于二战后一届届政府征收高额的土地税，一些贵族或士绅也出于各种原因对外开放私人庄园。每到周末，这些士绅人家在门口出售门票、接待游客，这难免令读者想起《桑迪顿》中的德纳姆夫

1 Emily Auerbach, *Searching for Jane Austen*, Wisconsin: University of Wisconsin Press, 2004, pp. 285–287.

2 Robert P. Irvine, *Jane Austen*, London and New York: Routledge, 2005, p. 169.

人或者《劝导》中的沃尔特·埃利奥特爵士，前者在拿破仑战争后不失时机地在英国沿海地带进行商业投资，后者则由于入不敷出不得不将自家庄园租赁出去。

当下有关奥斯丁的"文化研究"，可谓无所不及。稍微"正统"一些的，比如在一本叫作《简迷：奥斯丁的信徒和拥趸》(2000)的学术论文集中，学者唐普娜(Katie Trumpener)指出，20世纪早期的英国女性作家，如伍尔夫、丽贝卡·韦斯特或者安东尼娅·怀特(Antonia White)，都深受《曼斯菲尔德庄园》和《劝导》的影响。[1] 20世纪90年代奥斯丁小说再版时，不少读者都是参加了妇女参政运动的进步女性，对奥斯丁把女家庭教师和奴隶交易联系起来，她们一定会感同身受。作者还指出，奥斯丁也是20世纪70年代"Virago系列"中某些英美女性作家的灵感之源。类似的研究也见于前面提到的《奥斯丁，好干啥》论文集中。比如有学者专门探究，奥斯丁的写作风格如何再现于皮姆(Barbara Pym)和斯密斯(Dodie Smith)的作品中。前者的《出色的女人》(*Excellent Women*)和后者的《攻陷城堡》(*I Capture the Castle*)均于二战后出版，这是英国性重塑的关键期。如前所述，此时奥斯丁在民族想象中发生了明显的位移。[2]

影视研究早已成为最热门的新研究方向之一。《简迷》论文集中，罗杰·塞勒斯讨论了1995年BBC电视剧版的《劝导》。在厄泼克劳斯和巴斯等地内部情景拍摄中，仆人们的视角就像一架架摄像机，深深地探入主人们的内心世界。电影开始时，连女主角安妮都被导演呈现为类似上层女仆的角色，偶尔偷听别人的对话。塞勒斯解释说，18世纪贵族们没有什么隐私，他们的爱恨情仇正在一群沉默的仆人面前精彩地上演着。[3] 经典化研究的力作要算萨瑟兰的《文本中的奥斯丁》

1 Katie Trumpener, "The Virago Jane Austen," *Janeites: Austen's Disciples and Devotees*, ed. Deidre Lynch, Princeton: Princeton University Press, 2000.

2 Maroula Johnnou, "England's Jane: The Legacy of Jane Austen in the Fiction of Barbara Pym, Dodie Smith and Elizabeth Taylor," *Use of Austen*, eds. Gillian Dow and Clare Hanson, London: Palgrave Macmillan, 2012.

3 Roger Sales, "In Face of All the Servants: Spectators and Spies in Austen," *Use of Austen*, eds. Gillian Dow and Clare Hanson, London: Palgrave Macmillan, 2012.

(2005),这本书的副标题是"从埃斯库罗斯到宝莱坞",最后一章讨论查达哈(Gurinde Chadha)导演的宝莱坞大片《新娘与偏见》(2004)。萨瑟兰难免牢骚于世风:文学名著铸就的高雅文化空间,渐被通俗电影取而代之。查达哈本人曾用"印度化"和"不可思议的英印文化融合"来形容这部改编自奥斯丁小说的音乐电影。有学者关注这部影片中的"空间伦理学",这显然受惠于当代美国后殖民主义理论家萨义德的相关解读。论者对这部"调侃原著"的影视作品大加赞赏:它并不仅仅是一部印度或者英印视角下的《傲慢与偏见》,更将原著中的某些故事成分和心理动机因素诙谐、讽刺地融进当代全球流动性的文化语境中。然而,某种程度上讲,它依旧非常忠实于奥斯丁的反讽。[1] 另外,将《爱玛》改头换面而成的《无影无踪》等片名,已成为学术论文中频繁出现的"关键词",这些足以说明,当代导演和学者都抱着越来越开放的态度"与经典互动":不求写实,但求神似。

这些五花八门的研究,统统属于"简·奥斯丁公司"的经营范围。《奥斯丁公司》(2003)是两位新锐学者编辑的论文集,涉及流行文化、历史、地理和政治等学科,兼及英国、法国、美国等。[2] 编者指出,奥斯丁文化资本的激增,未必都是"怀旧"作怪;再现历史,也是再创历史,不仅"提升传统意识,增强民族身份认同",还能让读者积极地理解当下文化和生活。为了更好地引导学生阅读和理解奥斯丁,作者提议,不妨将关于奥斯丁的文化现象统统融入日常教学实践,采用一种"集阅读、观看、旅行和冲浪于一体的混合式教学方法"。教师应该积极发挥"居间"(mediating)的作用,调和以下看似对立的范畴:经典文化和通俗文化;后现代的好奇与摄政时代的怀旧;大众文化的集体感受和个人阅读的私下愉悦;媒体大肆宣扬的性感和小说中静默的私密之情;贵族等级主导的寡头社会和充斥着平等、民主精神的全球化语境。

过去和现在的关系不是简单的、静止的、永恒的,而是发展着的、互

---

1 Stephanie Jones, "The Ethics of Geography: Women as Readers and Dancers in Gurinde Chadha's *Bride and Prejudice* (2004)," *Use of Austen*, eds. Gillian Dow and Clare Hanson, London: Palgrave Macmillan, 2012.

2 Suzanne R. Pucci and James Thompson, eds. *Jane Austen and Co.*, Albany: State University of New York Press, 2003.

动的和介入性的。这似乎已经成为"时代的精神"。2009年在乔顿宅邸举办的"与奈特夫人饮茶"活动，或者北美奥斯丁协会的摄政化装舞会等，都是极好的例证。在这些场合，当代文学批评的锋芒和摄政时代风物的怀旧完美地结合在一起。为了身临其境，参加者们自愿出钱出力，在乔顿宅邸的草坪上规整了一条专为18世纪马车通行的大道；他们还要接受专门培训来熟悉那个时期的棋牌和膳食，后者包括仿制的甲鱼汤、腌牛舌、传统的蜜饯果冻等。两位著名演员大卫·瑞托（David Rintoul）和伊丽莎白·嘉尔维（Elizabeth Garvie）应邀扮演《傲慢与偏见》中的达西夫妇，他们娴熟地应酬四方来客，甚至给你一个意想不到的亲吻和拥抱；参与者还可以和奥斯丁家族的后人（也就是前面提到的乔顿宅邸继承人奈特先生）一起跳舞、闲聊并签字留念。这些活动增加了简迷们对历史情境的体验，也在某种程度上混淆了真实生活、传记、小说和电影的界限。诚如《奥斯丁公司》的编者之一汤普森所言："奥斯丁，简而言之，将个人和社会联合成为一个整体，她可以诠释个人和社会整体的关系，这也是当下棘手的问题……其实，整个社会何尝不可以被想象成村里的三家两户呢。"

借助数字影视、视频、DVD以及MPEG等手段，读者可以观看甚至录制自己的古装剧，这与此前两个世纪的日常小说阅读一样便捷。高度个性化的媒体技术，使得"过去的经验"变成某种私有之物。奥斯丁，还有摄政时代，正以一种更为成熟和复杂的方式被呈现出来。读者还能够进行"历史的"思考、理解和想象吗？或许，我们该追问：过去是如何固执地萦绕着当下，并坚实地变为现在的一个组成部分。纯粹的过去，不可能再现；对过去的理解，总是包含当下的感受。对于21世纪的读者，更不用说狂热的简迷，"简·奥斯丁"已经变成了充满欲望与想象的文化符号之一。[1]

1 Suzanne R. Pucci and James Thompson, "Introduction".

第二章

宗教和奥斯丁的小说

1831年，刚刚就任都柏林主教的惠特利在《评论季刊》上写道，简·奥斯丁“是一个基督教作家，严肃的作家……但她的道德和价值观念均隐藏在行文中”。19世纪30年代，奥斯丁小说第一次合集出版，后来以宗教态度诚挚闻名的红衣主教纽曼（John Henry Newman）则充满怨气地评论，“她笔下的牧师真可恶”。言外之意，奥斯丁对教会人士心存不敬，蓄意歪曲。维多利亚时代有关奥斯丁的论著，基本属于生平、情节介绍和人物赏析，一般不太涉及宗教话题。20世纪的英美文学批评家，较多关注奥斯丁的小说艺术。利维斯（F. R. Leavis）视奥斯丁为英国小说“伟大传统”的第一人，看重她的道德现实主义，而非相关的宗教议题。20世纪60年代，弗莱施曼曾言，“从心理、神话和社会等层面来看，《曼斯菲尔德庄园》的艺术视野主要是人文主义的”。[1] 连著名英国学者巴特勒（Marilyn Butler）也说：“相较而言，奥斯丁的最后三部小说，立意更加凝重，这倒不是因为它们展现了深切的宗教关怀，而是深深卷入自我评估和复兴的民族情结中。”[2]

作为多棱镜和万花筒的当代文学理论，可以帮助读者更全面、多角度地解读文本，但对传统的基督教观念常常抱有敌意。难怪，20世纪80年代以来的主流批评，乐于大肆炒作奥斯丁的“颠覆性”。19世纪晚期，英美报刊有心描绘一个“温柔姑妈”的形象，当下则刻意塑造“反叛

1 Avrom Fleishman, *A Reading of Mansfield Park: An Essay in Critical Synthesis*, Minneapolis: University of Minnesota Press, 1967, p. 77.

2 Marilyn Butler, “History, Politics, and Religion,” *The Jane Austen Companion*, ed. J. David Grey, New York: Macmillan, 1986, p. 207.

和狂野”的奥斯丁。努克斯(David Nokes)等写作的最新传记,就是极好的例证。[1] 这位“淑女作家”被认为在政治、经济和文化上充满了颠覆力量,那些“方寸象牙”上营造的小说,不仅全面展示了世俗化的景观,而且大力标榜相对主义的美德等,这样的说法在文学研究领域已经司空见惯。在此范式下,《少年习作》也不再是写实作家的初试身手之作,而是经过深思熟虑写就的“别样文化的可能性尝试”,目的是“将社会规则的不定性以及行为的多义性”生动地展现在读者面前。[2] 本文介绍近来奥斯丁研究中与宗教背景相关的几本著作,并借此来探讨奥斯丁本人的国教背景以及其小说的宗教意涵。

第一节　奥斯丁的国教背景

英国18世纪的历史研究,始终受到辉格史观和托利史观的左右,从19世纪到一战结束,辉格史观占据主要的地位。一战以后,以纳米尔(Sir Lewis Namier)为首的英国史学家猛烈攻击辉格史观,某种程度上扭转了风向,保守史观似有回头之势。20世纪70年代以降,从事18世纪研究的史学家,基本上不再简单认可辉格史观,当然,也不盲从托利史观,这有助于我们更客观地认识英国18世纪的历史。

先来看看当下英国18世纪史学的两条研究进路。克拉克(J. C. D. Clark)在《英国社会:1660—1832》一书中指出,整个18世纪,英国依然是一个传统保守的农业社会,保王思想占优势,国教占主导地位,一群享有特权的土地贵族牢牢地把持着国家的政治、经济、军事等命脉。[3] 按此观点,18世纪的英国同其他欧洲大陆的国家(如法国和西班牙)无甚区别,都是处在“旧制度”的统治下。克拉克列举大量的事实来证明,当时的英国民众普遍接受王权,尤其在世纪末,由于英法交战,自发

1 龚龑:《简·奥斯丁的传记研究》,《国外文学》,2015年第1期。

2 Richard Handler and Daniel Segal, *Jane Austen and the Fiction of Culture: An Essay on the Narration of Social Realities*, Tucson: University of Arizona Press, 1990, p. 3.

3 J. C. D. Clark, *English Society 1660–1832: Ideology, Social Structure, Political Practice during the Ancient Regime*, Cambridge: Cambridge University Press, 1985.

效忠乔治三世的大众活动此起彼伏；大多数英国民众也愿意将国教看作民族统一的象征。再看其他方面。王政复辟后的国教会与刚刚萌芽的自然科学建立了联盟，这有助于英国启蒙运动的发展，且两者的融洽关系一直保持到19世纪中叶。另外，法律执业人员和各级教士在英国社会生活中发挥重要的作用，他们持有的价值观念在思想界和各类出版物中占据决定性的地位，宗教和法律并不相分离。当然，克拉克不否认这期间也存在种种冲突和挑战。

以朗福德（Paul Langford）为首的历史学家则指出，尽管英国社会由贵族、国王和教会来把控，但"光荣革命"后的格局毕竟已经发生了变化。[1] 君主立宪制在欧洲是独一无二的，英国国教的地位也绝非不可撼动，至少它要同各种各样不服从国教派思潮抗争并对话。商业、金融和工业的蓬勃发展，创造了巨额的财富，这些必然要改变原来的等级制度，使得社会的流动性变大，中产阶级的作用也越来越突出。就本文所要论及的宗教话题而言，朗福德坚信，18世纪的英国发生了显而易见的"世俗化进程"，克拉克则挑战这一判断。奥斯丁的各色论者也或明或暗地在这两派之间摆动、游离，我们不必匆忙选边站队，不妨先了解一下当时英国国教的实际情况。

劳·怀特（Laura Mooneyham White）的《奥斯丁的国教观念》（2011）提供了大量的历史细节。首先，18世纪是英国历史上两次宗教狂热的间歇期。自"光荣革命"以后，英国国教的态度比较温和，既不像天主教那样一味迷信，也不像贵格派、洗礼派和其他非国教那样百般狂热。[2] 夸张点说，当时各个教派的基督徒之间，加尔文教徒或阿明尼乌派教徒也好，埃拉斯都信徒（Erastian）[3] 或神权政治信徒也罢，并不存在一条不可逾越的或者你死我活的界限。而且，英国国教的牧师不善言辞争辩，缺少像18世纪80年代循道宗的狂热布道者，也鲜有19世纪30年代牛津运动中那样能言善辩的精神领袖。自1714年汉诺威王朝执政以来，辉格党操控英国的政治大局，将国教置于恩庇制下，全面左

1 Paul Langford, *A Polite and Commercial People: England 1727–1783*, Oxford: Clarendon Press, 1989.

2 Laura Mooneyham White, *Jane Austen's Anglicanism*, Farham: Ashgate, 2011, p. 23.

3 主张宗教应受国家支配。

右社会、文化和经济生活。值得一提的是，国教会本身鼓励民众接受世俗社会的秩序，并将这些作为宗教虔诚和遵守教规的重要方面。18世纪上半叶，任何强化宗教虔诚的做法，都意味着无端增大托利主教的权力。辉格党人常常有意无意地疏于宗教管理，王室和议会更是通过控制教职任命来避免国教和世俗权力分裂。[1]

《曼斯菲尔德庄园》面世的1814年，严肃的国教徒面临的紧要问题，如牧师俸禄和兼职、牧师道德和行为改进、恩庇制度下的裙带关系、城市中牧师的失职等"世俗化"的迹象，均出现在这本小说中。[2] 王室、辉格党内阁和大主教等都可以安插或者支配俸禄，但多数的俸禄机会都控制在当地的乡绅手中。18、19世纪之交，英国的国教会共有11 600份享有"铁饭碗"的神职，其中2 500份由主教定夺，牛津和剑桥大学可以支配600份，其余由各教区所在地的地主分派任命。主教和地主一般将其授予次子和亲戚，当然也可以分配给那些愿意依附于自己的牧师。小说中玛丽·克劳福德的表达更直白，"牧师职业乃是贵族幼子的避难所"。[3]

不同牧师收入有差异，多数乡间牧师，一年可获取几百英镑的俸禄。以奥斯丁的父亲为例，扣除了付给两位助理牧师的薪水，他每年可挣得210英镑。《理智与情感》中，爱德华·费拉斯在德拉福德教区的俸禄恰为200英镑。作者特别指出，底层的助理牧师（curate），每年仅得20—75英镑，谋生尤为艰难。奥斯丁的四哥亨利，在乔顿担任助理牧师，年薪 60英镑。助理牧师负责料理教区事务，工作量极大。当然，牧师还有其他渠道增加收入，比如，奥斯丁父亲所管辖的土地，可以用来种植作物和果蔬。她家还养了五头乳牛。为了贴补家用，其父还收留寄宿生。值得一提的是，什一税的支付方式五花八门，有时以鸡蛋或者鸡代缴。柯林斯初到班奈特家，东张西望，眼馋室内的家具、摆设，这未尝不是奥斯丁本人亲身经历过的。

由于普通牧师俸禄不高，兼职成为当时普遍的风习。奥斯丁父亲

1 White, p. 13.

2 White, p. 27.

3 Jane Austen, *Mansfield Park*, ed. Claudia L. Johnson, New York and London: W. W. Norton & Company, 1998, p. 66.

兼了两个教职，大哥詹姆斯占了三份俸禄，年薪1 100英镑。受福音主义运动的影响，詹姆斯最终拒绝了第四份薪俸。18世纪末，英国三分之一的牧师领取多份俸禄。1783年，某主教呼吁调节分配，而他自己拥有16份俸禄。[1] 在小说中，“埃德蒙也许能承担在桑顿莱西的职责，也就是说，他可以来祈祷和讲道，而不放弃曼斯菲尔德庄园；每个星期天，他可以来这名义上的住所，主持宗教仪式；他可以到桑顿莱西，每周当三四个钟头的牧师”。[2] 兼职就意味着牧师实际上并不住在教区，日常事务完全由被雇的助理牧师代劳。玛丽如此奚落：“牧师邋邋遢遢，自私自利，读读报纸，看看天气，和妻子吵架拌嘴，除此之外，无事可做。一切活都归助理牧师，他自己的日常事务，便是应邀吃饭。”[3] 据统计，1809年的英国，11 194名在职牧师中，有7 358名不居住在当地教区。1812年议会调查表明，约1 000多个教区根本没有任何牧师，4 813名牧师不在本教区定居。[4]

以上问题，奥斯丁都看得很明白，但她并不认为国教的处境岌岌可危。其实自亨利八世以来，英国社会逐渐形成了所谓的“地主加牧师”管理模式。当地居民的日常生活，少不了教区牧师之管辖，负责布道、行洗礼和婚丧礼不必说，还要探视病人、管理学校、调解邻里纠纷。和地主一样，牧师本人有时也参与农田开垦和作物种植。农业收成的好坏和这两类人的利益休戚相关。[5] 世俗地主和宗教人士相互依附，在南方的郡县尤其如此。在《傲慢与偏见》中，柯林斯对凯瑟琳夫人言听计从，后者不仅能裁断教区事务（一似当地的治安官），甚至能就牧师家的日常开度给些具体建议（比如肉块不能切得太大等）。[6] 1746年以前，乡绅和教会人士的关系还不够紧密，前者担心后者与天主教徒保持往来。詹姆斯党人叛乱失败后，这一顾虑不复存在。而且，随着垦殖技

1 White, p. 14.

2 Austen, *Mansfield Park*, p. 170.

3 Austen, *Mansfield Park*, p. 78.

4 White, p. 15.

5 White, p. 18.

6 Jane Austen, *Pride and Prejudice*, ed. Donald Gray, 3rd edition, New York and London: W. W. Norton & Company, 2001, p. 112.

术和土地改良取得显著的进步，经营农业和收取什一税均变得有利可图，地主鼓励自家子弟进入教会，或者怂恿女儿嫁给牧师。各教派的牧师也参与党派政治，追求乡绅的生活方式；在众多谋生途径中，牧师被看作一个体面、博学的职业，不亚于其他的社会精英。现有材料表明，18世纪末英国教会人士的社会地位有所提升，地主和牧师的关系也更为紧密。

劳·怀特本人是国教徒，她告诉读者，要理解奥斯丁的世界观并不容易。比如，今天毫无争议的民主观念，在当时的国教徒眼里，实际上意味着混乱和喧嚣。而且，从历史角度看，国教也有它的强大之处：其宗教自由主义不乏包容和理性，这不仅让一般国教徒感到满意，也使自然神论派、福音派和国教中的高教会派拥有自己的生存空间。奥斯丁对某些牧师的刻画，也是这种宗教宽容氛围的产物，我们用不着像费什（Stanley Fish）那样为《傲慢与偏见》中的柯林斯“平反”。费什建议，读者应撇开反讽的“偏见”或者“前见”，假定奥斯丁并没有讽刺褊狭的乡绅世界，相反，她由衷赞美这种生活及其价值观、宗教仪式等（其实，这种观点在当下已不新鲜），并将此观点“扩大到局部问题或者细节解读上”。[1] 比如，向伊丽莎白求婚时，柯林斯也许十分真诚地表明自己的种种“优势”，言外之意，奥斯丁未必是在拿这个牧师“开涮”。其实，奥斯丁的这种冷嘲热讽，也是继承了英国文学创作的传统。廷德尔（William Tyndale）和贝尔（John Bale）等早期英国新教徒，已经将中世纪的讽刺文发展成了一种精湛的艺术手法，那些满足于感官之乐的牧师，常成为讽刺的对象。[2] 在《曼斯菲尔德庄园》中，玛丽·克劳福德的姐夫格兰特博士就是最好的例证：这个教会人士是个自私自利的饕餮之徒，“每周三次，照例不误纵饮大嚼”，最后中风而亡。[3] 这样的刻画甚至让读者很难将奥斯丁和莫尔等国教福音主义者截然分开。

1 Stanley Fish, “What Makes an Interpretation Acceptable?” *Is There a Text in This Class?* Cambridge: Harvard University Press, 1980, pp. 347–348.

2 Roger E. Moore, “Religion,” *A Companion to Jane Austen*, eds. Claudia L. Johnson and Clara Tuite, Oxford: Wiley-Blackwell, 2009, p. 317.

3 Austen, *Mansfield Park*, p. 178.

第二节 奥斯丁和福音主义

奥斯丁小说中得到正面描述的牧师（如埃德蒙·伯特伦）对待自己的职业严肃认真，绝非笑料人物，其思想和风格或许和福音主义的兴起有关。读者须知，今日的英国国教，也是福音主义复兴的产物。18世纪上半叶，上层社会的国教徒推行理性和实用的宗教政策，其教谕几乎变成了道德伦理而不是神学。国教已不能满足一般下层阶级的精神需求，另外，某些热忱教徒对国教枯燥的理性主义深感不满。贾维斯（William Jarvis）在《奥斯丁和宗教》（1996）中区分了不同的福音主义者：路德派、循道宗、加尔文派等不从国教者，都有自己的福音主义分子，而正统国教徒也有属于他们自己的福音派。[1] 约翰·卫斯理（John Wesley）这位早期的宗教复兴者，在阐述信仰得救的教义时曾热情激昂地说："圣灵灌输给每一个人一种信念：相信基督爱他，为他牺牲性命……因为基督的功劳，上帝才赦免了他的罪，他才能接受上帝的恩宠。" 这样的宗教赤诚是后来（尤其19世纪）基督教福音派教会主要部分，也是18世纪后期各派教徒中福音主义者的基本特征。克拉克指出，循道宗脱胎于国教的主流习俗，充分利用了国教广泛分布的潜在优势。循道宗所包含的教义创新，并不像宣称的那么多，而是较多继承了国教的主流教会学和政治神学。[2] 此外，即便是国教中的福音主义者，也并非万众一心的团体，这倒不是说他们的教义不同，而是说，他们的情绪、语气和诚挚等方面还是有别的。

正统的国教徒一贯主张教区是宗教生活的中心，反对卫斯理等人积极倡导和实践的"游动布道"。吵闹和狂热的布道风格，也是正统国教所明确反对的，适当控制情感乃是他们的一个重要原则。而多数不从国教的福音主义者，看重狂热的情感而不是理性的表达；推崇个人的精神诉求而不是正统的神学教义；讲究铺张的修辞而不是朴素的言语。

1 William Jarvis, *Jane Austen and Religion*, Stonesfield, Witney, Oxfordshire: Stonesfield Press, 1996.

2 J. C. D. Clark, p. 285.

极度虔诚和狂热，都让奥斯丁感到难堪，其厌恶之情在书信中也有所体现。奥斯丁的表哥爱德华·库珀，是个不苟言笑的福音派牧师，可每当给奥斯丁写信时他都踌躇再三、颇费心机，语气总是显得轻松愉快，内容也假装可笑逗趣。"他不敢不这么【给我】写"，奥斯丁的"傲慢"可想而知。1809年，姐姐建议奥斯丁去阅读汉娜·莫尔的小说《科列布斯寻妻记》，奥斯丁的"偏见"便脱口而出，说这帮人当中最虔诚的也不过是"瞎猜瞎想"、虚伪自欺、空洞又无聊。[1]

奥斯丁在这里所批评的，是当时颇有影响力的克拉彭(Clapham)圈子。莫尔和威尔伯福斯为其核心人物，两人都是国教徒，他们成功地将福音主义传输给英国上层阶级。莫尔在萨默塞特郡建立了诸多主日学校、各种《圣经》研读班，尤其关注下层民众。她还写了许多宣传册，提倡刻苦自励和社会服从。威尔伯福斯谋划成立各种会社，以求加强英国人的虔诚生活，并起草废止奴隶买卖制度的法案等。贾维斯指出，也许此时的奥斯丁并不十分了解这些人，上面的说法多是戏谑之词，未可当真。[2]

1813年，奥斯丁和侄女范妮逗留伦敦，她见过范妮的追求者约翰·普伦特里，"一个英俊的年轻男人，有着安静的、绅士般的举止"。[3]范妮曾向姑妈透露自己的恋情，但到了1814年11月，她感到自己的感情变了，写信给姑妈探寻变心的原因。男方严格虔诚的宗教精神，是范妮有所顾虑的缘由之一。奥斯丁颇不以为然："我甚至认为，我们全都成为福音派，又有什么不好。至少我认为，那些出于理性与感情而皈依该教派的人，是最幸福的，也是最安全的。"[4] 这种态度与奥斯丁在1809年表达的观点有明显差异。与此相关，在写于早期的《诺桑觉寺》中，牧师星期天出门似是寻常事；在晚期的《劝导》里，神职人士星期天出游则是道德感松弛的表现。

对于这类变化，贾维斯给出两点解释。第一，在这些年里，奥斯丁

---

1 Jarvis, pp. 69–70.

2 Jarvis, p. 70.

3 Deirdre Le Faye, ed. *Jane Austen's Letters*, 4th edition, Oxford: Oxford University Press, 2005, p. 242.

4 Le Faye, ed. 2005, pp. 291–292.

越来越了解福音主义者的优点。第二,奥斯丁和侄女对于福音主义者的定义,有所不同。范妮讨厌的是拘泥于教条的新教福音主义者,他们容易冲动、大喊大叫;奥斯丁赞美的则是沉静善思、乐善好施的国教福音主义者。[1] 后者重新强调善举,而不仅仅是“因信称义”。威尔伯福斯特别指出,将名义的信仰付诸看得见的行动,要有看得见的、显著的改良做法。福音运动倡导各种改良运动,如反对童工、妓女,提倡工厂和监狱改革等,都是善举的例证。[2]

当然,这不意味着奥斯丁相信了福音派大肆宣传的“皈依”。某些福音派成员太过自信,以为个人判断或内在监督足可导向幸福。奥斯丁像大多数王政复辟后期的英国国教信众一样,对个人灵感取代圣经的说法,持谨慎态度。在几部小说中,那些将“内心之光”作为行为唯一指引的女主角,往往受到质疑。例如,在《理智与情感》中,奥斯丁将玛丽安对情感的崇拜看作一种宗教的狂热;同样,爱玛·伍德豪斯和凯瑟琳·莫兰最终意识到,她们的个人判断难免有局限。这些小说也暗示了奥斯丁对善良的信念,并且强调了人类改进的可能性。爱玛、凯瑟琳和伊丽莎白·班奈特都努力提高自身修养,这似乎表明,奥斯丁拥护18世纪主流的自由主义神学。她的女主角不无缺点,往往备受骄傲、傲慢、自私或虚荣的累害,这大多可归因于不尽如人意的家庭教育,而非加尔文派所宣传的“原罪”。奥斯丁常常宽恕甚至欣赏女主角的一时失误,而不是像某些清教作家那样一味谴责她们的“堕落”。[3]

前面说过,奥斯丁对于过度说教或者煽动性传道,多有戒备之心,绝不愿意任由那些娓娓动听的演说家摆布。在《曼斯菲尔德庄园》中的亨利·克劳福德和埃德蒙·伯特伦谈论布道时声称,假如牧师“能在有限的和普通牧师已经讲过千万遍的主题上,打动和影响形形色色的听众,能说出什么新的、引人注目或令人振奋的东西,而又不冒犯听众的口味,这样的传道者,再怎么尊敬都不过分的。我就愿意做这样一个人”。[4] 实际上,当时的伦敦教民曾对著名戏剧演员加里克(David

1 Jarvis, pp. 73–74.

2 Clayton Roberts, *A History of England*, 4th edition, New Jersey: Prentice Hall, pp. 501–502.

3 Moore, p. 317.

4 Austen, *Mansfield Park*, p. 230.

Garrick）提出这样一个问题：为什么牧师相信自己宣传的东西，却难以让听众相信；而演员明知自己的东西是虚构的，却能让观众信以为真？他的回答是：演员表演时充满热情，每一句话都焕发出热情的真理，而牧师面无表情，即便所说为真，也给人虚假之感。[1] 而克劳福德巴不得自己的“听众”阅历丰富；“表演”次数越少，越会显示出自己“演技”高超：“春季里，被翘首以待五六个星期之后，去布道一两次就行，但别指望我永远待在那里，那可不行。”[2] 在布道讲坛上炫耀，这是极不妥当的，埃德蒙以沉默加以抵制，他所关心的是，牧师如何平实、直白地将教诲传达给自己的教民。[3]

埃德蒙有可能是奥斯丁笔下最虔诚正直的牧师角色，《奥斯丁和牧师》（2002）的作者柯林斯（Irene Collins）却不这样看。她在前言中指出，埃德蒙只是一个圣职候选人，而不是成熟的牧师。[4] 柯林斯由衷希望，奥斯丁当时能够认真考虑教会人士克拉克的建议。克拉克先生是奥斯丁四哥亨利的朋友，他颇赞赏奥斯丁的小说，并建议她写一部牧师生活的小说。奥斯丁委婉推辞，“人物的喜剧方面，也许我还可以应付，但是，写他的善良热心、博览群书，我恐怕就力所难及了”。一般论者都认为，奥斯丁的回答看似自谦，实有讽刺之意，她的意思是：“要把你的教士写得不太走样，古典文学的修养，或至少对古代和现代英国文学的广泛知识，是不可或缺的。就算再虚荣，我也得承认，古往今来自称女作家的人中，我的学识最为浅薄。”[5]

柯林斯的著作几乎是借着奥斯丁的家事来撰写18和19世纪之交的牧师史。这一时期，国教牧师的女儿绝对不在少数，可是很少有像奥斯丁家那样，一大帮亲戚、朋友们写了那么多回忆录、书信等。这些材料和同时期国教牧师的日记一样弥足珍贵。[6] 虽然眼下的历史写作越来越强调档案资料和人口统计方法，奥斯丁小说和信件仍然具有重要

---

1 White, p. 12.

2 Austen, *Mansfield Park*, p. 232.

3 在未完成的《桑迪顿》中，奥斯丁对过度修辞也有批评。

4 Irene Collins, *Jane Austen and the Clergy*, London: Hambledon Press, 2002.

5 Le Faye, ed. 2005, p. 319.

6 如James Woodforde、Willaim Jones、John Skinner、Benjamin Newton等。

的史料价值，可以向读者还原这位小说家的日常宗教活动。当时的宗教仪式很烦琐，每天得占用几个小时。早晨和晚上的祷告，饭前和饭后的感恩，自不必说，每周的礼拜日还有两次正规的教区集体活动，大约耗去五六个小时。作者粗略估计，奥斯丁一生要说30 000多次的“感谢主”。与当时很多懈怠的神职人员不同，奥斯丁父亲可算尽职尽责，努力为教民树立了虔诚基督徒的榜样。作为牧师的女儿，奥斯丁理应极规律地参加宗教活动，甚至在家中也会参与一些灵修仪式。奥斯丁的宗教知识并不来自阅读政治、道德等书册，而是得之于普通的教会问答（最常使用的是《教理问答》）、十诫和《公祷书》等。奥斯丁的书信表明，她基本上相信传统信仰对来世的解释；而且，奥斯丁曾效仿《公祷书》的风格写过三篇家庭用的祷文。

读者最关心的问题是，奥斯丁为何在书信和小说中不轻易谈宗教呢？实际上，谈论布道的例子，唯有在《劝导》中才能偶一瞥见。柯林斯指出，这和18世纪英国国教的严肃氛围有关，比如当时教堂的内外部装饰色调偏暗、气氛阴郁，甚至在婚礼上，大家都不苟言笑。[1]《公祷书》提到对上帝、邻居和自我的三种义务。奥斯丁的小说多有涉及后两种，但在流行的小说中不宜讨论对上帝的义务，这是当时的风气。读者须知，直到19世纪30年代，宗教小说才成为一个较为流行的文类。所以，奥斯丁笔下的年轻牧师，往往作为情人去扮演世俗角色；她对牧师的描绘，也多限于社会和家庭生活。当然，福音主义作为方兴未艾的社会、道德改良浪潮，是当年英国最重要的思想文化建设之一，对接下来的维多利亚时代也产生深远的影响。奥斯丁对它的某些取向，如道德探讨和废奴等，是有所赞成、有所呼应的，尽管具体的社会立场又有所不同。

第三节　救赎：小说的宗教意涵

学者们费心费力提供大量相关的历史细节，读者也未必领情。更为重要的任务是阐明特定宗教观念和奥斯丁小说究竟有何关联。自18

1 Collins, p. 181.

世纪以来，对基督教的质疑、诘难和批判从来没有停止过，但虔诚的信仰者大有人在。在《奥斯丁小说的宗教维度》(1988)中，科佩尔(Gene Koppel)所持的是现代基督教神学的立场，力图在现代主义与宗教传统之间、理性与信仰之间、启示神学和自然神学之间、相对主义和绝对主义之间达成一种调和。作者坚信，宗教以一种看似冲突的和谐来容纳世俗观念，奥斯丁创造的小说天地暗含了和基督教兼容的世界观。

菲尔丁、斯特恩等18世纪小说家生活在一个思想观念急剧转型的年代，科学精神和怀疑主义日渐显著，他们目睹了多变的世界，却未必一定断言存在是无意义的。仿佛这些作家已经有所预料，一旦承认世界进程不受神意支配，虚无主义就会乘虚而入。菲尔丁精心地编排情节，将个人选择与天意令人不安地并置一处，让读者来体会上帝如何指引人间事务。在奥斯丁的小说里，这两个元素(个人选择与天意)也是存在的，尽管其家庭喜剧更注重写实主义和故事的有机发展。相较于菲尔丁"惊人的巧合和纯粹的运气"，奥斯丁笔下的世事无常(Contingency)等观念，是以更加隐晦、微妙的方式传达出来的。总之，存在的悖论性和精神的重要性，均被纳入奥斯丁的艺术或者宗教视野中。[1]

作者引证德国神学家布伯(Martin Buber)来强调，不懈的精神努力可以让小说人物或者真实读者克服此生此世的遮蔽，在"我—你"之间建立本真的人际关系，从而领悟超越性的存在之义和"永恒之你"。[2]小说中女主角的精神努力，如自律和个人牺牲等，都远远超出了"良好教养"的范畴，进入了宗教的终极关怀之域。反讽的手法也好，世事无常的主题也罢，都揭示出人类的诸种局限。宽容和同情那些实践或试图去实践上述价值的女主角，这是奥斯丁有意为之的，她甚至还将此态度扩展到对诸如露西·斯蒂尔、柯林斯先生、诺里斯太太或夏洛特·卢卡斯等次要角色的处理上。超越宽容和同情的，更有一种博爱情怀，进而在读者心中锻造了坚定的信仰：人类及其所为，意义深远重大，创造之爱和自我牺牲，乃是自我实现的关键，最终会导向"更高的真实"。[3]

1 Gene Koppel, *The Religious Dimension of Jane Austen's Novels*, Ann Arbor, Mich.: UMI Research Press, 1988, pp. 111–113.

2 20世纪重要的德国神学家，因写作《我与你》而闻名于世。

3 Koppel, pp. 122–123.

有论者指出，奥斯丁小说是其国教立场的世俗化叙事形式。奥斯丁小说的情节意蕴和国教天恩观念同出一辙，旨在调停激进新教徒和天主教徒的矛盾：一方面，救赎乃是个人的责任，另一方面，这必须由教会和主教来导引。人物的理性意愿也好，社会体制的不公也罢，或者纯粹的偶然事件，都不能独立地推动剧情发展，"大结局"有赖于个人意愿和外在条件的并发共生。[1]《奥斯丁与宗教：18世纪英格兰的救赎和社会》出版于2002年，正如书名所示，"救赎"变成了整本专著的主导话题。奥斯丁所写的，也可以算是有关"英格兰状况"的小说，这位"牧师的女儿"也同样积极参与到当时的道德话语建设中。个人成长，尤其精神上的成熟，可算作个人的救赎；小说中的教区和地产象征着国家和教会，奥斯丁始终关注与不良的社会、宗教和经济管理做斗争，这就是社会意义上的救赎。

"救赎"（salvation）的希腊语词根是soteria，兼有"健全"和"完整"的意思，本义是指身体健康，不受疾病的侵扰。在《旧约》中，这个词也指"从敌人手中被释放出来"，后来引申为道德或者精神的解放。在基督教意义上，则是指耶稣之死所带来的"拯救"。吉芬（Michael Giffin）指出，奥斯丁每一部小说都关涉人性的堕落以及人类如何在基督教意义上参与个人或者集体救赎。[2]"主啊，为了自己和同胞，我们向您祈求，请唤醒我们的心智，来理解您救赎现世的慈悲，珍视那抚育我们成长的神圣宗教。唯其如此，我们才不会由于自身的疏忽辜负您赐予的拯救，或仅仅沦为名义上的基督徒。"[3] 这些祷文出自奥斯丁之手，也隐约透露出小说女主角的精神诉求：她们总是不断回首往事，对先前的想法和言行加以认真思考，关注自我是否已经克服了灵魂中的罪。忏悔意识在小说中的体现就是承认过错、虔诚悔罪和自我纠正。

---

1 Gary Kelly, "Religion and Politics," *The Cambridge Companion to Jane Austen*, eds. Edward Copeland and Juliet McMaster, Cambridge: Cambridge University Press, 1997, pp. 162–163.

2 Michael Giffin, *Jane Austen and Religion: Salvation and Society in Georgian England*, Basingstoke: Palgrave Macmillan, 2002, p. 6.

3 Jane Austen, *Minor Works*, ed. R. W. Chapman, Oxford: Oxford University Press, 1954, p. 454.

在最世俗的意义上,"救赎"表现为女主角对身体健康和自我认知的关注。健全理性的个人该如何有效管理自己、如何经营婚姻和日常生活以及怎样提高自己的社会地位,这些都是小说的重要话题。[1] 希腊语Oikonomia本义是"家庭的经营和管理",也可引申为个人或者社会的管理,或者上帝之于自然和宇宙的指引。良好的管理是获得"救赎"的有效方式,这两个词根的联系因此被建立起来。对奥斯丁来说,普通家庭的经营类似于政府的管理,而牧师家庭的运作,则喻指教会的治理。小说多以牧师和绅士阶层的联姻而结尾,足见他们对于社区有序管理的重要性,他们进而影响了整个社会的精神面貌,最终实现社会的改造和救赎。[2] 作者实际上是从社会和经济语境来解读奥斯丁小说的宗教维度:英国正从农业社会转型为国际化的资本社会,社会、劳动和资本的流动构成"救赎"的物质基础和基本条件,性别、财产和权力之间的关系,必须重新加以思考。在吉芬看来,奥斯丁的宗教观和当时的经验主义或者启蒙运动两不冲突。[3]

赖尔(Gilbert Ryle)早就指出,奥斯丁主要是一个深受自然法思想影响的世俗道德说教者,并将其溯源到沙夫茨伯里和亚里士多德。[4] 但亚氏的古典自然法思想又被阿奎那等纳入宗教自然法中,对奥斯丁的基督教信念和古典美德观加以综合,似乎是不可或缺的一步。麦金泰尔(Alistair MacIntyre)和埃姆斯利都将奥斯丁看作传统美德的传承者。后者尤其指出,奥斯丁并非简单地拥护现状或者热衷于世俗的相对主义道德,其小说试图将古典美德(审慎、公正、刚毅、节制等)和基督教美德(爱、宽容、信仰和希望等)融入日常的行为表率中。[5] 埃莉诺和玛丽安·达什伍德姐妹的爱情故事,并非简单地将理智与情感对立,而是思考如何同时践行不同的美德并保持平衡。《傲慢与偏见》则专门讨论温雅风范与正直真诚的对立,宽容与正义的冲突等。《曼斯菲尔德庄

1 Giffin, p. 21.

2 Giffin, p. 33.

3 Giffin, p. 5.

4 Koppel, p. 3.

5 Sarah Emsley, *Jane Austen's Philosophy of the Virtues*, Basingstoke: Palgrave Macmillan, 2005.

园》的美德不是静态的，范妮·普莱斯并非生活在冥思苦想之中，她也是一个读者和园丁，能够积极领会社会和大自然的意义，渴望朝气蓬勃的自我成长。《劝导》更注重各种美德的平衡：安妮·埃利奥特凭借着惊人的力量经受住失恋的打击，不断地倚重"希望"和"宽容"等基督教美德来勉励自己，从而表现得更加审慎而坚毅。总之，奥斯丁小说中美德的统一性和多样性是后来作家（如乔治·艾略特或者亨利·詹姆斯）所不具备的。[1]

18和19世纪之交，美德所依附的社会条件已经发生了变化，奥斯丁当然明白并且实际上也在强调美德的变通性。休谟认为，美德的力量来源是情感；稍后，康德指出，道德生活的基础是理性，因而特别看重责任。奥斯丁则赞美性格中的美德，主人公的美德尤其体现在与社会管理和日常事务相关的道德思考和判断中，其小说为当时的绅士和淑女提供了一系列可以习得和实践的美德样板。

洛克标榜的"绅士教育"乃是自文艺复兴时期产生的代表新兴资产阶级的教育观，是一种以中上阶层子弟为对象的教育。奥斯丁的同时代人沃斯通克拉夫特，在《为女权辩护》的前言中也明确指出，自己的教育对象是中等阶层的妇女。[2] 洛克认为，淑女的美德应不同于绅士，但18世纪中后期的某些英国男性作家使得妇女美德的定义变得越来越窄。当时的布道文中不乏针对女性的"行为指南"，影响最大的首推福代斯（James Fordyce）的《布道集》（*Sermons to Young Women*, 1766）和格雷戈里（John Gregory）的《留给女儿的遗产》（*A Father's Legacy to His Daughters*, 1774）。《布道集》到1768年已经5次修订，到1798年11次修订，到 1814年14次修订。在《傲慢与偏见》中，柯林斯第一次到班奈特家拜访，他故作优雅，不屑选择从流通图书馆借来的小说，偏要给诸表妹朗读福代斯的《布道集》。福代斯标榜的"谦退之美"（retiring graces）一时间成为女性修身的圭臬，它们指向胆怯、谦卑、羞涩、顺从、温柔和虔诚等特质。实际上，18世纪英国文学中常出现此种类型的女人：她们行为克制、神经敏感，经常表现出天生的沉默和胆

1 Emsley, p. 16.

2 Mary Wollstonecraft, *A Vindication of the Rights of Women*, ed. Carol H. Poston, 2nd edition, New York: W. W. Norton & Company, 1988, p. 9.

怯；或者思想细腻、情感脆弱，本能地回避性行为；等等。对妇女而言，美德竟然成了性行为上的贞洁，复数的美德变成了单数的。约翰逊博士屡屡提及，女人的道德尊严全部体现在贞洁观念中。通奸行为会导致男性财产继承上的混乱，这样的解释在18世纪很通行。休谟在《人性论》中提出以财产权为中心的正义规则，他十分严肃地讨论了妇女通奸行为导致财产继承上的混乱。难怪，《为女权辩护》的作者指出，女性美德的意义越来越窄，而其裁定者则为满脑子都是财产权的男人。[1]沃氏大力宣扬，女性教育之目的就是为了培养广泛的美德，这和奥斯丁小说的主旨相合相投。

黄梅曾指出，一些学者在探究奥斯丁作品的思想取向时或多或少忽视了“另一个涉及面更广、延续时间更长的重大文化讨论”，即在一个正在生成的“敛财逐利社会”里，艾迪生、理查逊和约翰逊等人一脉相承地就人的社会角色和行为规范所进行的思考和探究。[2]这个“敛财逐利社会”也就是欧洲近代出现的、世俗化色彩较浓的市民社会。况且，19世纪初，有些英国女作家正尝试改造小说，“为大革命后达成民族团结与帝国防御的社会共识而服务”。[3]换言之，奥斯丁写作的年代，英国正面临着民族危难或者说帝国动荡，“女性教育”“女性美德”都是充满意识形态之争的概念。[4]所以，即便探究奥斯丁小说的宗教维度，也应该将其纳入更大的语境中加以估量和平衡。

早期读者往往忽略了奥斯丁小说的思想复杂性。20世纪中期以降，越来越多的评家意识到其小说对当时社会现实和观念的某种批判或抵制，名目繁多的意识形态批评应运而生，有些断言未免偏激。笔者以为，奥斯丁是一名普通的国教徒，至少在表面上保持谨严、虔敬的态度，较之于刻板的国教徒观念或者狂热的福音派信仰，她的宗教态度更复杂、微妙，讲求宽容、理性和务实，兼有“自由”和“保守”的面相。当然，我们关心的并非道德论者奥斯丁，而是作为小说家的奥斯丁。其小说的确不乏对当时社会生活和思想建设的深刻介入，但奥斯丁从来

1 Wollstonecraft, p. 77.

2 黄梅：《〈理智与情感〉中的“思想之战”》，《外国文学评论》，2010年第1期。

3 Kelly, p. 165.

4 Butler, 1975, pp. 197–198.

不直接谈论具体的宗教或者政治议题，更多是从日常和地方生活中的道德判断和行为举止入手来间接、含蓄地处理当时的“热点问题”，往往拒绝做出简单的判断。奥斯丁处在克拉克所谓“漫长18世纪”的末端，某些小说，比如《曼斯菲尔德庄园》，只是较为温和地回应了英国19世纪初的福音主义运动，而非呼唤国教的精神感召作用。奥斯丁小说中的绅士和淑女，更多地应被看作市民社会里中等阶层的自我塑形，文本中屡屡出现的“修养”或者“美德”则是市民社会中权力分配时的一种自觉的文化武器，尽管这些可能是以18世纪英国国教的价值观为基础的。

第三章 现实和文本中的奥斯丁

1989年，英国研究者勒费伊的奥斯丁传记面世，这位女作家的生平被相当完整、客观地展现出来。“客观传记”之外，作家们还借助文学批评或者心理分析等学说，来挖掘传主的内心世界，或者利用无所不包的社会史材料，多角度地构建英国18和19世纪之交的历史语境，进而推测奥斯丁的性情。这样的写法突破了传统传记的藩篱，在心理和社会史层面做了大量的探索，将奥斯丁的生活和作品紧密联系起来。随着“文化研究”的兴起，器物和身体又变成了学者青睐的对象，奥斯丁在当下传记写作中也被“物化”了。传记作为一种文类，越来越和其他写作样式交织，学科跨界现象极为频繁，当下传记作者将经典小说、文学批评、事实推理和考证等合为一体，奥斯丁的形象越来越丰富多彩，其作品的现代意涵也愈加广泛深入。

第一节 家族回忆和“客观传记”

奥斯丁家庭成员的回忆材料，是后来传记事实的主要来源。这些材料繁多，最重要的要数奥斯丁的四哥亨利·奥斯丁撰写的“作者传略”，奥斯丁的侄子奥斯丁-利的《回忆录》，以及奥斯丁-利的后人联手推出的《奥斯丁：生平和书信》。

1817年奥斯丁去世后，简·奥斯丁的四哥亨利出版了妹妹的遗作《诺桑觉寺》和《劝导》(后者书名很可能为亨利所定)，并为之撰写“作者传略”。1832年，奥斯丁小说再版，“作者传略”的内容稍加扩充。哥哥笔下的，是一个温柔贤惠、知书达理、虔诚恭敬、克己复礼的奥斯丁，这也为后来"正统"奥斯丁形象奠定了基础。[1] 18世纪，英国社会日趋世俗化，奥斯丁在小说中常调侃宗教人士；从书信看，她讨厌过于宗教化的举止。但到了世纪之交，循道宗和福音主义的影响开始加深，社会风气为之一变。1809—1814年间，奥斯丁对福音主义的鄙夷言辞有所收敛。她去世后，福音主义波及愈广。写作"传略"时，亨利已离开了民团并不再经商，而成了一名规规矩矩的牧师，其标榜妹妹"虔诚的宗教生活"，绝非意料之外。

19世纪20—60年代的英国期刊评论，偶尔提及奥斯丁，有论者将其和同时代女作家并提，甚至与维多利亚社会的大牌作家比较。为了满足新老读者的好奇，奥斯丁大哥詹姆斯的子女，筹备写一部有关姑妈的传记。《回忆录》实际是集体回忆而写成。奥斯丁-利使用的大部分信息，来自两个妹妹安娜和卡洛琳的鼎力相助，一部分则来自几个表妹，主要是奥斯丁弟弟查尔斯的长女和五哥弗兰克的女儿。2002年，牛津"世界经典文库"再版了《回忆录》，还附上几个侄女的回忆短文。

《回忆录》颇受欢迎，翌年，应读者要求，第二版的篇幅有所增益，作为一个组成部分与若干尚未出版的某些奥斯丁手稿一起面世。它为后来的传记提供了基本事实依据，不过，奥斯丁家人顺应维多利亚时代的道德伦理，突出了传主的某些方面。牛津版编者萨瑟兰在序言中指出，这些家庭回忆多有自相矛盾之处。奥斯丁死后，家人重新整合了她的私人空间，拼贴出一个"温柔的姑妈"。[2] 有时，家人故意掩饰事情真相。关于奥斯丁的残障二哥乔治（1766—1838）终其一生被寄养在附近村民家里，她的有钱的舅妈曾被疑偷窃花边饰料而入狱受审，这些均不见于《回忆录》。传记对伦理意义的刻意追求，会带来负面效应，对传记材料"有目的性"的取舍就是一个例子。另外，《回忆录》也绝少涉及奥斯丁的创作，或者有意强调，家庭责任远在写作之上，奥斯丁并没有明确的艺术观念，其创作是偶然的、即兴的，思想也不深刻，无非三家两户的琐事。

1 Kathryn Sutherland, ed. *J. E. Austen Leigh: A Memoir of Jane Austen and Other Family Recollections*, Oxford: Oxford University Press, 2002, p. 153.

2 Sutherland, ed. p. xx.

1882年，奥斯丁的大侄女范妮去世，其子布雷伯恩勋爵（Lord Braborne）在母亲的遗物中发现了80多封奥斯丁书信。两年后，《奥斯丁书信集》面世，细心的读者发现，奥斯丁并不总是“温柔的”。奥斯丁的姐姐卡桑德拉，毁掉了妹妹的大部分书信。隐私的事情，不必见之于公众，这颇合当时的风习，虽见斥于当下的流俗。再者，奥斯丁臧否邻居甚或某些家人，常刻薄而率直，姐姐不得不“剪裁”，让侄子侄女懂得“法肃辞严”的道理。1913年，奥斯丁–利的后人参考了《回忆录》《奥斯丁书信集》等材料，联手创作了《奥斯丁：生平和书信》。他们并没有做充足细致的调查，仅满足于对已有材料（尤其书信）的随意引用，甚至做了一些不切题的解释。[1]

查普曼是对传记材料进行认真勘校的第一人。有关传记材料的看法，后来集中收录在1948年结集出版的《奥斯丁：事实和问题》，这些文章实际写于19世纪20—30年代，有些是在剑桥三一学院的讲稿。查普曼尽力阐明奥斯丁传记中一些不确定的问题，并批评了20世纪初某些男性学者的偏见。[2] 另外，查普曼的《奥斯丁书信集》几乎囊括了当时所发现的全部奥斯丁信件。

对于20世纪30年代以后的传记写作，《回忆录》《奥斯丁：生平和书信》和查普曼的《奥斯丁书信集》成为必不可少的参考书。1938年詹金斯的传记，1948年阿什顿（Helen Ashton）的小说传记和1969年拉斯基（Marghanita Laski）的传记写手，都在前言中提及这些材料，尤其查普曼的《奥斯丁书信集》。勒费伊认为，20世纪30—70年代间的传记，并未搜索新材料，多有互相抄袭，内容枯燥乏味，准确性大打折扣。1982年吉尔森出版了《奥斯丁研究书目》，情况大为改观，该书胪列了近至1978年才进入视野的最新信息，为当代传记作家提供了珍贵的资源。

当下，勒费伊的《奥斯丁：家庭记录》可谓“最客观、准确”的传记。作者供职于大英图书馆，孜孜不倦地奔走于各郡县的档案部门、资料中

1 Deirdre Le Faye , “Memoirs and Biographies,” *Jane Austen in Context*, ed. Janet Todd, Cambridge: Cambridge University Press, 2005, pp. 56–57.

2 R. W. Chapman, *Jane Austen: Facts and Problems*, Oxford: Clarendon Press, 1948, pp. 97–118.

心等。她对历史材料的爬梳剔抉，堪比陈寅恪先生的"竭泽而渔"。教区记录、遗嘱、银行账户等"官方记录"，自不必说，私人信件、日记、回忆录、家族史以及奥斯丁家人的传记，也网罗一空。勒费伊受奥斯丁家族后裔的嘱托，对家庭回忆材料重新加以编写。1989年第一次出版时，勒费伊特别注明，自己的传记是在《奥斯丁：生平和书信》基础上的"修订、扩充和重写"。[1] 其实，勒费伊只是在时间框架上借鉴了前者，不仅对原有信息进行了严格勘定和审校，也添加了大量的新信息。该书遂成为英国当下的"官方传记"，被誉为"最真实的传记"，是不可再阐释的"元文本"。

勒费伊的贡献，远不止这些。查普曼过世后，牛津大学出版社又推出了《奥斯丁书信集》第三版（1995）和第四版（2011），修订者均为勒费伊。勒费伊为第三版编写了长达100页的"传记索引"（Biographical Index）和"地名索引"（Topographical Index）；第四版又增加了"主题索引"（Subject Index）。主题按照字母顺序展开，从"演员、演奏者"到"天气、季节"等，几十个不同的副标题。2006年，勒费伊又完成了近800页的巨著《奥斯丁年谱》。这本书的条目起自1600年5月20日，止于2003年7月19日，也就是说乔顿图书馆内成立了"英国早期女作家研究中心"，涵盖了有关奥斯丁及其家族的全部重要信息。[2] 社会政治、经济、军事、法律、宗教、教育等重大主题不必说，"三家两户"的琐事，如生孩子、做发型、马车种类、室内装修、服饰、游戏等，也无所不包。《奥斯丁年谱》中有500多页的条目和奥斯丁生平直接相关，学者可以准确查出奥斯丁及其家人某日在何地做了什么。学者不免望洋兴叹，同类传记几乎无路可走。

这里提到的奥斯丁-利、拉斯基、勒费伊等的传记，不妨称之为"客观传记"。这些作者遵循传统写法，一般都采用外在视角，强调传记的历史真实性，注重史料的严谨性。但是传记和历史著作毕竟不同，读者

1 Deirdre Le Faye, *Jane Austen: A Family Record*, London: British Library, 1989. Revised, enlarged, and effectively rewritten version of W. Austen-Leigh and R. A. Austen-Leigh 1913, op.cit.

2 Deirdre Le Faye, *A Chronology of Jane Austen and Her Family*, Cambridge: Cambridge University Press, 2007, p. 711.

希望窥见传主丰富多彩的个性，透过某些别具意蕴的细节，来推测奥斯丁的内心感受。不能表现心性的材料，某种意义上说是死材料。[1] 而且，奥斯丁毕竟是作家，诚如黄梅所说，拉斯基的传记“缺少对作品的有一定理论深度的剖析和议论”。[2]《奥斯丁：家庭记录》的第十三章名为“初版，1809—1812年”，罗列了有关《理智与情感》《傲慢与偏见》的诸多出版细节，却未将作品和奥斯丁生平有机联系起来。

另外，不得不承认，有时很难做到客观。萨瑟兰如是评论，“一旦剪裁或者毁掉了妹妹的私人文稿和信件，卡桑德拉·奥斯丁就帮了传记作家一个大忙。不管她的初衷是什么，也不管被烧掉的是什么，卡桑德拉自此特许了【后人】对事实的想象，向历史的寻梦”。[3] 不妨举几个例子。先来看看某些传记作家如何解释奥斯丁背井离乡。从查普曼到勒费伊，几乎一个调子，奥斯丁对“昔日的乡村英格兰”恋恋不舍，讨厌巴斯这座喧嚣的城市。他们都渲染了一个细节：听到离开斯蒂文顿的消息，奥斯丁一度昏厥。这样的“第一手材料”，最初来自奥斯丁的侄女卡洛琳，也就是奥斯丁-利的妹妹。卡洛琳当时还是个孩子，她的说法前后抵牾，弄不清究竟是听姑妈卡桑德拉的回忆，还是自己妈妈的讲述。[4] 查普曼未经审查就采取了认可的态度，勒费伊亦步亦趋，“昏厥”就成了“客观事实”。后来的传记作家，径直使用《回忆录》和勒费伊提供的“第一手材料”。托马林（Claire Tomalin）的奥斯丁传记，以心理分析著称，影响颇大，但在某些关键事实上，也不辨真假，以讹传讹。[5]

奥斯丁和汤姆·勒弗罗伊的恋情，更是当下传记的一个热点。勒弗罗伊来自不太富裕的爱尔兰家庭（流亡的法国新教徒后裔），兄弟姐妹一大群，父亲是退役军人。勒弗罗伊的叔叔本杰明（Benjamin Longlois），算是个富有亲戚，看重他的天分，资助其教育并为他规划了

1 赵白生：《传记文学理论》，北京：北京大学出版社，2003年，第44页。

2 M.拉斯奇：《简·奥斯丁》，黄美智、陈雅婷译，上海：百家出版社，2004年，“导读”，第3页。

3 Sutherland, 2005, p. 59.

4 David Nokes, *Jane Austen*, New York: Rarrar, Straus and Giroux, 1997, pp. 220–222.

5 Claire Tomalin, *Jane Austen: A Life*, New York: Alfred A. Knopf, 1997, pp. 114–122.

未来的职业，希望他“有一天出人头地，再来救助其他的家人”。[1] 勒弗罗伊在都柏林三一学院表现出色，但身体（尤其视力）欠佳，1795年底来汉普郡度假，顺便拜访叔婶，然后去伦敦进修法律。他和奥斯丁就这样不期而遇了。在20岁的奥斯丁眼里，这个小伙子“十分绅士、帅气、令人开心”。卡桑德拉不知从何处听到妹妹和勒弗罗伊调情的风言风语，写信告诫妹妹，要她注意言行。奥斯丁根本不当回事，“我们一起跳舞、闲坐，举止之放纵，言谈之惊人，你尽可想象”（1796年1月9日书信）。[2] 可是，不久勒弗罗伊去了伦敦，两人断了任何往来。后来，勒弗罗伊完成在伦敦的法律见习，回到家乡娶了一位富有的爱尔兰小姐，且当上爱尔兰高等法院的王座庭庭长。

究竟发生了什么事情？唯一可以确定的“事实”是，舞会后勒弗罗伊离开了，奥斯丁在信中甚至没有暗示他匆忙离去。但后人是如何“阐释”的呢？霍克里奇（Audrey Hawkridge）在《奥斯丁和她的绅士》（2000）中断言，当然，这恐怕是多数传记家和学者的“共识”（至少勒费伊是认可的）：勒弗罗伊叔婶有所担心，毕竟这个未来“家庭顶梁柱”的学业未完成，奥斯丁也没有多少嫁妆，为阻止“日久情深”，不妨先采取果断措施拆散他们。[3]

奥斯丁的另一段爱情故事，发生在1801年夏天。奥斯丁父母带着两个女儿前往德文郡旅行，在那里结识了一位年轻牧师，后者正在此地探望以医生为职业的兄长。据说，奥斯丁对此牧师的印象极佳，甚至坠入爱河。不久，奥斯丁一家却收到了这位牧师的讣闻。奥斯丁过世多年后，她姐姐卡桑德拉因偶然缘故对家族中晚辈人谈了这段海边恋曲。1801年5月至1804年9月间的奥斯丁书信，没有被保留下来，此事的真假已无可考证，故查普曼认为这是一段“不知时间也没有姓名”的罗曼司。[4]

传记作家托马林不得不匆匆将此事略过，说它“像德文郡狂野的

1 Le Faye, 2004, p. 92.

2 Deirdre Le Faye, ed. *Jane Austen's Letters*, 4th edition, Oxford: Oxford University Press, 2005.

3 Audrey Hawkridge, *Jane and Her Gentleman*, London: Peter Owen Publishers, p. 154.

4 Chapman, 1948, p. 63.

海岸一样朦胧、浪漫”。[1] 前面提到的“简迷”塞西尔，在其传记《奥斯丁的肖像》中，却高度评价了这段恋情，甚至认为，它一定是刻骨铭心的，以至于奥斯丁拒绝了第二年比格-威瑟（Harris Bigg-Wither）的正式求婚。[2] 塞西尔还以这段“可待成追忆”的爱情来阐释《劝导》的某些情节。安妮·埃利奥特最初受父母和拉塞尔夫人的“劝导”，断绝了与初恋情人的关系，不免悔恨。后来在和解的重要关头，安妮正同哈维尔上校争论男女情感的强烈程度。安妮承认，海军具有热烈忠贞的感情，但是，“我们女人，即便恋人死去，或希望渺茫，也能一如既往地爱下去”。《相思了无益》（2009）竟断言，这位牧师就是布莱克奥（Reverend Samuel Blackall）。[3] 作者诺曼（Andrew Norman）自称认识奥斯丁家族的后裔，获得了某些不为外人所知的内幕。据他考证，布莱克奥在德文郡恰有一个著名的医师哥哥；诺曼还大胆推定，没准是奥斯丁姐姐吃醋，自己想要得到这位牧师，故意毁掉了妹妹的爱情。

其实，1798年牧师布莱克奥已经出现在《奥斯丁书信集》中了。在一封致奥斯丁朋友的信中，布莱克奥表达了对奥斯丁的殷勤之情，虽然当时他还没有提亲之意。奥斯丁早看透了对方，“相较于他此前的举止，这封信理智有余，爱意不足。我挺满意。【我们俩的】交往，会顺顺利利进行一阵，然后就自然而然地终结了。看上去，他今年不会来汉普郡过圣诞了。极有可能的是，我们很快就会对彼此没有感觉。他最初的好感，纯属因为对我一无所知。这样的好感，除非一辈子不见我面，否则难以维系”（1798年11月17日书信）。很难想象，奥斯丁会对这个人一往情深。类似的错误，不要说是后人，连奥斯丁的侄女们也经常犯。勒费伊曾指出，晚年的卡桑德拉出游，遇到了后来成家的布莱克奥，事后她偶尔对几个侄女提起往事，有些侄女弄不清谁是谁，就将这位布莱克奥跟“德文郡海边的未名牧师”混为一谈。[4]

真正的求婚者只有上面提到的比格-威瑟，奥斯丁家多年的朋友，

1 Tomalin, p. 108.

2 Cecil, pp. 98–99.

3 Andrew Norman, *Jane Austen: An Unrequited Love*, Stroud, Glos.: The History Press, 2009.

4 Le Faye, 2004, p. 277.

也是本家族的财产继承人，比奥斯丁小5岁。比格–威瑟家的三姐妹极力促成此事，这让读者想起《傲慢与偏见》中的宾利姐妹，这既是出于兄弟和朋友的关切，也有保障自身利益的考量。1802年12月2日，奥斯丁接受了对方的求婚，但仅隔一夜就反悔了。奥斯丁本人从未给出任何解释，从侄女卡洛琳的书信看，比格–威瑟身材魁梧，但长相、举止不佳，曾患有口吃。两人的情感不温不火，奥斯丁起初接受求婚，多半是出于现实考虑。父亲退休后，举家迁居巴斯，新生活漂移不定。尤其是父亲辞世后，母女三人没有收入来源，如何维持生计成为问题。或许奥斯丁是出于家庭责任感，为了生活有所保障而一时允婚，就像《傲慢》中的夏洛特·卢卡斯。至此，"简迷"塞西尔的解释还算合情合理，也是后来多数传记作家的立场。不管怎么说，27岁的奥斯丁不会不知道，一旦拒绝此桩婚事，就意味着与"为妻为母"的传统角色渐行渐远了。难怪，侄女卡洛琳赞叹道："我一直都因为姑妈的勇气而尊敬她。我想，大多数年轻女子仍然相信，先结婚再培养情感也无妨。"不过，塞西尔认为，就在一年前，奥斯丁和"德文郡海边的未名牧师"有过一段曾经沧海难为水的爱情经历，无法接受眼前的这位普普通通的求婚者，她的反悔也是在情理之中的。[1] 霍克里奇则评论道："大多数女人会毫不犹豫地接受，她们相信，婚姻需要的是安全感而非爱情，但奥斯丁拒绝这么做，她宁愿成为自己思想和行为的主宰，并且，她对自己一个人的生活也很满足。"[2] 本书第一部分提过，在《女人圈中的奥斯丁》中，卡普兰也认为，奥斯丁此举是为了避免作为家庭妇女的沉重负担，从而获得了日后写作的时间和自由。

若要窥测奥斯丁的"心迹"（探求其爱情或者婚恋观），她给侄女范妮的两封书信算是不可多得的"物证"。范妮年幼丧母，自十五岁起，就成了家里的女主人，料理家务，照看十几个弟弟妹妹。奥斯丁对姐姐说："她【范妮】几乎就像咱们的妹妹。我从没想过，会有一个如此重要的侄女。"1813年，奥斯丁和范妮逗留伦敦，她见过范妮的追求者约翰·普伦特里，"一个英俊的年轻男人，有着安静的、绅士般的举止"。

1 Cecil, p. 98.

2 Hawkridge, p. 183.

范妮也曾向姑妈透露恋情，但到了1814年11月，她感到自己的感情变了，写信给姑妈，探寻变心的原因。

奥斯丁在信中指出，范妮一度动了真情，但眼下变得冷淡了，“我们是多么奇怪的动物，仿佛一旦将他得到手，反倒变得淡漠了”。“我没有想到，你的情感变化，竟然如此大。今天的他，和当时完全一样，只不过更加爱你了。”奥斯丁全力为男方辩护：“他的处境、家庭和朋友，他的人品，心地善良，讲究原则，志虑忠纯，性行淑均，你知道，这些具有怎样的价值，这些，你知道，是最重要的。”“哦，亲爱的范妮，越写他，我的感情越激动，也更强烈地感到，这样一个年轻人，品质如此卓越，你与他，在爱情中一起成长，多么令人称心如意。我全心全意地推荐他。”在这番劝导的最后部分，奥斯丁补充道：“话虽至此，我还要告诫你，假如不是真喜欢他，不要接受他。什么都可以忍受，没有情感的婚姻，却不能。”（1814年11月18日书信）

姑妈的劝导，侄女反复揣摩、心神难宁。奥斯丁也有所不安，而且，她从范妮的回信中得知，男方刚进入林肯律师学院读书，不知何时才毕业。在第二封回信中，奥斯丁也自感矛盾：“你也许觉得，我太不靠谱。上一封信，我把他方方面面，说得天花乱坠，而现在，我又调转了方向。”“现在，令我疑虑的是，一旦你们私订婚约（无论语言上挑明，或两人心有默契），将对你产生怎样的不利。”“一旦想起，从眼下【到结婚】，还有多长的路，当权衡一切可能时，我绝不敢说，‘下定决心，接受他吧’。”“他优点多多，你一旦深爱他，就会为你们双方赢得幸福。我担心的是，这种默许的婚约，充满了诸多不确定，难保何时才能兑现。他经济独立，可能还需要好多年。你对他的情感，现在就结婚，或许尚可，但不足以让你等待。”奥斯丁权衡的，并不完全是经济上的得失。“我一想起，你到现在为止，还没有结识过几个男士，而且，将来还极有可能（我现在依旧相信，你能）真心爱上一个人；只要想一想，接下来的六七年，你的生活会充满多少婚姻的诱惑（这几年，最容易产生儿女私情），我真不敢指望，以现在不温不火的情感你就对他以身相许。没错，你也许不会再吸引另一个像他一样的男士了。可是，假若真有这样的男士，且对你更有深情，在你眼里，他就会显得更完美。”（1814年11月30日书信）范妮最终放弃了普伦特里，一如《劝导》中的安妮·埃利奥特，听从了长者的劝告，放弃初恋情人温特沃斯。不过，奥斯丁的“劝导”取向不同，也更耐人寻味。

第二节 奥斯丁传记的拓展

前面提及，客观传记缺少对作品的剖析和议论。其实，自1811年以降，作家和学者对奥斯丁的小说和性情提出了不同的看法。早在1859年，卡瓦纳就评论道，“奥斯丁太冷静、太无动于衷、太自持有度，从不轻易发牢骚，或滔滔不绝议论。淡淡的讽刺，是她得力的武器”。[1] 卡瓦纳最先主张进一步探究奥斯丁的真实生活，“穿透奥斯丁的矜持和小说中的讽刺，将发现她生活中存在着深深的失望”。《回忆录》的溢美之词，也引起奥利芬特太太的反感。在她看来，小说中透着女性特有的愤世嫉俗，奥斯丁是个冷峻犀利的旁观者，“怀疑一切，但沉默不语”。[2] 1948年，哈丁进一步论证了奥斯丁复杂的创作意图，“阅读和欣赏她的，正是那些她不喜欢的人，这正是她期望的，她是这样一位古典作家，像她那样的观点，如为大家接受，就会动摇社会的基础”。作者精心挑选了小说中别具意味的评论：“要是读者当真，就会发现，【这些评论】正是对大家遵从的社交原则的毁灭性抨击，她那种议论的腔调，既不想要改善她那个社会，也不可能对我们今天的社会有所助益。”[3] 稍后，马德里克也来阐发哈丁所谓“有节制的憎恶”。奥斯丁的反讽是女人独有的病态心理反应，纯粹为了躲避婚恋中的性爱。写作和讽刺是作者自我防护的有效武器，读者却一厢情愿地从小说中寻找温馨的爱情与幸福的婚姻。爱玛对异性表现得十分冷淡，甚至有同性恋的倾向。[4] 20世纪初，英美文坛涌现出大量的新传记。新传记之“新”，尤其表现在心理学因素的凸显，哈丁本人就是心理学专业的教授。

这些理论和解读，支撑了20世纪30年代以后的奥斯丁传记写作。

1 Southam, Vol. 1, p. 181.

2 Southam, p. 216.

3 朱虹（编），第86页。

4 Mudrick, pp. 192–206.

前面提到的詹金斯已经暗示出奥斯丁的叛逆性，这样的提法被霍奇(Jane Aiken Hodge)进一步发展，并成为传记的主题，书名《奥斯丁的双重人生》足以说明问题。[1] 奥斯丁既是个一本正经的老处女，也是一个专擅讽刺的天才。霍奇认为，奥斯丁死后的50多年，被按照维多利亚社会标准而塑造，实际上，奥斯丁应该属于18世纪，接续的是蒲柏和斯威夫特的传统。霍奇本人也是小说家，对于斯特雷奇开创的新传记写法，十分熟稔。她不满足于平面化的传统传记，在心理层面做了大量的探索，又不失偏颇。而霍尔普林笔下的奥斯丁，温柔和甜美已经荡然无存，相反，变得神经兮兮、感情冷漠、偏执刻薄、阴险恶毒、自命清高。这都源于大龄未婚女人的愤怒，奥斯丁用反讽来解决内心纠结，借文学想象来满足情爱饥渴。"适合她的男人在哪呢？她发现，只存在于她小说中那些非同寻常的绅士中，诸如达西、蒂尔尼和奈特利先生，而那些她在现实生活中遇到的男人，相较之下，就不那么尽如人意了。"[2] 奥斯丁情感上的冷漠与愤怒，在书信和小说中都可以瞥见。但纯粹自传式的阐释，难免"对号入座"，简单地将小说和作者生平一一等同起来。《曼斯菲尔德庄园》中范妮的母亲贪财吝啬，能否将奥斯丁母亲与之画等号？运用灰姑娘的主题，是否就意味着小说家与母亲关系不融洽？比较而言，哈丁的论述较为全面：奥斯丁使用了灰姑娘情节，前期小说尤为明显，但在后来创作中，她一直调整这样的情节模式。[3] 毕竟，奥斯丁热爱家人，看重家族团结，而且不断为之做出个人牺牲。诚如某些传记作家所说，"将奥斯丁和家人分开的独立意识，【对她】一无意义"。艺术家一定是个"孤单、痛苦、疏离和无望的形象，这是后来人创造的神话"。[4]

托德处理奥斯丁姐妹和母女的关系时，流露出更多的同情。[5] 对

1 Jane Aiken Hodge, *The Double Life of Jane Austen*, London: Hodder and Stoughton, 1972.

2 John Halperin, *The Life of Jane Austen*, Baltimore: Johns Hopkins University Press, 1984, p. 72.

3 朱虹(编)，第95—102页。

4 Park Honan, *Jane Austen: Her Life*, London: Weidenfeld and Nicholson, 1987, p. 183.

5 Janet Todd, *Women's Friendship in Literature*, New York: Columbia University Press, 1980, pp. 396-402.

真实人生的缺陷和遗憾，抱有深深的理解和同情，犹如陈寅恪先生所谓“了解之同情”，有助于再现传主的真实性情。心理传记容易矫枉过正，往往以某种“心理情结”来解释一切，比如性经验、感情创伤或者恋父情结等。奥斯丁时代更加宏观的思想背景，霍尔普林几乎不加触及。作者草草地提及沃斯通克拉夫特的《为女权辩护》，对“行为指南”等流行文本只给予少量的关注。20世纪70年代，英国学者巴特勒的专著《奥斯丁和思想之战》颇有振聋发聩之效，一举改变了和政治无涉的奥斯丁形象。自此，题材“狭小”或者所涉不过乡村中“三四户人家”等说法，已经不多见了。学者专门研究奥斯丁的“社会意识和对国家事务的兴趣”。[1] 不妨看看此后相关专著的题目，《奥斯丁和法国革命》(1979)、《奥斯丁和国家》(1987)、《奥斯丁的政治观念》(1999)、《奥斯丁和启蒙运动》(2004)、《废奴运动语境下的奥斯丁》(2006)等，不一而足。

霍南(Park Honan)的传记广泛汲取了各种社会背景材料，可谓同类传记中的佼佼者。作者在前言中交代，“奥斯丁博闻强记，【传记写作】若仅偏于一隅，定会歪曲她的本来面目”。[2] 这本传记的序幕拉开时，读者回到了1787年朴次茅斯的皇家海军学院(Royal Naval Academy)。一如《曼斯菲尔德庄园》中的威廉，奥斯丁的五哥弗兰克12岁就收到这所学院的录取通知，在此接受严格的专业训练。18世纪末期，英国与美、法、西班牙等国家交战，在书信中弗兰克将自己的战争亲历和见闻告知妹妹，奥斯丁绝不是只知道柴米油盐的家庭妇女。战争为社会流动、经济繁荣提供了契机。当时的慈善机构(如Marine Society)，专门收养贫苦家庭的男孩，为其提供衣食和基本教育，转送到海军接受训练。和平时期，低级军官主要来自乡绅和贵族子弟；战争爆发后，有理想、肯吃苦的年轻人也可以凭借战绩晋升为军官，若捕获敌军战舰，还可分享战利品。在《劝导》描写的英国社会中，海军这个新兴阶层，俨然成了社会领导者，传承了统治阶级的功能和责任。奥斯丁时代的伦敦，几乎垄断了英国与欧洲、印度和中国的贸易，霍南如此介绍，用意很明显：将奥斯丁作品与18和19世纪之交的社会、政治和经济

1 Le Faye, ed. 2005, p. xvi.

2 Honan, p. v.

背景联系起来。[1]

作者透露了诸多奥斯丁家族的经济细节，比如，小说家的父亲拥有安提瓜岛上一处是非颇多的房产托管权，牧师哥哥詹姆斯同政府就一笔巨款发生了法律纠纷，詹姆斯岳父马修将军声称，这些钱是他任格林纳达地方长官时的合理收入。[2] 另外，弗兰克参与了为东印度公司秘密运输银条的活动，亨利为了一己之利拖欠税款等。奥斯丁的小说写于英国历史上关键性的时刻，"贪利的新兴中产阶级向建立在世袭头衔和家族姓氏上的旧土地社会发起挑战"。奥斯丁兄弟出身于中等家庭，一个个野心勃勃、孜孜矻矻以求进取，为其小说创作提供了充足鲜活的养料，难怪她的作品里散发着对钱、土地、遗产、社会地位的热切和焦虑之情。奥斯丁道德观难免有些保守，但她具有反叛意识，关注当时的社会状况，对于受到轻视的女性，向来心有戚戚焉，借着反讽手法来替她们打抱不平。勒费伊如是评骘霍南的传记，"多关乎社会史，而非个人传记"。[3] 其实，这不够客观，霍南的史料挑选，大多数与奥斯丁的生平和写作息息相关、丝丝入扣。当然，有时背景知识的补充太多太密，读者必须耐心，不妨"姑妄听之"。比如，为了证明《傲慢与偏见》的"托利情结"，霍南追溯了乔治三世40多年的政治生涯，尤其对比了美洲革命前后英国民众对国王态度的变化。[4]

20世纪90年代以后的奥斯丁传记，有时集中聚焦于社会史的某一个方面，比如奥斯丁的小说家身份。亨利・奥斯丁声明他妹妹简"最初动笔，既非为名也非为利"[5]，事出有因。英国17世纪中后期以降，基于手稿的文雅之作逐渐被以市场为导向的印刷品所取代，读者成了出版商和作家牟利的主渠道。但一般民众鄙薄"格拉布街"的码字者，认为他们要么图名、要么谋利。相较而言，为钱写作更没脸面。如果不是因为家庭陷入经济困境，民众不能容忍女性抛头露面挣"稿费"，这肯定是奥斯丁匿名出版作品的原因之一。萨拉・菲尔丁、法兰西斯・伯

1 Honan, p. 6.

2 Honan, pp. 89–92.

3 Deirdre Le Faye , "Memoirs and biographies" , p. 57.

4 Honan, p. 303.

5 Sutherland, ed. 2002, p. 151.

尼以及安·拉德克利夫等，都是获得了声誉后才敢在作品上署名。已婚女性不具法律地位，既不能拥有财产，也不能签署合同，若想以自己的名字出版作品，会面临种种法律障碍。[1] 丈夫因债务入狱后，夏洛特·斯密斯开始以写作养家，其小说《德斯蒙德》(*Desmond*)签署出版合同时不得不借用别人姓名。未婚女性也许不会面临这些限制，但是作为一家之长的父亲一般不会同意女儿出版作品。奥斯丁的父亲比较开明，亲自写信给出版商推荐女儿的小说。另外，奥斯丁的家庭成员和朋友中，从事写作的不在少数，如前面提到的勒弗罗伊夫人年轻时就出版过诗集；长兄詹姆斯在18世纪90年代作为编辑和首要撰稿人主持了散文期刊《闲荡者》(亨利对之亦有贡献)。家庭氛围潜移默化，有助于奥斯丁成为"职业作家"。[2]

有些学者进一步探究奥斯丁更换出版商的意义。1803年，默里接管了父亲的事业，逐渐成为伦敦地区颇有名望的出版商，其创办的《评论季刊》极具影响力。1814年，出版司各特的第一部小说《威弗利》取得成功之后，他急需觅得一个新秀小说家。默里和其得力编辑吉福德对刚刚完稿的《爱玛》赞美有加，决定刊印《爱玛》并再版《傲慢与偏见》。为了推销作品，默里请司各特为《爱玛》撰写书评，研究者已经达成共识，这是奥斯丁经典化的重要一环。[3] 当然，小说家的传记，应该帮助读者了解一个艺术家的成长史。詹金斯是第一个探究奥斯丁"影响谱系"的传记作家。作者指出，父母的影响固然重要，但作为小说家的成长，奥斯丁更加需要理查逊和伯尼、哥特小说、吉尔平(William Gilpin)及其"如画理论"(Picturesque)等多方面的养料。詹金斯对奥斯丁的散文风格追本溯源：德莱顿和艾迪生行文简洁明快，奠定了英国散文的基本风格，奥斯丁时代的广告都竞相模仿。[4] 奥斯丁和菲尔丁笔法之契合，《曼斯菲尔德庄园》对《多情之旅》情节的挪用，《桑迪顿》中何处提到理查逊等，作者一一指陈。[5] 詹金斯关注对奥斯丁创作能力

1 Jan Fergus, *Jane Austen: A Literary Life*, New York: St. Martin's Press, 1991, pp. 6–7.

2 Fergus, pp. 29–33.

3 Southam, Vol. 1, pp. 11–12.

4 Elizabeth Jenkins, *Jane Austen: A Biography*, London: Victor Gollancz, 1938, pp. 30–31.

5 Jenkins, pp. 32–33.

和艺术敏感性产生影响的种种经历，比如传主的阅读活动。这种对外围事物恰到好处的剔除，有助于突出主题：作家的发展史，尤其写作技巧的成熟过程。

奥斯丁传记写作往往巧妙地融入了大量的文学技巧。《牧师的女儿》可以算作第一部“小说式”传记。所谓“小说式”，绝非“纯粹虚构”，相反，作者在前言中一再强调，书中的传记事实主要参考了查普曼的《奥斯丁书信集》和相关历史著作。[1] 传记一开场采用了奥斯丁姐姐的视角，卡桑德拉暮年时回忆早年的生活。另外，为了塑造栩栩如生的人物，传记运用大量的对话，这少不了推断和臆测。勒弗罗伊舞会后突然离开，作者让他婶婶和奥斯丁当面对质。勒弗罗伊夫人绵里藏针地问道：“我相信，你是个明事理的姑娘，不会怪我直言不讳。你要再仔细一下自己的言行，不该怂恿我的侄子走得太远。”奥斯丁正在干针线活，冷冷地回道：“如果他看好了我，为何不自己跟我说？他是绅士，我也算绅士的女儿。这件事不丢人，不是吗？”[2] “绅士的女儿”出自小说《傲慢与偏见》，婶婶和奥斯丁一问一答，活像凯瑟琳夫人和伊丽莎白之间的唇枪舌剑。同样，处理奥斯丁的大款舅妈偷盗事件时，《牧师的女儿》也不乏神来之笔。当时，巴斯城为这事闹得沸沸扬扬，作者借着两个邻居的对话，表现了针锋相对的看法：舅妈兴许遭恶人诬陷，抑或她本来就偷盗成癖，罪有应得。[3]

霍南也曾模仿奥斯丁的“自由间接叙述”，以近十页的篇幅来刻画奥斯丁在婚姻抉择上的内心挣扎。[4] 努克斯十分认真地讨论了文学手法在传记中的运用。作者在前言中强调，传记中的对话一律依据奥斯丁书信等材料，均给出注释以备学者参考。这样的做法，似乎受到当代传记作家霍尔罗伊德（Michael Holroyd）的影响。另外，作者指出，以奥斯丁前期小说来证明其心迹，也存在大量问题，毕竟《理智与情感》《傲慢与偏见》最初创作和最终出版间隔15年。作者反对以传主的成就为轴心，编织一个逐渐发展的故事。“一些令人不安的尴尬被

1 Helen Ashton, *Parson Austen's Daughter*, London: Collins, 1949, “Author's Note”.

2 Ashton, p. 99.

3 Ashton, pp. 155–157.

4 Honan, pp. 189–198.

悄悄消弭，不和谐的音符也就淡出了人们的视听。可是真正的生命，不是往后回溯，而且向前发展，根本不可能预知后面的事情。妙龄少女奥斯丁，无论如何不可能知道，有朝一日自己会变成知名作家。”[1] 努克斯试图“表现奥斯丁生命的每一刻，都恰如当时她所体验的”。这本传记是“向前发展”的，一如小说中的主人公，以奥斯丁的视角来经历当下，个别地方有必要客观交代一下，仿佛虚构作品中“全知的叙事者”。

努克斯鄙薄奥斯丁离乡时“昏厥”的说法，并大胆猜测，卡桑德拉之所以毁掉书信，或许因为奥斯丁盼望离开家乡，随口说出不够得体的话。几年来，奥斯丁渴望外面的世界，盼着外出旅行、畅游世界。奥斯丁曾两次到巴斯游逛，城市生活让奥斯丁激动不已。少年之作《爱情与友谊》描写了一个女孩初到伦敦的经历。努克斯巧妙地引用了小说原文：“小心，不要晕倒。只要有可能，快跑，千万不要晕倒。”[2] 奥斯丁多有“狂野”的一面，绝不至于“昏厥”。

当然，努克斯既然本着“向前”的原则，不便将当下经历和后来的成名作家联系起来。萨瑟兰却进一步发挥了这样的推测。离家后在巴斯的生活，尤其父亲去世，几个女人的漂泊游移，让奥斯丁眼界大开，为后来的创作提供了丰富的素材。几部未完成的作品，都和她离乡的遭遇有关。其中，《沃森一家》最接近此时奥斯丁的生活，是其创作转折的当口。一种新的、更加坚实的现实主义，悄然出现在小说中。《沃森一家》的主人公爱玛，不同于《傲慢与偏见》中的伊丽莎白 · 班奈特，也不像《理智与情感》中的玛丽安 · 达什伍德。她是后期人物的原型，一似《曼斯菲尔德庄园》中的范妮 · 普莱斯，或者《劝导》中的安妮 · 埃利奥特。这些女性，都从一个生存环境迁移到另一个，而后达到了新的自我认识。萨瑟兰断定，爱玛近似于奥斯丁本人，那个1801—1804年间消失了的、传记作者苦苦寻找的奥斯丁。[3] 离开斯蒂文顿之前，奥斯丁经常征求家庭成员的意见来修改自己的小说，个人意图常被家人的看法所遮蔽。后期小说中，新的作者观念涌现出来，这意味着更多的自我控

1 David Nokes, *Jane Austen*, New York: Rarrar, Straus and Giroux, 1997, p. 6.

2 Nokes, pp. 220–222.

3 Sutherland, 2005, pp. 128–147.

制，坚守自己的艺术理想。《曼斯菲尔德庄园》中的范妮，颇具自我关注的意识，显然得益于变换了的空间和心境。此刻，"内心化"比"对外表达"更为重要。所思和所说不同，语言风格也相应变化，奥斯丁更倾向运用"自由间接话语"来表现主人公的内心世界，形成她的"第二种话语风格"。背井离乡、社会视野拓展，尤其周围的女性圈子，这些酝酿出了逐渐成熟的语言风格和不断丰满的小说意蕴。[1] 当然，这也是萨瑟兰的推测，不过它实际指出了传记写作的出路：传记不是事实的简单罗列，而应运用事实来创造新的意义。

第三节　传记的当下风格

从上面例子可知，当下传记作家和研究者不再满足于奥斯丁的六部经典小说，而转向她的《少年之作》、未完成作品，甚至奥斯丁兄弟的著述，以求新的传记线索。托马林粗线条勾勒奥斯丁的早年生活，意在说明在同一屋檐下与兄弟姐妹共处对奥斯丁性情的习染，而斯彭斯(Jon Spence)则详尽描述奥斯丁儿时的演戏和写作活动，尤其借助奥斯丁兄弟的期刊和奥斯丁的《少年之作》来构建他们的关系，开创了一道灵光络绎的传记风景线。1789年1月到1790年3月间，《闲荡者》中某些文章暗示了两位兄长、奥斯丁以及表姐伊莱莎之间的关系。在行文中，亨利经常扮演一个失恋的角色，征求"游荡者先生"的意见，希望摆脱对表姐的迷恋。詹姆斯则刻画一个近似奥斯丁的女孩，拜倒在表姐的影响下。年长的堂姐曾在法国受教育，老于世故、美貌富有，劝诫表妹"为钱而非为爱结婚"。或许奥斯丁读了《闲荡者》，猜出三者之间的隐情。传记作者认为，奥斯丁早年短篇《爱情与友谊》是对伊莱莎的警告，并进一步猜测，伊莱莎应该也读了《爱情与友谊》和《闲荡者》，完全明白表兄妹的心思。相对而言，这些材料都写于同一时期，没有时间差，极有说服力。

传记风格的变化，也和英美当下学术风气相关。随着"文化研究"的深入，器物和身体越来越成为关注要点。本书第一部分提到，

1 Sutherland, 2005, pp. 173–176.

《18世纪英格兰人的日常服饰》(2007)一书取材于1813年9月奥斯丁从伦敦寄给卡桑德拉的几封书信。其中姐妹俩不下十几次提到服饰、长筒袜、帽子和蕾丝等话题。购物习惯的描述以及布料价格的记录,具有极高的史料价值。《绅士的胃口:英国19世纪小说研究》(2009)提到,《爱玛》中的伍德豪斯先生,饮食素淡,以稀粥、煮鸡蛋等为主,甚至希望村民的饮食都像他一样。如何来解释这样的饮食习惯呢?19世纪初,英国时兴罐装食品,但这类食物不够新鲜,且引发了中毒事件;另外,新潮的法国厨师,在法国大革命之后来到英国时还带来沙司等调味料,遮掩了食物的原味。摄政时代,民众对社会政治的担忧普遍存在,这是爱玛父亲食谱的决定性因素,也是他信赖地产食品的主要动因。爱玛父亲讨厌蛋糕,这说明,他根本不信任法国厨师,"绅士的胃口"自有政治含义:雅各宾分子正在侵蚀着英国的本土文化。

当然,物和物,器物与小说创作,如何巧妙地联系和诠释,还得动一番脑筋。《成为奥斯丁》引用赛耶斯(Dorothy L. Sayers)的《校庆之夜》来开场:"事物之间的比例关系,一如事实本身,都是重要的参考。"[1] 该书的章节安排打破了以时间为序的传记叙事传统,改用以主题连接各章,比如"遗嘱""场景""身体"等。"身体"一章指出,奥斯丁的后期小说超越了从家庭和时代哲学辩论中继承的主题,"进入了新的疆界"。究竟如何编织传记材料,融入"身体"主题呢? 1816年3月,亨利经营的银行倒闭,奥斯丁家四兄弟都卷入其中,李-佩罗特舅舅遭受了最大损失。1817年初,身体状况刚刚好转的奥斯丁,立刻着手一部新小说,"她负担不起停止写作的生活"。《桑迪顿》充满经济投机的景观,也许奥斯丁是在追问金融投资的动因:哥哥爱德华和舅舅李-佩罗特,他们如此富有,冒这么大的风险,何必呢? 其实,奥斯丁比这些人更需要经济保障,姐妹俩始终期待舅舅留下点遗产,传记末章告诉读者,这样的希望再次落空了。《成为奥斯丁》的首章题为"遗产",一份家族遗产落到了男性继承者手中,仿佛奥斯丁一家的命运多舛都与此相关。[2]《理智与情感》第一章写道:"老绅士死了,开读遗嘱,结果跟其他遗嘱一样,

1 Jon Spence, *Becoming Jane Austen: Life*, London: Bloomsbury, 2003, p. 1.

2 Spence, p. 8.

有人高兴，有人失望。”就像小说中的达什伍德母女，奥斯丁母女得到的总是“失望”。

“身体”的第二条线索则是奥斯丁家女人们的健康状况。奥斯丁身体不适，嫂子和侄女怀孕，这样的细节在本章中重复出现。奥斯丁身边的已婚女人，大多过着单调、促狭的生活，“生育孩子”近乎占据她们的整个生活，甚至夺去她们的生命。奥斯丁的两位嫂子，均死于难产；哥哥爱德华的第二任妻子，也就是范妮的继母，一次接一次地怀孕，身体也垮掉了。1817年3月，奥斯丁仅能局促于病榻上，高烧一直不退，身体状况极差。此时，侄女安娜又怀孕了，离她生完第二胎，仅七个月之隔。奥斯丁致信依旧未婚的范妮，深深感喟："可怜的东西（Animal），不到三十岁，她【安娜】就会精疲力竭。我真替她难过。"（1817年3月14日）女性的生活模式和男人息息相关，《桑迪顿》中的爱德华先生受性欲驱动，代表了男人的性取向，奥斯丁于此呈现出“最具颠覆性的一面”。这本小说原来的题目是《兄弟》，或许奥斯丁正在反思兄弟之所为，“为何他们不多尊重点儿妻子，克制一下性欲呢”。[1] 身体的引入，为性做了铺垫。20世纪70年代以来，英国传记大获成功，主要原因是传记内容的自由度增加了。可以说，如果不单独辟出一章专门写“性”，就不算一部完整的传记。难怪，“身体”章引来了另一个小说家兼传记作家希尔兹（Carol Shields）的攻讦。在后者看来，羞于提及身体部位及性欲，是18世纪英国的一般态度，同时也与奥斯丁的性情相吻合。“如果简·奥斯丁生活在今天，她或许会质疑我们把肉体当成文学软件来使用的态度。无论其有何优点或弱点，她的小说证明，对她而言，真正的生命之舞是语言和领悟力。”[2]

《真实的奥斯丁》（2013）也将器物作为传记的线索。作者在器物、社会制度和人物性情之间来回穿插，其运思和立论也恢恢乎游刃有余。在绪论和跋中，伯恩提及本书的构思。由于勒费伊的传记和年谱，奥斯丁的生平材料被网罗一空，传记作家在方法上应有所创新。伯恩标榜《真实的奥斯丁》“不仅朝后观，也往前看”，这显然针

1 Spence, p. 239.

2 卡罗尔·希尔兹：《简·奥斯丁》，袁蔚译，北京：三联书店，2014年，第223页。

对努克斯而发。[1] 另外，作者力避面面俱到，仅仅选取奥斯丁生活或小说中的某些时刻、场景和物件来还原"真实的奥斯丁"。[2] 这样的启发也来自《曼斯菲尔德庄园》的女主人公。小说中的范妮看重庄园的琐碎物件，在她心仪的东屋里摆放着花草、书册、针线活、写字台等；别人舍弃的装饰品，爵士女儿的画，家族人物的侧面像，都被珍藏在东屋。透过这些"器物"足以窥测范妮的内心：比如，从素描中的船可想见海军世界中的哥哥威廉，废弃的纸片中也寄寓着她对埃德蒙的深情。同样，"这本传记中的每一章，都从一个具体的事物开始，生活中的或者小说中的，这些物件或意象能够重新照亮奥斯丁的生活和小说人物，让我们再次领会她驰骋的想象和无与伦比的虚构世界"。[3]

"上尉的木匠手艺"从一幅莱姆的水彩画说起。读者不会忘记《劝导》中对该地的细致描写，如果奥斯丁从未到此，很难描写得如此逼真。当然，关注外部并非奥斯丁的典型风格，伯恩邀请读者走进莱姆海滩上的小屋，去会见哈维尔上尉。在《劝导》中，上尉富有心计、爱动脑筋，在家里忙碌不歇：画画，上油漆，刨刨锯锯，胶胶贴贴，为孩子做玩具，制作改良的新网梭；这些事情都办完了，坐在屋子角落，摆弄他的那张大渔网。读者也许不解，这和传记有啥关系呢？原来，奥斯丁的哥哥弗兰克在1852年收到一封来自美国的书信，哈佛大学校长的两个女儿希望得到奥斯丁的签名。弗兰克满足了大洋彼岸年轻"粉丝"的要求，并附上一封奥斯丁本人的书信，还在回信中进一步描述了妹妹的性格。姐妹俩做梦也没想到对方如此慷慨，当即断定，弗兰克一定就是《劝导》中的温特沃斯中尉。弗兰克回信说，很荣幸被当成温特沃斯，不知道这是不是妹妹创作的初衷，但自己和"哈维尔上尉倒有几许相似，尤其居家的生活习惯、兴趣和劳作"。[4] 弗兰克喜爱木匠活，既是家庭的笑话，也是妹妹对哥哥的赞美。伯恩说，奥斯丁的日常生活和她创作的人物，有着密切的关系，更不必说历史事件了。可是"官方传记"，比如亨利

1 Paula Byrne, *The Real Jane Austen*, London: Harper Press, p. 363.

2 Byrne, p. 7.

3 Byrne, p. 10.

4 Byrne, p. 5.

的“传略”一再宣称，妹妹根本不从身边人物取材。伯恩又引用喜剧小说家艾米斯（Kingsley Amis）的原话，“若读者了解我和我的作品，一定知道这些小说并非自传，但小说中的每个字都告诉了读者，我是怎样的人”。[1] 为了进一步证明奥斯丁作品和个人生活的关系，伯恩简单提及了奥斯丁的批评史。

作者特别提及希尔姐妹1902年完成的《奥斯丁：家庭和朋友》。1900—1901年，希尔姐妹沿着奥斯丁的脚步，横穿英国南部，采访了诸多奥斯丁家族的后代。这本传记还添加了许多插画，均为作者亲手绘制，“这是自动化时代到来之前对奥斯丁世界的最后记录”。[2] 同样，伯恩也为《真实的奥斯丁》每章的器物准备了精美的彩色照片。作者希望，传记和图片配合会出其不意地将“脚步”和“器物”结合起来。[3] 所谓的脚步，是指霍尔姆斯（Richard Holmes）的传记理论：作家需要亲身体验传主曾经的生活，重走传主走过的路，与传主进行跨越时空的对话，感悟传主对当代生活的意义，并且有效地传达给读者。伯恩也按照勒费伊提供的奥斯丁在英格兰南部各郡游走的路线，完成她的精神朝圣。传记不仅详细写了奥斯丁一家在巴斯的生活，还大胆猜测这座城市对女作家的影响。作者认为，奥斯丁舅妈有可能确实偷了价值20先令的白色蕾丝。按当时的法律，若罪名成立，舅妈要么被判死刑，要么被发配至澳大利亚。其实，被判死刑可能性极小。伯恩为自己的推断提供了一些证据。一是其舅妈的主要律师曾表示，被告的确有偷盗癖，曾因类似行为被当场抓住。另外，四名辩护律师本应指控店主栽赃陷害，却轻描淡写说店员误将白色花边装入舅妈的手包中。而且，若偷盗不是妻子所为，奥斯丁舅舅李-佩罗特又何必做移居澳大利亚的准备，等等。[4] 无论在信中，还是小说中，奥斯丁都未提及这一事件。现代学者善于在奥斯丁“沉默”处，发掘深藏的含义。小说家或者作品没有说出的东西，与说出的东西一样重要。诚如伊格尔顿所言，“那些看起来不在场、边缘化或模糊不清的东西，也许为理解作品的意义提供了最关键的

1 Byrne, p. 7.

2 Deirdre Le Faye, “Memoirs and Biographies,” p. 57.

3 Byrne, p. 363.

4 Byrne, p. 161.

线索”。[1]

研究者认为，奥斯丁在这件事上的沉默，可以算作“元反讽”(metairony)。舅妈为此被非正式拘禁8个月，又经历了7个小时的庭审，最后被无罪释放。“遭难”的舅妈，一如当时小说中的女主人公，经历百般挫折后又恢复了淑女的清白。[2] 奥斯丁当然知道，为了找律师辩护，舅妈花了一大笔钱，暗地调查布料店的经济背景，隐匿对自己不利的证据，并且按照律师的指点从各行各业寻找能够证明自己清白的证人，等等。[3] 舅妈在法庭上的自我辩护，无非标榜自己是具有经济实力的上层淑女，巴斯的几份报刊也做出了类似的评判。“美德自有好报”，这一事件的道德含义仿佛不言而喻，舅妈似乎成了所有女性的行为楷模。可是，这样一厢情愿的读解，就如某些小说读者只看到了伊丽莎白和达西的“天仙配”，或者爱玛和奈特利的“鸳鸯谱”。奥斯丁隐忍不言就是一种表态，读者应该有所警醒，超越某种意识形态“规训”下的定向读解，从而走向历史的纵深处。舅妈没有子嗣，而当时名义上的淑女身份和她们实际上的经济依附之间，往往有所冲突，无论奥斯丁还是小说中的女主人公都对此感同身受。英国19世纪的犯罪心理研究表明，某些上层女士将商店偷盗当作一种心理报复行为，夺回本应属于自己的“东西”。[4] “偷盗癖”(kleptomania)一词在19世纪30年代才开始逐渐使用，当时恰值消费社会的形成期。某种意义上说，奥斯丁的舅妈成为维多利亚时代某些消费女性的先行者，她们都算得上体面的中产阶级妇女，也不乏购买力，穿行于皮卡迪利大街繁华的店铺中，时不时地将蕾丝或者其他商品放入自己包中。这种行为背后的社会动因，值得追问和思考。传记已经走向了多种文类的融合，《真实的奥斯丁》将文学批评、小说赏析、材料考证和事实推理等合为一体，是一个极好的范例。当下的某些传记，甚至历史著作，已不再仅仅局限于所谓的“铁的事

1 Terry Eagleton, *Literary Theory: An Introduction*, 2nd edition, Oxford: Basil Blackwell, 1996, p. 155.

2 William H. Galperin, *The Historical Austen*, Philadelphia: University of Pennsylvania Press, p. 37.

3 Galperin, p. 42.

4 Galperin, pp. 250–251.

实”(hard fact)。其理论说辞来自法国学者塞尔托(Michel de Certeau)广义的历史写作观，也就是说，真正的历史书写不仅仅考量实际发生的“可思之物”，还要探究“可能发生的”的“不可思之物”。[1] 较之于最初的《回忆录》，今天的奥斯丁传记不再掩盖甚至抹杀某些事实一味求“善”，而是倾向于探究深层的、具体的、复杂的“真”。

1 Galperin, p. 245.

第四章

影视改编研究

第一节 综 述

奥斯丁的小说具有非同寻常的生命力，从源源不断的影视改编便可见一斑。其六部主要作品已全部且多次被搬上银幕或荧屏。20世纪90年代以来还几度出现一年里有多部小说被改编成影视作品的盛况。[1]据互联网电影资料库（IMDB）2016年初发布的统计材料，归入“作家简・奥斯丁”名下的影视作品数量已高达近70部。[2]“亲爱的简”不仅是好莱坞大受欢迎的改编对象，也是以出品“经典连续剧”闻名的英国广播公司（BBC）等制作单位的收视保证，甚至能跨越时代、国别、文化和文本界限，成为全球化文化娱乐产业中的重要资源和符号。如《奥斯丁批评指南》的作者所说，当代人似乎“对奥斯丁作品有着永不餍足的兴趣和需要”[3]；也无怪乎奥斯丁学者萨瑟兰感慨：“如今简・奥斯丁所

---

1 1995—1996年一年间有六部奥斯丁作品改编问世：《独领风骚》（改编自《爱玛》）（1995）、《傲慢与偏见》（1995）、《理智与情感》（1995）、《劝导》（1995）以及两部《爱玛》（1996）。2007—2008年又是一个奥斯丁改编集中出现的“丰收年”，除了ITV“奥斯丁季”的三部电视剧《曼斯菲尔德庄园》（2007）、《诺桑觉寺》（2007）、《劝导》（2007）以及BBC的《理智与情感》（2008）以外，还有两部传记影片《成为简》（2007）和《奥斯丁小姐的遗憾》（2008）以及一部脱胎于《傲慢与偏见》的电视剧《迷失奥斯丁》（2008）。

2 Jane Austen-IMDB, http://www.imdb.com/name/nm0000807/?ref_=fn_al_nm_1 02/13/2016.

3 William Baker, *Critical Companion to Jane Austen: A Literary Reference to Her Life and Work*, New York: Facts on File, Infobase Publishing, 2008, p. 532.

吸引的公众想象和媒体关注足以让任何在世的作家羡慕。”[1]

伴随着层出不穷的改编版本，“奥斯丁热”成为令人瞩目的文化现象，也逐渐引起学界的关注和重视。有关奥斯丁影视改编的学术研究经历了一个从最初被奥斯丁学者冷淡到当下繁荣的过程。如果以一些标志性的作品或事件作为间隔，该过程可大致划分为三个阶段。下面将分三段对奥斯丁作品影视改编研究的发展过程进行简要的梳理和介绍。

（一）20世纪40年代至90年代中期：奥斯丁改编研究的发端

率先将奥斯丁小说搬上银幕的是好莱坞米高梅公司。该公司1940年推出了由作家赫胥黎编剧、劳伦斯·奥利弗主演的《傲慢与偏见》，上映后受到媒体好评。《纽约时报》知名影评人克劳瑟（Boslcy Crowther）将其誉为“记忆中从未在银幕上见过的最为雅致活泼的老式风俗喜剧，最为轻快生动的古装讽刺剧”。[2]《新闻周刊》的奥哈拉（John O'Hara）称之为“优雅的古装风俗喜剧”。[3]《公益》的哈通（Philip T. Hartung）评价“这部第一流的古装剧制作精良”，导演手法虽偏离电影传统，但“适于表现奥斯丁的微妙讽刺”。[4]《纽约客》将该片归入“年度最佳”之列，主要是因为改编者“明智地决定不去改进那位女士（奥斯丁）的文体”。[5] 男女主演也是赢得一片赞誉。弗格森（Otis Ferguson）声称“想象不出有（比嘉森）更好的伊丽莎白的演绎”。[6]《时代周刊》评论

1 Kathryn Sutherland, “Jane Austen on Screen,” *The Cambridge Companion to Jane Austen*, eds. Edward Copeland and Juliet McMaster, 2nd edition, Cambridge: Cambridge University Press, 2011, p. 264.

2 Bosley Crowther, “‘*Pride and Prejudice*’, a Delightful Comedy of Manners, Seen at the Music Hall,” *New York Times*, 9 Aug. 1940: 38.

3 John O'Hara, “Hollywood Finds Jane Austen with ‘*Pride and Prejudice*’,” *Newsweek*, 22 July 1940: 35.

4 Philip T. Hartung, “The Screen: Pride, Prejudice, Passion, Pango,” *Commonweal*, 2 Aug. 1940: 311.

5 “The Current Cinema: What Is This Anyway?” Rev. of *Pride and Prejudice*, *New Yorker*, 17 Aug. 1940: 37.

6 Otis Ferguson, “Class—A Paint Jobs,” *New Republic*, 19 Aug. 1940: 246.

员认为如果没有奥利弗的出演，让1940年的美国观众理解奥斯丁是不可能的。“从他扮演的达西先生带着一丝令人难忘的冷笑踏入梅里顿舞会的那一刻起，影片就上路了。”[1]

与热情的影评人相比，学界的反应则慢得多。阿什海姆（Lester Asheim）是最早对改编进行研究的学者之一。在博士论文《从书到电影》（1949）里，他以1935—1946年间美国上映的24部名著改编电影（包括1940年版《傲慢》）为样本，探讨了一系列改编研究中至今依然关键的话题，如：“小说转译到银幕时会发生什么？将电影作为原著的替代有何得失？”[2] 作者认为对这些问题的回答往往一概而论、流于印象，试图用一种“有控制的分析方法”及“客观定量的比较”得出“客观的数据”。[3] 他将改编与原著内容比较的结果纳入电影工业、观众、媒介等三类影响的框架之中，指出电影工业考虑的首要问题并非“是否为了艺术”，而是“能否销售出去”，因此观众的喜好尤其重要。为了获得观众的理解和同情，改编不可避免地会将原著进行简化和更新，原著对话在剧本中的演变便是例证。尽管奥斯丁小说对于服装背景描写甚少，电影却突出道具和场景，增添浪漫魅力。

影响最大的早期奥斯丁改编研究来自电影理论家乔治·布鲁斯东（George Bluestone），其专著《从小说到电影》（1957）常被视为改编研究领域的开山之作。和阿什海姆注重社会的角度不同，布鲁斯东以形式研究为主导来讨论改编问题，提出小说和电影是两种完全不同的媒介：小说是语言媒介，电影是视觉媒介；小说是概念性的，电影是感知性的；电影只能复制小说的主题、故事和情节，小说在表现隐喻和抽象思想时更胜一筹。布鲁斯东树立了小说与影视的二元对立，认为总体来说改编地位还是低于文学作品。该书以一章篇幅细致分析了1940年版《傲慢》。作者称奥斯丁小说“有着一个电影剧本所必需的若干要素”，即“缺乏具体性、不使用借喻性语言、无所不达的视点、依靠对话显示性格、对明确性的苛求”；“小说缺乏图画性效果，反倒推动了普多夫金所

1 “*Pride and Prejudice*,” Rev. of Film, *Time*, 29 July 1940: 44–45.

2 Lester Asheim, “From Book to Film: Simplification,” *Hollywood Quarterly*, Vol. 5, No. 3 (Spring, 1951), p. 289.

3 Lester Asheim, p. 290.

谓的'造型思维'"。[1] 具有矛盾意味的是，尽管作者推定电影不如小说，对米高梅的改编却给予了肯定，认为电影成功模仿了"小说的叙述中心和舞蹈般的节奏"。[2]

布鲁斯东之后，瓦格纳（Geoffrey Wagner）用不同于布鲁斯东路径的著名三分法将改编分为"转换"（transposition）、"评论"（commentary）、"类比"（analogy）三类。在《小说和电影》（1975）一书中他选取多部19世纪小说的电影改编作为第一类样本，即贴近原著的"转换"型改编，奥斯丁作品也在其中，但只是一笔带过："（《傲慢》）被转换为浓烈的爱情故事。"[3] 勒利斯（George Lellis）和博尔顿（H. Philip Bolton）的考察则详细得多。在收入《英语小说和电影》（1981）的《傲慢，但无偏见》一文中，作者对1940年版《傲慢》给予部分的肯定，指出其增添了隐喻性场景，比小说更好地捕捉到男女主人公的相互吸引；但认为影片不足以表达人物的丰富内心，损失了原著精华所在，有时几近沦为滑稽剧。对于导演反复用特写展现的女主角的美貌，作者认为"过于甜美，难以表现出奥斯丁赋予伊丽莎白礼貌外表下的讽刺怀疑精神"。[4] 电影成功塑造了达西的傲慢，却未能充分表现伊丽莎白的偏见。结论是奥斯丁小说既适合又不适合好莱坞改编，1940年版《傲慢》证明"又一部伟大小说被好莱坞简化成由外部动作构成的情节剧"[5]，这与阿什海姆观点相似；而强调电影和小说是"感性"和"理性"的对立，一方之得以另一方之失为代价，则仿佛是布鲁斯东论调的回响。

从20世纪50年代到80年代末，BBC等电视制作单位主导了奥斯

1 乔治·布鲁斯东：《从小说到电影》，高骏千译，北京：中国电影出版社，1981年，第126—127页、133页。（George Bluestone, *Novels into Film: The Metamorphosis of Fiction into Cinema*, Baltimore: Johns Hopkins University Press, 1957.）

2 布鲁斯东，第137页。

3 Geoffrey Wagner, *The Novel and the Cinema*, New Jersey: Associated University Press, 1975, p. 237.

4 George Lellis and H. Philip Bolton, "Pride but No Prejudice," *The English Novel and the Movies,* eds. Michael Klein and Gillian Parker, New York: Frederick Ungar Publishing Co., Inc., 1981, p. 47.

5 George Lellis and H. Philip Bolton, p. 51.

丁改编，其六部小说均被搬上荧幕[1]，但有影响力的相关研究却寥寥可数。其中最具代表性的是瑞典学者罗里森（Monica Lauritzen）的《搬上电视屏幕的简・奥斯丁的〈爱玛〉》（1980）。罗里森借鉴了60、70年代开始活跃的结构主义符号学与叙事学，详细考察了原著与电视剧在叙事上的共性和差异，同时融入了一些对社会、经济要素的关注。通过分析1972年版BBC连续剧《爱玛》，作者证明奥斯丁的人物和情节很容易按照经典连续剧的传统改编。其研究的价值不仅在于尝试"界定一种关于经典作品改编的连续剧的观察角度"，也在于提出较为公允的"在与原著的关系中评价电视连续剧"[2]的观点："（电视剧）在某些方面不如原著，但在另一些方面又强于原著。正由于这些差异的存在，观看连续剧不能替代阅读原著的体验。"[3]

值得注意的是，上述作者都不是奥斯丁专家。和影评人、电影理论家、媒介研究学者对于改编的兴趣比起来，奥斯丁学者表现出了不难理解的冷淡与沉默。最早将改编纳入奥斯丁研究的是安德鲁・赖特。他在1975年的学术期刊《19世纪小说》纪念奥斯丁200周年诞辰的专刊上发表论文《改编简・奥斯丁》，列出20世纪初至1975年根据奥斯丁小说改编的六十多部广播和影视改编、舞台剧及简写本，并选择分析了1906年至1964年之间上演或上映的十五个改编版本（含九部戏剧、两部音乐剧、一部广播剧、一部电影以及两个简写本），就几个关键场景将改编和小说进行内容比较，结论是"任何一版改编都逃脱不了时间与地点的影响"，"改编越接近简・奥斯丁的文字越好"。[4]赖特整理

1 根据Sue Parrill的资料，20世纪90年代以前，BBC独立或参与制作的奥斯丁作品改编共有十一部：《理智与情感》（1971，1981）、《傲慢与偏见》（1952，1958，1967，以上为黑白，1980）、《爱玛》（1960黑白，1972）、《曼斯菲尔德庄园》（与ITV合拍，1983）、《诺桑觉寺》（与A&E合拍，1986）、《劝导》（1961黑白）。另有NBC制作的《傲慢与偏见》（1949）、《理智与情感》（1950）、《爱玛》（1954）以及ITV和Granada合拍的《劝导》（1971）。参见Sue Parrill, *Jane Austen on Film and Television: A Critical Study of the Adaptations*, North Carolina: McFarland, 2002, pp. 189–203。

2 Monica Lauritzen, *Jane Austen's Emma on Television: A Study of a BBC Classic Serial*, Gothenburg, Sweden: Acta Universitatis Gothoburgensis, 1981, p. 9.

3 Monica Lauritzen, p. 154.

4 Andrew Wright, "Jane Austen Adapted," *Nineteenth-Century Fiction*, 30.3 (1975), p. 439.

的目录对奥斯丁研究具有宝贵的资料意义，但其分析和结论反映出文学专业人士对改编的轻视。“没人写得有简·奥斯丁那么好，任何修补都意味着更为糟糕的改变。”[1] 十年后，格雷和索瑟姆主编的《奥斯丁指南》(1986)收入赖特撰写的《小说的戏剧改编》一文，相关的还有萨克斯(Marilyn Sachs)的《奥斯丁小说的续写》。赖特的文章大部分取自他自己的《改编简·奥斯丁》，只是将“改编”做了更清楚的界定，即“翻译、简写、节选、续写以及戏剧改编”[2]，样本减至七版(含一部电影、四部戏剧、两部音乐剧)。在重申之前观点的基础上，赖特提及并肯定了“最近的BBC电视剧”，因为“谨记这一教训(即“改编越接近简·奥斯丁的文字越好”)，所有的改编都比以往的版本更让人满意”。[3] 可见对改编的批评已有所缓和，但“忠实”仍被视为评判改编的唯一标准。当然，这比起出版于1973年的平尼恩(F. B. Pinnion)主编的《奥斯丁指南》已经是进步，后者未收入任何有关改编或续写的讨论。[4]

1982年吉尔森整理出了具有里程碑意义的《奥斯丁研究书目》。和赖特一样，吉尔森也认为奥斯丁研究必须包括对改编的认识，因此在书目里收入了“戏剧”及“续写”部分。吉尔森发现《傲慢与偏见》“可能因其对话的戏剧性和生动性”[5] 而最受改编者欢迎，但也毫不掩饰地表现出对大众文化的反感，认为“捕捉或模仿经典小说的风格几乎是不可能的”，“从未观看过这些戏剧中任何一部舞台表演，不能评判其戏剧品质；但其剧本读起来都无一例外地糟糕。改编者干预奥斯丁的对话，添加自编的不符合人物特征的台词，而且还大刀阔斧地改变情节”。[6] 赖特和吉尔森代表了当时奥斯丁研究者对于受大众欢迎的影视戏剧改

1 Andrew Wright, “Jane Austen Adapted,” p. 423.

2 Andrew Wright, “Dramatisations of the Novels,” *The Jane Austen Companion*, eds. J. David Grey, A. Walton Litz and Brian Southam, New York: Macmillan, 1986, p. 120.

3 Andrew Wright, “Dramatisations of the Novels,” p. 128.

4 F. B. Pinnion, *A Jane Austen Companion: A Critical Survey and Reference Book*, London: Macmillan; New York: St. Martin’s Press, 1973.

5 David Gilson, *A Bibliography of Jane Austen*, Oxford: Oxford University Press, 1982, p. 405.

6 David Gilson, pp. 405, 421.

编作品的典型立场——肯定其作为文献资料的意义，但贬低其艺术成就。这种对改编的轻视态度从同时期奥斯丁研究中相关讨论的乏善可陈也可以看出。

（二）1994—2004：奥斯丁改编研究的兴盛

对于奥斯丁改编研究来说，20世纪90年代中期是一个分水岭。从奥斯丁改编史角度来看，具有标志性的事件是1995年BBC播出六集连续剧《傲慢与偏见》[1] 并获得广泛反响；紧接着李安导演的《理智与情感》[2] 不仅获得了金球奖最佳影片、奥斯卡最佳剧本改编等殊荣，还赚得1.4亿美元全球票房。多部奥斯丁改编接踵而至，掀起一股奥斯丁热潮。但其实在这些影视剧问世以前，塞勒斯的《奥斯丁和摄政时代英格兰的再现》（1994年首版，1996年第二版）就对这股热潮有所预见。塞勒斯主要考察奥斯丁小说如何反映英国摄政时代的社会危机和国家身份，讨论涉及早期BBC改编。作者注意到这些电视剧中经常出现女性被乡村古宅的窗户边框限定的镜头，历史建筑被视觉化表征为"文雅的监狱"[3]，从而削弱了奥斯丁作为"遗产"形象的保守意义。与赖特和吉尔森不同的是，塞勒斯为奥斯丁大众文化研究进行辩护。在他看来，所有评论或阐释奥斯丁的努力——不论是19世纪奥斯丁家人撰写的《回忆录》，还是当代电视剧，抑或学者的著述评论，都属于"奥斯丁工业"。他敦促奥斯丁学者对改编等文化产品给予严肃关注："大众的现代文本与奥斯丁学术研究相关，因为读者是用特定时期中特定文化提供的现成材料来建构关于作者及作品和所属时代的观念。若是假定所有教授和研读奥斯丁的学人都必定外在于这一文化过程而不是参与其中，未免就太傲慢了。"[4] 作者在第二版增添的《跋：奥斯丁热潮》一

1 由BBC和A&E联合出品，Simon Langton导演，Andrew Davies编剧，Sue Birtwistle制片，Jennifer Ehle和Colin Firth主演。

2 由Columbia和Mirage出品，李安导演，Emma Thompson编剧，Lindsay Doran制片，Emma Thompson和Kate Winslet主演。

3 Roger Sales, *Jane Austen and Representations of Regency England*, London: Routledge, 1994, p. 25.

4 Roger Sales, 1994, pp. 25–26.

文中指出，1995年版《傲慢》的热播引来了“奥斯丁时代”，在一些评论者眼里“自20世纪60年代披头士热潮以来，还从未见过如此现象”。[1]作为奥斯丁专家，塞勒斯对奥斯丁热潮不仅做出预见，还迅速给予了回应，其著作可谓开启了新时代关于奥斯丁改编的批评性研究。紧接着，《简·奥斯丁剑桥指南》首版（1997）收入克劳迪娅·约翰逊的具有广泛影响的论文《奥斯丁：狂热和文化》，讨论奥斯丁与大众文化的关系。作者把目光投向奥斯丁的接受而非作品本身，即关注“奥斯丁一直以来被认为代表的那些文化观念，以及我们给她和她的作品所派的用途”。[2]作者从历史和现实两个方面来研究奥斯丁作为文化偶像的地位。虽未深入探讨改编，但其对奥斯丁迷的阅读方式的考察对改编研究颇有启发：“阅读奥斯丁是一种社会性实践，依托于我们的欲望、需要和历史环境。”[3]

世纪之交，奥斯丁改编研究迎来了丰硕成果，以三部论文集为集中代表。首当其冲的是由琳达·特鲁斯特（Linda Troost）和塞尔·格林菲尔德（Sayre Greenfield）主编的《简·奥斯丁在好莱坞》（1998年首版，2001年第二版）。这是学术界首部专门以奥斯丁改编为研究对象的论文集。编者称奥斯丁改编研究热是由1995年版《傲慢》中“湿衬衫的达西”引发的，指出奥斯丁小说的中心——性、爱情、金钱——也是我们时代关注的主要话题。[4]编者试图脱离“忠实论”的桎梏：“改编过于忠实原著便不可能获得电影工业所需要的广泛吸引力，即使我们能够在‘忠实’于奥斯丁究竟意味着什么这一问题上达成共识。”[5]因此，应该提出的问题不是改编如何扭曲了原著，而是原著为何得到90年代改编者如此的青睐，改编为何做出这些改变，效果如何，又如何反映

1 Roger Sales, *Jane Austen and Representations of Regency England*, 2nd edition, London: Routledge, 1996, p. 228.

2 Claudia L. Johnson, “Austen Cults and Cultures,” *The Cambridge Companion to Jane Austen*, eds. Edward Copeland and Juliet McMaster, 1997, p. 212.

3 Claudia L. Johnson, “Austen Cults and Cultures,” p. 224.

4 Linda Troost and Sayre Greenfield, “Introduction: Watching Ourselves Watching,” *Jane Austen in Hollywood*, 2nd edition, eds. Linda Troost and Sayre Greenfield, Lexington: University Press of Kentucky, 2001, p. 3.

5 Linda Troost and Sayre Greenfield, p. 6.

出当代观众(或改编者)的欲望,等等。改编被放在当代文化语境下。“这些改编向我们揭示的关于此时此刻我们自身的内容多于奥斯丁的作品。观看改编就是观看我们自身。”[1] 文集作者大都来自美国大学英语文学专业。其中,布朗斯坦指出成功的改编突出了奥斯丁小说与时代精神契合的方面,如反讽。尼克森(Cheryl Nixon)、霍普金斯(Lisa Hopkins)和迪克森(Rebecca Dickson)分别探讨了90年代中期改编对于男性角色的重新塑造,尽管论点各有不同。狄安娜(Casey Diana)证明了改编在教学上的有益用处。费里斯(Suzanne Ferriss)、埃林顿(H. Elizabeth Ellington)和科林斯(Amanda Collins)讨论了改编所表达的怀旧和逃离现实的倾向。卡普兰关注的则是改编与大众文化类型小说(禾林言情小说)的关系。第二版增加的特鲁斯特和格林菲尔德关于《曼斯菲尔德庄园》(1999)[2] 的论文指出,影片将小说里教育对个人的影响转换成更广阔的社会力量对整个阶级的影响。可以说,不论是论题选择、研究路径,还是深入程度方面,《简·奥斯丁在好莱坞》都区别于以往的奥斯丁改编研究。作为学界对于20世纪90年代改编热的最早反应之一,该书为后来的奥斯丁改编研究奠定了较高水平的基础。

由吉娜·麦克唐纳(Gina Macdonald)和安德鲁·麦克唐纳(Andrew F. Macdonald)主编的《银幕上的简·奥斯丁》(2003)是另一本颇具影响力的以奥斯丁改编为专题的论文集。它深化了《简·奥斯丁在好莱坞》的讨论,且更富有争辩性与跨学科意识。作者中不乏知名奥斯丁专家,还有大众文化研究学者以及电影业内人士。编者特意突出了不同的路径立场和观点,既有认为改编远不及小说的原著拥护派,也有强调创造性的改编认同者。前者代表如罗杰·加德,对改编的艺术价值提出怀疑。[3] 在认同派中也存在观点分歧。马戈利斯(Harriet

1 Linda Troost and Sayre Greenfield, p. 11.

2 由BBC和Miramax合拍,Patricia Rozema导演、编剧,Sarah Curtis制片,Frances O'Connor和Jonny Lee Miller主演。

3 Roger Gard, "A Few Skeptical Thoughts on Jane Austen and Film," "Short 'Takes' on Austen: Summarizing the Controversy between Literary Purists and Film Ehthusiastics," *Jane Austen on Screen*, eds. Gina Macdonald and Andrew F. Macdonald, Cambridge: Cambridge University Press, 2003, pp. 10–12.

Margolis）的《简迷文化：简·奥斯丁的名字代言了什么》和哈里斯的《如此转换：简·奥斯丁改编中的翻译、模仿和互文性》集中呈现了改编引发的整体性争论。具体到各版本，理查兹（Paulette Richards）认为备受好评的《劝导》（1995）[1] 其实扭曲了原作，套用摄政时代言情小说的模式以使影片吸引大众；华莱士则认为该版《劝导》既忠实于奥斯丁原著，又表现出独创性。肖尔（Hilary Schor）在考察了叙述声音的转换后认为麦格拉斯（McGrath）导演的好莱坞版《爱玛》（1996）[2] 成功捕捉了原著复杂的主体性；莫纳汉虽然也反对BBC式的"忠实"改编，却更青睐同时期另外两版《爱玛》改编，认为它们丰富了对于原著的理解。文集还收入了少量不同时期版本的比较研究，如费格斯的《两版〈曼斯菲尔德庄园〉：正统派和后现代派》比较1983年、1999年两版分别所谓"忠实"的和"出格"的改编，贝尔顿（Ellen Belton）的《重新想象奥斯丁》比较了1940年版和1995年版《傲慢》。虽同为比较，但路径有别：费格斯通过改编叙事形式的比较表明对正统派观点的认同，贝尔顿则是将改编置于历史语境下，阐明观众、文化、时代背景对改编产生的重要作用。这种比较研究为改编研究带来了广度和深度。论文集强调了"奥斯丁小说与改编的共生关系是值得探索的现象"[3]，通过提供多种观点和个案研究，探讨了原著与改编之间界限模糊、相互对立和依存的关系。

第三部重要论文集是前面已经提到的普奇和汤普森主编的《奥斯丁公司》。编者指出，"奥斯丁热"催生了繁荣的"奥斯丁工业"，不仅体现于近年来近20部影视改编和上百部的续写改写作品，还扩展至因特网、出版业、时装界、音乐圈、旅游业等，通过多种媒介和技术渗透至当代文化。论文集重点不在于比较原著和改编的异同，而是探讨奥斯丁小说转换为多形式大众文化产品的语境，"激发和形成这些再创造的文

1 BBC与Sony合拍，Roger Michell导演，Nick Dear编剧，Fiona Finlay制片，Amanda Root和Ciaran Hinds主演。

2 Columbia和Miramax联合出品，Douglas McGrath导演、编剧，Gwyneth Paltrow和Jeremy Northam主演。

3 Gina Macdonald and Andrew F. Macdonald, eds. *Jane Austen on Screen*, Cambridge: Cambridge University Press, 2003, p. 1.

化、社会、教育的环境”。[1] 主编者强调了“重塑”的概念，认为“过去是由当下文化社会的愿望、政治、欲望、市场策略以及历史学重新塑造的”，而“奥斯丁现象正是新千年之际对历史进行重塑——改造——最显著的例子”。[2] 全书以当代文化的四个主要场所——教室、国家、家庭、卧室——为线索，探讨了文学教学、历史政治、亲密关系、性别与性四大话题。其中“教室”单元里，汤普森指出当代奥斯丁复兴现象带有“狂欢”性质，“奥斯丁世界”有如乌托邦，分析了专业的（即经典名目以及文学批评中的）奥斯丁与业余的（大众文化中的）奥斯丁的区别。图里姆（Maureen Turim）讨论了奥斯丁改编在课堂上的作用，尤其是影片《独领风骚》（*Clueless*）（1995）[3]，被视为奥斯丁在叙事手法及社会分析方面的独创性和实验性在当代的延续。在“国家”单元，林奇（Deidre Lynch）认为奥斯丁小说出现在历史学现代化和专业化时期，对新历史中的性别问题提出质疑；与此相似，《独领风骚》也在时尚的掩饰下对传统单一的历史线性时间概念进行了改造。克朗（Mike Crang）通过分析奥斯丁改编引发的旅游热潮，关注文化遗产的空间主题透射的政治含义。“家庭”单元里，普奇指出几乎所有奥斯丁改编都以表现家庭亲密的场所为开篇，通过“回家”的视觉诱惑呈现出怀旧情绪的空间特征。布卢姆（Virginia L. Blum）探讨20世纪末的性观念如何渗透进奥斯丁及一些19世纪小说的改编。富布鲁克（Denise Fulbrook）认为《独领风骚》摈弃了弗洛伊德关于成长的俄狄浦斯式叙事和所谓标准的异性恋结局。在“卧室”单元，鲁思・佩里认为改编用当代性观念改写奥斯丁原作，将主角浪漫化，突出其身体语言。沃伊里特（Martine Voiret）将20世纪80—90年代的影视改编置入20世纪60年代的性革命语境下考察，揭示奥斯丁改编中隐含的后女性主义思想。多比（Madeleine Dobie）指出改编所代表的“后遗产电影”虽然披着历史古装剧的外衣，讨论的却是当代文化政治的话题。和前两部论文集相比，《奥斯丁公司》的文化研究色彩更为浓厚，作者专业涵盖英语文学、法语文学、电影

1 Suzanne R. Pucci and James Thompson, eds. *Jane Austen and Co.: Remaking the Past in Contemporary Culture*, Albany: State University of Albany Press, 2003, p. 2.

2 Suzanne R. Pucci and James Thompson, eds. pp. 2–3.

3 Paramount出品，Amy Heckerling导演、编剧，Alicia Silverstone 主演。

研究、文化研究，甚至地理学，研究对象也不囿于奥斯丁改编而是历史的多媒介重塑形式，通过超越文学批评的多学科视角让读者多角度、更深入地理解奥斯丁的走红现象并思考本书提出的中心问题：这些重塑历史的文化产品究竟激发或满足了当代人怎样的需要和幻想？

除了这三部论文集，同时期有关奥斯丁改编的重要论著还有约翰·威尔特希尔的《再造简·奥斯丁》(2001)和苏·帕里尔(Sue Parrill)的《银幕和荧屏上的简·奥斯丁——改编的批评性研究》(2002)。威尔特希尔将影视改编视为更大概念"再造"的一部分，指出"将较早作品用新媒介重制、重写、改编、再造、'挪用'、转换、仿制是当代文化景观的重要特征"。[1] 他运用心理分析学家温尼科特(Donald Winnicott)关于创造力起源的心理学理论，说明原著与改编及衍生文本之间的关系，如同"个体在与他人的关系中成型"。[2] 这些新版本可以作为阅读原著文本的辅助，增进对原著的理解。《再造简·奥斯丁》还关注奥斯丁作品在当代文化中其他"再造"的形式，如传记(亦被视为一种改编形式)、文学前辈如莎士比亚对奥斯丁的影响、"简·奥斯丁"作为商品商标的意义等。而帕里尔的著作以六部小说为纲，介绍与比较了2002年以前根据每部小说改编的不同版本、共近30部影视剧。作者总结了奥斯丁受欢迎的几点原因：首先，"【小说】讲述好故事——简单的爱情故事，至今魅力不减，尤其对女性观众来说"[3]；其次，制作成本相对较低，不需要昂贵的特技、异国场地、数量庞大的演职人员；另外，"公众，尤其是英国人，对于历史的秩序和美抱有怀旧的向往……而美国观众亦能从对发生在过去、他国的异己生活方式的窥视中获得满足"。[4] 帕里尔的研究对20世纪50—80年代的电视剧改编给予了充分关注，可以说在某种程度上填补了研究空白，对于读者了解奥斯丁影视改编史具有宝贵的资料价值。

此外，很多研究散见于各种专著、文集、学刊，延续了上述文集和

1 John Wiltshire, *Recreating Jane Austen*, Cambridge: Cambridge University Press, 2001, p. 2.

2 John Wiltshire, *Recreating Jane Austen*, p. 7.

3 Sue Parrill, *Jane Austen on Film and Television: A Critical Study of the Adaptations*, North Carolina: McFarland, 2002, p. 3.

4 Sue Parrill, p. 6.

专著的丰富话题与多种路径，汇聚成一股热闹非凡的混声多重奏。研究路径之一是对不同版本的改编进行纵向或横向的比较。如索科尔（Ronnie Jo Sokol）的论文《结婚的重要性：改编〈傲慢与偏见〉》围绕改编对婚恋故事的处理比较1940年、1979年、1995年三版改编与原著的异同。作者认为“道德标准、精致语言、鲜活人物、礼仪与爱情——正是这些因素燃起了现象级的奥斯丁热潮”。[1] 霍伯格（Tom Hoberg）的《多面女主角：〈爱玛〉的银幕改编》则比较了四部由《爱玛》改编的影视剧。作者认为1972年版BBC电视剧是最佳改编，“在实质和精神上都最为接近小说”[2]；但其他版也被肯定，“不光为奥斯丁作品，也为改编过程本身提供了有趣的视角”。[3] 这两篇论文都收入《电影中的19世纪女性——经典女作家作品的电影改编》（1999）一书。值得一提的还有奥斯丁北美协会的专刊《奥斯丁研究》（*Persuasions*）和《奥斯丁研究在线》（*Persuasions On-Line*），作为奥斯丁迷分享阅读心得和研究成果的重要阵地，对奥斯丁改编也相当关注。[4]《奥斯丁研究在线》出过一整期关于《爱玛》改编的专题特刊（1999），收入十篇讨论90年代中期《爱玛》不同版本改编的论文，话题涉及社会、阶级、文学教学、次要人物（贝茨小姐）的银幕再现等。编者指出不同版本的改编“再次证明奥斯丁的人物与情景超越了时间和文化壁垒；作为读者和观众，我们不厌其烦地重新想象小说，欣赏不同演员扮演的爱玛、哈丽特和贝茨小姐等角色，并就影片制作艺术展开争论”。[5]

1 Ronnie Jo Sokol, “The Importance of Being Married: Adapting *Pride and Prejudice*,” *Nineteenth Century Women at the Movies: Adapting Classic Women's Fiction to Film*, ed. Barbara Tepa Lupack, Bowling Green: Bowling Green State University Popular Press, 1999, p. 102.

2 Tom Hoberg, “The Multiplex Heroine: Screen Adaptations of *Emma*,” *Nineteenth Century Women at the Movies: Adapting Classic Women's Fiction to Film*, ed. Barbara Tepa Lupack, p. 125.

3 Tom Hoberg, p. 126.

4 参见Patrice Hannon, “Austen Novels and Austen Films: Incompatible Worlds?” *Persuasions*, 18 (1996): 24–32。

5 Laurie Kaplan, “Editor's Note,” “Emma on Film,” “Occasional Papers No. 3,” *Persuasions On-Line* (Fall 1999), http://www.jasna.org/persuasions/on-line/opno3/editor.html, 02/14/2016.

不少研究者运用文学文化理论如女性主义、马克思主义、后殖民主义视角来研究改编。例如皮达克(Julianne Pidduck)的《窗户和乡间漫步》(收入《后殖民的简·奥斯丁》)认为90年代的改编通过室内外场景设置的对照表达“自由主义女性主义者的思维模式”。[1] 伍德恩(Shannon Wooden)的《1990年代奥斯丁电影中厌食女的银幕建构》(发表于《通俗文化期刊》)指出90年代的四部改编都沿用了小说原有的食物象征,区别是:在小说中拒绝食物代表女性对父权压制的反抗;而电影将食物与美丽外表相提并论,表现了20世纪末的意识形态。[2] 布洛什(Liora Brosh)的《消费女性:1940年版〈傲慢与偏见〉中女性的再现》(发表于《影视评论季刊》)指出改编将小说重新定位于20世纪的消费文化,女性以消费者形象出现。[3] 哈斯利特(Moyra Haslett)的专著《马克思主义文学文化理论》(2000)用一整章讨论20世纪90年代的奥斯丁改编,运用马克思主义和文化唯物主义理论解读奥斯丁现象。作者认为改编突出了奥斯丁作品中被传统学院派忽视的要素,摄像机对所谓真实历史细节的关注并非复制过去,而是将历史作为拜物的目标。1995年版《傲慢》中伊丽莎白参观彭伯利庄园时,观众成为她的“同谋”:“我们就像处于奥斯丁小说里那些不那么富裕的人物的位置,如旅游者般间接地窥探英国最富有社会阶层的宅邸和生活方式。”[4] 沃尔德(Gayle Wald)在论文《新殖民世界秩序中的〈独领风骚〉》(收入《后殖民的简·奥斯丁》)中提出,这部当代版《爱玛》通过寻求19世纪初英国和20世纪末美国的共同性——建立在全球贸易系统统治基础上的商品消费——来建构美国的国民性。尽管片中对“第三世界”的呈

1 Julianne Pidduck, “Of Windows and Country Walks,” *The Postcolonial Jane Austen*, eds. Y.-M. Park and R. S. Rajan, London: Routledge, 2000, p. 124.

2 Shannon Wooden, “‘You’ve Even Forget Yourself’: The Cinematic Construction of Anorexic Women in the 1990s Austen Films,” *Journal of Popular Culture*, 36.3 (Fall 2002): pp. 221–235.

3 Liora Brosh, “Consuming Women: The Representation of Women in the 1940 Adaptation of *Pride and Prejudice*,” *Quarterly Review of Film and Video*, 17 (2000): p. 147.

4 Moyra Haslett, “The Muffled Clink of Cristal Touching Mahogany: Jane Austen in the 1990s,” *Marxist Literary and Cultural Theories*, New York: St. Martin’s Press, 2000, p. 234.

现"破坏了电影关于一个'多元文化'以及超阶级的美国的叙事"[1]，但和奥斯丁小说一样，民族性的构建及社会矛盾的消解都在浪漫喜剧大结局中完成。从这些论文可以看出当代文学批评理论对改编研究的影响。

"遗产"和"文化资本"问题也是奥斯丁改编研究的重要聚焦点和争鸣地。诺思（Julian North）的《保守的奥斯丁，激进的奥斯丁》（收入《改编：从文本到银幕，银幕到文本》）认为"奥斯丁已成为大众文化中的保守象征……其生平和作品都代表着英国国家遗产"。[2] 卡德威尔（Sarah Cardwell）在专著《重访改编：电视和经典小说》（2002）中提出，"经典连续剧"对忠实性的重视源自我们与历史相连的文化需要，是对建构特定的国家遗产形象的反应。1995年版《傲慢》展示了经典连续剧类型的传统特征："内容上，'遗产'作为'历史'的化身被呈现；风格上，采用缓慢的节奏和电影镜头；气氛上则是怀旧的。"[3] 尼尔则在《奥斯丁的政治观念》末章提出不同观点，认为奥斯丁改编大多忽视了原著激进的成分，只有ITV版的《爱玛》（1996）[4] 是个例外。尽管没有好莱坞的巨制吸引眼球，该片通过随处可见的仆人和偷袭鸡舍的饥民，突出了小说中复杂的阶级关系，以此抗拒"遗产电影"消隐社会矛盾的取向，使改编脱离保守属性。[5] 索尼特（Esther Sonnet）的《从〈爱玛〉到〈独领风骚〉：品位、快感和历史现场》（收入《改编：从文本到银幕，银幕到文本》）运用布迪厄（Pierre Bourdieu）的理论讨论文化消费如何成为社会地位的符号。《独领风骚》中不仅名牌商品能标志社会地位，熟知和运用文学典故的能力也表明阶级"区分"，而整个遗产工业都可以被视为一桩制造"区分"的生意；因此，这些改编与其说是在表现历

1 Gayle Wald, "*Clueless* in the Neocolonial World Order," *The Postcolonial Jane Austen*, eds. Y.-M. Park and R. S. Rajan, p. 227.

2 Julian North, "Conservative Austen, Radical Austen: *Sense and Sensibility* from Text to Screen," *Adaptations: From Text to Screen, Screen to Text*, eds. Deborah Cartmell and Imelda Whelehan, London: Routledge, 1999, p. 38.

3 Sarah Cardwell, *Adaptation Revisited: Television and the Classic Novel*, Manchester: Manchester University Press, 2002, p. 133.

4 Meridian-ITV和A&E公司合拍的电视电影，Diarmuid Lawrence导演，Andrew Davies编剧，Kate Beckinsale主演。

5 Edward Neill, *The Politics of Jane Austen*, London: Macmillan, 1999, pp. 142–145.

史，不如说是在“运行当代社会经济权力关系”。[1]

一些研究者探讨了改编在教学上的运用。如弗莱文（Louise Flavin）的《课堂里的简·奥斯丁：观看小说/阅读电影》（2004）讨论了十四部奥斯丁影视改编如何促进文学教学。[2] 由现代语言协会出版、福尔瑟姆（Marcia McClintock Folsom）主编的《奥斯丁的〈爱玛〉的教学方法》（2004）收入多尔（Carol M. Dole）的论文《无阶级，无头绪：银幕上的〈爱玛〉》。多尔建议教师播放几部改编的片段，让学生分别与原著相关段落进行对比。她还阐述了为何《独领风骚》比其他两版古装改编更忠实于奥斯丁原著的精神。[3] 关于改编的教学用途在上述三部论文集及《奥斯丁研究》专刊中也有涉及。

另外值得一提的还有林奇主编的《简迷：奥斯丁的信徒和拥趸》（2000），虽不以改编为专题，但关注包含改编的“奥斯丁热”文化现象，从摄政时代图书馆到世纪末电影热潮，透过大众文化来探讨奥斯丁文学声誉的形成以及经典化的复杂过程，勾勒出奥斯丁于学界和大众的接受史。林奇在前言中声称：“担心奥斯丁被不当的走红现象连累，似乎隐含着一种认识，即变相承认高雅文化和通俗文化、经典和非经典之间界限脆弱。”[4] 收入的论文中，论及改编的论文有两篇。法夫雷（Mary Favret）的《自由快乐：简·奥斯丁在美国》指出，1940年版《傲慢》将时代背景推后至19世纪中叶，服装道具与《乱世佳人》相似，令奥斯丁所代表的前工业时代英格兰的田园诗与南北战争前美国南方的田园诗

1 Esther Sonnet, “From *Emma* to *Clueless*: Taste, Pleasure and the Scene of History,” *Adaptations: From Text to Screen, Screen to Text*, eds. Deborah Cartmell and Imelda Whelehan, 1999, pp. 55–56.

2 讨论的改编包括四版《爱玛》（1972，1995，1996，1996）、两版《曼斯菲尔德庄园》（1983，1999）、一版《诺桑觉寺》（1986）、两版《劝导》（1983，1995）、三版《傲慢与偏见》（1940，1980，1995）、两版《理智与情感》（1985，1995），参见Louise Flavin, *Jane Austen in the Classroom: Viewing the Novel/Reading the Film*, New York: Peter Lang, 2004。

3 Carol M. Dole, “Classless, Clueless: *Emma* on Screen,” *Approaches to Teaching Austen's Emma*, ed. Marcia McClintock Folsom, New York: The Modern Language Association of America, 2004, pp. 88–99.

4 Deidre Lynch, “Introduction: Sharing with Our Neighbors,” *Janeites: Austen's Disciples and Devotees*, ed. Deidre Lynch, Princeton: Princeton University Press, 2000, p. 8.

形成呼应。奥斯丁“在小说中创造了一个充满自由行动者的新世界，看上去隐隐的带有美国特征”。[1] 塞勒斯的《当着所有仆人的面：奥斯丁的旁观者和监视者》探讨1995年版《劝导》中仆人的存在对遗产英国的怀旧形象构成了冲突。[2] 而贝内迪克特（Barbara Benedict）的文章则指出，在摄政时代流动图书馆中奥斯丁的小说和当今被视为“通俗言情”的作品并置，没有标明差别。[3] 这本论文集关注奥斯丁文本的传播和再生问题，为奥斯丁研究确立了新方向，为下一阶段的改编研究开辟了道路。

（三）2005—2011：改编成为奥斯丁研究不可忽视的话题

20世纪末，奥斯丁改编“井喷”现象似乎告一段落；就在人们以为奥斯丁热会平息下来时，2005年一部英美合拍的新版《傲慢与偏见》[4]再次拉开新一波改编热潮的序幕。[5] 巧合的是，同年出版的两部重要奥斯丁研究成果都包含了对于改编及文化热潮的讨论。因此，本文以2005年作为节点，标志着奥斯丁改编和改编研究共同迈入新阶段。就改编而言，此阶段特点是在直接基于原著的改编之外还出现很多以“奥斯丁”为名的衍生品[6]：就改编研究而言，新阶段除了延续上阶段的多路径、多视角、多话题的特色之外，还表现出一些值得注意的新特征，这

1 Mary A. Favret, “Free and Happy: Jane Austen in America,” *Janeites: Austen's Disciples and Devotees*, ed. Deidre Lynch, p. 176.

2 Roger Sales, “In Face of All the Servants: Spectators and Spies in Austen,” *Janeites: Austen's Disciples and Devotees*, ed. Deidre Lynch, p. 190.

3 Barbara M. Benedict, “Sensibility by the Numbers: Austen's Work as Regency Popular Fiction,” *Janeites: Austen's Disciples and Devotee*, ed. Deidre Lynch, p. 65.

4 Focus Features、Universal Pictures和Studio Canal等联合出品，Joe Wright导演，Deborah Moggach编剧，Keira Knightley和Matthew Macfadyen主演。

5 2005年版《傲慢》之后迎来又一个奥斯丁改编丰收季，参见本章首页注1。

6 新阶段除了明显基于六部小说改编的影视剧外，还出现了很多以“奥斯丁”为名的衍生作品，有关于作家本人的想象性传记电影，如《成为简》（2007）、《奥斯丁小姐的遗憾》（2008）；有借用原著人物和背景的后现代续写或改写，如《迷失奥斯丁》（2008）、《死神降临彭伯利》（2013）、《傲慢与偏见与僵尸》（2016）等，以及有关当代人与奥斯丁作品互动的虚构性创作，如《奥斯丁书友会》（2007）、《奥斯丁乐园》（2013）等。

里试做一些简要归纳。

1．改编及相关大众文化研究被奥斯丁研究吸纳而渐成为显学

2005年的两部有影响力的奥斯丁文献分别是由牛津大学出版社出版的萨瑟兰的《文本中的奥斯丁》和剑桥大学出版社出版的托德的《语境中的奥斯丁》。萨瑟兰的著作主要考察"简·奥斯丁通过不同文本被传播和转换的方式"，那些文本包括她的手稿、早期版本、现代版本、传记、续写以及影视改编。其考察重点是奥斯丁传记和小说版本的历史文化语境，但"阐释在意义制造和文化延存中的作用"[1] 也适用于改编作品。托德的文集为九卷本剑桥版奥斯丁作品全集所编，收入了林奇的《简·奥斯丁热》和《续写》两篇论文。前者讨论了构成奥斯丁接受史的几种张力，尤其是公众和精英小团体之间的对立，作者认为"在过去十年里奥斯丁电影的影响力几乎超过了小说"。[2] 后者较之萨克斯发表于80年代中期的研究[3] 更为详细深入，表明学界对于奥斯丁续写作品给予的重视。剑桥版奥斯丁作品全集（出版于2005—2009年）是继查普曼主编的全集后奥斯丁研究史上又一里程碑。在这一权威的版本中收入有关改编及衍生品的专文，可以视为大众文化研究在奥斯丁研究领域得到重视的一个信号。

这种重要性从新出版的《奥斯丁指南》中也可看出。2009年由威利-布莱克威尔出版社（Wiley-Blackwell）推出、克·约翰逊和图特主编的《奥斯丁指南》中，"接受与再创造"作为压轴单元，包含奥斯丁历史接受和当代影响的方方面面。其中与当代文化相关的是西蒙斯（Judy Simons）的《简·奥斯丁和大众文化》和奥法雷（Mary Ann O'Farrell）的《奥斯丁亚文化》。西蒙斯考察了"奥斯丁如何被大众想象吸收"以

1 Kathryn Sutherland, *Jane Austen's Textual Lives: From Aeschylus to Bollywood*, Oxford: Oxford University Press, 2005, pp. v, 22.

2 Deidre Lynch, "Cult of Jane Austen," *Jane Austen in Context*, ed. Janet Todd, Cambridge: Cambridge University Press, 2005, p. 117.

3 参见上文提到的《奥斯丁指南》(1986)。Marilyn Sachs, "Sequels to Jane Austen," *The Jane Austen Companion*, eds. J. David Grey, A. Walton Litz and Brian Southam, New York: Macmillan, 1986, pp. 374–376.

及她作为“文化偶像”[1]的地位。作者指出，新媒体的迅速兴起和形式各异的传播方式的发展促成阅读习惯的转变，原来私密的阅读行为被共享代替，例如在网上奥斯丁乐园“彭伯利共和国”里，网民自发参与续写。奥法雷讨论了奥斯丁社团、奥斯丁商品、奥斯丁短片等奥斯丁亚文化的组成部分，指出亚文化发展过程中奥斯丁迷既与奥斯丁形成私密默契，又彼此联结。奥斯丁迷狂现象的实质是表达对世界的不安以及“寻找喘息地和避风港时的结盟和围困”。[2] 此外，《简·奥斯丁剑桥指南》2011年第二版里增加了萨瑟兰撰写的《银幕上的奥斯丁》。作者指出影视改编将奥斯丁重新打造为21世纪浪漫小说的鼻祖，奥斯丁不再是曾经“如约翰逊般声名完美、锋利机智、具有复杂道德性的作者”，而是“精明性感，相当现代”。[3] 贝克（William Baker）的《奥斯丁批评指南》（2011）里也收入“影视、广播改编”的词条，用四页多篇幅介绍了改编现象及其研究概况。[4]

同时，奥斯丁改编研究开始频频与已成显学的莎士比亚改编研究相提并论。国际期刊《改编》的主编、文学改编协会的创建人之一卡特梅尔（Deborah Cartmell）指出：“今天评论界对于奥斯丁改编的关注仅次于莎士比亚”[5]；“显然，莎士比亚和奥斯丁改编研究成为英语专业里已获确认的研究领域”。[6] 霍普金斯是一直致力于二者联系的学者之一。在其专著《重置银幕上的莎士比亚和奥斯丁》（2009）中霍普金斯试图把两个领域加以融合。她指出：这两位经典作家作品在被改编时有着相似的遭遇，其创作侧重点都与当代影视制作者大相径庭。不过相比莎士比亚，奥斯丁更像“一个具有安全感的商标，强烈意味着怀旧

1 Judy Simons, “Jane Austen and Popular Culture,” *A Companion to Jane Austen*, eds. Claudia L. Johnson and Clara Tuite, Oxford: Wiley-Blackwell, 2009, pp. 473, 476.

2 Mary Ann O’Farrell, “Austenian Subcultures,” *A Companion to Jane Austen*, eds. Claudia L. Johnson and Clara Tuite, p. 484.

3 Kathryn Sutherland, “Jane Austen on Screen,” p. 264.

4 William Baker, *Critical Companion to Jane Austen*, pp. 532–536.

5 Deborah Cartmell and Imelda Whelehan, *Screen Adaptation: Impure Cinema*, New York: Palgrave Macmillan, 2010, p. 92.

6 Deborah Cartmell and Imelda Whelehan, eds. *The Cambridge Companion to Literature on Film*, Cambridge: Cambridge University Press, 2007, p. 6.

情绪、遗产以及‘更文雅时代’”。[1] 她还在《从银幕上的莎士比亚到简·奥斯丁》(收入《剑桥文学影视改编指南》,2012)一文中指出,两者的改编“显然都受益于作家相当重要的文化资本,从而取得很高的制作水准”。[2] 无论从成果质量还是发展速度都可以看到,在影视改编及大众文化研究领域,奥斯丁学者正试图追随莎学的脚步。

2. 研究愈益细化,有更多关于单部小说改编情况甚至单部改编作品的研究成果出版

以往涉及单部小说的改编研究多以论文或章节形式发表,而到这一阶段发展至专著或文集。如迪帕尔罗(Marc Edward DiPaolo)的《改编〈爱玛〉:从小说到银幕的简·奥斯丁的女主角》(2007)。作者沿承罗里森和威尔特希尔的观点,认为每版改编都是“导演对小说做出的批评性评价”,“以戏剧形式将长期以来更具学术性的文本批评提出并争论的丰富多样的小说解读生动地呈现出来”。[3] 作者认为在《爱玛》的多版改编中《独领风骚》最接近奥斯丁的自由间接引语的风格,但对原著的变动也最大。另一个例子是卡特梅尔的“银幕改编”系列中的《简·奥斯丁的〈傲慢与偏见〉:文本与电影关系的细致研究》(2010)。[4] 作者从原作的文学语境出发,讨论不同改编版本如何就小说的故事、主题、人物进行阐释,如何激发了课堂讨论和学术批评,产生了哪些后续影响。小说的影响力和生命力还在不断延续。

在20世纪尚很难想象一种正式刊物用专刊形式研讨单部奥斯丁作品改编。2007年简·奥斯丁北美协会专刊《奥斯丁研究在线》就用一整期来讨论2005年版《傲慢》。[5] 专刊收入了18位学者的论文,从不

1 Lisa Hopkins, *Relocating Shakespeare and Austen on Screen*, Palgrave: Basingstoke, 2009, p. 11.

2 Lisa Hopkins, "Shakespeare to Austen on Screen," *A Companion to Literature, Film, and Adaptation*, ed. Deborah Cartmell, Oxford: Blackwell, 2012, p. 241.

3 Marc Edward DiPaolo, *Emma Adapted: Jane Austen's Heroine from Book to Film*, New York: Peter Lang, 2007, pp. 2–3.

4 Deborah Cartmell, *Screen Adaptations: Jane Austen's Pride and Prejudice: A Close Study of the Relationship between Text and Film*, London: Methuen Drama, 2010.

5 Jen Camden and Susan Allen Ford, eds. "Joe Wright's *Pride & Prejudice* (2005)," *Persuasions On-Line*, 27.2 (2007), http://www.jasna.org/persuasions/on-line/vol27no2/index.html.

同立场和角度对影片进行解读和评论。如卡普兰认为影片内外景的不停转换“破坏了戏剧节奏，令奥斯丁精心构建的意象结构分崩离析，将勃朗特式的黑暗元素强加于一本风俗小说，创造出反奥斯丁风格的环境”。[1] 而艾尔伍德（Sarah Ailwood）为影片辩护，认为内外景之间张力的运用富有创造性：“伊丽莎白向窗外眺望彭伯利的花园时，镜头采用了她的视角，从半透明到明亮玻璃聚焦的变化反映出她对达西性格的了解变得清晰。”[2] 这期专刊只是一个突出例子，在《奥斯丁研究》及《奥斯丁研究在线》上关于改编的讨论和研究至今依然热闹非凡。类似成果还会越来越多出现。

3. 研究愈益突出媒介间性和文本间性（互文性）

随着信息传播技术的变革，媒介、文本之间的联系日益紧密。淡化文学与电影的对立，改编与原著的差距，突出改编与原著之间、与其他改编版本或文本类型之间的共通与交流，这成为奥斯丁改编研究中的一个趋势。马丁（Lydia Martin）在《银幕上的简·奥斯丁：遵从与分歧》一文中指出1986年版电影《诺桑觉寺》[3] 标志着奥斯丁改编史中的一个转折点，混合了哥特现实主义以及幻想片和恐怖片类型，“其独创性体现在风格的丰富多样中”。[4] 莫纳汉、赫德利（Ariane Hudelet）和威尔特希尔等合著的《电影化的简·奥斯丁》以较新角度探讨奥斯丁小说与改编的关系。不同于一般研究从改编中寻求与原著的对应，该书致力于探索奥斯丁如何成为电影化小说家的问题。作者指出传统叙事学的局限，从全新的符号学视角重新解读奥斯丁小说并考察其潜在的电影特征，强调奥斯丁小说具有丰富的听觉和视觉维度，可被归为电

1 Laurie Kaplan, “Inside Out/Outside In: *Pride & Prejudice* on Film 2005,” *Persuasions On-Line*, 27. 2 (2007), http://www.jasna.org/persuasions/online/ vol27no2/kaplan.htm.

2 Sarah Ailwood, “‘What are Men to Rocks and Mountains?’: Romanticism in Joe Wright’s *Pride & Prejudice*,” *Persuasions On-Line*, 27. 2 (2007), http://www.jasna.org/persuasions/on-line/ vol27no2/ailwood.htm.

3 BBC与A&E合拍，Giles Foster导演，Maggie Wadey编剧，Katharine Schlesinger和Peter Firth主演。

4 Lydia Martin, “Jane Austen on Screen: Deference and Divergence,” *Literary Intermediality: The Transit of Literature through the Media Circuit*, ed. Maddalena Pennacchia Punzi, Bern: Peter Lang, p. 72.

影化小说；同时通过媒介、文本间性的视域对改编做出富有创意的阐释。在后记中威尔特希尔还指出每部改编与之前的改编在类型上有着继承性，比改编和原著之间的关系还要复杂，为今后奥斯丁改编研究提出了挑战。[1] 卡特梅尔和惠勒汉（Imelda Whelehan）认为小说《傲慢与偏见》为改编最受欢迎的浪漫喜剧类型电影提供了模板。"正如编剧安德鲁·戴维斯（Andrew Davies）所说，奥斯丁是所有作家中最容易改编的，部分原因是她笔下每一细节都很精确，也因为其作品可以证明有助于某些影视类型的确立。"[2]

4."奥斯丁"在全球的传播和反响成为热门话题

随着奥斯丁改编热数度兴起、"奥斯丁"影响日益扩大，越来越多的研究以"奥斯丁现象""奥斯丁文化""奥斯丁接受"为主题。在此领域，上阶段的一些重要论文或文集，如约翰逊的论文《奥斯丁：狂热和文化》和林奇主编的《简迷：奥斯丁的信徒和拥趸》都可谓开路先锋，而蓬勃发展的改编研究更是功不可没。新阶段的相关研究则更进一步，以萨瑟兰的著作和林奇的论文为开端，各种指南跟进，更多专著出版，显示更深切的对历史语境的关注、更浓厚的文化研究意识，对"奥斯丁现象"提出更为全面的归纳和批判性思考。其中具有代表性的专著有哈曼（Claire Harman）的《简的声名：奥斯丁如何征服世界》（2009）和布朗斯坦的《为什么是简·奥斯丁？》（2011）。前者指出奥斯丁如今已成为"被无尽剥削的环球商标"，"随便瞥一眼一家好书店的'A'书架，即可发现长长一排令人目眩的关于奥斯丁的书籍：导读，传记，资料，指南，奥斯丁和戏剧、和食物、和宗教、和金钱、和浪漫主义诗人，银幕上的奥斯丁，社会语境中的奥斯丁，作为牧师女儿、海军军官姐妹的奥斯丁，历史的奥斯丁，后殖民的奥斯丁，奥斯丁风格"[3]，如此等等。"当今奥斯丁的名字承载如此众多的意义，

1 John Wiltshire, "Afterword: On Fidelity," *The Cinematic Jane Austen: Essays on the Filmic Sensibility of the Novels*, eds. David Monaghan, Ariane Hudelet and John Wiltshire, Jefferson, N.C.: McFarland, 2009, pp. 163–170.

2 Deborah Cartmell and Imelda Whelehan, *Screen Adaptation: Impure Cinema*, p. 93.

3 Claire Harman, *Jane's Fame: How Jane Austen Conquered the World*, Chatham: Canongate, 2009, p. 185.

以至于什么都不代表了。对很多人来说,《傲慢与偏见》甚至'简·奥斯丁'都只不过让人想起穿着湿衬衣的科林·菲茨。"[1] 后者对于奥斯丁现象做出富有洞见的讨论和总结。该书考察了奥斯丁作为女主角、道德家、讽刺者、浪漫主义者、女人、写作者等不断演变的形象构建,以及奥斯丁如何被奉上神坛又如何被影视工业利用开发的过程。布朗斯坦重新提出和探讨了特里林的著名提问:"为什么阅读简·奥斯丁?"以及,为什么出现如此多的电影、电视剧、前传、续集、博物馆、旅游项目,甚至吸血鬼系列小说等各种文化衍生产品?作者发现当代奥斯丁热潮中不乏作家洞见与技巧的回响,但也指出该热潮"为商业所驱动,饱含欲望色彩"[2],对传统的"奥斯丁"既提供保护又给予释放,既进行纠正又加以巩固。最后她重申这一观点:在寻找奥斯丁的过程中,我们发现了自己。该书可视为作者在上阶段所发表论文的深化。作者以自己作为文学教师、奥斯丁学者、读者的身份去认识、探索、发现奥斯丁的过程为线索,融合了逸事、文化批评、传记研究、文学史、文本细读,其目标读者不仅限于学界,且面向更广泛的读者群体。

此外,如果说上阶段关于奥斯丁影响的讨论主要集中在英美,本阶段则扩展至全球范围。由曼德尔和索瑟姆主编的《奥斯丁在欧洲的接受》(2007)梳理探讨了奥斯丁在欧洲17国的接受史,即奥斯丁作品在这些非英语国家被翻译、出版、传播、阅读、观看、评论和讨论的方式与历史,包括奥斯丁的"英语性"如何影响其在欧洲的接受问题。作者大多是欧洲各国从事英语文学文化研究的专家学者。主编指出,奥斯丁在欧洲大陆的命运经历了一个变化过程:从19世纪的默默无闻,到20世纪中叶渐获知音,再到20世纪末大受欢迎;而影视改编的繁荣正是促进奥斯丁接受的重要因素。很多作者都提到影视改编在本国引发了奥斯丁热潮,提升了作家地位,推动多译本的出版,收获更多读者。但也有作者指出,由于改编随时随处方便可得,"越来越多年轻人认为阅

1 Claire Harman, p. 3.

2 Rachel M. Brownstein, *Why Jane Austen?* New York: Colombia University Press, 2011, p. 18.

读原著没有必要了"。[1] 曼德尔的论文《简·奥斯丁在欧洲的接受》也被收入约翰逊主编的《奥斯丁指南》(2009)。他在文中指出,欧洲新近对奥斯丁的学术研究尤为关注奥斯丁写作的历史文化语境、其语言的运用以及影视改编话题。[2] 此外,《奥斯丁研究在线》还用两期特刊探讨了奥斯丁在全球范围的反响,分别为福特(Susan Allen Ford)与布罗迪(Inger Sigrun Brodey)主编的《全球的简·奥斯丁》以及福特和道(Gillian Dow)主编的《奥斯丁研究新方向》。前者探讨了奥斯丁小说在一些亚欧国家被接受、改写、改编的情况,涉及日本、土耳其、西班牙、法国、印度等国。[3] 后者收入"接受和改编"一章,特别讨论了奥斯丁在法国和日本的影响。[4] 这些研究表明奥斯丁的影响跨越了国别和文化界限,在全球范围的接受逐渐成为热门话题。作为奥斯丁文本传播和接受史不可或缺的部分,影视改编也愈益紧密地融入奥斯丁研究。

由此可见,奥斯丁影视改编研究正是伴随着影视作品引发的"奥斯丁热潮"以及奥斯丁研究、文学理论、电影理论、改编理论、文化研究等多种交叉学科研究的发展和深化而逐渐成长起来的。

从20世纪40年代到90年代中期可以视为奥斯丁改编研究发展的第一阶段,改编进入奥斯丁学者的视野但受到冷遇;从90年代中期到21世纪初为第二阶段,随改编热而开启的这一阶段虽时间不长,但成果显著,承上启下,对奥斯丁改编研究发展起到重要推动作用;2005年至今为第三阶段,改编研究被正统奥斯丁研究确认和吸纳,成为显学并逐步扩展深化。当今大多数研究已摆脱学界过去对于改编等大众文化产品的轻视和偏见,不再纠结于文学与影视、高雅文学和大众文化的二元

1 Mihaela Mudure, "Jane Austen: Persuading Romanian Readerships and Audiences," *The Reception of Jane Austen in Europe*, eds. Anthony Mandal and Brian Southam, London: Bloomsbury Academic, 2007, p. 318.

2 Anthony Mandal, "Austen's European Reception," *A Companion to Jane Austen*, eds. Claudia L. Johnson and Clara Tuite, p. 431.

3 Susan Allen Ford and Inger Sigrun Brodey, eds. "The Global Jane Austen," 28.2 (2008), http://www.jasna.org/persuasions/on-line/vol28no2/index.html.

4 Susan Allen Ford and Gillian Dow, eds. "New Directions in Austen Studies," 30.2 (2010), http://www.jasna.org/persuasions/on-line/vol30no2/index.html.

对立，而是将改编与历史、当代文化政治、奥斯丁接受、经典文学与大众文化等议题相连，运用叙事学、心理分析、女性主义、马克思主义、文化唯物主义、后殖民主义等多种理论批评和文化研究方法，具有跨学科、跨媒介、跨文化等特点，为奥斯丁研究不断开拓新领域，提出新挑战。和莎士比亚研究一样，改编正成为奥斯丁研究一个重要组成部分；而且，随着奥斯丁文化现象的蔓延，相关研究将愈益深入，潜力无穷。不论是学界还是普通读者都期待更多有价值的成果出现。

第二节　析　评

上文“综述”部分以时间为轴对奥斯丁改编研究的历史和现状做了一番梳理，本节将围绕一些重点话题的争论进行归纳和评析。当然，想在有限篇幅内做出全面客观的述评总非易事，尤其是目前改编研究正处于发展迅猛、头绪繁多、定义不明、界限模糊的阶段。笔者不求面面俱到，而尝试选择最有代表性和争议性的话题，力图勾勒出一幅清晰简要的观点地图。

在梳理奥斯丁改编研究成果的过程中，笔者发现，尽管研究话题层出不穷，路径愈益丰富，成果林林总总，大部分研究依重点可被划分为两类：一类指向原著，围绕改编与原著的关系，对照改编和原著的异同，界定改编之于原著的位置，总之关注的是如何看待把奥斯丁搬上银幕这个问题；另一类指向观众，关注的是改编如何反映其制作时期的历史文化政治，如何折射出“奥斯丁”与当代文化的相关性，如何丰富当代人对于奥斯丁以及自身的理解。

（一）奥斯丁与银幕

改编理论研究不可规避的一大问题就是如何界定改编之于原著的关系。这个问题至今仍争议不休。奥斯丁改编研究中的许多疑惑和争论，往往围绕影视媒介是否足以表现奥斯丁小说这一问题，一些原著的忠实捍卫者批评改编对小说做出的任何改变，包括人物情节的简化、反讽叙述人的缺失、价值观的偏离；另一些评论者则肯定改编及相关文化产品的创造性。不同立场代表了对原著和改编关系的不同理解，也反映出改编理论的发展和分歧。

1.“忠实论”认为“没有电影配得上奥斯丁”

奥斯丁改编研究中最难以避免的一种观点就是改编应“忠实”于原著，比如赖特称“改编越接近简·奥斯丁的文字越好”[1]，改编者应尽可能还原小说的情节、人物、语言，传达其精髓，就好像改编是原著的翻译或模仿一样，尤其当改编对象是像奥斯丁这样的经典作家时更应如此。然而另一方面，吉尔森也说过：“捕捉或模仿经典小说的风格几乎是不可能的。”[2] 如果这两个前提都成立的话，改编奥斯丁便是一个可悲的悖论：影像对文字的追逐和角斗还没开始，改编已然处于下风。早期奥斯丁改编研究的贡献者们就这样为后来人提出了标尺，设下了陷阱，因为这些断语的确有那么点“二十二条军规”的意味。一方面强调“忠实”有必要，另一方面宣布“忠实”不可能，令“忠实论”的实质变成以“不可能的忠实”为标准得出改编较之原著的永远“不足论”。

即使20世纪末几部相关论文集的主编一再声称不想纠结于改编是否“忠实”，“忠实论”依然是奥斯丁改编研究史上难以摆脱的话语幽灵。由于不能完全地、忠实地复制原著，改编往往被押送至文学审判的被告席，认为改编为了娱乐大众而对小说进行简化、肢解、扭曲的批评哀叹依然此起彼伏。加德的《几点怀疑》集中代表了对改编的“怀疑”：改编虽可以使情节紧凑、外观精致（尽管以损害想象力为代价），却难以表现原著的微妙之处和独有机能，原著精髓丧失或缩水，被稀释成适合大众文化的口味。[3] 其中“反讽”是公认的改编难点。一般认为很难找到与奥斯丁反讽叙事人对应的电影手段。纳奇乌米（Nora Nachumi）在《将奥斯丁的反讽叙事人搬上银幕》一文中讨论了复制奥斯丁反讽的困难所在，声称完全忠实地改编奥斯丁是不可能的。由于去除了反讽，一些改编做出的变化恰恰“美化了奥斯丁在小说中所刻

1 Andrew Wright, “Jane Austen Adapted,” p. 439.

2 David Gilson, p. 421. 参见“综述”部分。

3 Roger Gard, pp. 10–12.

意贬低的浪漫传统”。[1] 费格斯认为一部相对更“忠实”的改编也只是尽可能用其他手段——如视觉符号、人物对话、画外音等——取得接近叙述人的效果。[2] 除了反讽，奥斯丁对人物内心的高度关注以及对外表环境的轻描淡写在很多研究者看来也构成了改编的难点。[3] 直至今日，改编研究中依然能听到类似论断，“没有哪部(改编)算得上哪怕是次要的艺术品”[4]，“没有电影配得上奥斯丁”。[5] 有时就算不判改编死刑，也不忘给个严重警告，“改变奥斯丁小说中某个因素，剧作家就会错失小说意义的重要部分”。[6]

有不少当代学者认为，“忠实论”如此顽固，很大原因是它所依赖的二元对立基础已成难以克服的思维惯性。远的来说，自柏拉图以降便有重“真实”轻“模仿”的传统；近的来说，莱辛的《拉奥孔》中将诗与画对立；更近一步，这是对布鲁斯东基于文字和图像的媒介特异性推定的改编先天不足论的继承。其中的价值判断便是原创高于改编，文字优于影像。然而，随着电影艺术地位的提升以及改编理论和文化研究的发展，二元对立论遭到越来越多的质疑和批驳。首先，文字/图像的分裂导致了错误的两极分立。改编理论研究者埃利奥特(Kamilla Elliott)在《重新思考小说/电影之争》(2003)中指出对立的基础是将小说等同

1 Nora Nachumi, "'As If!': Translating Austen's Ironic Narrator to Film," *Jane Austen in Hollywood*, 2nd edition, eds. Linda Troost and Sayre Greenfield, pp. 132–133.

2 Jan Fergus, "Two *Mansfield Parks*: Purist and Postmodern," *Jane Austen on Screen*, eds. Gina Macdonald and Andrew F. Macdonald, pp. 69–89.

3 参见 Linda Troost and Sayre Greenfield, "Introduction," *Jane Austen in Hollywood,* 2nd edition, 2001, p. 7; Sarah Morrison, "Emma Minus Its Narrator: Decorum and Class Consciousness in Film Versions of the Novel," *Persuasions On-Line*, No. 3 (1999): 1–8, http://www.jasna.org/PolOP1/Morrison.html; Lisa Hopkins, *Relocating Shakespeare and Austen on Screen*, p. 1; Marc Edward DiPaolo, *Emma Adapted*, p. 3。

4 Roger Gard, p. 12.

5 John Mosier, "Clue for the *Clueless*," *Jane Austen on Screen*, eds. Gina Macdonald and Andrew F. Macdonald, p. 251.

6 Rebecca Dickson, "Misrepresenting Jane Austen's Ladies: Revisiting Texts (and History) to Sell Films," *Jane Austen in Hollywood*, 2nd edition, eds. Linda Troost and Sayre Greenfield, 2001, p. 45.

于文字、影视等同于图像，但这区分“不论在经验上还是逻辑上都不可靠”。[1] 小说可以借用图像，影视可以依赖文字；小说和影视都是混合模式。莫纳汉和威尔特希尔等人认为，电影和小说密切相关，不仅由于其可以转换的叙事功能，也因为它们都有能力整合认知中的概念性和感知性的要素。[2] 例如奥斯丁的反讽，如果利用媒介的共性和互通性如“叙事性”来进行分析，与其说在改编中消失，不如说其对象和性质发生了变化。[3] 如果仅以文学批评的“反讽”定义去衡量影视作品，是既不公平又难以奏效的。

同时，二元对立判断的根基也不再牢靠——原著与衍生品的身份在今天强调互文的语境下显得难以界定，文学高于影像的评价体系值得怀疑，文学经典与大众文化的区分也并非固若金汤。自由人文主义者尊崇的“经典”构成并非一成不变，即使奥斯丁小说也没有一出版就被盖章封为“经典”，而是经历了逐渐确立声誉直至奉上神坛的历程。文学作品的意义也不再是文本的固有特征，越来越多的“解读”甚至“误读”让奥斯丁研究精彩纷呈。就“忠实”的对象和标准而言，往往众说纷纭，难以界定统一。认为改编不忠实，或许只是因它没有符合观者/读者的某种理解和想象；抱怨文学被简化和损害，可能同时也会错

1 Kamilla Elliott, *Rethinking the Novel/Film Debate*, Cambridge: Cambridge University Press, 2003, p. 14.

2 David Monaghan, Ariane and John Wiltshire, *The Cinematic Jane Austen: Essays on the Filmic Sensibility of the Novels*, Jefferson, N.C.: McFarland, 2009, p. 9.

3 西摩·查特曼（Seymour Chatman）曾在《故事与话语：小说与电影的叙事结构》（1978）和其后的《叙事术语评论：小说和电影的叙事修辞学》（1990）中试图建立比较小说和电影叙事模式的理论框架。在《叙事术语评论》中查特曼尤其提到奥斯丁的叙述人特色，将之界定为“不可靠视点”（Chatman, 149）。此定义着眼于跨媒介叙事性、淡化语言特色，为分析小说和改编的“反讽”提供了工具。查特曼并未讨论奥斯丁改编，但借用他的理论去分析奥斯丁改编会发现，电影作为“各种复杂的交流手段的综合体”（Chatman, 134），或许不是没有能力或潜力去还原奥斯丁的反讽，而是改编者能否按照某种特定的理解方式去还原，观众能否采用适合影视作品的话语体系去读解评价。参见 Seymour Chatman, *Coming to Terms: The Rhetoric of Narrative in Fiction and Film*, Ithaca and London: Cornell University Press, 1990, pp. 124–160，以及拙作《论〈理智与情感〉小说和电影中的反讽》，《外国文学》，2004年第6期，第83—88页。

过电影的微妙和复杂。要想避免画地为牢，开发改编研究的广阔领域和丰富潜力，研究者不但要克服“理智与情感”对立分裂的惯性思维，更需要谨防难以祛除的“傲慢与偏见”。

2.“阐释论”将改编视为对奥斯丁小说的特定读解

从20世纪80年代中期开始，随着各种文学批评理论对改编研究领域的渗透和文化研究的盛行，一些更为开放包容的理论建构被运用于奥斯丁改编研究。“阐释论”应运而生，至今十分强大。这种观点将改编视为对原著的一种特殊形式的评论。瓦格纳将“评论”划归三种改编类型之一。安德鲁（Dudley Andrew）更是将改编明确界定为“对原著的阐释”。[1] 辛亚德（Neil Sinyard）说：“最好的改编是以一种文学批评的形式去实现的……一篇强调它所发现的主题思想的批评文章……正如最好的批评一样，它可以对原著提供新的见解。”[2] 显然与“忠实论”的“好改编”标准不同，“阐释论”考察的是改编带给原著的新收获。论及奥斯丁改编时，威尔特希尔也提出类似的观点，将改编者比作文本读者，用特定方式对文本进行读解阐释；这种读解与传统阅读方式没有区别，无非一个私下，一个公开；而且通过把奥斯丁介绍给从未阅读过其作品的读者，改编的读解还为新一代读者提供了欣赏奥斯丁小说的框架。[3] 迪帕尔罗也指出，就像小说有多种读解一样，同一部小说有多种改编，不必把压力放在某一部改编上。[4] 有时候“阐释论”还能混合在“忠实论”中。比如莫伊泽一边声称“没有电影配得上奥斯丁”，一边承认有些改编的价值，因为提供了某种“解读”。[5]

可以说，尽管多少受到“忠实论”的影响，大量当今的奥斯丁改编研究都偏向这一路径。突出的例子是关于1999年版《曼园》的研究。

1 Dudley Andrew, “The Well-Worn Muse: Adaptation in Film History and Theory,” *Narrative Strategies: Original Essays in Film and Prose Fiction*, eds. Syndy M. Conger and Janice R. Welsch, Macomb: Western Illinois University, 1980, p. 10.

2 Neil Sinyard, *Filming Literature: The Art of Screen Adaptation*, New York: St. Martin’s Press, 1986, p. 117.

3 John Wiltshire, *Recreating Jane Austen*, p. 5.

4 Marc Edward DiPaolo, p. 5.

5 John Mosier, p. 228.

不少评论者指出，该片是在近年来女性主义和后殖民主义批评理论影响之下对奥斯丁小说的再度阐释。[1] 特鲁斯特指出，电影从奥斯丁信件以及对特定历史阶段和小说本身的后殖民解读中吸取素材，"展现了用后殖民文学批评过滤过的版本"。[2] 马丁称该片是改编作为"评论"的最佳例子，由哈罗德·品特（Harold Pinter）扮演的托马斯爵士，被塑造成一个专制暴力、富有掠夺性的父权形象，玛丽亚则被阐释演绎为双性恋，电影对小说中"无法言说的部分"给予了"有趣的处理"。[3] "阐释论"将改编从忠实之争的泥潭中解救出来，不仅赋予改编合法性，还大大提升了改编的创造性和自由度。它超越了复制转译原著文本表层信息和提供某种既定阐释的局限，而致力于挖掘文本中不稳定甚至自相矛盾的因素，同时也是当代奥斯丁研究的一些焦点。

但是，"阐释论"同样有自身的问题。首先也是最重要的一点是，影视改编不可能像书面评论那样用语言文字明确地阐述主题和观点，而是通过影视独特的表意系统——如镜头、剪辑、场面调度等——来表达思想、建构含义。如此便引出一个问题：改编的意指需要观众来识别和读解，其破译过程也许并不比文学阅读轻松。"任何观众在电影中找到意义的能力都建立在其知识储备、文化经验、个人偏好、正规训练和期待视野的基础上。"[4] 也就是说，改编文本本身也有着被不同方式接受和阐释的可能，改编的媒介特点和创作本质使得其提供的"评论"具有不确定性。如果一部改编被视为某种确定的"评论"，那么一定是同时满足了双重条件：改编者对原著特定方式的阐释恰好被观众默契地破译并确切地阐释出来。而"阐释论"并不能清楚区分改编者对原著

1 参见 Sue Parrill, pp. 80–106; Claudia L. Johnson, "The Authentic Audacity of Patricia Rozema's *Mansfield Park* (1999)," *Times Literary Supplement* (December 31, 1999): pp. 16–17。

2 Linda Troost, "The Nineteenth Century Novel on Film: Jane Austen," *The Cambridge Companion to Literature on Screen*, eds. Deborah Cartmell and Imelda Whelehan, Cambridge: Cambridge University Press, 2007, p. 85.

3 Lydia Martin, pp. 73–74.

4 Maria Pramaggiore and Tom Wallis, *Film: A Critical Introduction*, London: Laurence King Publishing, 2005, p. 7.

的阐释和观众对改编的阐释。有时候我们所以为的改编者对原著的读解,其实是观众对改编的读解,甚至很有可能只是改编的评论者本人的读解。同时,"阐释论"强调改编的"评论"特质,使得改编仍没有完全脱离文学性(如辛亚德所比拟的,是一种"文学批评"),忽视改编的多媒介特点以及其商品特性,忽略市场因素、技术因素,容易导致再度以单一的文学标准来衡量改编的旧路。而且,"阐释论"有时会因格外关注读解的新奇而不惜脱离原著,甚至"剑走偏锋",如1999年版《曼园》虽得到一些奥斯丁专家如克·约翰逊的高度赞扬,[1] 但因其对原著后现代式的处理而引发争议且票房不佳,没能获得奥斯丁书迷的普遍认可。这些问题需要改编研究者去警惕、避免或矫正。

3."互文对话"理论将改编定位于与一系列文本的关系

近年来改编研究一个新发展方向是互文对话理论。研究者吸收和运用了后结构主义理论中的"互文性"概念,把改编置入一种互文关系。斯坦(Robert Stam)将热奈特提出的五种类别的"跨文本性",[2] 尤其是第五类"超文本性"概念用作工具来讨论改编。各种改编可以视为从小说"前文本"(hypotext)衍生的"超文本"(hypertext),并且之前的改编也是后来同一题材改编的前文本。[3]

威尔特希尔指出互文性是奥斯丁改编的显著特征。[4] 改编不只是从奥斯丁的小说中提取材料,而是处于由原著、传记、文学理论、文学批评、通俗文化、其他版改编、类型影视剧等多重文本织就的一个链接众多、彼此交互的庞大网络中。改编与其他文本的互动包括引用、模仿、对某种惯例的遵循,或者反过来有意地戏仿或颠覆。哈里斯在《如

1 参见Claudia L. Johnson, "The Authentic Audacity of Patricia Rozema's *Mansfield Park* (1999)," pp. 16–17。

2 热拉德·热奈特在《重写》一书中整理出的五种类别的"跨文本性"(transtexuality):互文性(Intertexuality),侧文本性(Paratextuality),元文本性(Metatextuality),原文本性(Archtectuality),超文本性(Hypertexutality)。见Gerard Genette, *Plimpsests: Literature in the Second Degree*, trans. Channa Newman and Claude Doubinsky, Lincoln: University of Nebraska, 1997。

3 Robert Stam, "Beyond Fidelity: The Dialogics of Adaptation," *Film Adaptation*, ed. James Naremore, London: Athlone Press, 2000, pp. 68–69.

4 John Wiltshire, "Afterword: On Fidelity," pp. 163–170.

此转换：简·奥斯丁改编中的翻译、模仿和互文性》一文中以1995年版《理智》、1999年版《曼园》等影片为例说明奥斯丁改编从奥斯丁信件、早期作品、其他小说、18世纪文学作品、奥斯丁传记等文本中吸取素材。[1] 奥斯丁小说和通俗文化之间的联系也被用于解释作家对于大众的魅力。卡普兰认为改编者将奥斯丁小说"禾林模式化"[2]，即通过诉诸原著与禾林、诗露等知名通俗言情小说出版社的情节人物套路所共有的元素，来吸引大众尤其是女性观众。理查兹亦发现改编与"摄政浪漫小说"[3] 的相似性。此外，近年来各改编版本之间的联系和重叠愈益受到重视。威尔特希尔指出不同改编版本之间不仅互相借用主题和观念，连商业成就上也彼此依赖。[4] 卡特梅尔指出《傲慢》的改编援用且引发了许多其他小说、影视作品，这些作品往往围绕一对口是心非的恋人，如浪漫喜剧《电子情书》(*You've Got Mail*)（1998）就和小说《傲慢》存在多层互文关系。[5] 在另一本论作中卡特梅尔和惠勒汉指出传记电影《成为简》不光是对斯彭斯的传记《成为奥斯丁》(2003)的改编，也是对小说《傲慢》的改编，并且和小说的其他版——如1940、1995、2005年版——影视改编都有着互文指涉。[6] 布朗斯坦指出90年代中期的奥斯丁改编"熟知小说和文学理论，用后结构主义的精神对文本进行对抗性阅读，提供新的、取悦大众的阐释。从一开始，将小说传统与通俗浪漫

1 Jocelyn Harris, "Such a Transformation: Translation, Imitation, Intertextuality, Jane Austen on Screen," *Jane Austen on Screen*, eds. Gina Macdonald and Andrew F. Macdonald, pp. 55–62.

2 Deborah Kaplan, "Mass Marketing Jane Austen: Men, Women, and Courtship in Two Film Adaptations," *Jane Austen in Hollywood*, 2nd edition, eds. Linda Troost and Sayre Greenfield, p.178.

3 摄政浪漫小说（The Regency Romance）是一种通俗小说类型，指由乔吉特·海尔（Georgette Heyer）（1902—1974）等人开创的模仿简·奥斯丁小说、故事背景设置在摄政时代的言情小说。参见Paulette Richards, "Regency Romance Shadowing in the Visual Motifs of Roger Michell's *Persuasion*," *Jane Austen on Screen*, eds. Gina Macdonald and Andrew F. Macdonald, pp. 111–126.

4 John Wiltshire, "Afterword: On Fidelity," p. 164.

5 Deborah Cartmell, *Screen Adaptations: Jane Austen's Pride and Prejudice*, p. 62.

6 Deborah Cartmell and Imelda Whelehan, *Screen Adaptation: Impure Cinema*, p. 95.

和喜剧电影等其他传统混合便是‘简游戏’的一部分”。连演员的个人经历都有可能给角色和改编带来新的含义。[1]

互文对话概念涵盖了改编和原著之间的动态关系，让改编研究从简单二元对立的形式禁锢中大大解放，有助于揭示奥斯丁改编乃至原著的丰富内涵，因为文本的意义正是在与其他文本的联系和互涉中确立的。但是这种理论带来的优势也会是一把双刃剑。“在最广义的层面，互文对话指无限、开放的可能，由一切散漫的文化实践产生的艺术文本所在的交流表达的发源地，通过可辨识的影响力，也通过微妙的传播过程，作用于文本。”[2] 一个具有无限开放可能的、无穷无尽的意义循环、转换和嬗变的动态过程，会令讨论范围变得宽广而散漫，成为文本的堆叠、考据的展示，而失去论证的深度，甚至让观点迷失于文本的丛林。这就是为何有关“互文”的讨论往往停留在揭示“原来如此”的阶段，却不能进一步回答“那又如何”的问题；突出了奥斯丁小说与其他文本的联系和共性却忽视了差异和特性；可以增进对改编的理解，却无助于艺术手法的赏鉴和艺术价值的判断。同时，值得注意的是，改编作为互文对话的理论基础并不稳固，更像是一种概念而并没有提供系统的分析工具，热奈特的分类本身并不包含改编，五类“超文本”的定义本身也有些模糊不明。[3] 形成互文对话的文本可以成为探索之旅的路标，却不是要抵达的目的地。

4. 循其他路径拓展对奥斯丁与银幕以及原著与改编之间关系的认识

探讨奥斯丁小说与银幕之关系时，还有几种视角也值得一提。

其中之一是研究奥斯丁小说中原本具有的“电影化”特征。其实布鲁斯东早就指出奥斯丁小说适于银幕呈现。后来一些奥斯丁研究者也发现奥斯丁小说的电影化潜能。如萨瑟兰曾指出，相对强调个体性

1 Rachel M. Brownstein, *Why Jane Austen?* pp. 36, 38.

2 Robert Stam, “Beyond Fidelity: The Dialogics of Adaptation,” p. 64.

3 Thomas Leitch认为热奈特对这种模糊性是有意为之：“他甚至拒绝分辨超文本与前文本。”参见Thomas Leitch, “Adaptation and Intertextuality, or, What isn’t an Adaptation, and What Does it Matter?” *A Companion to Literature, Film, and Adaptation*, ed. Deborah Cartmell, 2012, p. 96。

的视觉，奥斯丁小说更倚重表现共同价值观的听觉感受。[1] 盖伊认为，奥斯丁的小说中有类似戏剧舞台说明的部分（尤其在《劝导》中音乐会一幕），包含着20世纪现实主义电影镜头才可以展现的细节。[2] 对奥斯丁小说的电影化特征讨论最为充分的是莫纳汉等人的著作《电影化的奥斯丁》。该书指出，能够进行改编不等同于电影化。奥斯丁小说用了很多类似现代影视的手法，例如用"特写"来突出细节，用"长镜头"展现乡村景色，用"推轨摇镜"表现运动，用交叉剪辑表现地点的转换，用蒙太奇和距离角度的转换制造群体场面的节奏和重点，或者用"声道"的调整强调音响和无声的对照。奥斯丁制造空间感的方式类似场面调度，其关键因素包括肢体语言、脸部表情和非语言声音。奥斯丁对光线的运用成为遗产电影的重要手段。这些视觉和听觉元素给奥斯丁提供了文字语言之外的交流形式。一般探讨原著与改编的关系时，研究者大多考虑的是改编如何转换原著的文学性，如反过来考察原著潜在的电影性，是挖掘原著的多维意义，同时打破文学/电影壁垒的一种有益尝试。如果能够不囿于形式的探索和比较，将零碎的证据整合进意义的重新构建，这种路径可能会引领我们获得更多更深刻有趣的发现。

此外，还有学者响应麦克法兰（Brian McFarlane）和卡·埃利奥特等改编理论研究者的号召——多注意"改编为小说增加而不是减少了什么"[3]，关注改编特有的能对原著产生"增补"效果的艺术手法。与"忠实论"或改编"不足论"形成对照的是，"增补论"认为改编者拥有小说家没有的表现手段，能对小说主题进行生发和补充。如霍普金斯讨论口音在奥斯丁改编中对表现阶级、社会地位的意义。[4] 当

1 Kathryn Sutherland, "Jane Austen on Screen," p. 260.

2 Penny Gay, *Jane Austen and the Theatre*, Cambridge: Cambridge University Press, pp. 162–163.

3 McFarlane建议电影/文学研究者摒弃原作/仿作思维模式，去关注改编增加而非损失的部分。参见Brian McFarlane, "It wasn't Like That in the Book," *Literature/Film Quarterly*, 28, No. 3, 2000, p. 69；Elliott 提出小说和电影两者包含和转化了彼此的"他者"，改编是"增多而不是减少"，参见Kamilla Elliott, *Rethinking the Novel/Film Debate*, Cambridge: Cambridge University Press, 2003, p. 215。

4 Lisa Hopkins, "Emma and the Servants," "Emma on Film," "Occasional Papers No. 3" (Fall 1999), http://www.jasna.org/persuasions/on-line/opno3/hopkins.html.

然，更多讨论聚焦于影视剧中占主导地位的视觉性。如多位研究者注意到鸟的意象。特鲁斯特和格林菲尔德指出，1999年版《曼园》中笼中鸟象征着女性无法脱离牢笼，而鸟还可以与主人公用来写作的羽毛笔相联系，通过“写作—羽毛—鸟—飞翔—自由”的意指链，将主人公的文学创作与争取自由联系起来，而这层含义是通过影像而非叙述表达的。[1] 哈里斯指出，《曼园》中笼子里的鹦鹉是女性被禁锢的象征，而飞翔的鸽子代表回家的渴望。[2] 艾尔伍德讨论“笼中鸟”在另一部2005年版《傲慢》中的象征含义，这次它出现在达西的身旁，表明男性也受困于社会体制。作者认为，这传达出“奥斯丁关注19世纪初婚姻市场里男性的商品化过程”。[3] 还有研究者注意到身体和运动在改编中的关键作用。皮达克认为运动中的女性身体代表了自由，[4] 法夫雷则探讨运动背后体现的历史观念。在《忠实于简・奥斯丁》一文中，法夫雷运用弗・杰姆逊的文化理论来比较20世纪90年代中期两部改编对于历史的呈现方式：两部影片均是关于被历史束缚的女性故事，在1995年版《理智》中体现在去世的父亲身上，在1995年版《劝导》中则化身为女主角逝去的爱情。《理智》更接近杰姆逊对静止照片的描述，有着凝滞历史的倾向；而《劝导》则以晃荡的摄像机镜头展现了女主人公安妮在本人静止不动的情况下心中涌动的没有言表的欲望。作者进而讨论改编的“忠实”问题，但不是一般“忠实论”所关注的对原著文字的忠实，而是对“奥斯丁”作为文化象征的忠实、对现实主义风格的忠实、对历史的忠实。作者认为改编中历史被视为一种逃避死亡的形式，一些含义模糊之处正说明后现代文化对历史的热情隐含着爱

1 Linda Troost and Sayre Greenfield, “The Mouse that Roared: Patricia Rozema’s Mansfield Park,” *Jane Austen in Hollywood*, 2nd edition, eds. Linda Troost and Sayre Greenfield, 2001, p. 198.

2 Jocelyn Harris, “Such a Transformation: Translation, Imitation, Intertextuality in Jane Austen on Screen,” *Jane Austen on Screen*, eds. Gina Macdonald and Andrew F. Macdonald, p. 59.

3 Sarah Ailwood, “What are Men to Rocks and Mountains?” http://www.jasna.org/persuasions/on-line/ vol27no2/ailwood.htm.

4 Julianne Pidduck, p. 124. 参见下文第二部分。

欲与死欲的对立。《劝导》的梦幻般结局不可能在真实历史中发生，将影片从“忠实历史”中解脱出来。[1] 法夫雷的论文较好地结合了理论批评、文本分析和历史意识，显示出改编研究中不多见的深度。同时她和皮达克的研究也提示奥斯丁改编研究者，像运动这样作为电影艺术基本特征的要素如何影响奥斯丁小说的再现，这在目前的改编研究中尚未得到充分的认识。改编如何利用各种媒介手段为原著带来新的含义，同一个故事可以怎样用不同方式讲述，实在是一个富有潜力的话题领域。

法夫雷的研究也让我们回到讨论改编与原著关系的出发点——“忠实”问题。“忠实”可以与历史相连，与我们对“奥斯丁”的所有认识相连，而远非影像和文字的对应那么简单。在反对“唯忠实论”的同时，应避免矫枉过正，走向另一极端。正如威尔特希尔指出的，对于“忠实”的讨论不应一刀切。“反忠实”论调剥夺了观众和改编者分享对奥斯丁原作知识的权利。“其悖论是：反忠实的批评常常拥有对原作的知识，但在原则上却拒绝让那种知识在理解和评估电影时起到任何作用。”[2] 的确，文学和影视不必有高下之别，但一部作品的价值总有优劣之分。以何种标准评价改编，尤其是如何在与原著的关系中评价改编，对原著的了解该以何种方式与程度参与对改编的评价，是以原著为中心还是“去中心”，这些都还悬而未决，是上述所有“忠实论”以外的路径观点都在回避或未能完满解决的问题。此外，尽管“忠实”标准如今在改编研究中似乎已不受欢迎，但往往是改编取得商业成功和观众口碑的重要手段。马戈利斯指出，一些影视制作者特意声称对原著忠实，其实是为了“维护改编的高雅文化地位，同时获得大众吸引力”。[3] 此时的“忠实”已经脱离了批评范围而产生了经济效用。接下来可能牵涉艺术和商业的关系、文字银幕之外的社会历史经济因素、“文化资本”

1 Mary A. Favret, “Being True to Jane Austen,” *Victorian Afterlife: Postmodern Culture Rewrites the Nineteenth Century*, eds. John Kucich and Dianne F. Sadoff, Minneapolis: University of Minnesota Press, 2000, pp. 64–82.

2 John Wiltshire, “Afterword: On Fidelity,” p. 161.

3 Harriet Margolis, “Janeite Culture: What does the Name of ‘Jane Austen’ Authorize?” *Jane Austen on Screen*, eds. Gina Macdonald and Andrew F. Macdonald, p. 31.

的运作……因此，绝不能说有关"忠实"的话语已然终结，也许它只是在酝酿新的开始。

（二）奥斯丁与我们

改编研究的另一大问题就是透过改编探讨作家与当代社会文化的相关性。很多研究都试图探寻"奥斯丁热"的原因。研究常常涉及性别、遗产、英国性、消费文化等多重交织的当代热点话题。囿于篇幅，下面仅以改编的女性主义研究为例来说明奥斯丁改编所引发的当代文化争论——先简要阐述争鸣的主要几方立场，再就一个具体话题的代表性观点进行评析。作为再现"奥斯丁"的大众版本，影视改编令我们看到时代特征的反映，也让我们思考奥斯丁之于当代人的意义。

1. "女性主义的主流化" vs. "损害女性主义内涵"

很多论者注意到20世纪90年代中期以来影视改编所蕴含的女性主义思想成分。阿拉盖伊（Mireia Aragay）指出影片《曼园》(1999)拒绝象征遗产文化的奥斯丁形象（即"文雅、端庄、恋家、隐遁的代名词"）而突出"首先是女性主义社会评论者"的声音。[1] 布朗斯坦指出90年代中期改编中"女性主义是一个重点"；如1995年版《理智》中的玛格丽特的"角色得到充实，变成服务于女性主义思想的一个假小子形象"。[2] 科林斯同样指出，该版《理智》创造了以玛格丽特为代表的能让当代观众认同的女性角色。"在玛格丽特性格中融入20世纪的人格特征"，"自由成长，成为她想成为的任何人"。[3] 皮达克的《窗户和乡间漫步》认为，几部20世纪90年代中期的改编表达了自由女性主义思想，窗户象征着社会对女性欲望的压制，与之对照的乡间漫步的女性运动形象则表达了自由。以1995年版《傲慢》的伊丽莎白为例，其扮演者自信的体态和举止来自"20世纪末西方人的身体"。[4] 斯图尔特-比尔（Catherine Stewart-

1 Mireia Aragay, "Possessing Jane Austen: Fidelity, Authorship, and Patricia Rozema's *Mansfield Park* (1999)," *Literature/Film Quarterly*, 31.3 (2003), p. 177.

2 Rachel M. Brownstein, *Why Jane Austen?* p. 36.

3 Amanda Collins, "Jane Austen, Film, and the Pitfalls of Postmodern Nostalgia," *Jane Austen in Hollywood*, 2nd edition, eds. Linda Troost and Sayre Greenfield, 2001, p. 85.

4 Julianne Pidduck, p. 126.

Beer)认为2005年版《傲慢》可被视为“令人耳目一新的、和很多突出男性视角的古装改编形成对照的女性版本”。[1]

与此类观点大同小异的是，一些论者认为改编提供了隐含的女性主义视角，如盖伊赞扬1995年版《理智》将女性人物的身体体验作为小说女性主观视角的叙事对等物。[2] 林奇指出1995年版《劝导》中女士们在堤坝上踉跄前行时脚上小鞋的特写，生动地证明了19世纪女性行动上的束缚，由此提供了超越文本范围的女性主义历史文献。[3] 德波特普卢(Anna Despotopoulou)认为《独领风骚》最好地体现了奥斯丁女性形象塑造的当代相关性：奥斯丁小说讽刺了一些女性在接触媒体文化(音乐、阅读、语言等)时的浅薄，其唯一目的不过是保证婚姻市场上的价值；与此类似，影片暗示着“商业文化吞噬了年轻女孩的意识，物化其体验，将其最终转化为由时尚和音乐界偶像所操控的人，缺乏想象力和趣味”。[4]

有研究者指出改编的女性主义成分与社会语境密切关联。吉丁斯(Robert Giddings)等认为当代奥斯丁改编特别吸引那些“社会、性、政治方面都获得投票权的女性”。[5] 卢瑟尔将改编热的原因归为“女性主义的主流化”[6]，认为改编之所以广受欢迎是因为代表了现代女性主义的主流意识。作者用克·约翰逊的术语“去争辩的(depolemicized)女

1 Catherine Stewart-Beer, “Style over Substance? *Pride & Prejudice* (2005) Proves Itself a Film for Our Time,” *Persuasions On-Line*, 27.2 (2007), http://www.jasna.org/persuasions/on-line/vol27no2/stewart-beer.htm.

2 Penny Gay, “*Sense and Sensibility* in a Postfeminist World: Sisterhood is Still Powerful,” *Jane Austen on Screen*, eds. Gina Macdonald and Andrew F. Macdonald, p. 93.

3 Deidre Lynch, “Clueless: About History,” *Jane Austen and Co.: Remaking the Past in Contemporary Culture*, eds. Suzanne R. Pucci and James Thompson, p. 86.

4 Anna Despotopoulou, “Girls on Film: Postmodern Renderings of Jane Austen and Henry James,” *The Yearbook of English Studies*, Vol. 36, No. 1, Translation (2006), pp. 116–117.

5 Robert Giddings and Keith Selby, *The Classic Serial on Television and Radio*, New York: Palgrave, 2001, pp. 119–120.

6 Devoney Looser, “Feminist Implications of the Silver Screen Austen,” *Jane Austen in Hollywood*, 2nd edition, eds. Linda Troost and Sayre Greenfield, 2001, p. 159.

性主义”来描述奥斯丁对压迫妇女的父权社会的批评；同样，她指出在很多新近的改编中也都可以发现一种“调和的女性主义”。改编所呈现的那些头脑聪慧、行动自由、社交活跃的女性形象以及对女性之间相互扶持的重要性的突出处理，正是曾一度被视为“左倾”的女性主义思想在20世纪得以主流化的例证。

然而，另一些研究者却没那么乐观，认为改编不同程度地损害了原著的女性主义内涵。如迪克森认为改编破坏了奥斯丁在小说中暗暗宣扬的“安静的女性主义力量”。[1] 她以1995年版《劝导》和《理智》为例，认为前者对伊丽莎白·埃利奥特的塑造“忽略了女性的历史”[2]，其夸张性的粗鲁做派赋予角色19世纪初淑女所不具备的自由，从而抹杀了女性抗争的成就并误导了观众；而《理智》中本来坚强自足的埃莉诺在电影中却变得情感压抑、不擅表达。诺思指出埃莉诺内心生活的戏剧化呈现削弱了她和玛丽安之间的对照，而这原本是小说的核心。[3] 萨缪里安（Kristin F. Samuelian）用“后女性主义”来概括这些改编所反映的意识形态，即“先假定女主人公受父权社会支配，其后又否定这种可能”[4]——仿佛不管先前多受压迫，只要嫁对人便能过上幸福生活。因此尽管电影看似宣扬同情，实则损害背离了女性主义宗旨。坎贝尔（Narelle Campbell）认为小说《傲慢》中伊丽莎白的反抗对象是双重的，包括社会权力体制强加给女性的束缚以及男性对女性的物化，但1995年版《傲慢》尽管“对两性吸引做出看似思想开放的阐释，反复出现的凝视和展示的母题却在重申父权社会的权力模式”。[5]

还有一些论者以较为中立的态度指出改编体现出意识形态的矛盾和分裂。特鲁斯特认为当代奥斯丁改编包含着“一种混合的政治议

1 Rebecca Dickson, p. 45.

2 Rebecca Dickson, p. 47.

3 Julian North, p. 46.

4 Kristin Flieger Samuelian, "'Piracy is Our Only Option': Postfeminist Intervention in *Sense and Sensibility*," *Jane Austen in Hollywood*, 2nd edition, eds. Linda Troost and Sayre Greenfield, 2001, p. 149.

5 Narelle Campbell, "An Object of Interest: Observing Elizabeth in Andrew Davies' *Pride and Prejudice*," *Adaptation*, 2.2 (2009), p. 159.

题”。[1] 多比将性别问题与遗产电影相联系。她指出关于80年代遗产电影的分析已不适于近年来的改编，并转而援引克莱尔·蒙克(Claire Monk)提出的“后遗产电影”[2] 概念，认为奥斯丁改编属于“将历史当作探讨当代文化政治中有争议话题场所”[3] 的后遗产电影，用遗产电影作为工具来探索当代性别观念。多比认为，在主流商业电影对女性表现过于贫乏的情况下，以女性为中心的奥斯丁小说受到女性主义影视制作者青睐。相比较而言，遗产电影针对更广的观众，诉诸多数人的价值观，如国家身份感、传统价值等；后遗产电影则针对范围更小、界定更明确的群体，如奥斯丁改编主要针对女性，尤其是受过教育的女性观众。尽管如此，这些电影也希望能争取更大受众市场。因此，改编既尝试探讨争议性话题，又力图保持与主流文化的联系。多比指出，近年来的奥斯丁改编几乎都展现出意识形态的分裂：它们指向女性主义的社会政治议题，但又经常落入浪漫喜剧的窠臼。

改编的女性主义意识形态之争也体现在关于奥斯丁与言情小说、浪漫喜剧等大众文化形式的关系的讨论中。卡普兰指出，诸多改编作品尽管借人物之口提出女性生存的社会环境问题，但依然以言情小说的模式构造情节，用浪漫男主角的套路美化男主人公。与奥斯丁的小说既认同又挑战了恋爱情节(对于异性恋的注重)相比，改编并没有对男性缺席时女人之间的情谊进行充分刻画，即使有些许呈现也被占据主导的恋爱的浪漫氛围冲淡。[4] 马戈利斯却指出如果说改编将奥斯丁“禾林化”，那也是因为奥斯丁小说的关注点和那些通俗言情小说一脉相承。那些决心捍卫奥斯丁异于通俗言情小说地位的人将重复和奥斯丁同时代通俗小说的批评者相同的危险，这些人往往也是贬低女性作

1 Linda Troost, “The Nineteenth Century Novel on Film: Jane Austen,” p. 81.

2 参见Claire Monk, “Sexuality and the Heritage,” *Sight and Sound*, 5, No. 10, October 1995, pp 32–34.

3 Madeleine Dobie, “Gender and Heritage Genre: Popular Feminism Turns to History,” *Jane Austen and Co.: Remaking the Past in Contemporary Culture*, eds. Suzanne R. Pucci and James Thompson, p. 248.

4 Deborah Kaplan, “Mass Marketing Jane Austen,” *Jane Austen in Hollywood*, 2nd edition, eds. Linda Troost and Sayre Greenfield, 2001, pp. 177–187.

者和女性读者的批评者。[1]

不论以鲜明还是隐含的方式,改编用当代女性主义的视角对原著进行的补充和改写的确是不可忽视的。但"女性主义的主流化"以及"后女性主义"仍然是意义模糊的指称,改编的呈现以及观众的期待是否就与女性主义目标一致呢?另一方面,被视作削弱女性主义内涵的改编是否一定是改编者意识形态局限的反映,或是为商业目的做出的妥协?会不会包含有意为之的反讽意图?很多研究者似乎只是看到问题的一个侧面。就像"奥斯丁和银幕"部分讨论过的,这些对改编的意识形态的揭示以及与原著的差异比较,往往来自论者自己对于原著和改编的读解。所以了解针锋相对的解读十分必要,通过各种观点的对照和互补可以丰富延伸对于奥斯丁改编的认识,探索当代"奥斯丁"的多元意义。

2. 改编满足了当代女性观众的欲望和幻想

关于改编的性别话题的研究还有一类特殊视角:从男性角色的塑造来探讨改编所激发的视觉快感和对观众欲望的满足。尼克森认为改编成功的原因在于受20世纪90年代"新男性"思潮影响而重新塑造的男主角形象迎合了当代女性观众口味。通过视觉语言,改编增加了男性人物身体和情感上的自我表达,他们不再压抑寡言,变得更加温柔、善感、浪漫。作者认为奥斯丁原著中的男主人公并不让当代观众喜欢,改编尽管受欢迎却与奥斯丁批评过度展示情感的原意产生了矛盾。"对感情的强调推翻了奥斯丁对私密与公开、个人与社会、身体与精神、情感与理智、表达与压抑等两极矛盾的处理。"但这类论说有自相矛盾之处,即一方面似乎认为这种有违奥斯丁原意的处理是不对的,另一方面又肯定改编与文学批评,尤其是南 · 阿姆斯特朗和帕 · 梅 · 斯帕克斯等人观点的联系——"通过富有感情的男性人物,电影观众能够发现潜藏在社会行为之下的私人真相,将阿姆斯特朗等人的读解变为现实"。[2]此外,尼克森还指出,改编表达了20世纪末观众对一种调和社会约束和情感表露的男性气质的想象。但是,这种和解气质与原著倡导的平

1 Harriet Margolis, p. 24.

2 Nixon, Cheryl L., "Balancing the Courtship Hero: Masculine Emotional Display in Film Adapations of Austen's Novels," *Jane Austen in Hollywood*, 2nd edition, eds. Linda Troost and Sayre Greenfield, 2001, pp. 25, 29.

衡主题是否有关，却并未得到清楚阐述。有些观点因缺乏充分论证而略显武断，如认为达西在电视剧中求婚被拒是因为没有充分表达情感，而在小说中被拒是因为表现出过多的情感。作者逡巡在小说文本、作家意图、文学理论、前人读解、改编者读解和本人读解之间，似乎陷入了混乱之中。

霍普金斯发现当代奥斯丁改编往往将男主人公的外貌和身体作为观众快感来源。作者详细分析了1995年版《傲慢》中达西的身体在剧中呈现的方式：随着电视剧情节推进，人物逐渐从一个处于边缘的位置成为“视觉和叙事中具有双重重要性的中心意象”；同时“达西注视伊丽莎白成为反复出现、引人注目的景象，不仅有力揭示其性格，也以其为中心建立起强有力的欲望内涵”。[1] 作者认为剧中达西满足了女性观看英俊男性时的视觉快感以及被其追求和热爱的幻想；和许多言情小说相似，《傲慢》的成功在于将读者的浪漫幻想实体化。作者富有洞见地指出，这种幻想关乎男性对一个女人的无条件的需要，而这是在女性无权无势的社会语境下才得以成立的幻想。但作者并未深入探讨产生视觉快感和幻想背后的深层次原因，以及改编中几种不同层面的凝视行为——来自追求者的凝视、对追求者的凝视、交互的凝视、自反性凝视——反映了怎样的权力运作机制和女性主义意识形态矛盾，对“凝视”的分析有些浅尝辄止。

沃伊里特认为改编对两性的塑造都反映出当代男女在冲突的期待之间的挣扎。“尽管常有人说20世纪70年代的承诺已经实现，我们已进入后女性主义时代，但是很多女性仍能认同19世纪姐妹的两难困境。像影片女主角一样，她们意志坚强、头脑聪明，渴望做出正确抉择；但是依然感觉深受社会角色期待的束缚。”[2] 在男性塑造方面，作者认为和当前大多数好莱坞制作不同，奥斯丁改编通过对身着白衬衫和紧身裤的男性身体的反复聚焦使男性成为被注视的目标，迎合了“女性的欲

1 Lisa Hopkins, “Mr Darcy’s Body: Privileging the Female Gaze,” *Jane Austen in Hollywood*, 2nd edition, eds. Linda Troost and Sayre Greenfield, 2001, pp. 114–115.

2 Martine Voiret, “Books to Movies: Gender and Desire in Jane Austen’s Adaptations,” *Jane Austen and Co.: Remaking the Past in Contemporary Culture*, eds. Suzanne R. Pucci and James Thompson, p. 237.

望”和“女性的凝视”。男性人物的改写表明对一种更为平等的两性关系的追求，例如通过达西的转变，改编满足了现实生活中很难实现的愿望，即“从一个自我中心的男性到深情体贴的伴侣的变形记”。[1] 奥斯丁改编魅力正在于打破传统的两性特征模式，通过融矛盾气质为一体的理想男性形象提出了幸福的解决方案：男性帮助女性伴侣表现自主、坚定等传统“男性”气质，同时在爱的感召下学会同情、牺牲等传统女性特质。作者的分析颇有道理，但这种矛盾的两性形象究竟源于原著还是当代人的改造，这一点上论证得略微含糊；另外作者有一些观点可以商榷，如认为影片《理智》的结尾不同于小说，突出了玛丽安的幸福；《曼园》的结尾因为埃德蒙过于被动而不甚完满，似乎忽视了改编表意的不确定和多重阐释的可能。

布卢姆同样探讨了1995年版达西的魅力，和霍普金斯的视角不同，她用福柯的性压抑理论解读达西受欢迎现象，认为剧中对性的刻画更关乎欲望而非实践。奥斯丁的人物都存在性压抑，剧中达西的炽热而饱含意味的凝视激发了欲望饥渴的20世纪末观众对“难以启齿且饱受压抑”的事物的“情色幻想”。[2] 作者有一些给人启发但表达晦涩的论断，如“正是古老的欲望压抑机制和词汇与20世纪性技术的混合造成了观众的狂热”，“在达西注视伊丽莎白和我们注视达西之间有着持续的张力，以色情认同转换的模式融合了一种对往返观看的渴望”。[3] 论者并未解释这种混合如何发生以及认同转换模式是怎样运行的。

“现代女性主义对电影（改编）的影响，不比奥斯丁原著文本中的女性主义思想更为清晰。”[4]《简 · 奥斯丁在好莱坞》前言里的这句话在某种程度上揭示了奥斯丁改编研究中女性问题的复杂性。从上面关于改编的女性主义解读和论争都可以看到这一点。不论是奥斯丁原著，

1 Martine Voiret, p. 239.

2 Virginia L. Blum, “The Return to Repression: Filming the Nineteenth Century,” *Jane Austen and Co.: Remaking the Past in Contemporary Culture*, eds. Suzanne R. Pucci and James Thompson, p. 166.

3 Virginia L. Blum, pp. 166–167.

4 Linda Troost and Sayre Greenfield, “Introduction: Watching Ourselves Watching,” *Jane Austen in Hollywood,* 2nd edition, eds. Linda Troost and Sayre Greenfield, 2001, p. 7.

还是影视剧改编，抑或当代女性的角色和定位，都存在模糊性和分裂性。尤其是改编，在动摇了陈旧的性别文化观念的同时，也反映了当代人在性别领域所感受的欲望、焦虑、幻想和矛盾。而研究者受历史语境或“忠实论”“阐释论”的影响而造成的视野局限，也使真相的接近更为艰难和扑朔迷离。但是，恰恰是在这些论点的间隙和叠合、交锋和碰撞中，我们不仅能加深对奥斯丁的理解，还可拓展对自身的认识。正是这种意义的矛盾多面性，映射出原著的魅力，增添了改编的内涵，也构成了奥斯丁改编研究的乐趣和挑战。

第五章

奥斯丁研究在欧洲和中国

第一节　欧洲奥斯丁研究鸟瞰

简·奥斯丁作品问世之初，在本国相对受忽视，但后来影响持续扩大。与此相似，她在19世纪欧洲也曾基本被忽视，20世纪第二次世界大战后才引起欧陆大众日益增加的兴趣，特别是20世纪90年代以来，随着相关影视作品大量涌现，出现了"奥斯丁热"(Austenmania)。以下我们简要概述约200年来奥斯丁在欧陆传播以及被评论、研究的情况。[1]

(一) 19世纪欧陆各国对奥斯丁小说的译介

在19世纪，奥斯丁的欧洲读者主要局限于法国、德国及荷兰，这些国家社会经济、文化艺术等方面的发展水平较高。而佛兰德斯、希腊、芬兰和斯洛文尼亚等国家和地区正忙于争取民族独立或者文化主权，这大概或多或少影响了对奥斯丁的风俗小说(romans de moeurs)的欣赏。[2] 总体而言，欧陆读者更推崇司各特具有浪漫主义色彩的小说。奥斯丁甚至比不上伯尼、埃奇沃思等同时代英国女性作家，她往往被认作道德家，甚至清教徒作家，说教太多、缺乏幽默感，看法与奥斯丁原作及当时英国的主流评价南辕北辙。这似乎表明，奥斯丁小说"本土性"

1 本文主要参考资料之一为Anthony Mandal and Brian Southam, eds. *The Reception of Jane Austen in Europe*, London: Continuum, 2007。

2 Anthony Mandal, "Austen's European Reception," *A Companion to Jane Austen*, eds. Claudia L. Johnson and Clara Tuite, Oxford: Wiley-Blackwell, 2009.

很强，其卓越艺术成就以及与语言和叙述深度交融的思想内涵，即使在同源的欧洲语言中也不容易移译。

法国民众接触奥斯丁较早，但大多误读了她的小说。奥斯丁小说在英国面世不久，法国就出现了相应的译本。[1] 当时，法国公众正迷恋情感小说，起源于德国的浪漫主义作品颇受青睐。滑铁卢战役后，法国人对外国文学敞开大门，大量外国小说，尤其英国小说，被匆匆翻译过来。由于需求量大，一些不知名作家也被介绍到法国。

奥斯丁在法国"登陆"，得益于孟多丽（Isabelle de Montolieu）的译文，令人啼笑皆非。孟多丽以译作闻名，出书105余卷，多为翻译英国和德国的文学作品。孟多丽英语和德语修养并不高，往往由别人翻译大概，她凭着文学想象加以润色修饰。许多段落算不上"翻译"（traductions），仅仅是"仿作"（imitations）。但是她却能把握读者的偏好，在翻译中酌情添加哥特式情节和人物，而这恰是奥斯丁小说《诺桑觉寺》所戏仿的。奥斯丁语言的多义性常被忽视，原文的反讽也往往未能表现出来。比如《理智与情感》第二章述及约翰·达什伍德妻子的吝啬和算计，竟然被孟氏一厢情愿理解为"母爱"（l'amour maternel）。

值得注意的是，奥斯丁赢得了两位法国名人的赞美。一是19世纪著名的政治家和史学家基佐（François Pierre Guillaume Guizot，1787—1874），《1640年英国革命史》一书的作者，1840年法国实际上的政府首脑。拿破仑帝国结束后法国推行君主立宪制，国内知识精英以英国文化为时尚，基佐算是代表人物。他明确表明，自己厌恶情节荒谬、人物虚假的法德小说，而欣赏奥斯丁为代表的英国"道德小说"。另一位是名誉欧洲的文学理论家和艺术史家泰纳（Hippolyte Adolphe Taine，1828—1893）。他不仅以"种族、环境、时代"三要素说开创了社会批评的传统，还贯彻这一理论，撰写了当时欧洲最为详尽的《英国文学史》。泰纳将奥斯丁和维多利亚时代的主要作家并置，认为他们形成了一个

1 1815年，孟多丽翻译了《理智与情感》（*Raison et Sensibilité*）；1816年，市面上出现了匿名翻译的《爱玛》（*La Nouvelle Emma*）；同年，魏乐曼（Henri Villemain）翻译了《曼斯菲尔德庄园》（*Le Parc de Mansfield*）。到1824年，奥斯丁的六部小说均被翻译成法文。Noel J. King, "Jane Austen in France," *Nineteenth-Century Fiction*, Vol. 8, No. 1, Jun., 1953, pp. 1–26.

新流派（"风尚小说"），专擅描写当代英国社会的中等阶层。这两位的看法颇具代表性——他们将奥斯丁纳入一个流派来理解，而不是欣赏她艺术创作上的独特性。

如果说德国的奥斯丁小说译者选择《傲慢与偏见》出于偶然，丹麦人"冷遇"奥斯丁倒是有着明确的原因。奥斯丁于1813年写给在海军中任职的兄弟的书信中曾褒扬瑞典。这一年，瑞典加入以英国为主的反法同盟，而丹麦是瑞典的敌国，自1807年以来和法国结成战时同盟。1807年9月英国军舰曾攻击哥本哈根，造成一千多平民伤亡，数百座建筑被摧毁。作为战争胜利国，英国将当时隶属丹麦的挪威划归瑞典管理。既然奥斯丁不掩饰对英国军队的支持，那么丹麦出版商不愿意出版她的作品，也在情理之中。至1930年前丹麦仅出过一部奥斯丁小说的译本。其实，丹麦和英国的对抗，不仅影响了对奥斯丁的接受，也累及几乎全体英国作家。近代以来，丹麦知识分子的文化养料多取自德国，直到20世纪初他们才失去对德国文化的兴趣，转向英美。

（二）20世纪奥斯丁著作的接受情况

19世纪末，法国的先锋文学刊物《白色批评》（*La Revue Blanche*）[1]较为具体地讨论了奥斯丁，这是欧陆评论家第一次从人物塑造的角度来评论她的语言特色和叙事特点。同时，该刊还分期推出了《诺桑觉寺》的最新译本。译者斐尼昂（Félix Fénéon）本人是先锋派艺术家，尤其崇尚后印象主义风格的绘画艺术，并多年担任《白色批评》的责任编辑。《诺桑觉寺》糅合了三种不同的叙事传统：社会讽刺小说、哥特小说和浪漫传奇，选译该书体现了他独特的眼光。斐尼昂还翻译了陀思妥耶夫斯基的作品，显然，他不满足于法国自然主义流派的小说创作，试图从英俄小说中吸取新的文学养料。《白色批评》停刊两年后，《新法兰西评论》（*La Nouvelle Revece Française*）面世，继续讨论俄国作家并介绍英国小说。纪德是这一刊物的发起人之一，在日记中，他赞美奥斯丁的写作技巧，认为《傲慢与偏见》"臻于完美"，还简单论及小说中的心理刻画、反讽处理和对话特点。

1 刊于1889—1903年间，马拉美、纪德等都曾给这一刊物投稿。

到了20世纪初，其他欧陆国家偶尔也有学者撰文评价奥斯丁。此时的批评受到英美研究的影响，甚至原封不动"挪用"他们的字句。从挪威、意大利和匈牙利等国的奥斯丁批评看，当时的评者多从男性视角来解读这位英国女作家，研究范围也比较局限，"题材狭窄""人物怪癖""语言幽默机智"等是常见的话题。二战之后，奥斯丁小说得到更广泛的流传。欧洲开启一体化进程，民众对欧洲各国的民族特征、比较文学和文化交流产生浓厚的兴趣，这是奥斯丁开始"受宠"的一个重要契机。意识形态宣传也产生一定作用，东德、匈牙利和斯洛文尼亚等国的学者尤其关注奥斯丁小说中的现实主义和女性边缘化处境，借以批评资本主义制度。

不妨以当时的两德为例。东德政府重视教育，注重以文学提高国民的思想情趣。欧洲古典名著成为实现这一教育目标不可或缺的手段。匈牙利文学理论家卢卡奇褒奖"批判现实主义"，认为19世纪的现实主义已经达到了较高发展水平。除了当代苏联文学，英国维多利亚时代的作家，成为东德教育和学术翻译重点。奥斯丁被看作批判现实主义小说家的前驱，被置入男性作家占主导的现实主义传统中加以评介。此外，东德正倡导妇女解放，以奥斯丁为代表的19世纪女作家自然成为研究重点。这样的情形和19世纪末奥斯丁在英国的接受情况较为近似。当时英国社会上正讨论妇女问题，报刊借重奥斯丁的名声来宣传平等的教育机会，让更多读者觉悟到妇女的创造力和思考力。[1]东德研究者甚至将奥斯丁和法国革命等因素结合起来，批判资本主义国家对妇女的压迫。比较而言，西德不太关注妇女解放话题，而是聚焦奥斯丁的女性视角和她对生活细节的关注。不过，造成东西德态度差异的决定性因素不是政府的决定，而是社会的整体思想取向。后来欧美兴起了女性主义浪潮，很多西德研究者也转而讨论奥斯丁的社会意义。

迟至1967年，俄罗斯才有了第一个奥斯丁小说译本，落后于中国40多年。我国学者在梳理中国奥斯丁研究史时曾提道，"奥斯丁由于题材局限于婚姻、家庭，不曾被革命导师提及……没有得到苏联文化界

1 Brian Southam, "Introduction," *Jane Austen: The Critical Heritage*, Vol. II, ed. Brian Southam, London: Routledge, 1987, p. 12.

认可”，“在中国颇有影响的苏联学者阿尼克斯特撰写的《英国文学史纲》（1959）完全不提奥斯丁”。[1] 20世纪80年代初，高尔基世界文学研究所主撰的多卷本《英国文学史》面世，仍旧对奥斯丁不著一字。20世纪60—80年代，对奥斯丁的研读主要集中在高校和研究机构中，其小说仍远非一般民众的阅读对象。20世纪80年代中，恰值苏联“改革”（glasnost）高潮期，奥斯丁逐渐成为家喻户晓的名字。1986—1988年间，苏联外国文学图书馆馆长热尼娃（Genieva）承担了奥斯丁传记和目录研究；与此同时，有人独立翻译了奥斯丁的六本主要小说。

（三）21世纪的“奥斯丁热”

20世纪90年代中期以后，欧陆几乎与英美同步出现了“奥斯丁热”。1995—2005年是二战后奥斯丁作品翻译的高潮，除了六部主要小说之外，奥斯丁书信和少年习作也被译介。其背后的原因是多重的。从政治层面看，东欧易帜、苏联解体，社会主义意识形态在东欧诸国占主导的情况发生了变化，原来的社会主义国家进一步向西欧敞开文化市场的大门，这方面最明显的例子是克罗地亚和匈牙利。另外，此时恰好赶上英美奥斯丁电影和电视改编热浪，这一情况更加刺激了欧洲受众对奥斯丁的追捧。

20世纪末，电子和信息科技成为新的生产和传播手段，电影、电视、电脑等多媒体手段交相作用，催生了新型的“视觉艺术”。影视越来越成为社会文化结构的基本组成部分，尤其成为文化消费的重头戏。值得一提的是，奥斯丁电影、电视改编和所谓“传统文化产业”（heritage industry）的关系极为密切。英美国家的政府组织、非政府组织、慈善团体和某些利益集团，以弘扬民族文化为名义，大力宣传保护以物质形式存在的文化遗产，如建筑、景观等。根据奥斯丁小说改编而成的“古装剧”兼有广告效应，上映后，引起了巴斯、莱姆等地的旅游热潮，最终受益的还是“传统文化产业”的某些筹划方。[2]

大量奥斯丁题材电影投入欧洲市场，不仅赢得了年轻人的青睐，还进一步催生了相当数量的新译本。比如1996年的荷兰，电影院放映了

1 参见本章下一小节。

2 参见Robert P. Irvine, *Jane Austen*, London and New York: Routledge, 2005, p. 169。

麦格拉斯导演的《爱玛》，四种不同的译本跟风面世，其中两种为新译本。在德国，1996年李安导演的《理智与情感》上映后，十种译本涌现市场，虽然新译本只有两种。诸多译本都从电影中选取剧照（still）作为封面，招揽读者。欧洲各国电视台和报刊刊载大量相关电影的评论。

影视版奥斯丁无处不在，青年人反倒没有动力去阅读原著。许多欧陆“简迷”并非“阅读”奥斯丁，而是“观看”奥斯丁。研究者不得不承认，忠于奥斯丁原著的欧洲读者并不多。电脑时代，文字日益失去优先地位，电脑屏幕逐渐取代了书本，成为更基本、更重要的文化传播媒介。现代观众常常沉醉于屏幕上英格兰乡村的芳草绿荫和湖光山色，其实，奥斯丁和自然主义写家不同，很少细致描写室内外的物品和人物的活动场景。她讲究的是以精雕细刻的语言揭示个人心理和社会关系的深层问题，真正的“简迷”需从语言艺术中感受到阅读的快乐。法国作家格林（Julien Green）曾经感慨，“可以说，法国人还不认识真正的奥斯丁，因为翻译使轻盈利落的英文变得笨重拖沓”。看来，布鲁姆的担心不无道理，一般民众阅读的热情似乎正在逐渐消退[1]，而这在奥斯丁的当代欧陆境遇中体现得尤为突出。

透过“大众化”的喧嚣，我们瞥见了商业化的炒作和感官式的赏析。20世纪初，亨利·詹姆斯早就指出，英国当时的奥斯丁热是出版商、杂志社和编辑们追逐利益的结果。[2] 奥斯丁学者哈丁也曾说，“简迷”们误读了奥斯丁，奥斯丁并不和蔼可亲，而是愤世嫉俗、冷眼旁观，她或明或暗地嘲讽那些自以为欣赏她的读者。[3] 在这一轮影视热中，对奥斯丁作品和她的全球命运做冷思考，恐怕仍然是

1 哈罗德·布鲁姆，“前言”，《为什么要读简·奥斯丁》，苏珊娜·卡森编，王丽亚译，南京：译林出版社，2011年。

2 英美学者指出，帝国衰落、维多利亚社会的怀旧心理与市场需要相结合，推动并形成了英国历史上第一次奥斯丁热。参见Stephanie Moss, “Jane Austen’s Letters in the Nineteenth Century: The Politics of Nostalgia,” *A Companion to Jane Austen Studies*, eds. Laura Cooner Lambdin and Robert Thomas Lambdin, London: Greenwood Press, 2000。

3 D. W. Harding, “Regulated Hatred: An Aspect of the Work of Jane Austen,” *Jane Austen: A Collection of Critical Essays*, ed. Ian P. Watt, Englewood Cliffs, N.J.: Prentice-Hall, 1963.

关心人类文明前途的欧洲乃至全世界的文学文化批评者们的课题之一。

第二节 奥斯丁研究在中国[1]

简·奥斯丁的小说自1811年问世以来一直深受读者喜爱。如果说她在19世纪尚有些被低估，那么在20世纪则可说越来越受重视。有关她的西方论著数目惊人，特别是最近几十年几乎成倍增长。在我国，她也是很受读者欢迎的英语作家之一。

（一）1949年前后：简要回顾

简·奥斯丁进入中国并不算晚，20世纪之初便曾在某些中文教材中被提及。到20世纪20年代查普曼的编辑和写作工作远未全面完工，奥斯丁在英语世界经典化的大幕方徐徐开启，在中国即有《英语周刊》《光华月刊》等杂志向公众介绍这位女作家。1935年，杨缤配合译本推出，在商务印书馆《出版周刊》发表了《〈傲慢与偏见〉作者撷茵·奥斯登评传》。商务印书馆1937年出版的《英国文学史纲》（金东雷著）也提到奥斯丁，虽然只有半页篇幅。涉笔奥斯丁的作者还有程忆帆、张履谦、林海、陈新谦、钱歌川等。具有一定学术性的文章有吴景荣的《奥斯登的恋爱观：从“劝导”讲起》（《时与潮文艺》，1943年第1期）和常风的《傲慢与偏见》（《文学杂志》，1948年第3期）等。前文以《劝导》为例指出奥斯丁的转变，即价值取向趋于浪漫和“情感”；后者夹叙夹议，从人物和对话阐发奥斯丁行文之妙及其对世态人情的洞察。两文都持某种开明进步的立场。

概括起来，1949年10月前的奥斯丁评介有三点值得注意。一是有关文字的出现集中在抗日战争之前或之后的年月里；二是发表的主要地点是上海；三是目标读者似以懂得英语或正在学习英语的人为首选，

1 本节原为《新中国60年外国文学研究》（北京大学出版社，2015年）第一卷下册“外国小说研究”第三章的一个小节，所用的中国资料限于中国大陆并截至2009年。此处有所删改。

其次是家境较好的知识女性，所以有英语报刊以及《家庭》《家庭良伴》之类杂志积极参与。

新中国成立以后，1949年秋到1966年夏，曾有过外国文学引介、评论的两波相对繁荣。当时的主流思想强调文学的政治批判功能，奥斯丁由于题材局限于婚姻、家庭，不曾被革命导师提及也没有得到苏联文化界认可，自然入另册，作品无缘进入由中国社会科学院外国文学研究所和人民文学出版社联合编选出版的"外国文学名著丛书"选题，也几乎没有任何文章对之进行深入讨论。在中国颇有影响的苏联学者阿尼克斯特撰写的《英国文学史纲》（1959）完全不提奥斯丁；北大教授主持编写的《欧洲文学史》（1964）给拜伦分配了八页多篇幅，同样略过了奥斯丁。那些年里与奥斯丁相关的唯一"中国事件"是1956年王科一翻译的《傲慢与偏见》（含序言）的出版。该译本至今仍为许多读者喜爱。王的序言简要介绍了奥斯丁的生平和写作，指出不应以题材大小论价值。他的评议在一定程度上体现了时代特点，比如他说奥斯丁的可贵在于以幽默讽刺的笔调"精确细致地"描写了当时的中产阶级，表现了"人与人的关系，人的现实生活，人的内心世界，从而反映出一个社会阶层的面貌"；还设法说明其"进步性"，称她摆脱罗曼司传统，有抨击"封建意识形态"的功劳等。

"文革"（1966—1976）期间对奥斯丁的评论介绍基本是空白。

（二）1977—1989：成为"热点"的奥斯丁

1977年到1989年是奥斯丁在文学大解禁浪潮中重新"浮出水面"的时段。这一次她得到了前所未有的重视。上海译文出版社1981年重印王科一旧译《傲慢与偏见》热卖一时的情形，引起了新华社甚至《纽约时报》的注意。

不过，当时"琐屑论"等余风尚在，从中英双语《英国文学史提纲》（四川人民出版社，1983年）中可约略感受到。该书以大约三页篇幅介绍了奥斯丁及其两部主要小说，称她是"技巧大师"，认为作家写"熟悉的和理解的"小题材无可指责；但是另一方面仍强调奥斯丁"对阶级社会……所持的全盘接受的态度……大大地限制了她的小说的价值"，说她的成就不及司各特的“史诗式”作品。[1] 正因如此，20世纪80年代有不少人仍在为奥斯丁“辩白”。朱虹刊于《读书》1982年第1期上的《对奥斯丁的傲慢与偏见》（她稍后发表的相关论文篇幅更大但题旨相近，两者有重合）可说是音调高亮的开场锣鼓。朱文指出了造成奥斯丁歧视的“题材论”的西方根源，明白地表示不赞成仍用“上升资产阶级”“进步倾向”等政治术语做肯定词。文章更强调作品反讽笔调的底蕴及叙述如何通过婚恋喜剧探究人的自我认识过程，并借用美国文人特里林的话说，这表明作者意识到现代社会中人“发生的深刻心理变化”。稍后，杨绛专论奥斯丁的《有什么好——读小说漫论之三》面世。杨文娓娓道来，没有八股格式，也没有后来在校园大行其道的论说腔，却有超出寻常论文的数量可观的引文注释。她从小说的故事编排、写实取向、人物刻画和文字推敲等方方面面讨论作品的“好”处。尤其值得注意的是，她认为奥斯丁小说真正的着重点不是所谓“爱情”，而是作为社会行为的婚姻及由此牵动的矛盾和争夺，“表现的世态人情煞是好看”。杨文还分析了奥斯丁笔下的“笑”的诸多层次，说她对世界没有幻想，却以笑面对，“笑不是调和；笑是不调和”，甚至是改变现状的努力。[2]

上述文章既有学术含量又有个人心得，奠定了“新时期”奥斯丁研究的不低的起点。此外还有吴景荣、高嘉正、朱琳、钱震来等一批不同年龄层次的专家撰文讨论奥斯丁，虽然大多尚留在介绍层面，但也不乏表达争鸣意见的尝试，如方汉泉（1985）提出：“西方评论家对【《爱玛》中的】埃尔顿太太尽皆指责……很不公平”[3]；王宾的《奥斯丁小说浪漫主义初探》（1983）就吴景荣和朱虹等人的观点表达异议，不赞成前者认为奥斯丁支持“古典主义”和“社会传统”，后者断言奥斯丁嘲笑“假浪漫主义”，反对给奥斯丁戴“保守”的帽子。[4] 不论观点是否成立，有关讨论都是在探究有关奥斯丁的重要思想、艺术议题，对创造健康学术

1 范存忠：《英国文学史提纲》，成都：四川人民出版社，1983年。

2 杨绛：《有什么好——读小说漫论之三》，《文学评论》，1982年第3期，第128—135、143页。

3 方汉泉：《试论〈爱玛〉》，《外国语》，1985年第4期，第71—75页。

4 王宾：《奥斯丁小说浪漫主义初探》，《外国文学研究》，1983年第4期，第58—65页。

论争氛围也有积极作用。

这一时段最具中国特色的评论是将奥斯丁著作与《红楼梦》做比较，如赵双之(1986)、张兵(1989)和赵景瑜(1993)等人的论文。以《红楼梦》在中国文学中的地位，这类对比研究多少是对奥斯丁的"褒举"，出自对其小说的由衷喜爱并表达了著者的独立见解。不过，当时的讨论似未脱"批判现实主义"的框框，常过于偏重作品的社会批评功能；同时又"比"得比较随意——如：有文章认为相比《红楼梦》，奥斯丁的语言"是生硬的粗描的"，却未举原文例子进行文本分析；有人说奥斯丁笔下的"笑"不及《红楼梦》丰富多彩，全然无视根植于英国喜剧传统的有限视角叙述与源自中国话本文化的全景巨作之间的重大文类差别；还有人称奥斯丁时代"纤细、清淡、柔和"的西方洛可可风格与"中国风"和南中国艺术相关，而《红楼梦》亦与南方韵味相通，可谓"大胆假设"，但"小心求证"显然不充分。

值得一提的是，朱虹选编的《奥斯丁研究》(1985)作为"外国文学研究资料丛书"系列中的一本，选译了许多重要国外评论文章和若干其他资料，约30万字，其问世推进了我国的奥斯丁研究。

自20世纪20年代，国外特别是英语国家的奥斯丁研究渐成显学，有突飞猛进之势，眼界迅速打开，研讨日渐深入，出现了一连串影响力超出学界的名家。尤其是20世纪70年代以降，西方校园理论探讨活跃，对奥斯丁作品中的政治、历史、道德等"大"议题的关切急速升温，形形色色女性主义解读更是层出不穷。反观我国，虽然在长期沉寂后迎来了奥斯丁研究的再起步，有可观的成绩，但还远远没有和国外同步。

(三) 1990—2009：奥斯丁研究的快速发展

1989年之后的20年是中国奥斯丁评论和研究发展最快、成果最多的时期。

随着国外奥斯丁影视产品持续火爆、"奥斯丁工业"蓬勃发展以及国内出版商业化转型基本完成，我国奥斯丁小说的译介和出版呈异常繁荣态势，每部小说都有多个译本，其中，《傲慢与偏见》有近35家出版社推出了约30种译本，外加形形色色的双语本和缩写本。相关电影也无一例外吸引着一批忠实"粉丝"。同时，与整个外国文学研究学科的发展一样，1990年以来有关奥斯丁的议论和言说明显日益专业化、学术化，高校教师和专业人员成为参与的主体。“学院化”趋向成就了研究的繁荣，也与（外国）文学在思想文化界被相对边缘化互为因果。

在这一时期涌现出的诸多文学史类著述——包括《英国文学通史》（2002，侯维瑞主编）、《英国19世纪文学史》（2006，钱青主编，为五卷本英国文学史之一）、《小说发展史》（2006，蒋承勇等著）等——当中，完全忽略奥斯丁的情况已经不复存在。《欧洲文学史》的修订版（2001）增补了有关奥斯丁的内容，篇幅约为拜伦或雪莱的二分之一。

此阶段国内奥斯丁研究的一个突出特点是当代西方文论的影响日益凸显。20世纪90年代初国内论文参考的国外资料尚比较有限，朱虹选编的资料集和美国作家鲁宾斯坦（Anette T. Rubinstein，1910—2007）的《英国文学的伟大传统》一书的译本（上海译文出版社，1987年）频频在引言出处中出现。这种情况延续时间不长，随着国内研究渐渐与国外“接轨”，学术讨论话题迅速多样化，各种英语研究和评论纷纷进入视野。

这里我们试从几个方面做一些概括。

1. 从“技术”角度切入的论文大大增加

比如，对反讽的关注历来是奥斯丁评论的焦点之一。1990年后虽然仍有文章结合叙事泛谈《傲慢》的“喜剧精神”，但是更多的学者开始尝试从“技术”角度进入。林文琛的《在理性和感情之间——谈奥斯丁的反讽》（1998）思路清晰地归纳了一些国外评论，对其中特里林等人的看法表示认同，并依从西方学者，分类概述了小说中“三类被嘲讽人物”——“理性缺陷者”“情感型”和更深层次上的“理性型”。文章称最后一类体现作者价值观的人物被公认“乏味”，而“不理智”的失误却构成最精彩、最富于生活情趣的篇章。这一看法值得重视。原因是它确实触及奥斯丁研究的关键话题之一，同时又源于或相合于西方的一种流行观点，因而有待进一步追问——比如，被谁“公认”？为什么如此？这个判读中“理智/理性”英文原词的历史语境和当今语境是否等同？等等。林文琛另有《〈爱玛〉反讽试论》（2000）表达了相似关注，但角度略有漂移——借助另一种分类讨论了反讽的三个层面：修辞反讽、戏剧性反讽和哲学反讽。同样讨论《爱玛》，思路和方法也近似的还有刘丹翎的论文(2003),涉及结构反讽、情境反讽、结果反讽诸多层次,行文不无幽默。

国内这类反讽研讨中,语言学和叙述学方法最凸显,或可被视为文学评论"科学化"努力的一个标志。其中朱小舟(2002)尝试借助奥斯汀(J. R. Austin)、塞尔(J. R. Searle)、普拉特(M. L. Pratt)、哈弗尔卡特(H. Haverkate)等提出的一些概念分析微观(指人物之间)反讽语言行为;肖慧(2009)强调视角功能,其理论来源涉及艾布拉姆斯、热奈特和路伯克(P. Lubbock)等;邓中华(2008)则用俄国形式主义和什克洛夫斯基的"陌生化"思想来探讨奥斯丁的反语。这类讨论触及具体内容,体现了深入文本的意向,但是迄今仍局限于简介理论并把作品和一些很"学问"的专业术语对上号或挂上钩。如何能通过形式问题开拓有关奥斯丁的中国式新思考和新体验还需进一步探索。

还有论者,如张介明、刘霞敏等,注意到奥斯丁写作与戏剧的关系。后者(2008)侧重讨论戏剧话题与小说叙事安排的关联,主张不仅从道德角度评议书中演戏插曲,而更多从人物关系的技术处理角度考察。陈俊(2001)注意奥斯丁小说的形式美,认为其和谐、均衡的特征渗透着宫廷舞蹈的韵味。

2."刷新"思想、伦理、政治、历史评论,也即所谓"内容"研究,"内容"一直是新中国成立后文学评论的重心,近年相关研究的范围有所拓展,观点有所更新

伦理研究是奥斯丁讨论的传统领域。张箭飞的文章论及18世纪英国妇女处境,认为奥斯丁笔下"计算婚姻的幸福",与爱尔维修、霍尔巴赫、边沁的"自利"观念有相通之处;且小说中的"理性"和"德行"是同一的。[1] 梁晓晖则借助当代理论质疑一种传统认识——认为《傲慢与偏见》的女主人公伊丽莎白体现了对以爱情为基础的婚姻的崇尚。他从伊丽莎白自身的矛盾性切入,剖析她对达西和钱财的态度,说她以"貌似反叛维护着社会规约"。[2] 不过,作者似乎忽略了从存在矛盾到

1 张箭飞:《奥斯丁的小说与启蒙主义伦理学》,《武汉大学学报》(哲社版),1999年第2期,第111—114页。

2 梁晓晖:《从女主人公的性格矛盾看〈傲慢与偏见〉的自我解构》,《天津外国语学院学报》,2006年第1期,第49—54页。

真正“解构”还有很大距离，因此论文给人的感觉是言说事出有因，结论却有待推敲。

讨论奥斯丁小说的思想往往离不开关键词“理性”和“情感”(sensibility)。陈明瑶指出，虽然奥斯丁本人和许多著名评者都认为她标举“理性”，其实小说人物常有“内藏的不理智”和“对感情的崇尚”[1]，立意与前面提到的王宾、林文琛论文近似。不论自觉与否，这些学者或多或少都参与了“进步”“保守”之争。林文琛在另一篇文章中指出，奥斯丁笔下人物通常截然分为“理智型”和“情感型”，而《劝导》女主人公安妮体现了“融合”且“坚决排除了‘理性’的误导”。文章认同埃·威尔逊指出的“弥漫全书的感情力量”，也赞同西方学者认为该书展示了“懈怠的或自私的士绅”的衰落、“村庄作为社区正在分崩离析”等判断。[2] 林文琛的系列写作从一个角度体现了我国学界对奥斯丁作品和西方评论的了解在拓宽并深化。

王海颖的《一场辛苦而糊涂的意识形态之战》是少见的从标题就亮牌与西方学者争论的文章。该文称：近年来，奥斯丁评论领域内意识形态研究兴起，“党性”成热门话题——自由派和女权主义者认为奥斯丁“进步”，历史派如玛·巴特勒坚称她为(当年对法国革命持抵制态度的)“保守派”。论文言简意赅地介绍了托克维尔等几位学者有关法国革命的彼此抵牾的见解，然后质疑道：既然革命与文学都无法定性，奥斯丁又能在什么立场上反动？作者认为，奥斯丁的文本是开放的，而巴特勒们自取所需，偏颇地将范妮·达什伍德和露西·斯蒂尔等反面人物认定为“宣扬情感”的“自我主义哲学”之代表；对心怀浪漫幻想的玛丽安有强烈“偏见”；只谈《诺桑觉寺》对哥特式小说的反讽而不提另外一面的证据；等等。文章认为“意识形态批评坠入抽象，将丰富的人性压扁为片面单一”。[3] 这是一篇有一定深度和力度的论文，作者质疑巴特勒观点，有充分的理由和依据。不过，中国学者的社会语境

1 陈明瑶：《理性与感情——试析〈傲慢与偏见〉之情节构思》，《四川外语学院学报》，2000年第1期，第46—61页。

2 林文琛：《〈劝导〉简论》，《外国文学评论》，2000年第1期，第112—118页。

3 王海颖：《一场辛苦而糊涂的意识形态之战》，《外国文学评论》，2001年第2期，第102—109页。

（我国文坛曾长期被过度意识形态化批评所笼罩）与巴特勒完全不同，该文似乎未能充分领略巴特勒的某些精妙文本细读的出彩之处，也没有全面估量后者旗帜鲜明地将政治历史维度引入西方奥斯丁研究所起的突破旧藩篱的开拓作用。从行文看，她对巴特勒和达克沃斯等关键学者在“保守”问题上总体态度的把握也有可商榷之处。

谈到“保守”“进步”之争，还应提到耿力平的《与时俱进的思维》。从书名可以看出，该书主旨也是对“保守”论提出异议，致力于梳理阐发奥斯丁作品中的“辩证”元素，进而扬弃简单定性的解读。[1] 就全面分析研讨作品、广泛参考最新英语资料并与国外学界平等对话而言，这部基于博士论文（作者在多伦多大学获得博士学位，论文完成于20世纪90年代末）的长篇专著可说是独领风骚，不过由于是英语论作，读者范围和社会影响都受到局限。值得指出，耿书和王文虽然都质疑巴特勒、倾向“进步”说，都注意到“保守”与“进步”之争内含有关“个人”/“社会”对立统一关系等重大思想问题，但是他们的取向和论证并不完全相同。[2]

黄梅的《〈爱玛〉中的长者》（2008）也与这个话题相关，力图说明把奥斯丁的题旨定义为“保守”或“进步”的评论常是“上纲上线”的粗率解读，或多或少曲解了作者小心、模糊的多向度思想探求。[3] 文章认为书中几位“长者”的处境、性格及与爱玛的关系各有特点，他们并不能被简单地定性为“权势”的体现，却从不同角度代表着社会群体。作者着意将主人公个人心路细密地织进社会生活之网，表达了对传统农业社会解体后人际关系走向的近忧和远虑。

刘霞敏另有一篇论文在梳理奥斯丁笔下的自然描写和达克沃斯、利兹和莫勒等学者的相关评论之后，进而讨论作者的“自然观”。[4] 这个话题在强调保护环境和可持续发展的21世纪可算备受瞩目，目前已

---

1 Geng Liping, *Progressive States of Mind: Dialectical Elements in the Novels of Jane Austen*, Beijing: Peking University Press, 2006.

2 值得一提的是，耿力平教授还参与了（奥斯丁兄长编写的）刊物《闲荡者》重印本的编辑出版工作，并为之撰写了导论，是较深介入英语国家奥斯丁学术的国内专家。

3 黄梅：《〈爱玛〉中的长者》，《外国文学评论》，2008年第4期，第90—102页。

4 刘霞敏：《论简·奥斯丁的自然写作》，《四川外语学院学报》，2008年第3期，第16—20页。

呈现有更多学者跟进的迹象。

这批触及思想问题的文章最近几年相对密集地出现恐怕不是偶然，应该说包含了对当前中国社会热议问题——比如个人与社会、金钱与“幸福”、自然与科技发展等——的关心和呼应。

3. 女性主义批评或性别研究“应者”众多

女性话题是近三十多年西方奥斯丁研究的热门之一，在我国也引来较多追随者。较早有潘维新(1989)介绍奥斯丁作品中的“妇女群像”；随后有杨莉馨(1998)、吴卫华(2000)、何朝阳(2001)、黄学军(2001)、黄静(2002)等陆续围绕有关话题发表文章。谭颖沁《叙述声音中的女性主义立场》(2006)从艺术角度讨论女性意识及相关思想冲突。刘戈的《简·奥斯丁与女性小说家的“说教传统”》涉及奥斯丁的少年习作以及18世纪末女性“品行手册”文化等，对奥斯丁及其时代有较深入的阐述，指出：《诺桑觉寺》开篇取外在视角，“批判男性小说常规”并“自树权威”，作者后来因出版受挫转而“采取迂回的叙事策略”——比如用非全知内聚焦手法、自由间接话语等。[1] 刘霞敏的《〈诺桑觉寺〉中的女性教育主题》(2007)强调女性教育是该书主题；她同年发表的另一篇论文则指出《诺寺》对哥特小说传统并不持全盘否定态度，该书是就“阅读、文本的影响以及妇女问题而进行的对话”。[2] 刘霞敏长期从事奥斯丁研究。她1999年的文章《奥斯丁对话艺术的文体分析》尝试借助语言学知识分析小说中的对话场景，这一思路在2006年着重讨论班奈特先生话语的论文中得到了延续。此后发表的作品包括前文提到的有关戏剧话题和自然描写的论文。源源不断的论作见证了作者对奥斯丁的持续关注、视野的扩大和知识的积累。不过，和林文琛情形相似，刘霞敏似乎也多少随着所接触的西方学者不同而转移研讨话题、角度和方法。这样做虽有获益，但也可能造成在每个方向上都浅尝辄止，需要有所警惕。

聚焦于女性问题的讨论今后应有进一步深化和拓展的空间。

---

1 刘戈：《简·奥斯丁与女性小说家的“说教传统”》，《外国文学研究》，2004年第4期，第12—17页。

2 刘霞敏：《〈诺桑觉寺〉中的女性教育主题》，《天津外国语学院学报》，2007年第3期，第62—67页。

4. 文化研究前景广阔

在可以划归"文化研究"的论作中，程巍的《伦敦蝴蝶与帝国鹰：从达西到罗切斯特》一文更接近传统文学评论，只是包含更多社会史内容，把男主人公形象与可能的历史原型及当时女性对男人的集体想象结合起来解读。论文借重霍布斯鲍姆等人的思想，将前后间隔三十多年的两位名声远扬的小说人物对比考察，使论说具有时代纵深和理论关怀。至于达西是否如该文认定是一时"反动思潮"的产物，是否为"厌恶任何工作的食利者"和"标准的纨绔子"[1]，恐怕会是中外奥斯丁读者和评者争论不已的话题。

与程文不同，邱瑾的《论〈理智与情感〉小说和电影中的反讽》(2004)更侧重考察奥斯丁影视作品，既是"反讽"研讨的延续，也属正宗"文化研究"。她着重阐明《理智》中的反讽在1995年电影版内的"跨媒介移植"，比如电影对约翰·达什伍德夫妇对话、玛丽安读诗和埃莉诺送茶等场面的精心处理。作者显然对原作和电影都很熟悉，她强调指出改编者兼主演艾玛·汤普森的双重身份与小说中埃莉诺近似，但受限于电影媒介的表现手段，使"冷眼旁观变成冷嘲热讽"；还认为电影较多体现了当代西人看18世纪的观点，某种程度背离了埃莉诺代表的价值观，却体现了自身的某种"游移不定"；等等[2]，颇有见地。作者的另一篇文章《论〈回忆录〉与"简姑妈"神话》(2008)从当前西方奥斯丁热入手，借鉴哈布瓦赫(Maurice Halbwachs, 1877—1945)的"集体记忆"理论回顾了19世纪末20世纪初一系列相关文化事件和现象(包括重要传记文献《简·奥斯丁回忆录》的问世和接受)，并进而探讨"奥斯丁"1927年起开始与莎翁并提，逐渐成为一个蕴含复杂情感内涵、负载多重文化意义的能指的过程。"简姑妈"和她笔下的世界成为宁静、稳定、富于传统精神的英国乡村生活的某种代表并在当今世界如此走红，的确发人深思。

在某种意义上，近年来接踵问世的诸多传记也属于"奥斯丁热"的

1 程巍：《伦敦蝴蝶与帝国鹰：从达西到罗切斯特》，《外国文学评论》，2001年第1期，第14—23页。

2 邱瑾：《论〈理智与情感〉小说和电影中的反讽》，《外国文学》，2004年第6期，第82—87页。

产品，相关研究似亦可归于文化研究。我国有少量介绍或议论奥斯丁新传记的文字，但有深度的讨论尚未见到。

所谓文化研究，其实很难与有关历史、政治、道德、宗教和艺术的讨论切割开来。但是，由于奥斯丁日益成为跨领域的文化品牌，小说原著的衍生品层出不穷，也许我们有理由在当前语境下把“文化研究”视为相对独立的单元和可能的“富矿”，期待在这个领域里产生更多有价值的思考成果。

5. 随笔类写作不应忽视

读罢满篇术语和注释的论文，调头看看毛尖的散文，立时有门窗洞开的畅快感。她的《生是你的人，死是你的鬼——读〈曼斯菲尔德庄园〉》题目就让人心生期待。文章开头说：达西一出场，其身材眉目和风度已经令众女性读者心仪，紧接而来的关于他每年有一万英镑收入的交代，“更把这人头马的道德资本给夯实了”。语言的魔力有时就是那么无理可讲！也许读者还来不及明白达先生何以就“人头马”了，毛女士也压根不交代在她的逻辑里一万英镑真金白银是如何与“道德”挂钩的。然而我们就是被这样的生猛的文句“魅”住，如同被拍了“花子”，一路追随她从达西的豪宅彭伯利冲进《曼斯菲尔德庄园》。当然，该文不仅有不同于奥斯丁品牌的鲜活强悍的幽默，也有一己的见解——比如，认为《曼园》与《傲慢》两书有诸多“同构”之处；作者的态度在后者中变得“严肃”；在内心强硬的范妮身上“奥斯丁已经把自己卷了进去”；“真正的男主人公是曼斯菲尔德庄园”，是英格兰的绿色乡野，“奥斯丁对英国的传销”是死而不已；等等。[1] 毛尖作为奥斯丁的忠实读者（她谓之“跟屁虫”），字里行间有真体味真心得，几乎每个断语都可以引发严肃争论或敷衍扩展成论文。这类自由挥洒、气场强大的精彩书评是学院化研究的必要补充，也反衬出纯学术文章的短处——往往个人性情少，真知灼见少，斐然文采少。

奥斯丁也不时出现于凯蒂的随笔，比较突出的一例是《你在乎别人称你老姑娘吗？》（2001）。邱瑾2008年介绍电影《成为简》（*Becoming Jane*）的报刊文章除了评说电影，还着重报告了西方“奥斯丁热”和“奥

1 毛尖：《生是你的人，死是你的鬼——读〈曼斯菲尔德庄园〉》，《书城》，2008年第3期，第61—64页。

斯丁工业”的兴旺景象——比如，奥小姐早已逾越书刊影视甚至文化领域而进入旅游服装餐饮，挂上奥斯丁名牌的寻常菜食价格翻番仍然卖得不错。黄梅也不时在《读书》《万象》等报刊上谈奥斯丁，从1990年起先后写了《讥讽者的陷阱》《笨嘴拙舌的范妮》《奥斯丁与着装的焦虑》《起居室里的写者》等。

20世纪90年代以来我国奥斯丁研究取得了很大进展，但学界的一些流行弊端——如粗制滥造甚至剽窃抄袭——也留下了痕迹。如，有篇文章谈《诺桑觉寺》的“金钱决定论”，却不含任何具体分析，甚至连有关基本情节的陈述都前后矛盾，随意咬定奥斯丁“成了一名实实在在的拜金主义者”。另有一篇《奥斯丁伦理道德观初探》，除了添加几个自攒的小标题，基本是逐字抄袭了朱琳1987年发表于《外国文学研究》的文章《奥斯丁小说主题意义初探》中的部分内容。

总的来说，与奥斯丁作品的畅销程度和社会影响、她在英语国家文学研究中的地位以及其他英语作家（如哈代）在国内学界引起的反响相比，我国有关奥斯丁的评论和研究可以说是少得不成比例。她进入中国已约百年，有一定分量的相关论文和文章却不足百种，专著则至2009年只有一部英语作品（就笔者搜寻所见）。在高校中，有关奥斯丁的硕士论文虽不算少并偶见精彩篇章，但博士论文就很难一遇。个中缘由，耐人寻味。

附录一

重要文献

英文资料：

Amis, Kingsley. *What Became of Jane Austen? And Other Questions*. London: Cape, 1970. Reprint of "What Became of Jane Austen?" *Spectator,* 199 (1957), 439–440.

Armstrong, Isobel. *Jane Austen: "Mansfield Park."* Harmondsworth: Penguin, 1988.

—. *Jane Austen: "Sense and Sensibility."* Harmondsworth: Penguin, 1994.

Ashton, Helen. *Parson Austen's Daughter*. London: Collins, 1949.

Auerbach, Emily. *Searching for Jane Austen*. Wisconsin: University of Wisconsin Press, 2004.

Austen, Caroline Mary Craven. *My Aunt Jane Austen: A Memoir*. Alton, Hampshire: Jane Austen Society, 1952.

Austen, Jane. *Selected Letters 1796–1817*. Edited by R. W. Chapman. Oxford and New York: Oxford University Press, 1985.

Austen-Leigh, James Edward. *A Memoir of Jane Austen*. London: Richard Bentley and Son, 1870 (actually issued in December 1869); 2nd revised and enlarged edition, 1871 (reprinted, edited by R. W. Chapman, Oxford: Clarendon Press, 1926, 1951).

Babb, Howard S. *Jane Austen's Novels: The Fabric of Dialogue*. Columbus: Ohio State University Press, 1962.

Baker, William. *Critical Companion to Jane Austen: A Literary Reference to Her Life and Work*. New York: Facts on File, Infobase Publishing, 2008.

Bautz, Annika. *Jane Austen: Sense and Sensibility, Pride and Prejudice, Emma*. London: Macmillan, 2010.

—. *The Reception of Jane Austen and Walter Scott*. London: Continuum, 2013.

Bloom, Harold, ed. *Jane Austen*. New York: Chelsea House, 1986.

Bradbrook, Frank W. *Jane Austen: "Emma."* London: Edward Arnold, 1961.

—. *Jane Austen and Her Predecessors*. Cambridge: Cambridge University Press, 1966.

Brown, Ivor. *Jane Austen and Her World*. London: The Lutterworth Press, 1966.

Brown, Julia Prewitt. *Jane Austen's Novels: Social Change and Literary Form*. Cambridge: Harvard University Press, 1979.

Brown, Lloyd W. *Bits of Ivory: Narrative Techniques in Jane Austen's Fiction*. Baton Rouge: Louisiana State University Press, 1973.

Brownstein, Rachel. *Becoming a Heroine: Reading about Women in Novels*. Harmondsworth: Penguin Books, 1984 (first published in USA by Viking Press, 1982).

—. *Why Jane Austen?* New York: Columbia University Press, 2011.

Burrows, J. F. *Jane Austen's "Emma"*. Sydney: Sydney University Press, 1968.

—. *Computation into Criticism: A Study of Jane Austen's Novels and an Experiment in Method*. Oxford: Clarendon Press, 1987.

Bush, Douglas. *Jane Austen*. London and New York: Macmillan, 1975.

Butler, Marilyn. *Jane Austen and the War of Ideas*. Oxford: Clarendon Press, 1975.

Byrne, Paula. *Jane Austen and the Theatre*. London and New York: Hambledon, 2002.

Castellanos, Gabriela. *Laughter, War, and Feminism: Elements of Carnival in Three of Jane Austen's Novels*. New York: Peter Lang, 1994.

Cecil, David. *Jane Austen*. Cambridge: Cambridge University Press, 1935.

—. *A Portrait of Jane Austen*. London: Constable, 1978.

Chapman, R. W. *Jane Austen: Facts and Problems*. Oxford: Clarendon Press, 1948; revised edition, 1950.

—. *Jane Austen: A Critical Bibliography*. Oxford: Clarendon Press, 1953; revised edition, 1955.

—, ed. *Jane Austen's Letters to Her Sister Cassandra and Others*. Oxford: Oxford University Press, 1932; 2nd edition, 1952; 3rd edition, collected and edited by Deirdre Le Faye as *Jane Austen's Letters*, 1995.

Collins, Irene. *Jane Austen and the Clergy*. London and Rio Grande, OH: Hambledon Press, 1994.

Copeland, Edward, and Juliet McMaster, eds. *The Cambridge Companion to Jane Austen*. Cambridge: Cambridge University Press, 1997.

Cottom, Daniel. *The Civilized Imagination: A Study of Ann Radcliffe, Jane Austen, and Sir Walter Scott*. Cambridge: Cambridge University Press, 1985.

Devlin, D. D. *Jane Austen and Education*. New York: Barnes and Noble, 1975.

Dhatwalia, H. R. *Familial Relationships in Jane Austen's Novels*. New Delhi: National Book Organisation, 1988.

Dow, Gillian, and Clare Hanson, eds. *Use of Austen*. London: Palgrave Macmillan, 2012.

Duckworth, Alistair M. *The Improvement of the Estate: A Study of Jane Austen's Novels*. Baltimore: Johns Hopkins University Press, 1971.

Dussinger, John A. *In the Pride of the Moment: Encounters in Jane Austen's World*. Columbus: Ohio State University Press, 1990.

Dwyer, June. *Jane Austen*. New York: Continuum, 1989.

Evans, Mary. *Jane Austen and the State*. London and New York: Tavistock, 1987.

Fergus, Jan S. *Jane Austen and the Didactic Novel: "Northanger Abbey," "Sense and Sensibility" and "Pride and Prejudice."* London: Macmillan, 1983.

—. *Jane Austen: A Literary Life*. London: Macmillan, 1991.

Fleishman, Avrom. *A Reading of "Mansfield Park": An Essay in Critical Synthesis*. Minneapolis: University of Minnesota Press, 1967.

Galperin, William H. *The Historical Austen*. Philadelphia: University of Pennsylvania Press.

Gard, Roger. *Jane Austen: "Emma" and "Persuasion."* Harmondsworth: Penguin, 1985.

—. *Jane Austen's Novels: The Art of Clarity*. New Haven, CT, and London: Yale University Press, 1992.

Gay, Penny. *Jane Austen and the Theatre*. Cambridge: Cambridge University Press, 2002.

Gillie, Christopher. *A Preface to Jane Austen*. London: Longman, 1974.

Gilson, David. *A Bibliography of Jane Austen*. Oxford: Clarendon Press, 1982.

Gooneratne, Yasmine. *Jane Austen*. Cambridge: Cambridge University Press, 1970.

Graham, Peter W. *Jane Austen & Charles Darwin: Naturalists and Novelists*. Hampshire: Ashgate, 2008.

Gray, Donald J., ed. *Pride and Prejudice: An Authoritative Text, Backgrounds, Reviews, and Essays in Criticism*. New York: Norton, 1966.

Grey, J. David, ed. *The Jane Austen Companion*. New York: Macmillan, 1986.

—. *Jane Austen's Beginnings: The Juvenilia and Lady Susan*. Ann Arbor: UMI Research Press, 1989.

Halperin, John. *The Life of Jane Austen*. Baltimore: Johns Hopkins University

Press, 1984.

—, ed. *Jane Austen: Bicentenary Essays*. New York and Cambridge: Cambridge University Press, 1975.

Handler, Richard, and Daniel Segal. *Jane Austen and the Fiction of Culture: An Essay on the Narration of Social Realities*. Tucson: University of Arizona Press, 1990.

Hardy, Barbara. *A Reading of Jane Austen*. London: Peter Owen, 1975.

Hardy, John P. *Jane Austen's Heroines: Intimacy in Human Relationships*. London: Routledge and Kegan Paul, 1984.

Harman, Claire. *Jane's Fame: How Jane Austen Conquered the World*. London and New York: Canongate, 2009.

Harris, Jocelyn. *Jane Austen's Art of Memory*. Cambridge: Cambridge University Press, 1989.

Heydt-Stevenson, Jill. *Austen's Unbecoming Conjunctions: Subversive Laughter, Embodied History*. Basingstoke: Palgrave Macmillan, 2005.

Hill, Constance. *Jane Austen: Her Homes and Her Friends*. London and New York: John Lane, 1902.

Hodge, Jane Aiken. *The Double Life of Jane Austen*. London: Hodder and Stoughton, 1972.

Honan, Park. *Jane Austen: Her Life*. London: Weidenfeld and Nicholson, 1987.

Horwitz, Barbara Jane. *Jane Austen and the Question of Women's Education*. New York: Peter Lang, 1991.

Hubback, J. H., and Edith C. Hubback. *Jane Austen's Sailor Brothers: Being the Adventures of Sir Francis Austen, G.C.B., Admiral of the Fleet, and Rear-Admiral Charles Austen*. London: J. Lane, 1906.

Hudson, Glenda A. *Sibling Love and Incest in Jane Austen's Fiction*. London: Macmillan, 1992.

Irvine, Robert P. *Jane Austen*. London and New York: Routledge, 2005.

Lodge, David. *Language of Fiction*. London and New York: Routledge, 2001.

—, ed. *Jane Austen: Emma: A Casebook*. London: Macmillan, 1968.

Jarvis, William. *Jane Austen and Religion*. Stonesfield, Witney, Oxfordshire: Stonesfield Press, 1996.

Jefferson, Douglas. *Jane Austen's "Emma": A Landmark in English Fiction*. London: Chatto and Windus for Sussex University Press, 1977.

Jenkins, Elizabeth. *Jane Austen: A Biography*. London: Victor Gollancz, 1938.

Jenyns, Richard. *A Fine Brush on Ivory: An Appreciation of Jane Austen*. Oxford: Oxford University Press, 2004.

Johnson, Claudia L. *Jane Austen: Women, Politics, and the Novel*. Chicago and London: University of Chicago Press, 1988.

—. *Equivocal Beings: Politics, Gender, and Sentimentality in the 1790s: Wollstone-craft, Radcliffe, Burney, Austen*. Chicago and London: University of Chicago Press, 1995.

—. *Jane Austen's Cults and Cultures*. Chicago and London: University of Chicago Press, 2013.

—, and Clara Tuite, eds. *A Companion to Jane Austen*. Oxford: Wiley-Blackwell, 2009.

Jones, Vivien. *How to Study a Jane Austen Novel*. 2nd edition. London: Macmillan, 1997.

Kaplan, Deborah. *Jane Austen among Women*. Baltimore: Johns Hopkins University Press, 1992.

—. "Mass Marketing Jane Austen: Men, Women, and Courtship in Two Film Adaptations," in *Jane Austen in Hollywood*. 2nd edition, edited by Linda Troost and Sayre Greenfield, Lexington: University of Kentucky, 2001, pp.177–187.

Kaye-Smith, Sheila, and G. B. Stern. *Talking of Jane Austen*. London: Cassell, 1943.

—. *More Talk of Jane Austen*. London: Harper, 1949.

Keynes, Geoffrey. *Jane Austen: A Bibliography*. London: Nonesuch Press, 1929.

Kirkham, Margaret. *Jane Austen, Feminism and Fiction*. Brighton: Harvester Press, 1983.

Konigsberg, Ira. *Narrative Technique in the English Novel: Defoe to Austen*. Hamden, CT: Archon Books, 1985.

Koppel, Gene. *The Religious Dimension of Jane Austen's Novels*. Ann Arbor, MI: UMI Research Press, 1988.

Kroeber, Karl. *Styles in Fictional Structure: The Art of Jane Austen, Charlotte Bronte, George Eliot*. Princeton: Princeton University Press, 1971.

Kuwahara, Kuldip Kaur. *Jane Austen at Play: Self-Consciousness, Beginnings, Endings*. New York: Peter Lang, 1993.

Lane, Maggie. *Jane Austen's Family: Through Five Generations*. London: Robert Hale, 1984.

—. *Jane Austen's England*. London: Robert Hale, 1986.

—. *Jane Austen and Food*. London and Rio Grande: Hambledon Press, 1994.

—. *Jane Austen's World: The Life and Times of England's Most Popular Author*. London: Carlton Books, 1996.

Lascelles, Mary. *Jane Austen and Her Art*. London: Oxford University Press, 1939.

Laski, Marghanita. *Jane Austen and Her World*. London: Thames and Hudson, 1969 (Revised, 1975).

Lauber, John. *Jane Austen*. New York: Twayne, 1993.

Le Faye, Deirdre. *Jane Austen: A Family Record*. London: British Library, 1989 (Revised, enlarged, and effectively rewritten version of W. Austen-Leigh and R. A. Austen-Leigh 1913, op. cit.).

—, ed. *Jane Austen's Letters*. 3rd edition. Oxford and New York: Oxford

University Press, 1995.

—. *Jane Austen: The World of Her Novels*. New York: Harry N. Abrams, Inc., 2002.

—. *Jane Austen: A Family Record*. 2nd edition. Cambridge: Cambridge University Press, 2004.

—, ed. *Jane Austen's Letters*. 4th edition. Oxford: Oxford University Press, 2005.

—. *A Chronology of Jane Austen and Her Family*. Cambridge: Cambridge University Press, 2007.

Lerner, Laurence. *The Truthtellers: Jane Austen, George Eliot, D. H. Lawrence*. London: Chatto and Windus, 1967.

Liddell, Robert. *The Novels of Jane Austen*. London: Longmans, 1963.

Litz, A. Walton. *Jane Austen: A Study of Her Artistic Development*. New York: Oxford University Press, 1965.

Llewelyn, Margaret. *Jane Austen: A Character Study*. London: Kimber, 1977.

Lodge, David, ed. *Jane Austen: Emma: A Casebook*. London: Macmillan, 1968.

Looser, Devoney, ed. *Jane Austen and Discourses of Feminism*. New York: St. Martin's Press, 1995.

Lynch, Deidre, ed. *Janeites: Austen's Disciples and Devotees*. Princeton: Princeton University Press, 2000.

MacDonagh, Oliver. *Jane Austen: Real and Imagined Worlds*. New Haven, CT, and London: Yale University Press, 1991.

Mansell, Darrel. *The Novels of Jane Austen: An Interpretation*. London: Macmillan, 1973.

McMaster, Juliet. *Jane Austen on Love*. Victoria, British Columbia: University of Victoria, 1978.

—. *Jane Austen the Novelist: Essays Past and Present*. London: Macmillan,

1996.

—, ed. *Jane Austen's Achievement*. London: Macmillan, 1976.

McMaster, Juliet, and Bruce Stovel, eds. *Jane Austen's Business: Her World and Her Profession*. London: Macmillan; New York: St. Martin's Press, 1996.

Moler, Kenneth L. *Jane Austen's Art of Allusion*. Lincoln: University of Nebraska Press, 1968.

—. *"Pride and Prejudice": A Study in Artistic Economy*. New York: Twayne, 1989.

Monaghan, David. *Jane Austen: Structure and Social Vision*. London: Macmillan, 1980.

—, ed. *Jane Austen in a Social Context*. London: Macmillan, 1981.

—. *"Emma": Jane Austen*. New York: St. Martin's Press, 1992.

Mooneyham, Laura G. *Romance, Language, and Education in Jane Austen's Novels*. London: Macmillan, 1988.

Morgan, Susan. *In the Meantime: Character and Perception in Jane Austen's Fiction*. Chicago: University of Chicago Press, 1980.

Morris, Ivor. *Mr. Collins Considered: Approaches to Jane Austen*. London: Routledge and Kegan Paul, 1987.

Mudrick, Marvin. *Jane Austen: Irony as Defense and Discovery*. Princeton: Princeton University Press, 1952.

Mukherjee, Meenakshi. *Jane Austen*. London: Macmillan, 1991.

Mullan, John. *What Matters in Jane Austen?* London: Bloomsbury, 2012.

Myer, Valerie Grosvenor. *Obstinate Heart: Jane Austen*. London: Michael O'Mara Books, 1997.

Nardin, Jane. *Those Elegant Decorums: The Concept of Propriety in Jane Austen's Novels*. Albany: State University of New York Press, 1973.

Nicolson, Nigel. *The World of Jane Austen*. London: Weidenfeld and Nicolson, 1991.

Nokes, David. *Jane Austen*. London: Fourth Estate, 1997.

Odmark, John. *An Understanding of Jane Austen's Novels: Character, Value and Ironic Perspective*. Totowa, NJ: Barnes and Noble, 1981.

Odom, Keith C. *Jane Austen: Rebel of Time and Place*. Arlington, TX: Liberal Arts Press, 1991.

Page, Norman. *The Language of Jane Austen*. Oxford: Basil Blackwell, 1972.

Paris, Bernard J. *Character and Conflict in Jane Austen's Novels: A Psychological Approach*. Detroit: Wayne State University Press, 1978.

Phillipps, K. C. *Jane Austen's English*. London: Deutsch, 1970.

Piggott, Patrick. *The Innocent Diversion: A Study of Music in the Life and Writings of Jane Austen*. London: Cleverdon, 1979.

Pinion, F. B. *A Jane Austen Companion: A Critical Survey and Reference Book*. London: Macmillan, 1973.

Polhemus, Robert M. *Comic Faith: The Great Tradition from Austen to Joyce*. Chicago: University of Chicago Press, 1980.

—. *Erotic Faith: Being in Love from Jane Austen to D. H. Lawrence*. Chicago: University of Chicago Press, 1990.

Pool, Daniel. *What Jane Austen Ate and Charles Dickens Knew: From Fox Hunting to Whist: The Facts of Daily Life in Nineteenth-Century England*. New York: Simon and Schuster, 1993.

Poovey, Mary. *The Proper Lady and the Woman Writer: Ideology as Style in the Works of Mary Wollstonecraft, Mary Shelley, and Jane Austen*. Chicago: University of Chicago Press, 1984.

Pucci, Suzanne R., and James Thompson, eds. *Jane Austen and Co*. Albany: State University of New York Press, 2003.

Ram, Atma. *Heroines in Jane Austen: A Study in Character*. New Delhi:

Kalyani, 1982.

Roth, Barry. *An Annotated Bibliography of Jane Austen Studies, 1984–1994*. Athens: Ohio University Press of Virginia, 1996.

—. *An Annotated Bibliography of Jane Austen Studies, 1973–1983*. Charlottesville: University Press of Virginia, 1985.

Roth, Barry, and Joel Weinsheimer. *An Annotated Bibliography of Jane Austen Studies, 1952–1972*. Charlottesville: University Press of Virginia, 1973.

—. *An Annotated Bibliography of Jane Austen Studies, 1973–1983*. Charlottesville: University Press of Virginia, 1985.

—. *An Annotated Bibliography of Jane Austen Studies, 1984–1994*. Athens: Ohio University Press of Virginia, 1996.

Ruderman, Anne Crippen. *The Pleasures of Virtue: Political Thought in the Novels of Jane Austen*. Lanham, MD: Rowman and Littlefield, 1995.

Sales, Roger. *Jane Austen and Representations of Regency England*. London: Routledge, 1994.

Scheuermann, Mona. *Reading Jane Austen*. London: Macmillan, 2009.

—. *Her Bread to Earn: Women, Money, and Society from Defoe to Austen*. Lexington: University Press of Kentucky, 1993.

Scott, Peter J. M. *Jane Austen: A Reassessment*. London: Vision, 1982.

Selwyn, David, ed. *Jane Austen: Collected Poems and Verse of the Austen Family*. Manchester: Carcanet, 1996.

Sherry, Norman. *Jane Austen*. London: Evans Brothers, 1966.

Singh, Sushila. *Jane Austen: Her Concept of Social Life*. New Delhi: S. Chand, 1981.

Smith, LeRoy W. *Jane Austen and the Drama of Woman*. New York: St. Martin's Press, 1983.

Southam, B. C. *Jane Austen's Literary Manuscripts: A Study of the Novelist's*

Development through the Surviving Papers. London: Oxford University Press, 1964.

—, ed. *Critical Essays on Jane Austen*. London: Routledge and Kegan Paul, 1968.

—. *Jane Austen: The Critical Heritage*. London: Routledge and Kegan Paul, 1968.

—. *Jane Austen: "Northanger Abbey" and "Persuasion": A Casebook*. London: Macmillan, 1976.

—. *Jane Austen: "Sense and Sensibility," "Pride and Prejudice" and "Mansfield Park": A Casebook*. London: Macmillan, 1976.

—. *Jane Austen: The Critical Heritage, Vol. 2: 1870–1940*. London: Routledge and Kegan Paul, 1987.

Spacks, Patricia Ann Meyer, ed. *Persuasion: Authoritative Text, Backgrounds and Contexts, Criticism*. New York: W. W. Norton, 1995.

Spencer, Jane. *The Rise of the Woman Novelist: From Aphra Behn to Jane Austen*. Oxford: Basil Blackwell, 1986.

Spender, Dale. *Mothers of the Novel: 100 Good Women Writers before Jane Austen*. London: Pandora, 1986.

Stewart, Maaja A. *Domestic Realities and Imperial Fictions: Jane Austen's Novels in Eighteenth-Century Contexts*. Athens, GA, and London: University of Georgia Press, 1993.

Stokes, Myra. *The Language of Jane Austen: A Study of Some Aspects of Her Vocabulary*. London: Macmillan, 1991.

Sulloway, Alison G. *Jane Austen and the Province of Womanhood*. Philadelphia: University of Pennsylvania Press, 1989.

Tanner, Tony. *Jane Austen*. Cambridge: Harvard University Press, 1986.

Tandon, Bharat. *Jane Austen and the Morality of Conversation*. London: Anthem Press, 2003.

Tauchert, Ashley. *Romancing Jane Austen: Narrative, Realism and the Possibility of a Happy Ending*. Houndmills: Palgrave Macmillan, 2005.

Tave, Stuart M. *Some Words of Jane Austen*. Chicago: University of Chicago Press, 1973.

Ten Harmsel, Henrietta. *Jane Austen: A Study in Fictional Conventions*. The Hague: Mouton, 1964.

Thompson, Emma. *Sense and Sensibility: The Sense and Sensibility Screenplay and Diaries*. New York: Newmarket Press, 1995.

Thompson, James. *Between Self and World: The Novels of Jane Austen*. University Park: Pennsylvania State University Press, 1988.

Todd, Janet M. *Women's Friendship in Literature*. New York: Columbia University Press, 1980.

—, ed. *Jane Austen: New Perspectives*. New York: Holmes and Meier, 1983.

—, ed. *Jane Austen in Context*. Cambridge: Cambridge University Press, 2005.

Tomalin, Claire. *Jane Austen: A Life*. London and New York: Viking, 1997.

Trowbridge, Hoyt. *From Dryden to Jane Austen: Essays on English Critics and Writers,1660–1818*. Albuquerque: University of New Mexico Press, 1977.

Tucker, George Holbert. *A Goodly Heritage: A History of Jane Austen's Family*. Manchester: Carcanet New Press, 1983.

—. *Jane Austen: The Woman: Some Biographical Insights*. New York: St. Martin's Press, 1994.

Tuite, Clara. *Romantic Austen*. Cambridge: Cambridge University Press, 2002.

Wallace, Robert K. *Jane Austen and Mozart: Classical Equilibrium in Fiction and Music*. Athens: University of Georgia Press, 1983.

Wallace, Tara Ghoshal. *Jane Austen and Narrative Authority*. London: Macmillan, 1995.

Warner, Sylvia Townsend. *Jane Austen, 1775–1817*. Harlow, Essex: Longmans, Green, 1951.

Watkins, Susan. *Jane Austen: In Style*. London: Thames and Hudson, 1990.

Watt, Ian P., ed. *Jane Austen: A Collection of Critical Essays*. Englewood Cliffs, N.J.: Prentice-Hall, 1963.

Weinsheimer, Joel, ed. *Jane Austen Today*. Athens: University of Georgia Press, 1975.

Wells, Juliette. *Everybody's Jane Austen*. London: Continuum, 2011.

Winborn, Colin. *The Literary Economy of Jane Austen and George Crabble*. Hamshire: Ashgate, 2004.

White, Laura Mooneyham, ed. *Critical Essays on Jane Austen*. New York: G. K. Hall, 1998.

White, Gabrielle D. V. *Jane Austen in the Context of Abolition*. London: Palgrave Macmillan, 2006.

Whitten, Benjamin. *Jane Austen's Comedy of Feeling: A Critical Analysis of "Persuasion."* Ankara: Hacettepe University Press, 1974.

Wiesenfarth, Joseph. *The Errand of Form: An Assay of Jane Austen's Art*. New York: Fordham University Press, 1967.

Wiltshire, John. *Jane Austen and the Body: "The Picture of Health."* Cambridge: Cambridge University Press, 1992.

—. *The Hidden Jane Austen*. Cambridge: Cambridge University Press, 2014.

Wright, Andrew H. *Jane Austen's Novels: A Study in Structure*. London: Chatto and Windus, 1953 (2nd edition, 1961).

中文资料：

卡森(编):《为什么要读简・奥斯丁》,王丽亚译,译林出版社,2011年。

申丹、韩加明、王丽亚:《英美小说叙事理论研究》,北京大学出版社,2005年。

伊格尔顿:《二十世纪西方文学理论》,伍晓明译,北京大学出版社,2007年。

周小仪:《从形式回到历史》,北京大学出版社,2010年。

朱虹(编):《奥斯丁研究》,中国文联出版公司,1985年。

附录二

人名中外文对照

阿姆斯特朗 Armstrong, Nancy
阿什顿 Ashton, Helen
阿什海姆 Asheim, Lester
阿斯特尔 Astell, Mary
艾伯塔 Burke, Alberta H.
艾迪生 Addison, Joseph
艾略特 Eliot, George
艾米斯 Amis, Martin
艾米斯 Amis, Kingsley
埃格顿 Egerton, T.
埃姆斯利 Emsley, Sarah
埃奇沃思 Edgeworth, Maria
埃文思 Evans, Mary
爱默生 Emerson, R. W.
安德森 Anderson, Perry
安德鲁 Andrew, Dudley
奥登 Auden, W. H.
奥德马 Odmark, John
奥尔巴赫 Auerbach, Nina
奥法雷 O'Farrell, Mary Ann
奥利芬特 Mrs. Oliphant
奥佩 Opie, Amelia
奥斯丁 Austen, Jane

巴布 Babb, Howard S.
巴特勒 Butler, Marilyn
拜伦 Lord Byron
鲍德温 Baldwin, Stanley
贝尔顿 Belton, Ellen
贝克 Baker, William
贝内迪克特 Benedict, Barbara
本涅特 Bennett, Arnold
比尔 Beer, Gillian
比格-威瑟 Bigg-Wither, Harris
比克斯塔夫 Bickerstaff, Isaac
边沁 Bentham, Jeremy
珀柳 Pellew, George
博尔顿 Bolton, H. Philip
波特 Porter, Roy
伯根 Burgan, Mary A.
伯罗斯 Burrows, J. F.
伯尼 Burney, Francis
布拉伯恩 Lord Brabourne
布拉德布鲁克 Bradbrook, Frank
布拉德利 Bradley, A. C.
布朗 Brown, Lloyd W.
布朗斯坦 Brownstein, Rachel
布莱尔 Blaire, Huge
布莱克奥 Blackall, Samuel
布劳尔 Brower, Reuben R.
布伯 Buber, Martin
布迪厄 Bourdieu, Pierre
布里 Bree, Linda
布罗迪 Brodey, Inger Sigrun
布洛什 Brosh, Liora
布什 Bush, Douglas
布斯 Booth, Wayne

布鲁姆 Bloom, Harold
布鲁克斯 Brooks, Cleanth
布鲁梅尔 Beau Brummell
布鲁斯东 Bluestone, George
查达哈 Chadha, Gurinde
查普曼 Chapman, R. W.
达克沃斯 Duckworth, Alistair M.
戴维斯 Davies, Andrew
戴西斯 Daiches, David
道 Dow, Gillian
丹纳 Taine, Hippolyte Adolphe
德夫林 Devlin, D. D.
迪克森 Dickson, Rebecca
狄更斯 Dickens, Charles
丁尼生 Tennyson, Alfred
多比 Dobie, Madeleine
多恩 Donne, John
多尔 Dole, Carol M.
法夫雷 Favret, Mary
法乐 Farrer, Reginald
范・甘特 Van Ghent, Dorothy
菲尔丁 Fielding, Henry
菲利普斯 Phillipps, K. C.
费格斯 Fergus, Jan
费什 Fish, Stanley
弗格森 Ferguson, Otis
弗莱施曼 Fleishman, Avrom
弗莱文 Flavin, Louise
弗雷曼 Fraiman, S.
弗里尔 Frere, John Hookham
弗里泽 Fritzer, Penelope Joan
富布鲁克 Fulbrook, Denise
福代斯 Fordyce, James

霍南 Honan, Park
霍普金斯 Hopkins, Lisa
霍奇 Hodge, Jane Aiken
加德 Gard, Roger
加尔珀林 Galperin, William H.
加里克 Garrick, David
加罗德 Garrod, H. W.
吉尔伯特 Gilbert, Sandra M.
吉尔平 Gilpin,William
吉尔森 Gilson, David
吉芬 Giffin, Michael
吉福德 Gifford, William
吉普林 Kipling, Rudyard
吉斯本 Gisborne, Thomas
吉辛 Gissing, George
济慈 Keats, John
杰姆逊 Jameson, Fredric
卡本特 Carpenter, F. E.
卡德威尔 Cardwell, Sarah
卡普兰 Kaplan, Deborah
卡瑟尔 Castle, Terry
卡瓦纳 Kavanagh, Julia
凯利 Kelly, Gary
凯特尔 Kettle, Arnold
凯因斯 Keynes, Sir Geoffrey
康普顿-伯奈特 Compton-Burnett, Ivy
坎比 Canby, Henry Seidel
坎伯兰 Cumberland, Richard
坎宁 Canning, George
考利 Cowley, Hannah
科贝特 Cobbett, William
科比特 Corbett, Mary
科佩尔 Koppel, Gene

科普兰 Copeland, Edward
柯珀 Cowper, William
柯尔律治 Coleridge, Samuel Taylor
柯卡姆 Kirkham, Margaret
柯利 Colley, Linda
克拉克 Clark, J. C. D.
克莱克 Kraik, Henry
克莱默 Clymer, William B. S.
克莱瑞 Clery, E. J.
克朗 Crang, Mike
克劳瑟 Crowther, Bosley
克雷布 Crabble, George
克罗伯 Kroeber, Karl
拉德克利夫 Mrs. Radcliffe
拉塞尔斯 Lascelles, Mary
拉斯金 Ruskin, John
拉斯基 Laski, Marghanita
赖尔 Ryle, Gilbert
赖特 Wright, Andrew H.
莱普利尔 Repplier, Agnes
莱文 Levine, George
兰色姆 Ransom, J. C.
朗福德 Langford, Paul
劳伦斯 Lawrence, D. H.
雷恩 Lane, Maggie
雷诺兹 Reynolds, Sir Joshua
雷利 Raleigh, Walter
勒费伊 Le Faye, Deirdre
勒利斯 Lellis, George
勒纳 Lerner, Sandy
理查逊 Richardson, Samuel
理查兹 Richards, I. A.
利兹 Litz, A. Walton

利维斯 Leavis, Q. D.
利德尔 Liddell, Robert
刘易斯 Lewes, George Henry
林奇 Lynch, Deidre
鲁宾斯坦 Rubinstein, E.
卢 Lew, Joseph
卢伯克 Lubbock, Percy
卢瑟尔 Looser, Devoney
伦诺克斯 Lennox, Charlotte
罗伯茨 Roberts, Warren
罗里森 Lauritzen, Monica
罗思 Roth, Barry
洛奇 Lodge, David
马戛尔尼 Macartney, George
马戈利斯 Margolis, Harriet
马德里克 Mudrick, Marvin
麦金农 MacKinnon, F. D.
麦金泰尔 MacIntyre, Alistair
麦考利 Macaulay, T. B.
麦克唐纳 MacDonagh, Oliver
曼德尔 Mandal, Anthony
梅特卡夫 Metcalfe, Katharine
米 Mee, Jon
米勒 Miller, D. A.
密特福德 Mitford, Mary Russell
莫勒 Moler, Kenneth L.
默里 Murray, John
摩根 Morgan, Susan
莫里森 Morrison, Sarah R.
莫纳汉 Monaghan, David
穆兰 Mullan, John
穆尼翰 Mooneyham, Laura G.
纳尔丁 Nardin, Jane

塞尔托 Certeau, Michel de
桑 Sand, George
桑普森 Sampson, George
沙夫茨伯里 3rd Earl of Shaftsbury
圣茨伯利 Saintsbury, George
史密斯 Smith, LeRoy W.
舒尔曼 Scheuermann, Mona
司各特 Scott, Walter
斯密斯 Smith, Charlotte
斯普林 Spring, David
斯图尔特 Stewart, Maaja A.
斯帕克斯 Spacks, Patricia Meyer
斯彭德 Spender, Dale
斯潘塞 Spencer, Jane
斯塔尔夫人 Staël, Madame de
斯彭斯 Spence, Jon
索科尔 Sokol, Ronnie Jo
索尼特 Sonnet, Esther
索瑟姆 Southam, B. C.
塔夫 Tave, Stuart M.
坦纳 Tanner, Tony
汤普森 Thompson, James
泰特 Tate, Allen
特里林 Trilling, Lionel
特鲁斯特 Troost, Linda
托德 Todd, Janet
托马林 Tomalin, Claire
托切特 Tauchert, Ashley
图里姆 Turim, Maureen
图特 Tuite, Clara
吐温 Twain, Mark
瓦格纳 Wagner, Geoffrey
瓦特 Watt, Ian

威尔逊 Wilson, Cheryl A.
威尔特希尔 Wiltshire, John
维拉尔 Verrall, A. W.
威廉斯 Williams, Raymond
维姆萨特 Wimsatt, W. K.
韦斯特 West, Rebecca
魏腾 Whitten, Benjamin
温尼科特 Winnicott, Donald
沃尔波尔 Warpole, Horace
沃尔德 Wald, Gayle
沃德夫人 Mrs. Ward
沃伊里特 Voiret, Martine
伍德恩 Wooden, Shannon
西格尔 Segal, Daniel
西蒙斯 Simons, Judy
希尔 Hill, Constance
希尔兹 Shields, Carol
肖尔 Schor, Hilary
肖勒 Schorer, Mark
肖瓦尔特 Showalter, Elaine
谢利丹 Sheridan, Richard B.
辛普森 Simpson, Richard
辛亚德 Sinyard, Neil
亚当斯 Adams, Oscar Fay
燕卜荪 Empson, William
杨 Young, Arther
伊格尔顿 Eagleton, Terry
英奇伯尔德 Inchbald, Elizabeth
詹金斯 Jenkins, Elizabeth
詹姆斯 James, Henry

附录三

书、报、文章、刊名中外文对照

《安杰莉卡的招幌：妇女、写作和小说，1600—1800》*The Sign of Angellica: Women, Writing and Fiction*

《奥斯丁书信集》*Jane Austen's Letters*

《奥斯丁：批评传统》*Jane Austen: The Critical Heritage*

《简・奥斯丁回忆录》*A Memoir of Jane Austen*

《奥斯丁的肖像》*A Portrait of Jane Austen*

《奥斯丁和她的艺术》*Jane Austen and Her Art*

《奥斯丁的文学手稿研究》*Jane Austen's Literary Manuscripts*

《奥斯丁：作为防护和探索的反讽》*Jane Austen: Irony as Defense and Discovery*

《奥斯丁小说：结构研究》*Jane Austen's Novels: A Study in Structure*

《奥斯丁小说：对话的结构》*Jane Austen's Novels: The Fabric of Dialogue*

《奥斯丁：艺术成长研究》*Jane Austen: A Study of Her Artistic Development*

《奥斯丁：小说惯例的研究》*Jane Austen: A Study in Fictional Conventions*

《奥斯丁的六部小说》*Jane Austen: The Six Novels*

《奥斯丁和她的前辈作家》*Jane Austen and Her Predecessors*

《奥斯丁的用典艺术》*Jane Austen's Art of Allusion*

《奥斯丁的语言》*The Language of Jane Austen*

《奥斯丁的英语》*Jane Austen's English*

《奥斯丁的一些用语》*Some Words of Jane Austen*

《奥斯丁小说中的得体观念》*Those Elegant Decorums: The Concept of Propriety in Jane Austen's Novels*

《奥斯丁的小说：等级的隐喻》"Jane Austen's Novels: The Metaphor of

Rank"

《奥斯丁和思想之战》*Jane Austen and the War of Ideas*

《奥斯丁和自慰女孩》"Jane Austen and the Masturbating Girl"

《奥斯丁和文化的虚构》*Jane Austen and the Fiction of Culture*

《奥斯丁的政治观念》*The Politics of Jane Austen*

《奥斯丁与谈话的道德》*Jane Austen and the Morality of Conversation*

《奥斯丁小说的世界》*Jane Austen: The World of Her Novels*

《奥斯丁：结构和社会想象》*Jane Austen: Structure and Social Vision*

《奥斯丁和18世纪的礼仪书》*Jane Austen and Eighteenth-Century Courtesy Books*

《奥斯丁和法国革命》*Jane Austen and the French Revolution*

《奥斯丁和国家》*Jane Austen and the State*

《奥斯丁：真实的和想象的世界》*Jane Austen: Real and Imagined Worlds*

《奥斯丁、浪漫女性主义及市民社会》"Jane Austen, Romantic Feminism, and Civil Society"

《奥斯丁和摄政时代英格兰的再现》*Jane Austen and Representations of Regency England*

《奥斯丁和启蒙运动》*Austen and the Enlightenment*

《奥斯丁笔下的"应当"》*Austen's Oughts: Judgment after Locke and Shaftesbury*

《奥斯丁的美德哲学》*Jane Austen's Philosophy of the Virtues*

《奥斯丁的针线盒》*Jane Austen's Sewing Box*

《奥斯丁和儿童》*Jane Austen and Children*

《奥斯丁和达尔文》*Jane Austen & Charles Darwin: Naturalists and Novelists*

《奥斯丁：风格的秘密》*Jane Austen, or The Secret of Style*

《奥斯丁和身体》*Jane Austen and the Body*

《奥斯丁公司》*Jane Austen and Co.*

《奥斯丁：狂热和文化》*Jane Austen's Cults and Cultures*

《奥斯丁研究年刊》*Persuasions*

《奥斯丁的〈傲慢与偏见〉：文本与电影关系的细致研究》*Screen Adaptations: Jane Austen's Pride and Prejudice: A Close Study of the Relationship between Text and Film*

《奥斯丁批评指南》*Critical Companion to Jane Austen: A Literary Reference to Her Life and Work*

《奥斯丁亚文化》"Austenian Subcultures"

《奥斯丁的〈爱玛〉的教学方法》*Approaches to Teaching Austen's Emma*

《奥斯丁年谱》*A Chronology of Jane Austen and Her Family*

《奥斯丁和她的绅士》*Jane Austen and Her Gentlemen*

《奥斯丁的双重人生》*The Double Life of Jane Austen*

《奥斯丁：女人的戏剧》*Jane Austen and the Drama of Woman*

《奥斯丁和文化的虚构》*Jane Austen and the Fiction of Culture*

《奥斯丁：女性主义与小说》*Jane Austen: Feminism and Fiction*

《奥斯丁：女人、政治和小说》*Jane Austen: Women, Politics, and the Novel*

《奥斯丁和叙事权威》*Jane Austen and Narrative Authority*

《奥斯丁小说：社会变迁与文学形式》*Jane Austen's Novels: Social Change and Literary Form*

《奥斯丁：说教小说》*Jane Austen and the Didactic Novel*

《奥斯丁和剧院》*Jane Austen and the Theatre*

《奥斯丁和文化的虚构》*Jane Austen and the Fiction of Culture*

《奥斯丁的小说：清晰的艺术》*Jane Austen's Novels: The Art of Clarity*

《奥斯丁的国教观念》*Jane Austen's Anglicanism*

《奥斯丁和牧师》*Jane Austen and the Clergy*

《奥斯丁小说的宗教维度》*The Religious Dimension of Jane Austen's Novels*

《奥斯丁与宗教：18世纪英格兰的救赎和社会》*Jane Austen and Religion: Salvation and Society in Georgian England*

《奥斯丁小说中的罗曼司、语言和教育》*Romance, Language, and Education in Jane Austen's Novels*

《爱丁堡评论》*The Edinburgh Review*

《搬上电视屏幕的简·奥斯丁的〈爱玛〉》*Jane Austen's Emma on Television: A Study of a BBC Classic Serial*

《保守的奥斯丁，激进的奥斯丁》"Conservative Austen, Radical Austen: *Sense and Sensibility* from Text to Screen"

《布道集》*Sermons to Young Women*

《成为女主人公》*Becoming a Heroine: Reading about Women in Novels*

《出逃者》*The Runaway*

《出色的女人》*Excellent Women*

《从小说到电影》*Novels into Film: The Metamorphosis of Fiction into Cinema*

《窗户和乡间漫步》"Of Windows and Country Walks"

《重访改编：电视和经典小说》*Adaptation Revisited: Television and the Classic Novel*

《重置银幕上的莎士比亚和奥斯丁》*Relocating Shakespeare and Austen on Screen*

《从银幕上的莎士比亚到简·奥斯丁》"Shakespeare to Austen on Screen"

《当着所有仆人的面：奥斯丁的旁观者和监视者》"In Face of All the Servants: Spectators and Spies in Austen"

《得体淑女和妇女作家》*The Proper Lady and the Woman Writer: Ideology as Style in the Works of Mary Wollstonecraft, Mary Shelley, and Jane Austen*

《独领风骚》*Clueless*

《多面女主角:〈爱玛〉的银幕改编》"The Multiplex Heroine: Screen Adaptations of *Emma*"

《电影中的19世纪女性——经典女作家作品的电影改编》*Nineteenth Century Women at the Movies: Adapting Classic Women's Fiction to Film*

《电影化的简·奥斯丁》*The Cinematic Jane Austen: Essays on the Filmic Sensibility of the Novels*

《方寸象牙》*Bits of Ivory: Narrative Techniques in Jane Austen's Fiction*

《废奴运动语境下的奥斯丁》*Jane Austen in the Context of Abolition*

《蜂巢》*The Bee Hive*

《改良庄园》*The Improvement of the Estate: A Study of Jane Austen's Novels*

《改编简·奥斯丁》"Jane Austen Adapted"

《改编：从文本到银幕，银幕到文本》*Adaptations: From Text to Screen, Screen to Text*

《改编〈爱玛〉：从小说到银幕的简·奥斯丁的女主角》*Emma Adapted: Jane Austen's Heroine from Book to Film*

《攻陷城堡》*I Capture the Castle*

《后期手稿》*Later Manuscripts*

《简·奥斯丁和大众文化》"Jane Austen and Popular Culture"

《简·奥斯丁在好莱坞》*Jane Austen in Hollywood*

《简的声名：奥斯丁如何征服世界》*Jane's Fame: How Jane Austen Conquered the World*

《简迷：奥斯丁的信徒和拥趸》*Janeites: Austen's Disciples and Devotees*

《简·奥斯丁新丧》"The Late Jane Austen"

《简·奥斯丁剑桥指南》*The Cambridge Companion to Jane Austen*

《解读〈曼园〉》*A Reading of Mansfield Park*

《家庭现实和帝国小说：18世纪语境中的奥斯丁小说》*Domestic Realities and Imperial Fictions: Jane Austen's Novel in Eighteenth-Century Contexts*

《究竟是谁?》*Which is the Man?*

《结婚的重要性：改编〈傲慢与偏见〉》"The Importance of Being Married: Adapting *Pride and Prejudice*"

《剑桥文学影视改编指南》*A Companion to Literature, Film, and Adaptation*

《拉里坦》*Raritan*

《浪漫的奥斯丁》*Romantic Austen*

《论教会和国家体制》*On the Constitution of Church and State*

《论欧洲列强的殖民地政策》*An Inquiry into the Colonial Policy of the European Power*

《历史的奥斯丁》*Historical Austen*

《留给女儿的遗产》*A Father's Legacy to His Daughters*

《马克思主义文学文化理论》*Marxist Literary and Cultural Theories*

《牧师的女儿》*Parson Austen's Daughter*

《男人之间》*Between Men: English Literature and Male Homosocial Desire*

《女性的想象》*The Female Imagination*

《女人圈中的奥斯丁》*Jane Austen among Women*

《女人的社群》*Communities of Women: An Idea in Fiction*

《评论月刊》*The Monthly Review*

《批判性评论》*The Critical Review*

《评论季刊》*The Quarterly Review*

《莎士比亚的下流话》*Shakespeare's Bawdy*

《生日》*The Birthday*

《绅士杂志》*The Gentleman's Magazine*

《绅士的胃口：英国19世纪小说研究》*Making a Man: Gentlemanly Appetites in the Nineteenth-Century British Novel*

《18世纪英格兰人的日常服饰》*The Dress of the People: Everyday Fashion in*

Eighteenth-Century England

《19世纪小说》*Nineteenth-Century Fiction*

《19世纪英国的文学和舞蹈》*Literature and Dance in Nineteenth-Century Britain: Jane Austen to the New Woman*

《文学女性》*Literary Women*

《哦，美丽新世界：〈劝导〉中的进化与革命》"O Brave New World: Evolution and Revolution in *Persuasion*"

《我的姑妈奥斯丁》*My Aunt Jane Austen: A Memoir*

《为女权辩护》*A Vindication of the Rights of Women*

《无阶级，无头绪：银幕上的〈爱玛〉》"Classless, Clueless: *Emma* on Screen"

《新书评》*The New Review*

《小说结构的风格》*Styles in Fictional Structure*

《小说的语言》*Language of Fiction*

《笑声、战争和女性主义：奥斯丁小说中的狂欢因素》*Laughter, War, and Feminism: Elements*

《小说的戏剧改编》"Dramatisations of the Novels"

《想象自我：18世纪英国的自传和小说》*Imaging a Self: Autobiography and Novel in 18th Century England*

《小 说 之 母》*Mothers of the Novel: 100 Good Women Writers Before Jane Austen*

《小说的各个层面》"Phases of Fiction"

《乡村与城市》*The Country and the City*

《闲荡者》*The Loiterer*

《叙述及其自相抵牾因素：传统小说结局的问题》*Narrative and Its Discontents: Problem of Closure in the Traditional Novel*

《英国评论家》*The British Critic*

《英国淑女杂志》*The British Lady's Magazine*

《英国社会：1660—1832》*English Society 1660–1832*

《英国人》*Britons: Forging the Nation 1707–1837*

《欲望和家庭小说：小说的政治史》*Desire and Domestic Fiction: A Political History of the Novel*

《与之同时》*In the Meantime: Character and Perception in Jane Austen's Fiction*

《语境中的奥斯丁》*Jane Austen in Context*

《1990年代奥斯丁电影中厌食女的银幕建构》"'You've Even Forget Yourself': The Cinematic Construction of Anorexic Women in the 1990s Austen Films"

《银幕上的奥斯丁》"Jane Austen on Screen"

《银幕上的简·奥斯丁：遵从与分歧》"Jane Austen on Screen: Deference and Divergence"

《再造奥斯丁》*Recreating Jane Austen*

《自我与世界之间：奥斯丁的小说》*Between Self and World: The Novels of Jane Austen*

《中国游记》*Travel in China*

《自由快乐：简·奥斯丁在美国》"Free and Happy: Jane Austen in America"

《作者传略》"Biographical Notice of the Author"

《真实的奥斯丁》*The Real Jane Austen*

作者后记

本书及其姊妹篇《奥斯丁研究文集》的写作编撰工作从属于中国社会科学院外国文学研究所重点科研项目“外国文学学术史研究”,并得到了中国社科院创新工程的经费支持。在立项阶段外文所研究员黄梅发挥了关键作用。此后,由于黄梅视力退化等客观原因,本书的主要研究和写作任务是由中华女子学院的龚龑老师完成的。

本书是集体共同努力的结果。除了黄梅全程参与了有关研读和写作(包括与龚龑共同探讨章节设置、内容安排、修改完善等),第二编第四章和第五章的第二节的作者分别是北京外国语大学的邱瑾和黄梅,外文所的傅燕晖助理研究员则参与了第一编中“女性主义视野中的奥斯丁”一节的撰写。此外,吕大年研究员、耿力平教授、周颖副研究员在百忙中抽出宝贵时间通读了全部书稿并就各方面的问题提出了宝贵意见。其他参与《奥斯丁研究文集》译校工作的同行也都对本书的完成有所贡献。

由于近三四十年英语国家奥斯丁研究呈“爆炸式”增长态势,我们虽然尽了很大努力,仍难免挂一漏万。对于本书的不足之处,我们期待读者的批评指正。